*Nora Roberts*

# *Dreams of Forever*

MIRA® TASCHENBUCH
Band 25903
1. Auflage: Februar 2016

MIRA® TASCHENBÜCHER
erscheinen in der HarperCollins Germany GmbH,
Valentinskamp 24, 20354 Hamburg
Geschäftsführer: Thomas Beckmann



Konzeption/Reihengestaltung: fredebold&partner gmbh, Köln
Umschlaggestaltung: pecher und soiron, Köln
Redaktion: Mareike Müller
Titelabbildung: Harlequin Enterprises S.A., Schweiz
Autorenfoto: © Bruce Wilder
Satz: GGP Media GmbH, Pößneck
Druck und Bindearbeiten: CPI books GmbH, Leck – Germany
Printed in Germany
Dieses Buch wurde auf FSC®-zertifiziertem Papier gedruckt.
ISBN 978-3-95649-272-3

www.mira-taschenbuch.de

*Nora Roberts*

# Heißer Atem

Roman

Aus dem Amerikanischen von
Sonja Sajlo-Lucich

mtb

## 1. KAPITEL

Eingehüllt in den Geruch von Motoröl, starrte Foxy auf den Unterboden ihres MG. „Weißt du, Kirk", sagte sie, während sie die Schrauben und Muttern anzog, „du ahnst gar nicht, wie dankbar ich dir bin, dass du mir diesen Overall geliehen hast. Ehrlich." Die Ironie in ihrer weichen Altstimme war nicht zu überhören.

„Tja ... Wofür hat man einen Bruder, nicht wahr?" Foxy konnte das Grinsen auf seinem Gesicht förmlich vor sich sehen, auch wenn sie aus ihrer jetzigen Position nur den zerfransten Saum seiner Jeans und abgewetzte Turnschuhe erblickte.

„Ich finde es toll, dass du so großzügig bist!" Sie biss die Zähne zusammen, während sie mit der Schraubknarre arbeitete. „Andere Brüder hätten darauf bestanden, die Kupplung selbst zu reparieren."

„Ich bin eben kein Chauvi", erwiderte Kirk lässig. Die Turnschuhe entfernten sich aus Foxys Blickfeld, weil Kirk über den Betonboden zur Werkbank ging. Sie hörte das Klappern und Scheppern von Werkzeugen, die einsortiert wurden. „Hättest du nicht so unbedingt Fotografin werden wollen, hätte ich dich in meiner Boxencrew untergebracht."

„Ich arbeite nun mal lieber mit Entwickler als mit Motoröl!" Foxy wischte sich mit dem Handrücken über die Wange. „Man stelle sich vor ... Hätte ich nicht den Auftrag bekommen, die Fotos für Pam Andersons Buch zu schießen, wäre es mir glatt entgangen, hier zu liegen und bis zu den Ellbogen in Motoröl zu stecken."

In dem Moment, in dem sie sein warmes Auflachen hörte, wurde ihr klar, wie sehr sie Kirk vermisst hatte. Er hatte sich in den letzten beiden Jahren, in denen sie sich nicht gesehen hatten, überhaupt nicht verändert. Er war genau der Gleiche geblieben – gerade so, als wäre sie nur kurz weggegangen und Minuten später wieder zurückgekommen. Sein Gesicht war immer noch gebräunt und durchzogen von Lachfältchen und Grübchen, die versprachen, mit zunehmendem Alter immer attraktiver zu werden. Sein Lockenschopf war noch immer genauso dicht wie ihrer; allerdings erinnerte sein Haar an dunkles Gold, während ihre Mähne in einem kräftigen dunklen Rot schimmerte. Wenn er lächelte, lächelte der vertraute Schnäuzer gleich mit. Foxy konnte sich nicht daran erinnern, Kirk je ohne den Schnauzbart gesehen zu haben. Sie war sechs gewesen und er sechzehn, als er sich den Bart hatte wachsen lassen, und er gehörte seit nunmehr siebzehn Jahren zu Kirks Gesicht dazu. Und ihr großer Bruder war immer noch so sorglos und draufgängerisch wie früher, das erkannte Foxy an seinem Lächeln, an seinen Augen, an seiner gesamten Ausstrahlung.

Als Kind hatte Foxy ihn vergöttert. Für sie war Kirk der große strahlende Held gewesen, der ihr zudem gnädig erlaubt hatte, sich in seiner Nähe aufzuhalten und ihm ihre Ehrerbietung zu erweisen. Es war Kirk, der sie salopp Foxy genannt hatte, und die zehnjährige Cynthia Fox hatte an dem Spitznamen festgehalten, als wäre er das kostbarste Geschenk überhaupt. Als Kirk auszog, um seine Karriere im professionellen Rennsport anzutreten, hatte Foxy allein für seine kurzen Besuche und knappen Postkarten gelebt. Seine Abwesenheit hatte sein Bild noch strahlender, ja unsterblich gemacht. Er war dreiundzwanzig, als er sein erstes Rennen gewann, Foxy dreizehn.

Ausgerechnet dieses zarte, erprobende und erfahrungsreiche Lebensjahr war für Foxy angefüllt mit unbeschreiblichem Kummer. Es war schon spät gewesen, als Foxy damals zusammen mit ihren Eltern aus der Stadt zurück nach Hause gefahren war. Es hatte den ganzen Tag geschneit. Jetzt hatte Schneegestöber eingesetzt, und Foxy sah zu, wie die dicken Flocken gegen die Scheiben flogen. Im Radio spielten sie Gershwin, aber Foxy war zu jung, um seine Musik zu kennen oder zu schätzen. Also streckte sie sich auf der Rückbank aus und summte leise eines von ihren Lieblingsliedern, den neuesten Hit in ihrer Clique. Sie wünschte, sie wären schon zu Hause, um in ihrem Zimmer die Schallplatte aufzulegen und dann ihre beste Freundin anzurufen, um mit ihr über die wirklich wichtigen Dinge im Leben zu reden – Jungs.

Es gab keine Vorwarnung. Plötzlich begann das Auto zu schlingern und drehte sich mehrmals um die eigene Achse. Die Reifen fanden keinen Halt im rutschigen Schneematsch; der Wagen drehte sich immer schneller. Draußen vor den Fensterscheiben wirbelte es weiß, und Foxy hörte ihren Vater fluchen, während er sich mit aller Kraft bemühte, den Wagen wieder unter Kontrolle zu bekommen. Sie hatte nicht einmal Zeit, um wirklich Angst zu empfinden. Sie hörte nur noch das Knirschen von Metall, als der Wagen frontal gegen den Telefonmast fuhr, spürte den Aufprall und den ziehenden Schmerz. Sie fühlte die Kälte, als sie aus dem Auto geschleudert wurde, dann den nassen Schnee an ihren Wangen … und dann fühlte sie nichts mehr.

Es war Kirks Gesicht, das sie als Erstes sah, als sie nach zwei Tagen aus der Bewusstlosigkeit erwachte. Ihre spontane Freude erstarb jäh, als die Erinnerung an den Unfall auf sie einstürzte. Sie konnte es in seinen Augen sehen – den Kummer, die Trauer, die Akzeptanz des Unabänderlichen. Sie schüttelte den Kopf, wollte nicht glauben, was er ihr noch gar nicht gesagt hatte. Er beugte sich zu ihr und legte sanft seine Wange an ihre. „Wir haben jetzt nur noch uns, Foxy. Ich werde mich um dich kümmern."

Und das tat er auch. Auf seine Art. In den nächsten vier Jahren zog Foxy zusammen mit ihm von einem Rennen zum nächsten. Die verschiedensten Privatlehrer kümmerten sich um ihre Ausbildung – mit ebenso wechselndem Erfolg. Während ihrer Teenagerzeit lernte Cynthia Fox mehr als nur amerikanische Geschichte oder Algebra. Sie lernte, wie man Kolben auswechselt, wie man einen Motor auseinanderbaut und wieder zusammensetzt, und sie verinnerlichte die Regeln der Boxengasse. Sie wuchs in einer vornehmlich von Männern beherrschten Welt auf, inmitten von Benzingestank und dem Röhren der Turbomotoren. Ihre Beaufsichtigung als solche war meist lässig gewesen, manchmal auch nicht existent.

Kirk Fox war ein Mann, der von einer alles verzehrenden Leidenschaft angetrieben wurde: dem Rennsport. Foxy wusste, dass er ihre Existenz manchmal komplett vergaß, und sie akzeptierte das. Für die kleinen Makel in seiner Perfektion liebte sie ihn umso mehr. Sie wuchs frei und ohne Zwang auf und – meistens zumindest – beschützt.

Das College war dann ein Schock. In den nächsten vier Jahren erweiterte sich ihr Horizont erheblich. Foxy erfuhr, welch exzentrische Kapriolen das Leben in einem Studentinnenwohnheim schlug, und sie lernte mehr über Cynthia Fox. Da sie ein ausgesprochen gutes Auge für Details, für Farbe, Schnitt und Gesamtbild hatte, entwickelte sie sehr bald einen eigenen unverkennbaren Geschmack. Clubs und Studentenvereinigungen auf dem Campus waren nichts für sie. Ihre Kindheit war zu frei gewesen, als dass sie jetzt Regeln und Vorschriften akzeptieren konnte. Den männlichen Studenten zu widerstehen war extrem einfach für Foxy; für sie waren das alles nur alberne, unreife Jungs. Aufs College gekommen war sie als schlaksiges Mädchen, den Abschluss machte sie als gertenschlanke, grazile junge Frau mit der Leidenschaft für die Fotografie. In den folgenden zwei Jahren richtete Foxy ihre gesamten Anstrengungen auf den Aufbau ihrer Karriere. Mit dem neuen Auftrag schlug sie gleich zwei Fliegen mit einer Klappe: Erstens ermöglichte ihr das Engagement, Zeit mit ihrem Bruder zu verbringen, und zweitens war es eine großartige Gelegenheit, den Spalt in der Tür zur Bekanntheit weiter aufzustoßen. Allerdings war Foxy Ersteres eigentlich wichtiger.

„Du bist wahrscheinlich entsetzt, dass ich seit über zwei Jahren nicht mehr unter einem Auto gelegen habe, oder?“ Foxy zog die letzte Schraube an.

„Und was tust du, wenn das Getriebe nicht richtig funktioniert?“ Kirk warf einen letzten prüfenden Blick unter die Motorhaube des MG.

„Dann bringe ich den Wagen in die Werkstatt“, murmelte Foxy.

„Bei deiner Ausbildung?“ Jetzt war Kirk tatsächlich entsetzt, so entsetzt, dass er sich hinunterbeugte und sie böse anfunkelte. „Das ist ein Verbrechen! Dafür gehörst du hinter Gitter, zwanzig Jahre bis lebenslänglich.“

„Ich hab einfach nicht die Zeit.“ Foxy seufzte, und wie um sich zu rechtfertigen, fügte sie hinzu: „Ich habe letzten Monat erst die Kerzen gewechselt und die Kontakte gereinigt.“

„Dieses Auto ist ein Klassiker.“ Behutsam ließ Kirk die Motorhaube einschnappen, dann polierte er mit einem sauberen weichen Tuch die Fingerabdrücke vom Lack. „Du bist verrückt, wenn du ihn einfach irgendeinem Mechaniker in irgendeiner Werkstatt überlässt.“

„Nun, ich kann den Wagen schließlich nicht bei jedem kleinen Stottern zu Charlie bringen, oder? Und außerdem …“ Sie brach ihre Rechtfertigung ab, als sie draußen einen Wagen vorfahren hörte.

„Hey! Das ist wohl kaum der richtige Ort für einen Geschäftsmann“, hörte Foxy ihren Bruder sagen, und sie hörte auch das Grinsen in seinen Worten. Sie legte die Knarre ab.

„Wollte nur kurz meine Investition überprüfen.“

Lance Matthews! Foxy erkannte die tiefe Stimme mit dem schleppenden Singsang sofort. Sie ballte ihre Hände zu Fäusten, und ihr wurde plötzlich ganz heiß. Sie zwang sich dazu, sich zu entspannen. Lächerlich! dachte sie und lockerte ihre Finger. Ressentiments sollten keine sechs Jahre überleben.

Von ihrer Position aus konnte sie sehen, dass er ebenfalls Jeans und Turnschuhe trug. Die Jeans waren ausgewaschen, allerdings weder zerrissen noch ölverschmiert. Er lungert rum, dachte sie und unterdrückte ein pikiertes Schnauben. Sechs Jahre waren eine lange Zeit. Vielleicht war er ja inzwischen sogar erträglich geworden. Obwohl sie das ernsthaft bezweifelte.

„Ich hab's heute Morgen nicht zum Proberennen geschafft. Wie hat sie sich gehalten?“

„Sehr gut.“ Foxy hörte das typische Klicken eines Bierdosenverschlusses, dann das Zischen des Schaums. „Charlie will sie sich noch ein letztes Mal ansehen. Aber sie ist perfekt in Schuss, wirklich absolut perfekt.“ An der Begeisterung ihres Bruders erkannte Foxy, dass er sie völlig vergessen hatte.

„Er ist fest entschlossen, am Sonntag einen neuen Boxenrekord aufzustellen.“ Ein anderes Klicken, dann wehte ein aromatischer Duft an Foxys Nase. Es ärgerte sie, dass sie selbst nach all dieser Zeit sofort den typischen Geruch der schlanken Zigarren erkannte, die Lance rauchte. Mit dem Handrücken rieb sie sich die Nase, so als könne sie damit den Duft vertreiben.

„Neu?“ Lance kam auf den kleinen Sportwagen zu. Foxy hörte, wie die Motorhaube angehoben wurde. „Erinnert mich an das Spielzeug, das du deiner Schwester zur Führerscheinprüfung geschenkt hast. Turnt sie eigentlich noch immer mit ihrer Kamera herum?“

Empört stieß Foxy sich ab und rollte unter dem Wagen hervor. Vom Rollbrett aus konnte sie für einen Moment die Verblüffung über Lance’ Miene schießen sehen. „Ja, es ist besagtes Spielzeug“, bestätigte sie kühl, während sie sich aufrappelte. „Und ich turne nicht mit der Kamera herum, ich arbeite mit ihr.“

Das Haar trug sie zu einem Pferdeschwanz zusammengebunden, ihr Gesicht war ölverschmiert. Der Overall war ihr viel zu groß, und in der schmutzigen Hand hielt sie die Schraubknarre. Und trotz ihrer Empörung fiel ihr auf, dass Lance Matthews attraktiver denn je aussah. Sechs Jahre hatten sein Gesicht markanter gemacht, hatten die Züge vertieft und reifen lassen. Seltsam, aber als „gut aussehend“ würde ihn wohl niemand beschreiben. Die Bezeichnung war zu zahm für Lance Matthews. Sein schwarzes Haar umspielte sein Gesicht und fiel ihm in den Nacken, seine Augen wechselten ihre Farbe von Stein- zu Rauchgrau, je nach Stimmung. Seine klassischen aristokratischen Züge wurden nur von einer kleinen weißen Narbe über der linken Augenbraue durchbrochen. Lance war größer als Kirk und schlanker gebaut, außerdem lag da eine geschmeidige Lässigkeit in seinen Bewegungen, die Kirk fehlte. Foxy jedoch wusste, dass sich unter dem nonchalanten Äußeren eine eiserne Entschlossenheit und ein messerscharfer Verstand verbargen. In seinen Zwanzigern hatte er zu den besten Rennfahrern der Welt gehört. Man sagte ihm nach, er habe die sichere Hand eines Chirurgen, den Instinkt eines Wolfs und die Nerven eines Teufels. Mit dreißig hatte er die Weltmeisterschaft gewonnen und sich aus dem aktiven Rennbetrieb zurückgezogen. Aus den immer nur kurzen Briefen ihres Bruders wusste Foxy nur, dass Lance in den letzten drei Jahren Fahrer und Rennwagen sponserte.

Jetzt verfolgte sie mit, wie seine Mundwinkel sich zu dem leicht süffisanten Lächeln verzogen, das schon immer sein Markenzeichen gewesen war.

„Na, wenn das nicht unser Fox ist!“ Musternd ließ er den Blick über sie wandern, von Kopf bis Fuß, um dann wieder zu ihrem Gesicht zurückzukehren. „Sechs Jahre, und du hast dich keinen Deut verändert.“

„Du auch nicht“, erwiderte sie. Ihr Aufzug bei dem ersten Wiedersehen mit ihm wurmte sie. Sie kam sich wieder wie ein naiver, ungelenker Teenager vor. „Leider.“

„Und die Zunge ist auch noch so spitz wie früher.“ Seine Zähne blitzten auf, als er grinste. Anscheinend gefiel es ihm, dass sie noch immer eine unhöfliche freche Göre war. „Hast du mich vermisst?“

„Solange es mir möglich war.“ Sie streckte den Arm aus und hielt ihrem Bruder die Schraubknarre hin.

„Sie hat noch immer keinen Respekt vor Älteren“, sagte Lance zu Kirk, ohne den Blick von ihrem Gesicht zu nehmen. „Ich würde dir ja einen Begrüßungskuss geben, aber ich hatte noch nie etwas für den Geschmack von Motoröl übrig.“

Er neckte sie, wie er es immer getan hatte, und ihr Kinn schoss vor, wie es immer vorgeschossen war. „Glücklicherweise hat Kirk einen unerschöpflichen Vorrat an Motoröl.“

„Wenn du die ganze Saison so rumlaufen willst“, meinte Kirk und legte den Schraubenschlüssel zu den anderen Werkzeugen, „kannst du genauso gut in der Boxengasse arbeiten.“

„Die Saison?“ Mit zusammengekniffenen Augen nahm Lance einen Zug von seiner Zigarre. „Du bleibst für die ganze Saison? Das nenne ich Urlaub.“

„Nein, kein Urlaub.“ Foxy rieb sich die Handflächen an dem Overall ab und versuchte, würdevoll auszusehen. „Ich bin nicht als Zuschauerin hier, sondern als Fotografin.“

„Foxy arbeitet für Pam Anderson, diese Reporterin", warf Kirk ein und nahm sein Bier wieder auf. „Hatte ich dir das nicht gesagt?"

„Du hast irgendwas von einer Reporterin erwähnt", murmelte Lance. Er studierte Foxys Gesicht, als wolle er unter den Schmutz und das Öl sehen. „Also sieht man dich demnächst wieder öfter auf dem Ring?"

Foxy erinnerte sich noch gut an diesen intensiven Blick. Es gab Momente, da konnten seine Augen einem den Atem rauben. Selbst als Heranwachsende war Foxy sich Lance' sinnlicher Ausstrahlung bewusst gewesen. Damals war sie fasziniert gewesen, heute kannte sie die Gefahren. Pure Willenskraft ließ sie seinem Blick standhalten. „Richtig. Schade, dass du nicht so lange bleiben kannst."

„Im Gegenteil", konterte er. „Kirk fährt meinen Wagen. Ich gedenke zu bleiben und ihn gewinnen zu sehen." Er erhaschte noch ihr Stirnrunzeln, bevor er sich zu Kirk drehte. „Vermutlich werde ich diese Pam Anderson ja heute Abend auf deiner Party kennenlernen. Wasch dir die Schmiere nicht ab, Foxy." Er tätschelte den Teil ihrer Wange, der sauber geblieben war, bevor er sich umdrehte und zur Tür ging. „Sonst erkenne ich dich vielleicht nicht. Wir sollten heute Abend ein Tänzchen wagen ... um der alten Zeiten willen."

„Das kannst du gleich vergessen!", rief sie ihm nach und verfluchte sich prompt im Stillen, weil sie erwachsene Würde für kindischen Trotz hatte fahren lassen. Mit einem bösen Blick auf Kirk stieg sie aus dem Overall. „Was du an diesem Mann als Freund findest, ist mir völlig unbegreiflich."

Mit einem Achselzucken sah Kirk Lance nach, wie er abfuhr. „Du solltest besser noch eine Probefahrt mit dem Wagen machen, bevor du nach Hause fährst", wandte er sich dann zu Foxy um. „Vielleicht muss er noch eingestellt werden."

Mit einem Seufzer schüttelte sie den Kopf. „Na schön."

Für die Party am Abend wählte Foxy ein Kleid aus feinstem Crêpe de Chine. Es war ein sehr romantisches Kleid in zartem

Lavendel und dezentem Grün, und es schmiegte sich um ihre schlanke Figur. Zu dem schulterfreien Oberteil mit den dünnen Trägern und dem schwingenden Rock gehörte ein knapper Bolero – nicht verträumt, sondern auch verführerisch. Foxy dachte mit einem grimmigen Lächeln an Lance Matthews. Der konnte sich auf eine Überraschung gefasst machen! Cynthia Fox war nämlich kein Teenager mehr. Noch die kleinen Goldkreolen an die Ohren gesteckt, dann trat sie zurück und musterte ihr Spiegelbild.

Das Haar hatte sie offen gelassen, die dichte rotbraune Lockenmähne fiel ihr sanft über die Schultern. Da ihr Gesicht jetzt nicht mehr ölverschmiert war, kamen ihre hohen Wangenknochen zur Geltung, die ihrem herzförmigen Gesicht sowohl Eleganz wie auch Feinheit verliehen. Ihre mandelförmigen Augen waren nicht wirklich grün, aber auch nicht grau, ihre Nase war aristokratisch gerade, und ihre Lippen waren voll und großzügig. In ihren Augen lag der Anflug der gleichen Verwegenheit wie bei ihrem Bruder, nur sie hielt sie im Zaum, sodass man die Kühnheit nur unterschwellig ahnen konnte. Viel auffälliger als ihre Schönheit war ihre erdige, natürliche Sinnlichkeit. Viele Gegensätze vereinten sich in Cynthia Fox. Ihre schlanke Statur und die helle Haut ließen sie zerbrechlich erscheinen, doch ihr Haar brannte wie Feuer, und ihre Augen blitzten verwegen. Die Zeit war reif für eine Herausforderung, das spürte Foxy.

Als sie in ihre Sandaletten schlüpfte, klopfte es an ihrer Tür.

„Darf ich hereinkommen, Foxy?“ Pam Anderson steckte den Kopf zur Tür herein, um sie dann weiter aufzustoßen. „Oh, du siehst bezaubernd aus!“

Lächelnd drehte Foxy sich zu ihr um. „Du aber auch.“

Das verträumte hellblaue Chiffonkleid passte bestens zu Pams puppenhafter Schönheit. Nicht zum ersten Mal fragte Foxy sich, wo die zierliche Blondine das enorme Durchsetzungsvermögen und die Durchhaltekraft fand, um als freie Journalistin zu arbeiten. Wie schaffte sie es, knallharte Interviews zu führen, wenn ihre Stimme wie eine sanfte Sommerbrise klang und sie aussah wie eine empfindliche Magnolienblüte? Sie kannten sich jetzt seit sechs Monaten, und obwohl Pam fünf Jahre älter war als Foxy, hatte die Jüngere eindeutig einen mütterlichen Beschützerinstinkt für die Ältere entwickelt.

„Ist es nicht toll, einen Auftrag mit einer Party zu beginnen?" Pam kam ins Zimmer und setzte sich auf die Bettkante, während Foxy die Bürste noch einmal durch ihr Haar zog. „Das Haus deines Bruders gefällt mir! Mein Zimmer ist perfekt."

„Hier haben wir gelebt, als wir noch Kinder waren." Foxy nahm ihr Parfüm auf und runzelte die Stirn. „Kirk hat es behalten, als eine Art Basiscamp, weil es so nah an Indianapolis liegt." Aus dem Stirnrunzeln wurde ein Lächeln, als sie aufsah. „Kirk hat schon immer gern ein Camp nahe der Rennstrecke gehabt."

„Er ist wirklich nett." Pam strich sich über den kurzen Bob. „Es ist auch sehr großzügig von ihm, dass er mich hier aufnimmt, bis wir auf dem Ring anfangen können."

„Nett ist er, stimmt." Foxy lachte. Sie lehnte sich näher an den Spiegel und trug Lippenstift auf. „Solange er nicht mit der Strategieplanung für das Rennen beschäftigt ist. Du wirst feststellen, dass er dann nicht mehr von dieser Welt ist." Sorgfältig verschloss Foxy den Lippenstift. „Pam …" Sie atmete tief durch und suchte Pams Blick im Spiegel. „Da wir in nächster Zeit zusammen unterwegs sind, denke ich, du solltest etwas über Kirk wissen, um ihn zu verstehen. Er …" Mit einem Seufzer lockerte sie ihre Schultern. „Er ist nicht immer nett. Manchmal ist er kurz angebunden und reizbar und regelrecht schroff. Er ist rastlos und sehr ehrgeizig. Die Autorennen sind sein Leben, und manchmal vergisst er eben, dass Menschen im Gegensatz zu Autos auch Gefühle haben."

„Du liebst ihn sehr, nicht wahr?" Pams stille blaue Augen und das Verständnis, das in ihnen lag, machten sicherlich einen Teil ihres Erfolgs aus. Sie verstand die Menschen nicht nur, sie fühlte auch mit ihnen.

„Ja, mehr als jeden anderen." Foxy drehte sich um, damit sie Pam ansehen konnte, nicht nur ihr Spiegelbild. „Und noch mehr, seit ich erwachsen geworden bin und herausgefunden habe, dass er auch nur ein Mensch ist. Kirk hätte die Verantwortung, mich aufzuziehen, nicht übernehmen müssen. Ich glaube, das ist mir erst auf dem College klar geworden. Er hatte eine Wahl. Er hätte mich auch zu einer Pflegefamilie geben können, und niemand hätte ihm deshalb Vorwürfe gemacht. Ich glaube sogar", sie schüttelte ihr Haar zurück und lehnte sich an die Spiegelkommode, „er hat sich mehr Vorwürfe anhören müssen, weil er es nicht getan hat. Er hat mich zu sich genommen, und das war genau das, was ich gebraucht habe. Das werde ich ihm nie vergessen. Eines Tages werde ich mich irgendwie dafür bei ihm bedanken." Lächelnd richtete sie sich auf. „Jetzt gehe ich wohl besser nach unten und sehe nach, ob der Caterer schon alles arrangiert hat. Die Gäste werden bald eintreffen."

„Ich komme mit." Pam stand auf und ging zur Tür. „Was ist mit diesem Lance Matthews, über den du dich vorhin so beschwert hast? Wenn ich meine Hausaufgaben gründlich gemacht habe, dann ist er ein ehemaliger Fahrer – einer aus der Weltspitze – und inzwischen Eigner der Matthews Corporation, die unter anderem auch Rennwagen entwickelt und baut. Er besitzt die Patente auf verschiedene Designs, darunter auch auf den Wagen, den dein Bruder in dieser Formel-1-Saison fahren wird. Und für das Indy Car auch, richtig? Stammt er nicht …" Sie schnalzte frustriert mit der Zunge, weil sie nicht alle Fakten auf Anhieb parat hatte. „Stammt er nicht aus einer alten Familie … Bostoner Geldadel? Oder war es New Haven? Frachtgeschäft oder Im- und Export, meine ich. Auf jeden Fall widerwärtig reich."

„Boston, Fracht und widerwärtig, richtig", bestätigte Foxy auf dem Weg nach unten. „Frag mich heute Abend nur nicht nach ihm, sonst bekommst du noch Albträume."

„Höre ich da etwa den Anflug von Antipathie in deinen Worten?"

„Kein Anflug, sondern ganz konkrete Antipathie", bekräftigte Foxy herzhaft. „Ich müsste eine Lagerhalle anmieten, um meine Antipathie für Lance Matthews unterzubringen."

„Aha. Und dabei schießen die Mieten heutzutage unaufhörlich in die Höhe."

„Was ihn mir nur noch unsympathischer macht.“ Foxy ging ins Esszimmer und inspizierte das angerichtete Büfett.

Auf einem königsblauen Tischtuch stand lackiertes Holzgeschirr; in der Mitte prangte eine bauchige Tonvase mit blühenden Hartriegelzweigen und Narzissen. Ein Blick auf den gedeckten Tisch und die dicken gelben Kerzen in hölzernen Haltern bestätigte Foxy, dass der Caterer etwas von seinem Geschäft verstand. „Entspannt und lässig“ war die Vorgabe gewesen.

„Sieht gut aus.“ Foxy widerstand der Versuchung, den Finger in die Schüssel mit dem Kaviar zu stecken, vor allem auch, weil der Caterer aus der Küche hereingerauscht kam.

Er war ein hektischer kleiner Mann, kahl bis auf den schmalen Haarkranz, den er tiefschwarz gefärbt hatte. Er bewegte sich energisch und mit ruckartigen, kurzen Schritten. „Sie sind zu früh!“ Vorsichtshalber stellte er sich zwischen Foxy und den Kaviar. „Die Gäste kommen erst in fünfzehn Minuten.“

„Ich bin Cynthia Fox, Mr Fox’ Schwester.“ Foxy lächelte, sozusagen als Friedensangebot. „Ich dachte, ich könnte vielleicht helfen.“

„Helfen? Großer Gott, nein!“ Er wedelte mit der Hand, als wollte er eine lästige Fliege von seiner Pâté verscheuchen. „Fassen Sie nur nichts an! Es ist alles genauestens ausbalanciert.“

„Und es sieht großartig aus!“ Pam drückte warnend Foxys Arm. „Holen wir uns schon mal einen Drink, Foxy, solange wir auf die Gäste warten.“

„Aufgeblasener Wichtigtuer“, murmelte Foxy, ließ sich aber von Pam ins Wohnzimmer schieben.

„Sag, kannst du die Zügel auch mal aus der Hand geben?“ Ehrliche Neugier stand in Pams Gesicht, als sie sich auf einen Sessel setzte.

„Erwischt!“ Foxy lachte und ließ den Blick über die aufgestockte Bar wandern. „Na, hier gibt’s genug Alkohol, um eine ganze Armee in gute Laune zu versetzen. Das Problem ist nur … etwas Komplizierteres als den Gin Tonic, den ich manchmal für Kirk zusammenschütte, bekomme ich gar nicht hin.“

„Wenn darunter auch eine Flasche trockener Sherry steht … schütte etwas davon in ein kleines Glas. Das sollte deine begrenzten Fähigkeiten nicht überfordern, oder? Trinkst du einen Sherry mit?“

„Nein, danke.“ Foxy sah die Flaschen durch. „Alkohol macht mich etwas zu ehrlich. Und dann vergesse ich die grundlegenden Regeln des Überlebens – Takt und Diplomatie. Kennst du die Chefredakteurin von *Wedding Day*, Joyce Canfield?“ Pam nickte. Inzwischen hatte Foxy den Sherry gefunden. „Vor ein paar Monaten traf ich sie zufällig auf einer Cocktailparty. Vorher hatte ich schon mehrere Fotostrecken für *Wedding Day* gemacht. Auf jeden Fall … Sie fragte mich, wie mir ihr Kleid gefiele, und ich schaute über den Rand meiner zweiten Weinschorle und riet ihr prompt, niemals Gelb zu tragen, weil ihr Teint dann so fahl aussieht.“ Foxy ging durch den Raum und reichte Pam ein Glas Sherry. „Ehrlich, aber dumm. Seit dem Abend habe ich nicht einmal mehr einen verblühten Hochzeitsstrauß für die Zeitschrift fotografiert.“

Pam lachte ihr leises, perlendes Lachen und nippte an ihrem Glas. „Ich werde mir merken, dir keine heiklen Fragen zu stellen, wenn ich dich mit einem Glas in der Hand sehe.“ Sie bemerkte, wie Foxy mit einer Fingerspitze über einen hohen Chippendale-Tisch strich. „Ist schon ein komisches Gefühl, wieder zu Hause zu sein, nicht wahr?“

Foxys Augen verdunkelten sich, das Grün verlor sich fast ganz im Grau. „Es bringt Erinnerungen zurück. Seltsam ist, dass ich an mein Leben hier kaum noch gedacht habe, aber jetzt …“ Sie ging zum Fenster und zog den Vorhang beiseite. Die Sonne stand tief am Himmel, schickte ihre letzten rotgoldenen Strahlen. „Weißt du, das hier ist der einzige Ort, den ich als Zuhause bezeichnen kann. New York zählt nicht. Seit dem Tod meiner Eltern war ich immer unterwegs, erst mit Kirk, dann durch meinen Beruf. Erst jetzt, da ich wieder hier bin, kommt mir überhaupt der Gedanke, wie entwurzelt mein Leben war.“

„Wünschst du dir Wurzeln, Foxy?“

„Ich weiß es nicht." Unschlüssigkeit stand in Foxys Gesicht, als sie sich zu Pam umdrehte. „Ich weiß es wirklich nicht", wiederholte sie. „Möglich. Aber irgendetwas wünsche ich mir. Und irgendwo da draußen ist es." Sie kniff leicht die Augen zusammen.

„Was ist da draußen?"

Foxy zuckte erschrocken zusammen, als sie die Stimme hörte. Kirk stand im Türrahmen und sah sie lächelnd an, die Hände in die Taschen seiner dunklen Hose gesteckt. Wie immer strahlte er Energie und Dynamik aus.

„Nun ..." Mit einem kritischen Blick ging Foxy auf ihn zu und befühlte mit schwesterlicher Neugier seinen Hemdkragen. „Seide, was? Vermutlich hast du das nicht oft an, wenn du mal wieder einen Motor austauschst, oder?" Kirk zog sie an den Haaren und drückte ihr gleichzeitig einen Kuss auf die Wange.

Mit den hohen Absätzen war Foxy fast ebenso groß wie er, stand mit ihm fast auf Augenhöhe. Als Pam die beiden betrachtete, fiel ihr auf, wie wenig Ähnlichkeit sie eigentlich miteinander hatten – eigentlich nur ihre Locken. Kirk hatte dunkelgrüne Augen und ein langes schmales Gesicht; die feine Eleganz der Statur seiner Schwester fehlte ihm völlig. Und als sie sein Profil studierte, lief Pam ein kleines Prickeln über den Rücken. Hastig senkte sie den Blick auf ihr Glas. Langfristige Aufträge und prickelnde Haut waren grundsätzlich nicht zu vereinen!

„Ich mache dir einen Drink." Foxy ließ von ihrem Bruder ab und ging zur Bar. „Es wurde uns verboten, ins Esszimmer zu gehen, für ... noch genau zweieinhalb Minuten. Hoppla, kein Eis!" Sie setzte den Deckel auf den Eiswürfelcontainer zurück und zuckte mit einer Schulter. „Todesmutig werde ich mich also auf die Mission begeben und unseren Caterer um Eis bitten. Pam trinkt Sherry", rief sie noch über die Schulter zurück.

„Soll ich nachschenken?" Erst jetzt wandte Kirk seine Aufmerksamkeit Pam zu.

„Nein, danke." Lächelnd hob sie das Glas an ihre Lippen. „Ich hab mich noch gar nicht bedankt, dass Sie mich bei sich untergebracht haben. Ich kann Ihnen gar nicht sagen, wie angenehm es ist, nicht in einem Hotel schlafen zu müssen."

„Ich weiß, wie das ist in den Hotels." Kirk grinste und setzte sich ihr gegenüber. Zum ersten Mal, seit man sie gestern vorgestellt hatte, waren sie allein. Pam spürte wieder dieses Prickeln, aber sie ignorierte es. Kirk nahm sich eine Zigarette aus dem Spender auf dem Tisch und zündete sie an. Für diese wenigen Sekunden musterte er Pam.

Klasse, dachte er, und intelligent. Diese Frau war kein Formel-1-Groupie. Einen Sekundenbruchteil ließ er den Blick auf ihren weichen Lippen haften. *Sie sieht aus wie etwas, das im Schaufenster steht. Schön, wertvoll und abgeschirmt hinter Glas.*

„Foxy hat so oft von Ihnen gesprochen, dass ich das Gefühl habe, Sie zu kennen." Kaum waren die Worte heraus, verfluchte Pam sich für die wenig geistreiche Bemerkung. Sie nippte an ihrem Sherry. „Ich freue mich schon auf das Rennen."

„Ja, ich auch." Kirk lehnte sich in den Sessel zurück und musterte sie unverhohlen. „Sie sehen nicht unbedingt wie der Typ aus, der sich für Boxengassen und Rundenzeiten interessiert."

„Nicht?" Pam wartete gespannt ab. „Wonach sehe ich denn aus?"

Kirk nahm einen tiefen Zug von der Zigarette. „Nach dem Typ, der Chopin und Champagner bevorzugt."

Pam sah ihm geradewegs in die Augen und schwenkte den Sherry in ihrem Glas. „Sie haben recht", erwiderte sie und lehnte sich wieder entspannt in die Polster zurück. „Aber als Journalistin interessieren mich alle möglichen Dinge. Daher hoffe ich auch, dass Sie großzügig mit Ihren Informationen, Ihren Gedanken und Gefühlen und Ihrem Wissen umgehen."

Das Lächeln hob die Enden seines Schnauzbarts. „Man sagt mir nach, dass ich generell großzügig bin." Er fragte sich, ob ihre Haut so samten war, wie sie wirkte. Das Klingeln an der Haustür durchschnitt die Stille. Kirk erhob sich, nahm Pam das Glas aus der Hand und zog sie hoch. Auch wenn sie sich sagte, dass es eine alberne Reaktion war … ihr Puls begann zu rasen.

„Sind Sie verheiratet?", fragte er.

„Nein, wieso?“ Verblüfft runzelte sie die Stirn.

„Gut. Ich schlafe nämlich nicht mit verheirateten Frauen.“

Er sagte es so nüchtern, dass Pam einen Moment lang brauchte, bevor sie reagieren konnte. Ärgerliche Röte zog in ihre hellen Wangen. „Also, von allen Unverschämtheiten ist das wohl …“

„Hören Sie“, unterbrach Kirk sie. „Es ist unvermeidlich. Bevor die Saison zu Ende ist, werden wir miteinander schlafen. Ich halte nicht viel von Spielchen, also spiele ich auch keine.“

„Würde es Sie sehr beleidigen“, erwiderte Pam mit der schneidenden Kälte, die nur eine Südstaatenerziehung hervorbringen kann, „wenn ich Ihre großzügige Einladung ausschlage?“

„Scheint mir reine Zeitverschwendung.“ Kirk zuckte ungerührt mit einer Schulter. Er fasste Pams Hand, als es zum zweiten Mal klingelte. „Wir sollten besser aufmachen gehen.“

## 2. KAPITEL

Innerhalb der nächsten Stunde füllte sich das Haus mit Menschen und Stimmengewirr und fröhlichem Lachen. Die Terrassentüren wurden aufgestoßen, als es enger wurde, sodass die Gäste auch in die milde Abendluft hinaustreten konnten.

Foxy erkannte alte Freunde und begrüßte neue Gesichter. Automatisch übernahm sie die Rolle der Gastgeberin und ging von Gruppe zu Gruppe. Die „Balance", auf die der Caterer so viel Wert gelegt hatte, hatte sich längst in Wohlgefallen aufgelöst. Die Platten und Schüsseln standen jetzt überall im Haus in Reichweite der Gäste, wo immer sie Platz gefunden hatten. In der lockeren Atmosphäre gab es ein Band, das hier alle Anwesenden zusammenhielt – Autorennen. Hier waren Fahrer, Ehefrauen, Freundinnen und besonders geschätzte Fans zusammengekommen.

Übermütig lachend ging Foxy zur Haustür, als noch späte Gäste ankamen. Ihr Lächeln erstarb allerdings sofort. Immerhin verspürte sie eine gewisse Genugtuung über das Erstaunen in Lance Matthews' grauen Augen. Der Ausdruck kam und ging wieder, gleichzeitig mit dem Anheben und Senken der Augenbrauen. Dann ließ er den Blick von Kopf bis Fuß über Foxy wandern, als wäre sie eine Skulptur, die er für seine Sammlung kaufen wollte. Foxys Ausgelassenheit verflog prompt, sie hob das Kinn an und reckte die Schultern. Verärgert taxierte sie ihn ganz bewusst mit dem gleichen abschätzenden Blick.

Zu einer schwarzen Hose trug er einen schwarzen Rollkragenpullover. Dieser dunkle Aufzug ließ ihn mysteriös und irgendwie gefährlich aussehen, ein Eindruck, der durch seine schlanke Statur und sein verwegenes Aussehen noch verstärkt wurde. Foxy fiel jäh seine Fähigkeit ein, absolut regungslos zu verharren und dabei gleichzeitig jedes Detail in sich aufzunehmen. Eine Fähigkeit, die nur ein echter Jäger besaß und ohne die ein Torero nicht überlebte. In diesem Augenblick registrierte er jedes Detail von ihr, und auch wenn ihr Herz wild pochte, forderte Foxy ihn mit ihrem Blick heraus. *Ärger. Er macht mich immer so wütend.*

„Sieh einer an." Er sprach leise, vor dem Hintergrund des vergnügten Partylärms schien seine Stimme eigenartig intim. Er hielt ihren Blick fest, dann lächelte er, als er die Augen zu ihrem Schmollmund wandern ließ. „Scheint, als hätte ich mich geirrt."

„Inwiefern?" Nahezu unwillig schloss sie die Haustür hinter ihm. Viel lieber hätte sie sie ihm vor der Nase zugeschlagen.

„Du hast dich verändert." Er fasste nach ihren Händen, ignorierte, dass sie zurückzuckte, hielt sie vor sich fest. Noch einmal ließ er den Blick von oben bis unten über sie wandern. „Du bist zwar immer noch sehr dünn, aber immerhin sind die Stellen ein wenig aufgefüllt, auf die es ankommt."

Ihre Haut prickelte, als wäre ein kühler Wind darübergefahren. Verärgert über ihre Reaktion, versuchte Foxy, ihm ihre Hände zu entziehen, leider ohne Erfolg. „Wenn das ein Kompliment sein sollte, kannst du es dir sparen. Und jetzt hätte ich gern meine Hände wieder zurück, Lance."

„Sicher, gleich." Ihre Empörung perlte ohne jegliche Wirkung an ihm ab, während er sie weiter studierte. „Weißt du", hob er im Plauderton an, „ich habe mich immer gefragt, was wohl aus diesem vorwitzigen kleinen Gesicht werden würde, das du immer hattest. Es besaß einen gewissen Reiz, selbst wenn es immer mit Öl verschmiert war."

„Wundert mich, dass du dich überhaupt erinnerst." Da er sie wohl nicht loslassen würde, konnte sie genauso gut aufhören, sich zu wehren. Sie sah ihn scharf an, suchte nach Mängeln und Fehlern in seinem Gesicht, die in den letzten sechs Jahren vielleicht aufgetaucht sein könnten. Sie fand keine. „Du dagegen hast dich gar nicht verändert."

„Danke." Er grinste, ließ ihre Hände los, schlang den Arm um ihre Taille und führte sie zurück zur Party.

„Das war nicht als Kompliment gedacht." Ihre Reaktion auf sein Grinsen und seine Berührung war seltsam. Obwohl sie immer noch auf der Hut war, schlich sich Heiterkeit in ihre Empfindungen. Sie trat entschieden einen Schritt zurück. „Ich nehme an, du kennst alle hier." Mit einer ausholenden Geste umfasste sie die anwesenden Gäste. „Und den Weg zur Bar findest du sicher allein."

„Höflich bis zuletzt", murmelte Lance und musterte sie nachdenklich. „Wenn ich mich recht entsinne, warst du mir gegenüber nicht immer so feindselig eingestellt."

„Ich bin eben lernfähig, wenn es auch manchmal länger dauert."

„Lance, Darling!" Honey Blackwell kam auf sie zugerauscht. Das silberblonde Haar trug sie kurz, ihr Gesicht war hübsch und perfekt geschminkt, ihre Figur ausgestattet mit mustergültigen Kurven. Sie hatte Geld im Überfluss und einen unersättlichen Hunger auf Abenteuer. Foxys Ansicht nach war Honey der Archetyp des Boxen-Groupies. Jetzt schlang sie die Arme um Lance' Nacken, und er legte seine Hände auf ihre üppigen Hüften. Sie küsste Lance begeistert, während er über ihre Schulter direkt in Foxys süffisantes Grinsen blickte.

„Ihr beide kennt euch offensichtlich bereits." Foxy nickte kurz, um sich dann abzuwenden und zur Party zurückzukehren. Und offensichtlich, fügte sie in Gedanken hinzu, amüsiert ihr euch auch ohne mich.

Als sie eine Hand an ihrem Arm spürte, schaute sie auf.

„Hi. Ich wusste, irgendwann würden Sie lange genug an einem Platz stehen bleiben, damit ich mich vorstellen kann. Ich bin Scott Newman."

„Hallo. Cynthia Fox." Ihre Hand wurde mit einem kräftigen Händedruck geschüttelt.

„Ich weiß. Sie sind Kirks Schwester."

Sie lächelte und studierte Scott Newman genauer. Er besaß ansprechende Gesichtszüge, seine Augen waren dunkelbraun, seine Nase war gerade, sein Mund breit und geschwungen. Das braune Haar trug er weder zu lang noch zu kurz. Sie standen sich fast auf Augenhöhe gegenüber, war er doch nur knapp eins achtzig. Er war gebräunt und durchtrainiert, der Anzug, den er trug, saß perfekt. Das Jackett hatte er lässig offen stehen lassen.

Foxy schoss der Gedanke durch den Kopf, dass Scott Newman das Paradebeispiel für den jungen, aufstrebenden Manager war. Schade, dass er den hellen Leinenanzug nicht mit einem dunklen Hemd kombiniert hatte.

„Wir werden uns in den nächsten Monaten wohl häufiger sehen", fuhr er fort, ohne zu ahnen, welche Richtung ihre Gedanken eingeschlagen hatten.

„So?" Sie wich jemandem aus, der sich mit einer vollen Käseplatte und einer Schüssel Cracker seinen Weg bahnte, um dann ihre Aufmerksamkeit wieder auf Scott zu richten.

„Ich bin Kirks Tourmanager. Ich regle alle Reisearrangements, Unterbringung für ihn und die Crew und alles, was sonst noch dazugehört."

„Ah, ich verstehe." Foxy schüttelte ihr Haar zurück, neigte dann leicht den Kopf zur Seite. „Ich war ein paar Jahre nicht mehr dabei." Aus den Augenwinkeln erhaschte sie ihren Bruder. Foxy drehte sich zu ihm um und lächelte. Er glich einem Ritter auf einem Kreuzzug, während eine hübsche Brünette an seinem Arm hing und eine Gruppe Umstehender andächtig seinen Worten lauschte. „Als ich noch zum Team gehörte, gab es so etwas wie einen Tourmanager nicht", murmelte sie. Foxy erinnerte sich noch gut daran, dass sie mehr als eine Nacht auf dem Rücksitz eines Wagens verbracht hatte, in einer Garage, eingehüllt in den Geruch von Benzin und Zigarettenrauch. Oder in einem Zelt auf dem Gelände auf den Morgen und den Start des Rennens gewartet hatte. Er ist ein Komet, dachte sie, während sie ihren Bruder betrachtete, ein heller, strahlender Komet.

„Ja, in den letzten Jahren hat sich einiges geändert", meinte Scott. „Kirk hat ja auch immer wichtigere Rennen gewonnen. Und mit Lance Matthews' Sponsoring hat sich seine Karriere natürlich enorm weiterentwickelt."

„Ja, natürlich." Sie lachte und schüttelte den Kopf. „Geld hilft enorm, nicht wahr?"

„Sie haben gar keinen Drink." Scott bemerkte zwar, dass sie kein Glas in der Hand hielt, nicht aber den leichten Sarkasmus in ihrer Stimme. „Das sollten wir schnellstens ändern."

„Einverstanden.“ Foxy hakte sich bei ihm ein und ließ sich von ihm zur Bar führen. Lance Matthews' Geld ist mir völlig egal, dachte sie.

„Was trinken Sie?“, erkundigte sich Scott.

Foxy sah erst ihn an, dann den schon ergrauenden professionellen Barmann. „Eine Weinschorle“, sagte sie dann.

Das Mondlicht schimmerte durch die Blätter. Die Blumen im Garten waren gerade erst aufgeblüht, die Farben der Frühlingsblüten blass in der Nacht. Ihr leichter Duft verströmte das Versprechen auf den kommenden Sommer.

Mit einem herzhaften Seufzer ließ Foxy sich auf die Hollywoodschaukel fallen und legte die Füße auf die Fußbank davor. Vom Haus her drangen leise das Lachen und die Musik der Party zu ihr herüber. Sie hatte sich in der Küche zur Hintertür hinausgestohlen, um ein paar Momente Ruhe und Frieden zu ergattern. Drinnen im Haus stand die Luft schwer und drückend, angefüllt mit Zigarettenrauch und Parfüm. Tief atmete Foxy die frische Frühlingsluft ein und stieß sich mit dem Fuß ab, um die Schaukel in Bewegung zu setzen.

Scott Newman, so hatte sie entschieden, war attraktiv, höflich, intelligent und engagiert. Und zugegebenermaßen leider auch fad. Sie stieß noch einen Seufzer aus und schaute in den Himmel auf. Wolkenfetzen zogen träge dahin, verdunkelten den Mond, gaben ihn wieder frei. Ich bin es schon wieder, dachte sie. Überkritisch. Muss ein Mann auf einem Bein stehend jonglieren, damit ich ihn unterhaltsam finde? Wonach suche ich überhaupt? Nach einem hehren Ritter? Mit gerunzelter Stirn verwarf Foxy den Ausdruck. Ritter waren vornehm und strahlend und edel. Sie zog ein wenig Patina und ein paar Kratzer vor. Es musste jemand sein, der sie zum Lachen und zum Weinen bringen konnte, der sie wütend machen konnte und ihre Knie weich.

Sie lachte leise und fragte sich, mit wie vielen Männern sie sich eigentlich gleichzeitig einlassen wollte. Sie lehnte den Kopf in den Nacken und schlug die Knöchel übereinander. Der Saum ihres Kleides rutschte über ihre Knie und kitzelte sie leicht. Sie streckte die Arme aus und fasste die Stangen der Schaukel zu beiden Seiten. *Ich wünsche mir jemanden, der ungezähmt und zärtlich und stark und intelligent und herrlich albern ist.* Sie musste über sich selbst lachen und schaute zu den Sternen empor. Hell und manche von einem bläulichen Kranz umgeben, glitzerten sie da oben am Himmelszelt durch die vorbeischwebenden Wolken.

„Welchem Stern sollte ich wohl meinen Wunsch anvertrauen?"

„Der hellste ist immer am Besten."

Erschrocken schnappte Foxy nach Luft. Sie ließ die Stangen los und schaute in die Richtung, aus der die Stimme gekommen war. Er war nur ein Schatten, groß und schlank. Dieser Schatten bewegte sich jetzt mit der Geschmeidigkeit eines Panthers auf sie zu. Die schwarze Kleidung ließ Lance nahtlos mit der Nacht verschmelzen, doch seine Augen fingen schimmernd das Mondlicht ein. Einen Moment lang verspürte Foxy das Gefühl von Bedrohung, so als hätte der stille Garten am Stadtrand sich plötzlich in einen gefährlichen, unberührten Dschungel verwandelt. Als hätte er die glühenden Augen einer Raubkatze, die das Dunkel der Nacht durchbrachen, sah Lance zu ihr hin. Schatten fielen auf sein Gesicht. So muss Luzifer ausgesehen haben, als er aus dem Himmel in die Flammen fiel, dunkel und unwiderstehlich, dachte sie.

„Was wünschst du dir denn?", fragte er leise.

Foxy wurde sich bewusst, dass sie die ganze Zeit den Atem angehalten hatte. Unauffällig atmete sie aus. Es sind der Schreck, sagte sie sich, und die Überraschung, dass ich Gänsehaut habe. „Was tust du hier draußen? Ich dachte, die Blondinen hätten dich längst in Beschlag genommen."

Lance stand vor Foxy an der Hollywoodschaukel und schaute auf sie herunter. „Ich brauchte frische Luft. Und etwas Ruhe."

Es wurmte sie, dass seine Motive den ihren so sehr ähnelten. Foxy zuckte mit den Achseln und schloss die Augen. „Wie ist es dir gelungen, dich von Miss Oberweite loszueisen?"

Die Geräusche der Party wehten durch die Nacht. Foxy spürte Lance' Blick auf ihrem Gesicht, dennoch hielt sie ihre Augen trotzig geschlossen.

„Du hast also Krallen bekommen", murmelte er. „Du solltest sie nicht am Rücken eines anderen wetzen, Foxy. Das Gesicht ist fairer."

Sie hob die Lider und begegnete seinem Blick. Unwillig gestand sie sich ein, dass sie vom ersten Augenblick ihres Wiedersehens an boshaft und gehässig zu ihm gewesen war. Bösartigkeit war eigentlich völlig untypisch für sie. Sie stieß einen Seufzer aus und zuckte mit den Schultern. „Tut mir leid. Eigentlich ist es nicht meine Art, ständig zu fauchen und zu kratzen. Setz dich, Lance. Ich werde versuchen, mich zu benehmen." Ein kleines Lächeln begleitete die Einladung. Jedoch setzte er sich nicht ihr gegenüber, wie sie erwartet hatte, sondern ließ sich neben ihr auf der Schaukel nieder. Foxy verspannte sich. Entweder hatte Lance ihre Reaktion nicht bemerkt, oder aber er ignorierte sie. Er streckte die Beine aus und hob seine Füße auf die Bank.

„Ich habe nichts gegen einen kleinen Ringkampf einzuwenden, Fox, aber eine Pause zwischen den Runden ist auch angenehm." Er zog sein Feuerzeug hervor und zündete eine von seinen langen schlanken Zigarren an. Die Flamme flackerte auf und erlosch wieder. Seltsam, dachte Foxy und entspannte sich, wie genau ich mich an dieses Aroma erinnern kann.

„Dann lass uns sehen, ob wir uns nicht für ein paar Minuten zivilisiert benehmen können", schlug Foxy vor und drehte sich zu ihm, um ihn anzusehen. Sie war jetzt erwachsen, ermahnte sie sich, konnte also mit ihm mithalten. „Sollen wir uns über das Wetter unterhalten oder über die neuesten Bücher auf der Bestsellerliste? Oder vielleicht über die politische Situation in Rumänien? Oh, ich weiß …", sie stützte das Kinn in die Hand, „… das Rennen. Nun, was für ein Gefühl ist es, Autos zu entwerfen, anstatt sie zu fahren? Erhoffst du dir mehr von dem Indy Car, das du entworfen hast, oder von dem Formel-1-Wagen bei den Grand-Prix-Rennen? Kirk fährt gute Zeiten im freien Training, seit die Saison eröffnet ist. Der Wagen soll ja sehr schnell und sehr zuverlässig sein."

Lance blickte in ihre vorwitzigen Augen und hob eine Braue. „Liest du noch immer alle Rennsportmagazine, Foxy?"

„Kirk würde es mir niemals verzeihen, wenn ich nicht auf dem Laufenden wäre." Sie lachte, ein kehliger, samtiger Laut.

„Das hat sich also nicht verändert", kommentierte Lance. Foxy lächelte leicht verständnislos. „Schon mit fünfzehn hattest du das verführerischste Lachen, das ich je gehört habe. Es klingt wie etwas, das aus dem Nebel auftaucht."

Er stieß den Rauch aus, und sie setzte sich auf. Mondlicht ergoss sich über ihr Haar und ließ tausend kleine Funken aufsprühen. Foxy spürte seine Macht, und sie spürte die Versuchung.

„Deine Firmenzentrale sitzt also in Boston", navigierte sie sich auf sicheres Gebiet. „Ich vermute, du lebst auch dort?"

Lance lächelte über ihr geschicktes Manöver und tippte die Asche von der Zigarre. „Meistens. Warst du schon mal dort?" Er legte den Arm auf die Rücklehne. Es war eine so lässige Geste, dass Foxy sie kaum wirklich wahrnahm.

„Nein." Die langsamen Schaukelbewegungen wirkten beruhigend. „Aber ich würde gern mal hinfahren. Die Kontraste müssen großartig sein – Ziegelstein und Efeu und direkt daneben Stahl und Glas. Ich habe ein paar sehr beeindruckende Fotos gesehen."

„Vor gar nicht allzu langer Zeit habe ich eines von deinen Fotos gesehen."

„So?" Neugierig drehte sie den Kopf zu ihm und stellte erstaunt fest, wie nah ihre Gesichter einander waren. Sie spürte seinen warmen Atem auf ihren Lippen. Die Macht wurde stärker, die Versuchung größer. Vorsichtig rückte sie von ihm ab, ohne dass sein Blick sich auch nur einen Millimeter von ihrem Gesicht bewegt hätte.

„Es wurde im Winter aufgenommen, allerdings sieht man keinen Schnee, sondern nur den Raureif an den kahlen Bäumen.

Es zeigt eine Parkbank, auf der ein alter Mann schläft, eingewickelt in seinen dunkelgrauen Mantel. Die Sonne steht tief hinter den Bäumen und scheint auf ihn herab. Es war ein unglaublich trauriges Foto und gleichzeitig schön."

Foxy war verdattert. Nie hätte sie von Lance Matthews ein Gespür für ihr Handwerk vermutet, nie hätte sie gedacht, dass er verstehen würde. Während sie hier schweigend zusammensaßen, geschah etwas zwischen ihnen, doch Foxy wusste weder, wie sie dem widerstehen, noch, wie sie es bestärken sollte. Es war so vielschichtig wie Mann und Frau. Unablässig schaute er sie an, während seine Finger mit ihrem Haar spielten.

„Ich war sehr beeindruckt", fuhr er fort, als sie verwirrt schwieg. „Und dann sah ich deinen Namen darunter stehen. Erst konnte ich nicht glauben, dass du das sein solltest. Die Cynthia Fox, die ich kannte, konnte unmöglich die Fähigkeit besitzen, einem Foto eine solche Intensität zu verleihen. Ich sah noch immer die heranwachsende Göre mit den großen Augen und dem wahrhaft üblen Temperament." Als Lance sich abwandte, um den Zigarrenstummel wegzuschnippen, ließ Foxy unhörbar bebend die Luft aus ihren Lungen entweichen.

Entspann dich! befahl sie sich still. Benimm dich nicht wie ein Idiot.

„Auf jeden Fall bin ich neugierig genug geworden, um mich genauer zu erkundigen. Als ich dann herausfand, dass es tatsächlich dein Foto war, war ich doppelt beeindruckt." Er wandte sich zu ihr zurück und hob eine Augenbraue an, die unter den Strähnen auf seiner Stirn verschwand. „Du bist ganz offensichtlich gut in dem, was du tust."

„In was? Mit Kameras spielen?" Doch sie lächelte bei der Frage. Die laue Abendluft hatte auch ihre Stimmung milde werden lassen.

Ein Grinsen zog auf sein Gesicht. „Ich war immer der Überzeugung, man sollte seine Arbeit gern tun. Schließlich spiele ich schon seit Jahren mit Autos."

„Du kannst es dir auch erlauben zu spielen." Ihr Ton war kühler geworden, ohne dass sie es bemerkte.

„Du hast mir noch immer nicht vergeben, dass ich reich bin, oder?“ Die Amüsiertheit, die sie in seiner Stimme hörte, ließ sie sich albern vorkommen.

„Nein.“ Sie zuckte mit einer Schulter. „Vermutlich nicht. Zehn Millionen hören sich so großspurig und protzig an.“

Er lachte, ein tiefes Grollen in seiner Brust, und zog an ihrem Haar, bis sie ihn wieder ansah. „In Boston sind nur die Neureichen protzig, Foxy. Altes Geld ist diskret.“

„Wie genau wird ‚alt‘ definiert – ich meine, was das Finanzielle angeht?“ Sie musste zugeben, dass ihr sein Lachen gefiel, und sie genoss es, seine Hand in ihrem Haar zu spüren.

„Oh, ich würde sagen, drei Generationen sind das Minimum. Alles andere wäre sofort suspekt. Weißt du, Fox, dein ‚Maiglöckchen‘ ist mir viel lieber an dir als das ‚Super‘, das du immer getragen hast.“

„Danke. Manchmal habe ich auch ‚Bleifrei‘ aufgelegt, aber nur, wenn ich besonders waghalsig sein wollte.“ Mit einem Seufzer stand sie auf. Erstaunlich, dass sie tatsächlich lieber hier mit ihm sitzen wollte, als zur Party zurückzukehren. „Ich sollte besser wieder hineingehen. Kommst du mit?“

„Noch nicht.“ Er fasste nach ihrer Hand und zog Foxy mit einem Ruck auf seinen Schoß.

„Lance!“ Ein überraschtes Lachen entschlüpfte ihr, sie stieß sich mit beiden Händen an seiner Brust ab. „Was machst du denn da?“ Doch ihr Sträuben kam nur halbherzig, und obwohl seine Hände sie fest bei den Hüften hielten, blieb ihre Stimmung nachgiebig.

„Ich hab dich noch immer nicht zur Begrüßung geküsst.“

Das Lachen erstarb auf ihren Lippen. Sie spürte die Gefahr aufziehen. Hastig wollte sie zurückweichen, doch er legte die Hand an ihren Nacken. Sie brachte noch ein verblüfftes „Nein!“ hervor, bevor sein Mund auch schon ihre Lippen berührte.

Es begann als leichter, neckender Kuss. Foxy fühlte sogar das Lächeln auf den Lippen, die sich auf ihre pressten. Vielleicht, wenn sie sich gewehrt hätte, wenn sie protestiert hätte, wäre es bei einem flüchtigen Berühren geblieben. Doch kaum lag Mund auf Mund, erstarrte Foxy. Ihr Herz schien das Schlagen einzustellen, ihre Lungen sogen weder Luft ein, noch stießen sie sie aus, und das Blut pulsierte nicht mehr durch ihre Adern. Und dann setzten jäh alle Funktionen wieder ein.

Wer den ersten Schritt gemacht hatte, um den Kuss zu vertiefen, würde sie wohl nie wissen. Es passierte blitzschnell. Heiß und hungrig vereinten sich ihre Münder zu einem tiefen, gierigen, endlos dauernden Kuss. Das erstickte Stöhnen, das in den Abend stieg, hätte genauso gut von ihr wie von ihm stammen können. Ihre Brüste schmiegten sich weich an seinen harten Oberkörper, während sie Zunge und Lippen nutzte, um den Kuss noch intensiver werden zu lassen. Er erkundete alle Geheimnisse ihres Mundes, während sie seinen Geschmack bis zur Neige auskostete, seinen Duft in sich einsog, sich in dem Gefühl seiner Haut an ihrer sonnte. Seine Hand wanderte ihren Rücken auf und ab, hin zu ihrer Hüfte und über ihren Schenkel. Der dünne Stoff ihres Kleides bot keine größere Barriere zwischen ihnen als die Luft. Die fordernde Liebkosung spornte Foxy an, sich enger an ihn zu schmiegen und an seiner Lippe zu knabbern, sie wollte die Hitze noch intensiver spüren. Als Antwort presste er wild und fiebrig den Mund auf ihre Lippen, bis ihre Sinne in einem ekstatischen Strudel versanken. Mit einem leisen lustvollen Stöhnen erschlaffte sie in seinen Armen. Noch einen Moment lang blieben ihre Lippen vereint, dann löste Lance sich von ihr.

Ihre Augen schienen ebenso grau zu sein wie seine, als sie einander stumm ansahen. Noch immer hatte Foxy die Arme um seinen Nacken liegen. Sie nahm den Duft der Blumen nicht mehr wahr, sondern nur noch seinen Duft, warm und männlich. Sie hörte nicht mehr das Lachen von der Party, sondern nur noch sein leises Atmen. Sie spürte nicht mehr die milde Brise, sondern nur noch die Hitze seiner Hände auf ihrer Haut. Nur noch er existierte für sie. Eine Eule flog aus einem Baum hinter ihnen auf und brach mit ihrem lauten Schrei den Zauber. Foxy erschauerte, schluckte und rappelte sich auf.

„Das hättest du nicht tun sollen." Ihre Haut prickelte am ganzen Körper. Sie mied seinen Blick und strich sich ihr Kleid glatt.

„Und warum nicht?“ Lance’ Stimme klang ebenso gelassen, wie sein Schulterzucken wirkte. „Du bist doch jetzt schon ein großes Mädchen.“ Er stand auf und zwang sie damit, den Kopf ein wenig in den Nacken zu legen, wenn sie sein Gesicht sehen wollte. „Dir hat es ebenso viel Spaß gemacht wie mir. Jetzt ist es wohl zu spät, das Unschuldslamm zu spielen.“

„Ich spiele nicht das Unschuldslamm“, leugnete sie hitzig mit wütend blitzenden Augen. „Und ob es mir Spaß gemacht hat oder nicht, ist hier völlig unerheblich.“ Ihr wurde klar, dass sie sich genau so benahm, wie er es ihr unterstellte. Wütend über sich selbst, schüttelte sie ihr Haar zurück. Sie wollte jetzt zumindest einen würdevollen Rückzug antreten und machte einen Schritt von der Hollywoodschaukel fort, doch Lance fasste nach ihrem Arm, bevor sie weiterkam.

„Was soll das, Fox?“ Er hörte sich jetzt weder lässig noch amüsiert an, sondern eindeutig verärgert.

„Was das soll?“, wiederholte sie mit zusammengebissenen Zähnen. „Tu das nie wieder!“

„Ist das etwa ein Befehl?“, murmelte er gefährlich sanft. „Ich bin nicht besonders gut darin, Befehle zu befolgen.“

„Ich habe mich überrumpeln lassen.“ Sie versuchte, eine Erklärung zu finden und sich gleichzeitig zu rechtfertigen. „Ich habe nicht aufgepasst, vielleicht weil ich müde bin. Vielleicht war ich ja auch ein bisschen neugierig. Auf jeden Fall habe ich überreagiert.“

„Neugierig?“ Er lachte auf, es war ein sehr männliches Lachen. „Habe ich deine Neugier wenigstens befriedigt, Foxy? Vielleicht ergeht es dir ja wie Alice im Wunderland, und du wirst neugieriger und neugieriger.“ Mit einem Finger fuhr er an ihrem bloßen Arm entlang. Sie erschauerte und wich zurück.

„Du bist unmöglich!“ Unwirsch strich sie sich das Haar aus dem Gesicht. „Du warst schon immer unmöglich!“ Damit wirbelte sie herum und rannte in die Sicherheit der Party zurück. Ihr Kleid flatterte bei jedem Schritt um ihre Beine.

Und Lance sah ihr nach.

## 3. KAPITEL

Das Indy 500 verwandelt Indianapolis von einer ganz normalen Stadt im Mittleren Westen in das Herz des Rennsports und rückt sie ins Rampenlicht der internationalen Rennwelt. Bei diesem Sportereignis – dem ältesten und traditionsreichsten Autorennen der Welt – sehen mehr Zuschauer zu als bei jeder anderen Veranstaltung im Land. Für den Rennsport ist Indianapolis das, was Wimbledon beim Tennis ist, was das Kentucky Derby für Pferderennen bedeutet, wofür die World Series beim Baseball steht – für Prestige, für Ehre und für atemlose Aufregung.

Foxy war froh, dass nicht die kleinste Wolke am Himmel stand. Es hatte nicht einmal mehr den kürzesten aller Regenschauer gegeben. Bei der Mischung von Regen und Rennen war ihr immer unwohl. Der Wind zupfte an dem Band, mit dem sie ihr Haar zu einem Pferdeschwanz zusammengebunden hatte. Die Jeans, die sie trug, war vertraut wie ein alter Freund, ausgewaschen und fast weiß an den Knien und schmiegte sich eng um ihre Hüften. Das rot-weiß gestreifte Baseballshirt hatte sie in den Hosenbund gestopft, um ihren Hals hing die Nikon, die sie während ihrer College-Zeit gebraucht erstanden hatte. Diese Kamera würde Foxy nicht einmal gegen eine Kiste Gold eintauschen. Von ihrer Position in der Boxengasse konnte sie sehen, dass die Haupttribüne noch leer war. Reporter, Kamerateams, Fahrer und Mechaniker liefen noch alle herum, erledigten letzte Dinge oder tranken Kaffee aus Styroporbechern. Noch war es so leise, dass man sogar den einen oder anderen Vogel zwitschern hören konnte, ruhig war es dennoch nicht. Ein Summen lag in der Luft, Aufregung und Anspannung elektrisierten die Atmosphäre. In weniger als zwei Stunden würden sich die Menschenmassen auf den Rängen und im Innenfeld tummeln. Wenn dann die grüne Flagge geschwenkt wurde, würden sich auf dem Indianapolis Motor Speedway mehr als vierhunderttausend Menschen aufhalten, eine Zahl, die mühelos die Einwohnerzahl mehrerer amerikanischer Städte übertraf.

Und der Lärm würde explosionsartig einsetzen und anhalten wie rollender Donner.

Für Stunden würden die Motoren röhren. In den Boxengassen würde sich der Geruch von Benzin und Motoröl und Schweiß vermischen und dampfend in die Luft steigen. Alle Augen würden gebannt auf den tief liegenden Wagen haften, die Runde um Runde auf dem zweieinhalb Meilen langen Oval absolvierten. So mancher würde an nichts anderes mehr denken können als an das Rennen.

Foxys Gefühle dagegen waren komplizierter. Zwei Jahre war es her, seit sie das letzte Mal auf einer Rennstrecke gestanden hatte, sechs, seit sie zu der Welt des Rennsports gehört hatte. Und doch, so stellte sie jetzt fest, während sie sich umsah, kam es ihr vor, als wäre es erst gestern gewesen. Ihre Gefühle und Empfindungen hatten sich durch die Abwesenheit nicht verändert. Da war noch immer diese freudige Erwartung, die rauschhafte Aufregung, fast schwindelte ihr davon, und sie wusste, wenn das Rennen erst begann, würde es noch stärker werden. Da waren auch Stolz und Bewunderung für das Können ihres Bruders, ein Talent, das vielmehr angeboren denn erlernt war. Aber unter allem lag eine tief sitzende Angst, eine Furcht, so scharf und schneidend, dass selbst all die Jahre sie nicht hatten stumpfer werden lassen. All diese Gefühle kämpften in ihr, und Foxy wusste schon jetzt, dass sie sich zu einer überwältigenden und unbeschreiblichen Emotion vermengen würden, in genau dem Moment, in dem die grüne Flagge geschwenkt wurde. Nichts hatte sich geändert.

Foxy kannte den Ablauf. Es gab Fahrer, die bereitwillig Interviews geben und das bevorstehende Rennen lässig kommentieren und ihre Scherze machen würden. Andere würden über die Technik referieren oder abstrakt bleiben, wieder andere nur unwillig antworten. Von Kirk wusste sie, dass er frühe Interviews gewährte und die Fragen mit seiner charmanten Arroganz beantwortete. Für ihn war jedes Rennen gleich und doch wieder einzigartig. Gleich waren sie, weil er jedes Rennen fuhr, um zu gewinnen, einzigartig, weil sich bei jedem Rennen nie da gewesene und nie wiederkehrende Probleme stellten. Nach den Interviews würde er sich absetzen und allein bleiben, bis es Zeit wurde, ins Cockpit zu steigen. Aus langer Erfahrung wusste Foxy, wie sie sich unsichtbar machen konnte. Sie mischte sich unter die Fahrer und die Mechaniker und die Dutzenden von anderen Fotografen, dokumentierte mit ihrer Kamera die Routine vor Rennbeginn.

„Wozu hältst du denn jedem dieses Ding da ins Gesicht?"

Foxy erkannte das bärbeißige Brummen sofort, aber erst schoss sie ihr Foto, bevor sie sich umdrehte. „Hey, Charlie!" Breit grinsend warf sie sich an seinen Hals und drückte einen herzhaften Kuss auf seine stoppelige Wange. Natürlich würde er schimpfen und protestieren, aber sie wusste, dass er sich über die Umarmung freute.

„Typisch Frau", knurrte er auch prompt, aber sie spürte den liebevollen Druck seiner Hand an ihrem Rücken, bevor er zurücktrat.

Für die nächsten Augenblicke musterten sie sich gegenseitig unverhohlen. Foxy erkannte nur wenige Veränderungen an ihm. Da gab es mehr Grau in seinem Bart und weniger Haare auf seinem Kopf, aber seine Augen strahlten noch immer in demselben klaren Blau wie vor zehn Jahren. Damals war er fünfzig gewesen, in ihren Augen uralt. Als Lance Matthews' Chefmechaniker hatte Charlie Dunning die Boxen wie ein Despot regiert. Jetzt tat er das als Kopf von Kirks Team noch immer.

„Immer noch zu dünn", meinte er abfällig. „Ich hätte wissen müssen, dass die paar Jahre nicht ausreichen, damit du etwas Fleisch auf die Rippen bekommst. Verdienst du mit deiner Knipserei nicht genug, um dir was Anständiges zu essen zu kaufen?"

„In letzter Zeit ist niemand mehr da, der Schokoriegel herumliegen lässt." Sie kniff ihn in die Wange. Wahrscheinlich würde er nicht einmal unter Folter zugeben, dass er die Schokolade für das dürre Mädchen hingelegt hatte. „Ich habe dich auf Kirks Party vermisst", sagte sie, während er nur etwas Unverständliches brummte.

„Ich gehe nicht auf Kinderfeiern. So, du und die schicke Lady werden uns also bei diesem Rennen und während der gesamten Saison begleiten, was?“ Er schnaubte und verzog missbilligend den Mund.

„Wenn du Pam damit meinst … ja, werden wir.“ Sie entschied, dass er die Schroffheit fast perfektioniert hatte. „Und sie ist Journalistin.“

„Achte nur darauf, dass keiner von euch beiden im Weg steht.“

„Ja, Charlie“, antwortete sie demütig. Seine Augen verengten sich misstrauisch, als er das Glitzern in ihrem Blick sah.

„Noch genauso frech wie früher! Wärst du nicht so mager gewesen, hättest du schon vor Jahren eine Tracht Prügel von mir gekriegt.“

Grinsend hob Foxy die Kamera und schoss ein schnelles Porträtfoto. „Lächle mal“, ordnete sie an.

„Frech!“, bekräftigte er. Als seine Lippen jedoch zu zucken begannen, drehte er sich um und marschierte davon.

Foxy schaute ihm nach, bis er in der Menge verschwunden war, bevor sie sich umdrehte – und prompt gegen Lance rempelte. Sie schnappte nach Luft. Er legte die Hände auf ihre Schultern. Einen langen Moment hielten ihre Blicke einander fest. Bis jetzt war es Foxy gelungen, die Episode auf der Hollywoodschaukel zu verdrängen, doch jetzt stürzte die Erinnerung daran mit Macht auf sie ein. Und um den Mund, der ihren so hungrig in Besitz genommen hatte, zuckte ein Lächeln.

„Er hatte schon immer eine Schwäche für dich.“

Foxy vergaß alles um sich herum, sah nur noch seine grauen Augen. Als sein Lächeln breiter wurde und sich jetzt auch ein Anflug von Arroganz hineinmischte, riss sie sich aus seinem Griff los. Er trug die gleiche Kluft wie sie, Jeans und T-Shirt. Der Wind spielte mit seinen Haaren. In Gedanken verfluchte sie ihn für sein verboten gutes Aussehen.

„Hallo, Lance.“ Sie übte sich in kühler Höflichkeit und war stolz, dass es ihr gelang. „Heute keine Reporter im Schlepptau?“

„Hallo, Foxy“, ahmte er ihren Tonfall nach. „Auf der Suche nach Schnappschüssen?“

„Touché“, murmelte sie. Sie wandte sich ab und hob die Nikon ans Auge, um die Blende einzustellen. Sie musste wohl einen zusätzlichen Sinn für Lance Matthews entwickelt haben, denn sie spürte seinen Blick auf ihrer Haut. Es war ein Gefühl, das ihr sowohl unangenehm war, wie es sie auch erregte.

„Bist du schon gespannt auf das Rennen, Foxy, oder hat es den Reiz für dich verloren?“ Während er sprach, spielte Lance mit ihrem Pferdeschwanz. Prompt misslangen Foxy vier Fotos.

„Ich habe gehört, dass Kirk die Poleposition bei der Qualifikation gewonnen hat. Er wird den Vorteil zu nutzen wissen.“ Als sie sich zu ihm umdrehte, war ihre Miene gelassen, ihre Augen blickten kühl. Ein Kuss, so sagte sie sich, war nichts, über das man sich aufregen musste. Sie waren dieselben Menschen geblieben. „Als Besitzer musst du bestimmt zufrieden sein.“ Sein Lächeln war nicht die Antwort, auf die sie gefasst gewesen war. „Ich hab den Wagen gesehen. Sehr beeindruckend.“ Als er noch immer nichts sagte, stieß sie frustriert die Luft aus und blickte ihn mit zusammengekniffenen Augen an. „Das war ein wirklich anregendes Gespräch, Lance, aber ich muss wieder zurück an die Arbeit.“

Er legte seine Finger um ihren Oberarm und hielt sie fest, als sie sich zum Gehen wenden wollte. Stumm betrachtete er sie, und sie musste die Sonne mit der Hand abschirmen. „Ich gebe heute Abend eine kleine Party“, sagte er leise. „In meiner Hotelsuite.“

„So?“ Dieses kritische Augenbrauenhochziehen hatte Foxy während ihrer College-Zeit perfektioniert.

„Sieben Uhr. Zum Dinner.“

„Wie klein ist diese Party?“ Die Hand immer noch über den Augen, erwiderte sie seinen Blick.

„Sehr klein. Nur du und ich.“

„Noch kleiner“, korrigierte sie. „Nämlich nur du.“ Zwei Mechaniker in den roten Overalls von Kirks Team eilten an ihnen vorbei. Lance hielt ihre Augen gefangen. „Ich habe eine Verabredung mit Scott Newman."

„Sag sie ab."

„Nein."

„Angst?", fragte er herausfordernd und zog sie ein Stückchen näher zu sich heran.

„Nein, Angst habe ich keine", gab Foxy zurück. Das Grün in ihren Augen stieß auf das Grau in seinen. „Aber ich bin auch nicht dumm. Vielleicht hast du es vergessen. Ich bin nicht völlig unbeleckt, was dich angeht. Ich habe die Parade deiner … äh … Damen bereits miterlebt." Ihre Verachtung ließ sich nicht ganz kaschieren. „Es war ein ziemlich interessanter Teil meiner Erziehung, dich dabei zu beobachten, wie schnell du die Karten ziehst, mischst und ablegst. Ich ziehe meine eigenen Karten", fügte sie hinzu. Dass er noch immer schwieg, machte sie nur wütend. „Und ich übernehme auch das Ablegen. Such dir also jemand anders, wenn du deinem pompösen Ego schmeicheln musst."

Er grinste, und als er sprach, klang seine Stimme heiter und amüsiert. „Du hast wirklich noch immer ein überschäumendes Temperament, Foxy. Du hast ein helles Köpfchen, bist neugierig und verströmst Energie aus jeder Pore. Innerhalb einer Stunde hast du Newman durchschaut, und dann wird er dich zu Tode langweilen."

„Sollte das passieren, ist es mein Problem", fauchte sie und erinnerte sich daran, ihren Arm loszureißen.

„Richtig", stimmte er aufgeräumt zu und raubte ihr die Chance, das letzte Wort zu haben, indem er sie einfach stehen ließ.

Aufgebracht wirbelte Foxy herum und wollte in die entgegengesetzte Richtung davonstapfen. Mit einem leichten Schrecken sah sie, dass sich die Haupttribüne schnell füllte. Die Zeit lief ihr davon. Verärgert eilte sie hinüber zur Boxengasse.

Während Pam einen der Neulinge interviewte, hatte sie die ganze Zeit über die Szene zwischen Lance und Foxy beobachtet. Was gesprochen wurde, hatte sie nicht hören können, aber sie hatte die Emotionen deutlich erkannt, die über Foxys Gesicht gezogen waren. Und sie hatte es mit der Objektivität und der Neugier beobachtet, die ihr Beruf mit sich brachte. Irgendetwas spielte sich zwischen den beiden ab, etwas Körperliches. Man brauchte die beiden nur zusammen zu sehen. Ebenso sicher war Pam, dass Foxy sich dagegen sträubte wie ein störrischer Esel, aber aus diesem Scharmützel von vorhin war sie eindeutig als Zweiter hervorgegangen.

Lance Matthews war Pam auf Anhieb sympathisch gewesen. Sie tendierte dazu, die Menschen auf den ersten Blick einzuschätzen, um sich dann den besten und direktesten Zugang zu ihnen zu überlegen. Ihre gute Menschenkenntnis, mit der sie selten danebenlag, war ihr auf dem beruflichen Weg nach oben unerlässlich gewesen. Lance Matthews schien ihr ein Mann zu sein, der Konventionen nicht unbedingt gering schätzte, aber seine eigenen befolgte. Er wäre für Männer und Frauen gleichermaßen interessant, einfach deshalb, weil er so viel zu geben hatte. Er besaß Stärke und Selbstsicherheit und strahlte eine enorme Sinnlichkeit aus. Als Freund wäre er sicherlich unentbehrlich, und als Liebhaber musste er beängstigend sein.

Der Neuling, in seliger Unwissenheit hinsichtlich Pams Überlegungen, beantwortete weiter ihre Fragen. Pam rundete das Ganze schließlich ab. Den Blick auf Lance' Rücken gerichtet, bedankte sie sich bei dem jungen Mann für das Interview, wünschte ihm viel Glück und eilte davon.

„Mr Matthews!"

Lance drehte sich um. Er sah eine kleine Blondine mit einem Puppengesicht und makellos gekleidet in einem grauen Hosenanzug, ein Aufnahmegerät über der einen, eine Handtasche über der anderen Schulter, auf sich zurennen. Neugierig wartete er ab, bis sie bei ihm angekommen war. Mit einem atemlosen Lächeln blieb Pam vor ihm stehen.

„Mr Matthews, ich bin Pam Anderson." Die Nägel der Hand, die sie ihm hinstreckte, waren babyrosa lackiert. „Ich schreibe eine Artikelserie über Autorennen. Vielleicht hat Foxy meinen Namen ja schon erwähnt."

„Hallo.“ Lance hielt die dargebotene Hand einen Moment fest und musterte Pam genauer. Er hatte jemand Robusteren erwartet. „Auf Kirks Party müssen wir uns wohl verpasst haben.“

„Sie waren verschwunden, bevor ich mir einen Weg durch die Menge zu Ihnen bahnen konnte.“ Pam hatte sich für Offenheit entschieden. „Foxy war übrigens auch verschwunden.“

„Sie sind eine gute Beobachterin.“ Nur ein Anflug von Missmut war in seiner Stimme zu hören, Pam erkannte es dennoch und war zufrieden mit sich. Jetzt hatte sie seine volle Aufmerksamkeit.

„Unsere Freundschaft ist noch frisch, aber ich mag Foxy sehr. Und ich weiß auch, wann ich meine Nase nicht in anderer Leute Angelegenheiten zu stecken habe.“ Abwesend strich sie sich die Strähne fort, die ihr der Wind in die Augen geweht hatte. „Beruflich bin ich nur an dem Rennen interessiert und an sämtlichen Aspekten, die damit zu tun haben. Ich hoffe, Sie werden mir dabei helfen. Sie wissen nämlich nicht nur, wie es ist, einen Rennwagen für die Formel 1 zu entwickeln und zu besitzen, sondern auch, wie es ist, einen zu fahren. Außerdem kennen Sie diese Strecke ebenso, wie Sie die Konstruktionseigenschaften eines Indy Car kennen. Und dass Sie nicht nur eine Berühmtheit in der Rennwelt sind, sondern auch auf dem gesellschaftlichen Parkett gern gesehen sind, wird der Artikelserie enormes Interesse sichern.“

Irgendwann während Pams kleiner Rede hatte Lance die Hände in die Taschen geschoben. Er wartete volle zehn Sekunden, um sicher zu sein, dass sie auch wirklich nichts mehr sagen wollte, bevor er sich ein leises Lachen erlaubte. „Vor ein paar Minuten habe ich mich noch gefragt, ob Sie wirklich dieselbe Pam Anderson sind, die die Enthüllungsserie über die Missstände in unserem Strafsystem geschrieben hat.“ Er deutete eine Verbeugung mit dem Kopf an, was Pam als Zustimmung wertete. „Jetzt bin ich mir sicher. In den kommenden Monaten werden wir genug Zeit haben, um uns zu unterhalten.“ Pam verfolgte mit, wie sein Blick zu Foxy wanderte, die an einen Zaun gelehnt mit

Kamera und Objektiven hantierte. Und sie erlebte die Geburt seines berüchtigten Lächelns mit. „Viel Zeit sogar." Als er das Gesicht wieder zu ihr wandte, wurde das Lächeln breiter und offener. „Was wissen Sie über das Indy 500?"

„Das erste Rennen fand 1911 statt, der Sieg wurde mit einer Durchschnittsgeschwindigkeit von 74,602 Meilen pro Stunde errungen. Ursprünglich war die Strecke mit Ziegelsteinen gepflastert, deshalb wird der Ring heute auch noch immer ‚Old Brickyard' genannt. Es ist ein Hochgeschwindigkeitsrennen, bei dem der Fahrer in den höchsten Gang schaltet und dort auch bleibt. Es ist ein ganz eigenes Rennen; trotzdem gibt es viele Ähnlichkeiten zwischen einem Formel-1-Wagen und einem Indy Car. Es gibt auch eine Reihe von Fahrern, die sowohl am Indy 500 als auch am Grand Prix teilgenommen haben ... unter anderem auch Kirk Fox. Die Autos hier werden mit einem Alkoholgemisch betankt, was ein Feuer besonders gefährlich macht, weil es keine Flammen gibt."

Bei den mit der Schnelligkeit eines Computers aufgelisteten Informationen musste Lance grinsen. „Sie haben Ihre Hausaufgaben gemacht."

„Oh, die Fakten kenne ich", stimmte sie zu. Sein direkter Blick gefiel ihr. „Aber Fakten erzählen nie die ganze Geschichte. Sechsundvierzig Fahrer verunglückten tödlich bei diesem Rennen, aber davon nur drei in den letzten zehn Jahren. Wieso?"

„Die Wagen sind sicherer geworden", antwortete Lance. „Früher hat man sie wie Schlachtschiffe konstruiert. Bei einem Unfall blieben sie ganz, und der Fahrer bekam die volle Wucht ab. Heute ist es die Unschwere der Autos, die Leben schützt. Die Teile fallen praktisch um den Fahrer herum auseinander und halten somit die Wucht des Aufpralls von ihm fern. Die Haftung ist massiv verbessert worden, und die Fahrer sind heute von Kopf bis Fuß in feuerfeste Kleidung gehüllt." Der Rennstart rückte immer näher. Lance führte Pam in Richtung der Start- und Ziellinie.

„Also sind Autorennen sicher geworden?", fragte Pam. Ihr Blick war so offen, wie ihre Stimme sanft war.

Und wieder schenkte Lance ihr seine volle Aufmerksamkeit. Sie war eine sehr clevere Lady. „Das habe ich nicht behauptet. Heute ist es sicherer, aber das Risiko wird immer bleiben. Und ohne das Risiko wäre das Indy 500 ja auch nichts anderes als ein paar Autos, die im Kreis herumfahren."

„Aber der Gedanke an einen möglichen Unfall ist heute nicht mehr so furchterregend wie früher?"

Grinsend schüttelte Lance den Kopf. „Ich bezweifle, dass die Fahrer überhaupt an einen Unfall denken. Würden sie es, dann würden sie wahrscheinlich gar nicht an den Start gehen. So etwas passiert immer nur den anderen, nie einem selbst. Und wenn man daran denkt, dann akzeptiert man es als eine der Regeln des Spiels. Ein Unfall ist auch eigentlich nie die größte Angst, die ist das Feuer. Es gibt keinen Rennfahrer auf dieser Welt, der nicht eine tief sitzende Angst vor einem Brand hat."

„Was geht in einem Fahrer vor, wenn ein anderer verunglückt und er weiterfährt? Was fühlt man dann?"

„Nichts", antwortete er schlicht. „Man kann es sich nicht leisten. Im Cockpit ist kein Raum für Gefühle."

„Nein, sicher nicht." Sie nickte. „Das kann ich verstehen. Aber eines verstehe ich dennoch nicht. Das Warum."

„Warum?"

„Warum zwängen Menschen sich in ein Auto und rasen in halsbrecherischem Tempo über eine Rennstrecke? Warum riskieren sie es, verletzt oder gar getötet zu werden? Was bewegt einen Menschen dazu?"

Mit gerunzelter Stirn sah Lance auf den Ring. „Das ist ganz unterschiedlich. Vermutlich gibt es ebenso viele Motive, wie es Fahrer gibt. Der Rausch, die Herausforderung, das Geld, das Prestige, die Geschwindigkeit. Geschwindigkeit kann zur Sucht werden. Man will sich selbst beweisen, will seine Fähigkeiten bis an die Grenzen testen. Und natürlich spielt da auch das Ego mit, wie bei jedem Sport." Als er sich zu Pam zurückdrehte, sah er Kirk ins Sonnenlicht treten. „Die Fahrer haben alle unterschiedliche Vorstellungen und Bedürfnisse, aber eines ist ihnen gemein – sie alle wollen gewinnen."

Foxy ging um den Wagen herum und fotografierte, während Kirk im Cockpit festgeschnallt wurde. Er zog die Wollmütze über seinen Kopf, und bis er den Helm aufsetzte, sah er aus wie ein mittelalterlicher Ritter, der sich auf sein Turnier vorbereitete. Er beantwortete Charlies Fragen mit einsilbigen Worten oder mit einem knappen Nicken. Seine Konzentration war längst auf das Rennen ausgerichtet. Unter dem Helmvisier blickten seine Augen starr geradeaus, seine Miene wirkte völlig ausdruckslos. Ihn umgab eine Aura des Losgelöstseins, nicht nur von den Leuten, die um den Wagen herumstanden, sondern auch von sich selbst. Foxy spürte seine Distanz zum Rest der Welt, und mit ihrer Kamera fing sie diesen Zustand ein. Als sie sich wieder aufrichtete, sah sie Lance auf die Gruppe zukommen, der sich dann zu ihrem Bruder hinunterbeugte.

„Ich setze eine Kiste Scotch, dass du den Rekord nicht brichst."

Sie nahm Kirks unmerkliches Nicken wahr und wusste, er hatte die Herausforderung akzeptiert. Sie würde ihn zu Bestleistungen anspornen. Über den Wagen hinweg betrachtete sie Lance. Ihr wurde klar, dass er ihren Bruder besser kannte, als sie ihm zugestanden hatte. Jetzt hob er den Kopf, und ihre Blicke trafen sich, als der Motor des Rennwagens aufheulte. Während Kirk auf die Bahn zur Startlinie fuhr und die Poleposition einnahm, verschwand Foxy im Dunkel der Garage.

Die letzten Takte von „Back Home Again In Indiana" verklangen, tausend bunte Luftballons stiegen in die Luft, und die Menge applaudierte jubelnd. Selbst meilenweit von der Rennstrecke entfernt, würden die Menschen nun wissen, dass das Indy 500 auf dem Motor Speedway begonnen hatte. Jetzt folgte die offizielle Anweisung über die großen Lautsprecher und übertönte den Jubel der Menschenmenge.

„Gentlemen, starten Sie Ihre Motoren!"

Auf der Startlinie schoss die Erregung gleichzeitig mit den Umdrehungen in die Höhe. Die Ränge waren ein Gemisch aus Farben und Lärm, als die Wagen die erste Runde antraten. Das Tempo schien eher zivilisiert. Die Autos, flache Blitze aus Farben und Werbeaufklebern, fuhren in geordneter Formation. In der Sonne schimmerten sie hell, die Umrisse waren deutlich zu erkennen. Allerdings hörte man jetzt kein Vogelgezwitscher mehr. Dann plötzlich scherte das Pace Car aus und fuhr von der Bahn ab.

„Es geht los", murmelte Foxy, und Pam zuckte zusammen.

„Ich dachte schon, ich hätte dich verloren." Pam schob ihre Sonnenbrille höher auf die Nase.

„Du hast doch nicht ernsthaft geglaubt, ich würde den Start verpassen, oder?" Auf ihrer Kamera steckte jetzt das Teleobjektiv, Foxy hatte es bereits auf die richtige Entfernung eingestellt. „Jeden Augenblick geht die grüne Flagge hoch."

Pam fiel auf, dass Foxy blass war, doch bevor sie etwas anmerken konnte, explodierte die Luft um sie herum mit donnerndem Lärm. Mit professioneller Mühelosigkeit bannte Foxy Kirks weißen Wagen auf ihren Film.

„Wie schaffen sie das nur?" Pam sprach mehr zu sich selbst, doch Foxy senkte die Kamera und schaute zu ihr hin. „Wie können sie ein solches Tempo für fünfhundert Meilen durchhalten?"

„Sie wollen gewinnen", erwiderte Foxy schlicht.

Der Nachmittag schritt voran, das Donnern setzte nie aus. Über der Hitze der Boxengasse waberte der Geruch von Benzin, Öl und Schweiß. Aus dem Feld von dreißig Wagen waren bereits zehn wegen technischer Probleme oder kleinerer Kollisionen liegen geblieben. Ein gebrochenes Getriebe, eine defekte Kupplung, nur der Sekundenbruchteil einer falschen Einschätzung bedeutete das Ende aller Hoffnungen. Pam hatte ihren Blazer ausgezogen, die Ärmel ihrer weißen Batistbluse aufgerollt und lief mit ihrem Aufnahmegerät durch die Boxengasse. Foxy blieb in der Sonne stehen. Schweiß rann ihr über den Rücken, das Baseballshirt klebte an ihrer Haut. Doch da lief noch etwas anderes zwischen ihren Schulterblättern herunter, etwas, das sie sich versteifen und umdrehen ließ. Lance stand direkt hinter ihr. Den Blick auf die Rennstrecke gerichtet, die wie ein Tal zwischen den Tribünen lag, war er es, der als Erster sprach.

„Er geht jetzt in die fünfundachtzigste Runde." Lance hielt einen Becher mit einem kalten Getränk in der Hand, den er Foxy anbot, ohne den Blick von der Strecke zu nehmen. Leicht verblüfft über seine Gefälligkeit, nahm Foxy den Becher an und trank.

„Ja, ich weiß. Er hat fast eine ganze Runde Vorsprung vor Johnson. Hast du seinen Durchschnitt gestoppt?"

„Etwas über 190."

Foxy verfolgte mit, wie Kirk sich durch eine dichte Traube von Autos schob. Sie hielt den Atem an, als er eng die Kurve schnitt und den nächsten Fahrer überholte. Da starrte sie lieber auf die Eiswürfel in dem Becher und nahm noch einen Schluck. „Du hast wirklich eine hervorragende Boxencrew zusammengestellt. Das letzte Auftanken habe ich mit unter zwölf Sekunden gestoppt. Damit haben sie Kirk einen erheblichen Vorteil ermöglicht. Und der Wagen ist ganz offensichtlich schnell, technisch hochwertig und lässt sich bestens handhaben."

Langsam richtete Lance die Augen auf sie. „Wir wissen doch beide, dass der Erfolg auf Teamwork aufgebaut ist."

„Nur da draußen auf dem Ring nicht", widersprach Foxy. „Da draußen liegt es ganz allein bei Kirk, nicht wahr?"

„Du stehst schon zu lange." Bei Lance' leiser Stimme wandte Foxy ihm das Gesicht zu. „Warum setzt du dich nicht eine Weile hin?" Fast konnte er die Kopfschmerzen hinter ihren Schläfen pochen sehen. Und dann überraschte er sie beide, als er in einem Anfall von seltener Zärtlichkeit seine Hand an ihre Wange legte. „Du siehst müde aus." Er ließ die Hand sinken, steckte sie in die Tasche.

„Nein, das geht jetzt nicht. Ich kann nicht." Die Wärme an ihrer Wange hatte sie aufgewühlt, sie wandte sich ab. „Nicht solange das Rennen nicht vorbei ist. Du weißt schon, dass du den Scotch verlierst, oder?"

„Das hoffe ich." Er fluchte plötzlich, sodass sie sich mit einem Ruck wieder zu ihm drehte. „Es gefällt mir nicht, wie Nummer 15 den ersten Turn nimmt. Er kommt der Wand jedes Mal näher."

„Die 15?“ Mit zusammengekniffenen Augen suchte Foxy nach dem Wagen. „Das ist einer von den Frischlingen, oder? Der Bursche aus Long Beach.“

„Der ‚Bursche‘ ist ein Jahr älter als du“, murmelte Lance. „Aber er hat nicht genug Erfahrung, um so nahe heranzugehen. Er wird die Kontrolle verlieren.“

Nur Sekunden später näherte sich Nummer 15 wieder dem ersten Turn, und dieses Mal kam er viel zu nahe an die unnachgiebige Wand heran. Funken flogen, als die hinteren Reifen mit der massiven Barriere kollidierten. Der Wagen geriet außer Kontrolle und schleuderte wild um die eigene Achse. Fiberglasstücke flogen durch die Luft, als drei der folgenden Wagen dem Unfallwagen in Zickzacklinien auswichen. Einen von ihnen hätte fast das gleiche Schicksal ereilt, er schleuderte und schlidderte, bevor die Reifen wieder auf dem Asphalt griffen. Die gelbe Flagge wurde geschwenkt, als Nummer 15 sich überschlug und schließlich auf dem inneren Ring liegen blieb. Sofort waren Notarztteam und Leute mit Feuerlöschern zur Stelle.

Wie immer, wenn sie Zeuge eines Unfalls wurde, überkam Foxy eine eiskalte Ruhe. Weder dachte noch fühlte sie. In der Sekunde, als der Wagen mit der Mauer in Kontakt gekommen war, hatte sie ihre Kamera in Anschlag gebracht und blitzschnell ein Foto nach dem anderen von dem Unfall aufgenommen. Sie hatte emotionslos den Fokus gesetzt, Belichtung und Schärfe eingestellt. Eines dieser Fotos würde die perfekte Studie des Unfalls werden. Erst als der Fahrer aus dem Wrack kletterte und mit hoch erhobenen Armen winkte, um den Zuschauern auf den Rängen zu zeigen, dass er unverletzt war, atmete Foxy erleichtert durch.

„Großer Gott! Wie kann ein Mensch heil und in einem Stück aus einem solchen Wrack kriechen?“, hörte Foxy Pam sagen, während sie weiter die Arbeiten der Rettungsleute auf dem Innenring dokumentierte.

„Wie ich Ihnen schon sagte, die leichten Autos von heute und die verbesserte Aufhängung haben mehr als einem das Leben bei einem Rennen gerettet“, antwortete Lance auf Pams Ausruf, wobei er jedoch unablässig zu Foxy schaute. Ihr Gesicht hatte alle Farbe verloren, als sie die Kamera sinken ließ.

„Aber nicht allen", sagte sie. Nur verschwommen sah sie, wie Kirks Wagen an der Tribüne vorbeiraste. „Und nicht immer." Langsam kehrte Wärme in sie zurück. „Du solltest den Fahrer interviewen. Er wird dir aus erster Hand eine Beschreibung liefern können, wie es ist, wenn man sein Leben mit zweihundert Meilen pro Stunde an sich vorbeirauschen sieht."

„Ja, das werde ich." Pam warf einen abschätzenden Blick auf Foxy, doch sie sagte nichts und ging los, um den Fahrer zu finden.

Foxy strich sich eine Strähne aus dem Gesicht, die Kamera baumelte um ihren Hals. „Ich vermute, beim nächsten Mal wird Nummer 15 mehr Respekt vor dem ersten Turn zeigen."

„Du bist ziemlich abgebrüht dieser Tage, oder, Fox?" Unter zusammengezogenen Brauen schauten stahlharte Augen sie an. Foxy kannte diesen Blick noch, ein Schauder erfasste sie.

„Fotografen müssen gute Nerven haben." Sie hielt seinem grimmigen Blick stand, ohne mit der Wimper zu zucken. Sie wusste aber auch, dass Ärger zu eiskalter Wut werden konnte. Wenn das geschah, war Lance gefährlich.

„Und Gefühle sind unnötig?" Er fasste den Gurt ihrer Kamera und zog sie näher zu sich heran. „Da saß ein Mann in dem Wagen. Aber du hast keine einzige Einstellung verpasst."

„Was hätte ich deiner Meinung nach tun sollen?", schleuderte sie zurück. „Hysterisch werden? Die Hände vors Gesicht schlagen? Ich habe schon vorher Unfälle gesehen. Unfälle, bei denen niemand einfach aufgestanden und gegangen ist, bei denen es nichts anderes zu sehen gab als haushohe Flammen. Ich habe gesehen, wie man dich und Kirk bei den Schultern unter zerbeulten Autoteilen hervorgezogen hat. Du willst Gefühle?" Jähe Wut ließ ihre Stimme laut werden. „Dann such dir jemanden, der nicht mit dem Geruch von Benzin und Tod aufgewachsen ist."

Lance musterte sie schweigend. Farbe war in ihre Wangen zurückgekehrt, und ihre Augen glitzerten wie das vom Sturm aufgewühlte Meer. „Die Lady ist ganz schön hart im Nehmen, was?“ In seiner Stimme schwang verächtliche Amüsiertheit mit – ein Tonfall, den Foxy unerträglich fand.

„Gut erkannt!“, fauchte sie und schob ihr Kinn vor. „Und jetzt nimm deine Finger von meiner Kamera!“

Das Erste, was sich bei ihm bewegte, war die linke Augenbraue, was wohl so etwas wie Humor oder Nachgeben ausdrücken sollte. In einer übertriebenen Geste hob Lance beide Hände vor sich in die Luft. Aber er trat keinen Schritt zurück; sie standen noch immer nur Zentimeter entfernt voreinander. „Sorry, Fox.“ Doch sie kannte ihn gut genug, um den Ärger in seiner Stimme zu hören. In ihrer eigenen Wut zwang sie sich, es zu ignorieren.

„Lass mich einfach in Ruhe!“ Sie wollte an ihm vorbeigehen, doch er stellte sich ihr in den Weg.

„Nur noch einen Moment.“ Bevor sie ahnte, was er vorhatte, schob er die Kamera auf ihren Rücken und zog sie in seine Arme.

Noch bevor sie den Mund öffnen konnte, um zu protestieren, lagen seine Lippen auch schon auf ihren. Foxy war überrumpelt. Doch anstatt Lance von sich zu stoßen, krallten sich ihre Finger in seine Oberarme. Sie wollten einfach dem Befehl nicht gehorchen, den der Verstand ihnen zurief. Ihr Mund erwiderte den Kuss, obwohl der Befehl lautete, kalt und unnachgiebig zu bleiben. Das Feuer loderte genauso jäh und heiß auf wie an dem Abend auf der Hollywoodschaukel. Foxy konnte es nicht leugnen: Auch wenn ihr Verstand und ihr Herz ihr gehörten – ihr Körper gehörte Lance. Nie zuvor hatte sie solche Perfektion in einer Berührung gefunden, solche Intimität, solche Leidenschaft. Sie schlang die Arme um seinen Hals und schmiegte sich an ihn. Das Heulen der Hochleistungsmotoren hallte in ihrem Kopf, dann verlor es sich in der Flut von Leidenschaft und Verlangen. Die umstehenden Menschen verblassten, verschwanden gänzlich aus ihrer Welt, als sie sich noch enger an ihn presste. Sie verlangte mehr von ihm und gab ihm alles von sich. Letztendlich war es Lance, der sich von ihr löste. Noch immer standen sie eng umschlungen, die Gesichter nah, ihre Körper miteinander verschmolzen. Lance schaute sie durchdringend und fragend an.

„Vermutlich wirst du mir jetzt sagen, ich hätte das nicht tun sollen."

„Würde es einen Unterschied machen, wenn ich es täte?" Ihre Knie wollten beben, doch Foxy drückte sie eisern durch.

„Nein", erwiderte er, „würde es nicht."

„Könntest du mich jetzt bitte loslassen?" Foxy war stolz auf sich, dass ihr dieser kühle, beherrschte Tonfall gelang, wenn doch in ihrem Magen Tausende von aufgescheuchten Schmetterlingen wild herumflatterten.

„Für den Moment", gestand er zu. Er löste die Umarmung und legte seine Hände dafür um ihre Taille. „Ich kann jederzeit da weitermachen, wo ich aufgehört habe."

„In letzter Zeit übertrifft deine Unverschämtheit sogar noch deine Arroganz, Lance." Entschieden stieß sie seine Hände fort. „Ich weiß nur noch nicht, was widerwärtiger ist."

Lance grinste nur und versetzte ihr einen fast brüderlichen Nasenstüber. „Du bist richtig süß, wenn du dich so würdevoll gibst, Foxy." Über ihre Schulter sah er Kirk von der Bahn in die Boxengasse einfahren. „Kirk kommt gerade rein. Mit ein bisschen Glück wird die zweite Hälfte des Rennens ebenso glatt verlaufen wie die erste."

Sie weigerte sich, irgendeine seiner Bemerkungen mit einer Antwort zu würdigen, zog nur ihre Kamera wieder an den richtigen Platz nach vorn und ging davon. Lance steckte die Hände in die Hosentaschen, wippte auf den Fersen und sah ihr nach.

Nur die Hälfte der Teilnehmer hielt bis zum Ende durch. Foxy hatte gewusst, dass Kirk gewinnen würde. In der kurzen Pause in der Box hatte sie sein Gesicht gesehen und die Entschlossenheit, gepaart mit der Anstrengung, in seiner Miene erkannt. Die Wagen schimmerten nicht mehr im Sonnenlicht, der Lack war staubbedeckt und stumpf. Nachdem die schwarz-weiße Flagge niederging, sah Foxy zu, wie Kirk noch seine Siegerrunde fuhr, begleitet von dem donnernden Jubel der Zuschauer. Alle in der Gasse kamen herbeigestürmt. Wenn Kirk nach der Runde hier einfuhr, war er bereit, die Glückwünsche seiner Bewunderer entgegenzunehmen. Seine Augen würden dann nicht mehr leer blicken, seine Lippen würden sich zu dem jungenhaften Grinsen verziehen, das ihm so leichtfiel, und Spannung und Anstrengung würden dann auf magische Weise von ihm abfallen. Unermüdlich würde er Interviews und Autogramme geben und Hände schütteln. Der Staub und der Schweiß, die ihn von oben bis unten bedeckten, waren seine Medaille, der Nachweis seines Erfolges. Er würde alles auskosten und sein System wieder aufladen. Und dann gehörte es für ihn auch schon wieder zur Vergangenheit. In zwei Tagen machten sie sich auf die Reise nach Monaco für die Qualifikation, und das Indy 500 wäre dann für Kirk nicht mehr als ein paar Zeitungsausschnitte. Für ihn zählte immer nur das nächste Rennen.

## 4. KAPITEL

Monte Carlo schmiegt sich zwischen bewaldete Hügel und das kristallklare Wasser des Mittelmeers. Die Häuser stehen eng zusammen, Wolkenkratzer reihen sich an elegante alte Villen. Hier herrscht die Atmosphäre – wenn auch nicht die Größe – einer Großstadt; gleichzeitig umgibt das kleine Fürstentum die Aura eines Märchens.

Es waren vor allem die Farben, die Foxy faszinierten. Das Weiß und die Pastellfarben der Gebäude, das tiefe Grün und Braun der Hügel und das intensive Blau des Meeres. Üppige Blumen und Palmen sorgten für eine Prise Exotik. Vom Meer und den zerklüfteten Felsen wehte stetig eine warme Brise. Die Romantikerin in Foxy verliebte sich sofort in Monte Carlo.

Da Kirk voll mit dem Qualifikationsrennen beschäftigt war und Pam mit ihren Interviews und dem Einfangen des Lokalkolorits, fand Foxy sich häufiger in der Gesellschaft von Scott Newman wieder. Er war nett, aufmerksam, intelligent und – sosehr sie es auch hasste, zugeben zu müssen, dass Lance recht gehabt hatte – langweilig. Scott plante zu detailliert, überlegte zu sorgfältig und hielt sich für Foxys Geschmack zu genau an die Vorgaben. Jede ihrer Verabredungen mit ihm, ganz gleich wie locker, verlief nach einer genauen Agenda. Scotts Aufzug war immer perfekt, teilweise sogar elegant, und so waren auch seine Manieren. Bei Scott, davon war Foxy absolut überzeugt, würde es nie eine Katastrophe geben, niemals Gefahren und keine Überraschungen. Mehr als einmal meldete sich ihr schlechtes Gewissen, wusste sie doch, dass ihr Charakter keineswegs so makellos war wie seiner. Scott war der Ritter auf dem Schlachtross, der jeden Tag Jungfern in Not rettete und danach seine Rüstung wieder auf Hochglanz polierte.

Rastlos wanderte Foxy von einem Fenster zum nächsten und ging ihre Analyse noch einmal durch, begleitet von dem leisen Stakkato von Pams Schreibmaschine. Da draußen in der Bucht von Monaco lagen Boote jeder Größe und jeden Typs vor Anker oder liefen gerade aus dem Hafen aus. Sie musste daran denken, dass während eines Qualifikationslaufs ein Wagen aus einer Kurve geflogen und mitten zwischen den Booten im Wasser gelandet war. Sie drehte sich vom Fenster ab und sah eine Weile auf Pams Finger, die über die Tastatur flogen. Der Tisch, an dem Pam arbeitete, war übersät mit Zetteln, Unterlagen und Kassetten. Vermutlich gab es durchaus eine Ordnung in diesem Durcheinander, die aber nur Pam kannte.

„Gehst du heute Abend ins Casino?", fragte Foxy. Sie fühlte sich ruhelos und unzufrieden.

„Hm, nein … Ich will diesen Teil noch fertig machen." Pam tippte im gleichen Rhythmus weiter. „Gehst du mit Scott hin?"

Mit gerunzelter Stirn ließ Foxy sich in einen Sessel fallen und schwang die Beine über die Lehne. „Ja, wahrscheinlich schon."

Bei Foxys griesgrämigem Ton seufzte Pam und hörte mit dem Tippen auf. Foxy zog einen Schmollmund. Die Brauen hatte sie über düsteren Augen zusammengezogen, die roten Locken fielen ihr über die Schultern. Mit einem Mal kam Pam sich uralt vor.

„Na schön." Sie stützte die Ellbogen auf die Tischplatte und legte das Kinn auf die verschränkten Finger. „Sag Mama, was los ist." Angesichts ihres betont milden Tonfalls schoss Foxys Kinn prompt vor. Als sie jedoch Pams amüsiertes, mitfühlendes Lächeln sah, verpuffte ihr Trotz.

„Ich benehme mich wie ein Trottel", gestand Foxy mit einem selbstkritischen Lachen. „Und ich weiß nicht einmal, warum. Ich liebe Monte Carlo. Es ist das perfekteste, das romantischste, das exotischste Fleckchen im ganzen Universum. Und was noch besser ist … ich werde dafür bezahlt, dass ich hier bin. Ich habe einen gut aussehenden Mann um mich herum, der mir jeden Wunsch von den Augen abliest, und ich bin …" Sie holte tief Luft und schwenkte ihre Arme zu einem alles umschließenden Kreis.

„… gelangweilt", beendete Pam den Satz. Sie hob ihre Tasse, nippte daran und verzog bei dem kalt gewordenen Kaffee das Gesicht. „Du musst praktisch nur mit Scotts Gesellschaft auskommen. So nett er auch ist, der anregendste Begleiter ist er nicht gerade. Kirk ist ausgelastet, ich bin auch beschäftigt, und Lance …"

„Auf Lance' Gesellschaft kann ich verzichten", behauptete Foxy viel zu schnell. Die Falte auf ihrer Stirn wurde tiefer. Sich nicht mit Lance Matthews abgeben zu müssen war ein Segen, kein Problem.

Einen Moment lang sagte Pam nichts. Sie erinnerte sich an den stürmischen Kuss der beiden, den sie auf dem Indianapolis Speedway beobachtet hatte. „Wie auch immer", hob sie schließlich vorsichtig an, „du fühlst dich verlassen."

„Scott ist wirklich nett." Irgendwie rechtfertigte Foxy damit sowohl Scott wie auch sich selbst. „Und er drängt auch nicht. Ich hab von Anfang an klargemacht, dass ich nicht an einer ernsten Beziehung interessiert bin, und das hat er akzeptiert. Er hat nichts dagegen einzuwenden." Foxy schwang sich aus dem Sessel und begann im Zimmer auf und ab zu gehen. „Er versucht nicht, mich in sein Bett zu locken, er verliert nie die Beherrschung, er kommt nie zu spät, er tut nie etwas Unverschämtes." Foxy musste an die beiden Male denken, als Lance sie geküsst hatte. Beide Male hatte er ihren Protest übergangen. „Ich fühle mich wohl mit ihm." Sie funkelte Pam an, forderte sie heraus zu widersprechen.

„Mit meinen blauen Pantöffelchen fühle ich mich auch wohl."

Foxy wäre jetzt sehr gern wütend geworden, stattdessen entschlüpfte ihr ein Kichern. „Das ist gemein."

„Du bist nicht für eine Beziehung geschaffen, in der du dich nur wohlfühlst." Pam spielte mit einem Bleistift und starrte nachdenklich auf die Spitze. „Genau wie dein Bruder brauchst auch du die Herausforderung." Sie schüttelte die kurze düstere Stimmung ab, hob den Kopf und lächelte. „Also, was nun Lance Matthews angeht …"

„Stopp!", unterbrach Foxy sofort und hob die Hand wie ein Verkehrspolizist. „Genau da hörst du auf. Ich suche vielleicht nicht nach Bequemlichkeit, aber ein Nagelbett will ich auch nicht."

„War ja nur ein Gedanke“, lenkte Pam ein. „Ich bezweifle nämlich, dass du dich mit ihm je langweilen oder dich nur *wohl*fühlen würdest.“

„Weißt du, behagliche Langeweile hört sich plötzlich immer besser an“, kam es von Foxy. „Um genau zu sein“, fügte sie hinzu, als sie zur Tür ging, „ich werde mich heute Abend großartig amüsieren. Gut möglich, dass ich ein Vermögen beim Roulette gewinne. Ich spendiere dir dann morgen beim Rennen einen Hotdog von meinem Gewinn!“ Sie winkte Pam zu und zog die Tür hinter sich zu.

Sobald sie allein war, erstarb das Lächeln auf Pams Gesicht. Minutenlang starrte sie auf das eingespannte Blatt in der Schreibmaschine. Kirk Fox, so stellte sie fest, wurde langsam zu einem Problem. Nicht, dass er auch nur den kleinsten Annäherungsversuch seit seiner arroganten Ankündigung auf der Party gemacht hätte. Er war viel zu konzentriert auf die Rennen, um ihre Anwesenheit überhaupt richtig wahrzunehmen. Pam unterdrückte die Irritation, die sich aufgrund dieser Tatsache in ihr melden wollte, und klopfte den unbeschriebenen Blätterstapel neben sich gerade. Und dann flatterten da ja auch ständig all diese Frauen um ihn herum. Pam schnaubte leise. Mit einem Achselzucken begann sie wieder zu tippen. Mit etwas Glück, dachte sie, während sie auf die Tasten einhämmerte, bleibt er die ganze Saison so beschäftigt.

Foxy hatte ein schlechtes Gewissen wegen ihrer Kommentare über Scott, und deshalb machte sie sich besonders sorgfältig für den Abend zurecht. Sie wählte ein kleines Schwarzes aus Jersey, das sich eng um ihre Figur schmiegte und ihre Schultern freiließ. Ihr Haar hatte sie hochgesteckt, sodass ihr Nacken freilag und nur einige zarte Strähnen ihr Gesicht umrahmten. Noch eine feine Silberkette um den Hals und ein Hauch Parfüm hinter die Ohren, und sie fühlte sich bereit und gewappnet für die Eleganz im Casino von Monte Carlo.

Gerade als sie die kleinen Notwendigkeiten in ihre Abendtasche sortierte, klopfte es an ihrer Zimmertür. Noch ein letzter

Blick durch den Raum, dann ging sie, um Scott einzulassen. Und stand Lance Matthews gegenüber.

„Oh“, sagte sie nicht besonders geistreich und musste sofort daran denken, dass es ihr seit Indiana erfolgreich gelungen war, ihm aus dem Weg zu gehen. Ebenso abrupt wurde ihr bewusst, dass sie ihn noch nie in Abendgarderobe gesehen hatte. Sein Abendanzug war perfekt geschnitten und saß auf den breiten Schultern ohne die geringste Falte. Er sah anders aus, dennoch nicht weniger gefährlich. Für einen Moment war er ein Fremder – der Harvard-Absolvent, der Erbe des Matthews-Vermögens, der alteingesessene Anwohner auf Beacon Hill.

„Hallo, Fox. Darf ich hereinkommen, oder lässt du mich hier auf dem Korridor stehen?“ Der spöttische Tonfall und das süffisante kleine Lächeln machten ihn wieder zu Lance. Foxy reckte die Schultern.

„Tut mir leid, Lance, aber ich wollte gerade gehen.“

„Unverblümt und schön?“ Seine Augen funkelten amüsiert. „Das passt selten zusammen.“ Er machte einen Schritt vor und fasste ihr Kinn, bevor sie Zeit hatte, etwas dagegen zu unternehmen. „Wir werden einen Cocktail vor dem Dinner nehmen müssen. Der Tisch ist erst für acht reserviert.“

Foxy trat zurück und stellte entsetzt fest, dass ihr Manöver Lance nur die Möglichkeit geboten hatte, ins Zimmer zu kommen. „Das wirst du mir wohl noch einmal erklären müssen.“ Sie legte ihre Hand um die seine an ihrem Kinn, doch die ließ sich nicht bewegen.

„Uns bleibt eine volle Stunde bis zum Dinner“, sagte er. Lächelnd ließ er den Blick über ihr Gesicht wandern. „Aber vielleicht hast du ja eine Idee, wie wir die Zeit bis dahin herumbekommen?“

„Versuch’s doch mit Patiencelegen“, schlug sie ihm vor. „In deinem eigenen Zimmer. Und jetzt hätte ich gern mein Gesicht wieder zurück!“

„Hättest du?“ Sein Ton war ganz männliche Zufriedenheit. „Wie schade. Ich bin eigentlich recht fasziniert davon.“ Mit nur dem Anflug von Druck brachte er ihr Gesicht näher an seines heran, sein Blick glitt zu ihrem Mund und blieb dort haften. „Newman lässt sich entschuldigen", sagte er leise und schaute ihr wieder in die Augen. „Ihm ist etwas … äh … dazwischengekommen. Hast du eine Stola?"

„Dazwischengekommen?", wiederholte sie. Es brachte ihr keine Erleichterung, als er ihr Kinn losließ, denn jetzt legte er die Hände auf ihre bloßen Schultern. Sie hatte das Gefühl, dass die Temperatur in dem Raum um mindestens zehn Grad in die Höhe schnellte. „Wovon redest du überhaupt?"

„Newman musste feststellen, dass er doch keinen freien Abend hat. Es ist eine Schande, so hübsche Schultern zu bedecken, aber die Abende können hier im Juni noch recht kühl werden." Sie standen einander jetzt näher als noch vor einem Moment. Wie Lance das gelungen war, hätte Foxy nicht sagen können. Und seine Hände lagen auch noch immer leicht auf ihren Schultern.

„Was meinst du damit, er hat den Abend doch nicht frei?", verlangte sie zu wissen. Sie wollte zurücktreten, doch prompt wurde der Griff an ihren Schultern fester. Nicht sehr, aber eindeutig. Sein spöttisches Grinsen ließ ihr Temperament auflodern, zeitgleich beschleunigte sich auch ihr Puls. „Was hast du getan? Was hast du zu ihm gesagt? Er ist viel zu höflich, um eine Verabredung nicht persönlich abzusagen. Du hast ihn eingeschüchtert!", schloss sie hitzig und funkelte ihn wütend an.

„Das hoffe ich doch, schließlich war das meine Absicht." Er gestand sein Vergehen mit solcher Lässigkeit, dass Foxy zu stottern begann. „Hol deine Stola."

„Meine … meine … ganz sicher nicht!", stammelte sie.

„Wie du willst." Er zuckte nur mit den Schultern und nahm sie bei der Hand.

„Wenn du glaubst, dass ich mit dir ausgehe", wütend versuchte sie, ihre Hand zurückzuziehen, „dann sind bei dir einige Schrauben locker! Ich gehe nirgendwo hin."

„Umso besser." Er hielt sie bei der Taille fest. „Mir gefällt die Idee sowieso besser, hier in deinem Zimmer zu bleiben." Bevor sie zurückweichen konnte, beugte er den Kopf und presste seine Lippen in ihre Halsmulde. Ihre Haut begann zu prickeln.

„Nein.“ Sie hörte das Beben in ihrer Stimme und riss sich zusammen. Der Raum schien sich bereits zu drehen. „Du kannst nicht bleiben.“

„Der Zimmerservice hier ist wirklich exzellent“, murmelte er und knabberte an ihrem Ohrläppchen. „Du riechst wie ein Wald im Frühling. Frisch und verheißungsvoll.“

„Lance, bitte!“ Das Denken fiel ihr immer schwerer, je länger sein Mund über ihre Haut fuhr und eine feine Spur kleiner Küsse daraufsetzte.

„Bitte – was?“, flüsterte er. Flüchtig strich er mit den Lippen über ihre. Seine Zungenspitze lockte ihre, bevor sie sich wehren konnte. Foxy spürte den Treibsand unter sich, spürte seinen Sog. Verzweifelt stieß sie sich von Lance ab und holte tief Luft.

„Ich habe Hunger“, sagte sie brüsk. Eine Bemerkung, die sie als taktisches Rückzugsmanöver einsetzte. Sie konnte nur hoffen, dass sie ihre Verletzlichkeit erfolgreich kaschierte. Mit einer lässigen Geste strich sie sich die Strähnen von den erhitzten Wangen. „Da du meinen Begleiter verschreckt hast, sollte ich wohl darauf bestehen, dass du mich zum Essen einlädst. In einem Restaurant!“, fügte sie hastig an, als er eine Augenbraue fragend in die Höhe zog. „Und dann wirst du mich ins Casino ausführen, so wie Scott es vorhatte.“

„Es wird mir ein Vergnügen sein“, erwiderte er mit einer leichten Verbeugung.

„Und ich“, sagte sie, jetzt, da sie sich aufgrund des Abstands zwischen ihnen wieder sicherer fühlte, „werde mein Bestes tun, um so viel von deinem Geld zu verlieren wie nur möglich.“ Sie nahm den Seidenschal vom Bett, schlang ihn sich um die Schultern und stolzierte zum Zimmer hinaus. Fast eine volle Stunde lang gelang es ihr, kühl und distanziert zu bleiben.

Der Mond tauchte die Bucht von Monaco in silbernes Licht. Der Wind, draußen auf dem Meer geboren, wehte als leichte Brise landeinwärts und brachte sein ganz eigenes Parfüm mit. Über der Terrasse des Restaurants hing der Himmel voller Sterne, Palmen wiegten sich raschelnd im Wind, begleitet von der Musik, die an die Tische getragen wurde. Die Melodie flackerte immer wieder sanft auf wie die Flammen der beiden edlen Kerzen, die ihren Schein über das weiße Tischtuch warfen. Zwischen den Kerzenhaltern stand eine schlanke Vase mit einer einzelnen roten Rose. Das Gemurmel der anderen Gäste verschwand aus der Realität. Foxy fiel es immer schwerer, sich gleichgültig zu geben, in einer Umgebung, die so sehr an ihre romantische Seele rührte. Vor allem sollte Lance sie als erwachsene und weltgewandte Frau ansehen und nicht als albernes Kind, das bei sanfter Musik und Sternenhimmel verträumte Augen bekam. Trotzdem hielt sie sich mit dem eisgekühlten Champagner zurück. Und bisher war es ihr auch gelungen, die Unterhaltung mit unpersönlichen Themen auf sicherem Gebiet zu halten.

„Mir fiel auf, dass Kirk gestern ein paar Probleme mit dem Wagen hatte." Sie spießte eine Garnele auf die Gabel und tunkte sie abwesend in den Dip. „Ich hoffe, dass das behoben wurde?"

„Eine Motordichtung. Sie ist ersetzt worden." Während er antwortete, schaute er sie über den Rand seines Glases an. Da lag ein Leuchten in seinen Augen, das Foxy dazu bewegte, doppelt auf der Hut zu sein.

„Schon erstaunlich, nicht wahr? Oft kann ein winziges Ding, ein einzelnes Teil oder eine übersehene Schraube, der entscheidende Faktor sein in einem Rennen, in dem Hunderttausende von Dollar auf dem Spiel stehen."

„Ja, erstaunlich", stimmte Lance ernsthaft zu, doch sein Grinsen strafte ihn Lügen.

„Wenn du dich über mich lustig machen willst", sie hob ihr Kinn, „stehe ich auf und gehe."

„Dann müsste ich dich wohl wieder zurückholen." Eine volle Minute lang musterte Foxy Lance mit zusammengekniffenen Augen, doch das schien ihn nicht zu stören. Er erwiderte ihren Blick, und um seine Lippen spielte dieses aufreibende Halblächeln.

„Ich bin mir sicher, das würdest du", brummte sie mit unwilliger Bewunderung. Galante Ritterlichkeit gehörte sicherlich nicht zu Lance' Eigenschaften. Für den Moment hatte sie auch genug von Ritterlichkeit. „Sollte ich dann eine Szene machen und wir beide daraufhin in einer Zelle landen, wäre es dir völlig egal. Solange du nur deinen Kopf durchsetzt." Seufzend nahm sie einen Schluck von ihrem Champagner. „Es ist schwer, gegen einen Mann anzukommen, der praktisch überhaupt keine Nerven hat. So bist du auch immer gefahren, daran erinnere ich mich noch." Sie schürzte die Lippen, als sie an die Vergangenheit zurückdachte. „Du bist damals mit der gleichen zielstrebigen Intensität gefahren wie Kirk heute. Nur war dir eine Geschmeidigkeit zu eigen, die ihm noch fehlt. Er prescht vor, du hast abgewartet. Er ist feurig und ungestüm, du hast immer eiskalt und ruhig kalkuliert. Bei dir sah das Fahren immer völlig mühelos aus, so als wäre es überhaupt keine Anstrengung. Aber du bist auch gefahren, weil es dir Spaß gemacht hat." Nachdenklich drehte sie den Stiel ihres Glases; das Sternenlicht brach sich tanzend im perlenden Champagner.

Interessiert musterte Lance sie genauer. „Und Kirk macht das Fahren keinen Spaß?"

„Spaß?" Die Verwunderung stand in ihren Augen zu lesen und war in ihrer Stimme zu hören. „Er lebt dafür. Das ist etwas ganz anderes. Spaß kommt erst viel weiter unten auf der Liste." Sie neigte den Kopf, das Kerzenlicht fing sich in ihren Augen. „Du hast nie dafür gelebt, sonst hättest du es nicht schon mit dreißig aufgeben können. Und wenn Kirk hundert Jahre alt wird und man ihn zum Cockpit tragen muss … er wird immer noch Rennen fahren."

„Scheint, als hättest du als Teenager mehr durchschaut, als ich dir zugestehen wollte." Lance wartete, bis das Steak Diane serviert war, dann brach er ein Brötchen auseinander. „Du hast es immer gehasst, nicht wahr?"

Foxy sah ihm direkt in die Augen. „Ja", gab sie zu und nahm das halbe Brötchen von ihm an. „Immer." Nachdenklich schwieg sie, während sie Butter auf ihre Hälfte strich. „Lance, wie steht eigentlich deine Familie zu deiner Karriere als Rennfahrer?"

„Es ist ihnen peinlich", antwortete er prompt. Foxy lachte leise, als sie wieder auf seinen Blick traf.

„Und du hast ebenso viel Spaß an ihrer Verlegenheit gehabt wie an den Rennen selbst, nicht wahr?"

„Wie ich schon sagte", er hob sein Glas und prostete ihr zu, „du bist sehr scharfsichtig."

„Die Familien der Fahrer gehen alle anders mit den Rennen um. Es ist sogar schwerer, in den Boxen zu stehen, als da draußen auf dem Ring zu sein, weißt du das?" Wieder seufzte sie und schüttelte dann energisch die grüblerische Stimmung ab. „Ich nehme an, jetzt, da du die geschäftliche Seite übernommen hast, ist es deiner Familie nicht mehr peinlich." Sie biss in das knusprige Brötchen. „Das ist wahrscheinlich akzeptabler, auch wenn du das Geld wahrlich nicht nötig hast."

„Du hast dir doch vorgenommen, es heute Abend darauf anzulegen, dass ich es brauchen werde", erinnerte er sie. „Dann solltest du jetzt besser dein Steak essen. Geld zu verlieren kostet mehr Energie, als Geld zu gewinnen."

Mit einem verächtlichen Lächeln griff sie nach ihrem Besteck.

Der Abend war noch jung, als Foxy und Lance das Casino betraten, und Foxy musste feststellen, dass die gelassene Gleichgültigkeit, die sie aufgesetzt hatte, zu bröckeln begann. Die Kombination von Eleganz und Aufregung war einfach zu mächtig.

„Oh!" Begeistert ließ sie den Blick durch den Raum schweifen und drückte Lance' Arm. „Das ist ja fabelhaft!"

Überwältigend elegante Abendkleider glitzerten mit atemberaubenden Juwelen um die Wette. Die knappen Anweisungen der Croupiers übertönten das Stimmengewirr aller möglichen Sprachen in klarem Französisch. Und es gab noch so viele andere Geräusche, die sich hineinmischten: das Klicken der in den sich drehenden Glücksrädern hüpfenden Roulettekugeln, das leise Schaben der Croupierstäbe über Filz, das Blättern von Spielkarten, die gemischt und ausgeteilt wurden, das Knistern von Geldscheinen und das Klimpern von Münzen.

Lachend legte Lance Foxy den Arm um die Schultern. „Foxy, meine Liebe, deine Augen sind riesengroß und erschreckend naiv. Warst du denn bisher noch nie in einer solchen Lasterhöhle?“

„Amüsier dich ruhig über mich!“ Sie war viel zu überwältigt, um beleidigt zu sein. „Es ist wunderbar hier!“

„Ah, aber Glücksspiel bleibt Glücksspiel, Fox, ob du nun mit einem Glas Champagner in einem Plüschsessel sitzt oder in einer dunklen Garage und Bier aus der Dose trinkst.“

„Du musst es ja wissen.“ Sie legte den Kopf ein wenig schief und schaute ihm lachend in die Augen. „Ich erinnere mich noch gut an die Pokerrunden. Du hast mich nie mitspielen lassen.“

„Du warst eine frühreife Göre.“ Er legte die Hand in ihren Nacken.

„Du hattest nur Angst, dass ich dich schlagen könnte.“

Er grinste breit und verschmitzt. Und Foxy gestand sich ein, dass sie froh war, mit Lance hergekommen zu sein statt mit Scott. Lance Matthews strahlte eine aufregende Energie aus, die Scott Newman nicht einmal andeutungsweise verstehen würde.

„Wie groß deine Augen sind!“, murmelte Lance und ließ seine Finger auf ihrer Haut liegen. „Was geht hinter ihnen wohl vor, Foxy?“

„Ich dachte gerade daran, dass ich eigentlich wütend sein müsste, weil du Scott so hinterlistig ausmanövriert hast, und dass ich ein schlechtes Gewissen habe, weil ich es nicht bin.“

Er lachte auf, dann gab er ihr einen kurzen harten Kuss. „Wird dich das schlechte Gewissen daran hindern, dich zu amüsieren?“

„Nein“, kam es prompt aus ihrem Mund. Sie zuckte mit einer Schulter. „Das heißt wohl, dass ich egoistisch und nicht sehr nett bin.“

Lance' Lippen verzogen sich zu einem Grinsen. „Dann müssten wir ja bestens miteinander auskommen.“ Er verschränkte die Finger mit ihren und führte sie an einen der Roulettetische.

Sobald Foxy sich gesetzt hatte, galt ihre ganze Aufmerksamkeit dem kleinen silbernen Ball, der in dem Rad hüpfte. Als das Rad dann auslief und stehen blieb, sah sie zu, wie der

Croupier mit seinem Stab die gesetzten Chips der Verlierer denjenigen zuschob, die gewonnen hatten. Foxy kam der Spieltisch wie das alte Babylon vor. Während sie den Blick von Gesicht zu Gesicht wandern ließ, vernahm sie musikalisches Italienisch, das präzise Londoner Englisch, kehliges Deutsch und andere Sprachen, die sie nicht auseinanderhalten konnte. Auch die Gesichter waren verschieden, manche alt, andere jung, einige mit gelangweilter Miene, wieder andere mit erhitzten Wangen. Den meisten der hier Anwesenden sah man den Reichtum an, aber es war das Gesicht Foxy direkt gegenüber, das sie am meisten faszinierte.

Die alte Dame war eine Schönheit. Ihr Haar wellte sich wie weiße Seide um das ovale Gesicht mit den feinen Zügen. Die Linien in ihrer Haut gehörten so sehr zu diesem Gesicht, waren so sehr Teil davon, dass sie der Schönheit nichts anhaben konnten, im Gegenteil. Sie verliehen diesem Gesicht, das einst durch seine Schönheit und Eleganz jedes Augenpaar bestochen haben musste, Reife und Charakter. Ihre Augen strahlten in dem intensiven Grün klarer Smaragde, an Hals und Ohren jedoch trug sie Diamanten. Die Steine funkelten flammend wie Feuer, nicht Eis. Sie trug die leuchtend rote Seide mit unfehlbarer Selbstsicherheit. Fasziniert beobachtete Foxy, wie ihr Gegenüber eine lange schwarze Zigarette an die Lippen führte und daran zog.

„Die Gräfin Francesca de Avalon von Venedig“, raunte Lance Foxy ins Ohr, weil er ihrem Blick gefolgt war. „Eine außergewöhnliche Erscheinung, nicht wahr?“

„Umwerfend.“ Sie drehte sich zu ihm um und nahm überrascht das Glas Champagner entgegen, das er ihr hinhielt. Dann fiel ihr der sauber aufgeschichtete Stapel Chips auf, der vor ihr auf dem Tisch stand. „Oh, das sind also die Spielchips?“ Mit dem Fingernagel fuhr sie an dem Turmrand entlang. „Wie viele davon setzt man denn in einer Runde?“

Er zuckte lässig mit den Schultern und zündete sich hinter der vorgehaltenen Hand eine Zigarre an. „Ich bin nur unbeteiligter Zuschauer.“

Lachend schüttelte Foxy den Kopf. „Ich habe schon genügend Probleme mit dem Umrechnen der Währung, Lance. Ich weiß ja nicht einmal, wie viel diese kleinen Scheiben wert sind."

„Einen Abend Amüsement", antwortete er leichthin und hob sein Glas.

Mit einem Seufzer wählte Foxy fünf Chips und setzte damit unwissentlich fünftausend Francs auf Schwarz. „Vermutlich sollte ich nicht dein ganzes Geld auf einmal verlieren", beschloss sie.

„Das ist wirklich sehr großmütig von dir." Lance verkniff sich ein Grinsen und trat ein wenig zurück, um das Rad zu beobachten.

„*Vingt-sept, noir*", verkündete der Croupier.

„Oh!", entfuhr es ihr überrascht, dann erfreut: „Wir haben gewonnen!" Sie sah auf. Lance' Gesicht zeigte pures Vergnügen. Seine Augen waren eigentlich mehr silbern als grau, wie ihr auffiel. „Du brauchst gar nicht so überlegen dreinzuschauen." Sie nippte an ihrem Champagner. „Das war nur Anfängerglück. Außerdem", sie grinste hämisch, „tut es mehr weh, wenn ich zuerst ein wenig gewinne." Sie blickte zu den beiden Stapeln mit je fünf Chips auf Schwarz, doch als sie danach greifen wollte, hielt Lance ihren Arm fest.

„Das Rad dreht sich schon, Fox. Du hast nicht schnell genug reagiert." Ihr Gesicht drückte solches Entsetzen aus, dass er lachen musste.

„Oh, aber ich wollte doch gar nicht … Das müssen doch über hundert Dollar sein!" Bei dem Blick auf das sich drehende Rad wurde ihr schwindlig, und sie trank noch einen Schluck.

„Wahrscheinlich", stimmte Lance ernsthaft zu.

Foxy ließ die hüpfende kleine Kugel nicht aus den Augen. In ihr tobte eine Mischung aus Furcht, schlechtem Gewissen und Aufregung, als das Rad langsamer wurde.

„*Cinq, noir.*"

Ein erleichterter Schauer durchlief sie. Sie schloss kurz die Augen, dann beeilte sie sich, die vier Chipstapel an sich heranzuziehen. Als sie Lance hinter sich leise lachen hörte, drehte sie sich zu ihm um und warf ihm einen überheblichen Blick zu. „Wäre dir recht geschehen, wenn ich verloren hätte."

„Mag sein." Er winkte einem Kellner für mehr Champagner. „Warum setzt du nicht auch mal auf Zahl, Foxy?", schlug er vor und schnippte die Asche seiner Zigarre in den Aschenbecher. „Im Leben muss man auch mal ein höheres Risiko eingehen als immer nur fifty-fifty."

Sie grinste und warf den Kopf zurück. „Fein, es ist ja dein Verlust." Impulsiv schob sie fünf Chips auf Nummer 1.

Wie sich herausstellte, wurde es zu seinem Gewinn. Mit erstaunlicher Stetigkeit wuchs der Stapel Chips vor Foxy an. Einmal verlor sie, ohne es zu ahnen, fünfundzwanzigtausend Francs, nur um die Summe bei der nächsten Runde sofort begeistert wieder zurückzugewinnen. Vielleicht lag der Grund in ihrer völligen Arglosigkeit, mit welchen Summen sie jonglierte, vielleicht lag es auch an ihrem willkürlichen System, oder vielleicht war es einfach nur Fortunas Großzügigkeit, aber Foxy gewann Runde um Runde. Und sie stellte fest, dass sie gern gewann. Es war eine berauschende Erfahrung, die sie ebenso trunken machte wie der scheinbar nie versiegende Champagner, immer stand ein volles Glas an ihrer Seite. Lance lehnte sich entspannt zurück und sah zu, wie sie gewann und verlor und gewann und verlor. Es gefiel ihm, wie sie über die Augen mit ihm kommunizierte, wie sie sie begeistert aufriss und funkeln ließ, wenn sie gewann, und sie enttäuscht verdrehte, wenn sie verlor. Ihr Lachen erinnerte ihn an die warmen milden Nebel über der Back Bay in Boston. Ihre Freude über einen Gewinn war ansteckend aufrichtig, ihre Nonchalance, wenn sie verlor, bezaubernd unschuldig. Kind und Frau vereinten sich in ihr in perfekter Harmonie.

„Bist du sicher, dass du nicht auch mal setzen willst?", bot Foxy großzügig an und zeigte auf die Chiptürme vor sich.

„Nein, du machst das schon ganz gut." Lance wickelte sich eine dunkelrote Lockensträhne um den Finger.

„Das, junger Mann, ist eine grobe Untertreibung!"

Foxy drehte den Kopf und blickte in scharfe smaragdgrüne Augen. Die Gräfin de Avalon stand hinter ihr, auf einen feinen Stock mit elfenbeinernem Griff gestützt. Einen Moment lang war Foxy schockiert, dass die alte Dame so klein war, nicht größer als eins sechzig. Gebieterisch winkte sie ab, als Lance ihr einen Stuhl anbieten wollte. Sie sprach schnell und deutlich, ihr Englisch nur mit der Spur eines Akzents.

„Sie haben mit nachhaltiger Überlegenheit gewonnen, *Signorina*, und clever."

„Nachhaltig vielleicht, Gräfin", erwiderte Foxy mit einem strahlenden Lächeln. „Aber eher zufällig denn clever. Ich war nämlich fest entschlossen zu verlieren."

„Vielleicht sollte ich meine Strategie ändern und demnächst herkommen, um zu verlieren", erwiderte die Gräfin. „Vielleicht widerfährt mir dann auch ein solcher Zufall." Sie musterte Lance mit einem langen Blick voll weiblicher Bewunderung, und verblüfft spürte Foxy völlig unerwartet einen scharfen Stich der Eifersucht. „Sie scheinen mich bereits zu kennen. Und mit wem habe ich das Vergnügen?"

Lance übernahm die Vorstellung mit einer leichten Verbeugung. „Gräfin de Avalon. Cynthia Fox." Foxy nahm die dargebotene Hand und empfand sie als grazil und zerbrechlich. Doch die scharfe Musterung aus den grünen Augen war alles andere als kraftlos.

„Sie sind auffallend bezaubernd", sagte die Gräfin schließlich, „und sehr stark." Sie lächelte und zeigte makellose weiße Zähne. „Aber noch vor zehn Jahren hätte ich ihn von Ihnen weggelockt. Vertrauen Sie nie einer Frau mit Erfahrung!" Die Gräfin entließ Foxy, indem sie schlicht ihre Augen auf Lance richtete. „Und Sie sind?"

„Lance Matthews." In perfekter Manier setzte er einen Handkuss auf die dargebotene Hand. „Es ist mir eine Ehre, Sie kennenzulernen, Gräfin."

„Matthews", wiederholte sie und kniff nachdenklich die Augen zusammen. „Natürlich, ich hätte es an den Augen erkennen müssen – an diesem verwegenen Was-kostet-die-Welt?-Ausdruck. Ihren Großvater kannte ich gut." Sie lachte, ein sehr junges, sehr sinnliches Lachen. „Ziemlich gut sogar. Sie ähneln ihm, Lancelot Matthews ... Sie sind ja auch nach ihm benannt. Äußerst passend."

„Danke, Gräfin." Sein Lächeln wurde warm. „Ich habe ihn sehr gemocht."

„Ich auch. Ich habe übrigens Ihre Tante Phoebe vor zwei Jahren auf Martinique getroffen. Ich muss sagen, eine ausnehmend fade Person."

Sein Lächeln wurde düster. „Ich fürchte, das ist sie, Gräfin."

Mit einem hoheitsvollen kleinen Schnauben wandte die Gräfin sich wieder an eine vollkommen faszinierte Foxy. „Bei diesem Mann hier darf Ihre Wachsamkeit keinen Moment lang nachlassen!", riet sie. „Er ist ein ebensolcher Draufgänger, wie sein Großvater es war!" Sie legte ihre Hand auf Foxys und drückte kurz deren Finger. „Wie ich Sie beneide." Damit drehte sie sich um und entfernte sich in einer glühenden Wolke aus roter Seide.

„Was für eine beeindruckende Frau!", murmelte Foxy und wandte sich mit einem faszinierten Lächeln zu Lance. „Ob dein Großvater in sie verliebt war?"

„Allerdings." Mit einer knappen Geste ließ Lance den Croupier wissen, dass er die Chips einwechseln wollte. „Sie und er hatten eine stürmische Affäre, wobei meine Familie auch heute noch so tut, als hätte sie nie stattgefunden. Es war recht kompliziert, weil beide verheiratet waren. Mein Großvater wollte, dass sie ihren Mann verlässt, um mit ihm in Südfrankreich zu leben."

„Woher weißt du so viel darüber?" Hingerissen von der Geschichte, protestierte Foxy nicht, als Lance sie von ihrem Stuhl hochzog.

„Von ihm." Er legte ihr den Schal über die Schultern. „Er sagte mir einmal, dass er nie wieder eine andere Frau geliebt hat. Er war über siebzig, als er starb, aber er hätte noch immer alles zurückgelassen, um mit ihr zu leben. Wenn sie es erlaubt hätte."

An Lance' Seite ging Foxy durch das Casino, ohne die vielen Blicke zu bemerken, die dem Paar folgten – eine rothaarige

Schönheit mit dem dunklen, attraktiven Mann. „Das klingt so wunderbar traurig!“, sagte sie nach einer Weile. „Aber ich kann mir denken, wie schrecklich es für deine Großmutter gewesen sein muss – zu wissen, dass er all die Jahre eine andere Frau geliebt hat.“

„Mein süßer, unschuldiger Fox“, kam es trocken von Lance. „Meine Großmutter ist eine Bostoner Winslow. Sie war höchst zufrieden über den Zusammenschluss mit den Matthews, mit ihren beiden Sprösslingen und ihrem Bridgeclub. Liebe ist unberechenbar und nur etwas für den Pöbel.“

„Das erfindest du jetzt bloß.“

„Wenn du meinst“, erwiderte er leichthin.

„Lass uns kein Taxi nehmen“, bat sie, als sie nach draußen traten. Sie legte den Kopf in den Nacken und sah zu den Sternen empor. „Es ist so schön hier!“ Sie schaute ihn an und hakte sich bei ihm ein. „Gehen wir zu Fuß, es ist ja nicht weit.“

Ohne auf den leichten Verkehr zu achten, schlenderten sie unter dem warmen Licht der Straßenlaternen her. Der Champagner tat seine Wirkung bei Foxy und ließ sie förmlich über den Bürgersteig schweben. Die Warnung der Gräfin war vergessen, Foxy fühlte sich herrlich entspannt. Es war eine unwirkliche Szene, hier unter der schmalen Mondsichel und den funkelnden Sternen zu wandeln, ein zeitloses Bild, angefüllt mit den Aromen und Geheimnissen der Nacht.

„Wusstest du eigentlich“, setzte Foxy an und tanzte von Lance fort, „dass ich eine spezielle Vorliebe für Palmen habe?“ Lächelnd lehnte sie sich mit dem Rücken an einen Baumstamm. „Als ich klein war, wollte ich immer eine haben. Aber in Indiana gedeihen sie nicht besonders gut, deshalb musste ich mich mit einer Fichte zufriedengeben.“

Er kam zu ihr und strich ihr die Locken aus dem von Champagner und Aufregung erhitzten Gesicht. „Nein, ich hatte keine Ahnung, dass du dich für Gartenbau interessierst.“

„Ich habe eben auch meine Geheimnisse.“ Sie wirbelte herum und lehnte sich über die Kaimauer. „Als ich acht war, wollte ich unbedingt Tiefseetaucher werden“, sagte sie und schaute hinaus auf die dunkle See. „Oder Herzchirurg. Ich konnte mich nicht richtig entscheiden. Was wolltest du werden, als du noch klein warst, Lance?“ Sie drehte sich zu ihm zurück, das Lachen funkelte aus ihren Augen. Der Wind spielte mit ihren Locken.

„Pitcher für die Red Sox.“ Sein Blick wurde von der eleganten Linie ihres Halses angezogen, als sie den Kopf zurückwarf und lachte.

„Ich wette, du bringst alle erdenklichen Würfe fertig.“ Sie seufzte zufrieden. „Du hast mir noch gar nicht gesagt, wie viel ich da drinnen gewonnen habe.“

„Hm?“ Er war versunken darin, das Spiel des Mondlichts auf ihrem Haar zu beobachten, und hatte nur mit halbem Ohr zugehört.

„Wie viel habe ich in dem Casino gewonnen?“, wiederholte sie und strich sich die Locken aus dem Gesicht.

„Oh.“ Er zuckte mit den Schultern. „Fünfzig-, fünfundfünfzigtausend Francs.“

„Was?!“ Das eine Wort wurde mit einem ungläubigen Lachen ausgestoßen. „Fünfundfünfzigtausend? Das sind ja … das sind mehr als zehntausend Dollar!“

„Laut aktuellem Wechselkurs, ja“, stimmte er salopp zu.

„Grundgütiger!“ Sie schlug die Hand vor den Mund und riss die Augen auf. „Lance, ich hätte auch verlieren können!“

„Hast du aber nicht. Du hast dich erstaunlich gut gehalten.“ Der Humor lag wieder in seinem Blick und in seiner Stimme. „Oder erstaunlich schlecht, wenn man bedenkt, dass du ja eigentlich verlieren wolltest.“

„Ich hatte ja nicht die geringste Ahnung, dass das so viel Geld ist! Ich hätte es doch niemals so achtlos gesetzt! Also … du bist ja völlig verrückt!“ Hilflos begann sie zu lachen. „Du bist wahnsinnig, erwiesenermaßen.“ Sie ließ den Kopf auf seine Schulter sinken, während ihr Lachen warm in die stille Nacht aufstieg. Als er die Arme um sie legte, protestierte sie nicht. „Es wäre doch durchaus möglich gewesen, dass ich verliere.“ Sie kicherte. „Und dann wäre ich bestimmt in Ohnmacht gefallen, wenn ich dann herausgefunden hätte, wie viel diese Chips wert sind.“ Sie holte tief Luft und sah ihn mit leuchtenden Augen an. „Und jetzt sieht es so aus, als hätte ich dein so oder so schon ekelerregend großes Vermögen noch vergrößert.“

„Der Gewinn steht dir zu“, widersprach er, aber Foxy wich entsetzt zurück.

„Oh nein, ich habe schließlich dein Geld gesetzt. Wie auch immer …“ Sie hielt abgelenkt inne und pflückte eine Margerite, die in einem Grasbüschel an der Kaimauer wuchs. „Auf jeden Fall“, erklärte sie und steckte sich die Blume hinters Ohr. Der Champagner wirkte noch immer. „Du hättest ja auch nicht von mir erwartet, dass ich den Verlust ausgleiche, wenn ich verloren hätte.“ Zufrieden mit ihrer Logik, setzte sie sich wieder in Bewegung und hielt ihm ihre Hand hin. „Obwohl …“, sie ging weiter, bevor Lance ihre Hand nehmen konnte, als ihr eine Idee kam, „… du könntest mir natürlich auch etwas Extravagantes schenken.“ Mit einem strahlenden Lächeln schwang sie zu ihm herum. „Das wäre doch mal was ganz anderes, oder?“

„Hattest du an etwas Bestimmtes gedacht?“

Ihre Absätze klickten auf dem Bürgersteig, als sie von ihm forttanzte. „Vielleicht ein Rudel russischer Wolfshunde.“ Ihr Lachen klang immer weiter entfernt. „Oder eine Herde von diesen wunderschönen Pferden mit den stämmigen Beinen – Clydesdales. Oder vielleicht eine Herde albanischer Ziegen. Sie haben doch Ziegen in Albanien, oder?“

„Hättest du nicht lieber einen Zobel?“ Er lief ihr nach und nahm ihre Hand.

„Oh nein.“ Sie rümpfte die Nase und entschlüpfte, ob absichtlich oder unbewusst, seinem Griff. „Ich mag keine toten Tiere. Oh, ich weiß! Ein Paar Angus-Rinder, damit ich meine eigene Herde aufbauen kann.“ Diesen Entschluss einmal getroffen, blieb sie stehen. Lance schlang die Arme um sie. „Du musst aber darauf achten, dass du ein weibliches und ein männliches Tier bekommst, ja? Das ist nämlich wichtig, wenn die Sache Erfolg haben soll.“

„Natürlich“, stimmte er zu und fuhr mit den Lippen an ihrem Hals entlang.

„Weißt du, eigentlich sollte ich es dir ja nicht sagen, aber …" Sie seufzte und legte die Arme um seinen Nacken. „Ich bin richtig froh, dass du Scott eingeschüchtert hast."

„Bist du das?", murmelte er, während er sanft an der Stelle knabberte, wo ihr Puls schlug.

„Und wie", wisperte sie und presste sich enger an ihn. „Und jetzt hätte ich gerne, dass du mich küsst. Das würde mir sehr gut gefallen." Das letzte Wort war kaum noch zu verstehen, weil ihre Münder sich bereits gefunden hatten.

In einem einzigen Augenblick gleißender Hitze schienen sie miteinander zu verschmelzen. Der Augenblick wurde zu einer Ewigkeit. Foxy schob die Finger in sein Haar, als wollte sie ihn so noch näher spüren, obwohl längst nicht einmal mehr die Brise vom Meer her zwischen sie passte. Ihr Körper schmiegte sich an seinen, als wäre er nur zu diesem Zweck geschaffen worden. Sie konnte Lance' Herzschlag spüren, er schlug den gleichen rasenden Trommelwirbel wie ihr eigener Puls. Unbeachtet rutschte ihr der Schal von den Schultern, als Lance die seidige Haut an ihrem Rücken erkundete. Beide begannen sie, mehr voneinander zu schmecken. Seine Lippen liebkosten ihren Hals, verweilten dort und genossen die Süße, um dann weiter zu ihren Wangen zu wandern und schließlich ihre geschlossenen Lider zu küssen.

Foxy erschnupperte einen lockenden männlichen Duft an seinem Hals. Gern hätte sie ihn weiter erkundet, doch sein Mund verlangte die Rückkehr ihrer Lippen. Die Kraft dieses Kusses schoss durch sie hindurch wie ein strahlender Blitz, steckte jede einzelne Zelle in ihr in Brand. Mit einem Stöhnen ließ sie sich gegen Lance sacken. Er küsste sie leidenschaftlich, forderte mehr und mehr, bis sie matt und schwach in seinen Armen lag. Als er seinen Mund von ihren Lippen löste, murmelte sie seinen Namen und lehnte den Kopf an seine Schulter.

„Ich weiß nicht, ob es an dir liegt oder am Champagner, aber in meinem Kopf dreht sich alles." Foxy erschauerte und schmiegte sich enger an ihn. Lance legte die Hand an ihren Hals und bog sanft ihren Kopf ein wenig zurück, sodass sie ihn ansah.

Ihre Augen waren dunkel und verhangen, ihre Wangen erhitzt, ihre Lippen weich und geschwollen von seinen Küssen.

„Ist das wichtig?“ Seine Stimme klang rau, sein Griff wurde fester, um sie wieder an sich zu ziehen. Foxy sträubte sich nicht, sondern trat willig zurück in die Flammen. „Reicht es nicht, zu wissen, dass ich dich heute Nacht will?“, murmelte er an ihrem Ohr, bevor er mit Zunge und Zähnen ihre Sinne erneut in Aufruhr versetzte.

„Ich weiß es nicht. Ich kann nicht klar denken.“ Foxy entzog sich seiner Umarmung und trat zwei Schritte von ihm ab. Sie schüttelte den Kopf. „Wenn du mich küsst, dann geschieht etwas mit mir. Ich verliere die Kontrolle.“

„Wenn du mir das sagst, weil du hoffst, dass ich dann fair spiele, hast du dich getäuscht.“ Mit einer schnellen Bewegung überbrückte er den Abstand zwischen ihnen. „Ich spiele, um zu gewinnen.“

„Ich weiß“, erwiderte sie und legte eine Hand an seine Wange. „Das weiß ich sogar sehr gut.“ Sie wandte sich um, ging zur Kaimauer und atmete tief die frische Meeresluft ein, um einen klaren Kopf zu bekommen. Sie lehnte sich zurück und hob ihr Gesicht dem Mond entgegen. „Deine unnachgiebige Entschlossenheit, als Sieger aus allem hervorzugehen, habe ich immer bewundert.“ Sie stellte sich wieder gerade hin und sah zu ihm, doch sein Gesicht lag im Schatten. „Mit vierzehn war ich schrecklich verliebt in dich.“

Eine Weile reagierte er nicht, dann bückte er sich und hob ihre Stola auf. „Warst du?“, murmelte er und trat aus dem Schatten.

Mondlicht glitt sanft über sie, als sie ihre Locken zurückschüttelte. „Und wie.“ Entspannt fuhr Foxy mit ihrer Beichte fort, die Freimütigkeit ausgelöst durch den Champagner. „Das allererste Mal verliebt. Es war ein so wunderbarer Liebeskummer! Du warst ziemlich beeindruckend, und ich war doch so romantisch.“ Lance war an ihre Seite getreten, sie drehte das Gesicht und lächelte ihn an. „Du schienst unbesiegbar, und dann hast du auch so oft eine grüblerische Miene zur Schau getragen.“

„Tatsächlich?" Er erwiderte ihr Lächeln, als er ihr den Schal um die Schultern legte.

„Oh ja. Du hast immer diese enorme Entschlossenheit ausgestrahlt, so als wärst du immer nur auf dein Ziel konzentriert. Tust du heute noch oft. So etwas ist sehr anziehend. Aber damals, als du noch Rennen gefahren bist, war es deutlicher. Und dann waren da auch noch deine Hände."

„Meine Hände?", wiederholte er. Er hatte sein Feuerzeug aus der Tasche nehmen wollen und verharrte.

„Ja." Für ihn kam es überraschend, dass Foxy seine beiden Hände fasste und sie betrachtete. „Das sind wohl die schönsten Hände, die ich je gesehen habe. Sehr schlank, sehr stark, sehr elegant. Ich habe immer gedacht, du müsstest Künstler oder Musiker sein. Manchmal habe ich es mir auch so vorgestellt. Dann habe ich dich in eine alte zugige Dachstube gesetzt, und ich habe mich um dich gekümmert." Sie ließ seine Hände los und zog den rutschenden Schal zurück auf die Schultern. „Ich wollte doch so unbedingt für jemanden sorgen. Vermutlich hätte ich mir einen Hund anschaffen sollen." Sie lachte leise, doch war sie zu sehr in ihre Erinnerungen versunken, als dass sie bemerkt hätte, dass Lance nicht mit ihr lachte. „Ich war maßlos eifersüchtig auf alle Frauen, mit denen du zusammen warst. Sie waren alle so schön! An Tracy McNeil erinnere ich mich besonders. Du weißt wahrscheinlich gar nicht mehr, wer sie war."

„Nein." Er zündete sein Feuerzeug an und starrte auf die Flamme. „Weiß ich wirklich nicht mehr."

„Sie hatte wunderschöne blonde Haare, lang bis auf die Hüfte und ganz glatt. Als Kind habe ich mein Haar gehasst. Die Locken waren nie zu bändigen, und dann noch diese unmögliche Farbe. Ich war überzeugt, dass du Tracy McNeil nur wegen ihrer langen blonden und vor allem glatten Haare geküsst hast." Der Duft von Lance' Zigarre schwebte durch die Luft, Foxy atmete das Aroma tief ein. „Eigentlich erstaunlich, wie naiv ich war, obwohl ich in einer Männerwelt aufwuchs. Auf jeden Fall habe ich dich das ganze Jahr über angehimmelt. Ich muss auf dem Ring wirklich lästig gewesen sein, aber du hast es meist großmütig über dich ergehen lassen.“ Die Seeluft machte sie müde, sie gähnte unauffällig. „Als ich dann sechzehn wurde, war ich überzeugt, dass ich nun erwachsen sei. Ich war bereit, wie eine Frau behandelt zu werden. Die Schwärmerei für dich wurde intensiver. Ich suchte nach jeder Möglichkeit, um in deiner Nähe zu sein. Ist es dir damals aufgefallen?“

„Ja.“ Lance stieß den Rauch aus. Er kräuselte sich in die Luft und wurde von der Brise fortgetragen. „Ich hab’s bemerkt.“

Foxy lachte verlegen. „Ich hielt mich ja für so geschickt. Du warst immer nett zu mir, vermutlich war es deshalb umso schlimmer für mich, als du aufhörtest, nett zu mir zu sein. Erinnerst du dich noch an jenen Abend? Es war beim 24-Stunden-Rennen in Le Mans“, fuhr sie fort, bevor er antworten konnte. „Die Nacht vor dem Rennen konnte ich nicht schlafen, also ging ich zur Rennstrecke hinunter. Als ich dich dann da unten zu den Garagen gehen sah, war ich überzeugt, es müsse Schicksal sein.“ Seufzend spielte Foxy abwesend mit der Blüte in ihrem Haar. „Ich folgte dir mit schweißnassen Handflächen. Ich wünschte mir doch, dass du mich bemerkst.“ Sie wandte das Gesicht und begegnete seinem Blick mit einem sanften Lächeln. „Du solltest mich als Frau bemerken. Das sechzehnjährige Mädchen, das an der Grenze zum Frausein stand. Ich wollte so unbedingt auf die andere Seite gelangen. Meine Gefühle für dich waren schon so erwachsen und so real, auch wenn ich nicht die geringste Ahnung hatte, wie ich mit ihnen umgehen sollte. Und ich gab mich ja auch sehr zwanglos, als ich in die Garage kam, nicht wahr? ‚Hallo, was machst du hier, konntest du nicht schlafen?‘ Du trugst einen schwarzen Pullover, Schwarz hat dir immer gut gestanden. Du warst mit deinen Gedanken meilenweit weg. Wochenlang hattest du dich schon immer mehr oder weniger distanziert gegeben. Und das machte dich nur noch romantischer.“ Mit einem leichten leisen Lachen legte sie ihre Hand an seine Wange. „Armer Lance! Wie unangenehm dir meine Schwärmerei gewesen sein muss.“

„Unangenehm ist eine harmlose Beschreibung für das, was du mit mir gemacht hast“, murmelte er, drehte sich leicht und schnippte die Zigarre über die Mauer ins Wasser.

„Ich wollte doch so unbedingt erfahren wirken!“, fuhr sie fort, ohne den Unmut in seiner Stimme zu registrieren. „Und dabei hatte ich nicht die geringste Vorstellung, wie ich dich dazu bringen könnte, mich zu küssen. Also versuchte ich, mich an all die Filme, die ich je gesehen hatte, zu erinnern. Wie die Darstellerinnen es dort geschafft hatten. Es war dunkel, wir waren allein. Was also musste als Nächstes folgen? Das Einzige, was mir einfiel, war, in deiner Nähe zu bleiben, so nah wie nur möglich. Du hast unter der Motorhaube an dem Wagen gearbeitet. Ich bin sicher, du hast dein Bestes getan, um mich zu ignorieren, damit ich irgendwann von alleine wieder gehen und dich in Ruhe lassen würde. Nur eine Lampe brannte, und der Geruch von Öl und Benzin hing in der Luft, aber für mich war diese Garage so romantisch wie Manderley.“ Foxy drehte sich zu ihm und grinste, als der Champagner die Erinnerungen heraufbeschwor. „Romantik war schon immer meine große Schwäche. Wie auch immer … Ich stand hinter dir und überlegte, was ich als Nächstes tun sollte, und dann begann ich mich zu fragen, was, um alles in der Welt, du da an dem Wagen herumdokterst. Ich wollte dir über die Schulter blicken, doch genau in dem Moment drehtest du dich um, und wir prallten zusammen. Ich erinnere mich noch daran, wie du mich bei den Armen gepackt hast, um mich zu stützen. Was meine Knie praktisch sofort nachgeben ließ. Die körperliche Reaktion war unglaublich, wahrscheinlich weil ich es noch nie erlebt hatte. Mein Puls begann zu rasen, erst wurde mir heiß, dann eiskalt. Ich dachte wirklich, deine Augen würden mich verschlingen, so dunkel waren sie, so intensiv dein Blick. Und ich dachte: Jetzt kommt’s, jetzt küsst er mich. Ich war absolut sicher, dass du mich in deine Arme ziehen und küssen würdest. Ich *wusste* es einfach. Du warst Clark Gable und ich Vivien Leigh und die Garage Tara. Und dann … Du hast mich angebrüllt, stinkwütend, weil ich dir ständig im Weg stand. Du hast wirklich entsetzlich geflucht und mich geschüttelt, bevor du mich weggestoßen hast. Du hast ein paar schreckliche Dinge gesagt. Du hast mich ein nervtötendes Kind genannt, das war überhaupt das Schlimmste für mich. Alles andere hätte ich ertragen können, aber damit hattest du meinen Stolz und mein Ego und meine ganzen Fantasien auf einen Schlag zerschmettert. Mir war nie in den Sinn gekommen, dass du vollauf mit dem Rennen am nächsten Tag beschäftigt warst. An die simple Tatsache, dass ich dir tatsächlich im Weg stand, dachte ich natürlich auch nicht. Ich konnte nur daran denken, was du zu mir gesagt hattest und wie weh die Worte taten. Aber ich war schon immer ein Überlebenskünstler. Sobald es zu sehr schmerzte, schaltete sich der Selbsterhaltungstrieb ein. Als ich mich auf dem Absatz umdrehte und aus der Garage stürmte, liebte ich dich schon nicht mehr. Dafür hasste ich dich jetzt genauso vehement."

„Damit fährst du besser", murmelte Lance. Nach einem Augenblick wandte er den Kopf und strich ihr mit einem Finger über die Wange. „Hast du mir vergeben?"

Foxy lächelte offen. „Ich denke, schon. Es ist Jahre her, und da es mich von meiner Schwärmerei für dich kuriert hat, sollte ich wohl dankbar dafür sein." Sie gähnte und lehnte den Kopf an seine Schulter.

„Ja, solltest du wohl", stimmte er leise zu. „Komm, sehen wir zu, dass wir dich zurückbringen, bevor du noch hier auf dem Bürgersteig einschläfst."

Schläfrig, aber anstandslos ging sie mit ihm und ließ auch zu, dass er den Arm um ihre Hüfte legte.

## 5. KAPITEL

Der Große Preis von Monaco ist ein klassischer Stadtkurs. Die Strecke ist kurz, knapp über zwei Meilen, und verläuft mitten durch bebautes öffentlich genutztes Gelände. Es gibt kaum gerade Teilabschnitte, und zwei der achtzehn Kurven sind scharfe Haarnadelkurven. Die Strecke ist ebenso alles andere als eben, sondern es geht über ein Auf und Ab von Meeresebene bis zu vierzig Meter über dem Meeresspiegel. Zu den Schwierigkeiten auf der Strecke zählen die vielen Kurven, ein hundert Meter langer Tunnel, Laternen- und Ampelmasten und natürlich das blendende Glitzern des Mittelmeeres. Auf den achtundsiebzig Runden können sich die Fahrer keine einzige Sekunde Pause leisten; sie müssen sich ununterbrochen konzentrieren. Die Strecke wechselt ständig von schnell zu langsam und ist damit einzigartig auf der Welt für die Formel 1. Der Große Preis von Monaco ist der Härtetest für Fahrer und Maschinen gleichermaßen und gerade wegen seiner Kürze anstrengender als längere und schnellere Strecken. Es ist eine Strecke, die den Beweis für die Zuverlässigkeit eines Wagens fordert und für die Ausdauer eines Menschen. Dennoch sind Romantik und Mystik erhalten geblieben, so wie bei einem alljährlichen Ritterturnier vor dem Königspaar.

Durch geschicktes Taktieren war es Pam gelungen, Kirk für ein Interview festzunageln. Nur noch zwei Stunden bis zum Rennbeginn, und die Boxen waren laut und überfüllt. Die Boxengasse lag in Monaco offen an der Rennstrecke direkt bei dem kleinen pittoresken Hafen, in dem Jachten und Segelboote dicht an dicht ankerten. Pam sah sich nach Foxy um. Auch wenn es sie wurmte, sie wusste, es wäre einfacher, wenn sie das Interview mit Kirk nicht allein machte. Entschieden schob sie den Gedanken beiseite und schaute Kirk direkt in die Augen – ein Kontakt, der ebenso zu ihrem Stil gehörte wie die klassisch-schlichte Linie ihrer Kleidung und ihre ruhige, sachliche Art. Ihr scharfer und gründlicher Verstand konnte sich bestens hinter ihrer zerbrechlichen Erscheinung verstecken.

„Ich habe viele unterschiedliche Meinungen über diese Strecke gehört“, begann sie und setzte ihr professionelles Lächeln auf. „Manche, vor allem die Konstrukteure, vergleichen Monaco sogar mit einem Hubschrauberflug durchs Wohnzimmer. Wie denken Sie darüber?“

Kirk lehnte lässig an einer Wand und trank aus einem Styroporbecher, aus dem kleine Dampfwölkchen aufstiegen. Er blinzelte gegen die Sonne und wirkte völlig entspannt. Pam dagegen fühlte sich steif und übertrieben formell. Es ärgerte sie, dass sie sich in Kirk Fox’ Gegenwart immer steif und formell und irgendwie fehl am Platze vorkam.

„Es ist ein Rennen“, gab er ungerührt zur Antwort. „Schnell ist es nicht. Es kommt selten vor, dass ein Fahrer überhaupt schneller als hundertvierzig fährt, und gewöhnlich nimmt man die Kurven mit weniger als dreißig. Hier kommt es mehr auf Ausdauer und Geschicklichkeit an als auf Geschwindigkeit.“

„Beim Fahrer oder dem Wagen?“, fragte Pam.

Die Fältchen in seinen Augenwinkeln vertieften sich, als er grinste. Fasziniert beobachtete Pam, wie seine Augen noch grüner wurden. „Für beide. Zweieinhalbtausendmal den Gang wechseln innerhalb von zweieinhalb Stunden … das verlangt sowohl dem Fahrer als auch der Maschine das Äußerste ab. Und dann ist da noch der Tunnel. Man fährt vom hellen Sonnenlicht ins Dunkel und wieder hinaus ins Sonnenlicht. Sagen Sie, werden Ihre Batterien eigentlich nie leer?“ Er fasste nach dem Aufnahmegerät, das an ihrer Seite hing.

„Nein“, erwiderte sie kühl. Falls er sich über sie lustig machen wollte, würde sie ihm nicht den Triumph gönnen und eine Reaktion zeigen. „Vor zwei Jahren haben Sie hier einen Unfall erlitten. Ihr Wagen war ein Totalschaden, und Sie haben eine gebrochene Schulter davongetragen. Wird sich diese Erfahrung auf Ihr heutiges Rennen auswirken?“

„Weshalb sollte es?“ Er trank seinen Kaffee aus und musterte sie mit zielgerichteter Konzentration. Der Trubel um ihn herum berührte ihn nicht mehr.

„Machen Sie sich denn keine Sorgen, dass Ihnen noch ein Unfall zustoßen könnte?“ Pam ließ nicht locker. Der Wind wehte ihr die Haare ins Gesicht, und mit einer ungeduldigen Geste steckte sie sie sich hinters Ohr. In ihrem Ohrläppchen funkelte ein türkisfarbener Stein auf. „Denken Sie nie daran, dass Sie den nächsten Unfall vielleicht nicht überleben könnten? Drängt sich ein solcher Gedanke nicht auf, vor allem wenn Sie die Strecke fahren, auf der es schon einmal passiert ist?“

„Nein. Ganz und gar nicht.“ Kirk zerdrückte den Becher zwischen den Fingern und warf ihn achtlos zur Seite. „Ich denke niemals an den nächsten Unfall. Ich denke immer nur an das nächste Rennen.“

„Ist das nicht tollkühn?“ Sie merkte, dass ihr Ton provozierender wurde, aber das hielt sie nicht auf. Sie war verärgert über ihn, ohne dass sie einen Grund hätte nennen können. Pam führte ihre Interviews immer mit sachlichem Charme. Jetzt hatte sie die Zügel schießen lassen und war dennoch nicht gewillt, sich wieder zu bremsen. „Oder ist das reine Überheblichkeit? Eine minimale Fehlkalkulation, ein einziger mechanischer Fehler kann zu einer Katastrophe führen, und daran denken Sie nicht? Sie hatten doch mehrere Unfälle, sind aus Wracks gezogen worden und haben Ihre Knochenbrüche im Krankenhaus wieder zusammenflicken lassen. Sagen Sie mir“, verlangte sie, „was geht Ihnen durch den Kopf, wenn Sie eingezwängt in dem Cockpit braten und mit zweihundert Meilen pro Stunde im Kreis rumfahren? Woran denken Sie, wenn man Sie in dem Wagen festschnallt?“

„An den Sieg“, antwortete Kirk, ohne zu zögern. Ihr scharfer Ton perlte scheinbar wirkungslos an seiner Lässigkeit ab. Mit ruhigem Blick betrachtete er sie. Das helle Rosa, das die Aufregung auf ihre Wangen gezaubert hatte, betonte nur die Makellosigkeit ihres Gesichts. Er fragte sich, wie sich ihre Haut wohl anfühlen würde. Das Gold ihres Haars wurde lebendiger, als Sonnenstrahlen darauffielen. Mit einem Stirnrunzeln verfolgte Pam die Reise seiner Augen. Die Falte wurde tiefer, als sein Blick auf ihren Lippen haften blieb.

„Ist Gewinnen wirklich so wichtig?“

Kirk hob den Blick von ihrem Mund zu ihren Augen. „Sicher. Es ist alles, was zählt."

Sein Ton sagte ihr, dass er es absolut ernst meinte. Machtlos schüttelte Pam den Kopf. „Noch nie habe ich jemanden wie Sie getroffen!" Es war völlig untypisch für sie, dass sie in ihrem Job ihre Haltung verlor, und sie atmete tief durch, um sich zu beruhigen. „Selbst hier unter all den anderen Fahrern gibt es keinen, der so gradlinig denkt wie Sie! Wenn Sie die Wahl hätten, würden Sie es wahrscheinlich vorziehen, auf dem Ring zu sterben, mit einem spektakulären, ruhmreichen Abgang."

Er grinste prompt. „Das würde mir schon gefallen, stimmt. Aber erst in fünfzig Jahren, und dann möglichst erst hinter der Ziellinie."

Ihre Lippen verzogen sich wie von allein zu einem Lächeln. Dieser Mann ist unmöglich, dachte sie, aber ehrlich. „Sind alle Rennfahrer so verrückt wie Sie?"

„Vermutlich." Bevor sie erkannte, was er vorhatte, fasste Kirk in ihr Haar. „Ich frage mich schon die ganze Zeit, ob es so seidig ist, wie es aussieht. Ja, das ist es." Sein Handrücken strich über ihre Wange. „Und Ihre Haut ist es auch." Pams übliche Selbstsicherheit ließ sie im Stich. Stumm starrte sie ihn mit riesigen Augen an. „Und Ihre Stimme ist so melodisch und weich. Mir gefällt es, dass Sie immer so adrett aussehen, als wären Sie gerade einer Hutschachtel entstiegen. Das weckt in mir den Drang, Sie ein wenig durcheinanderzubringen." Seine Stimme klang ebenso amüsiert und unverschämt, wie sein Grinsen es war.

Pam spürte die Hitze in ihre Wangen steigen und war wütend auf sich. Hatte sie das mit dem Erröten nicht schon seit Jahren hinter sich? „Soll das etwa ein Annäherungsversuch sein?", fragte sie schneidend.

Kirk lachte, und Pam fiel die Ähnlichkeit zu Foxys Lachen auf. „Nein, lediglich eine Beobachtung. Wenn ich einen Annäherungsversuch unternehme, werden Sie keine Zeit haben, um noch Fragen zu stellen." Noch immer grinsend, zog er sie an sich und presste einen langen, harten Kuss auf ihren Mund. Sie schmeckte wie ein köstlich süßes Dessert. Der Kuss dauerte länger, als er eigentlich beabsichtigt hatte. Als er sie freigab, spürte er ihren warmen Atem, den sie unwillkürlich angehalten hatte, über ihre Lippen schweben. „Das“, sagte er leichthin, „war ein Annäherungsversuch.“

Er drehte sich um und schlenderte lässig davon, und Pam befühlte mit den Fingerspitzen die Stelle, wo sein Schnäuzer ihre Haut gekitzelt hatte. So ein verrückter Kerl, dachte sie und weigerte sich anzuerkennen, wie erschüttert sie war. *Ein absolut verrückter Kerl.*

Zwei Stunden später stand Foxy an fast genau der gleichen Stelle, auf der ihr Bruder gestanden hatte. Ihre Laune war auf dem Nullpunkt. Nur allzu deutlich erinnerte sie sich an jedes Detail vom Vorabend. Der Champagner war nicht stark genug gewesen, um ihre Erinnerung zu löschen.

Ich habe ihm gesagt, dass er mich küssen soll, dachte sie angewidert, als die Welle der Selbstverachtung über ihr zusammenschlug. *Ich hab's ihm praktisch befohlen! Nicht schlimm genug, dass ich mit ihm ausgegangen bin, obwohl ich es besser wissen müsste, nein, ich habe ihm auch noch gezeigt, dass ich jede einzelne Minute genieße. Verfluchter Champagner!* Foxy stieß schnaubend die Luft aus und drückte sich den Strohhut, den sie trug, tiefer in die Stirn. *Und dann plappere ich auch noch darüber, wie verliebt ich als alberner Teenager in ihn war. Na bravo! Wenn ich mich schon zum Narren mache, dann aber richtig! Der ganze Unsinn darüber, wie ich ihn angehimmelt und welche Fantasien ich mir ausgemalt habe.* Foxy schloss entsetzt die Augen. Der Wind wehte vom Hafen herein und kühlte ihre Haut unter der weißen Bluse. Sie biss die Zähne zusammen und hob die Kamera ans Auge, als die Paraderunde begann. *Ob es mir gelingen kann, ihm für den Rest der Saison aus dem Weg zu gehen?* Besser noch, setzte sie hinzu, während sie automatisch weiterfotografierte, für den Rest meines Lebens.

Als die Wagen sich bei der grünen Flagge aufstellten, eilte Foxy an einen neuen Standpunkt für einen anderen Winkel. Vom einen auf den nächsten Moment hing röhrender Donner in der Luft, und Foxy schoss von jedem vorbeirasenden Wagen ein Foto, sobald die Startfahne geschwenkt wurde. Auf ein Knie gestützt, bannte sie die für die Formel 1 so typische schnittige Eleganz der niedrigen Rennwagen auf Film. Völlig konzentriert auf ihre Arbeit, war sie umgeben von einer Aura der Kompetenz und Professionalität, zu der der freche Strohhut und die ausgewaschene Jeans nicht so recht passen wollten. Der Frontwagen hatte bereits die erste Runde absolviert, bevor Foxy sich wieder aufrichtete. Als sie sich umdrehte, um zu den Boxen zurückzugehen, prallte sie gegen Lance. Sofort schossen seine Hände vor, um sie zu stützen. Sie hatte das unangenehme Gefühl eines Déjà-vu. Hastig schüttelte sie seine Hände ab und trat zurück, um sich angelegentlich mit ihrer Kamera zu beschäftigen.

„Entschuldige, ich hatte nicht bemerkt, dass du hinter mir stehst." Früher oder später würde sie ihn ansehen müssen, das war ihr klar. Also warf sie ihr Haar über eine Schulter zurück und hob tapfer ihr Kinn an. Doch der Humor, den sie auf seiner Miene zu sehen erwartet hatte, war nicht da. Kein Spott lag in den grauen Tiefen seiner Augen, aber sie erkannte die gründliche Musterung und wich noch einen Schritt weiter zurück. „Du siehst mich an, als wäre ich ein Motor, der nicht so läuft, wie er soll." Mit gerunzelter Stirn kramte sie ihre Sonnenbrille aus der Kameratasche. Sobald die dunkle Brille auf ihrer Nase saß, fühlte sie sich wohler. Ein Schutzschild war ein Schutzschild, ganz gleich, wie klein er war.

„Man könnte sagen, ich habe einige Überraschungen gefunden, als ich die Motorhaube öffnete."

Foxy wusste nicht so recht, wie sie mit dieser Bemerkung und seiner ruhigen Stimme umgehen sollte. Und seine unverwandte Musterung war nervenaufreibend. Sie kannte ihn. Er war in der Lage, sie endlos anzustarren, ohne ein Wort zu sagen. Er konnte unglaublich, ja unnatürlich geduldig sein, wenn er wollte. Wohl wissend, dass sie bei einem solchen Spiel nicht mithalten konnte, ergriff sie die Initiative. „Lance, ich würde gern mit dir über gestern Abend reden." Leider wirkte ihre gefasste Haltung wegen des Rots auf ihren Wangen nicht ganz so überzeugend. Das Herandonnern der Motoren unterbrach sie, sie wandte sich zur Strecke, um den Wagen nachzusehen. Nach nur der ersten Runde hingen noch mehrere Rennwagen im vordersten Feld in einer Traube zusammen. Foxy holte tief Luft und drehte sich wieder – mit abgekühlten Wangen – zu Lance. Sein Blick glitt von der Rennstrecke zurück zu ihren Augen, aber er sagte nichts, wartete nur ab, gefasst und ruhig. Foxy wäre ihm liebend gern an die Gurgel gegangen. „Ich war gestern nicht wirklich ich selbst, weißt du", machte sie den nächsten Ansatz. „Champagner … Alkohol steigt mir immer gleich zu Kopf, deshalb rühre ich ihn normalerweise gar nicht erst an. Ich möchte nicht, dass du denkst … dass du meinst … Ich meine, ich wollte nicht so …" Frustriert stopfte sie die Hände in die Taschen und schloss die Augen. „Himmel, hilf!", murmelte sie und drehte sich wieder ab. Lance schwieg noch immer, ließ sie sich krümmen und winden. Still fragte sie sich, wie sie es geschafft hatte, in die eigene Grube zu tappen.

Wirklich brillant, Foxy! schalt sie sich in Gedanken. Reiß dich zusammen, sag, was du zu sagen hast, und hör auf, dich zum Idioten zu machen!

Sie hob ihr Kinn an und richtete ihren Blick direkt auf seine Augen. „Ich wollte nicht den Eindruck bei dir erwecken, als wäre ich bereit, mit dir zu schlafen." Jetzt, da sie es ausgesprochen hatte, konnte sie auch weitermachen. Sie holte tief Luft. „Mir ist klar, dass dieser Eindruck nach gestern vielleicht entstehen könnte … Aber ich möchte nicht, dass du das missverstehst."

Lance ließ sich Zeit, bevor er etwas erwiderte. Während dieser fast vollen Minute musterte er sie durchdringend. „Ich glaube nicht, dass ich etwas missverstanden habe." Sein doppeldeutiger Kommentar konnte so oder so ausgelegt werden und beruhigte Foxy nicht unbedingt.

„Sicher … nun … Ich weiß, als du mich zu meinem Zimmer begleitet hast, da hast du nicht … ich meine …"

„Ich habe nicht mit dir geschlafen?" Mit einer schnellen Bewegung nahm er ihr die Sonnenbrille ab, machte sie damit verletzlich. Während Foxy noch gegen das helle Sonnenlicht blinzelte, überbrückte er den Abstand zwischen ihnen und hielt sie am Arm fest. Sein Griff warnte sie, es erst gar nicht zu versuchen, vor ihm zurückzuweichen. „Nein, habe ich nicht, obwohl wir beide wissen, dass ich es hätte tun können. Sagen wir einfach, ich hatte plötzlich Lust, mich an die Regeln zu halten." Seine Lippen verzogen sich zu einem trägen Lächeln, ganz männliche Selbstsicherheit, und seine Stimme wurde tiefer und leiser. „Ich brauche keine Hilfe von Champagner, wenn ich dich verführen will, Foxy." Er beugte den Kopf und strich flüchtig über ihre Lippen, bevor sie sich überhaupt rühren konnte. Es war ein Kuss, der das Versprechen auf mehr enthielt.

Seine unerschütterliche Selbstsicherheit machte sie wütend, ebenso die Tatsache, dass ihr Puls jäh in die Höhe schnellte. Sie griff nach ihrer Sonnenbrille und riss sie ihm mit einem Ruck aus der Hand. „Mit deiner Verführung kannst du sonst was machen!" Ihr Vorschlag ging unter in dem Lärm der zweiten Runde. Über die Schulter warf Foxy einen ärgerlichen Blick auf die vorbeidonnernden Rennwagen. Funken schossen aus ihren Augen, als sie sich wieder zu Lance umdrehte. „Sieh den gestrigen Abend schlicht als einen Augenblick geistiger Umnachtung bei mir an, mehr war es nämlich nicht. Und was ich da geplappert habe …" Zu ihrem Ärger spürte sie die Hitze in ihre Wangen zurückkehren. Was hatte sie sich nur dabei gedacht, ihm von ihrer albernen Schwärmerei zu beichten?! „Diese ganze Geschichte von jenem Abend in der Garage ist genauso lächerlich gewesen, wie es sich angehört hat."

„Und wie lächerlich genau ist das?" Lance' Gelassenheit stand in krassem Gegensatz zu Foxys Nervosität. Sie musste an sich halten, um nicht mit dem Fuß aufzustampfen.

„Ich war sechzehn Jahre alt und komplett naiv. Ich denke, das reicht als Erklärung."

„Jetzt bist du keine sechzehn mehr", konterte er. Er neigte abwägend den Kopf leicht zur Seite und erinnerte Foxy damit an den eleganten Mann von gestern Abend. „Aber naiv bist du noch immer."

„Bin ich nicht!“, prustete sie empört, sah seine Augenbrauen unter dem Haar auf seiner Stirn verschwinden und merkte, dass ihre Würde hier an einem seidenen Faden hing. Sie nahm sich zusammen und drückte den Rücken durch. „Das ist wohl kaum von Bedeutung und ganz offensichtlich nur deine persönliche Meinung.“ Er lächelte nur, und Foxy fuhr hastig fort: „Ich muss arbeiten. Ich kann mir vorstellen, du findest sicherlich jemanden, der dich für die nächsten achtundneunzig Runden unterhält.“

„Siebenundneunzig“, korrigierte er, als die Frontwagen vorbeirasten. „Kirk liegt auf dem dritten Rang“, bemerkte er nachdenklich, bevor er Foxy wieder anschaute. „Meine Meinung, Fox, ist, dass es nur zu deinem Vorteil sein kann, wenn du mich dazu bringst, mich weiterhin an die Regeln zu halten. Ist mal eine ganz interessante Abwechslung.“ Sein Grinsen kippte, wurde herausfordernd, und Foxy war sofort auf der Hut. „Allerdings lässt sich nicht voraussagen, wann ich keine Lust mehr habe, den netten Typen zu spielen.“

„Nett?!“, wiederholte Foxy ungläubig und verdrehte die Augen.

Noch immer dieses Grinsen auf den Lippen, nahm Lance ihr die Sonnenbrille aus der Hand und setzte sie ihr auf die Nase, bevor er sich umdrehte und ging.

Während der nächsten drei Monate nutzte Foxy ihr gesamtes Geschick, um Lance Matthews zu meiden. Von Monaco über Holland nach Frankreich, dann in England und schließlich in Deutschland achtete sie sorgsam darauf, ihm nicht über den Weg zu laufen. Wann immer es möglich war, gesellte sie sich zu Pam, in dem sicheren Gefühl, dass, wenn sie nicht allein war, Lance sie auch nicht in ein Gespräch über persönliche Dinge verwickeln konnte. Ihr Triumphgefühl über ihren Erfolg erhielt allerdings einen leichten Dämpfer durch die Tatsache, dass Lance keineswegs den Anschein erweckte, als wäre er auf ein persönliches Gespräch mit ihr erpicht. Nach Monaco wurde der Terminplan extrem eng. Dem Team blieb kaum noch Zeit für etwas anderes als Arbeit und Reisen, Mahlzeiten und Schlaf. Es war eine anstrengende Saison, die von allen alles forderte, voll mit Qualifikationen, freien Trainingsläufen und schließlich den Rennen selbst. Die Hotels begannen, alle gleich auszusehen, doch jeder Ring besaß seinen eigenen Charakter, seine eigenen Schwierigkeiten und Probleme, seine eigenen Risiken und Gefahren.

Zum Ende des Sommers kam der Große Preis von Italien in Monza. Die auslaugenden Monate in Europa hatten Foxy etwas Wichtiges klargemacht: Wenn das hier vorbei war, würde sie nie wieder eine Saison mitmachen. Die Zeit, in der sie von Stadt zu Stadt zog, von Ring zu Ring, war für sie vorüber. Mit jedem Rennen wurden ihre Nerven angespannter; es fiel ihr immer schwerer, ihre Fassung zu wahren. Es war offensichtlich, dass die zwei Jahre Abstinenz von der Rennstrecke ihre Spuren hinterlassen hatten. Foxy würde nie wieder Teil dieser Welt sein können. Sollte sie jemals wieder nach Italien zurückkommen, dann nur, um Rom oder Venedig zu besichtigen, nicht Monza.

Mit der Dunkelheit kam auch die Stille. Den ganzen Tag über hatte der Ring mit den Trainingsläufen vibriert. Als Foxy jetzt allein auf der menschenleeren Haupttribüne saß, meinte sie, Geisterwagen vorbeirasen zu sehen, fast konnte sie den Fahrtwind fühlen. Sechzig Jahre Geschwindigkeit. Über ihr hing ein silberner Mond an einem wolkenlosen, mit funkelnden Sternen übersäten Himmel. Die würzigen Aromen des Waldes zogen zu ihr herüber, schwer und berauschend. Irgendwo hinter sich hörte sie das Zirpen einer Grille und das leise Summen der Nachtinsekten. Es war eine laue Nacht, warm, ohne die brennende Hitze des langen Tages mit gleißendem Sonnenschein. Es war eine Nacht wie geschaffen für Geheimnisse und Versprechen, für Romantik und Liebesgeflüster. Mit einem Seufzer schloss Foxy die Augen und verdrängte den Gedanken an Lance. Sie brauchte Ruhe und Abstand, mehr als alles andere, wurde ihr trübsinnig klar.

Eine Hand auf ihrer Schulter brachte sie mit einem Ruck in die Wirklichkeit zurück. „Kirk!“ Die Hand auf ihr hämmerndes Herz gepresst, lächelte sie zu ihm auf. „Ich habe dich nicht kommen gehört."

„Was tust du allein hier draußen?"

„Ich brauchte ein bisschen Ruhe", sagte sie ihm, als er sich neben ihr niederließ. „Im Hotel herrscht mir zu viel Trubel. Wieso bist du hier?"

Er zuckte mit den Achseln. „Ich mag den Ring in der Nacht vor dem Rennen." Er lehnte sich zurück und stützte die Füße auf die Rückenlehne des Sitzes vor ihm. Foxy sah, dass er seine alten Lieblingsturnschuhe trug. „Das hier ist eine schnelle Strecke. Morgen werden wir einen neuen Rekord aufstellen." Er sagte es mit inbrünstiger Überzeugung, ohne den Hauch eines Zweifels.

„Hat Charlie das Problem mit dem Auspuff gelöst?" Foxy studierte Kirks Profil. Sie dachte nicht an den Wagen, nicht an das Rennen, sondern an ihn. Wie schon in der Vergangenheit hoffte sie, in seiner Sicherheit die Kraft zu finden, die eigenen Nerven zu beruhigen.

„Ja. Sag, belästigt Lance dich?"

Die Frage kam so unzusammenhängend und unerwartet, dass Foxy fast eine volle Minute brauchte, bevor sie reagierte. „Was?" Ein einzelnes Wort nur, verdattert und ungläubig ausgestoßen.

„Du hast mich schon verstanden." Sie hörte den Ärger in Kirks Ton, als er sich im Sitz zu ihr umdrehte. Seine Miene war grimmig entschlossen. „Belästigt Lance dich?"

„Mich belästigen", wiederholte sie bedächtig. Mit der Zungenspitze fuhr sie sich über die Zähne, dann zog sie die Augenbrauen in die Höhe. „Vielleicht könntest du das etwas genauer definieren."

„Verdammt, du weißt genau, was ich meine." Mit einem frustrierten Schnauben stand er auf und starrte auf den Ring hinaus, die Hände in die Taschen gesteckt. Foxy spürte, wie unwohl er sich fühlte, und konnte sich nur wundern. Sie kannte Kirk gut genug, um zu wissen, dass er sich selbst nur äußerst selten in eine Situation brachte, in der er sich unwohl fühlte. „Ich sehe doch, wie er dich anstarrt", murmelte er böse. „Wenn er mehr tut als starren, will ich es wissen."

Zwar drückte Foxy sogar beide Hände fest vor den Mund, dennoch ließ sich das Kichern nicht zurückhalten. Kirk wirbelte herum, seine Miene wutentbrannt. Selbst im Dunkeln konnte Foxy seine Augen blitzen sehen. Sie presste bemüht die Lippen zusammen – und brach in schallendes Gelächter aus. Kopfschüttelnd versuchte sie sich zusammenzunehmen, während ihr Bruder sie ärgerlich anfunkelte.

„Was, zum Teufel, ist daran so komisch?", verlangte er zu wissen.

„Kirk, ich …" Sie brach ab, weil sie husten musste, dann atmete sie mehrere Male tief durch, bevor sie ihrer Stimme wieder traute. „Tut mir leid, es ist nur … Eine solche Frage hätte ich von dir nie erwartet." Angestrengt schluckte sie das Kichern herunter, das in ihrer Kehle steckte. „Ich bin dreiundzwanzig Jahre alt, Kirk."

„Was hat das damit zu tun?", bellte er und sah das liebevolle Glitzern in ihrem Blick. Jetzt kam er sich wie ein Volltrottel vor und zog die Brauen noch mehr zusammen.

„Kirk, als ich sechzehn war, hast du nicht einmal einen Blick auf die Jungs geworfen, die auf dem Ring herumlungerten, und jetzt …"

„Lance ist kein Junge!", schnitt er ihr das Wort ab und fuhr sich mit den Fingern durchs Haar. Die Locken sprangen sofort an genau dieselbe Stelle zurück, wie auch Foxys Haar es immer tat. „Und du bist keine sechzehn mehr."

„Das habe ich mir schon sagen lassen", murmelte sie.

Mit einem frustrierten Schnauben schob Kirk die Hände noch tiefer in die Taschen. „Ich hätte wohl besser achtgeben sollen, als du noch sechzehn warst."

„Kirk." Sie klang jetzt völlig ernst, als sie aufstand und an seine Seite trat. „Es ist lieb von dir, dass du dir Sorgen machst, aber dazu gibt es keinen Grund." Seine Sorge um sie und auch seine Wut rührten sie, sie legte den Kopf an seine Schulter. Was für ein seltsamer Mann er doch ist! dachte sie. Manchmal kann er richtig süß sein.

„Doch, es gibt Gründe", murmelte er und wünschte, er könnte das Thema fallen lassen. Außer seiner Schwester stand er Lance näher als jedem anderen Menschen in seinem Leben.

Mit Lance verband ihn zusätzlich zu der gemeinsamen Abenteuerlust zudem, dass sie beide Männer waren. Und gerade diese gemeinsamen Abenteuer machten es notwendig für ihn, das Thema weiterzuverfolgen. „Du bist immer noch meine kleine Schwester, auch wenn du ein bisschen erwachsener geworden bist", brummte er mehr zu sich selbst.

„Ein bisschen?" Foxy grinste. Ihre Augen funkelten unbekümmert und vorwitzig, was Kirk auf ungemütliche Weise an sich selbst erinnerte. „Kirk, ‚ein bisschen' war vorbei, als ich zwanzig wurde."

„Hör zu, Foxy", meinte er ungeduldig. „Ich kenne Lance. Ich weiß, wie er …" Er zögerte, fluchte dann leise.

„Du meinst, du weißt, wie er vorgeht?", vollendete sie den Satz für ihn und erntete dafür einen vernichtenden Blick. Das Lachen ließ sich nicht ganz zurückhalten, deshalb küsste sie ihn auf die Wange. „Hör auf, dich um mich zu sorgen! Auf dem College habe ich noch ein paar andere Dinge gelernt als nur Fotografieren." Da seine grimmige Miene sich nicht änderte, küsste sie ihn auch noch auf die andere Wange. „Wenn du dich dann besser fühlst … nein, Lance belästigt mich nicht. Und falls er es tun sollte, dann werde ich durchaus allein damit fertig, das verspreche ich dir. Aber er tut es nicht. Wir reden doch kaum miteinander." Die letzten Worte sollten sich zufrieden anhören, stattdessen ärgerte Foxy sich plötzlich darüber.

„Er starrt", beharrte Kirk. Die laue Brise wehte den Duft seiner Schwester an seine Nase, ihr Haar hatte seidig und weich an seiner Wange gelegen. Die Falte auf seiner Stirn wurde tiefer. „Er starrt sogar sehr oft."

„Das bildest du dir nur ein", sagte Foxy bestimmt und versuchte, Kirk von dem Thema Lance Matthews wegzulotsen. Denn wenn er von Lance sprach, kehrten auch ungebetene Erinnerungen zurück. „Sagen Sie, Mr Fox", imitierte sie den Tonfall eines neugierigen Sportreporters, „sind Sie am Vorabend des Rennens immer so grüblerisch?"

Er antwortete nicht sofort, starrte einfach nur auf den Ring hinaus. Foxy fragte sich, was er wohl sehen mochte, das sie nicht sah. „Mir ist kürzlich selbst erst klar geworden, dass eine Frau ohne einen Mann wie mich besser dran ist. Eine Frau würde nur verletzt werden." Rastlos verlagerte er sein Gewicht, dann drehte er sich zu ihr um. Foxy musterte ihn neugierig. Da lag etwas in seinem Blick, das sie weder kannte noch verstand, aber es beunruhigte sie, ihren Bruder so angespannt zu sehen. Und sie ahnte auch, dass es nicht nur das bevorstehende Rennen war, das an seinen Nerven zerrte. „Lance und ich sind uns sehr ähnlich", fuhr er fort. „Ich will nicht, dass du verletzt wirst. Er könnte dich verletzen, auch wenn er es gar nicht beabsichtigt. Dennoch könnte es passieren."

„Kirk, ich …"

„Ich kenne ihn, Foxy." Er ließ nicht einmal den Beginn ihres Einspruchs zu, legte die Hände auf ihre Schultern. „Keine Frau wird ihm je wichtiger sein als seine Autos. Es ist unklug, sich mit Männern wie uns einzulassen. Es wird immer ein nächstes Rennen geben, Foxy, ein anderes Auto, einen neuen Ring. Und das drängt dann alles und jeden anderen in den Hintergrund. Ich wünsche dir das nicht, auch wenn ich weiß, dass es immer das Einzige war, was du hattest. Ich habe nie das für dich getan, was ich für dich hätte tun sollen, und ich …"

„Nein, Kirk!" Sie hielt ihn davon ab, weiterzusprechen, indem sie die Arme um seinen Hals schlang. „Nicht!" Sie barg ihr Gesicht an seiner Schulter, wie sie es damals vor Jahren in ihrem Krankenhausbett getan hatte. Er war der sichere Fels in der Brandung gewesen, die damals ihre ganze Welt von den Fundamenten gerissen und fortgeschwemmt hatte. „Du hast alles getan, was du konntest."

„Wirklich?" Kirk seufzte und drückte sie an sich. „Müsste ich es noch mal tun, ich würde es wieder machen. Ich weiß, ich würde genau die gleichen Dinge tun. Aber das heißt nicht automatisch, dass diese Dinge richtig waren."

„Für uns waren sie es." Sie sah ihn mit feucht schimmernden Augen an. „Für mich waren sie es."

Er stieß den Atem aus und zerzauste ihr Haar. „Möglich." Ihr Gesicht mit beiden Händen gefasst, setzte er einen Kuss auf jede ihrer Wangen. Sein Schnurrbart kitzelte ihre Haut, und das vertraute Gefühl entlockte ihr ein Lächeln. „Vermutlich habe ich einfach nicht damit gerechnet, dass du irgendwann erwachsen wirst. Und ich habe auch nicht damit gerechnet, dass du so schön werden würdest und dass ich mir um die Männer Gedanken machen muss. Ich hätte darauf achten müssen, als es sich vor mir abgespielt hat. Du hast dich nie beklagt."

„Worüber auch? Ich war glücklich." Als er seine Hände sinken ließ, hielt sie sie mit ihren fest. Seine Handflächen waren schwielig, und auf seinem Handrücken fühlte sie eine dünne Narbe, das Überbleibsel eines kleineren Unfalls vor acht Jahren in Belgien. „Kirk", sie sprach schnell, um ihm die Sorgen zu nehmen, „wir sind beide genau da, wo wir sein wollen. Ich bereue nichts, und ich will nicht, dass du etwas bereust. Okay?"

Reglos blieb sie stehen, während er in ihrem Gesicht suchte. Seine Augen hatten sich längst an die Dunkelheit gewöhnt, er konnte ihre Züge genau erkennen. Und ihm wurde klar, dass sie vor seinen Augen erwachsen geworden war. Seltsam, aber die Frau, die vor ihm stand, weckte seinen Beschützerinstinkt; das Mädchen hingegen war ihm immer zäh und unverwüstlich vorgekommen. Vielleicht verstand er die Fallen und Stolpersteine für eine erwachsene Frau besser, während die der Kindheit ein Mysterium für ihn geblieben waren. Es war eine uncharakteristische Geste für ihn, dass er ihre Hand an seine Lippen führte und einen Kuss daraufsetzte, vermutlich stiegen Foxy deshalb die Tränen in die Augen. „Ich hab dich lieb", sagte er schlicht, und dann warnte er: „Lass das. Ich habe kein Taschentuch dabei, um dir die Nase zu putzen." Mit dem Daumen wischte er ihr die Tränen von der Wange. „Komm." Er legte den Arm um ihre Schultern und führte sie von der Tribüne. „Ich spendiere dir einen Kaffee und einen Hamburger. Ich bin halb verhungert."

„Pizza", widersprach sie. „Schließlich sind wir hier in Italien."

„Auch gut", stimmte er bereitwillig zu, und ohne Eile gingen sie Seite an Seite im Mondlicht einher.

„Kirk." Foxy hob das Gesicht, und jetzt blitzten ihre Augen vorwitzig. „Wenn Lance mich belästigt, verprügelst du ihn dann für mich?"

„Sicher." Grinsend zog er sie an den Haaren. „Aber erst, wenn die Saison zu Ende ist."

Foxy lachte. „Das dachte ich mir."

Es war kurz nach elf, als sie über den Korridor des Hotels zu ihren Zimmern gingen. Pam hörte Foxys Lachen und dann die tiefe Stimme ihres Bruders. Pam kaute an ihrer Lippe und wartete darauf, die Zimmertüren schlagen zu hören. Sie musste unbedingt mit Foxy reden. Sie brauchte jemanden, mit dem sie scherzen und lachen konnte, jemanden, der ihre Gedanken von Kirk Fox ablenken würde. Schon seit Wochen dachte Pam an wenig anderes mehr als an ihn. Während sie von Land zu Land reisten, von Rennen zu Rennen, war er immer distanzierter geworden. Er sprach nur selten mit ihr, und wenn, dann blieb er eindeutig reserviert. Offensichtlich hatte er das Interesse an dem Flirt verloren, den er schließlich initiiert hatte. Unter normalen Umständen hätte seine kühle Haltung ihr nicht mehr als ein ärgerliches Schnauben entlockt oder vielleicht sogar ein spöttisches Lächeln. Nur, so hatte Pam sich eingestehen müssen, die Umstände waren alles andere als normal. In dem Maße, in dem Kirk langsam immer wortkarger wurde, wurde Pam immer angespannter. Schlaf zu finden war schier unmöglich geworden, essen zu einer anstrengenden Pflicht. Ihre Nervosität fand ihren unerwarteten Höhepunkt, als Kirk nach der letzten Runde des Rennens in Frankreich aus seinem Wagen gestiegen war. Ihre Blicke waren sich für einen kurzen Moment begegnet, und Pam war von der jähen Erkenntnis überrollt worden, dass sie sich in Kirk Fox verliebt hatte. Allein der Gedanke hatte sie in Panik versetzt. Er war so ganz anders als die Männer, zu denen sie sich in der Vergangenheit hingezogen gefühlt hatte. Doch das hier war nicht nur Anziehungskraft, deshalb besaßen die früheren Maßstäbe auch keine Bedeutung. Kurz hatte Pam mit dem Gedanken gespielt, den Auftrag hinzuwerfen und in die Staaten zurückzukehren, doch ihr Berufsethos verbot ihr eine so feige Flucht. Und der Stolz verbot es ihr, ihm zu nahezukommen. Sie hatte nicht vor, als nächste Trophäe, als nächster Sieg für Kirk Fox zu enden.

Da sie vom Korridor keine Geräusche mehr hörte, zog Pam einen dünnen Morgenmantel über ihr Nachthemd. Sie hatte beschlossen, zu Foxys Zimmer zu gehen. In dem Moment, als sie ihre Tür öffnete, erstarrte sie. Kirk kam über den Korridor. Er hielt den Kopf gesenkt, doch er schaute sofort auf, als er ihren leisen erstaunten Laut vernahm. Er blieb stehen und schaute mit undurchdringlichem Blick zu ihr hin. Pam stand reglos im Türrahmen und hielt den Atem an. Scheinbar hatte sie vergessen, wie man ausatmet, scheinbar hatte sie auch vergessen, wie man die Füße rückwärts setzt, um sich in das Zimmer zurückzuziehen. Kirk hielt ihren Blick gefangen, während er weiter auf sie zukam, und obwohl ihre Finger noch immer den Türknauf umklammerten, zog sie sich nicht zurück. Plötzlich überkam sie eine vollkommene Ruhe. Das hier war es, was sie brauchte, was sie sich wünschte. Sie wusste es. Als Kirk vor ihr stehen blieb, sahen sie einander an, schweigend und ohne zu lächeln. Das Licht, das aus ihrem Zimmer fiel, tauchte sie beide in einen hellen gelben Schein.

„In den letzten Monaten muss ich mindestens hundert Mal an deiner Tür vorbeigegangen sein."

„Ich weiß."

„Heute Abend gehe ich nicht daran vorbei." Der Anflug einer Herausforderung schwang in seiner Stimme mit, um seinen Mund zogen sich grimmige Linien. „Ich komme rein."

„Ich weiß", sagte Pam noch einmal. Sie trat zurück, um ihn einzulassen. Ihre gelassene Einwilligung ließ ihn zögern. Sie sah die Zweifel in seinem Blick aufflackern.

„Ich werde mit dir schlafen." Seine Erklärung spiegelte seinen wachsenden Ärger wider.

„Ja", stimmte sie mit einem Nicken zu. Ein Lächeln spielte um ihre Lippen, als sie die Nervosität in seinem Ton erkannte. Er hat ebensolche Panik wie ich, wurde ihr klar, als Kirk nach einem kurzen Zögern in ihr Zimmer trat. Leise schloss Pam die Tür hinter ihm. Sie drehten sich beide, sodass sie einander gegenüberstanden.

„Ich verspreche nichts", verkündete er rau. Die Hände sicher in seinen Hosentaschen vergraben, musterte er sie.

„Nein." Ihr Morgenmantel raschelte leise, als sie ging, um das Licht auszuschalten. Der Schein von Mond und Sternen floss ins Zimmer. Unten im Hof unter ihrem Fenster sagte jemand etwas in schnellem Italienisch und lachte dann herzhaft.

„Wahrscheinlich werde ich dich verletzen", warnte Kirk leise.

„Ja, wahrscheinlich", stimmte Pam zu. Sie ging zu ihm, bis sie beide eine dunkle Silhouette im Mondlicht waren. Er nahm ihren Duft wahr, apart, dezent, unvergesslich. „Aber ich bin härter im Nehmen, als ich wirke."

Er konnte nicht widerstehen, hob eine Hand in ihr Haar. Es fühlte sich weich wie eine Wolke an seiner Handfläche an. „Du machst einen Fehler." Im schwachen Licht sah er das Schimmern in ihren Augen.

„Nein." Pam hob die Arme und schlang sie um seinen Hals. „Nein, das mache ich nicht."

Mit einem tiefen Stöhnen zog Kirk sie an sich und nahm den ihm dargebotenen Mund in Besitz. Und als er sie auf seine Arme hob, schmiegte Pam sich willig an ihn.

## 6. KAPITEL

Kurz vor Rennbeginn herrschte der übliche Trubel. Auch der feine Nieselregen, der konstant niederging, hatte die Zuschauer nicht hindern können, dabei zu sein. Der Himmel hing bleigrau und schwer über dem Ring. Trockenreifen wurden gegen Regenreifen ausgetauscht.

Foxy stützte sich auf das Waschbecken der leeren Damentoilette und spülte sich den Mund aus, um den Geschmack von Übelkeit loszuwerden. Mit abwesenden Gesten wusch sie sich das Gesicht und versteckte ihre Blässe unter Make-up. Ihre Handflächen waren noch immer heiß und feucht, sie ließ kaltes Wasser darüberlaufen. Die Ansagen aus dem Lautsprecher drangen bis hierher. Jetzt blieben nur noch Minuten bis zum Start. Sie nahm ihre Kameratasche und eilte hinaus. Innerhalb von Sekunden hatte die Menschenmenge sie verschluckt. Da Foxy mit ihren Gedanken beschäftigt war, sah sie Lance erst, als sie praktisch schon vor ihm stand.

„Dieses Mal nicht aufgepasst und zu nah herangekommen, Fox?“ Sie hob den Kopf genau in dem Moment, in dem die Menge sie auf ihn zuschob. Sein Grinsen erstarb, als er die klamme Haut an ihren Armen berührte. „Du bist eiskalt“, murmelte er, dann zog er sie aus dem Pulk heraus und in einen engen Korridor.

„Herrgott, lass mich los“, protestierte sie. Ihre Beine waren alles andere als sicher, fast gaben ihre Knie unter der abrupten Bewegung nach. „Sie starten in einer Minute.“

Ohne auf ihren Protest einzugehen, legte Lance die Hand unter ihr Kinn und hob ihr Gesicht an. Mit zusammengekniffenen Augen musterte er sie durchdringend. Die Farbe war noch nicht in ihre Wangen zurückgekehrt, und von Make-up ließ er sich nicht täuschen. „Du bist krank.“ Fast klang es wie eine Anschuldigung. Er drückte sie mit dem Rücken gegen die Wand. „Du kannst da nicht rausgehen, wenn du krank bist.“ Er legte ihr den Arm um die Taille und wollte sie wegführen. Sie sträubte sich, als das Heulen der Motoren lauter wurde.

„Himmel!“ Frustriert über seine Einmischung, versuchte sie, ihn von sich zu stoßen, doch ohne großen Erfolg. „Ich bin vor jedem Rennen krank, aber deswegen verpasse ich nicht den Start. Lass mich endlich los!“

Der Ausdruck seiner Miene durchlief rasant erst Verblüffung, dann Entrüstung und schließlich Wut. Zwischen ihm und der Wand gefangen, wurde Foxy bei diesen schnellen Veränderungen klar, dass sie einen Fehler begangen hatte. „Diesen wirst du verpassen“, knurrte er. Halb zog er sie, halb trug er sie von der Boxengasse fort. Da sie gegen seinen Griff so oder so nichts ausrichten konnte, fügte Foxy sich schließlich. Schweigend führte er sie in das Restaurant unter der Haupttribüne. „Kaffee“, rief er dem Kellner barsch zu und schob Foxy in eine Sitznische.

„Hör zu, Lance“, hob sie an, jetzt, da genügend Energie in sie zurückgekehrt war, um empört zu sein.

„Sei still!“ Er sagte es leise, aber so wütend, dass sie tatsächlich gehorchte. Natürlich hatte sie ihn öfter verärgert erlebt, aber um einen Vergleich mit seinem jetzigen Zustand zu finden, musste sie wohl Jahre in ihrer Erinnerung zurückgehen. Sein Mund war schmal zusammengepresst, seine Stimme bebte vor nur mühsam kontrollierter Wut. Doch es waren seine Augen, jetzt dunkelgrau wie Rauch, die sie verstummen ließen. Manchmal war es einfach besser zu schweigen.

Im Restaurant war niemand, es war ruhig hier, nur das Dröhnen der Wagen draußen auf dem Ring war zu hören. Vor den Fenstern stand eine düstere Wolkenwand, das Grau nur unterbrochen durch die hellen klaren Regenspuren, die am Glas hinabliefen. Foxy verfolgte eine von ihnen mit dem Blick, wie sie sich im Zickzack nach unten wand. Der Kellner brachte eine Kanne Kaffee und zwei Tassen, stellte sie auf den Tisch und zog sich wieder zurück. Der Blick in Lance’ Augen war eindeutig – er wollte Privatsphäre, nicht Service. Während die Wellen seines Ärgers zu ihr schwappten, sah Foxy Lance zu, wie er Kaffee für sie beide einschenkte. Neugier übermannte ihren Verdruss. Worüber regte er sich eigentlich so auf?

„Trink deinen Kaffee“, herrschte er sie gepresst an.

Bei dem Befehl ruckten ihre Augenbrauen in die Höhe. „Jawohl, der Herr“, sagte sie gespielt demütig und hob ihre Tasse.

Wut blitzte in seinen Augen auf. „Treib’s nicht zu weit, Foxy!“

„Lance.“ Sie setzte die Tasse wieder ab, ohne getrunken zu haben, und lehnte sich vor. „Was ist los mit dir?“

Er musterte sie, sah die Verwunderung auf ihrer Miene, bevor er seinen Kaffee halb leer trank, heiß und schwarz. Die Blässe stand noch immer auf ihren Wangen, ließ sie unendlich verletzlich aussehen. Ihre Augen blickten so jung und so ernst, während der Kaffee in der Tasse vor ihr kalt wurde. „Wie fühlst du dich?“, fragte er, während er gleichzeitig eine Zigarre und sein Feuerzeug zur Hand nahm.

„So weit gut“, antwortete sie vorsichtig. Ihr fiel auf, dass er die Zigarre nicht anzündete, sondern nur zwischen den Fingern drehte. Schweigen breitete sich aus. Das ist ja lächerlich, dachte sie und öffnete den Mund, um eine Erklärung zu verlangen.

„Wird dir vor jedem Rennen übel?“, fragte Lance streng.

Die Frage ließ sie stutzen. Foxy rührte in ihrem Kaffee. „Lance, hör zu …“

„Lass das!“ Die harsche Zurechtweisung ließ sie abrupt aufschauen. Ihr Blick traf auf die eiskalte Wut in seinen Augen. „Ich habe dich etwas gefragt.“ Seine Stimme klang viel zu kontrolliert. Foxy war noch nie schüchtern gewesen, aber sie hatte Respekt vor einem Temperament, das noch aufbrausender war als ihr eigenes. „Bist du krank, körperlich krank“, wiederholte er leise mit schneidender Präzision, „vor jedem Rennen?“

„Ja.“

Er fluchte leise, aber so unflätig, dass sie eine Gänsehaut bekam. Sie konnte den Blick nicht von seinem Gesicht nehmen. „Hast du es Kirk gesagt?“, wollte er wissen.

„Nein, natürlich nicht. Warum sollte ich?“ Das verwunderte Unverständnis in ihrer Stimme war neue Nahrung für seine Rage. Da sie die heranziehende Gefahr spürte, legte sie ihre Hand auf seine. „Lance, nun warte mal eine Minute. Zum einen ist es an diesem Punkt in meinem Leben ganz sicher mein Problem. Und wenn ich Kirk gesagt hätte, wie ich mich vor jedem Rennstart fühle, seit ich ein Kind war, hätte er sich nur Sorgen um mich gemacht. Es hätte vielleicht seine Konzentration gestört, und vielleicht hätte er mich sogar von der Rennstrecke verbannt. Ich hätte mich dann nur schuldig und noch elender gefühlt.“ Sie hielt inne und schüttelte den Kopf. „Aufgehört hätte er deswegen dennoch nicht. Weil er nicht aufhören kann.“

„Du kennst ihn wirklich gut.“ Lance leerte seine Tasse, schenkte mit geschmeidigen Bewegungen nach. Trotzdem spürte Foxy seinen Ärger schwelen.

„Ja, ich weiß.“ Ihre Blicke hielten einander fest, seiner hitzig, ihrer ruhig. „Das Rennen steht bei Kirk an erster Stelle, hat es immer getan. Aber gleich danach komme ich.“ Foxy bekräftigte ihre Worte mit ausdrucksstarken Gesten. Es war ihr wichtig, dass Lance verstand, so wie sie gestern Kirk beschworen hatte, sie zu verstehen. „Und es war immer genug für mich. Hätte er mich nicht auf den zweiten Rang gestellt, wäre er ein anderer Mensch. Ich liebe Kirk, so wie er ist … vielleicht weil er so ist, wie er ist. Ich schulde ihm alles.“ Als Lance den Mund öffnen wollte, um etwas zu sagen, hielt sie ihn hastig auf. „Nein, bitte, hör mir zu. Du verstehst das nicht. Kirk hat mir ein Heim gegeben, er hat mir ein Leben gegeben. Ich weiß nicht, wie es nach dem Unfall mit mir weitergegangen wäre, wenn ich Kirk nicht gehabt hätte. Wie viele dreiundzwanzigjährige Männer entscheiden sich schon dafür, sich um ein dreizehn Jahre altes Mädchen zu kümmern? Er war immer gut zu mir. Er hat mir alles gegeben, was er geben konnte. Ich weiß, er ist lange nicht perfekt. Er ist launisch und von sich selbst eingenommen, aber, Lance, in all den Jahren hat er nie etwas von mir verlangt, außer dass ich da bin.“ Sie stieß den Atem aus und starrte dann in ihre Tasse. „Das scheint mir nicht zu viel verlangt.“

„Kommt darauf an“, sagte Lance leise. „Auf jeden Fall kannst du nicht auf ewig da sein.“

„Auch das weiß ich.“ Seufzend rollte sie mit den Schultern. Sie wandte das Gesicht wieder zum Fenster und folgte dem Lauf der Regentropfen, ohne ihr durchscheinendes Spiegelbild im

Glas zu sehen. „Während dieser Saison ist mir klar geworden, dass ich nicht mehr damit fertig werde. Ich kann nicht mehr dabeistehen und zusehen, wie er in den Wagen steigt, und dann darauf warten, ob er verunglückt oder nicht, wissend, dass er eines Tages vielleicht nicht mehr einfach aus dem Wrack kriecht und weggeht.“ Sie lenkte ihren Blick zurück zu Lance, und für einen Moment stand pure Verzweiflung in ihren Augen. „Ich werde nicht zusehen, wie er stirbt.“

„Foxy.“ Lance beugte sich vor und nahm ihre Hand. Jetzt war seine Stimme sanft, keine Spur mehr von Wut. „Du weißt doch besser als alle anderen, dass nicht jeder Fahrer auf dem Ring verunglückt.“

„Ich liebe aber auch nicht jeden Fahrer“, konterte sie schlicht. „Ich habe schon zwei geliebte Menschen bei einem Unfall verloren. Nein“, sagte sie sofort, als er zu sprechen anheben wollte. Sie presste die Finger auf die Augen und schüttelte den Kopf, so als wolle sie die Worte damit zur Seite schieben. „Ich denke eigentlich nur selten daran. Weil ich sonst verrückt werden würde.“ Sie holte tief Luft, um ihre Fassung wiederzufinden, und sah ihn dann an. „Ich steigere mich nicht rein, Lance, aber ich kann einfach nicht mehr besonders gut damit umgehen. Und es wird mit jedem Mal schwerer für mich.“

„Ich weiß, man darf die Gefahren nicht verharmlosen.“ Er runzelte die Stirn über die Angst und die Sorgen, die er in ihren Augen las. „Aber du weißt doch, dass die Sicherheitsstandards immer weiterentwickelt worden sind. Die Fahrer sind heute viel besser geschützt. Tödliche Unfälle sind die Ausnahme, nicht die Regel.“

„Statistiken sind nur Zahlen auf einem Blatt Papier. Sie haben keine Bedeutung für mich.“ Sie lächelte, als die Falte auf seiner Stirn tiefer wurde, dann schüttelte sie den Kopf. „Du kannst es nicht verstehen, weil du einer von ihnen bist. Ihr Rennfahrer seid eine besondere Spezies. Ihr behauptet alle, verschiedene Motive zu haben, dabei gibt es in Wahrheit nur einen einzigen Grund. Ihr fahrt Rennen, weil ihr genau das liebt – wie eure Mutter, eure Geliebte und euren besten Freund zugleich. Jeder Fahrer flirtet mit dem Tod. Ihr brecht euch die Knochen, verbrennt euch die Haut und seid wieder zurück auf dem Ring, noch bevor der Rauch sich verzogen hat. Am einen Tag noch im Krankenhaus, am nächsten wieder im Cockpit. Du hast es auch so gemacht, ich hab's miterlebt. Es ist wie eine Religion. Ich kann es nicht begreifen, aber ich kann es auch nicht verdammen. Manche nennen es eine Wissenschaft, aber das ist eine Lüge. Ich bin damit aufgewachsen, aber deswegen ergibt es für mich dennoch keinen Sinn. Das liegt daran, dass es eine emotionale Angelegenheit ist, und Emotionen machen nun mal selten Sinn." Sie legte den Kopf an die kühle Glasscheibe und starrte hinaus in den Regen. „Ständig hoffe ich darauf, dass er eines Tages genug davon haben wird, dass er etwas anderes findet, das an den Platz rücken kann." Jetzt sah sie forschend zu Lance. „Das habe ich mich immer gefragt ... wieso hast du aufgehört?"

„Weil ich es nicht mehr geliebt habe." Lächelnd streckte er die Hand aus und schob ihr eine Locke hinters Ohr.

„Da bin ich froh", sagte sie und erwiderte sein Lächeln. Eine Weile fingerte sie schweigend an der Kaffeetasse. „Lance, du wirst Kirk doch nichts davon sagen, oder?" Sie war sich nicht zu schade, ihn mit den Augen anzuflehen.

„Nein, ich sage ihm nichts." Er konnte die Erleichterung über ihre Miene huschen sehen, bevor sie ihre Tasse anhob. „Fox." Sie hielt mit der Tasse vor ihren Lippen inne. „Ich möchte, dass du die letzten Rennen der Saison ausfallen lässt."

„Das kann ich nicht tun." Sie schüttelte den Kopf und nippte an dem Kaffee. Er war bitter und kalt, sie zog eine Grimasse und stellte die Tasse wieder ab. „Nicht nur wegen Kirk, sondern auch, weil ich eine Verpflichtung Pam gegenüber habe." Foxy lehnte sich zurück. Lance schaute sie durch eine kleine Rauchwolke mit gerunzelter Stirn an. „Ich habe den Auftrag übernommen, Fotos von allen Rennen aufzunehmen, und meine Arbeit ist mir sehr wichtig."

„Und wenn die Saison vorbei ist?"

Jetzt legte sie die Stirn in Falten, in ihren Augen spiegelte sich das fahle Licht, das durch die Fenster einfiel. „Ich führe mein eigenes Leben, habe meine eigene Arbeit. Ich muss auch selbst damit fertig werden, dass ich nicht mehr zu Kirks Leben gehören kann. Meine Gefühle liegen zu nah unter der Oberfläche. Ich bin eben ein Feigling", fügte sie brüsk hinzu und wollte sich aus der Nische schieben. „Ich muss zurück an die Arbeit."

Lance war schneller von der Bank herunter und blockierte ihr den Weg. Sie hatte nur noch Zeit, fragend die Augenbrauen hochzuziehen, als er sie auch schon in seine Arme zog und ihren Kopf sanft an seine Schulter drückte. „Oh, nicht", murmelte sie und schloss die Augen. Verräterische Hitze durchströmte sie. „Ich kann nicht mit dir umgehen, wenn du nett bist." Sie spürte seine Lippen an ihrem Haar, während seine Hand sacht ihren Rücken auf und ab streichelte. „Lance, bitte, wenn du nicht aufhörst, überschwemme ich dieses Café hier mit meinen Tränen. Du hast dem Kellner schon genügend Angst eingejagt."

„Tränen?" Er sprach es zögernd aus, so als würde er überlegen. „Weißt du, Foxy, ich glaube, in all den Jahren, die ich dich kenne, habe ich dich kein einziges Mal weinen sehen."

„Ich habe noch nie viel davon gehalten, mich in aller Öffentlichkeit zu erniedrigen." Sie fühlte sich geborgen und viel zu wohl in seiner Umarmung. „Lance, du darfst nicht nett zu mir sein. Ich könnte mich sonst vielleicht daran gewöhnen." Sie erhob ihr Gesicht zu ihm, doch das Lächeln wollte nicht kommen, weil sie die Absicht in seinen Augen erkannte. „Himmel, hilf", murmelte sie noch, bevor sein Mund ihre Lippen berührte.

Sie musste sich nicht gegen eine Explosion wappnen. Der Kuss war sanft und zart, kein Drängen, kein Feuer, nur tröstende Zärtlichkeit. Und während sie das Gefühl hatte dahinzuschmelzen, fühlte sie sich gleichzeitig seltsam beschützt und sicher. Die behutsame, zärtliche Umarmung verwirrte sie, entwaffnete sie, verführte sie mehr, als es jeder gierig-heißen Forderung hätte gelingen können. Seine Lippen waren warm und weich, kosteten von ihrem Geschmack ohne Druck, spendeten Trost und Freude. Foxy hatte nicht geahnt, dass er zu solch überwältigender Zärtlichkeit überhaupt fähig war. Und weil er nichts verlangte, gab sie umso mehr. Der Kuss dauerte lange an, behielt aber seinen tröstenden Frieden. Die Wirklichkeit verblasste, ließ Foxy allein mit Lance in ihrer Welt zurück. Und selbst als ihr Mund wieder frei war, konnte sie nicht sprechen. Es waren ihre Augen, die die Fragen stellten.

„Ich bin mir nicht ganz sicher, was ich mit dir anfangen soll", flüsterte er. Er griff eine Handvoll ihrer Strähnen und ließ sie sich durch die Finger gleiten. „Es war einfacher, als ich noch nicht wusste, dass du auch eine empfindsame Seite hast. Ich bezweifle, dass ich weiß, wie man mit Zerbrechlichkeit umgeht."

Verwirrt nahm Foxy ihre Kameraausrüstung. Bis er sie so zärtlich berührt hatte, hatte sie sich auch nicht zerbrechlich gefühlt. Wohl wissend, dass dieses Gefühl nur Gefahren barg, bemühte sie sich, es abzuschütteln. „Ich bin nicht zerbrechlich", behauptete sie, richtete sich auf und sah ihn an.

Ein Lächeln zog über sein Gesicht, verzog seine Lippen und ließ seine Augen leuchten. „Du willst es nicht sein."

„Ich bin es nicht", verneinte sie sofort und schüttelte ihr Haar zurück. Noch nie hatte jemand sie so fühlen lassen. Sie befürchtete, dass, sollte er sie wieder so berühren, sie auch wieder so fühlen würde. Und aus Erfahrung wusste sie, dass nur die Starken heil und an einem Stück überlebten.

Lance musterte ihr Gesicht, bevor er ihr die Kameratasche abnahm. „Dann lass mich einfach in dem Glauben", schlug er vor, schloss seine Finger um ihre Hand und führte sie nach draußen.

Als das Team in die Staaten zurückkehrte, führte Kirk die Weltmeisterschaftswertung mit fünf Punkten an. Ein Sieg in Watkins Glen würde ihm den Titel sichern. Doch selbst in der Aufregung und dem Trubel bemerkte Foxy Veränderungen bei den Menschen, die ihr nahestanden. Seit dem Rennen in Italien war sie mit sich selbst beschäftigt gewesen. Irgendetwas in ihrem Hinterkopf schien ständig an ihr zu nagen. Das Gefühl machte sie eher neugierig, als dass es sie irritierte, schließlich war sie es immer gewohnt gewesen, die vollständige Kontrolle über ihre Gedanken und Emotionen zu haben. Doch jetzt schien es plötzlich, als wäre ein Teil ihres Denkvermögens für etwas Spezielles reserviert. Immer öfter musste sie nämlich an Lance denken.

Seit dem Gespräch in dem Restaurant behandelte er sie mit auffälliger Sanftmut. Seltsamerweise war seine Liebenswürdigkeit mit einer spürbaren Distanziertheit gepaart, die Foxys Verwirrung nur anwachsen ließ. Und seit dem Kuss in dem Café hatte Lance sie nicht wieder angerührt, ja, er hatte nicht einmal den Versuch unternommen. Da sie ihn noch nie weder zärtlich noch zurückhaltend erlebt hatte, fragte sie sich neuerdings, ob sie ihn wirklich so gut kannte, wie sie immer geglaubt hatte. Und sie fühlte sich mehr und mehr zu ihm hingezogen.

Sie bemerkte auch die Veränderung an ihrem Bruder. Er war schweigsamer geworden, hatte sich mehr und mehr in sich selbst zurückgezogen. Weil sie das schon früher bei ihm erlebt hatte, akzeptierte sie es, ohne Fragen zu stellen. Sie führte seine Stimmung auf den Druck wegen der Meisterschaft zurück. Auch in Pam stellte sie eine wachsende Ernsthaftigkeit fest. Wie oft wünschte sie sich bei den langen Trainingsläufen und den Qualifikationen, sie würde wenigstens einen Teil von Pams stiller Gelassenheit besitzen.

Die fast zweieinhalb Meilen lange Strecke wand sich durch ein Terrain, das abwechselnd bewaldet und dann wieder offen war. Die Bäume trugen bereits ihr Herbstlaub, das mit jedem weiteren Tag in flammenderen Farben erstrahlte. Foxy hatte ganz vergessen, dass New York einen solch rustikalen Charme besaß. Der Wind wehte die Blätter hoch in einen strahlend blauen Oktoberhimmel, um sie dann trudelnd und kreiselnd auf den Boden fallen zu lassen. In der Luft hing die Mischung aus der ersten Strenge der Herbstkälte und der Sonnenwärme, die für den Herbst typische Kombination. Von allen Rennstrecken, die Foxy in den letzten zehn Jahren ihres Lebens gesehen hatte, gefiel ihr „The Glen“ am besten. Irgendetwas Ursprüngliches und grundlegend Amerikanisches war an dieser Strecke.

Sie verfolgte das Rennen durch ihre Kameralinse. Das Letzte, dachte sie und stieß die Luft aus, als sie sich aufrichtete. Charlie

Dunning stand neben ihr und sah den Autos nach, rollte dabei den dicken Zigarrenstummel von einem Mundwinkel in den anderen.

„Das wär's dann, Charlie." Foxy lächelte erleichtert, als er sich langsam zu ihr umdrehte und die Augen gegen die Sonne zusammenkniff.

„Wirst du diese Knipserei eigentlich nie leid?", fragte er und schaute grimmig auf die Kamera in ihrer Hand.

„Wirst du es eigentlich nie leid, mit Autos zu spielen und Weiberröcken nachzujagen?", flötete sie liebenswürdig.

„Das sind beides sehr sinnvolle Beschäftigungen." Er kniff sie in die Seite und schnaubte. „Du bist ja noch dünner geworden."

„Und du bist noch süßer geworden", konterte sie. Sie rieb kräftig über seinen Bart und zwinkerte ihm zu. „Sollen wir heiraten?"

„Immer noch die freche Göre", brummte er und wurde tatsächlich rot unter den Stoppeln.

Grinsend steckte Foxy die Finger in seine Hemdtasche und stibitzte sich den Schokoriegel. „Sag mir Bescheid, wenn du deine Meinung änderst." Sie wickelte das Papier ab und biss herzhaft in den Riegel. „Ich werde schließlich nicht jünger, weißt du."

Brummelnd und knurrend schaute Charlie, dass er fortkam, um seine Mechaniker zusammenzustauchen.

„Das ist garantiert das erste Mal in seinem Leben, dass Charlie rot geworden ist", kam es von Lance.

Foxy drehte den Kopf und sah Lance herankommen. Ein seltsam aufgeregtes Prickeln lief ihren Rücken hinunter und wieder hinauf, um sich dann in ihrem Nacken festzusetzen. Lance trug einen grauen, eng anliegenden Rollkragenpullover, der seinen schlanken Oberkörper modellierte. Seine Lippen hatten sich zu dem typischen Halblächeln verzogen, und jäh stürzte die Erinnerung auf Foxy ein, wie diese Lippen sich anfühlten. Das Gefühl war so lebendig, so echt, dass sie sicher war, er müsse es auch fühlen. Und als sie ihn ansah, da war ihr, als würde ein Schleier vor ihren Augen gelüftet, sie meinte, Lance zum ersten

Mal richtig zu erkennen – die grauen Augen, die so viel sahen und so wenig preisgaben, die fein geschwungenen Lippen, die solches Vergnügen spenden konnten, das harte Kinn und die markanten Gesichtszüge, die so viel faszinierender waren als glatte Attraktivität. Deshalb war Scott Newman ihr langweilig vorgekommen. Deshalb hatte kein Junge, kein Mann in ihren Augen sich je mit ihm vergleichen können. Für ihr Herz gab es nur den einen Mann, hatte es immer nur den einen gegeben.

Ich habe nie aufgehört, in ihn verliebt zu sein, dachte sie alarmiert. Ich werde nie damit aufhören.

„Alles in Ordnung mit dir?“ Lance fasste nach ihr, als er die Farbe aus ihrem Gesicht weichen sah. Die Bewegung, zusammen mit der Sorge in seiner Stimme, riss Foxy zurück in die Wirklichkeit.

„Nein … ja, sicher, mir geht's gut.“ Foxy wischte sich über die Stirn, so als würde sie dichten Nebel vertreiben wollen. „Ich … ich träume wohl mit offenen Augen.“

„Vom seligen Eheglück mit Charlie?“ Er fuhr ihr sacht mit den Fingern durchs Haar und jagte damit Schauer um Schauer durch sie hindurch.

„Charlie?“ Mit leerem Blick sah sie auf den Schokoriegel in ihrer Hand, der von der Wärme langsam zu schmelzen begann. „Oh, Charlie, sicher. Ich … ich habe ihn nur ein wenig geneckt.“ Sie wünschte sich verzweifelt an ein stilles Plätzchen, um sich in Ruhe sammeln zu können. Durch die neue Erkenntnis drehte sich alles in ihrem Kopf. All ihre Sinne schienen plötzlich in einem Wettstreit um die Oberhand zu liegen.

Lance musterte sie mit wachsender Neugier. „Bist du sicher, dass alles in Ordnung mit dir ist?“ In seiner typischen Art hob er die Augenbrauen an, und wie immer verschwanden sie unter seinem Haar auf der Stirn. „Du siehst irgendwie mitgenommen aus.“

Mitgenommen? Die Untertreibung hätte ihr beinah ein Kichern entlockt. *Ich gehe unter, zum dritten Mal.* „Natürlich, alles bestens“, log sie und zwang sich zu einem Lächeln. „Und selbst?“

Die Wagen rauschten vorbei und umrundeten die S-Kurven. Foxy fragte sich, wie viele Runden sie wohl verpasst hatte, während sie hier wie in Trance gestanden hatte. „Ja, mir geht's auch gut", murmelte Lance. Ein leichtes Lächeln spielte um seine Lippen, während er sie betrachtete. „Die Schokolade schmilzt."

Hastig biss Foxy von dem Riegel ab. „Was hast du vor, wenn das Rennen vorbei ist?" Sie hoffte, dass sie nur halbwegs interessiert klang.

„Mich erholen."

„Ja." Ein Teil der Anspannung hob sich von ihren Schultern, als sie sich umsah. In ein paar Stunden wäre es so weit. „Das haben wir wohl alle nötig. Es war ein langer Sommer."

„War es das?", hakte Lance nach. Foxy trug eine weiße Bluse unter einer blauen Strickjacke. Mit Daumen und Zeigefinger fasste er nach dem Kragen, ohne den Blick von ihrem Gesicht zu wenden. Die simple Geste hatte etwas Besitzergreifendes. „Mir scheint es noch gar nicht so lange her zu sein, dass du unter dem MG in Kirks Garage hervorgerollt bist."

„Ich habe das Gefühl, dass es schon Jahre sind", murmelte sie und wandte sich zur Strecke. Die Wagen rasten vorbei, der Lärm hielt sich auf ohrenbetäubendem Level – Röhren und Heulen. Es roch nach Öl und Benzin und nach heißem Gummi. „Pam scheint es überhaupt nichts auszumachen", sagte Foxy, als sie die zierliche Blondine in der Nähe der Boxengasse ausmachte. „Vermutlich ist es weniger anstrengend, wenn man keine persönliche Beziehung zu einem der Fahrer hat."

Lance lachte auf und hob ihr Kinn an. „Brauchst du eine Brille, oder hast du die letzten Wochen vielleicht auf einem anderen Planeten verbracht?"

„Wovon redest du überhaupt?" Sie war nicht in der Lage, sich von ihm berühren zu lassen, und trat einen Schritt zurück.

„Meine liebe Foxy, Pam *hat* eine persönliche Beziehung zu einem der Fahrer. Nimm mal die Scheuklappen ab!"

Die Augen gegen die Sonne zusammengekniffen, studierte Foxy Pams Profil. Pam schaute konzentriert dem Rennen zu, die schmalen Hände in die Taschen ihres makellosen hellen

Blazers gesteckt. Foxy sah scharf zurück zu Lance, der vor sich hin schmunzelte. „Du meinst doch wohl nicht Kirk?“ Natürlich meint er Kirk, wurde ihr klar, noch während sie die Worte aussprach. Wäre ich nicht die ganze Zeit so mit Lance beschäftigt gewesen, hätte ich es eher bemerkt. „Ach du meine Güte!“, stieß sie mit einem herzhaften Seufzer aus.

„Was ist, kleine Schwester? Hast du etwas dagegen?“, meinte Lance trocken, drehte ihr Gesicht zu sich und hielt sie leicht bei den Armen. „Kirk ist schon lange ein großer Junge.“

„Unsinn!“ Mit einer resoluten Geste schob Foxy sich das Haar auf den Rücken. „Er braucht sicherlich keine Erlaubnis von mir. Und außerdem ist Pam großartig.“

„Wo ist dann das Problem?“

Foxy drehte sich leicht und zeigte zu Pam hinüber. Pam trug das Haar in einem adretten Knoten im Nacken, nur ein paar leichte Strähnen tanzten im Wind sanft um ihre gefasste Miene. „Sieh sie dir doch nur an“, wies sie ihn ungeduldig an. „So würde Melanie Wilkes wohl in heutiger Zeit aussehen. Großer Gott, sie hört sich ja sogar so an, mit ihrer leisen, sanften Stimme. Pam ist so fein und zierlich! Sie sollte Tee in einem eleganten Salon servieren. Kirk wird sie komplett verschlucken.“

„Du scheinst vergessen zu haben, dass Melanie Wilkes eine sehr starke Frau war, Foxy.“ Mit den Fingern strich er sanft über ihre Wange. „Denk darüber nach“, sagte er noch, dann drehte er sich um und ging davon.

Eine ganze Weile noch blieb Foxy reglos stehen. In Lance verliebt zu sein war kein neues Gefühl, doch jetzt liebte sie ihn als Frau, nicht als schwärmerischer Teenager. Es war kein romantisches Märchen mehr, sondern ein echtes, tief gehendes und allumfassendes Bedürfnis. Jetzt kannte sie die Freuden und die Qualen, wie es war, wenn sie von ihm umarmt wurde, kannte die fordernde Hitze seines Mundes auf ihren Lippen. Und wenn der morgige Tag vorbei ist, dachte sie und schloss vor der schmerzenden Wirklichkeit die Augen, werde ich ihn wahrscheinlich nie wiedersehen. Doch da sie mit dieser Vorstellung nicht umgehen konnte, verdrängte sie den Gedanken entschieden.

Und jetzt auch noch Pam und Kirk, fiel ihr wieder ein. Auf dem Weg hinüber zu der zierlichen blonden Frau kreuzten ihre Loyalitäten die Klingen miteinander. Sie stellte sich neben Pam und fühlte den Boden von den vorbeirasenden Autos unter ihren Füßen vibrieren.

„Er hat früher als sonst die Führung übernommen", kommentierte Pam und verfolgte Kirks Wagen mit ihrem Blick. „Er will dieses Rennen unbedingt gewinnen." Mit einem leisen Lachen drehte sie sich zu Foxy. „Er will jedes Rennen unbedingt gewinnen."

„Ich weiß. Das war schon immer so." Der ruhige Blick aus den blauen Augen ließ Foxy tief Luft holen. „Pam, ich weiß, es geht mich nichts an, aber ich …" Sie stieß ein frustriertes Schnauben aus, stopfte die Hände in die Hosentaschen und sah wieder über den Ring hinaus. „Oh, ich werde mich ja so zum Narren machen!"

„Du glaubst, ich bin nicht die Richtige für Kirk", half Pam aus.

„Nein!" Foxy riss entsetzt die Augen auf. „Ich glaube, Kirk ist nicht der Richtige für dich."

„Wie sehr ihr beide euch doch ähnelt", murmelte Pam und studierte ernst Foxys Miene. „Er denkt nämlich genauso. Aber das ist unwichtig. Ich weiß, dass er genau richtig für mich ist."

„Pam …" Foxy schüttelte den Kopf und suchte nach den richtigen Worten. „Das Rennen …"

„ …wird immer an erster Stelle stehen", beendete Pam den Satz für sie und zuckte dann mit den Schultern. „Das weiß ich, und ich akzeptiere es. Tatsache ist – auch wenn ich mehr als erstaunt darüber bin –, dass das einen Teil von dem ausmacht, was mich an ihm anzieht. Die Rennen, seine absolute Entschlossenheit, als Erster durchs Ziel zu gehen, die Art, wie er die Gefahr völlig ignoriert. Es ist ebenso aufregend wie frustrierend, und ich komme nicht davon los. Immer denke ich, dass ich vor Angst umkommen werde, aber wenn das Rennen dann beginnt, überrasche ich mich damit, dass ich es nicht tue. Dann wünsche ich mir nur noch, dass er gewinnt." Mit einem strahlenden Lächeln wandte sie sich zu Foxy um. „Ich glaube fast, ich bin ebenso schlimm wie er. Ich liebe ihn, liebe ihn so, wie er ist und was er ist. Es reicht mir völlig, wenn ich an zweiter Stelle in seinem Leben stehe." Foxy hörte ihre eigenen Worte, die, die sie selbst benutzt hatte, und sie konnte nichts anderes tun, als auf die Strecke hinauszustarren. „Foxy, ich versuche nicht, deinen Platz bei ihm einzunehmen ..."

„Oh nein." Foxy schwang herum. „Das ist es nicht, wirklich nicht. Ich freue mich für Kirk. Er braucht jemanden, der ... der ihn versteht, so wie du es tust." Sie fuhr sich mit den Fingern durch die dichte Lockenmähne, die in dem gleichen dunklen Rot strahlte wie das Herbstlaub an den Bäumen. „Aber ich mag dich, Pam." Frustriert spreizte sie die Finger vor sich, als könnte sie sich so besser ausdrücken. „Er kann manchmal grausam sein, einfach indem er vergisst."

„So leicht bin ich nicht zu verletzen." Pam legte Foxy die Hand auf die Schulter. „Ich glaube, lange nicht so leicht wie du." Bei Foxys verwirrter Miene lächelte sie. „Wenn eine Frau verliebt ist, erkennt sie es mühelos, dass es einer anderen ebenso ergeht. Nein, versuch erst gar nicht, es abzustreiten." Sie lachte, als Foxy den schon geöffneten Mund wieder schloss. „Wenn du darüber reden möchtest, bin ich gerne bereit. Inzwischen komme ich mir nämlich wie eine Expertin zu dem Thema vor."

„Das wäre rein hypothetisch." Rastlos lockerte Foxy ihre Schultern. „Morgen gehen wir wieder getrennter Wege."

„Dann bleibt dir noch heute." Pam drückte leicht Foxys Schulter. „Und ist das Heute in Wahrheit nicht alles, was zählt?"

Es geschah plötzlich. Foxys Verstand lehnte Pams Bemerkung vehement ab, und noch während Pam sprach, bog Kirk um die Kurve direkt vor ihnen. Foxy sah, wie er dem abrupten Schlenker des Wagens rechts neben ihm auswich, und wartete darauf, dass er seinen Wagen wieder auf die Spur bringen würde. Stattdessen musste sie zusehen, wie sein Bogen weiter und weiter wurde. Sie hörte das pfeifende Heulen seiner Reifen immer lauter in ihrem Kopf hallen. Ein Teil ihres Verstandes schrie bereits in Panik auf, während der andere Teil noch immer fest daran glaubte, dass Kirk den Wagen wieder unter Kontrolle bekommen würde. Er *musste* ihn einfach unter Kontrolle bekommen.

Als der Reifen platzte, klang es wie ein Pistolenschuss, ebenso laut und genauso tödlich. Dann plötzlich stieg da überall Rauch auf. Metall knirschte, als der Wagen in die Mauer prallte und zurückgeschleudert wurde. Reifen und Fiberglasteile flogen durch die Luft, der Wagen drehte sich wild um die eigene Achse.

„Nein!“ Der Schrei riss sich aus Foxys Kehle los, sie schüttelte Pams Hand ab, setzte zum Spurt auf die Rennstrecke an.

Zerfetzte Fiberglasstücke regneten auf die Strecke. Eine nie gekannte Angst, größer und mächtiger als alles andere, erfüllte Foxy, verdrängte alle Gedanken, alle Gefühle. Ihre Welt bestand nur noch aus dem sich drehenden Wagen, in dem ihr Bruder gefangen saß. Nur wenige Meter von der Rennstrecke entfernt, lag plötzlich ein eiserner Schraubstock um ihre Taille und raubte ihr die Luft. Sie trat um sich und versuchte sich freizustrampeln, doch vergeblich. Wild schüttelte sie sich das Haar aus den Augen und sah gerade noch, wie Kirks Wagen sich überschlug und auf dem inneren Ring landete.

„Herrgott, Foxy, du kannst da nicht hin! Du bringst dich um!“ Lance’ Stimme erklang harsch an ihrem Ohr, während sie sich weiter drehte und wand. Voller Entsetzen sah sie die Flammen aus dem Rauch aufschießen.

„Lass mich los!“, schrie sie, als ihr klar wurde, dass der Schraubstock um ihren Leib sein Arm war. „Das ist Kirk, siehst du das denn nicht? Ich muss zu ihm.“ Atemlos zerrte und ruckte sie an dem Arm, der sie festhielt. „Großer Gott, ich muss zu ihm!“, schrie sie noch einmal und kämpfte mit aller Kraft darum, freizukommen.

„Du kannst nichts tun.“ Lance presste sie hart an sich, raubte ihr damit für einen Moment die Luft. Über ihre Schulter konnte er das Notfallteam sehen, das schon die Feuerlöscher einsetzte, während andere Männer daran arbeiteten, Kirk aus dem Wrack zu befreien. „Du kannst jetzt nichts für ihn tun“, sagte er noch einmal. Sie hörte so abrupt auf, sich zu wehren, und erschlaffte in seinem Griff, dass er schon glaubte, sie sei ohnmächtig geworden, bis er sie sprechen hörte.

„Lass mich los“, sagte sie so leise, dass er sie kaum verstand. „Ich werde nichts Dummes tun“, fügte sie an, als sein Griff sich nicht lockerte. „Ich bin in Ordnung, Lance. Lass mich los.“

Langsam setzte er sie auf den Boden zurück und gab sie frei. Weder drehte sie sich zu ihm um, noch sagte sie ein Wort, sah nur schweigend zu, wie man Kirk aus dem Wrack zog. Sie zeigte auch mit keiner Regung, ob sie spürte, dass Pam jetzt an ihrer Seite war. In der Boxengasse herrschte Grabesstille. Die weiße Flagge flatterte in der Herbstbrise.

## 7. KAPITEL

Die Wände des Warteraums waren blassgrün gestrichen; auf dem Boden waren marmorierte beigefarbene Fliesen verlegt. Die braunen, grauen und schwarzen Punkte machten den angesammelten Schmutz und Staub eines Kliniktages unauffälliger. An der gegenüberliegenden Wand hing der Druck eines Stilllebens von van Gogh. Es war der einzige Farbtupfer in dem kärglich eingerichteten kleinen Raum. Foxy wusste schon jetzt, dass dieses Bild sie von jetzt an auf ewig an die Stunden quälender Unwissenheit erinnern würde. Pam saß auf einem Stuhl beim Fenster, eingerahmt von Vorhängen, die einen nur wenig dunkleren Farbton als die Wände hatten. Ab und zu führte sie den Becher mit dem kalten Kaffee an die Lippen. Charlie saß auf dem Kunstledersofa und kaute an seiner längst erkalteten Zigarre. Lance marschierte unruhig in dem kleinen Zimmer auf und ab, ohne je stehen zu bleiben, die Hände in den Hosentaschen vergraben. Ein- oder zweimal hörte Foxy Pam etwas in seine Richtung murmeln und fing das tiefe Knurren auf, wenn er antwortete. Die Worte hörte sie nicht, versuchte auch erst gar nicht, sie zu verstehen. Es interessierte sie nicht. Sie verspürte die gleiche namenlose, unbeschreibliche Angst wie damals nach ihrem eigenen Unfall, als sie das Bewusstsein wiedererlangt hatte. Damals war sie absolut hilflos gewesen, und auch jetzt, das wusste sie, war sie hilflos. Lance hatte recht gehabt, als er zu ihr sagte, dass sie nichts tun konnte. Foxy akzeptierte das jetzt. Wut und Angst hielten sich unter der betäubenden Panik des Undenkbaren versteckt. Ihr Kopf war völlig leer, benommen hielt sie die Augen starr auf den Van-Gogh-Druck gerichtet. Vor über drei Stunden hatte Kirk sich mit seinem Wagen überschlagen.

„Miss Fox?“

Jäh wurde Foxy in die Gegenwart zurückgerissen. Einen Moment lang starrte sie die Gestalt in dem grünen OP-Kittel an, die in der Tür aufgetaucht war. „Ja?“ Ihre Stimme klang erstaunlich fest, als sie aufstand und auf den Arzt zuging. Ihr fiel auf, wie jung der Chirurg war, auch er trug einen Schnauzbart, wie Kirk, nur dass seiner dunkel war. Die Schutzmaske hing noch um seinen Hals.

„Ihr Bruder ist aus dem OP ins Aufwachzimmer verlegt worden.“ Die Ruhe in seiner Stimme musste die gleiche heilende Wirkung wie seine Hände haben. „Im Moment wirkt die Narkose noch nach.“

Foxy hielt die Erleichterung zurück, schaute nur den Arzt an. „Wie schlimm sind seine Verletzungen?“

Der Arzt erkannte und respektierte ihre gefasste Haltung, dennoch sah er die Angst in ihren Augen. „Fünf gebrochene Rippen. Seine Lungen sind kollabiert, aber das haben wir problemlos beheben können. Eine leichte Gehirnerschütterung. Die Rippenbrüche sind schmerzhaft, aber da die Lunge nicht punktiert wurde, besteht kaum ein Risiko. Sein Bein …“ Er zögerte einen Moment, und eine neue Welle der Angst schlug über Foxy zusammen.

„Hat er es …“ Sie schluckte und zwang sich, die Frage zu stellen. „Hat er es verloren?“

„Nein.“ Beruhigend nahm er ihre Hand in seine, fühlte die eiskalten Finger, aber kein Zittern. „Doch es ist ein komplizierter Bruch. Wir mussten vieles zusammensetzen. Ein offener Splitterbruch, zudem ist die Arterie verletzt worden. Wir konnten den Knochen wieder aufbauen, und wenn der Heilungsprozess gut verläuft, wird er sein Bein in ein paar Monaten wieder benutzen können. Allerdings lässt sich das Risiko einer Infektion nie ausschließen.“ Der Arzt gab ihre Hand frei und richtete den Blick auf die anderen Anwesenden im Zimmer, bevor er Foxy wieder anschaute. „Er wird einige Zeit bei uns verbringen müssen.“

„Ich verstehe.“ Foxy stieß bebend die Luft aus. „Hat er sonst noch weitere Verletzungen?“

„Kleinere Verbrennungen und Abschürfungen. Er hat wirklich Glück gehabt.“

„Ja.“ Ernst stimmte sie aus vollem Herzen zu und starrte auf ihre Hände. Sie verschränkte die Finger vor sich, weil sie sonst nicht wusste, was sie mit ihnen anfangen sollte. „Ist er bei Bewusstsein?"

„Ja." Der Arzt grinste jetzt und sah noch jünger aus. „Als Erstes wollte er wissen, wer das Rennen gewonnen hat." Foxy biss sich hart auf die Unterlippe, als der Arzt fortfuhr: „In ungefähr einer Stunde kommt er auf ein Krankenzimmer, dann können Sie zu ihm. Aber heute darf nur ein Besucher zu ihm", mahnte er und ließ den Blick über die Gruppe hinter Foxy wandern. „Die anderen können ihn morgen sehen. Für die nächsten vierundzwanzig Stunden werden wir ihm auch kein Telefon ins Zimmer stellen."

Foxy nickte. „Dann wird Miss Anderson bleiben und nachher zu ihm gehen", sagte sie.

„Foxy ..." Pam schüttelte den Kopf und trat einen Schritt vor.

„Nein, er wird dich sehen wollen", meinte Foxy, als sie einander anschauten. „Er wird zufrieden damit sein, zu hören, dass ich hier war. Du wirst doch bleiben, oder?"

Pam fühlte Tränen in ihre Augen steigen. Sie nickte stumm und wandte sich hastig ab. Mit all ihrer Willenskraft war es ihr gelungen, während des Wartens auf Neuigkeiten die Fassung zu wahren. Doch Foxys schlichte Geste der Großzügigkeit schaffte, was die stundenlange Folter nicht geschafft hatte. Pam stellte sich ans Fenster, starrte hinaus und ließ den Tränen freien Lauf.

„Ich habe meine Telefonnummer hinterlassen", teilte Foxy dem Doktor mit. „Lassen Sie mich rufen, falls vor morgen früh eine Veränderung eintreten sollte."

„Natürlich. Miss Fox ..." Er konnte die Anzeichen von Schock und Erschöpfung in ihren Augen erkennen. „Er wird wieder gesund."

„Danke."

„Charlie, du bleibst bei Pam und wartest auf sie, damit du sie nachher zurückfahren kannst", instruierte Lance und fasste Foxys Arm. „Ich bringe Foxy jetzt nach Hause." Mit gepresster Stimme wandte er sich an den Doktor. „In der Lobby wimmelt es sicher schon vor Reportern. Ich will nicht, dass man Foxy jetzt belästigt."

„Nehmen Sie am besten den Lastenaufzug bis hinunter in die Garage. Gleich neben dem Ausgang ist ein Taxistand."

„Danke." Ohne Foxys Zustimmung abzuwarten, führte Lance sie den Gang hinunter.

„Du musst das nicht tun", meinte sie tonlos. Ihre Stimme ließ keinerlei Schlüsse auf ihren Gefühlszustand zu, während sie sich von ihm den Korridor entlangführen ließ.

„Ich weiß, was ich zu tun habe", gab er nur zurück und drückte den Rufknopf des Lastenaufzugs. Hinter ihnen machten die Kreppsohlen einer vorbeieilenden Krankenschwester bei jedem Schritt leise saugende Geräusche auf dem Fliesenboden.

„Ich habe dir noch gar nicht gedankt, dass du mich festgehalten hast, bevor ich auf die Strecke rennen konnte." Das Klingeln des Aufzugs ertönte, die Türen glitten auf. Foxy ließ sich ohne jegliche Gegenwehr von Lance in die leere Kabine ziehen. „Das war extrem dumm von mir."

„Hör auf damit, verdammt!" Er schwang herum und packte sie bei den Schultern. „Schrei, weine, schlag auf mich ein, aber hör auf damit, dich so zu benehmen."

Foxy starrte in seine wütend blitzenden Augen. Ihre Gefühle weigerten sich, an die Oberfläche zu kommen. Ihr innerer Schutzwall blieb undurchdringlich, so als wüsste sie instinktiv, dass es zu früh war, auch nur die kleinste Regung entkommen zu lassen. Ihre Augen blieben trocken, als sie leise sagte: „Ich habe bereits alles aus mir herausgeschrien. Weinen kann ich nicht, weil ich mich völlig abgestorben fühle, und ich habe keinen Grund, auf dich einzuschlagen."

„Es war mein Wagen. Reicht das nicht als Grund?", wollte er wissen. Die Türen glitten wieder auf, Lance nahm ihre Hand und zog sie mit sich. Auf dem Weg zum Ausgang hallten ihre Schritte laut durch die Tiefgarage.

„Niemand hat Kirk gezwungen, in den Wagen zu steigen. Ich gebe dir keine Schuld, Lance. Ich gebe niemandem die Schuld."

„Ich hab den Blick gesehen, den du mir zugeworfen hast, als man ihn aus dem Wrack zog."

Müdigkeit überwältigte sie, als Lance sie auf den Rücksitz eines Taxis schob. Sie drehte den Kopf und sah ihn an, zwang sich, klar und deutlich zu sprechen. „Es tut mir leid. Vielleicht habe ich dir tatsächlich für eine Sekunde die Schuld gegeben. Vielleicht wollte ich dir oder irgendjemandem, der gerade in der Nähe war, die Schuld geben. Ich dachte, er wäre tot." Weil ihre Stimme leicht zu zittern begann, hielt sie inne, bis sie sicher war, dass sie weiterreden konnte. „Jeden Tag meines Lebens habe ich versucht, auf so etwas vorbereitet zu sein. Aber ich war nicht vorbereitet, überhaupt nicht. Es hat auch keinen Unterschied gemacht, dass es nicht sein erster Unfall war, den ich miterlebt habe." Foxy seufzte und lehnte sich an den Sitz zurück. Das Licht der Straßenlaternen huschte in regelmäßigen Abständen über ihre geschlossenen Lider. „Ich gebe dir nicht die Schuld für das, was passiert ist, Lance. Genauso wenig, wie ich Kirk vorwerfe, dass er ist, wer er ist. Vielleicht hat er dieses Mal ja genug."

Von Lance kam keine Erwiderung, nur das Klicken und Zischen seines Feuerzeuges war zu hören. Foxy hatte nicht mehr die Energie, um ihre Augen zu öffnen, so hielt sie sie geschlossen und schwieg für den Rest der kurzen Fahrt. Als sie in dem Motel ankamen, trafen sie auf Scott Newman, der unruhig auf dem Korridor vor Foxys Zimmer auf und ab marschierte. Er sah aufgewühlt aus wie ein Manager, der gerade eine hitzige Vorstandssitzung hinter sich hatte.

„Cynthia." Mit einem knappen Nicken für Lance streckte Scott ihr beide Hände entgegen. „Das Krankenhaus sagte mir nur, dass du auf dem Rückweg seist. Wie geht es Kirk? Am Telefon wollten sie mir nichts sagen."

„Er wird wieder gesund", sagte Foxy und reichte ihm ihre Hände. Kurz schilderte sie ihm, was der Arzt ihr mitgeteilt hatte.

„Jeder macht sich unglaubliche Sorgen. Sie werden alle froh sein, das zu hören. Wie hältst du durch?" Scott lächelte ermutigend. „Ich dachte, du könntest mich vielleicht brauchen."

„Ruhe ist alles, was sie jetzt braucht“, kam es kurz angebunden von Lance.

„Es ist sehr nett von dir, dass du gewartet hast“, versuchte Foxy, Lance’ Unhöflichkeit abzumildern, und setzte ein Lächeln auf, das sie erhebliche Anstrengung kostete. „Mir geht es gut, wirklich, ich bin nur müde. Pam ist in der Klinik geblieben, um Kirk Gesellschaft zu leisten.“

„Die Presse giert schon nach der vollständigen Story“, sagte Scott, ließ Foxys Hände los und richtete sich die Krawatte. „Wir haben uns die Bänder angesehen. Man sieht eindeutig, dass Kirk ausschwenken musste, um eine Kollision mit Martell zu verhindern. Dadurch hat er die Kontrolle über seinen Wagen verloren. Eine defekte Lenkung in Martells Wagen, das haben sie jetzt herausgefunden. Das war Pech für Kirk. Vielleicht willst du eine Presseerklärung abgeben? Oder soll ich das für dich übernehmen?“

„Nein“, sagte Lance sofort, bevor Foxy überhaupt darauf eingehen konnte. „Nichts dergleichen. Wenn Sie sich nützlich machen wollen, dann arrangieren Sie, dass keine Anrufe in dieses Zimmer durchgestellt werden, es sei denn, das Krankenhaus ruft an.“ Er klang barsch und kurz angebunden. „Gib mir den Zimmerschlüssel, Foxy!“, verlangte er ohne Umschweife.

„Ja, natürlich.“ Scott nickte und sah Foxy zu, die in ihrer Tasche nach dem Schlüssel kramte. „Bis zum Morgen werde ich sie sicherlich zurückhalten können, aber …“

„Wir treffen uns in zwei Stunden in meinem Zimmer“, schnitt Lance ihm das Wort ab und nahm Foxy den Schlüssel aus den Fingern. „Ich werde Ihnen genügend Informationen für eine Presseerklärung geben. Sehen Sie nur zu, dass Sie Foxy da raushalten. Haben Sie verstanden?“ Lance stieß abrupt die Zimmertür auf.

Seine Wut machte endlich Eindruck. Scott nickte noch einmal und wandte sich dann an Foxy. „Lass mich wissen, wenn ich irgendetwas für dich tun kann, Cynthia.“

„Danke, Scott. Gute Nacht“, konnte sie gerade noch zu ihm sagen, bevor Lance ihm die Tür vor der Nase zuschlug. Müde und ausgelaugt ging sie zu einem Sessel und ließ sich darauf niedersinken. „Du warst wirklich sehr unhöflich", bemerkte sie und massierte sich die Schläfen. „Eine solche Grobheit habe ich bei dir noch nicht erlebt."

„Wenn du einen Blick in den Spiegel wirfst, verstehst du vielleicht, warum." Der Ärger war nicht aus seiner Stimme gewichen. Foxy betrachtete ihn, wie benommen durch den Schild von Erschöpfung und Schock. „Du hast dagestanden und wurdest mit jeder Minute blasser. Die einzige Farbe in deinem Gesicht waren deine Augen, und er faselt ununterbrochen wie ein Idiot von Presse und Erklärungen." Lance machte eine verächtliche Geste mit der Hand. „Der Mann hat so viel Verstand wie ein weich gekochtes Ei."

„Er ist ein wirklich guter Manager Lance", murmelte Foxy. Sie musste gegen immer schlimmer werdende Kopfschmerzen ankämpfen.

„Und ein ganz großartiger Mensch", fügte Lance sarkastisch an.

Ein Anflug von Neugier regte sich in Foxy. „Versuchst du etwa, mich zu beschützen, Lance?"

Als er sich zu ihr umdrehte, konnte sie die Wut in seinen Augen funkeln sehen. Und sie konnte sehen, wie er diese Wut zu zügeln versuchte. „Vielleicht", knurrte er, dann griff er zum Telefon. Foxy hörte, wie er eine Reihe von Anweisungen in die Muschel zischte, aber sie achtete nicht auf die Worte.

Seltsam, dachte sie, er scheint es sich zur Angewohnheit zu machen, mich zu beschützen – erst in Italien und jetzt hier. Wohl fühlte er sich dabei allerdings ganz offensichtlich nicht. Auch nachdem Lance den Telefonhörer wieder aufgelegt hatte, betrachtete sie ihn nachdenklich weiter. Er begann wieder im Zimmer auf und ab zu gehen, so wie er es schon im Krankenhaus getan hatte.

„Lance." Er blieb stehen, als sie leise seinen Namen aussprach. Foxy streckte die Hand nach ihm aus, weil ihr bewusst wurde, wie dankbar sie für seine Anwesenheit war. Sie war noch nicht bereit, jetzt allein zu sein. Sie fühlte sich nicht stark und fähig und unverwüstlich, sondern erschöpft und verletzlich, und sie hatte Angst. Einen Moment lang starrte Lance sie an, ohne sich zu rühren, dann kam er auf sie zu und ergriff ihre Finger. „Danke.“ Ihre Augen waren dunkel, blickten ernst und hafteten an seinen. „Mir ist gerade klar geworden, dass ich es ohne dich nicht geschafft hätte, das alles durchzustehen. Mir war nicht einmal bewusst, dass ich dich brauchte, aber du wusstest es. Ich möchte dir sagen, wie viel es mir bedeutet.“

Etwas huschte über seine Miene, als er sich mit der freien Hand durch das Haar fuhr. Es war eine untypische Geste für ihn; offenbar war er ebenso aufgewühlt wie sie. „Fox“, setzte er an, doch sie sprach hastig weiter.

„Du wirst morgen nicht abfahren, oder?“ Ihre Schwäche zu erkennen hielt sie nicht davon ab, die Bitte zu äußern. Sie brauchte ihn. Ihre Finger umklammerten seine fester. „Wenn du nur noch ein paar Tage bleiben könntest … nur bis die Dinge sich ein wenig beruhigt haben. Lügen kann ich“, ihre Stimme klang jetzt verzweifelt. „Ich kann morgen in das Krankenzimmer gehen und Kirk direkt in die Augen schauen und lügen. Den Trick habe ich über die Jahre gelernt, ich bin gut darin. Er wird nie erfahren müssen, wie sehr ich es hasse, dass er dort liegt. Aber wenn du bleiben kannst, nur damit ich weiß, dass du da bist. Ich weiß, es ist viel verlangt, aber ich …“ Sie brach ab und presste die Handballen an die Augen. „Oh Gott, ich glaube, dieser seltsame Trancezustand hebt sich.“ Sie hörte das Klopfen an der Tür, doch sie reagierte nicht, holte nur immer wieder tief Luft und überließ es Lance, zur Tür zu gehen und sie zu öffnen. Nur Sekunden später stand er wieder vor ihr.

„Foxy.“ Sanft sprach er ihren Namen aus und fasste ihre Handgelenke, bis sie die Hände vom Gesicht nahm. Sie blickte ihn an mit Augen, die unendlich jung und verzweifelt wirkten. „Hier, trink das.“ Er hielt ihr das Glas Cognac hin, das der Zimmerservice gebracht hatte. Zwar nahm sie das Glas an, starrte aber nur in die goldene Flüssigkeit. Einen Augenblick lang musterte Lance sie, dann ging er vor ihr in die Hocke, um ihr in die Augen sehen zu können. „Fox.“ Er wartete geduldig, bis sie ihren Blick von dem Cognac auf sein Gesicht richtete. „Heirate mich.“

„Was?“ Sie starrte ihn an, erkannte die typische Entschlossenheit in seinen Augen und blinzelte heftig. „Was?“, fragte sie noch einmal, als sie die Lider wieder hob.

Lance hielt das Glas an ihre Lippen. „Ich sagte: Heirate mich!“

Foxy trank das Glas mit einem Schluck leer und musste prompt husten, als der Alkohol in ihrer Kehle brannte und ihr die Luft raubte. Der Laut hallte wie Donnerschlag in der Stille des Raumes. Lange Sekunden schaute sie Lance an, versuchte, in seinem Blick das Undurchdringliche zu durchdringen. Sie spürte, dass unter der oberflächlichen Ruhe ein Strudel von Energien tobte, eine Macht, die jederzeit losbrechen konnte. Etwas wurde von ihm an einer sehr kurzen Leine gehalten, auch wenn sie nicht wusste, was es war. Anspannung schnürte ihr die Kehle zu, sie versuchte sie hinunterzuschlucken, doch es gelang ihr nicht. Ihr Blick haftete, ohne zu wanken, an seinen Augen, doch ihre Stimme war nur mehr ein Flüstern. Sie fürchtete sich. „Warum?“

„Warum nicht?“, konterte er, dann nahm er ihr das leere Glas aus den eiskalten Fingern.

„Warum nicht?“, wiederholte sie. Sie wollte die Hand in einer hilflosen Geste heben, doch Lance fasste nach ihren Fingern und hielt sie fest. Ihre Hand zitterte, als er sie an seine Lippen führte und ihre Fingerspitzen küsste, ohne den Blick von ihr zu wenden.

„Genau. Warum nicht.“

„Ich weiß nicht, ich …“ Es war ihm gelungen, sie mit seinem ungewöhnlichen Antrag abzulenken. Mit der freien Hand strich sie ihr Haar zurück und versuchte, klar zu denken. „Es muss wohl einen Grund geben, aber ich kann mir einfach keinen denken.“

„Nun, wenn du dir auch keinen Grund denken kannst, der dagegen spricht, dann heirate mich, und komm mit mir nach Boston.“

„Boston?“, wiederholte sie verständnislos.

„Ja, Boston." Zum ersten Mal spielte der Anflug eines Lächelns um seine Lippen. „Ich lebe dort, weißt du noch?"

„Ja. Ja, sicher." Foxy rieb sich über die Stirn und bemühte sich um Konzentration. „Natürlich weiß ich das."

„Wir könnten fahren, wenn du davon überzeugt bist, dass es Kirk gut geht. Vermutlich wird er für die nächsten Monate hierbleiben müssen, für dich besteht dagegen kein Grund dazu." Er klang so nüchtern und sachlich, so absolut ruhig. *Ich halluziniere.* Verunsichert und frustriert schüttelte Foxy den Kopf. Aber Halluzinationen tun nicht weh, erinnerte sie sich – und verdrängte das Argument gleich wieder. Es war leichter zu glauben, dass sie tatsächlich Bewusstseinsstörungen hatte, als anzunehmen, Lance habe sie soeben gebeten, ihn zu heiraten. In dem gleichen Ton, in dem er sie wohl bitten würde, ihm eine Tasse Kaffee zu besorgen.

„Lance, ich …" Foxy zögerte, dann beschloss sie, das Thema zu umgehen, anstatt weiter nachzuhaken. „Ich glaube, ich verarbeite das alles im Moment nicht richtig." Sie schluckte und bemühte sich um den gleichen nüchternen Ton wie er. „Lass mich darüber nachdenken. Gib mir einen oder zwei Tage."

Lance neigte leicht den Kopf zur Seite. „Das hört sich vernünftig an", stimmte er zu. Foxy stand auf und entfernte sich von ihm. „Nein", sagte er plötzlich, sodass sie sich zu ihm umdrehte und ihn mit offenem Mund anstarrte.

„Was sagtest du?"

„Ich sagte, nein, du kannst nicht einen oder zwei Tage darüber nachdenken." Mit einer schnellen Bewegung hatte er den Abstand zwischen ihnen überbrückt und packte sie bei den Schultern. Jetzt war in seinen Augen keine Ruhe mehr zu erkennen, im Gegenteil. Er hatte sie schon einmal so gehalten, erinnerte Foxy sich konfus und desorientiert, vor Jahren, in einer leeren dunklen Garage in Le Mans. Ob er sie wieder anbrüllen würde? Sie runzelte die Stirn, versuchte angestrengt, Vergangenheit und Gegenwart getrennt zu halten.

„Was willst du?", fragte sie und kämpfte eine innere Schlacht mit ihren Gefühlen für ihn.

„Dich." Er zog sie eng an sich, während sein Blick sich in ihre Augen brannte. „Ich werde nicht zulassen, dass du wieder aus meinem Leben verschwindest, Fox! Ich habe lange genug gewartet." Abrupt beugte er den Kopf, doch sein Mund berührte sanft ihre Lippen. Dennoch spürte Foxy den stahlharten Griff seiner Hände. Es war ein langer, ein sehr gründlicher Kuss. Besitzergreifend. „Hast du wirklich geglaubt, ich würde ruhig da zur Tür hinausgehen und dir ein paar Tage Zeit zum Nachdenken lassen?" Wieder presste er die Lippen auf ihren Mund, verhinderte damit jegliche Erwiderung, die sie vielleicht hätte geben wollen. Er hielt sie ein Stück von sich ab, um ihr brennend in die verwirrten Augen zu sehen. „Glaubst du wirklich, ich könnte dich begehren, so sehr, wie ich dich begehre, und dann einfach gehen, nachdem du mir gesagt hast, dass du mich brauchst?"

„Lance, ich wollte damit nicht …" Foxy schüttelte den Kopf, versuchte den letzten Rest ihres gesunden Menschenverstandes zusammenzuklauben. „Du musst dich nicht verpflichtet fühlen. Ich bin dankbar, dass …"

„Zum Teufel mit der Dankbarkeit!", stieß er aus und fasste mit beiden Händen in ihr Haar. „Ich habe kein Interesse an einer netten, friedfertigen Emotion wie Dankbarkeit. Es ist nicht Dankbarkeit, was ich von dir will." Foxy sah die Entschlossenheit in seinem Gesicht, hörte das Feuer in seiner Stimme. Ihr Körper reagierte, Hitze begann sich in ihr auszubreiten. „Mir ist völlig egal, ob das Timing stimmt oder nicht oder ob ich dich überrumple, wenn du dich nicht wehren kannst. Ich bin ein egoistischer Mann, Foxy. Ich will dich schon länger, als ich denken kann, und ich werde dich bekommen."

Ihr Puls schlug so schnell, dass ihr schwindlig wurde. Sie musste sich festhalten, legte die Hände auf seine Arme. „Lance …" Die Stimme wollte ihr nicht gehorchen, die Worte waren nur ein atemloses Flüstern. „Für das, wovon du da redest, müssen wir nicht heiraten. Eine Ehe ist ein großer Schritt, eine Entscheidung für den Rest des Lebens. Ich weiß nicht …"

„Ich liebe dich", sagte er und stoppte damit ihren Redefluss. Ihre Lippen bewegten sich zitternd, formten Worte, die sie nicht aussprechen konnte. „Ich will mein Leben mit dir verbringen. Ohne dich gehe ich nicht nach Boston zurück. Kerzenlicht und Romantik kann ich dir nicht bieten, dafür habe ich im Moment weder die Zeit noch die Geduld. Das muss ich dann später nachholen und alles wiedergutmachen." Seine Hände glitten aus ihrem Haar und zu ihren Schultern, weiter hinunter zu ihren Hüften, wo sie liegen blieben, ohne dass er sie näher an sich herangezogen hätte. „Foxy, du bringst mich um meinen Verstand!" Sie sah sowohl das Verlangen wie auch den Zweifel in seinem Blick aufflackern. „Du liebst mich doch auch. Ich weiß, dass du mich liebst."

„Ja." Sie legte die Wange an seine Brust und seufzte. „Ja, ich liebe dich. Halt mich fest", murmelte sie und stellte erneut fest, wie perfekt sie in seine Arme passte. „Du musst mich jetzt festhalten." Für einige wenige Sekunden erlaubte sie sich den überwältigenden Luxus, sich an den Mann zu schmiegen, den sie liebte. Es ist alles viel zu schnell passiert, dachte sie, dann verdrängte sie ihre Ängste und lauschte auf das starke, regelmäßige Pochen von Lance' Herz. *Er liebt mich.* Sie hob ihr Gesicht zu ihm empor und bot ihm ihren Mund. „Lance …" Und sofort fanden seine Lippen die ihren, Leidenschaft antwortete auf Leidenschaft, als ihre Körper einander eng umschlungen hielten. Lance ließ sie erst los, als Foxy bewegt erschauerte.

„In zwei Tagen können wir heiraten." Er sprach wieder sachlich, streichelte aber mit den Händen ihren Rücken auf und ab, um sie dann bei den Hüften zu halten. „So lange dauert es, bis die Papiere bearbeitet sind. Dann fahren wir nach Boston." Ernst schaute er sie an. „Pam bleibt hier, sie ist für Kirk da. Das verstehst du doch, oder?"

„Ja." Für einen Moment schloss Foxy die Augen und versuchte, die Bilder des Unfalls zu verdrängen, die auf sie einstürzen wollten. „Ja, so ist es besser. Ich will mit dir gehen", sagte sie, als sie die Lider wieder hob. Das nervöse Flattern in ihrem Magen wollte sich durch nichts beruhigen lassen. Verzweifelt presste sie die Lippen auf seinen Mund. Sie spürte seinen wachsenden Hunger und beantwortete ihn mit ihrem eigenen. „Bleib heute Nacht bei mir“, flüsterte sie und barg ihr Gesicht an seinem Hals. „Ich will nicht, dass du gehst.“

Behutsam schob Lance sie von sich ab und studierte ihr Gesicht. Ihre Wangen waren blass, ihre Augen stachen wie Rauch aus der hellen Haut. Dunkle Schatten lagen darunter. „Nein.“ Er schüttelte den Kopf und strich ihr zärtlich über die Wange. „Du bist zu empfindlich heute, ich habe das schon ausgenutzt. Du brauchst Schlaf.“ Damit hob er sie auf seine Arme und trug sie zum Bett. Bei der plötzlichen Schwerelosigkeit schwappte eine Welle der Müdigkeit über ihr zusammen. Lance legte sie behutsam ab und setzte sich zu ihr. „Brauchst du noch etwas?“

„Sag es noch einmal.“

Lance nahm ihre Hand und setzte einen Kuss in ihre Handfläche. „Ich liebe dich. Wirst du schlafen können?“

„Ja. Ja, ich werde schlafen.“ Schon fühlte sie, wie die Dunkelheit sie überkam. Ihre Lider fielen zu, und schon begann sie zu träumen. Lance’ Lippen berührten ihren Mund wie ein sanftes Versprechen.

„Ich komme morgen früh wieder“, murmelte er. Nur schwach nahm sie noch wahr, wie die Matratze sich bewegte, als er aufstand. Sie war eingeschlafen, bevor die Tür sich hinter ihm schloss.

## 8. KAPITEL

Die Sonne fiel hell und strahlend auf Foxys Gesicht. Sie stöhnte leise, als die Helligkeit ihren Schlaf störte. Langsam tauchte ihr Geist auf, bemerkte zunächst kleine profane Dinge: das hektische Klingeln ihres Reiseweckers auf dem Nachttisch neben dem Bett, zwischen ihren Schulterblättern juckte eine Stelle, und ihr war unangenehm warm unter der Bettdecke. Irgendwann in der Nacht musste sie daruntergekrochen sein, als sie frierend und verängstigt aufgewacht war. An den Albtraum, der mit erschreckender Klarheit noch einmal Kirks Unfall in ihrem Kopf abgespielt hatte, erinnerte sie sich noch nicht. In Panik war sie aufgeschreckt, um Luft ringend, eiskalt. Noch erinnerte sie sich auch nicht an die Tränen, die endlich gekommen und über ihr Gesicht geströmt waren, bis ihre Augen und ihre Brust vom Weinen geschmerzt hatten. Sie hatte sich in einen unruhigen Schlaf zurückgeweint, geplagt von Zweifeln über ihre unkonventionelle Verlobung mit Lance. Vielleicht hatte er ihr ja nur aus einer Art Pflichtgefühl heraus einen Antrag gemacht. Foxy hatte versucht, sich über die Gefühle klar zu werden, die sie empfunden hatte, als er ihr sagte, dass er sie liebe, aber ihr war nur kalt und elend gewesen. So war sie unter die Decke geschlüpft und hatte darum gefleht, dass der Morgen bald kommen würde.

Jetzt war der Morgen da, und sie empfand das Licht als störend und die Decke als erdrückend. Sie rollte sich auf die Seite, noch halb im Schlaf, wünschte, die Decke würde verschwinden, ohne dass sie selbst sich bewegen müsste. Ihr Bewusstsein stieg jetzt immer weiter an die Oberfläche und brachte die Erinnerung mit. Abrupt setzte Foxy sich auf und beugte sich vor.

Reiß dich zusammen, Foxy! befahl sie sich und atmete tief durch. Du hast eine schlechte Nacht hinter dir. Schüttle sie ab, und mach weiter! Lance wird bald hier sein. Sie hob den Kopf und starrte mit zusammengekniffenen Augen auf ihre linke Hand, stellte sich einen Verlobungsring an ihrem Ringfinger vor.

„Ich werde ihn heiraten“, sagte sie laut, nur um zu hören, wie die Worte klangen. Ihr Magen zog sich zusammen, kündete eindeutig vom Zustand ihrer Nerven. Die jähe Erkenntnis überfiel sie, dass sie absolut nichts über den Mann wusste, der in Boston lebte und ein Multimillionen-Dollar-Unternehmen führte. Der Lance Matthews, den sie kannte, war ein verwegener Exrennfahrer, der teuflisch gut Poker spielte und wusste, wie man einen Automotor in seine Einzelteile zerlegte. Auf diese andere Seite von ihm hatte sie nur an jenem Abend in Monte Carlo einen kurzen Blick erhaschen können. Das war nicht genug. Sie würde diesen Mann heiraten, ohne ihn zu kennen. War er Mitglied im Country Club? Spielte er sonntags regelmäßig Golf? Foxy versuchte, sich Lance einen Golfschläger schwingend vorzustellen, und kam nicht weit. Sie schloss die Augen und ließ die Zweifel vom unbekümmerten Teil ihres Charakters verdrängen. Jetzt ist nicht der richtige Zeitpunkt, um zu grübeln, dachte sie. Welchen Unterschied machte es schon, ob Lance Golf oder Backgammon spielte oder Yogaübungen machte? Änderte es etwas, ob er einen Dreiteiler samt Aktenkoffer trug oder Jeans und Turnschuhe? Foxy kaute an ihrer Lippe und fragte sich, wann und wieso genau sie diesen seltsamen Gedankengang aufgenommen hatte. *Ich sollte aufstehen und mich fertig machen, damit ich nicht wie ein Zombie aussehe, wenn er hier auftaucht.*

Sie schlug die Bettdecke zurück und stand auf – und musste feststellen, dass sich ihr Körper für die schlaflose Nacht rächte. Jeder einzelne Muskel schmerzte. Eine heiße Dusche, entschied sie, und zog die Sachen aus, in denen sie geschlafen hatte. *Ich bin nicht nervös, ich bin einfach nur geschafft.* Als Lance eine halbe Stunde später an ihre Tür klopfte, legte sie gerade letzte Hand an die Maske, die das Resultat der durchwachten Nacht kaschieren sollte.

Sie trug eine schlichte gelbe Hemdbluse, das Haar ordentlich im Nacken zu einem Knoten gesteckt. Lance musterte ihr Gesicht lange, ohne ein Wort zu sagen. Der Ausdruck des Schocks war aus ihren Augen verschwunden, doch noch immer lagen die dunklen Schatten darunter. Er fasste ihr Kinn und runzelte die Stirn. Die violetten Ringe verstärkten den Eindruck ihrer

Verletzlichkeit, sie sah müde aus. Die Lider waren vom Weinen noch leicht geschwollen.

„Du hast geweint", hielt er ihr vor. Seine anklagende Bemerkung machte Foxy klar, dass all ihre Bemühungen mit Make-up und Mascara und Rouge umsonst gewesen waren. Seine Stimme klang gepresst, und sie fühlte die Anspannung in den Fingern, die ihr Kinn hielten. Welche sich auf sie übertrug. „Hast du nicht geschlafen?"

„Nicht sehr gut", gab sie zu und fragte sich, wieso er so verärgert wirkte. „Ich bin in der Nacht aufgewacht. Irgendwie schien plötzlich alles auf mich einzustürzen."

Die Falte auf seiner Stirn wurde tiefer. „Ich hätte bleiben sollen."

„Nein." Sie schüttelte den Kopf, suchte in seinem Blick nach einem möglichen Grund für seinen Groll. „Ich musste allein sein, um es aus meinem System herauszubekommen. Jetzt geht es mir besser."

Etwas huschte durch seine Augen, bevor sie wieder undurchdringlich wurden. „Hast du deine Meinung geändert?"

Foxy wusste, er sprach von der Heirat, und spürte Alarmsirenen in sich losschlagen. Sie zwang sich, ruhig zu antworten. „Nein."

Lance nickte und ließ ihr Kinn los. „Gut. Dann erledigen wir den Papierkram auf dem Weg zum Krankenhaus. Bist du so weit?"

Foxy runzelte die Stirn, trat aber in den Gang hinaus und zog die Tür hinter sich ins Schloss. „Wenn wir bei Kirk sind", setzte sie an, als sie zusammen zur Treppe gingen, „würde ich ihm gern selbst von unseren Plänen berichten – zum richtigen Zeitpunkt."

Lance hob die Augenbrauen, ließ sie wieder sinken. „Einverstanden."

Sein Ton und seine gelassene Selbstsicherheit ärgerten Foxy. Sie hob ihr Kinn an. „Vielleicht sollte ich dich fragen, ob du deine Meinung geändert hast", sagte sie kühl.

„Falls das geschehen wäre, hätte ich es dich wissen lassen", erwiderte er, als sie ins Sonnenlicht hinaustraten.

„Ja, zweifelsohne“, stimmte sie zu. Wortlos führte Lance sie zu dem dunkelblauen Porsche, den er heute Morgen gemietet hatte. Zum ersten Mal seit ihrer schreienden Angst gestern Nachmittag merkte Foxy ausgemachten Ärger in sich aufwallen. „Wirst du von deinen Anwälten einen Ehevertrag aufsetzen lassen? Falls ja, dann will ich genug Zeit haben, um das Kleingedruckte genau durchlesen zu können.“

„Spar dir das, Foxy“, warnte er und hielt die Beifahrertür für sie auf.

„Nein.“ Sie blieb stehen und funkelte ihn böse an. „Ich weiß nicht, warum du dich so benimmst. Vielleicht bist du einfach nur ein Morgenmuffel. Daran werde ich mich dann wohl gewöhnen müssen. Aber du gewöhnst dich besser gleich daran, dass ich sage, was ich will und wann ich will. Wenn dir das nicht passt, kannst du …“

Ihre wütende Tirade wurde abrupt unterbrochen. Mit einem lauten Knall schlug Lance die Tür wieder zu und zog Foxy mit einem Ruck in seine Arme. Sein Mund presste sich hart und dominant auf ihre Lippen. Sie war zu überrascht, um zu protestieren oder überhaupt nur zu reagieren. Er hielt sie fest und küsste sie, bis sie atemlos war. Dann schob er sie abrupt wieder von sich ab und ließ sie nach Luft ringend stehen. „Und ich weiß, wie ich dich zum Schweigen bringen kann, wenn ich es mir nicht anhören will.“

Sie brachte nur ein empörtes Schnauben zustande, als er die Tür wieder öffnete. „Du bist ja verrückt.“

„Schon möglich“, stimmte er zu und schob sie in den Wagen, ohne ihr noch die Chance zu einem weiteren Wort zu geben.

Erst jetzt bemerkte Foxy die beiden jungen Mädchen, die auf dem Bürgersteig standen und kicherten. Wütend und verlegen verschränkte sie die Arme vor der Brust und presste die Lippen zusammen. Sie würde ihm nicht die Genugtuung gönnen und sich mit ihm streiten. Um genau zu sein, sie würde überhaupt nicht mit ihm reden! So verlief die Fahrt in völligem Schweigen.

Knapp zwei Stunden später, in denen sie nur miteinander geredet hatten, wenn es absolut unerlässlich gewesen war, betraten sie Kirks Krankenzimmer. Foxy strengte sich bemüht an, sich den Schock nicht anmerken zu lassen, als sie all die Verbände sah. Kirks Bein hing eingegipst in einer Spannhalterung, die Foxys Meinung nach aussah, als hätte ein findiger Teenager mit einem Baukasten gearbeitet. Eingewickelt in weiße Laken und Verbände, Schläuche und Metallschienen um sich herum, saß Kirk in die Kissen zurückgelehnt. Er blickte Pam mit finsterem Blick an, wie ein Mann, der soeben eine hitzige Rede abgeliefert hatte. Foxy fühlte die Spannung sofort und schaute unauffällig von einem zum anderen. Sie entschied sich dafür, Takt zu beweisen und sich einer Bemerkung besser zu enthalten. Da sie wusste, dass Kirk sich über Blumen nur lustig gemacht hätte, hatte sie erst gar keine mitgebracht. Mit leeren Händen trat sie an das Bett und musterte Kirk eine Weile ernst.

„Du siehst grässlich aus", sagte sie dann gespielt vorwurfsvoll. Dabei drehte sich ihr Magen, wenn sie all die Verbände und diese Angst einflößende Apparatur sah. Aber wie sie gehofft hatte, glättete sich seine gerunzelte Stirn, und er begann zu grinsen.

„Ja, ich mag dich auch, Schwesterherz. Hi, Lance. Ich fürchte, ich habe eine Beule in deinen Wagen gefahren."

„Und den Lack hast du auch zerkratzt", erwiderte Lance leichthin und schob die Hände in die Hosentaschen. Pam beobachtete ihn und stellte fest, dass er sich in Krankenzimmern eindeutig unwohl fühlte. Foxy wiederum hatte eine Fassade aufgesetzt, die Kirk sofort durchschauen würde, falls ihm überhaupt der Gedanke kommen sollte, auch nur einen Blick dahinter zu werfen. Was natürlich nicht passieren würde. „Ich an deiner Stelle würde Charlie lieber für eine Weile aus dem Weg gehen", riet er und wurde sich bewusst, dass Pams Blick auf ihm ruhte. Sie wirkte gefasst, aber die Zeichen einer schlaflosen Nacht waren eindeutig zu erkennen. Er hatte diesen Gesichtsausdruck schon vorher gesehen, bei den Ehefrauen, den Eltern oder den Freundinnen anderer Rennfahrer. Ihre Blicke begegneten einander, gegenseitiges Verständnis lag darin, dann sah Lance wieder zurück zu Kirk.

„Ich hab gehört, dass Betinni als Erster durchs Ziel gegangen ist und sich damit die Meisterschaft gesichert hat." Durch seine Stellung behindert, wirkte Kirks Schulterzucken seltsam ungelenk. „Er ist ein guter Fahrer. Die ganze Saison über haben wir uns mit der Führung abgewechselt." Er setzte sich vorsichtig um, und Foxy sah das schmerzverzerrte Zucken in seinem Gesicht. Wohl wissend, dass Mitgefühl ihr nur einen vernichtenden Kommentar einbringen würde, wandte sie sich an Pam.

„Tja", sagte sie übertrieben munter, „ich nehme mal an, dass er dir jetzt keine Schwierigkeiten macht, oder?"

„Im Gegenteil." Pam schaute zu Kirk, dann wieder zu seiner Schwester zurück. „Er macht mir sogar große Schwierigkeiten."

„Pam!" In Kirks strengem Ton lag eindeutig eine Warnung. Pam ignorierte sowohl Ärger wie auch Warnung.

„Er will mich nach Manhattan zurückschicken, und er ist wütend, weil ich mich nicht wegschicken lasse."

Foxy wusste nicht, was sie sagen sollte, und blickte von Pam zu Kirk und von Kirk zu Lance. „Nun …", murmelte sie dann und räusperte sich.

„Er ist der Meinung, ich sei unvernünftig", fügte Pam in dem gleichen milden Ton noch hinzu.

„Und dumm", stieß Kirk aus. Die Falte auf seiner Stirn war zurück, grimmiger als zuvor.

„Oh ja, richtig. Dumm." Pam lächelte. „Das hatte ich vergessen."

„Hör zu", hob Kirk an, und Foxy kannte diesen gefährlichen Tonfall. „Es gibt keinen Grund für dich, hier herumzulungern."

„Ich habe nun mal einen Krankenhaus-Fetisch", erwiderte Pam.

„Verdammt, ich will dich nicht hier haben!", donnerte Kirk und fluchte, als ein scharfer Schmerz dem Ausbruch folgte.

Lance hielt Foxy beim Arm fest, als sie sich in Bewegung setzen wollte. „Halt dich da raus!", raunte er ihr zu.

„Dann hast du Pech gehabt", konterte Pam. Ihre Stimme klang ruhig und milde, aber sie stand da wie ein General vor dem Feind, mit gereckten Schultern. Durch das Fenster hinter ihr fiel die Sonne ein und ließ ihr Haar leuchten. „Du wirst mich nicht los. Ich liebe dich."

„Du bist verrückt!", schleuderte Kirk ihr entgegen und bewegte sich rastlos.

„Sehr wahrscheinlich."

Als Reaktion auf ihre ungerührte Erwiderung kniff er die Augen zusammen. Im Sonnenlicht schimmerte ihre Haut wie Alabaster. Er spürte das Verlangen mit erstaunlicher Geschwindigkeit in sich aufsteigen. „Ich lasse dich nicht hierbleiben", knurrte er.

„Nein?" Pam zuckte mit den Schultern. „Und was willst du dagegen tun? Mich mit deinem gesunden Bein bis nach Manhattan treten?"

„Das werde ich, sobald ich aufstehen kann", brummte er. Er kochte vor Wut, dass er hier flach auf dem Rücken liegen und mit einer Frau debattieren musste, die nur halb so groß war wie er.

„Klar." Das lässige Wort kam mühelos über Pams dezent geschminkte Lippen. Sie ging zum Bett und zupfte hart an seinem Schnauzbart, was Kirk einen verdatterten Aufschrei entlockte. „Erinnere mich daran, dass ich mich später fürchten muss. Also, wie ich das sehe, habe ich drei Möglichkeiten: Ich kann dich umbringen, ich kann mich von einer Brücke stürzen, oder ich kann diese ganze Situation auch meistern. Ich stamme übrigens von einer langen Linie von Leuten ab, die immer mit Problemen fertig geworden sind. Du wiederum", fuhr sie fort und tätschelte seine Wange, „hast überhaupt keine Wahl. Du sitzt hier mit mir fest."

„Glaubst du also, ja?" Um Kirks Lippen zuckte ein zögerliches Grinsen. „Du hältst dich wohl für ziemlich clever, was?"

„Ich *bin* clever", betonte sie und beugte sich vor, um einen leichten Kuss auf seine Lippen zu setzen. Kirk griff in ihr Haar und vertiefte den Kuss.

„Darüber sprechen wir noch, wenn ich wieder stehen kann", murmelte er und küsste sie noch einmal.

„Gerne“, sagte Pam lächelnd und setzte sich zu ihm aufs Bett. Foxy sah, wie Kirk nach Pams Hand fasste und seine Finger mit ihren verschränkte.

Er liebt sie, wurde ihr jäh klar. Er liebt sie wirklich. Voller Respekt und Hoffnung blieb ihr Blick auf Pam haften. Vielleicht, dachte sie, vielleicht ist sie ja die Antwort. Vielleicht hat Kirk mit ihr endlich eine Alternative gefunden.

„Nun“, Pam lächelte über Foxys nachdenkliche Miene, „gibt es irgendwelche Neuigkeiten von außerhalb?“

„Neuigkeiten?“, wiederholte Foxy und versuchte hastig, ihre Gedanken zu ordnen.

„Erdbeben, Überschwemmungen, Kriege, Hungersnöte“, zählte Pam auf und lachte dann. „Ich bin hier schließlich seit über vierundzwanzig Stunden vom Rest der Welt abgeschnitten.“

„Nun, soweit ich weiß, ist nichts dergleichen passiert“, antwortete Foxy mit einem Blick zu Kirk. Das ist der Moment, dachte sie, der richtige Moment, um es ihm zu sagen. Mit einem Mal war sie geradezu lächerlich nervös. „Lance und ich“, begann sie und sah um Unterstützung heischend zu ihm. Sie holte tief Luft, sah wieder zu Kirk und beeilte sich zu sagen: „Lance und ich werden heiraten.“ Die jähe Verblüffung auf Kirks Miene war nicht zu übersehen. Mit zusammengezogenen Brauen starrte er sie an.

„Na, wenn das keine Neuigkeiten sind!“ Pam stand auf und umarmte Foxy. „Die allerbesten!“ An Foxy vorbei sah Pam zu Lance. „Sie können sich glücklich schätzen.“

„Ja, ich weiß“, erwiderte er, ohne zu lächeln.

„Heiraten?“, mischte Kirk sich ein. „Was meinst du mit heiraten?“

„Das, was allgemein darunter verstanden wird“, sagte Foxy und kam zu seinem Bett. „Du hast doch bestimmt schon davon gehört, das wird auch heute noch immer wieder gern gemacht.“

„Wann?“, wollte er knapp wissen.

„Sobald der Papierkram erledigt ist“, kam es lässig von Lance. Er trat an Foxys Seite und legte ihr den Arm um die Schultern.

Kirk verfolgte die Geste, dann hob er den Blick zu Lance' Gesicht. „Was ist?", fragte Lance grinsend. „Hätten wir dich vorher um Erlaubnis bitten müssen?"

„Nein", antwortete Kirk murmelnd. Er sah Foxy an und erinnerte sich an das kleine Mädchen. „Nun, vielleicht doch. Ich hätte auf jeden Fall eine Vorwarnung gebrauchen können."

„Im Moment bist du doch gar nicht in der Verfassung, um dich mit ihm zu prügeln", bemerkte Foxy. Lance' Umarmung hatte die Spannung von ihr abfallen lassen, und sie sah Kirk lachend in die Augen.

Kirk musterte erst seinen besten Freund, dann seine Schwester. Als er ihr die Hand hinstreckte, legte sie ihre Finger hinein. „Bist du dir sicher?"

Foxy drehte den Kopf, um Lance anzuschauen. Er ist der einzige Mann, den ich je geliebt habe, dachte sie. Es ist keine Träumerei mehr, sondern Wirklichkeit. Ob ich sicher bin? Sie stellte sich diese Frage und horchte in ihr Herz hinein. Sie ließ sich Zeit, musterte sein vertrautes Gesicht, und dann beantwortete sie die Frage, die sie in seinen Augen zu lesen meinte. „Ja", sagte sie und lächelte. „Ich bin sicher." Sie stellte sich auf die Zehenspitzen und küsste ihn, fühlte, wie die Angst, die sie heute Morgen verspürt hatte, und die Nervosität aus ihr herausflossen. „Absolut sicher sogar." Ihre Hand lag noch immer warm in Kirks. „Mach dir um mich keine Sorgen", sagte sie, als sie sich zu ihm zurückwandte.

„Das ist eine neue Angewohnheit von mir, aber solange du glücklich bist, mache ich mir keine Sorgen", konterte er. Lächerlicherweise fühlte er sich, als wäre ihm soeben etwas Wertvolles genommen worden. „Scheint, als seist du wirklich erwachsen geworden."

„Ja, scheint so", stimmte sie leise zu und erwiderte den Druck seiner Finger.

„Gib mir einen Kuss", befahl er, und nachdem Foxy den Kopf wieder gehoben hatte, richtete Kirk die Augen auf Lance. Sie kommunizierten stumm miteinander, verstanden einander ohne Worte. Sie kannten einander so gut wie Brüder, doch nun waren sie noch enger miteinander verbunden, durch die Frau in ihrer Mitte. Vielleicht, wenn sie sich nicht so nahegestanden hätten, wenn sie nicht seit Jahren die Gedanken des anderen gekannt hätten, wäre es einfacher gewesen. Doch die intensive Qualität ihrer Freundschaft machte es komplex. „Tu ihr nicht weh!“, warnte Kirk und hielt Foxys Hand weiterhin fest. „Werdet ihr in Boston leben?“

„Richtig“, antwortete Lance. Foxy beobachtete den Austausch zwischen den beiden und hatte das Gefühl, dass da mehr gesagt wurde, als sie verstehen konnte.

Jäh entspannte Kirks Miene sich, seine Lippen verzogen sich zu einem Lächeln. „Ich werde wohl kaum in der Lage sein, sie durchs Mittelschiff zu führen, um dir ihre Hand zu überreichen.“ Er drückte die Hand, die er hielt, schaute einen Moment nachdenklich darauf und bot sie dann Lance an. „Mach sie glücklich!“, befahl er, während er Foxys Hand in die des anderen Mannes legte.

## *9. KAPITEL*

Drei Tage später saß Foxy neben Lance in dem gemieteten Porsche, der Meile um Meile zwischen New York und Massachusetts fraß. Die Hände hielt sie auf dem Schoß, doch ihre Finger waren alles andere als ruhig. Sie spielte konstant mit dem schlichten goldenen Reif, der jetzt am Ringfinger ihrer linken Hand steckte. Verheiratet, wiederholte sie zum x-ten Mal in Gedanken. Wir sind tatsächlich verheiratet. Das Ganze war so schnell gegangen, so bar jeglicher Romantik. Einige wenige Minuten vor einem Friedensrichter mit ausdruckslosem Gesicht, ein paar kurze Worte … eine anstandslose Angelegenheit von nicht mehr als fünfzehn Minuten. Fast wie ein inszeniertes Stück, bis ihr der Ring auf den Finger gesteckt wurde. Das hatte es real gemacht. Das hatte sie zu Mrs Lancelot Matthews gemacht.

Cynthia Matthews. Im Kopf wiederholte sie den Namen immer wieder, um sich den Klang einzuprägen. *Vielleicht sollte ich Cynthia Fox-Matthews benutzen, das klänge doch viel eleganter, oder?* Fast hätte sie laut aufgelacht. Für Eleganz benötigte man mehr als nur einen Bindestrich. Foxy Matthews, beschloss sie dann mit einem unmerklichen Nicken. Das würde reichen müssen.

„Du wirst diesen Ring in deinen Finger eingegraben haben, bevor wir in Rhode Island angekommen sind." Lance sagte es leise, dennoch zuckte Foxy auf dem Beifahrersitz so erschrocken zusammen, als hätte er laut geschrien. „Nervös?" Das Lachen war in seiner Stimme zu hören.

„Nein." Sie wollte nicht zugeben, mit welchen Albernheiten sie sich still beschäftigt hatte, deshalb lenkte sie ab. „Ich musste nur daran denken … Kirk sah schon viel besser aus, nicht wahr?"

„Ja." Lance schaltete die Scheibenwischer ein, als leichter Nieselregen einsetzte. „Pam ist die beste Medizin für ihn, die er bekommen kann."

„Stimmt, das ist sie." Foxy setzte sich in ihrem Sitz leicht um, sodass sie sein Profil studieren konnte. Mein Mann, dachte sie und hätte fast den Gesprächsfaden verloren. „Ich kenne niemanden, der so gut mit Kirk umgehen kann. Außer dir natürlich."

„Kirk braucht einen Beifahrer, der sich nicht einschüchtern lässt und nachgibt", sagte Lance und warf ihr einen kurzen Blick zu. „Du hattest immer deine eigene Art, mit ihm fertig zu werden. Schon mit dreizehn wusstest du, wie du ihn zu behandeln hattest, ohne dass er es überhaupt gemerkt hat."

Der Anflug eines Stirnrunzelns erschien zwischen ihren Brauen. „Ich habe es nie bewusst als ‚mit ihm fertig werden' angesehen. Und ich hätte auch nicht gedacht, dass es irgendjemandem aufgefallen ist."

„Es gibt nichts an dir, was mir über die Jahre nicht aufgefallen wäre." Wieder wandte Lance ihr das Gesicht zu und schaute sie mit diesem ruhigen, intensiven Blick an. Foxys Puls begann zu flattern.

Ob ihm das immer so bei mir gelingen wird? fragte sie sich. Selbst wenn ich mich an diese neue Ehe gewöhnt haben werde, ob er mich dann nur anzuschauen braucht, damit ich wie Wachs dahinschmelze? In den letzten zehn Jahren hat sich nichts daran geändert. Ob es sich in den nächsten zehn Jahren ändert? Lance' Stimme drang in ihre Gedanken. Sie drehte den Kopf, um zu ihm zu schauen. „Entschuldige, was sagtest du?"

„Ich sagte, es war eine nette Geste von dir, Pam deinen Strauß zu geben. Nur ist es natürlich schade, dass du jetzt kein kleines Andenken hast."

Foxy wollte etwas sagen, wurde rot und kramte in ihrer Handtasche nach ihrer Bürste. Unten in der Tasche lag das weiße Samtband, das sie von dem Orchideenbouquet, das Lance ihr als Brautstrauß überreicht hatte, abgezogen hatte. Der Gedanke, dass er sie deshalb für albern halten könnte, lähmte ihre Zunge. Sie hielt die Bürste schon in der Hand, bevor ihr einfiel, dass sie ihr Haar heute ja aufgesteckt trug. Hastig stopfte sie sie zurück in die Tasche. Der Regen war stärker geworden, fiel auf die Scheiben und ließ die Herbstlandschaft draußen vor den Fenstern verschwimmen.

„Ich nehme an, es war eine eher trockene Angelegenheit, nicht wahr?", bemerkte Lance. „Zehn Minuten vor dem Friedensrichter, keine Freunde, keine traditionellen Bräuche, kein Reis, keine Tränen." Er sah zu ihr, mit hochgezogenen Augenbrauen. „Vermutlich hast du das Gefühl, dass dir etwas vorenthalten wurde."

„Nein, natürlich nicht." Auch wenn sie ein- oder zweimal daran hatte denken müssen, wie schön eine traditionelle Hochzeitsfeier war, fühlte sie sich gar nicht so sehr um etwas gebracht, sondern vielmehr neugierig. Ob sie sich eher verheiratet fühlen würde, wenn es bei der Hochzeit Schleier und Orgelmusik gegeben hätte? Ob sie auch dann noch das Gefühl von Irrealität verspüren würde, wenn nach der Zeremonie jemand Reis geworfen hätte und alte Schuhe aufgetaucht wären? „Außerdem habe ich ja gar keine alten Großtanten, die sich in der hinteren Bank die Tränen der Rührung aus den Augenwinkeln tupfen müssen." Bei dem Gedanken an Familie begann sie prompt wieder, an dem Ehering zu drehen.

„Du hattest dir doch ausdrücklich schlichtes Gold gewünscht, ohne Gravur, ohne Steine, oder?"

„Wie?" Foxy folgte Lance' Blick auf ihre Hand. „Oh. Ja, genau." Schuldbewusst hielt sie ihre Hände ruhig. „Ja, das ist genau das, was ich wollte."

„Passt er?"

„Was? Ja, sicher, er passt."

„Warum, zum Teufel, fingerst du dann ständig daran herum?" Seine Stimme klang scharf, der Ärger war nicht zu überhören.

Er hat wohl Grund zu Ärger, gestand Foxy sich mit einem Seufzer ein. „Tut mir leid, Lance. Es ist nur … Alles ging so schnell, und jetzt nach Boston zu fahren …" Sie kaute an ihrer Lippe, gab dann zu: „Der Gedanke, deiner Familie vorgestellt zu werden, macht mich nervös. Ich habe nicht viel Erfahrung mit Familien."

Für einen Moment legte Lance seine Hand auf ihre. „Du kannst normale Familien nicht an meiner messen", riet er trocken. „Meine Familie ist nicht gerade die reine Weihnachtskartenidylle."

„Natürlich nicht“, nickte Foxy mit einem ironischen Grinsen. „Soll mir das etwa Mut machen?“

„Lass dich nicht von ihnen ärgern“, riet er ihr und zuckte sorglos mit den Achseln. „Ich tue es ja auch nicht.“

„Du hast leicht reden!“ Sie krauste die Nase. „Du gehörst dazu.“

„Du jetzt auch.“ Er hob ihre Hand an und rieb mit dem Daumen über den Ehering an ihrem Finger. „Denk immer daran!“

„Erzähl mir von ihnen.“

„Früher oder später werde ich das vermutlich wohl müssen.“ Damit zog er eine Zigarre hervor und drückte den Anzünder im Armaturenbrett ein. „Meine Mutter ist eine Bardett – das ist eine alte Bostoner Familie. Wie behauptet wird, haben sie Paul Revere damals den Weg gewiesen.“

„Wie patriotisch.“

„Die Bardetts sind notorisch patriotisch“, gab er zurück und hielt den glühenden Anzünder an die Spitze seiner Zigarre. „Meine Mutter genießt es auf jeden Fall, sowohl eine Bardett wie auch eine Matthews zu sein. Noch mehr Vergnügen hat sie allerdings in ihren Komitees.“

„Komitees?“, hakte Foxy nach. „Welche Komitees denn?“

„Alle möglichen Komitees, solange sie nur passend für eine Bardett-Matthews sind. Sie liebt es, sie zu organisieren, zu den Sitzungen zu gehen und sich über sie zu beschweren. Sie ist ein purer, unverfälschter Snob, von den Spitzen ihrer makellosen schneeweißen Frisur bis hin zu den Spitzen ihrer italienischen Schuhe.“

„Lance, wie bösartig von dir!“

„Du wolltest doch, dass ich von ihnen erzähle“, meinte er salopp. „Mutter liebt ihre Wohltätigkeitsarbeit. Das liest sich so gut im Gesellschaftsteil. Sie ist zudem der Meinung, dass jeder, der bedürftig genug ist, um Hilfe zu brauchen, so viel Anstand besitzen sollte, gefälligst zu warten, bis sie ihr Komitee organisiert hat. Aber ob Snob oder nicht – sie tut tatsächlich viel Gutes, trotz ihrer eigentlichen Motive. Also spielen die wohl letztendlich keine Rolle.“

„Du urteilst sehr hart über sie." Foxy runzelte die Stirn über seinen Ton. Sie erinnerte sich an ihre eigene Mutter – eine lebenslustige, unkonventionelle, liebevolle Frau mit der gleichen Schwäche für alte Turnschuhe wie Kirk.

Lance bedachte Foxy mit einem neugierigen Seitenblick. „Vielleicht. Sie und ich haben die Dinge noch nie mit gleichen Augen gesehen. Mein Vater bezeichnete ihre Komitees immer nur als amüsant und harmlos. Ich bin nicht so tolerant, wie er es war." Die Falte auf ihrer Stirn wurde tiefer, und Lance lächelte leicht schief. „Keine Angst, Fox, du wirst kein Blut fließen sehen. Wir kommen zwar nicht unbedingt gut miteinander aus, aber wir benehmen uns relativ zivilisiert. Die Bardetts, musst du nämlich wissen, sind immer zivilisiert."

„Und was ist mit den Matthews?", fragte sie. Ihre Neugier war geweckt.

„Die Matthews hatten schon immer die Tendenz, in jeder Generation ein schwarzes Schaf hervorzubringen. Vor ungefähr zweihundert Jahren muss wohl einer der Matthews' mit einer Bauernmagd aus der Dorftaverne durchgebrannt sein und sie geheiratet haben. Das hat die Blutlinie wohl ein wenig verdorben." Er grinste, als wäre er äußerst zufrieden mit diesem Makel, und zog an seiner Zigarre. „Aber die meisten der Matthews' sind ebensolche gradlinigen Stützen der Gesellschaft wie die Bardetts. Meine Großmutter ist die verkörperte Würde. Will man den Geschichten glauben, hat sie nicht einmal mit der Wimper gezuckt, als sie von der Affäre meines Großvaters mit der Gräfin erfuhr. Was sie anbetraf, so hat es sich nie ereignet. Ihre Tochter, meine Tante Phoebe, ist genauso, wie die Gräfin sagte – fad. In fünfzig Jahren hat sie keinen einzigen originellen Einfall gehabt. Es gibt übrigens eine einschüchternde Anzahl von Tanten, Onkeln, Cousins und Cousinen und anderen Verwandten."

„Die leben aber nicht alle in Boston, oder?"

„Nein, Gott sei Dank. Sie haben sich über ganz Amerika und Europa verteilt, allerdings hat sich ein recht großer Pulk von ihnen in Boston und Martha's Vineyard und Umgebung angesiedelt."

„Deine Mutter muss überrascht gewesen sein, als du ihr gesagt hast, dass du verheiratet bist.“ Foxy hielt sich gerade noch rechtzeitig davon ab, wieder an ihrem Ring zu spielen.

„Ich habe es ihr nicht gesagt.“

„Was?“ Ungläubig starrte sie ihn an. „Sie weiß es noch gar nicht?“

„Nein.“

Foxy wollte schon nach dem Warum fragen, dann jedoch fiel ihr die Erklärung selbst ein. *Er schämt sich für mich.* Sie schluckte und wandte den Blick wieder hinaus in den grauen Herbstregen. Cynthia Fox aus Indiana konnte nicht mithalten mit den Bardetts und den Matthews aus Boston. „Vermutlich“, setzte sie gepresst an, „kannst du mich auf dem Speicher verstecken. Oder wir könnten ja auch einen Stammbaum fälschen.“

„Hm?“ Lance überholte gerade einen langsam fahrenden LKW. Auf das Überholmanöver konzentriert, warf er nur einen kurzen Blick auf Foxys Hinterkopf, um dann sofort wieder auf die Straße zu schauen. Als er wieder einscherte, zog er noch einmal an seiner Zigarre und warf den Stummel dann aus dem Fenster.

Foxy bemühte sich wirklich, sowohl ihr Temperament als auch ihre Zunge im Zaum zu halten. Es gelang ihr nur wenige kurze Momente. „Wir könnten ihnen ja sagen, ich sei eine verloren gegangene Prinzessin aus irgendeinem Dritte-Welt-Land. Dann spreche ich die ersten sechs Monate eben noch kein Englisch.“ Wütend und verletzt schwang sie zu ihm herum. „Oder ich könnte die Tochter eines englischen Barons sein, der mich bei seinem Tod ohne jeden Penny zurückgelassen hat. Schließlich ist es doch die Blutlinie, die wichtig ist, nicht das Geld, oder?“

Es war ihr Ton, der Lance stutzen ließ. Er sah zu ihr hinüber. Tränen standen in ihren wütenden Augen. Prompt zog er die Brauen zusammen. „Was redest du da überhaupt?“

„Wenn du meinst, dass ich nicht gut genug bin, um als Mrs Lancelot Matthews herzuhalten, dann kannst du …“ Sie kam nicht dazu, ihren Vorschlag auszusprechen, weil er den

Wagen abrupt an den Straßenrand lenkte und abbremste. Bevor sie überhaupt noch Luft holen konnte, lagen seine Hände mit eisernem Griff um ihre Arme.

„So etwas will ich nie wieder von dir hören, hast du verstanden?“ Er war wütend, doch Foxy hob ihr Kinn an und hielt seinem Blick stand.

„Nein. Nein, ich verstehe nicht. Ich verstehe überhaupt nichts.“ Zu ihrer Schande stiegen Tränen in ihren Augen auf, liefen über und rollten ihr die Wangen hinab. Dass sie weinte, kam für beide überraschend. Für Foxy, weil es so plötzlich kam und sie nicht einmal die Chance gehabt hatte, es zu unterdrücken, für Lance, weil er sie noch niemals hatte weinen sehen.

„Nicht!“, ordnete er rau an und schüttelte sie leicht. „Lass das!“

„Ich heule, wann ich will.“ Foxy schluckte und ließ die Tränen weiterlaufen.

Lance fluchte, dann ließ er sie los. „Fein, dann mach weiter. Dann schwimmen wir eben bis nach Boston. Aber ich will wissen, woher diese Flut kommt.“

Foxy kramte in ihrer Handtasche nach einem Taschentuch und fand keines. „Ich habe kein Taschentuch“, klagte sie elend und wischte sich die Tränen mit dem Handrücken fort. Mit einem weiteren blümeranten Fluch zog Lance ein Taschentuch aus seiner Jackentasche und drückte es ihr unwirsch in die Hand. „Das ist Seide“, stellte Foxy fest und wollte es ihm zurückgeben.

„Damit werde ich dich gleich erwürgen.“ Als müsste er sich zurückhalten, genau das zu tun, umklammerte er hart das Lenkrad. „Wir werden uns nicht von der Stelle bewegen“, entschied er, „bis du mir erklärt hast, was in dich gefahren ist.“

„Nichts, überhaupt nichts“, behauptete sie und zerknüllte das blütenweiße Tuch. Sie war maßlos empört über sich selbst, aber ihr Naturell zwang sie weiterzureden. „Was sollte es mir schließlich schon ausmachen, dass du deiner Familie nichts von unserer Heirat gesagt hast, nicht wahr?“

Eine Weile waren nur das Tröpfeln des Regens und Foxys Schnüffeln zu hören. Der Wagen stand still, bis auf das monotone Hin und Her der Scheibenwischer. „Du glaubst", setzte Lance schließlich klar und nüchtern an, „ich hätte meiner Familie nichts von unserer Heirat gesagt, weil ich mich für dich schäme?"

„Was sonst sollte ich glauben?", schleuderte sie ihm entgegen. „Eine Fox aus Indiana macht wohl keinen großen Eindruck."

„Närrin!" Das Wort hing zitternd in dem engen Raum des Wagens. Anstatt zu schluchzen, schnappte Foxy jetzt nach Luft. Fasziniert beobachtete sie, wie Lance sich zusammennahm, um das zurückzuhalten, was wohl eine Art Tobsuchtsanfall sein musste. Als er dann endlich sprach, war er viel zu ruhig und zu beherrscht. „Ich habe meiner Familie nichts gesagt, weil ich ein paar Tage Ruhe haben wollte, bevor sie uns alle heimsuchen. Sobald sie erfahren, dass wir geheiratet haben, wird sich das Gesellschaftskarussell in Bewegung setzen. Eine Hochzeitsreise wäre die ideale Lösung gewesen, aber ich habe dir schon erklärt, dass es im Moment nicht machbar ist, weil ich erst noch ein paar Dinge erledigen muss. Ich habe mich jetzt monatelang nicht um die geschäftliche Seite gekümmert, und nach Kirks Unfall, so dachte ich, könnten wir beide ein paar Tage Ruhe gebrauchen. Mir wäre nie in den Sinn gekommen, dass du etwas anderes denken könntest."

Mit einer abrupten Bewegung legte Lance den ersten Gang ein und fädelte sich wieder in den Verkehr ein. Das Schweigen dehnte sich und wurde drückend. Foxy zerknüllte das Taschentuch in der Hand und wünschte sich, ihr fiele ein Ansatz ein, um das Gespräch zwischen ihnen wieder aufzunehmen.

Die Tage seit Kirks Unfall hatten sich zu einer nebulösen Masse zusammengeballt, Stunden oder Zeitabschnitte waren nicht mehr auszumachen. Foxy wusste, sie hatte geschlafen, hätte aber nicht sagen können, wie lange. Sie wusste, sie hatte gegessen, war sich aber nicht bewusst, was. Die Ehe mit Lance schien in der Unwirklichkeit festzuhängen. Aber es ist real, ermahnte sie sich. Und Lance hat recht: Ich bin eine Närrin.

„Tut mir leid, Lance", murmelte sie, den Blick auf sein Profil gerichtet.

„Vergiss es einfach." Seine Antwort war knapp und abweisend. Foxy drehte das Gesicht wieder zur Scheibe und starrte in den Regen hinaus.

Sind alle Bräute so unsicher? fragte sie sich und schloss die Augen. So bin ich doch sonst nicht! Ich benehme mich, als wäre ich ein anderer Mensch. Ich denke auch wie ein anderer Mensch. Müdigkeit überkam sie, und sie ließ ihre Gedanken wandern. Ich werde mich sicher besser fühlen, wenn wir uns erst eingewöhnt haben. Ein paar Tage Ruhe sind genau das, was ich brauche. Und sie ließ sich von dem Prasseln der Regentropfen in den Schlaf lullen.

Foxy rührte sich stöhnend. Das stetige Brummen des Porschemotors hörte sie nicht mehr, dafür fühlte sie ein leichtes Schwanken und kalte Nässe auf ihrem Gesicht. Sie drehte den Kopf weg davon und spürte etwas Warmes, Weiches an ihrer Wange. Der Geruch, der ihr in die Nase stieg, war ihr sofort vertraut. Sie hob die Lider und erkannte Lance' Kinn direkt vor ihren Augen. Ihr wurde klar, dass sie getragen wurde. Sie barg das Gesicht an seiner Schulter, während Nieselregen ihre Haut netzte. Die Abenddämmerung brach düster herein, brachte dünnen Nebel mit.

In das Erkennen von Lance' Duft mischte sich auch der Geruch von feuchten Blättern und Gras, ein typischer Herbstgeruch, den sie schon bald mit Neuengland assoziieren würde. Lance' Schritte waren kaum zu hören, wurden verschluckt von den Schwaden, die zu seinen Füßen wirbelten. Es lag etwas Surreales, ja Unheimliches in der Stille und dem schwindenden Licht. Desorientiert drehte Foxy sich in seinen Armen.

„Ah, hast du beschlossen, wieder zu den Lebenden zurückzukehren?", fragte Lance. Er blieb stehen, ohne auf den Regen zu achten, und sah auf sie hinab.

„Wo sind wir?" Verwirrt schaute Foxy sich um. Das Haus erblickte sie sofort. Ein braunes Ziegelsteinhaus hob sich zwei Stockwerke hoch vor ihr in die Höhe, die Wände mit Efeu bewachsen, die Fenster schmal und lang. Selbst in dem Dämmerlicht strahlte das Haus zeitlose Eleganz und Würde aus. „Ist das dein Haus?“, fragte Foxy. Sie legte den Kopf in den Nacken, um bis zum Dach und zu dem Kamin emporzusehen.

„Es gehörte meinem Großvater“, antwortete Lance und studierte ihre Reaktion. „Er hat es mir hinterlassen. Meine Großmutter zog immer das Haus auf Martha’s Vineyard vor.“

„Es ist wunderschön“, murmelte Foxy. Der Regen, der ihr übers Gesicht lief und ihr Haar nässte, war vergessen. Sie war verzaubert, verliebte sich sofort in die alten Ziegel und den kletternden Efeu. Lance hat seine Wurzeln in diesem Haus, dachte sie. „Wirklich wunderschön.“

„Ja, das ist es“, stimmte er zu und ließ seinen Blick auf ihrem Gesicht verharren.

Foxy schaute auf und traf auf diesen Blick. Sie lächelte, blinzelte die Regentropfen aus ihren Wimpern. „Es regnet“, stellte sie fest.

„Du sagst es.“ Er küsste sie, ließ seinen Mund einen Moment lang auf ihren Lippen liegen. „Deine Lippen sind nass. Ich mag es, wie der Regen sich in deinem Haar verfängt. In diesem Licht siehst du sehr blass aus, fast durchsichtig.“ Seine Augen hatten die gleiche Farbe wie der dichter werdende Nebel, der um sie herumwaberte. „Wenn ich dich jetzt loslasse, wirst du dich dann auflösen?“

„Nein“, murmelte sie und strich mit den Fingern durch das feuchte Haar, das ihm in die Stirn fiel. „Ich verschwinde nicht.“ Das Verlangen nach ihm schoss jäh durch sie hindurch und ließ sie erschauern.

„Du bist wahrscheinlich echt genug, um dir eine Erkältung einzufangen, wenn wir noch länger im Regen stehen.“ Er hielt sie fester und setzte sich wieder in Bewegung.

„Du brauchst mich nicht zu tragen“, begann sie.

Vorsichtig stieg Lance die Stufen der Außentreppe hinauf. „Meinst du nicht, wir sollten wenigstens etwas die Tradition wahren?“, hielt er dagegen, während er den Schlüssel ins Schloss steckte. Mit einer Schulter stieß er die Tür auf, um Foxy dann über die Schwelle in das dunkel daliegende Haus zu tragen. „Willkommen zu Hause", murmelte er, und dann küsste er sie, lang und sanft.

„Lance", wisperte sie bewegt. „Ich liebe dich."

Langsam stellte er sie auf die Füße zurück. Einen Moment lang blieben sie voreinander stehen, die Gesichter Silhouetten vor dem sich verdunkelnden Himmel. Bevor die Haustür sich wieder schloss, sollte nichts zwischen ihnen stehen, entschied Foxy. „Lance, ich entschuldige mich für die Szene, die ich vorhin im Auto gemacht habe."

„Du hast dich doch schon entschuldigt."

„Du warst wütend genug für zwei Entschuldigungen."

Er lachte und küsste sie auf die Nasenspitze, überlegte es sich anders und nahm ihren Mund noch einmal in Besitz. Es schien, als könnte er aus einem Kuss mehr schöpfen, als sie sich überhaupt zu geben bewusst war. „Ärger ist nur der bequemste Schutz gegen Tränen", sagte er und streichelte über ihre Arme. „Du hast mich überrumpelt, Fox. Das tust du immer, wenn du einmal vergisst, dass du unbesiegbar bist." Mit einer Fingerspitze fuhr er an der Linie ihres Kinns entlang, verfolgte die Bewegung mit dunklen Augen. „Vielleicht hätte ich dir ein paar Dinge erklären sollen, aber ich bin einfach nicht daran gewöhnt, mich anderen erklären zu müssen. Ich denke, wir beide werden ein paar Veränderungen vorzunehmen haben." Er nahm ihre Hände in seine und führte sie an seine Lippen. „Vertrau mir einfach für eine Weile, einverstanden?"

„Also gut." Sie nickte. „Ich werde es versuchen."

Lance gab ihre Hände frei und drückte die Tür ins Schloss, sperrte damit die heranrollende kalte Feuchtigkeit aus. Sekundenlang lag die Eingangshalle in undurchdringlicher Dunkelheit, dann flammte helles Licht auf. Foxy stand in der Mitte der Halle und drehte sich langsam um die eigene Achse. Zu ihrer Linken lag eine Treppe, der Glanz des Holzes von keinem Teppich verdeckt, das Eichengeländer schimmerte wie Seide. Zu ihrer Rechten stand ein Garderobentisch, dessen hoher Spiegel wohl schon das Konterfei von Lance' Urgroßmutter wiedergegeben haben musste. Lance beobachtete Foxy, wie sie sich die Revere-Kerzenhalter ansah und den Gainsborough in dem goldenen Rahmen studierte. Das Licht des Kristalllüsters strahlte auf sie herunter und brach sich in den Regentropfen in ihrem Haar. In dem gerade geschnittenen grünen Kleid mit den eng anliegenden Ärmeln und dem hohen Mandarinkragen, das sie für die Trauung gewählt hatte, haftete ihr eine elfengleiche Aura an. Der einzige Schmuck, den sie trug, war der schlichte Goldreif, den er ihr auf den Finger gesteckt hatte. Sie sah frisch und unberührt aus wie der Frühling, doch in jeder ihrer Bewegungen lag die Sinnlichkeit des Herbstes.

„Dich hätte ich mir niemals an einem solchen Ort vorstellen können", sagte sie, als sie den Kreis geschlossen hatte.

„So?" Lance lehnte sich an die Wand und wartete darauf, dass sie mehr erklären würde.

„Es ist wunderschön", meinte sie fast ehrfürchtig, „wirklich wunderschön, aber es ist so … so gediegen und gesetzt. Ja, gesetzt", bekräftigte sie und schaute ihn an. „Wenn ich an dich denke, dann denke ich niemals an ‚gesetzt'."

„Ab und zu genieße ich es sogar, gesetzt zu sein", lautete seine unbeeindruckte Antwort. Foxys Meinung nach passte er in dem eleganten grauen Anzug genau hierher, zu Ziegelstein und Efeu. Und doch lag da etwas in seinen Augen, das sich niemals zähmen lassen würde. Maßschneider und unschätzbare Antiquitäten würden den Mann, der er war, niemals ändern. Natürlich wusste sie, dass sie verrückt war, wenn sie den Sünder dem Heiligen vorzog, dennoch konnte sie nicht anders.

„Aber ich muss natürlich von einer Sekunde auf die andere bereit sein, alles stehen und liegen zu lassen, um mit dir zu kommen, oder?" Sie schenkte ihm ein strahlendes Lachen, das Lance sehr an ihren Bruder erinnerte.

„Ich kann froh sein, eine Frau gefunden und geheiratet zu haben, die mich versteht." Sein Lächeln war so typisch und so schief und ließ ihren Puls in die Höhe schnellen. Er trat vor sie und wickelte sich eine Strähne ihres Haars um seinen Finger. „Und ein so ausnehmend hübsches Wesen dazu. Intelligent, mit flinker Zunge, impulsiv, faszinierend und mit einer sinnlichen Stimme, die immer klingt, als wäre sie erregt."

Foxy lief rot an, als Humor und Verlegenheit sich mischten. „Hört sich an, als hättest du da einen ziemlich guten Deal gemacht."

„Und ob", stimmte Lance zu. Sein Grinsen erstarb, und er musterte sie mit ernsten Augen. „Ein gewiefter Geschäftsmann weiß, wann er zuschlagen muss." So schnell seine Miene nachdenklich geworden war, so schnell hellte sie sich auch wieder auf. Foxy verfolgte die Veränderungen mit Verwunderung. „Hungrig?", fragte er spontan.

Fasziniert schüttelte sie den Kopf. „Nein, nicht wirklich." Sie dachte an die langen Stunden, die er hinter dem Steuer gesessen hatte. „Wahrscheinlich hast du hier irgendwo eine Dose mit etwas Essbarem stehen, das ich aufwärmen kann."

„Ich glaube, wir finden etwas Besseres." Lance nahm sie bei der Hand und führte sie den Korridor hinunter. Die Räume, an denen sie vorbeikamen, blieben dunkel und geheimnisvoll. „Ich habe Mrs Trilby gestern angerufen und ihr Bescheid gesagt, dass sie mich heute erwarten soll. Sie kümmert sich um den Haushalt und alles, was damit zusammenhängt. Ich bat sie, alles für meine Ankunft vorzubereiten. Sie weiß, dass ich von Staub und leeren Vorratsschränken nicht viel halte." Er betrat einen Raum am Ende des Ganges, und als er den Schalter drehte, leuchtete Licht in der Küche auf.

„Oh, das ist ja großartig!", rief sie begeistert aus und sah sich um. Sofort ging sie zu dem kleinen offenen Kamin, der in einer Wand eingelassen war. „Kann man den benutzen?", fragte sie.

„Ja, sicher, er funktioniert." Lance lächelte, als sie sich vorbeugte und den Kamin genauer inspizierte.

„Ich liebe es!" Lachend richtete sie sich wieder auf. „Ich werde vermutlich schon im August auf ein Feuer bestehen." Mit den Fingerspitzen strich sie über den Zeichentisch, der in dem Halbrund bei dem Bogenfenster stand. „Ich habe nur Feuer in meiner Küche, wenn ich den Speck beim Braten verbrenne."

„Das hier *ist* deine Küche“, rief Lance ihr in Erinnerung. Während er ihr zusah, löste er den Knoten seiner Krawatte und zog sie sich vom Hals. Es lag etwas enorm Intimes in dieser lässigen Geste. Foxy schluckte und ging weiter durch den Raum auf Erkundung.

„Ich bin nicht sehr häuslich“, gab sie zu. „Ich weiß meist nicht einmal mehr, wo ich den Kaffee aufbewahre.“

„Versuch's mal mit dem Schrank hinter dir“, schlug Lance vor und sah nach, womit Mrs Trilby den Kühlschrank bestückt hatte. „Kannst du kochen?“

„Sag mir was, und ich koche es dir“, antwortete sie herausfordernd. Jetzt hatte sie auch den Kaffee entdeckt.

„Wir überspringen das Beef Wellington wohl besser aufgrund von Zeitmangel und akuter Gefahr des Verhungerns. Wie wär's mit Omelett?“

„Kinderspiel!“ Foxy sah über die Schulter zurück zu ihm. „Kochst du?“

„Nur wenn ich am Strand einschlafe.“

„Gib mir eine Pfanne“, sagte sie und versuchte, leidend auszusehen.

Das Ehepaar Lancelot Matthews genoss sein Hochzeitsdiner, bestehend aus Omeletts und Kaffee, am Küchentisch. Draußen war es jetzt gänzlich dunkel geworden, der Regen schlug noch immer an die Fenster, und der Mond wurde von den Wolken gefangen gehalten. Foxy hatte jedes Zeitgefühl verloren, für sie hätte es ebenso gut sieben Uhr abends wie drei Uhr morgens sein können. Es war tröstlich und beruhigte, nicht an die Zeit zu denken, und so achtete sie sorgsam darauf, nicht auf ihre Armbanduhr zu schauen. Und obwohl sie plauderte und leichte Konversation machte, waren ihre Nerven hinter der gelösten Fassade angespannt. Foxy schalt sich für ihre Nervosität, versuchte, sie zu ignorieren, doch sie ließ sich nicht beruhigen. Sie stocherte in ihren Eiern herum, während Lance den restlichen Kaffee auf die beiden Tassen aufteilte.

„Deswegen bist du auch so dünn“, bemerkte er. Als Foxy verständnislos zu ihm hinsah, fuhr er fort: „Essen interessiert dich nicht genug. Über die Saison hast du Gewicht verloren. Man konnte regelrecht zusehen."

Sie zuckte gleichgültig mit einer Schulter, machte sich jedoch gehorsam daran, das Omelett zu Ende zu essen. „Mir ist es lieber, wenn das Dinner im Restaurant die Ausnahme bleibt und nicht zur Regel wird. In ein paar Wochen habe ich das wieder aufgeholt." Lächelnd sah sie ihn an. „Allerdings hätte ich großes Interesse an einem heißen Bad."

„Ich bringe dich nach oben", sagte er und stand auf. „Dann gehe ich zum Wagen und hole unsere Koffer. Das restliche Gepäck müsste morgen ankommen."

Auch Foxy stand auf und begann, das Geschirr zusammenzustellen. Sie wusste, es war albern, dennoch wuchs ihre Nervosität. „Du brauchst mich nicht zu führen. Sag mir nur, wo das Bad ist, ich werde es schon finden."

Er blickte auf ihren Rücken, während sie die Teller ins Spülbecken stellte. „Die zweite Tür auf der rechten Seite ist das Schlafzimmer, von dem du in das angrenzende Bad kommst. Lass das Geschirr stehen", sagte er zu ihr.

Foxy wollte widersprechen, doch da lagen seine Hände schon beruhigend auf ihren Schultern. „Na schön", willigte sie ein und drehte sich zu ihm um. Sie brauchte Zeit für sich allein, um sich sammeln und ihren Kopf klären zu können. „Ich werde mir nicht allzu lange Zeit lassen. Ich kann mir vorstellen, dass du nach der Fahrt ebenfalls ein Bad brauchst."

„Nimm dir so viel Ziel, wie du willst." Seite an Seite verließen sie die Küche und gingen den Gang entlang zurück zur Eingangshalle. „Ich werde ein anderes Bad benutzen."

„Ja, gut." Am Ende der Halle trennten sie sich. Wie höflich wir miteinander umgehen, dachte sie, als sie die Treppe hinaufloh. So schrecklich verheiratet.

Im Schlafzimmer boten hohe Flügeltüren den Zugang zu einem Balkon. Die Wände waren mit einer elfenbeinfarbenen Tapete bedeckt, die Ränder an der Decke und am Boden dunkel abgesetzt. Das Mobiliar war eine Mischung verschiedener Epochen und Stile – Hepplewhite, Chippendale, Queen Anne –, aber es passte alles wunderbar zusammen und besaß einen ganz eigenen, hinreißenden Charme. In der gegenüberliegenden Wand war ein großer offener Kamin eingelassen und mit weißem Marmor verkleidet, daneben lagen ordentlich geschichtete Holzscheite, die nur darauf warteten, angezündet zu werden. Foxy entschied, dass Mrs Trilby eine sehr effiziente Haushälterin sein musste. Das Bett war ein hohes Vier-Pfosten-Bett mit einem Himmel aus nachtblauer Seide. Zweifelsohne ein Erbstück, noch dazu höchstwahrscheinlich unschätzbar wertvoll. Foxy zog die Unterlippe zwischen die Zähne. Sie würde erst lernen müssen, wie sie mit solchen Dingen umzugehen hatte – nein, eher würde sie lernen müssen, wie sie damit leben konnte.

*Ich benehme mich wie ein Idiot. Ich habe Lance geheiratet, weder sein Geld noch seine Familie. Das ist nur die typische Nervosität einer Braut. Mir wäre ganz sicher nicht so mulmig, wenn ich mehr Erfahrung hätte.*

Foxys Blick wanderte wie von allein erneut zu dem großen Bett, dann atmete sie tief durch und schaute auf ihre Hände. Der Ehering funkelte an ihrem Finger auf. Sie ignorierte das Flattern in ihrem Magen und begann, sich auszuziehen. Nur im Slip tappte sie auf bloßen Füßen ins Bad und erkannte weitere Beweise für Mrs Trilbys Kompetenz. Frische Handtücher waren bereitgelegt worden, zusammen mit duftenden Seifen, Badeölen und Lotionen. Die Wanne war in den Boden eingelassen und bot Platz genug für zwei. Allein bei der Vorstellung, in dieser großartigen Wanne zu liegen, begann Foxys Haut zu prickeln.

Während das Wasser einlief, schnupperte Foxy an Flakons und Fläschchen und probierte Düfte und Öle aus. Dampf breitete sich im Raum aus, vermischte sich mit den Wohlgerüchen. Langsam begann sie sich wohlzufühlen. Eine halbe Stunde später stieg sie aus der Wanne, ihre Muskeln komplett entspannt und ihre Haut rosig und duftend. Sie wählte ein minzgrünes Badelaken und wickelte es sich wie einen Sarong um den Körper. Das Bad hatte ihre Laune gehoben, sie summte leise vor sich hin, während sie die Haarnadeln aus ihrem Haar zog, mit denen sie es aufgesteckt hatte. Die Locken sanken über ihre Schultern hinunter. Ihr Versuch, die wirre Masse mit den Fingern zu richten, blieb erfolglos. In ihrem Koffer waren eine Haarbürste und ein Bademantel. Sicherlich hatte Lance die Koffer schon ins Haus geholt und nach oben gebracht. Also ließ sie ihr Haar, wie es war, zog die Verbindungstür auf und trat ins Schlafzimmer.

Mehrere Porzellanlampen und ein flackerndes Feuer im Kamin verbreiteten einen warmen Schimmer im Raum. Es waren das Knistern und der Geruch des brennenden Holzes, die Foxy den Blick zum Kamin richten ließen. Sie war schon fast in der Mitte des Zimmers angekommen, bevor sie Lance überhaupt sah. Mit einem leisen, erschrockenen Laut hielt sie das Handtuch fest, das sie locker über der Brust eingesteckt hatte. In einem schwarzen Hausmantel im Kimonostil stand Lance neben einem runden Glastisch. Er war gerade dabei, eine Flasche Champagner zu entkorken, hielt jedoch inne, als er Foxy sah, und studierte jeden Zentimeter seiner Frau genauestens. Mit der freien Hand strich Foxy sich das Haar von der feuchten Stirn zurück.

„Hast du dein Bad genossen?“ Ohne den Blick von ihr zu nehmen, ließ er den Korken knallen.

„Ja.“ Ein schneller Blick durch den Raum, und Foxy fand ihre Koffer in der Ecke stehen. „Ich habe dich gar nicht gehört“, sagte sie und wusste, dass ihre Stimme nicht wie sonst klang. „Ich wollte mir nur meine Bürste und einen Bademantel holen.“

„Wozu?“ Schwungvoll goss er Champagner in zwei Gläser. „In Grün gefällst du mir.“ Bei seinem Lächeln klammerte Foxy die Finger fester um das Handtuch. Es war dieses provozierend infame Grinsen, dem sie noch nie hatte widerstehen können. „Und es gefällt mir auch, wenn dein Haar nicht so gezähmt wirkt. Komm.“ Er hielt ihr ein Glas hin. „Trink einen Schluck Champagner.“

So hatte Foxy sich das nicht vorgestellt. Sie müsste jetzt das Negligé tragen, das Pam ihr geschenkt hatte. Sie müsste verführerisch und selbstsicher und bereit für ihn sein. Es war keineswegs geplant gewesen, dass sie ihrem Ehemann in der Hochzeitsnacht nur mit einem Handtuch bekleidet gegenüberstehen würde, ihr Haar wirr in alle Richtungen abstehend und auf ihrer Miene der Ausdruck bestürzter Überraschung. Dennoch folgte sie seiner Aufforderung und nahm das Glas an, in der Hoffnung, der Champagner könnte gegen ihre plötzlich trockene Kehle helfen. Als sie das Glas an die Lippen heben wollte, streckte Lance die Hand aus und hielt ihr Handgelenk fest. Ihr Puls hämmerte rasend unter seinen Fingerspitzen.

„Kein Toast, Foxy?“, sagte er leise, das Lächeln spielte noch immer in seinen Mundwinkeln. Den Blick unverwandt auf ihre Augen gerichtet, trat er einen Schritt näher und stieß mit ihr an. „Auf ein gutes Rennen!“

Zögernd hob sie ihr Glas erneut und sah Lance an, während sie daran nippte. Der Champagner war eisgekühlt und prickelte auf der Zunge.

„Heute Abend gibt es nur ein Glas, Fox“, murmelte Lance. „Ich will nicht, dass du benebelt bist.“

Mit hart pochendem Herzen wandte Foxy sich ab. „Dieses Zimmer ist wunderschön.“ Sie räusperte sich und befeuchtete hastig ihre Lippen. „Ich habe noch nie so viele Antiquitäten an einem Ort gesehen.“

„Magst du Antiquitäten?“

„Kann ich nicht sagen“, antwortete sie und ging durch das Zimmer. „Ich habe nie welche besessen. Dir müssen sie wohl gefallen.“ Das letzte Wort war nur mehr ein Flüstern, denn sie hatte sich umgedreht und feststellen müssen, dass Lance direkt hinter ihr stand. Irgendwie war es unheimlich, wie lautlos er sich bewegte. Unwillkürlich wollte sie einen Schritt zurückweichen, doch er legte seine Hand an ihren Nacken.

„Es scheint, als gäbe es nur einen Weg, um dich zum Stillhalten zu bringen.“ Mit dem leichtesten Druck seiner Finger zog er sie auf die Zehenspitzen empor und presste seinen Mund auf ihre Lippen. Foxy war, als würde das Zimmer plötzlich wanken und beginnen, sich zu drehen. Seine Zungenspitze lockte ihre und fuhr dann zart über ihre Lippen. „Möchtest du gern über meine Hepplewhite-Sammlung sprechen?“, fragte er und nahm ihr das Glas aus den kraftlos gewordenen Fingern.

Foxy öffnete die Augen. „Nein.“ Selbst die einsilbige Antwort fiel ihr schwer auszusprechen, während ihr Blick von seinem Mund angezogen wurde. Und schon küsste er sie erneut, Leidenschaft baute sich auf, ließ Foxy erschauern. Das Badelaken fiel unbeachtet zu Boden. Mit einem rauen Stöhnen presste Lance seinen Mund in ihre Halsmulde und ließ seine Hände über ihre heiße Haut wandern. Foxy spürte den schmerzhaften Stich des Verlangens und drängte sich enger an ihn. „Lance“, murmelte sie, während das Blut in ihren Ohren rauschte. „Ich will dich. Liebe mich! Liebe mich jetzt.“ Die Worte klangen erstickt, als sein Mund gierig zu ihren Lippen zurückkehrte. „Das Licht“, sagte sie atemlos, als er sie auf das Bett drückte.

Seine Augen glühten dunkel und hypnotisierend. „Ich will dich sehen.“

Er legte sich zu ihr. Er liebte nicht zärtlich. Sie hatte auch weder Zärtlichkeit noch Geduld erwartet. Sie hatte mit hitziger Ungeduld und drängenden Forderungen gerechnet, und sie wurde nicht enttäuscht. Seine Hände strichen fieberhaft über ihren Körper, erkundeten, bevor sie eroberten. Sein Mund verließ ihre Lippen, um an ihrem Hals entlangzuwandern, hungrig und brennend, hinunter zu ihren Brüsten. Foxy stöhnte bebend auf, als seine Zunge die harten Spitzen ihrer Brust reizte, schmerzendes Verlangen breitete sich in ihr aus. Seine Liebkosungen waren hart und fordernd und erregten sie über alle Maßen, während er mit den Händen an ihren Seiten hinabstrich, um sie schließlich an ihrer Taille ruhen zu lassen, während sein Mund sich weiter an ihren Brüsten labte.

Sie begann sich unter ihm zu winden. Es war der weibliche Instinkt, der ihre einladenden Bewegungen sinnlich und lockend machte. Mit seinen schlanken, starken Fingern begann er, die empfindsame Haut an den Innenseiten ihrer Schenkel zu kneten. Jeder Muskel in Foxy erschlaffte, ihre Gliedmaßen wurden matt und nachgiebig. Sie fand heraus, dass Lance sich der körperlichen Liebe auf die gleiche Weise widmete, wie er früher Rennen gefahren war – intensiv und mit absoluter Konzentration. Da gab es einen geradezu skrupellosen Wunsch nach Dominanz in ihm, eine Macht, die mehr verlangte als nur Unterwerfung. Die Kapitulation wäre eine viel zu simple Antwort gewesen. Und Foxy entdeckte auch die eigene Macht. Er brauchte sie! Sie konnte es an dem Drängen seiner Hände erkennen, schmeckte es an der Gier seines Mundes, hörte es daran, wie er ihren Namen aussprach. Sie hielten einander eng umschlungen, Körper an Körper, Mund an Mund, und die einzige Realität schienen die tiefen, brennenden Küsse zu sein und die heiße Haut. Der schwache Duft des Feuers verlieh der Szene zudem etwas Zeitloses und Ursprüngliches.

Und als Foxys Körper unter seinen Händen zu prickeln begann, ging sie ebenfalls auf Entdeckungsreise. Sie entdeckte die harten Muskeln unter seiner Haut, die seine schlanke Statur bisher verdeckt hatte. Als sie ihre Hände zu seinen Hüften gleiten ließ, stöhnte Lance an ihren Lippen und vertiefte den Kuss. Seine Liebkosungen wurden wild und losgelöst, und zusammen mit ihm stürzte sie sich in eine Welt, in der nur das Fühlen herrschte. Das Vergnügen war so intensiv, so unverfälscht und pur, dass es an Schmerz erinnerte. Es schien keinen Zentimeter an ihr zu geben, den er nicht kennenlernen, genießen, erobern wollte. Fest schlang sie die Arme um seinen Nacken und presste die Lippen an seinen Hals. Sein Duft und sein Geschmack erfüllten und berauschten sie so sehr, dass Champagner nur wie ein unvermögender Ersatz schien. Hier gab es etwas Dunkles, Männliches, das sie erfahren wollte. Mit der Zungenspitze leckte sie über seine Haut, tastend, empfindend, entdeckend. Leidenschaft baute sich auf, weit über alles hinaus, was sie sich hatte vorstellen können. Sowohl ihre emotionellen wie auch ihre körperlichen Reaktionen waren absolut. Sie war die Seine.

Der Atem stockte ihr in der Kehle, kam als Seufzer oder Stöhnen über ihre Lippen. Das Verlangen erklomm schwindelnde Gipfel, als sie seinen Namen flüsterte. „Lance …“ Sein Mund nahm ihren mit neuerlicher Gier in Besitz und verstummte so ihre Worte. Er bewegte sich auf ihr, drängte sich gleichzeitig zwischen ihre Schenkel.

Das Vergnügen, das sie bereits auf dem Gipfel wähnte, wurde noch intensiver. Die Leidenschaft rollte mit mächtigen heißen Wellen unaufhaltsam heran, überwältigte sie und riss sie mit zu einem wilden Ritt, bis alle Sehnsüchte, alle Gefühle sich zu einem einzigen bündelten.

Die Morgendämmerung zog langsam herauf. Foxy lag noch immer sicher in Lance' Armen, als sie sich vom Tropfen des Regens in den Schlaf lullen ließ.

## *10. KAPITEL*

Foxy fühlte sich rundherum wohl. Das schimmernde Licht hinter ihren Lidern sagte ihr, dass die Sonne auf ihr Gesicht schien. Mit einem leisen Seufzer erlaubte sie dem Schlaf, sich langsam von ihr zu heben. Sie erinnerte sich an die unbeschwerten heiteren Samstagmorgen, als sie noch ein kleines Mädchen gewesen war. Als sie im Bett liegen geblieben war und selig gedöst hatte, in dem ruhigen Wissen, dass der ganze Tag noch vor ihr lag, ein Tag ohne Sorgen und ohne Pflichten. Bis zum Montagmorgen und zur Schule war es ja schließlich noch eine ganze Ewigkeit hin gewesen. Auch jetzt ließ Foxy sich treiben, zufrieden in dem Gefühl, beschützt und gleichzeitig frei zu sein – ein Gefühl, das sie seit zehn Jahren nicht mehr empfunden hatte. Also rückte sie näher daran heran und hielt sich fest.

Auf ihrer Taille lag ein Gewicht, das das Gefühl der Geborgenheit noch verstärkte. An ihrer Seite war es auch so schön warm. Sie schmiegte sich in die Wärme hinein. Träge hob sie die Lider – und schaute direkt in Lance' Augen. Die Vergangenheit machte jäh der Gegenwart Platz, doch das Gefühl, mit dem sie aufgewacht war, blieb. Weder sie noch Lance sprachen. Er wirkte überhaupt nicht schlaftrunken, er musste also schon eine ganze Weile wach sein. Seine Augen blickten klar und konzentriert, ihre dagegen waren noch weich und verhangen vom Schlaf. Sein Haar war verwuschelt, eine Erinnerung daran, dass sie noch vor wenigen kurzen Stunden mit ihren Fingern darin gespielt hatte. Sie sahen einander weiter stumm an, während ihre Münder sich mehr und mehr aufeinander zubewegten. Die Erkenntnis, dass sie beide nackt in den zerwühlten Laken lagen, sickerte in Foxys verschlafene Zufriedenheit. Der Arm, der um sie geschlungen lag, fasste fester zu.

„Im Schlaf siehst du aus wie ein Kind", murmelte er, während seine Lippen über ihr Gesicht glitten. „Sehr jung und unberührt."

Foxy würde ihm nicht gestehen, wie kindlich auch ihre Gedanken gewesen waren. Doch je länger seine Finger über ihren

Rücken streichelten, desto mehr fühlte sie sich als Frau. „Wie lange bist du schon wach?"

Jetzt fuhr er gedankenverloren mit der Hand über ihre Hüfte und ihren Schenkel. Letzte Nacht waren seine Liebkosungen alles andere als abwesend gewesen, allein der Gedanke daran vertrieb die Müdigkeit bei Foxy. „Schon eine Weile." Er zog sie noch näher zu sich heran. „Ich hatte schon überlegt, ob ich dich aufwecken soll." Sein Blick wanderte über ihre vom Schlaf rosigen Wangen, ihr wirres Haar auf dem Kissen und ihren vollen, ungeschminkten Mund. „Aber es hat mir Vergnügen bereitet, dich im Schlaf anzuschauen. Es gibt nicht viele Frauen, die schon direkt am Morgen sowohl beruhigend als auch aufregend sind."

Foxy hob eine kritisch fragende Augenbraue. „Verstehst du viel von Frauen am Morgen?"

Er grinste und knabberte an der hellen Haut ihres Halses. „Ich bin Frühaufsteher."

„Kann ich mir denken", murmelte Foxy und spürte, wie sich jetzt noch etwas anderes in die träge Zufriedenheit mischte. „Ich nehme an, du hast Hunger." Sie fühlte seine feuchte Zungenspitze auf ihrer Haut.

„Stimmt, heute Morgen verspüre ich enormen Hunger." Er sog ihre Unterlippe zwischen seine Zähne, Verlangen flatterte in ihrem Bauch auf. „Du schmeckst köstlich", sagte er, als er ihre Lippen auseinanderdrängte. „Ich merke bereits, wie schnell es mir zur Gewohnheit wird", fuhr er fort und umfasste die Rundung ihrer Brust. „Deine Haut ist unbeschreiblich weich, vor allem für jemanden, der zum größten Teil nur aus Haut und Knochen zu bestehen scheint." Mit dem Daumen liebkoste er die zarte Knospe und beobachtete, wie sich ein Schleier über Foxys Augen legte. „Ich glaube nicht, dass ich so schnell genug von dir bekommen werde."

Mit leisen Worten und erfahrenen Händen führte Lance sie schon bald wieder in die Welt der Leidenschaft. Seine Berührungen waren ihr nicht mehr fremd, wurden durch die Vertrautheit umso erregender. Foxy wusste, was sie erwartete, wenn erst alle

Türen aufgestoßen waren. Sie lernte und genoss und teilte. Und der Morgen schritt immer weiter voran.

Es war bereits nach Mittag, als Foxy die Treppe zum Parterre hinunterstieg. Sie ging langsam, redete sich ein, dass der Tag ewig dauern würde, wenn sie ihn nicht vorantrieb. Zu gern hätte sie das Haus erkundet, aber sie beherrschte sich und schlug den Weg zur Küche ein. Die anderen Räume konnten warten, bis Lance bei ihr war. Sie hatte gerade zwei Schritte in die Halle gemacht, als es an der Haustür klingelte. Sie schaute die Treppe hinauf. Lance würde wohl kaum schon mit dem Duschen fertig sein, also beschloss sie, selbst an die Tür zu gehen.

Zwei Frauen standen auf der überdachten weißen Veranda. Ein Blick reichte, um Foxy zu sagen, dass diese beiden keineswegs Vertreter waren, die von Tür zu Tür zogen. Die eine war jung, ungefähr in Foxys Alter, mit Haaren in einem warmen Brünett und einem rosigen Teint, eine junge Schönheit mit lebhaften braunen Augen. Ihre Kleidung war lässig, aber teuer – ein Tweedkostüm mit eng anliegender Jacke und ausgestelltem Rock, darunter trug sie eine Seidenbluse. In jeder ihrer Bewegungen lag enorme Selbstsicherheit.

Die zweite Frau war älter, aber nicht weniger beeindruckend. Sie trug ihr weißes Haar kurz geschnitten und aus dem Gesicht zurückgekämmt. Kaum eine Falte war in ihrem Gesicht zu finden; sie hatte außergewöhnlich feine Züge und einen Teint wie Porzellan, was ihre Schönheit mehr ausmachte als ihr perfektes Make-up. Das eisblaue Kostüm, dessen schlichte Eleganz auf diskrete Weise den Preis verriet, hatte die gleiche Farbe wie ihre Augen. In dem kurzen Augenblick, in dem sie sich gegenseitig musterten, fiel Foxy auf, dass dieses Gesicht zwar bezaubernd war, aber auch ausdruckslos – wie das Gemälde einer schönen Landschaft, das ohne Inspiration gemalt worden war.

„Hallo." Foxy lächelte die beiden an. „Kann ich Ihnen helfen?"

„Vielleicht könnten Sie so freundlich sein und uns erst einmal hereinbitten." Der Bostoner Akzent der älteren Frau war unverkennbar, und schon schwebte sie auch in die Halle. Eher neugierig als verärgert, trat Foxy beiseite, um auch die Jüngere einzulassen. In der Mitte der Halle zog die Ältere sich die weißen Wildlederhandschuhe von den Fingern und musterte Foxy, die in enger Jeans und locker sitzendem Chenille-Pullover vor ihr stand. In der Luft hing der unverkennbare Duft eines teuren französischen Parfüms. „Und wo", fragte sie hochfahrend, „ist mein Sohn?"

Ich hätte es wissen müssen, dachte Foxy, als die kühlen blauen Augen sie abschätzend taxierten. Wie wenig er ihr doch ähnelt! Da gibt es nichts, was die beiden gemein haben. „Lance ist oben, Mrs Matthews", hob Foxy an und versuchte sich an einem frischen Lächeln. „Ich bin …"

„Nun, dann holen Sie ihn", fiel die Ältere Foxy mit einem hochherrschaftlichen Wink ins Wort. „Sagen Sie ihm, dass ich hier bin."

Es war weniger die Unhöflichkeit, sondern vielmehr der verächtliche Ton, der Foxys Temperament anfachte. Sie achtete jedoch sehr sorgfältig darauf, ihre Zunge zu hüten. „Ich fürchte, er steht noch unter der Dusche. Möchten Sie solange warten?" Sie ahmte den Tonfall einer Arzthelferin an der Anmeldung beim Zahnarzt nach. Aus den Augenwinkeln erhaschte sie das amüsierte Aufblitzen im Gesicht der jüngeren Frau.

„Komm, Melissa." Mrs Matthews schlug gereizt die Handschuhe in ihre Handfläche. „Wir werden im Wohnzimmer warten."

„Ja, Tante Catherine", antwortete die Angesprochene devot, doch über die Schulter warf sie einen verschwörerischen Blick zu Foxy zurück, während sie folgsam gehorchte.

Foxy atmete erst tief durch, bevor sie den beiden folgte. Bewusst vermied sie es, sich in dem Raum umzusehen wie jemand, der hier neu war. Catherine Matthews brauchte nicht zu wissen, dass sie von Lance' Haus bisher nur wenig mehr als das Schlafzimmer kannte. Unauffällig nahm sie einen Zimmerflügel wahr, persische Teppiche und eine Tiffany-Lampe, bevor sie den Blick zu der hoheitsvollen Gestalt zurückkehren ließ, die auf einem

Stuhl mit hoher Rückenlehne Platz genommen hatte. Sie konnte nur hoffen, dass ihr Ton höflicher war als ihre Gedanken, und setzte erneut ein Lächeln auf. „Möchten Sie etwas trinken, solange Sie warten?“, bot sie an. Ihr war klar, dass sie sich längst hätte vorstellen sollen, doch Catherines Hochmut reizte sie und hielt sie davon ab, ihre Identität preiszugeben. „Vielleicht Tee oder Kaffee?“

„Nein.“ Catherine stellte ihre Handtasche auf das Tischchen neben sich. „Hat Lancelot es sich neuerdings zur Angewohnheit gemacht, seine Gäste von fremden jungen Frauen unterhalten zu lassen?“

„Das kann ich nicht beantworten“, erwiderte Foxy ruhig. Ihr Rückgrat versteifte sich unwillkürlich. „Wir haben bisher nur wenig über fremde junge Frauen gesprochen.“

„Ich bin sicher, dass Konversation nicht der Grund ist, weshalb Lancelot Ihre Gesellschaft sucht.“ Sie legte die Hände auf die Armlehnen und tippte mit einem manikürten Fingernagel auf das glänzende Holz. „Ein gepflegter Wortschatz ist selten das, was er an einer jungen Dame schätzt. Seine Vorlieben kann ich nur selten nachvollziehen, aber ich muss sagen, dieses Mal bin ich wahrhaft überrascht.“ Mit einer hochgezogenen Augenbraue warf sie Foxy einen abschätzenden Blick zu. „Wo hat er Sie nur gefunden?“

„Beim Verkaufen von Streichholzbriefchen in Indianapolis“, sagte Foxy, bevor sie sich zurückhalten konnte. „Er möchte mich rehabilitieren.“

„Das käme mir nie in den Sinn.“ Lance betrat den Raum, und Foxy war unermesslich dankbar dafür, dass er ebenso lässig angezogen war wie sie – Jeans und T-Shirt, zudem war er barfuß. Er gab Foxy einen kurzen Kuss, bevor er weiterging, um seine Mutter zu begrüßen. Er beugte sich vor und streifte die dargebotene Wange flüchtig mit seinem Mund. „Hallo, Mutter. Gut siehst du aus. Cousine Melissa.“ Lächelnd begrüßte er auch sie mit einem Kuss auf die Wange. „Du bist noch hübscher geworden.“

„Wie schön, dich zu sehen, Lance!“ Lächelnd klimperte Melissa mit den Wimpern. „Wenn du hier bist, ist es nie langweilig.“

„Das höchste aller möglichen Komplimente", erwiderte er, dann wandte er sich wieder an seine Mutter. „Ich vermute, Mrs Trilby hat dir gesagt, dass ich komme."

„Ja." Sie schlug erstaunlich jugendliche und wohlgeformte Beine übereinander. „Ich finde es mehr als betrüblich, dass ich den Aufenthaltsort meines Sohnes vom Hauspersonal erfahren muss."

„Sei nicht zu aufgebracht über Mrs Trilby. Sie hat sicher gedacht, du weißt Bescheid. Ich hatte vor, dich am Wochenende anzurufen."

Catherine schnaubte pikiert, dass ihr Sohn sie absichtlich missverstand. Als sie jedoch sprach, klang ihr Ton beherrscht und ausdruckslos. Während Foxy sie beobachtete, musste sie daran denken, was Lance einmal zu ihr gesagt hatte: Die Bardetts benahmen sich immer zivilisiert. Auf ihre eigene Art, fügte sie hinzu, als sie sich das Treffen an der Haustür noch einmal in Erinnerung rief. „Vermutlich sollte ich zufrieden sein, dass du vorhattest, mich anzurufen, da du ja offensichtlich sehr beschäftigt mit deinem ...", ihr Blick glitt abrupt zu Foxy, „... Gast bist." Eine Augenbraue zeichnete einen feinen Bogen auf die hohe Stirn. „Vielleicht würdest du so nett sein und sie wegschicken, damit wir ein privates Gespräch führen können. Da Trilby nicht hier ist, kann sie sich ja vielleicht um den Tee kümmern."

Foxy wusste genau, sie würde explodieren, falls sie blieb. Sie würde sich ins Schlafzimmer zurückziehen und die Tür verschließen, bis sie sich wieder trauen konnte.

„Foxy." Lance sprach ihren Namen nur leise aus, dennoch erkannte sie den Befehlston sofort. Mit Augen, aus denen Flammen schossen, drehte sie sich in den Raum zurück. Lance kam zu ihr und legte den Arm um ihre Schultern. „Ich glaube nicht, dass ihr einander schon vorgestellt wurdet."

„Eine Vorstellung", warf seine Mutter sofort ein, „ist wohl kaum notwendig, geschweige denn angebracht."

„Wenn du nun fertig damit bist, sie zu beleidigen, Mutter, würde ich dir gerne meine Frau vorstellen."

Abrupt setzte völlige Stille ein. Catherine Matthews schnappte nicht schockiert nach Luft, stieß auch keinen überraschten Aufschrei aus. Sie starrte Foxy nur an, als wäre sie ein seltsames Kunstwerk in einer namenlosen Galerie. „Deine Frau?", wiederholte sie schließlich. Ihre Stimme klang sehr ruhig, ihre Miene blieb völlig ausdruckslos. Sie verschränkte die Finger auf ihrem Schoß und sah zu ihrem Sohn. „Wann genau ist das passiert?"

„Gestern. Foxy und ich sind am Vormittag in New York getraut worden. Danach sind wir direkt hierhergekommen für …", ein Grinsen huschte durch seine Augen, die er stetig auf seine Mutter gerichtet hielt, „… informelle Flitterwochen."

Ihm macht die Sache diebischen Spaß, wurde Foxy klar, als sie die Belustigung in seiner Stimme hörte. Allerdings zeigte das Eis in Catherines Stimme ihr auch, dass sie das keineswegs amüsant fand.

„Man muss hoffen, dass Foxy nicht ihr richtiger Name ist."

„Ich heiße Cynthia", meldete Foxy sich entschieden. Sie war es leid, dass über sie gesprochen wurde, als sei sie gar nicht anwesend.

„Cynthia", murmelte Catherine nachdenklich. Weder streckte sie die Hand aus, noch bot sie die Wange zum Kuss oder eine Umarmung an, stattdessen studierte sie Foxy ausgiebig, als sähe sie sie erst jetzt. Offensichtlich suchte sie nach einer Lösung, wie die Situation noch zu retten wäre. Und die Situation bin ich, schoss es Foxy mit einem Anflug von Humor in den Kopf. „Und Ihr Mädchenname?", verlangte Catherine mit leicht geneigtem Kopf zu wissen.

„Fox", antwortete Foxy und legte den Kopf in der gleichen Weise schief.

„Fox", wiederholte Catherine. Ihr Fingernagel begann wieder auf das Holz zu tippen. „Fox. Der Name kommt mir bekannt vor."

„Das ist der Rennfahrer, den Lance sponsert", half Melissa aus. Sie starrte Foxy jetzt fasziniert an. „Bist du dann etwa seine Schwester?"

„Ja, ich bin seine Schwester." Bei der offenen Neugier in Melissas Stimme musste Foxy lächeln. „Hallo."

Neugier huschte über Melissas Miene. Wie Lance, so fiel Foxy auf, genoss auch sie diesen unerwarteten Zusammenstoß. „Hallo."

„Du hast sie auf einer … einer …", Catherine spreizte die Finger vor sich, während sie nach dem richtigen Ausdruck suchte, „… auf einer Rennbahn kennengelernt?" Es war das erste Mal, dass ein Anflug von Wut in den Worten zu erahnen war. Foxy versteifte sich wieder, weil die Verachtung so offensichtlich ihr galt.

„Ich könnte einen Kaffee gebrauchen, Fox. Würdest du vielleicht einen aufgießen?" Als Antwort auf Lance' ruhig vorgebrachte Bitte schüttelte Foxy wild ihr Haar zurück und warf ihm einen vernichtenden Blick zu. „Melissa wird dir sicher gern dabei helfen", fuhr er fort und hielt damit ihre Explosion auf. „Nicht wahr, Melissa?", fragte er seine Cousine, ohne die Augen von Foxy zu wenden.

„Natürlich." Melissa erhob sich sofort und kam durch den Raum. So ausmanövriert, zügelte Foxy ihren Ärger. Sie drehte sich auf dem Absatz um, ohne ein weiteres Wort, weder für Lance noch für seine Mutter.

„Hast du Lance wirklich auf der Rennstrecke kennengelernt?", fragte Melissa, als die Küchentür hinter ihnen zugefallen war. In der Frage lag keine Boshaftigkeit, nur pure Neugier.

„Ja." Foxy kämpfte noch immer mit ihrer Wut, dennoch hielt sie ihren Ton neutral. „Vor zehn Jahren."

„Vor zehn Jahren? Da musst du noch ein Kind gewesen sein." Melissa setzte sich an den Küchentisch, während Foxy Kaffee in den Filter löffelte. Die Sonne strahlte durch die Fenster, ließ die Erinnerung an den gestrigen verregneten Tag schwinden. „Und zehn Jahre später heiratet er dich." Melissa stellte die Ellbogen auf den Tisch und stützte ihr Kinn in die Hände. „Das ist ja so romantisch!"

Foxy spürte ihre Wut verpuffen und stieß den Atem aus. „Ja, ich nehme an, dass es das ist."

„Wegen Tante Catherine würde ich mir nicht allzu viele Gedanken machen“, riet Melissa und betrachtete Foxys Profil. „Sie würde niemanden akzeptieren, den sie nicht höchstpersönlich ausgewählt hat.“

„Das ist ja beruhigend“, erwiderte Foxy. Um sich beschäftigt zu halten, goss sie auch noch eine Kanne Tee auf.

„Da wird es eine Menge Frauen zwischen zwanzig und vierzig geben, die bei deinem Anblick Mordgelüste überkommen werden.“ Melissa schlug die Beine in den Seidenstrümpfen übereinander. „An jenen, die darauf gehofft hatten, den Titel als Mrs Lancelot Matthews zu ergattern, herrscht wahrhaftig kein Mangel.“

„Na, das ist doch großartig.“ Foxy drehte sich zu Melissa um und lehnte sich an die Anrichte. „Wirklich ganz großartig.“

„Die wirst du alle bestimmt in den nächsten paar Wochen auf den Gesellschaften kennenlernen“, erzählte Melissa fröhlich weiter. Foxy fiel auf, dass Melissa, genau wie Catherine, perfekt manikürte Nägel hatte. „Auf Partys und Empfängen wird Lance schon aufpassen, dass die Krallen nicht ausgefahren werden, aber bei den Wohltätigkeitsveranstaltungen und den ach so beliebten Lunchtreffen musst du selbst auf der Hut sein.“

„Für solche Sachen habe ich keine Zeit“, sagte Foxy, ohne sich die Mühe zu machen, ihre Erleichterung zu kaschieren. Sie wandte sich ab, um ein präsentables Milch- und Zuckerservice zu finden. „Ich habe schließlich meine Arbeit.“

„Arbeit? Du hast einen Job?“ Die ungläubige Verwunderung in Melissas Stimme ließ Foxy sich wieder umdrehen. Sie lachte.

„Ja, ich habe einen Job. Ist das etwa nicht erlaubt?“

„Doch, natürlich. Das heißt, das kommt darauf an …“ Melissa fuhr sich nachdenklich mit der Zungenspitze über die Zähne. „Was genau machst du?“

„Ich arbeite freiberuflich als Fotografin.“ Sie stellte den Kessel auf den Herd und setzte sich zu Melissa an den Tisch.

„Das könnte durchgehen“, sinnierte Melissa mit einem Nicken.

„Was machst du denn?“, stellte Foxy interessiert die Gegenfrage. Das Ganze fesselte sie immer mehr.

„Machen? Ich …“ Melissa suchte nach einem Wort, dann wedelte sie lächelnd mit der Hand durch die Luft. „Ich verkehre.“ Ihre Augen tanzten so verschmitzt, dass Foxy wieder lachen musste. „Vor drei Jahren habe ich meinen Abschluss an der Radcliffe gemacht und bin dann sofort zur obligatorischen Grand Tour aufgebrochen. Ich spreche fließend Französisch, ich weiß, wer aus der Bostoner Gesellschaft passender Umgang ist und wer nicht. Ich kann einen Tisch im Charles reservieren, und ich weiß, wo ich mich mit wem sehen lassen muss. Außerdem kenne ich alle Läden, wo man seine Schuhe zu kaufen hat und wo man die schönsten Dessous bekommt. Ich kann Hühnchenbrust an Sahnesoße für fünfzig altehrwürdige Damen der feinen Gesellschaft bestellen und kenne den Großteil der Leichen, die in den meisten Kellern liegen. Ich schwärme für Lance seit meinem zweiten Lebensjahr, und wäre ich nicht seine Cousine und damit aus dem Rennen, müsste ich dich jetzt verabscheuen. Aber da ich ihn also sowieso nie geheiratet hätte, werde ich dich sehr sympathisch finden und mit Freuden zusehen, wie du hier ein paar Nasen verbeulst.“

Sie hielt inne, um Luft zu holen, aber nicht lange genug, dass Foxy etwas hätte erwidern können. „Du bist unglaublich attraktiv, vor allem dein Haar, und ich kann mir gut vorstellen, mit der richtigen Garderobe wirst du sie alle umwerfen. Natürlich hätte Lance sich niemals eine Frau ausgesucht, die auf die übliche Weise schön ist. Und dann ist da ja auch noch deine scharfe Zunge. Tante Catherine hast du auf jeden Fall schon ein Stückchen von ihrem hohen Ross heruntergeholt. Deine Schlagfertigkeit wirst du brauchen, wenn du die nächsten Wochen unversehrt überleben willst. Aber ich helfe dir. Mir macht es unglaublichen Spaß, zuzusehen, wenn andere die Dinge tun, zu denen ich nicht den Mut habe. Ah, dein Wasser kocht.“

Foxy schwirrte der Kopf. Sie stand auf und nahm den Kessel vom Feuer. „Sind alle Verwandten von Lance so wie du?“

„Himmel, nein! Ich bin einzigartig.“ Melissas Lächeln bewies den perfekten Charme. „Ich weiß, dass der Großteil der Leute in meinen Kreisen Langweiler und Snobs sind, und über mich selbst mache ich mir auch keine großen Illusionen.“ Sie zuckte mit den Achseln und sah zu, wie Foxy den Tee aufgoss. „Aber ich bin zu bequem, um ihnen ab und an ein blaues Auge zu verpassen, so wie Lance es tut. Ich bewundere ihn enorm dafür, dennoch habe ich nicht vor, ihn zu imitieren.“ Sie schob sich das Haar über die Schulter zurück, und Foxy sah einen Smaragd an ihrem Finger aufblinken. „Manchmal tut Lance etwas nur aus dem einzigen Grund, um seine Familie zu verärgern. Ich glaube, nur deshalb hat er überhaupt angefangen, Rennen zu fahren. Natürlich war er dann eine ganze Zeit lang regelrecht besessen davon. Und er ist ja auch noch immer aktiv dabei, um Rennwagen zu entwerfen und zu konstruieren, auch wenn er selbst nicht mehr fährt …“ Melissa verstummte und betrachtete Foxy mit nachdenklichen braunen Augen.

Foxy hörte die unausgesprochene Vermutung, erwiderte den Blick fest und sprach offen. „Du glaubst, er hat mich vielleicht nur geheiratet, um seine Familie zu ärgern.“

Mit einem Lächeln zuckte Melissa die mit Tweed bedeckten Schultern. „Wäre das wichtig? Du hast den Hauptpreis gewonnen. Genieß es einfach!“

Beide Frauen drehten sich um, als der Hauptpreis in die Küche geschlendert kam. Erst schaute er Foxy an, dann lenkte Lance den Blick auf seine Cousine. „Mutter möchte gerne gehen, Melissa. Sie hat es eilig.“

„Puh.“ Melissa rümpfte die Nase, als sie aufstand. „Ich hatte gehofft, nach dem hier würde sie die Sitzungen vergessen, zu denen sie mich noch schleifen will. Ich nehme an, sie hat dir gesagt, dass morgen Abend eine Party bei Onkel Paul stattfindet? Jetzt wird man erwarten, dass ihr auch kommt.“

„Ja, sie hat es mir gesagt.“ Begeisterung lag nicht in seiner Stimme, und Melissa grinste.

„Jetzt freue ich mich richtig darauf! Wahrscheinlich wird sich unter diesen Umständen sogar Großmutter sehen lassen. Du weißt wirklich, wie du sie durcheinanderbringen kannst, nicht wahr?“ Melissa blinzelte Foxy zu, bevor sie zu Lance ging. „Ich habe dir noch gar nicht gratuliert.“

„Nein.“ Er hob eine Augenbraue. „Hast du nicht.“

„Herzlichen Glückwunsch“, sagte sie förmlich, dann stellte sie sich auf die Zehenspitzen und küsste ihn auf beide Wangen. „Ich mag deine Frau, Cousin. Ich komme bald wieder, ob du mich nun einlädst oder nicht.“

„Du bist eine von den wenigen, bei denen ich nicht den Riegel vorschiebe.“ Lance kniff sie sanft ins Kinn. „Sie wird einen Freund brauchen.“

„Brauchen wir nicht alle einen Freund?“, konterte Melissa trocken. „Wir gehen zusammen einkaufen“, entschied sie, als sie sich wieder zu Foxy umwandte. „So lernt man sich am schnellsten kennen. Wir sehen uns dann morgen!“, sagte sie auf dem Weg zur Tür. „Bei deiner Feuertaufe.“

Foxy sah auf die Tür, die hinter Melissa ins Schloss fiel. „Ich habe das Gefühl, dass ich schon jetzt etwas angesengt bin.“

Lance kam zu ihr und hob ihr Kinn an. „Du scheinst dich doch ganz gut gehalten zu haben.“ Ernst musterte er ihr Gesicht. „Muss ich mich für meine Mutter entschuldigen?“

„Nein.“ Foxy schloss einen Moment lang die Augen, dann schüttelte sie den Kopf. „Nein, das ist nicht nötig. Wenn ich mich recht entsinne, hast du mich ja zu warnen versucht.“ Sie hob die Lider und zuckte mit den Achseln. „Du hast vermutlich gewusst, dass sie mich nicht akzeptieren wird.“

„Kaum etwas von dem, was ich tue, kann meine Mutter akzeptieren.“ Mit dem Daumen rieb er über ihre Wange, ohne den Blick von ihren Augen zu nehmen. „Es ist mir gleich, was sie gutheißt und was nicht, ich brauche ihre Zustimmung nicht. Am allerwenigsten für unsere Heirat. Unser Leben gehört uns allein.“ Er runzelte die Stirn, dann küsste er sie hart und gründlich. „Ich hatte dich gebeten, mir zu vertrauen“, erinnerte er sie.

Seufzend wandte Foxy sich um. Der Geruch von Kaffee und Tee schien plötzlich zum Schneiden dicht in der Luft zu hängen. „Sieht aus, als könnten wir die paar Tage Frieden streichen.“

Sie hob die Teekanne hoch und goss den Inhalt ins Spülbecken. Lance' Hände lagen auf ihren Schultern, automatisch streckte sie den Rücken durch. Nichts sollte den ersten Tag als seine Ehefrau belasten. Sie drehte sich zu ihm um und schlang die Arme um seinen Hals. „Aber heute bleibt uns noch." Ärger und Frustration schmolzen dahin, ebenso wie sie selbst, als Lance seinen Mund auf ihren presste. „Ich glaube, ich will gar keinen Kaffee mehr", wisperte sie, als ihre Lippen sich kurz trennten, nur um sich gleich wieder zu finden. „Und du?"

Statt einer Antwort grinste er und trat zurück. Bevor sie erkannte, was er vorhatte, schlang er sie auch schon kopfüber über seine Schulter. Lachend hielt sie sich das Haar aus dem Gesicht. „Lance", meinte sie mit gespielt theatralischem Erschauern, als er zur Küchentür hinausmarschierte, „du bist ja ein solcher Romantiker!"

## *11. KAPITEL*

Als Foxy sich für ihren ersten Auftritt als Mrs Lancelot Matthews in der Gesellschaft zurechtmachte, war es, als würde sie in die Schlacht ziehen. Ihre Rüstung bestand aus einem eng anliegenden, schulterfreien Top und einer locker fallenden Hose in hellem Grün. Vor dem hohen Spiegel zog sie den hüftlangen Blazer in Smaragdgrün über und schloss den dünnen goldenen Gürtel. Dann machte sie sich daran, eine bewusst dramatische Frisur aus ihrer Lockenmähne zu kreieren.

„Wenn sie starren und tuscheln wollen", murmelte sie ihrem Spiegelbild zu, während sie sich das Haar aufsteckte, „dann werden wir ihnen auch etwas zu starren und zu tuscheln bieten." Mit leichten Bürstenstrichen brachte sie ein paar Strähnen dazu, ihr sanft und locker ums Gesicht zu fallen. „Ich wünschte, ich wäre anständig gebaut", beschwerte sie sich mit einem abschätzenden Blick auf ihre gertenschlanke Gestalt.

„Mir gefällt das Chassis eigentlich sehr gut", kam es da von Lance von der Tür her. Vor Schreck ließ Foxy die Bürste fallen und schwang herum. Lässig elegant, in einem schwarzen Anzug aus dem feinsten Wollstoff, lehnte Lance am Türrahmen. Sein Blick glitt träge über ihre Erscheinung, bevor seine Augen sich mit ihren verhakten. „Du hast vor, ihnen etwas für ihr Geld zu bieten, oder, Foxy?"

Sie zuckte nur gleichgültig mit den Schultern, bückte sich dann, um die Bürste aufzuheben. Als sie sie zurück auf die Spiegelkommode legte, spürte sie Lance' Hände auf ihren Schultern. „Meine Mutter ist dir unter die Haut gegangen, stimmt's?"

Foxy fingerte an den Fläschchen und Flakons, die auf der Kommode standen. „Es ist wohl nur fair, schließlich bin ich ihr auch unter ihre Haut gegangen." Sie hörte seinen Seufzer, dann stützte er das Kinn auf ihr Haar. Sie hielt den Blick auf ihre eigenen fahrigen Finger gerichtet.

„Ich sollte mich wohl doch für sie entschuldigen."

Foxy drehte sich um und schüttelte den Kopf. „Nein." Jetzt seufzte auch sie und lächelte entschuldigend. „Ich schmolle, nicht wahr? Es tut mir leid.“ Entschlossen, die Stimmung aufzuhellen, trat sie ein Stückchen zurück und hob die Hände vor sich, die Handflächen nach oben gedreht. „Und? Wie sehe ich aus?“ Hinter den vorwitzigen Locken strahlten ihre Augen.

Lance fasste sie beim Handgelenk und wirbelte sie in seine Arme. „Fantastisch. Ich bin sehr versucht, Onkel Pauls kleine Zusammenkunft ausfallen zu lassen. Ich bin nämlich sehr unwillig zu teilen, wenn etwas mir gehört.“ Mit den Lippen strich er über ihren Mund. „Sollen wir einfach schwänzen und die Tür verriegeln, Foxy?“

Wie gern hätte sie eingewilligt, sein Mund war so verheißungsvoll. Um die Waage vor dem Ausschlagen zu bewahren, löste sie sich von der Wärme seiner Lippen. „Ich glaube, ich bringe es lieber hinter mich. Ich stelle mich lieber dem ganzen Pulk auf einmal, als ihnen in kleinen Grüppchen oder gar einzeln zu begegnen.“

Er fuhr mit den Fingern durch ihre Locken. „Zu schade!“, murmelte er. „Aber du warst schon immer eine tapfere Seele. Meiner Meinung nach solltest du eine Belohnung für deine Tapferkeit bekommen.“ Er steckte die Hand in die Tasche und zog ein kleines schwarzes Etui hervor.

„Was ist das?“, fragte Foxy neugierig und nahm das Kästchen von ihm an.

„Eine Schachtel.“

„Sehr clever“, zischelte sie. Sie hob den Deckel an und starrte auf zwei funkelnde Diamanten, die die Form von Tränen hatten. „Lance, das sind Diamanten!“, stammelte sie und richtete die weit aufgerissenen Augen auf sein Gesicht.

„So hat man mir gesagt, ja“, stimmte er zu. Das vertraute schiefe Grinsen breitete sich auf seinen Lippen aus. „Du hast mir doch mal geraten, ich solle dir etwas Extravagantes schenken. Ich dachte mir, das ist passender als ein Rudel russischer Wolfshunde.“

„Oh, aber damit hatte ich doch nicht gemeint …“

„Nicht alle Frauen können Diamanten tragen“, unterbrach er ihren Protest ungerührt. „Man braucht eine gewisse Finesse, sonst wirken sie protzig oder geschraubt.“ Während er redete, nahm er die Juwelen aus dem Kästchen und steckte sie Foxy in die Ohrläppchen. Seine Finger arbeiteten geschickt und sanft. Dann hob er ihr Kinn an und begutachtete kritisch das Ergebnis. „Ja, genau wie ich dachte. Sie passen zu dir. Diamanten brauchen nämlich sehr viel Wärme.“ Er drehte sie, damit sie sich im Spiegel betrachten konnte. „Sie sind eine hinreißende Frau, Mrs Matthews. Und Sie gehören allein mir.“ Lance stand hinter ihr, die Hände auf ihre Schultern gelegt.

Der Spiegel zeigte das Bild von inniger Zuneigung zwischen Mann und Frau. Foxy spürte einen Kloß im Hals. Ich tausche ein Dutzend Diamanten ein für einen einzigen Moment wie diesen, dachte sie. Und als ihre Blicke sich im Spiegel trafen, da lagen ihr Herz und ihre Seele in ihren Augen. „Ich liebe dich“, sagte sie mit vor Gefühl bebender Stimme. „So sehr, dass es mir manchmal Angst macht.“ Abrupt hob sie die Hände und legte sie auf seine, mit einer plötzlichen Verzweiflung, die sie weder verstand noch erwartet hatte. „Mir war nie klar, dass Liebe einem Angst einjagen kann. Weil einem dann alle möglichen ‚Was wenn‘ einfallen, vor die das Leben einen stellen könnte. Das Ganze ist so schnell passiert, dass ich morgens noch immer aufwache und erwarte, allein zu sein. Oh Lance!“ Ihre Augen hafteten an seinen. „Ich wünschte, wir hätten noch für eine kleine Weile eine Insel sein können. Was werden sie mit uns tun, all diese Menschen, die nicht du und ich sind?“

Lance drehte sie zu sich zurück, damit sie ihn anschauen konnte, nicht sein Spiegelbild. „Sie können nichts mit uns tun, wenn wir es nicht zulassen.“ Sanft drückte er seinen Mund auf ihren, doch sie ließ den Kopf in den Nacken fallen, lud ihn ein zu mehr. Seine Umarmung wurde fester, der Kuss drängender und länger. „Ich denke, wir dürfen ruhig ein wenig zu spät zu Onkel Pauls Party kommen“, murmelte Lance, vertiefte den Kuss noch mehr und reizte ihre Zungenspitze mit seiner.

Foxy schob das Jackett von seinen Schultern und an seinen Armen hinab, bis es auf den Boden fiel. Ihre Hände wanderten über sein Hemd an seiner Brust empor, während ihr Mund auf seinen fordernden Kuss antwortete. Seine Muskeln spannten sich an und verrieten ihr seine Reaktion, ebenso wie sein fester Griff an ihren Hüften. Sie schlang die Arme um seinen Nacken und schmiegte sich enger an ihn. Sein Mund wanderte zu ihrem Haar, über ihre Schläfe, hinunter zu ihrem Hals. Sein warmer männlicher Duft vermischte sich mit ihrem, schuf jenen Wohlgeruch, den Foxy bereits als ihren gemeinsamen kannte. Sie schlüpfte aus ihren Schuhen.

„Lass uns viel zu spät zu Onkel Pauls Party kommen", murmelte sie und suchte erneut seinen Mund.

Foxy musste feststellen, dass ihre Vorstellungskraft nicht extravagant genug gewesen war, um sich ein angemessenes Bild von Paul Bardetts Party machen zu können. Der erste Irrtum lag schon in der Anzahl der Gäste. Selbst ihre höchste Schätzung wurde um das Doppelte übertroffen. Die elegante alte Ziegelsteinvilla auf Beacon Hill war voll mit Menschen. Sie versammelten sich in dem eleganten Salon mit den Louis-XVI.-Möbeln, bevölkerten die Terrasse, die von chinesischen Lampions erhellt war, und liefen unablässig die mit Teppich ausgelegten Treppen auf und ab. Foxy war sicher, dass jeder exklusive Designer diesseits und jenseits des Atlantiks hier vertreten war, die Stile von erzkonservativ bis hin zum schrill schillerndsten Abendanzug. Während der endlos dauernden Vorstellungen mit dem beachtlichen Bardett-Clan wurde Foxy mit Lächeln, Handschlägen, Küsschen auf die Wangen begrüßt – und mit Spekulationen. Die Spekulationen, ebenso wie die Küsschen und das Lächeln, besaßen verschiedenste Standards. Manche blieben vage und harmlos, andere waren offen und unverblümt und, ja, gnadenlos. Letzteres war der Fall bei der alten Mrs Matthews, Lance' Großmutter. Noch während Lance die Vorstellung übernahm, sah Foxy, wie die blass-blauen Augen sich prüfend zusammenzogen.

Edith Matthews war nicht mit der prächtigen Gräfin von Venedig zu vergleichen. Ihre gedrungene Figur war von geschmackvollem schwarzem Brokat verhüllt, an dem der weiße Spitzenkragen den einzigen Farbtupfer bildete. Ihr Haar war eher silbern denn weiß und sorgfältig aus dem Gesicht mit der ausgeprägten Knochenstruktur gekämmt. Foxy erlaubte es sich, dieses Gesicht ebenfalls zu mustern, weil sie sich fragte, ob es einst eine Schönheit besessen hatte, die sich jetzt hinter die Maske des Alters zurückgezogen hatte. Bei der Gräfin war sie sofort sicher gewesen, die Schönheit war noch immer lebendig gewesen in den strahlenden smaragdgrünen Augen. Mrs Matthews' Händedruck blieb kurz, war aber fest, auch wenn die Haut pergamenten und dünn war. Der Ausdruck in ihren Augen sagte Foxy, dass sie abgeschätzt wurde, wobei die Billigung vorerst zurückgehalten wurde.

„Es scheint, als hättest du uns um eine Hochzeitsfeier gebracht, Lancelot", sagte die alte Dame mit leiser, vom Alter heiserer Stimme.

„Es herrscht doch wahrlich kein Mangel an Hochzeiten", erwiderte er. „Da dürfte eine einzelne kaum vermisst werden."

Unter fein geschwungenen Augenbrauen hervor warf die alte Dame ihrem Enkel einen Blick zu. „Es gibt einige unter uns, die sich gerade auf deine Hochzeit gefreut hatten. Nun, wie auch immer ..." Mit einem hochherrschaftlichen Wink ihrer Hand erbarmte sie sich seiner. „Du wirst es wohl immer auf deine Art machen. Wirst du in dem Haus leben, das dein Großvater dir vermacht hat?"

Lance lächelte über die Geste, die sie benutzt hatte. Solange er denken konnte, wandte sie sie schon an. „Ja, Großmutter."

Falls sie den Anflug von spöttischer Ergebenheit in seiner Stimme erkannte, so ging sie nicht darauf ein. „Das würde ihm gefallen." Sie richtete ihren Blick auf Foxy. „Ich zweifle auch nicht daran, dass du ihm ebenfalls gefallen hättest."

Da das wohl die höchste Anerkennung war, die sie bekommen würde, beschloss Foxy, die Initiative zu ergreifen. „Danke, Mrs Matthews." Impulsiv beugte sie sich vor und berührte die faltige Wange flüchtig mit ihren Lippen. Der dezente Geruch von Lavendel stieg ihr in die Nase.

Die schön geschwungenen Augenbrauen zogen sich zusammen, dann glätteten sie sich wieder. „Ich bin alt", sagte sie und seufzte dann, so als sei der Gedanke eher überraschend als unangenehm. „Du kannst mich Großmutter nennen."

„Danke, Großmutter", erwiderte Foxy folgsam und lächelte.

„Guten Abend, Lancelot." Foxys leise Zufriedenheit schwand, als sie Catherine Matthews' Stimme vernahm. „Guten Abend, Cynthia. Sie sehen reizend aus."

„Danke, Mrs Matthews." Duell im Morgengrauen, dachte Foxy unwillkürlich, zehn Schritte Entfernung, Wahl der Waffen – vorzugsweise Pistolen. Sie sah das Aufflackern in Catherines Augen, als deren Blick auf die Diamanten in ihren Ohren fiel.

„Ich glaube nicht, dass Sie meine Schwägerin Phoebe schon kennen", fuhr sie nonchalant fort. „Phoebe Matthews-White, Lancelots Frau Cynthia."

Eine kleine blasse Frau mit einem nichtssagenden Gesicht und Haar von der Farbe einer Bleistiftmine streckte Foxy die Hand hin. „Hallo, wie geht es Ihnen?" Sie schob die graue Brille höher auf den Nasenrücken und kniff die kleinen Vogelaugen zusammen. „Nein, wir sind uns noch nicht begegnet, oder?"

„Nein, Mrs Matthews-White, bisher noch nicht."

„Wie seltsam", meinte Phoebe mit leichter Verwunderung.

„Lancelot und Cynthia haben den Sommer in Europa verbracht", erklärte Catherine und bedachte Lance mit einem mahnenden Blick.

„Henry und ich sind dieses Jahr am Cape geblieben." Phoebe ließ sich leicht von ihrer Neugier ablenken. „Ich hatte in dieser Saison einfach nicht die Energie für eine Europareise. Vielleicht verbringen wir die Ferien ja in St. Croix."

„Hallo, Lance!"

Als Foxy sich umdrehte, sah sie eine Frau in sanftem Rosa ihren Ehemann umarmen. Das Auge der Fotografin erkannte sofort das perfekte Model. Die Frau hatte das Aussehen, das Foxy als den „Die schöne Helena"-Look bezeichnete – klassisch-schöne Züge in einem fein geschnittenen, ovalen Gesicht. Ihre Augen waren rund und strahlten in einem tiefen Blau, die Nase stand klein und gerade über einem vollen rosigen Mund.

Ihre Figur entsprach ebenso den klassischen Normen wie ihr Gesicht, mit prächtigen Kurven, verführerisch in schlichte Seide gehüllt. Foxy sah dieses Gesicht schon vor einem Hintergrund aus weißem Satin – eine Studie weiblicher Perfektion. Sie wusste, diese Frau würde sich großartig fotografieren lassen.

„Ich habe gerade erst erfahren, dass du wieder in der Stadt bist." Der volle Mund strich über Lance' Wange. „Wie unhöflich von dir, dass du es mich nicht selbst hast wissen lassen."

„Hallo, Gwen, du bist hübscher denn je. Hallo, Jonathan."

Hinter Gwens rechter Schulter sah Foxy die maskuline Version von Gwens klassischer Erscheinung. Dieses Augenpaar hing allerdings nicht an Lance, sondern an ihr. Sein Gesicht war einfach überwältigend, und Foxy hätte jetzt liebend gern die Möglichkeit gehabt, nach ihrer Kamera zu greifen.

„Catherine", Gwen hakte sich bei Lance unter, während sie die ältere Frau ansprach, „du musst ihn einfach dazu bringen, dieses Mal zu bleiben."

„Ich fürchte, ich hatte noch nie viel Einfluss auf Lancelot", erwiderte die Angesprochene trocken.

„Foxy." Lance legte die Finger um ihr Handgelenk. „Ich möchte dir Gwen Fitzpatrick und ihren Bruder Jonathan vorstellen. Die beiden sind alte Freunde der Familie."

„Was für eine schreckliche Bezeichnung!", kam es von Gwen, während ihre saphirblauen Augen Foxys Gesicht genauestens musterten. „Sie müssen Lance' Überraschung sein."

Foxy entging die kalkulierende Distanz nicht; sie reagierte dementsprechend. „Muss ich?" Sie nippte an ihrem Champagner. Trotzdem, dachte sie, das Gesicht ist schön, ungeachtet der Frau dahinter. „Haben Sie schon mal als Model gearbeitet?", fragte sie und überlegte sich bereits Beleuchtung und Einfallswinkel.

Gwen riss die Augenbrauen hoch. „Mit Sicherheit nicht."

„Nicht?" Foxy musste über den pikierten Ton schmunzeln. „Das ist wirklich schade."

„Foxy ist Fotografin", mischte Lance sich ein und warf ihr einen wissenden Blick zu.

„Oh, wie interessant." Mit erstaunlichem Geschick schaffte Gwen es, Langeweile aus jeder Silbe tropfen zu lassen. Sofort richtete sie ihre Aufmerksamkeit wieder zurück auf Lance. „Wir waren alle völlig überrascht, als wir davon hörten, dass du geheiratet hast. Und auch noch so plötzlich! Aber du warst ja schon immer impulsiv." Foxy gab sich alle Mühe, das Lächeln aufrechtzuerhalten. Die blauen Augen kehrten zurück zu ihr. „Sie müssen uns, die wir es versucht und versagt haben, unbedingt Ihr Geheimnis verraten."

„Man braucht sie sich doch nur anzuschauen, um ihr Geheimnis zu erraten", meldete sich Jonathan Fitzpatrick. Er nahm Foxys Finger in seine, führte ihre Hand zu seinem Mund und schaute sie über ihren Handrücken an. „Es ist mir ein Vergnügen, Mrs Matthews." Seine Augen strahlten sie frech an, und Foxy mochte ihn sofort. Sie grinste.

„Wie galant", murmelte Gwen und bedachte ihren Bruder mit einem frostigen Blick.

„Hallo zusammen." Melissa, aufsehenerregend in roter Seide, tauchte an Foxys Seite auf. „Lance, ich muss mir unbedingt deine Frau für einen Moment ausleihen. Jonathan, du hast heute noch kein einziges Mal mit mir geflirtet. Ich bin beleidigt! Du wirst dich anstrengen müssen, wenn du willst, dass ich mit dem Schmollen aufhöre. Sobald ich wieder zurück bin. Entschuldigt uns, ja?" Sie lächelte strahlend in die Runde und manövrierte Foxy durch die Menge und zu einer ruhigen Ecke auf der Terrasse. „Ich dachte mir, du könntest eine kleine Verschnaufpause gebrauchen", sagte sie und zupfte den Ärmel ihres Kleides zurecht.

„Du bist wirklich einzigartig!", brachte Foxy hervor, als sie endlich Luft holen konnte. „Und du hast völlig recht." Sie setzte ihr Glas auf einem weißen schmiedeeisernen Tisch ab und hörte die trockenen Blätter leise im Wind rascheln. Der heranziehende Winter lag in der Luft, dennoch war Foxy die frische kühle Luft lieber als die immer stickiger werdende Wärme im Haus.

„Ich dachte mir, dass ich vielleicht eine kleine Skizze für dich anfertigen sollte, die dir helfen kann." Melissa überprüfte sorgfältig das Sitzkissen auf Feuchtigkeit, bevor sie sich auf dem Stuhl niederließ.

„Skizze?"

„Oder nennen wir es das ‚Who's who' des Matthews-Bardett-Clans", führte Melissa aus und zündete sich eine Zigarette an. „Also." Sie hielt inne, blies den Rauch aus und schlug die Beine übereinander. „Phoebe, Lance' Tante väterlicherseits, ist relativ harmlos. Ihr Mann ist Bankier. Sein Hauptinteresse gilt der Boston Symphony, ihres das zu tun, was ‚schicklich' ist. Paul Bardett, Lance' Onkel mütterlicherseits … sehr gewieft, manchmal sogar geistreich, aber sein Leben dreht sich ausschließlich um seine Anwaltskanzlei. Firmen- und Unternehmensrecht, sehr trocken und endlos langweilig, wenn er dich mit Beschlag belegt. Meine Eltern hast du ja getroffen, durch Heirat väterlicherseits mit Lance verwandt." Melissa seufzte und schnippte die Asche auf den Terrassenboden. „Eigentlich sind sie beide süß. Daddy sammelt seltene Briefmarken, und Mutter züchtet Yorkshireterrier. Beide sind absolut besessen von ihren jeweiligen Hobbys. Und was nun die Fitzpatricks angeht …" Wieder machte sie eine kleine Pause und fuhr sich mit der Zungenspitze über die Oberlippe. „Du solltest besser wissen, dass Gwen in dem ‚Wer angelt sich Lance Matthews?'-Rennen ganz vorn an der Spitze lag."

„Dann muss sie ja sehr schlecht gelaunt sein", murmelte Foxy. Sie ging bis zum Rand der Terrasse, wo die Schatten düster und undurchdringlich wurden. Mit plötzlicher Klarheit erinnerte sie sich an jenen Abend von Kirks Party, als sie den Geruch von Frühling wahrgenommen hatte. Damals hatte Lance sie zum ersten Mal geküsst, auf der Hollywoodschaukel im Mondschein. „Haben sie …" Foxy schloss die Augen und biss sich auf die Lippe. „Haben die beiden …"

„Ob die beiden miteinander geschlafen haben?", half Melissa aus und trank aus Foxys Glas. „Nehme ich an. Zumindest scheint mir Lance doch eher der körperbetonte Typ zu sein." Sie schaute zu Foxy und studierte deren Rücken. „Du bist doch hoffentlich nicht der eifersüchtige Typ, oder?"

„Doch“, murmelte Foxy, ohne sich umzudrehen. „Ja, ich fürchte, ich bin der eifersüchtige Typ.“

„Ach du meine Güte“, sagte Melissa in den Champagner. „Das ist allerdings schlecht. Wie auch immer … das war das erste Kapitel, jetzt kommt das zweite. Also, was nun Jonathan anbetrifft …“ Melissa trank den Champagner aus und zertrat den Zigarettenstummel sorgfältig mit ihrem Absatz. „Er flirtet ums liebe Leben drauflos und ist hoffnungslos charmant und unseriös. Ich habe beschlossen, dass ich ihn heiraten werde.“

„Oh.“ Jetzt drehte Foxy sich doch um, um die unermüdlich sprudelnde Quelle ihrer Informationen anzuschauen. „Nun, dann herzlichen Glückwunsch.“

„Oh, noch ist es zu früh, Darling.“ Melissa stand auf und strich sich das Kleid glatt. Die Perlen an ihrem Hals schimmerten weiß im Mondlicht. „Er weiß ja noch nicht, dass er mir einen Antrag machen wird. Ich gehe davon aus, dass es ihm so um Weihnachten herum einfallen müsste.“

„Oh“, sagte Foxy noch einmal und schaute mit gerunzelter Stirn auf das leere Glas, das Melissa ihr reichte.

„Aber du kannst ruhig mit ihm flirten“, fügte Melissa großzügig hinzu. „Ich bin nicht der eifersüchtige Typ. Ich glaube, eine Hochzeit im Frühling würde mir gefallen, vielleicht im Mai. Eine viermonatige Verlobungszeit müsste lang genug sein, meinst du nicht auch? Wir sollten jetzt besser wieder hineingehen“, sagte sie dann und hakte sich bei Foxy ein, noch bevor diese eine Antwort geben konnte. „Ich werde damit anfangen müssen, ihn zu bezaubern.“

## 12. KAPITEL

Im Laufe der nächsten Woche stellte Foxy eine Routine für sich auf. Auf einem ihrer Erkundungsgänge durch das Haus hatte sie den perfekten Platz für ihre Dunkelkammer gefunden. Und so verbrachte sie ihre Zeit jetzt damit, den Abstellraum im Keller auszuräumen, sich darum zu kümmern, dass ihre Ausrüstung aus New York geliefert wurde, und den Raum so einzurichten, dass er seiner neuen Bestimmung perfekt entsprach. Lance blieb tagsüber in seinem Bostoner Büro, während Foxy sich anstrengte, den Umzug ihrer Karriere zu organisieren. Bevor sie den kreativen Aspekt ihrer Arbeit wieder aufnehmen konnte, gab es vorab einige praktische Dinge zu erledigen. Da musste Platz geschaffen, mussten Leitungen gelegt und ihre Ausrüstung aufgebaut werden. In dieser Übergangszeit war Foxy dankbar dafür, dass Mrs Trilby sich tatsächlich als so zuverlässig erwies, wie sie vermutet hatte, und zudem recht eigensinnig und resolut war, wenn es um die oberen beiden Stockwerke im Haus ging. Den Keller überließ sie Foxy ohne auch nur ein Wort des Protests. Foxy hegte allerdings nicht den geringsten Zweifel daran, dass, hätte sie es gewagt, sich in die Arbeitsroutine des Hauses einzumischen, die zierliche, adrette Frau mit den bequemen Gesundheitsschuhen ihr Territorium wie eine fauchende Tigerin verteidigt hätte. Also überließ Foxy es bereitwillig Mrs Trilby, das Familiensilber zu polieren, während sie in der Dunkelkammer ihr Entwicklerbad aufstellte. Ein Arrangement, mit dem beide zufrieden waren.

Foxy wechselte die Arbeit in der Dunkelkammer mit Erkundungsausflügen in die Stadt ab, die sie allein unternahm. Sie schoss Filmrolle nach Filmrolle, um ihre Eindrücke und Gefühle mit der Kamera festzuhalten. Sie lernte wieder die Bedeutung von Einsamkeit kennen. Es verwunderte sie, dass sie sich nach den vielen Jahren selbstverständlicher Unabhängigkeit so stark nach der Nähe eines anderen Menschen sehnte. Nur wusste sie auch, dass Lance sich nach den langen Monaten der Abwesenheit um sein Unternehmen kümmern musste, und das half ihr, die Klagen zurückzuhalten. Sie beschwerte sich generell nicht gern. Probleme waren dazu da, gelöst zu werden, und sie war daran gewöhnt, das selbst zu übernehmen. Diese Einsamkeit war so oder so nur kurzfristig und vergessen, sobald Lance und sie abends zusammen waren. Tagsüber wurde sie durch die Faszination gedämpft, die diese Stadt, die jetzt ihr Zuhause war, auf sie ausübte. Wenn sich die Einsamkeit einstellen wollte, kämpfte Foxy entschieden dagegen an. Arbeit war ihr Universalheilmittel, und so stürzte sie sich hinein. Innerhalb einer Woche waren ihre Dunkelkammer einsatzbereit und die Hälfte der Aufnahmen von der Rennsaison entwickelt.

Während Foxy einen Satz trocknender Fotos betrachtete, musste sie an Kirk denken. Waren seit dem Unfall wirklich erst drei Wochen vergangen? Sie strich sich das Haar aus den Augen. Es schien in einem anderen Leben gewesen zu sein. Und war es das nicht auch? Auf seltsame Art war Kirks Unfall der Katalysator gewesen, der ihr Leben verändert hatte. Es war eine andere Welt, in der sie jetzt lebte, als die, die sie als Cynthia Fox gekannt hatte. Sie drehte an ihrem Ehering, ohne dass es ihr bewusst war.

Glänzend nass zog das aufgehängte Foto des weißen Rennwagens Foxys Aufmerksamkeit auf sich. So würde sie dieses Bild nie wieder sehen. Sie hatte den Wagen betont, indem sie den Hintergrund zu einem verschwommenen, formlosen Farbspiel hatte verschmelzen lassen. Eine Hommage an ihren Bruder, so, wie sie ihn immer gesehen hatte – unzerstörbar. Plötzlich schlug eine Welle des Heimwehs über ihr zusammen. Es war ein seltsames Gefühl und vor allem ein unbekanntes. Ein echtes Zuhause hatte sie in den letzten zehn Jahren überhaupt nicht gekannt. Aber Kirk war immer da gewesen. Impulsiv unterbrach Foxy ihre Arbeit in der Dunkelkammer und eilte die Treppe zum Parterre hinauf. Vom oberen Stockwerk hallte das Brummen des Staubsaugers zu ihr, und sie beeilte sich, zu Lance' Arbeitszimmer zu kommen.

Sie schloss die Tür und ließ sich in den Bürosessel hinter Lance' Schreibtisch aus Walnussholz fallen. Sie nahm das Telefon zur Hand, und innerhalb von Sekunden war die Verbindung zwischen Massachusetts und New York hergestellt.

„Pam!“ Foxy spürte ehrliche Freude in sich aufwallen, als sie die sanfte Stimme mit dem Südstaatensingsang vernahm. „Ich bin’s, Foxy.“

„Na, wenn das nicht Mrs Matthews ist! Wie stehen die Dinge in Boston?“

„Gut“, erwiderte Foxy automatisch. „Doch, gut“, bekräftigte sie und nickte dazu noch unbewusst. „Nun.“ Sie seufzte und setzte sich lachend in den Stuhl zurück. „Auf jeden Fall anders. Wie geht es Kirk?“

„Ihm geht es sehr gut“, fuhr Pam aufgeräumt fort. „Er wartet natürlich ungeduldig darauf, endlich aus dem Krankenhaus entlassen zu werden. Leider hast du ihn gerade verpasst. Er ist unten beim Röntgen.“

„Oh.“ Die Enttäuschung war deutlich, aber Foxy schob sie sofort beiseite. „Wie geht es dir denn? Schaffst du es, Kirk ruhig zu halten, ohne dabei verrückt zu werden?“

„So gerade noch.“ Pams Lachen klang munter und so vertraut. Foxy lächelte selbst, einfach aus Freude, es zu hören. „Er wird enttäuscht sein, dass er deinen Anruf verpasst hat.“

„Er hat mir plötzlich schrecklich gefehlt“, gestand Foxy und schüttelte leicht den Kopf. „In den letzten Wochen hat sich alles so schnell verändert, fast komme ich mir vor wie ein anderer Mensch. Ich glaube, ich wollte von ihm hören, dass ich noch immer dieselbe geblieben bin.“ Sie brach ab und lachte. „Plappere ich unsinniges Zeug?“

„Ein bisschen nur. Kirk hat sich nicht nur an den Gedanken gewöhnt, dass du verheiratet bist, er ist sogar ziemlich froh darüber. Ich glaube, er redet sich sogar ein, er hätte das Ganze mal eben zwischen seinen Rennen arrangiert.“ Pam hielt kurz inne, um dann im gleichen Tonfall zu fragen: „Bist du glücklich, Foxy?“

Sie wusste, Pam hatte diese Frage ernst gemeint, nicht nur als lässigen Konversationsfüller, daher ließ sie sich einen Moment Zeit, bevor sie antwortete. Sie dachte an Lance, und ein Lächeln bog ihre Mundwinkel aufwärts. „Ja, ich bin glücklich. Ich liebe Lance, und hinzu kommt noch, dass ich das Haus und Boston liebe. Ich vermute, ich hab mich ein bisschen verloren gefühlt, vor allem weil Lance wieder in seiner Firma zurück ist. Alles ist hier so anders, manchmal habe ich das Gefühl, als wäre ich durch den Spiegel auf die andere Seite getreten."

„Ich kann mir gut vorstellen, dass die Bostoner Gesellschaft einem manchmal wie ein Wunderland vorkommt", stimmte Pam zu. „Verbringst du deine Zeit damit, weißen Kaninchen nachzujagen?"

„Ich arbeite, liebste Freundin." In Foxys Ton ließen sich die pikiert hochgezogenen Augenbrauen hören. „Meine Dunkelkammer hier ist voll funktionstüchtig. In ungefähr einer Woche schicke ich dir die Fotos. Ich nummeriere sie als Arbeitsvorlagen durch. Wenn du mehr Abzüge brauchst oder etwas vergrößert oder verkleinert haben willst, brauchst du mir nur die Zahl durchzugeben."

„Klingt gut. Wie viele hast du bisher entwickelt?"

„Fertig entwickelt?" Mit gerunzelter Stirn rechnete Foxy nach. „Knapp zweihundert, wenn ich die mitzähle, die gerade trocknen."

„Schau an", kam es von Pam, „du warst ja richtig fleißig, was?"

„Die Fotografie als solche ist nicht nur mehr mein Beruf, sie ist zu meinem Lebensretter geworden. Sie bewahrt mich vor den Lunchtreffen." Das Grinsen war in ihrer Stimme zu hören, als sie sich zurücklehnte und es sich in dem Stuhl gemütlich machte. „Letzte Woche bin ich zu meinem ersten und sicherlich letzten gegangen. Nichts und niemand wird mich bewegen können, noch mal an einem solchen Treffen teilzunehmen. Diese gesellschaftlichen Verpflichtungen", sie betonte das Wort, „sind einfach nichts für mich."

„Nun …", Pam schnalzte mit der Zunge, „… sie werden sicher auch ohne dich weiter stattfinden. Ich nehme an, du hast Lance' Familie inzwischen kennengelernt?"

„Ja. Er hat eine Cousine, Melissa, die ein echtes Original ist.

Ich mag sie. Seine Großmutter war auch relativ nett zu mir. Was den Rest angeht …" Foxy machte eine Pause und krauste die Nase. „Es hat das volle Reaktionsspektrum gegeben, von unverbindlicher Freundlichkeit bis hin zu offener Ablehnung." Fast hörte Pam das Schulterzucken in Foxys Stimme. „Ich sehe diese erste Runde gesellschaftlicher Verpflichtungen und Einführungen als eine Art Beitrittserklärung an. Wenn das vorbei ist, kenne ich alle, und sie kennen mich, und damit ist die Sache dann erledigt." Sie grinste. „Hoffe ich."

„Lance' Mutter ist eine … eindrucksvolle Lady", bemerkte Pam.

„Allerdings", bekräftigte Foxy überrascht. „Woher weißt du das?"

„Meine Mutter und sie kennen sich flüchtig." Pams Antwort rief Foxy in Erinnerung, dass Pam in der Welt aufgewachsen war, in die Foxy eingeheiratet hatte. „Ich selbst habe sie nur einmal getroffen, als ich an einem Bericht über Mäzene in der Kunstwelt gearbeitet habe." Pam sah wieder das Bild einer eleganten, aristokratischen Frau mit kalten Augen und makelloser Haut vor sich. Sie erinnerte sich auch, dass es da nicht die geringste Wärme gegeben hatte. „Bleib mit den Beinen fest auf dem Boden, Foxy. In ein paar Monaten hat sich alles wieder beruhigt."

Foxy spielte mit einem Formel-1-Modellauto aus Messing, das als Briefbeschwerer diente, und seufzte. „Versuche ich auch, Pam. Aber ich wünschte, Lance und ich könnten einfach die Türen für eine Weile verschließen. Unsere Flitterwochen mussten abgebrochen werden, bevor sie überhaupt richtig begonnen hatten. Ich bin egoistisch genug, um mir eine oder zwei Wochen mit ihm allein zu wünschen, damit ich mich daran gewöhnen kann, seine Ehefrau zu sein."

„Das ist nicht egoistisch, sondern vernünftig", korrigierte Pam. „Vielleicht könnt ihr euch ja absetzen, wenn er mit dem Design für Kirks neuen Wagen fertig ist. Soviel ich mitbekommen habe, ist es etwas komplizierter. Wegen der neuen Sicherheitsvorkehrungen, an denen Lance arbeitet."

„Welcher Wagen?“, fragte Foxy ruhig und spürte, wie ihr das Blut in den Adern gefror.

„Der neue Formel-1-Wagen, den Lance für Kirk entwirft. Hat er dir nichts davon erzählt?“

„Nein. Nein, hat er nicht.“ Foxys Stimme klang völlig normal, doch ihre Augen blickten leer und leblos auf die schimmernde Schreibtischfläche. „Ich nehme an, der soll für die nächste Saison sein?“

„Deshalb arbeiten sie ja auch mit Hochdruck daran“, bestätigte Pam. „Kirk redet praktisch von nichts anderem mehr. Er will nach Boston fliegen, sobald er hier aus dem Krankenhaus rauskommt. Er will noch ein paar Dinge einbringen, bevor das Projekt beendet ist. Die Ärzte sagen, seine Begeisterung für das Auto sei die beste Motivation für ihn, schnell wieder auf die Beine zu kommen.“ Pam erzählte munter weiter, während Foxy am anderen Ende der Leitung vor sich hinstarrte, ohne etwas zu sehen. „Deshalb arbeitet er auch so intensiv mit seinem Therapeuten, weil er die Klinik direkt zum Jahresanfang verlassen will.“

„Falls er bis dahin noch nicht laufen kann, können sie ihn ja vom Rollstuhl ins Cockpit hieven“, sagte Foxy langsam. Auch wenn es sie Mühe kostete, hielt sie ihre Stimme neutral. „Ich bin sicher, Lance hätte nichts dagegen einzuwenden.“

„Würde mich nicht wundern, wenn Kirk das zu arrangieren versuchte“, erwiderte Pam halb lachend, halb seufzend. „Na ja … Hör zu, wenn es dir irgendwie möglich ist, hätte ich gern ein paar Fotos von dem neuen Wagen. Da du ja einen direkten Draht zum Projektleiter hast, solltest du doch nahe genug herankommen, oder? Vor allem ein paar Aufnahmen auf dem Testring wären toll, wenn sie schon so weit sind.“

Foxy schloss die Augen. Hinter ihren Schläfen begann der Kopfschmerz zu pochen. „Ich werde sehen, was sich machen lässt.“ Werde ich nie davon loskommen? fragte sie sich und presste die Augen fester zusammen. Niemals? „Ich muss wieder zurück an die Arbeit, Pam. Gib Kirk einen Kuss von mir, ja? Und pass auf dich auf.“

„Sei glücklich, Foxy! Und richte Lance Grüße von uns beiden aus."

„Ja, mach ich. Bis dann also." Mit ausgewählter Vorsicht legte Foxy den Hörer zurück. Der eiskalte Film auf ihrer Haut hielt sich und breitete sich aus bis in das Innere ihres Kopfes. Da gab es eine Leere, wo einst vermutlich ihre Gefühle gesessen hatten. Ärger stand abwartend am Rande ihres Bewusstseins, konnte sich aber nicht durchsetzen. Kirks Unfall lief wieder vor ihren Augen ab, nicht wie ein durchgehender Film, sondern wie ein schnelles Stakkato einzelner Bilder, wie eine Diaschau. Aber jedes Bild war erschreckend klar und beängstigend deutlich.

In ihrer Erinnerung lebten zahllose Rennstrecken und ebenso zahllose Unfälle. Jetzt stürzten sie auf sie ein in einer Collage von Autos und Fahrern und Boxencrews, alle wirr und rasend schnell vermischt zu einer undefinierbaren Menge. Foxy saß da, verloren in Lance' großem Stuhl, und erinnerte sich an zehn Jahre Leben auf der Rennstrecke, während draußen vor den Fenstern die Sonne unterging. Der Abend hielt Einzug und brachte kühle Temperaturen mit. Als die Tür zum Arbeitszimmer aufging, wandte Foxy ohne großes Interesse ihren Blick dorthin.

„Hier bist du also." Lance trat in den Raum und ließ die Tür hinter sich offen stehen. „Wieso sitzt du im Dunkeln, Fox? Reicht dir die Dunkelheit da unten in deiner Festung im Keller nicht?" Er kam zu ihr, fasste leicht ihr Kinn und küsste sie. Als er keine Reaktion von ihr bekam, studierte er mit zusammengekniffenen Augen ihr Gesicht. „Was ist los?"

Foxy hob den Blick zu ihm, doch die Dämmerung beschattete ihre Augen. „Ich habe gerade mit Pam gesprochen."

„Ist etwas mit Kirk?" Die Sorge in seiner Stimme ließ den Schild um sie herum schmelzen. Darunter lag die brodelnde Wut über das Gefühl, betrogen worden zu sein. Sie bemühte sich, ruhig und objektiv zu bleiben, bis sie verstand. „Bist du um seinen Zustand besorgt?", fragte sie, doch ihr Ärger brannte sich durch ihre Worte.

Lance legte angesichts ihres Tons die Stirn in Falten. Er strich mit einem Finger ihr Kinn entlang und fühlte, wie angespannt sie war. „Natürlich mache ich mir Gedanken um ihn! Hat es etwa Komplikationen gegeben?"

„Komplikationen", wiederholte sie tonlos. Ihre Nägel gruben sich schmerzhaft in ihre Handflächen. „Das kommt vermutlich auf den Standpunkt an. Pam hat mir von dem Auto erzählt."

„Welches Auto?"

Die verständnislose Neugier in seiner Stimme ließ ihre Selbstbeherrschung reißen. Foxy schlug seine Hand von ihrem Kinn fort und stand auf. Sie stellte sich hinter den Stuhl, richtete ihn und ihre Wut als Barriere zwischen sich und Lance auf. „Wie kannst du an einem neuen Wagen arbeiten, wenn Kirk noch im Krankenhaus liegt? Konntest du nicht einmal so lange warten, bis er wieder laufen kann?"

Mit einem Mal drückte seine Miene Verständnis aus. Er machte keine Anstalten, die Distanz zwischen ihnen zu überbrücken, doch als er zu sprechen anhob, tat er es mit Geduld. „Fox, es braucht seine Zeit, einen neuen Wagen zu entwerfen und zu konstruieren. Die Arbeit daran hat schon vor Monaten begonnen."

„Warum hast du mir nichts davon gesagt?" Sie schleuderte ihm die Worte entgegen, seine verständnisvolle Geduld verärgerte sie mehr, als dass sie sie beruhigte. „Warum hast du es vor mir geheim gehalten?"

„Erst einmal", setzte er an und musterte sie mit gerunzelter Stirn, „ist es mein Job, Autos zu entwerfen, und das wusstest du. Ich habe schon früher Autos für Kirk gebaut, das weißt du auch. Warum sollte das hier anders sein?"

„Vor weniger als einem Monat wäre er fast ums Leben gekommen." Foxy krallte die Finger in das weiche Leder der Stuhllehne.

„Er hat einen Unfall gehabt", sagte Lance ruhig. „Er hat auch schon vorher Unfälle gehabt. Du und ich, wir beide wissen um die Möglichkeit, dass er in Zukunft noch einen Unfall haben kann. Das ist Berufsrisiko."

„Berufsrisiko also“, wiederholte sie, während ihre Augen wütend aufblitzten. „Oh, das sieht dir so ähnlich! Das deckt wohl alles ab, nicht wahr? Sauber und ordentlich. Es muss großartig sein, wenn man so nüchtern und unpersönlich logisch denken kann.“

„Vorsicht, Foxy“, warnte Lance leise.

„Wieso ermunterst du ihn, wieder auf den Ring zurückzukehren?“, verlangte sie von ihm zu wissen, ohne auf die Warnung zu achten. „Vielleicht hätte er dieses Mal genug gehabt. Er hat jetzt Pam, vielleicht hätte er …“

„Moment mal!“ Auch wenn Schatten den Raum mehr und mehr verdunkelten … Foxy brauchte kein Licht, um zu wissen, welchen Ärger Lance’ Miene zeigte. „Kirk hat keine Aufmunterung von mir nötig. Unfall oder nicht, er wird die nächste Saison wieder fahren. Es ist unsinnig, sich etwas vorzumachen, Foxy. Weder ein Unfall noch eine Frau werden Kirk lange vom Ring und aus dem Cockpit halten können.“

„Das werden wir nun nie sicher wissen, oder?“, spie sie ihm wütend entgegen. „Du wirst dann ja schon einen Wagen für ihn bereitstellen. Eine Maßanfertigung. Wie könnte er da widerstehen?“

„Wenn ich es nicht tue, tut es jemand anders.“ Lance steckte die Hände in die Hosentaschen, seine Stimme wurde gefährlich leise. „Ich hatte geglaubt, du würdest ihn verstehen … und mich.“

„Ich verstehe nur, dass du schon jetzt planst, ihn in den nächsten Wagen zu setzen, dabei kann er im Moment nicht einmal stehen.“ Verzweiflung schwang in ihrer Stimme mit, ungeduldig fuhr sie sich mit den Fingern durchs Haar. „Ich verstehe, dass du deinen Einfluss hättest nutzen können, um ihn zu überzeugen, dass er sich zur Ruhe setzt, und stattdessen …“

„Nein“, unterbrach er sie tonlos. „Ich werde mich nicht dafür verantwortlich machen lassen, welche Entscheidungen dein Bruder für sein Leben trifft.“

Foxy schluckte schwer und kämpfte gegen die Tränen an. „Nein, natürlich willst du diese Verantwortung nicht übernehmen. Noch etwas, das ich verstehe.“ Die Verbitterung lief über und mengte sich in ihre Worte. In dem schwindenden Licht glitzerten ihre Augen voller Verzweiflung und Wut. „Alles, was du zu tun hast, sind ein paar Linien aufs Papier zu zeichnen, ein paar Gleichungen auszurechnen und Material zu bestellen. Du brauchst dein Leben nicht zu riskieren, nur dein Geld. Und davon hast du ja genug.“ Ihr Kopf begann sich zu drehen; alle möglichen Gedanken und Vorwürfe stürzten auf sie ein. „In gewisser Hinsicht ist es wie im Casino in Monte Carlo.“ Dieses Mal fuhr sie sich mit beiden Händen durchs Haar, dann verschränkte sie die Finger, wütend darüber, dass sie zitterten. „Du lehnst dich entspannt zurück und siehst zu wie ein … wie ein richtiger Snob. Jemandem, der es immer gehabt hat, bedeutet wohl Geld nicht viel. Holst du dir so deine Befriedigung?“, wollte sie wissen, zu aufgewühlt und wütend, um sein bedrohliches Schweigen zu bemerken. „Indem du andere dafür bezahlst, damit sie das Risiko eingehen, während du selbst ihnen aus sicherer Entfernung zuschaust?“

„Das reicht jetzt!“ Er bewegte sich blitzschnell, ließ ihr keine Möglichkeit, ihm auszuweichen. Innerhalb von Sekunden hatte er sie hinter dem Stuhl hervorgezogen und sich vor ihr aufgebaut. „Das muss ich mir von dir nicht anhören! Ich habe meine Zeit auf dem Ring absolviert und mich entschieden, das Fahren aufzugeben, weil es das war, was ich tun wollte.“ Die zurückgehaltene Wut machte seine Stimme schneidend und den Griff seiner Finger an ihren Armen schmerzhaft. „Es war meine Wahl, mich aus dem aktiven Rennbetrieb zurückzuziehen. Und ich werde wieder fahren, falls ich mich dazu entscheiden sollte. Ich muss mein Leben vor niemandem rechtfertigen. Und ich bezahle niemanden, um Risiken für mich einzugehen.“

Die Angst, dass Lance wieder hinter das Steuer steigen könnte, dämpfte ihre Wut. Ihre Stimme bebte, als sie darum kämpfte, die Vorstellung aus ihren Gedanken fernzuhalten. „Aber du wirst nicht wieder fahren. Du kannst nicht …“

„Du sagst mir nicht, was ich zu tun oder nicht zu tun habe!“ Die Worte waren knapp gesprochen und klangen endgültig.

Foxy schluckte das Grausen hinunter, und als sie sprach, sprach sie mit trostloser Ruhe. Ein weiteres Mal wurde sie nach hinten auf den Rücksitz geschoben. Bei Kirk hatte sie es bedingungslos akzeptiert, doch jetzt rollten die Wellen von Angst, Frustration und Schmerz durch sie hindurch. „Wie dumm von mir, mir einzubilden, meine Gefühle könnten wichtig genug sein, um dir etwas auszumachen." Sie wollte an ihm vorbeigehen, doch er hielt sie zurück, indem er eine Hand auf ihre Schulter legte. Es war eine so vertraute Geste, dass Foxy ein ziehender Schmerz durch den Leib fuhr.

„Foxy, hör mir zu." Geduld klang wieder in seinen Worten an, doch sie war nur mühsam erreicht. „Kirk ist ein erwachsener Mann, er trifft seine eigenen Entscheidungen. Der Beruf deines Bruders hat nichts mehr mit dir zu tun. Und mein Beruf hat nichts mit uns zu tun."

„Nein." Ruhig hob sie den Blick zu seinem Gesicht. „Das ist schlicht nicht wahr, Lance. Aber davon abgesehen, wird Kirk deinen Wagen in der nächsten Saison fahren, und du wirst genau das tun, was du tun willst. Es gibt nichts, was ich daran ändern könnte. Bei Kirk habe ich nie etwas daran ändern können, und jetzt ist meine Position auch bei dir klar geworden. Ich ziehe mich nach oben zurück", sagte sie leise. „Ich bin müde."

Der Raum lag inzwischen in völliger Dunkelheit. Lance studierte noch eine Weile schweigend ihr Gesicht, bevor er die Hände von ihren Armen löste und sie sinken ließ. Ohne ein weiteres Wort trat Foxy einen Schritt zurück und ging um ihn herum, um dann das Zimmer zu verlassen. Mit lautlosen Schritten stieg sie die Treppe hinauf.

## *13. KAPITEL*

Der Morgen kam überraschend für Foxy. Stundenlang hatte sie wach gelegen, allein und unglücklich. Die Unterhaltung mit Pam war immer wieder in ihrem Kopf abgelaufen, und der Streit mit Lance verfolgte sie. Jetzt wachte sie auf, ohne sich überhaupt bewusst zu sein, dass sie tatsächlich eingeschlafen war, und die Morgensonne schien auf das Bett. Lance' Seite war leer. Foxys Hand fasste automatisch nach den Kissen, in denen er geschlafen haben musste. Die Wärme war noch zu erahnen, doch sie brachte Foxy keinen Trost. Zum ersten Mal seit ihrer Hochzeitsnacht hätten sie genauso gut in getrennten Betten schlafen können. Sie waren nicht eng umschlungen aufgewacht, um den Morgen auf die gleiche Weise zu begrüßen, wie sie die Nacht willkommen geheißen hatten.

Die Schwere, die drückend auf Foxy lag, stammte nicht von Schlaftrunkenheit, sondern rührte von Mutlosigkeit her. Sich mit Lance zu streiten war sicherlich nichts Neues für Foxy, doch dieses Mal gingen die Auswirkungen tiefer. Vielleicht, so dachte sie, während sie an die Decke starrte, weil ich jetzt mehr habe, das ich verlieren kann. Wahrscheinlich ist er noch unten. Ich sollte hinuntergehen und … Nein, unterbrach sie den eigenen Gedankengang mit einem Kopfschütteln. Nein, es gab sicherlich genug mit Mrs Trilby über dem Morgenkaffee abzuklären, auch ohne dass sie ihm über die Schulter schaute. *Ich sollte den Tag nutzen, um ein paar Dinge zu ordnen.*

Mit automatischen Bewegungen stand Foxy auf und duschte sich. Sie ließ sich Zeit beim Anziehen, auch wenn die Wahl einer Cordjeans und eines einfachen Pullovers sicherlich keine große Anstrengung bei der Auswahl von ihr forderte. Während sie in die Sachen schlüpfte, stellte sie im Kopf ihren Tagesplan auf. Bis elf würde sie die Abzüge von den Rennen entwickeln, dann würde sie den Park besuchen und mit ihrem neuen Projekt weitermachen. Zufrieden mit ihrer Agenda, ging sie nach unten. Von Lance keine Spur, und auch wenn sie sich einredete, dass es so besser sei, blieb sie doch einen Moment unschlüssig vor dem Telefon in der Halle stehen. Nein, sagte sie sich dann. Ich werde ihn nicht anrufen. Am Telefon können wir nicht vernünftig diskutieren. Und gibt es überhaupt irgendetwas zu diskutieren? fragte sie sich still und blickte mit gerunzelter Stirn auf das Telefon, als würde allein sein Anblick sie verärgern. Lance hatte die Positionen gestern Abend doch eindeutig klargemacht. *Ich werde es nicht akzeptieren! Ich lasse nicht zu, dass er wieder mit den Rennen anfängt!* Sie schluckte den metallenen Geschmack der Angst hinunter, der in ihrer Kehle aufsteigen wollte. Nein, das konnte er unmöglich ernst gemeint haben. Mit fest zusammengepressten Augen schüttelte Foxy den Kopf. *Denk jetzt nicht daran! Geh an deine Arbeit, und denk nicht daran!* Sie holte tief Luft und kehrte dem Telefon den Rücken zu.

Nachdem sie sich eine Tasse Kaffee in der Küche besorgt hatte, schloss sie sich in der Dunkelkammer ein. Die Abzüge hingen noch immer auf der Leine. Ohne bewusst zu überlegen, zog sie das Foto von Kirks Rennwagen ab und studierte es. Ein Komet, dachte sie, versunken in Erinnerungen. Ja, er ist ein Komet, aber selbst Kometen brennen irgendwann aus. Im nächsten Jahr wird es weitere Fotos von ihm geben, aber die wird dann ein anderer Fotograf machen müssen. Vielleicht wird Lance das ja auch arrangieren. Ein leiser, scharfer Laut der Frustration entfuhr ihr. *Ich kann nicht länger über all das nachdenken.* Sie nahm die getrockneten Abzüge ab, dann begann sie die Arbeit an der nächsten Filmrolle. Die Zeit verging schnell, und in der absoluten Stille zuckte sie erschrocken zusammen, als es an der Tür klopfte. Foxy ging hin, um zu öffnen. Dabei hatte Mrs Trilby sich bisher noch nie bis zu ihrem Territorium verirrt.

„Melissa!“, rief sie freudig überrascht aus. Aus ihrem Stirnrunzeln wurde sofort ein Lächeln. „Was für eine nette Überraschung.“

„Es ist ja gar nicht dunkel.“ Mit einem kleinen Schmollmund schob Melissa sich an Foxy vorbei in den Raum. „Warum heißt es dann Dunkelkammer, wenn es nicht dunkel ist? Jetzt bin ich völlig desillusioniert.“

„Du bist zur falschen Zeit gekommen. Ich kann dir versichern, vor zwei Stunden war es hier drinnen stockfinster."

„Scheint, als müsste ich mich da auf dein Wort verlassen." Langsam schritt Melissa die Leine ab, an der die neuen Abzüge hingen, die Foxy gerade befestigt hatte. „Sieh einer an, du bist wirklich ein Profi, oder?"

„Zumindest würde ich mich gerne dafür halten", erwiderte Foxy trocken.

„All dieses technische Zeug hier", lautete Melissas Kommentar, während sie durch den Raum wanderte und nachdenklich Flaschen und Behälter und Zeitmesser betrachtete. „Das hast du wohl studiert, nehme ich an."

„Ja, habe ich. Ich habe an der USC Fotografie studiert. Nicht am Smith College", fuhr sie mit einer hochgezogenen Augenbraue fort, „nicht am Radcliffe und auch nicht am Vassar. Ich war an einer dieser nahezu unbekannten Institutionen – an einem staatlichen College."

„Ach du meine Güte!" Melissa biss sich auf die Lippen, dennoch ließ sich das Lächeln nicht ganz verbergen. „Unsere Damen haben dir wohl schwer zugesetzt, wie ich annehme?"

„Du nimmst richtig an", bestätigte Foxy und zog die Nase kraus. „Nun, im Moment bin ich wohl noch die neueste Attraktion. Sie werden mich sicher bald vergessen haben."

„Wie süß und naiv du doch bist." Melissa tätschelte Foxys Wange. „Ich werde dir deinen schönen Traum noch eine Weile lassen. Auf jeden Fall …" Sie zupfte eine Fluse von ihrem hellblauen Angorapullover. „Am Samstagabend findet ein Tanzabend im Country Club statt. Du und Lance, ihr kommt doch, oder?"

„Ja." Foxy machte sich nicht die Mühe, den Seufzer zu unterdrücken. „Wir werden da sein."

„Halte durch, Darling! Die gesellschaftlichen Verpflichtungen versanden in ein paar Monaten. Lance hat sich noch nie öfter bei solchen Anlässen blicken lassen als unbedingt nötig. Und …", sie lächelte ihr einzigartig charmantes Lächeln, „… das liefert den perfekten Vorwand, um einkaufen zu gehen." Noch einmal blickte Melissa sich um. „Bist du hier fertig?"

„Ja, für heute schon.“ Foxy sah auf ihre Armbanduhr und nickte zufrieden. „Genau nach Plan.“

„Also, dann lass uns einkaufen gehen, damit wir für Samstagabend etwas Umwerfendes zum Anziehen haben.“ Melissa schob ihren Arm unter Foxys und wollte sie mit sich ziehen.

„Oh nein.“ Foxy hatte gerade noch genug Zeit, die Tür der Dunkelkammer hinter sich ins Schloss zu ziehen. „Ich war letzte Woche zusammen mit dir auf einem deiner kleinen Einkaufsbummel. Du hast jedes Geschäft auf der Newbury Street überfallen. Ich habe heute mein Stärkungsmittel noch nicht genommen, und außerdem habe ich ein Kleid für Samstagabend. Ich brauche nichts.“

„Grundgütiger, muss man denn etwas brauchen, bevor man es kauft?“ Melissa unterbrach ihren Marsch zur Treppe und drehte sich mit offenem Mund um. „Du hast dir nur eine einzige Bluse gekauft, als wir losgezogen sind. Wozu, glaubst du wohl, hat Lance all das wunderbare viele Geld?“

„Für eine Menge Dinge, da bin ich sicher“, antwortete Foxy ernst, aber da zuckte es eindeutig um ihre Mundwinkel. „Nur ganz bestimmt nicht, um es für Kleider auszugeben, die ich gar nicht brauche. Außerdem verwende ich mein eigenes Geld für meine persönlichen Sachen.“

Melissa verschränkte die Arme vor der Brust und musterte Foxy durchdringend. „Das meinst du genau so, wie du es sagst, nicht wahr, Herzchen?“ Sie zuckte mit den Schultern. „Aber Lance hat tonnenweise Geld.“

„Das weiß ich. Und wie oft wünsche ich mir, er hätte nicht so viel.“ Sie wollte die Treppe zum Parterre hinaufsteigen, doch Melissa hielt sie beim Arm fest.

„Warte noch eine Minute.“ Ihr Ton hatte den resoluten Humor verloren, sie sprach jetzt leise und ernst. „Sie machen dich wirklich nieder, oder?“

„Das ist nicht wichtig“, erwiderte Foxy und wollte die Frage mit einem Schulterzucken abtun.

„Oh doch, das ist es wohl.“ Melissas Griff an Foxys Arm war überraschend fest. Sie hielt Foxy auf der schmalen Stiege fest, sodass sie sie anschauen musste. „Hör mir eine Minute zu, ich werde zur Abwechslung mal völlig ernst sein. Diese ganze Sache, dass du Lance nur wegen seines Geldes geheiratet hättest, ist nur der übliche Unsinn, Foxy. Es bedeutet überhaupt nichts. Und so denkt ja auch nicht jeder, und lange nicht jeder behauptet es laut. Natürlich gibt es da ein paar Schwachköpfe, die noch immer an Status und Abstammung und Familienlinien festhalten, aber ich habe noch nie viel um Schwachköpfe gegeben." Sie lächelte, als sie Luft holte, aber ihre Augen blickten noch immer ernst. „Du hast schon eine ganze Menge Leute auf deine Seite gezogen – Großmutter zum Beispiel, und die ist wahrlich nicht leicht zu überzeugen. Und das hast du geschafft, weil du einfach du selbst bist. Lance hat dir doch sicher gesagt, wie viele ihm zu seinem Geschmack in Sachen Ehefrau gratuliert haben."

„Über so etwas reden wir nicht." Foxy stieß einen frustrierten Laut aus und fuhr sich mit den Fingern durchs Haar. „Oder um es genauer auszudrücken, ich habe ihm nichts von seinen weniger freundlichen Verwandten gesagt. Es ist wohl nicht fair, ihn damit zu belasten."

„Ist es fair, dass du stillhältst, während einige wenige dich mit Steinen bewerfen?", konterte Melissa und zog eine Augenbraue hoch, genau wie Lance es immer tat. „Märtyrertum ist deprimierend, Foxy."

Foxy schnitt eine Grimasse bei dem Vergleich. „Stimmt, davon halte ich auch nicht viel." Kopfschüttelnd lächelte sie Melissa zerknirscht an. „Vermutlich bin ich überempfindlich. Da sind so viele Veränderungen in so kurzer Zeit passiert, und ich habe wohl ein paar Probleme, sie alle unter einen Hut zu bringen."

Als sie die Treppen hinaufstiegen, hakte Melissa sich bei Foxy ein. „Und was beschäftigt dich sonst noch?"

„Ist es so offensichtlich?"

„Ich bin eben sehr feinfühlig", sagte Melissa leichthin. „Wusstest du das nicht? Ich vermute, dass du und Lance aneinandergeraten seid."

„Das ist harmlos ausgedrückt“, murmelte Foxy und stieß die Tür zum Parterre auf. „Aber meinetwegen nennen wir es eben so.“

„Wer hat Schuld?“

Foxy öffnete den Mund, um Lance die Schuld zuzuschieben, und schloss ihn wieder, als sie sich selbst die Schuld geben wollte. Mit einem Seufzer gab sie auf. „Keiner, würde ich sagen.“

„Das Übliche also“, lautete Melissas erfahrener Kommentar. „Die beste Kur dafür ist jetzt, rauszugehen und sich etwas Hinreißendes zu kaufen, das dein Ego wieder aufrichtet. Und dann, wenn du ihn leiden lassen willst, gibst du dich kühl und höflich, wenn er nach Hause kommt. Oder …“, sie wedelte mit der Hand in der Luft, „… wenn du dich versöhnen willst, dann gibst du Mrs Trilby früher frei und hast so wenig wie möglich an, wenn er zur Haustür hereinkommt.“

„Melissa.“ Foxy lachte und sah ihr zu, wie sie Mantel und Handtasche von der Garderobe nahm. „Du hast eine wunderbare Art, die Dinge unkompliziert erscheinen zu lassen.“

„Das ist eine Gabe“, meinte sie bescheiden und studierte ihr Spiegelbild in dem antiken Spiegel. „Also, was ist nun? Willst du ein wenig Spaß haben und machst mit mir einen Einkaufsbummel, oder musst du dich wieder als so grässlich produktiv erweisen?“

„Ich glaube, ich bin soeben beleidigt worden“, erwiderte Foxy grinsend, beugte sich vor und küsste Melissa auf die Wange. „Du führst mich in Versuchung, aber ich bleibe stark.“

„Du willst heute Nachmittag tatsächlich arbeiten?“ In dem Blick, mit dem Melissa Foxy bedachte, lagen sowohl völlige Verständnislosigkeit als auch Bewunderung. „Aber du hast doch schon bereits den gesamten Vormittag gearbeitet.“

„Es soll tatsächlich Leute geben, die den ganzen Tag arbeiten“, bemerkte Foxy grinsend. „Das kann zur Gewohnheit werden … wie Kartoffelchips. Ich habe gerade mit einer Fotoserie über Kinder angefangen. Ich gehe jetzt in den Park.“

Melissa runzelte die Stirn, als sie in ihre kurze Pelzjacke schlüpfte. „Du schaffst es noch, dass ich mich wie ein pflichtvergessener Versager fühle.“

„Du kommst schon darüber hinweg", tröstete Foxy und fuhr mit einem Finger über den weichen weißen Pelz.

„Natürlich." Melissa drehte sich schwungvoll um und küsste Foxy auf beide Wangen. „Aber im Moment fühle ich mich wirklich schuldig. Dann amüsier dich gut, Foxy", sagte sie noch und war schon zur Tür hinaus.

„Du auch", rief Foxy ihr nach, als die Tür ins Schloss fiel. Das Lachen stand noch auf ihrem Gesicht, als sie die eigene Wildlederjacke aus dem Garderobenschrank zog. Ihre Laune hatte sich aufgehellt, und so schlang sie ihre Handtasche über die eine und die Tasche mit der Kameraausrüstung über die andere Schulter. Als sie sich umdrehte, wäre sie fast mit Mrs Trilby zusammengestoßen. „Oh, Entschuldigung." Schuhe mit Gummisohlen sollten verboten werden, dachte Foxy mit einem stillen Seufzer.

„Sie gehen aus, Mrs Matthews?" Steif und gerade stand Mrs Trilby, in ihrem grauen Kleid und der weißen Schürze da.

„Ja, ich habe mir noch einige Arbeit für heute vorgenommen. Ich müsste gegen drei wieder zurück sein."

„Sehr wohl, Ma'am." Mrs Trilby blieb regungslos unter dem Bogen stehen, als Foxy auf die Haustür zusteuerte.

„Mrs Trilby, falls Lance … falls Mr Matthews anrufen sollte, richten Sie ihm bitte aus, dass ich …" Foxy zögerte, und für einen Moment standen der Kummer und die Unentschlossenheit auf ihrer Miene zu lesen.

„Ja, Ma'am?", hakte Mrs Trilby nach, und ihr Ton war unmerklich milder geworden.

„Nichts." Foxy schüttelte den Kopf, verärgert über sich selbst. „Nein, vergessen Sie es." Sie reckte die Schultern und lächelte der Haushälterin zu. „Auf Wiedersehen, Mrs Trilby."

„Auf Wiedersehen, Mrs Matthews."

Foxy trat nach draußen und atmete tief die frische Herbstluft ein. Zwar war ihr MG per Fracht aus Indiana angekommen und stand nun in der Garage, aber Foxy entschied sich, zu Fuß zu laufen. Der Himmel strahlte in einem stechenden Blau, keine einzige Wolke war zu sehen. Die Bäume reckten ihre kahlen Äste stumm flehend zu dieser ungebrochenen Farbe auf. Trockenes Laub wirbelte über den Bürgersteig und fing sich an der Bordsteinkante. Manchmal wehte der Wind ein Blatt gegen Foxys Knöchel, um es dann wieder zu Boden zu wirbeln, wo es Passantenschuhen zum Opfer fiel. Die herbstliche Vollkommenheit des Tages hob Foxys Stimmung, und sie begann damit, die Konzeption für ihr neues Projekt aufzustellen.

Die Stiefmütterchen blühten noch immer trotzig und prunkvoll überall im Park. Auf den Wegen und Rasenflächen blitzten leuchtende Farben auf, dort, wo Kinder mit rosigen Wangen spielten und tobten. Der Nachmittag war kühl und frisch. Babys wurden von ihren Müttern oder den Nannys in Arbeitsuniform in Kinderwagen und Buggys spazieren gefahren. Kleinkinder versuchten sich an ihren ersten Schritten auf dem von Herbstlaub bedeckten Gras.

Foxy mischte sich unter die Spaziergänger. Manchmal nahm sie Schnappschüsse auf, dann wiederum begann sie ein Gespräch mit einer Mutter oder der Nanny, um sich ein Foto zu erschmeicheln, so wie sie es sich vorstellte. Die Erfahrung hatte sie gelehrt, dass Fotografieren viel mehr war als nur das Einstellen und Bedienen der Kamera. Man brauchte die Fähigkeit, ein Bild zu erkennen und festzuhalten. Man brauchte Geduld, Beharrlichkeit und eine Portion Glück.

Foxy lag auf dem Bauch im kühlen Gras und hielt ihre Nikon auf ein zweijähriges Mädchen gerichtet, das mit einem übermütigen Bullterrier-Welpen tobte. Die blonde, rosige Anmut des Kindes bildete den perfekten Kontrast zu der reizlosen Unansehnlichkeit des Hundes. Die beiden saßen im Sonnenlicht und waren viel zu sehr in ihr Spiel vertieft, als dass sie auf die Frau geachtet hätten, die im Kreis um sie herumrobbte und immer wieder den Kameraauslöser betätigte. Der Welpe bellte und jagte im Kreis herum, das Mädchen kicherte und fing ihn ein. Der Hund strampelte sich immer wieder frei, nur um sich dann immer wieder bereitwillig einfangen zu lassen. Irgendwann setzte Foxy sich auf die Fersen zurück und lächelte den beiden, die ihr Modell gestanden hatten, zu. Nach einem kurzen Austausch mit der Mutter der Kleinen richtete sie sich auf, um einen neuen Film einzulegen.

„Das war eine faszinierende Vorstellung."

Foxy schaute auf und fand sich Jonathan Fitzpatrick gegenüber. „Oh, hallo!" Sie warf sich das Haar über die Schulter zurück und zupfte ein Blatt von ihrer Jacke.

„Hallo, Mrs Matthews! Ein wunderschöner Tag, um im Gras herumzurobben."

Sein Lächeln war so unwiderstehlich charmant, dass Foxy lachen musste. „Ja, stimmt. Nett, Sie wiederzusehen, Mr Fitzpatrick."

„Jonathan", verbesserte er sofort und zog ihr ein Blatt aus dem Haar. „Und ich werde Sie Foxy nennen, so wie Melissa es tut. Es passt zu Ihnen. Darf ich fragen, was Sie hier tun, oder ist das ein Staatsgeheimnis?"

„Ich fotografiere." Noch immer lächelnd, legte Foxy den neuen Film ein. „Das ist eine Gewohnheit von mir, deswegen bin ich auch Fotografin."

„Ah ja, das ist mir bereits zu Ohren gekommen." Sie beugte den Kopf über ihre Kamera, und die Sonnenstrahlen ließen überall in ihrem Haar kleine Flammen aufzüngeln. Fasziniert betrachtete Jonathan das Schauspiel. „Sie sind Profi, nicht wahr?"

„Das behaupte ich zumindest gegenüber den Verlegern." Fertig mit dem Einspannen, ließ sie den Deckel einschnappen und richtete ihre Aufmerksamkeit wieder auf Jonathan. Die Ähnlichkeit mit seiner Schwester war verblüffend, dennoch verspürte Foxy keineswegs dieses Unbehagen, das sie in Gwens Gesellschaft empfunden hatte. Jonathan war, so urteilte sie nach einer kurzen Musterung, das genaue Gegenteil von Lance: anständig und charmant und harmlos. Verärgert über ihre Neigung, Vergleiche anzustellen, schenkte sie ihm ihr strahlendstes Lächeln. „Im Moment arbeite ich an einer Serie über Kinder."

Jonathan studierte sie, registrierte das unbeschwerte Lächeln, die großen grau-grünen Augen, das Gesicht, das mit jedem Mal, dass man es sah, mehr faszinierte. Innerhalb von Sekunden hatte er seine Musterung abgeschlossen und kam zu dem Schluss, dass Lance wieder einmal gewonnen hatte. Das hier war alles andere als eine durchschnittliche Lady. „Darf ich Ihnen eine Weile zusehen?“, fragte er und überraschte sie beide damit. „Ich habe einen freien Nachmittag. Ich war gerade auf dem Weg zu meinem Wagen, als ich Sie sah.“

„Sicher.“ Foxy bückte sich, um ihre Kameratasche aufzuheben. „Ich fürchte nur, Sie werden es langweilig finden.“ Sie drehte sich um und schlug die Richtung zum See ein.

„Das bezweifle ich. Schöne Frauen langweilen mich niemals.“ Jonathan fiel an ihrer Seite in ihren Schritt mit ein. Foxy warf ihm einen abschätzenden Blick zu. Er hatte das Grinsen eines ungehörigen Jungen und das Profil eines Adonis. Melissa wird mit ihm alle Hände voll zu tun haben, dachte sie.

„Was machen Sie eigentlich, Jonathan?“

„Das, was mir Spaß macht“, antwortete er und schob die Hände in die Taschen seiner Lederjacke. „In der Theorie bin ich Leitender Geschäftsführer im Familienunternehmen. Import-Export. In der Praxis schiebe ich Akten über den Schreibtisch, bezaubere Ehefrauen, wann immer es sich ergibt, und eskortiere Töchter.“

Humor blitzte in Foxys Augen auf. „Macht Ihnen Ihre Arbeit Spaß?“

„Enorm sogar.“ Als er sie mit seinem fröhlichen Grinsen anschaute, stand für Foxy fest, dass Melissa und er perfekt zusammenpassten.

„Ja, meine mir auch“, sagte sie. „Und jetzt gehen Sie bitte aus dem Weg, damit ich sie auch machen kann.“

Am Seeufer ließ eine Trauerweide ihre Zweige ins Wasser hängen, das ruhig wie ein Spiegel dalag. Unter dem Baum stand eine Bank, auf der eine Frau saß und las, während ein kleines Kind in einer roten Jacke die Enten mit Zwiebackstückchen fütterte. Gleich neben der Bank stand ein Kinderwagen mit einem schlafenden Baby im Sonnenschein. Eine kleine Plastikrassel hing vergessen in den winzigen Fingerchen. Nach einem leisen Gespräch mit der Frau auf der Bank machte Foxy sich an die Arbeit. Sorgfältig darauf achtend, dass das Kind sie nicht bemerkte, fing sie die Begeisterung des kleinen Jungen ein, der seine Krümel hoch in die Luft warf und zusah, wie sie ins Wasser fielen. Die Enten balgten sich um die Gratismahlzeit. Der Junge jauchzte begeistert auf und warf die nächste Handvoll Krümel in die Luft. Manchmal biss er auch selbst in den Zwieback und sah den Enten zu, wie sie nach den Zwiebackstückchen tauchten. Und Foxy gelang es mühelos, sein begeistertes Lachen auf ihre Filmrolle zu bannen.

Sie machte sich Sonne und Schatten zunutze und fing so den Frieden und die Unschuld des pausbäckigen Kindes ein. Sie wechselte Winkel, Blenden und Filter, um die Stimmung zu intensivieren, bis sie, zufrieden mit dem Ergebnis, ihre Kamera sinken ließ.

„Sie strahlen eine enorme Konzentration bei Ihrer Arbeit aus", stellte Jonathan fest, als er an ihre Seite trat. „Sie machen einen sehr kompetenten Eindruck."

„Ist das ein Kompliment oder lediglich eine Beobachtung?", fragte Foxy und drückte den Deckel auf die Linse zurück.

„Eine schmeichelhafte Beobachtung", legte Jonathan fest. Er studierte ihr Profil, während sie ihre Ausrüstung verstaute. „Sie faszinieren mich, Foxy Matthews. Sie sind ein weiterer Grund, warum ich Lance beneide."

„Tun Sie das denn?" Sie schaute auf, auf ihrer Miene echtes Interesse, das ihn überraschte. „Und da gibt es noch mehr Gründe?"

„Unzählige", antwortete er prompt, dann nahm er ihre Hand. „Aber Sie stehen ganz oben auf der Liste. Stimmt es, dass Ihr Bruder Kirk Fox ist und Lance Sie aus der Welt der Formel 1 weggeholt hat?"

„Ja." Sofort war Foxy auf der Hut. Ihr Ton kühlte sich merklich ab. „Ich bin auf der Rennstrecke aufgewachsen."

Jonathan hob eine Augenbraue. „Da habe ich wohl einen wunden Punkt getroffen. Entschuldigen Sie." Abwesend rieb er mit dem Daumen über die Knöchel ihrer Hand. „Würde es Sie beruhigen, wenn ich Ihnen sagte, dass es reine Neugier meinerseits ist und keineswegs Kritik? Lance' Karriere als Rennfahrer hat mich immer fasziniert, ich habe auch die Ihres Bruders verfolgt. Ich dachte mir nur, Sie hätten vielleicht ein paar interessante Geschichten zu erzählen." Seine Stimme hatte überhaupt nichts gemein mit Gwens, wie Foxy auffiel, dafür klang sie viel zu ehrlich.

„Tut mir leid." Mit einem Seufzer lockerte sie ihre Schultern. „Das ist heute schon das zweite Mal, dass ich überempfindlich reagiere. Es ist immer schwierig, sich plötzlich in der Rolle der ‚Neuen' wiederzufinden."

„Sie sind tatsächlich so etwas wie eine Überraschung." Seine Berührung war so leicht, Foxy vergaß, dass er noch immer ihre Hand hielt. „Es gibt Menschen, die alles immer genau planen müssen, weil sie wissen wollen, was sie erwartet. Lance dagegen scheint das Einzigartige zu bevorzugen."

„Einzigartig", murmelte Foxy und richtete den Blick direkt und fest auf Jonathan. „Ich bin weder reich, noch kann ich einen Familienstammbaum vorweisen. Meine Teenagerzeit habe ich in Autowerkstätten zusammen mit Automechanikern verbracht. Ich habe kein Elitecollege besucht, und von Europa habe ich nur das gesehen, was sich zwischen Probeläufe und Renntag quetschen ließ."

Jonathan sah die kleinen Pünktchen des Kummers in ihren Augen. Das Sonnenlicht fiel durch die letzten Blätter der Weide und ließ das Rot in ihren Haaren aufblitzen. „Hätten Sie gern eine Affäre mit mir?", fragte er unverblümt.

Fassungslos wich Foxy zurück, die Augen weit aufgerissen. „Nein!"

„Sind Sie schon mit dem Schwanenboot gefahren?", erkundigte er sich in dem gleichen nonchalanten Ton.

Zweimal öffnete sie den Mund und schloss ihn wieder, völlig verwirrt. „Nein", brachte sie argwöhnisch hervor.

„Gut." Er nahm wieder ihre Hand. „Dann tun wir stattdessen das." Lächelnd drückte er ihre Finger. „Einverstanden?"

Noch immer misstrauisch, musterte sie sein Gesicht. Und bevor es ihr noch so richtig klar wurde, schlich sich ein Lächeln auf ihre Lippen. „Einverstanden", stimmte sie zu. Melissa wird sich nie langweilen, dachte sie, als sie sich von Jonathan den Weg entlangziehen ließ.

„Vielleicht hätten Sie ja gerne einen Ballon?“ Er gab seiner Stimme jetzt einen übertrieben formellen Ton.

„Ja, sehr gern, danke“, antwortete sie ebenso ernst. „Einen blauen, bitte.“

Die folgenden zwei Stunden waren die unbeschwertesten, die Foxy seit der Übernahme ihrer Rolle als Mrs Lance Matthews verlebt hatte. Zusammen mit Jonathan glitt sie im Schwanenboot über den See, eingepfercht zwischen Touristen und Vorschulkindern mit klebrigen Fingern. Eiscreme schleckend spazierten sie durch die Gärten, der blaue Ballon tanzte an der Kordel hinter ihnen in der Luft. Jonathan stellte keine Ansprüche, forderte nichts, und Foxy stellte fest, wie leicht es ihr fiel, sich mit ihm zu unterhalten. Seine Gesellschaft war das perfekte Tonikum gegen düstere Laune.

Als Jonathan vor dem braunen Ziegelsteinhaus anhielt, fühlte Foxy sich aufgeräumt und gelöst. „Möchtest du vielleicht mit hineinkommen?“ Sie legte sich den Riemen der Kameratasche um die Schulter. „Du könntest zum Dinner bleiben.“

„Ein anderes Mal. Ich habe schon eine Dinnerverabredung mit Melissa.“

„Grüß sie von mir.“ Lächelnd schob Foxy die Wagentür auf. „Danke, Jonathan.“ Impulsiv lehnte sie sich zu ihm und drückte ihm einen Kuss auf die Wange. „Ich bin sicher, es hat viel mehr Spaß gemacht als eine Affäre, und unkomplizierter war es auch.“

„Nun, unkomplizierter auf jeden Fall“, stimmte er zu und versetzte ihr einen Nasenstüber. „Ich sehe dich und Lance dann am Samstag.“

„Ja, allerdings.“ Foxy schnitt eine Grimasse, bevor sie aus dem Wagen stieg. „Oh, und richte Melissa doch bitte aus, dass ich ihren Plänen für Mai völlig zustimme.“ Über sein verständnisloses Gesicht musste sie lachen. „Sie weiß schon, was ich damit meine“, versicherte sie ihm, winkte noch einmal und schlug dann die Autotür zu. Gegen die kalte Abendluft zog sie die Schultern ein und ging über den schmalen Pfad auf das Haus zu. Die Haustür wurde aufgezogen, als sie gerade nach dem Türknauf fassen wollte.

„Hallo, Foxy.“ Lance stand in der Tür. Mit einem schnellen Blick erfasste er ihr Lächeln, ihre strahlenden Augen und den blauen Ballon. „Du scheinst einen angenehmen Nachmittag verbracht zu haben.“

Ihre heitere Stimmung ließ keinen Raum für Überreste des Ärgers über den gestrigen Streit. Später konnten sie reden und ernst sein, jetzt wollte sie nur ihre gute Laune mit ihm teilen. „Du bist früh zu Hause, Lance.“ Und sie freute sich darüber und lächelte ihn an.

„Eher sollte man wohl sagen, dass du spät nach Hause kommst“, entgegnete er und schloss die Tür hinter ihr.

„Wirklich?“ Ein Blick auf die Armbanduhr sagte ihr, dass es schon nach fünf Uhr war. Den Ballon sicher am Riemen verknotet, stellte sie ihre Kameratasche ab. „Bist du schon lange zurück?“

„Lange genug.“ Er studierte ihre vom Herbstwind geküssten Wangen. „Einen Drink?“, fragte er und drehte sich schon um, um ins Wohnzimmer zu gehen.

„Nein, danke.“ Seine Distanziertheit war endlich durch ihre heitere Stimmung gedrungen. Sie folgte ihm, weil sie davon ausging, dass es besser war, den Graben zu überbrücken, als ihn noch breiter werden zu lassen. „Wir hatten doch für heute Abend nichts geplant, oder?“

„Nein.“ Lance schenkte sich einen großzügigen Scotch ein, bevor er sich wieder zu ihr umdrehte. „Wolltest du heute Abend noch ausgehen?“

„Nein, ich ...“ Sie brach ab, wie gelähmt von der eisigen Kälte in seinen Augen. „Nein.“

Er trank einen Schluck, schaute sie über den Rand des Glases hinweg an. Die Anspannung, die sich im Laufe des Nachmittags von Foxys Schultern gehoben hatte, kehrte zurück. Aber über Kirk oder die Rennen konnte sie nicht sprechen, noch nicht. „Ich habe zufällig Jonathan Fitzpatrick getroffen, als ich im Park war“, hob sie an und knöpfte sich die Jacke auf, um ihre Hände beschäftigt zu halten. „Er hat mich nach Hause gefahren.“

„Ich habe es gesehen." Lance stand mit dem Rücken vor dem großen Kamin. Seine Miene blieb kühl und unbeteiligt.

„Es war so schön heute", fuhr Foxy hastig fort und suchte nach einer Möglichkeit, diese flache, höfliche Unterhaltung in eine andere Richtung zu lenken. Kritisch beobachtete sie, wie Lance sich noch einen Scotch eingoss. „Es tummeln sich wohl noch immer viele Touristen in der Stadt, aber Jonathan meinte, im Winter lässt der Strom dann nach."

„Ich wusste gar nicht, dass Jonathan sich für die Tourismuszahlen interessiert."

„Ich interessiere mich dafür", stellte sie richtig und zog sich stirnrunzelnd die Jacke aus. „Die Schwanenboote waren voll besetzt."

„Jonathan hat dich zu einer Bootsfahrt eingeladen?", fragte Lance milde und stürzte den Scotch in einem Schluck hinunter. „Wie nett."

„Nun, ich bin ja vorher noch nicht auf dem See gewesen, und er …"

„Scheinbar vernachlässige ich dich", fiel er ihr ins Wort und griff erneut nach dem Scotch. Die Falte auf Foxys Stirn wurde tiefer.

„Du verhältst dich albern." Ihr Temperament begann zu brodeln. „Und du trinkst zu viel."

„Mein liebes Kind, ich habe nicht einmal angefangen zu trinken." Er goss sich noch ein Glas ein. „Was nun mein angeblich albernes Verhalten angeht … es gibt Männer, die ihre Frauen ohne Umschweife ohrfeigen würden, sollten sie den Nachmittag mit anderen Männern verbringen."

„Das ist das Verhalten eines Neandertalers", fauchte sie. Sie warf ihre Jacke über einen Stuhl und funkelte Lance wütend an. „Das Ganze war völlig harmlos. Wir waren in einem öffentlichen Park."

„Richtig. Und ihr seid Boot gefahren und habt Ballons gekauft."

„Und wir haben auch noch ein Eis gegessen", ergänzte sie beißend und steckte die Hände in die Hosentaschen.

„Erstaunlich, wie schlicht deine Vorlieben sind.“ Lance starrte in die goldene Flüssigkeit, bevor er sie hinunterstürzte. „Für jemanden in deiner jetzigen Stellung.“

Sie wollte schockiert nach Luft schnappen, doch ihre Kehle war wie zugeschnürt. Foxy stand absolut regungslos, während alle Farbe aus ihren Wangen wich. In dem bleichen Gesicht wirkten ihre Augen schwarz vor Schmerz. Ausgiebig fluchend stellte Lance sein Glas ab.

„Das war unter der Gürtellinie, Fox. Es tut mir leid.“ Er wollte auf sie zukommen, doch sie wich vor ihm zurück und riss abwehrend die Hände vor sich hoch.

„Nein, rühr mich nicht an.“ Mehrmals holte sie tief Luft, um das Beben in ihrer Stimme unter Kontrolle zu bringen. „Ich habe mir die Anspielungen anhören müssen, ich musste wissende Blicke und schnippische Bemerkungen ertragen, aber von dir hätte ich das niemals erwartet. Da wäre es mir lieber gewesen, du hättest mich geohrfeigt, als so etwas zu mir zu sagen.“ Sie schwang herum und floh die Treppe hinauf. Bevor sie die Schlafzimmertür zuschlagen konnte, packte Lance ihr Handgelenk.

„Lass mich nie einfach stehen“, warnte er sie mit tiefer, ruhiger Stimme. „Hörst du? Wende dich nie wieder einfach von mir ab.“

„Lass mich los!“, schrie sie und versuchte, ihre Hand loszureißen. Bevor sie nachdenken konnte, was sie tat, hob sie ihre freie Hand und holte zu einer schallenden Ohrfeige aus.

„Na schön“, stieß er zwischen den Zähnen aus und hielt ihre beiden Arme hinter ihrem Rücken fest. „Das hatte ich wohl verdient. Und jetzt beruhige dich wieder.“

„Nimm einfach deine Hände von mir und lass mich in Ruhe.“ Sie wehrte sich, um von ihm freizukommen, doch dadurch hielt er sie nur umso fester.

„Erst wenn wir das bereinigt haben. Es gibt da ein paar Dinge, die erklärt werden müssen.“

„Ich muss gar nichts erklären.“ Sie schüttelte sich das Haar aus den Augen. „Und jetzt nimm endlich deine Hände von mir. Ich ertrage es nicht, dass du mich anfasst.“

„Treib mich nicht zu weit, Foxy!“ Seine Stimme war so dunkel und so gefährlich wie seine Augen. „Meine Selbstbeherrschung hängt an einem seidenen Faden, vor allem nach gestern Abend. Jetzt beruhige dich, und dann reden wir.“

„Ich habe dir nichts zu sagen.“ Eiskalte Wut überkam sie, sie hörte auf, sich zu wehren, und starrte in sein Gesicht. „Ich habe gestern gesagt, was ich zu sagen hatte, du hast es heute getan. So wie es aussieht, verstehen wir uns bestens.“

„Dann lassen wir das Reden eben ausfallen“, stieß er harsch aus, bevor er seinen Mund auf ihren presste. Mit eisernem Griff hielt er ihre Handgelenke gefangen, sodass all ihre wütenden Bemühungen, von ihm freizukommen, erfolglos blieben. In seinem Kuss lag sowohl etwas Berechnendes wie auch Brutales. Foxy erkannte die gleiche Skrupellosigkeit darin, die Lance auch bei seinen Rennen gezeigt hatte. Sie wusste, dass sie nichts gegen ihn ausrichten konnte, sosehr sie sich auch wand. Also ließ sie ihren Körper erschlaffen und zwang ihren Mund, passiv zu bleiben. „Eis wird nicht funktionieren“, knurrte er und hob sie vom Boden hoch. „Weil ich weiß, wie ich es zum Schmelzen bringen kann.“

Als er sie zum Bett trug, schwand Foxys Passivität rasend schnell. „Nein!“ Verzweifelt versuchte sie, sich aus seinen Armen zu winden. „Lance, nicht! Nicht so.“ Sie drückte gegen seine Brust und fühlte plötzlich, dass sie fiel. Ihr alarmierter Aufschrei verstummte, als sie auf der Matratze landete. Bevor sie Zeit hatte, sich wegzurollen, lag er auf ihr.

Sein Körper schmiegte sich an ihren. Als sie den Kopf wegdrehen wollte, fasste er ihr Kinn und hielt sie fest, um seinen Mund auf ihren zu pressen. Schnell und sicher zog er sie aus, als gäbe es keinen Protest von ihr. Entschlossenheit ohne Leidenschaft lag in seinen Berührungen. Dieses Mal suchte er nicht Partnerschaft, sondern er verlangte die Kapitulation. Und ihr verräterischer Körper reagierte auf ihn, obwohl sie noch immer um ihre Freiheit kämpfte. Pullover und Jeans wurden achtlos auf den Boden geworfen, das dünne Hemdchen stellte keine Barriere für seine Hände dar. Die Spitzen ihrer Brüste drückten sich hart gegen die Seide, als er ihre empfindsame Halsmulde mit Lippen und Zunge reizte. Und noch immer wehrte sie sich, auch als seine Hand über die Seide herab zu ihrem flachen Bauch glitt. Rau streichelten seine Finger weiter, über den Saum des Hemdchens hinaus zu ihren Schenkeln.

Verlangen schoss in ihr auf und machte ihre Glieder schwer, während sie sich drehte und wand. Sie wusste, sie musste nicht nur vor ihm fliehen, sondern auch vor sich selbst. Ihr Winden sorgte nur dafür, dass die Erregung wuchs. Mit seiner Zunge spielte er durch das Hemdchen mit der harten Knospe ihrer Brust, sog sie zwischen die Zähne, und Foxy krallte die Finger in seine Schultern. Er nutzte ihre Schwächen aus, erkundete Geheimnisse, die nur er kannte, bis sie Feuer fing und aufloderte. Jetzt bäumte sie sich auf, nicht aus Protest, sondern als Antwort. Gierig suchte ihr Mund seine Lippen, während ihre Finger an den Knöpfen seines Hemdes nestelten. Seine Haut lag heiß an ihren Handflächen, sie konnte fühlen, wie angespannt seine Muskeln waren.

Abrupt schlug seine Stimmung um. Die kühle Selbstbeherrschung wurde verdrängt von einer explosiven Gier. Er legte die Hände an den Ausschnitt des Hemdchens und riss, entfernte den Stoff mit einem einzigen Ruck. Foxy hörte ihn fluchen, sein Atem ging jetzt ebenso rasselnd wie ihrer. Seine Hände strichen unbeherrscht und grob über ihre nackte Haut, sein Mund war hart und fordernd. Beide hatten sie längst die Kontrolle verloren. Jetzt existierte nur noch das Fühlen, nur noch der dunkle Genuss von feuchtem Fleisch und gierigen Küssen. Doch selbst als Lance in sie eindrang, selbst als Foxy sich ihm ohne Zurückhaltung hingab, wusste sie, dass keiner von ihnen gewonnen hatte.

## 14. KAPITEL

Am Samstagmorgen setzte der Regen ein. Dann kam die Kälte und verwandelte den Regen noch vor dem Nachmittag in Schnee. Allein in dem großen alten Haus, sah Foxy zu, wie die Flocken vom Himmel fielen. Der Erdboden war noch warm genug, um den Schnee schmelzen zu lassen, sobald er darauf niedersank. Zwar schneite es relativ heftig, aber der Schnee hinterließ keine Spuren. Heute werden also keine Schneemänner gebaut, dachte sie und schlang die Arme um sich. Ich frage mich, wohin er gegangen sein mag.

Lance war schon weg gewesen, als sie aufgewacht war. Das Haus war leer. Foxy wusste, dass sie beide für das, was am vorherigen Abend zwischen ihnen geschehen war, einen hohen Preis würden zahlen müssen. Letztendlich hatte Lance sie nicht im Ärger genommen, und sie hatte sich auch willig hingegeben. Das Verlangen hatte sie beide überwältigt, doch das Missverständnis war deshalb nicht geklärt. Sich allein in dem kalten Bett wiederzufinden hatte eine düstere Wolke über ihr heraufbeschworen, die mit jeder Stunde, die verstrich, dunkler wurde. Den Vormittag hatte Foxy in der Dunkelkammer verbracht, doch auch die konzentrierte Arbeit hatte nicht geholfen, ihre elende Stimmung zu vertreiben.

Was passiert mit meiner Ehe? fragte sie sich, während sie auf den stetig fallenden Schnee hinausstarrte. Sie hat kaum begonnen, und schon scheint sie im Nichts zu enden. Wie der Schnee da draußen, sinnierte sie und stützte sich auf dem Fensterbrett ab. Er verschwindet einfach. Ist meine Ehe etwa so fragil und flüchtig wie der erste Schnee?

Foxy schüttelte den Kopf und fasste ihre Arme fester. Das lasse ich nicht zu. Das Klingeln des Telefons ließ sie herumwirbeln. Lance, dachte sie sofort und eilte, um den Anruf anzunehmen.

„Hallo?“ Aufgeregte Erwartung schwang in ihrer Stimme mit.

„Hey, Foxy! Wie sieht's in der realen Welt aus?"

„Kirk." Ihre Freude war viel größer als die erste kurze Enttäuschung. Foxy ließ sich auf die Couch fallen. „Es tut gut, deine Stimme zu hören." Und noch während sie die Worte aussprach, wurde ihr klar, wie wahr sie waren. Ihre Freude wuchs und wandelte sich in ein Glücksgefühl. „Wie geht es dir?", erkundigte sie sich. „Hast du sie schon überreden können, dass sie dich entlassen? Wo ist Pam?"

„Die Ehe hat dich wohl träge werden lassen", kam es ernst von ihm. „Hast du denn überhaupt nichts zu erzählen?"

Lachend zog sie die Beine unter. „Beantworte einfach eine oder auch alle von den Fragen, aber fang mit der ersten an. Wie geht es dir?"

„Ziemlich gut. Es heilt. Vielleicht sind sie davon zu überzeugen, mich in zwei Wochen hier rauszulassen, wenn Pam sich bereit erklärt, mich jeden Tag zur Therapie zu karren und wieder abzuholen." An seinem Tonfall erkannte Foxy, dass seine Verletzungen nicht das Wichtigste waren, was ihm im Kopf umherging. Berufsrisiko. Ihr fiel Lance' Bemerkung wieder ein, und sie biss sich hart auf die Lippe.

„Sie lässt sich sicher überreden", erwiderte sie und schaffte es, ihren Ton leicht zu halten. „Ich bin froh, dass es dir besser geht." Und ich mache mir Sorgen um dich, dachte sie still, dann lächelte sie und schüttelte den Kopf. Nein, das würde er nicht gern zu hören bekommen. „Wahrscheinlich muss dir inzwischen langweilig sein."

„Die Langeweile habe ich schon letzte Woche überholt", konterte er trocken. „Inzwischen bin ich so gut bei den Kreuzworträtseln der *Times*, dass ich sie ausfülle, nur um anzugeben."

„Tollkühn warst du ja schon immer. Soll ich dir Knete und Buntpapier schicken, damit du dich beschäftigen kannst?" Sie stieß ihre Zungenspitze in die Wange, als sie ihn schnauben hörte.

„Dazu sage ich jetzt nichts, ich bin nämlich ein gutmütiger Mensch." Ohne auf ihr Lachen einzugehen, fuhr Kirk fort: „Also, erzähl mir von Boston. Gefällt es dir dort?"

„Es ist schön hier." Sie schaute zum Fenster. Die Schneeflocken fielen wie ein weißer Vorhang und verschwanden. „Im Moment schneit es, vermutlich wird es bald noch viel kälter werden. Aber ich habe bereits vieles ausgekundschaftet. Ich freue mich schon darauf, herauszufinden, wie Boston im Winter aussieht."

„Den Wetterbericht kann ich auch in den Zeitungen nachlesen", meinte Kirk. „Wie läuft es mit Lance' Familie?"

„Nun, sie …" Foxy suchte nach Worten, zögerte, lachte schließlich. „Sie sind anders. Ich komme mir fast wie Gulliver vor, der sich in einer fremden Welt wiederfindet, in der alle Regeln anders sind. Wir gewöhnen uns langsam aneinander, und ich habe auch schon ein paar Freunde gefunden." Lächelnd dachte sie an Melissa und Jonathan. Als sie allerdings Catherine in Gedanken vor sich sah, sackten ihre Mundwinkel ab. Sie zuckte die Achseln und zeichnete mit dem Fingernagel ein Muster auf die Sofapolster. „Ich fürchte, seine Mutter hält nicht viel von mir."

„Du hast nicht seine Mutter geheiratet", stellte Kirk mit unwiderlegbarer Logik fest. „Ich kann mir nicht vorstellen, dass meine Schwester sich von ein paar Bostoner Blaublütern herumschubsen lässt." Er sagte es mit solcher Überzeugung, dass Foxy wieder lächeln musste.

„Wer, ich?", meinte sie forsch und akzeptierte das eigentümliche Kompliment. „Die aus dem Mittleren Westen sind hart im Nehmen, das weißt du doch."

„Genau, du bist eine echte Amazone." Die raue Zuneigung in seinem Ton verstärkte ihr Lächeln noch. „Was macht Lance?"

„Ihm geht es gut", antwortete sie automatisch. Und an ihrer Lippe knabbernd, fügte sie hinzu: „Er ist ziemlich beschäftigt."

„Ich kann mir vorstellen, dass die Arbeiten an dem neuen Wagen ihn ganz schön in Anspruch nehmen." Foxy hörte die Aufregung sich in Kirks Stimme schleichen und stellte sich darauf ein, es zu akzeptieren. „Hört sich an, als würde es eine echte Schönheit werden. Ich kann's kaum abwarten, endlich raufzukommen und sie mir anzusehen. Am Zeichenbrett ist Lance ein absolutes Genie."

„Tatsächlich?“, fragte Foxy mit erstaunt gerunzelter Stirn.

„Es ist eine Sache, Ideen zu haben, Fox. Ich selbst habe ja auch ein paar. Aber eine ganz andere Sache ist es, sie auch technisch möglich zu machen und umzusetzen.“ Da klang so etwas wie gutmütiger Neid in Kirks Stimme mit, der Foxy zwang, diesen neuen Aspekt an ihrem Ehemann zu überdenken.

„Seltsam, er scheint gar nicht der Typ für Zeichenbretter und Taschenrechner zu sein, nicht wahr?“

„Lance passt in keine Schublade“, stellte Kirk fest. „Du solltest das doch besser wissen als jeder andere.“

Nachdenklich schwieg Foxy einen Augenblick. Die Falte auf ihrer Stirn wurde tiefer, dann glättete sie sich wieder und verwandelte sich in ein Lächeln. „Ja, natürlich, du hast recht. Das weiß ich selbst, ich brauchte nur jemanden, der mich noch einmal daran erinnert. Es ist auch schön, von seinem Bruder zu hören, dass der Ehemann ein Genie ist.“

„Eigentlich war er immer mehr an der Technik interessiert als am Fahren selbst“, fügte Kirk noch abwesend hinzu. „Aber jetzt … wie geht es dir?“

„Mir?“ Foxy schüttelte leicht den Kopf, um sich wieder auf Kirk zu konzentrieren. „Mir geht’s so weit gut. Du kannst Pam ausrichten, dass ich die Abzüge fertig habe und sie ihr in Kürze zuschicke.“

„Bist du glücklich?“

Der gleiche Ernst lag in seiner Stimme, der auch in Pams Ton gelegen hatte, als sie ihr damals dieselbe Frage gestellt hatte. „So eine Frage stellt man doch nicht einer Frau, die gerade mal seit zwei Wochen verheiratet ist“, entgegnete sie leichthin. „Auf ‚glücklich‘ sackt man höchstens erst nach einem Monat ab.“

„Foxy!“, setzte Kirk an.

„Ich liebe ihn, Kirk“, unterbrach sie ihn und sprach zum ersten Mal einige ihrer Gedanken aus. „Es ist nicht immer leicht und auch nicht immer perfekt, aber für mich ist es der einzige Platz. Ich bin glücklich, und ich bin traurig, und ich bin noch hundert andere Dinge, die ich nicht wäre, wenn ich Lance nicht hätte.“

„Gut.“ Fast sah sie sein zustimmendes Nicken vor sich. „Solange du das hast, was du dir wünschst. Hör zu, eigentlich rufe ich an, weil ich dich wissen lassen wollte … Nun, ich dachte mir, du solltest es als Erste erfahren …“

Foxy wartete geschlagene zehn Sekunden. „Also was denn nun?“, hakte sie schließlich mit einem ungeduldigen Lachen nach.

„Ich habe Pam gebeten, mich zu heiraten.“

„Na, Gott sei Dank!“

„Du klingst nicht überrascht“, beklagte er sich.

Ein vergnügtes Grinsen breitete sich auf ihrem Gesicht aus. „Mich überrascht nur, dass ein so rasanter Rennfahrer wie du so langsam sein kann. Und wann heiratet ihr?“

„Vor einer Stunde.“

„Was?!“

„Jetzt hörst du dich doch überrascht an“, stellte Kirk zufrieden fest. „Pam wollte nicht warten, bis ich wieder stehen kann, also haben wir uns hier in der Klinik trauen lassen. Ich hatte versucht, dich vorher anzurufen, aber niemand ist ans Telefon gegangen.“

„Ich war unten in der Dunkelkammer.“ Mit einem Seufzer winkelte sie die Knie an. „Oh Kirk, ich freu mich so für dich! Ich kann es noch gar nicht richtig fassen.“

„Ich, glaube ich, auch nicht. So jemanden wie Pam gibt es nirgendwo mehr auf der ganzen Welt.“ Foxy erkannte den Ton und musste Tränen wegblinzeln.

„Ja, ich weiß genau, was du meinst. Kann ich mit ihr reden?“

„Im Moment ist sie nicht hier. Sie arrangiert alles für diese Wohnung, die wir mieten wollen, solange sie noch an meinem Bein herumstochern müssen. Wir hoffen, dass wir Anfang des Jahres nach Boston kommen können, damit ich Lance und meinen Wagen im Auge behalten kann, aber bis dahin werden wir in der Nähe der Klinik bleiben.“

„Ich verstehe.“ Er wird sich nie ändern, sagte sie sich und schloss für einen Moment die Augen. Wie dumm von mir, mir etwas anderes einzubilden. Alles, was Lance gesagt hat, stimmt.

Kirk wird Rennen fahren, solange er dazu fähig ist. Nichts und niemand wird ihn davon abbringen. Foxy erinnerte sich an all die Dinge, die sie Lance im dämmrigen Arbeitszimmer entgegengeschleudert hatte. Ihr Schuldgefühl erdrückte sie fast. Sie schluckte und wechselte das Telefon ans andere Ohr. „Ich freue mich schon darauf, dich und Pam hier zu sehen, auch wenn es nur bis zum nächsten Saisonstart ist.“ Dass sie ihn verstand, machte es ihr leichter, die Tatsachen zu akzeptieren.

„Kommst du mit nach Europa?“

„Nein.“ Sie schüttelte den Kopf und führte den Schnitt durch. „Nein, ich komme nicht mit.“

„Das sagte Pam auch schon. Hör zu, da kommen sie wieder, um an meinem Bein herumzudoktern. Bestell Lance, dass Pam und ich von ihm erwarten, dass er Champagner spendiert, sobald wir ankommen. Von diesem feinen französischen Zeug.“

„Mache ich“, versprach sie, unendlich erleichtert, dass er ihre Antwort bedingungslos akzeptiert hatte. „Pass auf dich auf.“

„Klar. Hey, Foxy … ich hab dich lieb.“

„Ich dich auch.“ Nachdem Foxy den Hörer aufgelegt hatte, zog sie ihre Knie an und schlang die Arme darum. Lange schaute sie auf den fallenden Schnee. Die Flocken waren kleiner geworden, sie wirkten nur noch wie feiner Nebel.

Er braucht mich nicht mehr, dachte sie. Die Überlegung kam wie von allein, ohne dass Foxy überhaupt klar war, dass sie es dachte. Jetzt schien es ihr seltsam, dass sie nie wirklich verstanden hatte, wie sehr Kirk sie brauchte. Erst als die Notwendigkeit nicht mehr bestand, war es ihr klar geworden. Sie hatten einander gebraucht, selbst als sie noch ein Kind gewesen war. Die Bindung zwischen ihnen war stark, vielleicht weil sie nach der Tragödie nur noch einander gehabt hatten. Zwischen uns wird immer etwas Besonderes bestehen, grübelte sie. Aber er hat jetzt Pam, und ich habe Lance. Das Kinn auf die Knie gestützt, fragte Foxy sich, ob Lance sie brauchte. Er liebte sie, ja, er begehrte sie, ja, aber *brauchte* Lance Matthews mit seiner lässigen Souveränität, mit seinem enormen Reichtum und mit seiner überragenden Selbstsicherheit sie? Gab es da irgendetwas

Besonderes an ihr, das sein Leben erst vervollständigte, oder war sie einfach hoffnungslos romantisch und albern, wenn sie sich so etwas wünschte? Zu ihrer Überraschung stellte sie fest, dass ihr die Antwort unglaublich wichtig war.

Mit einem Mal begannen all ihre Sinne zu prickeln. Sie hob den Kopf und sah Lance in der Tür stehen. Hastig streckte sie die Beine aus und stand vom Sofa auf. Als ihre Blicke sich trafen, schwanden alle Ansprachen, die sie sich heute Morgen in Gedanken zurechtgelegt, redigiert, geübt und wieder redigiert hatte, aus ihrem Kopf. Fahrig zog sie sich das Sweatshirt tiefer über die Jeans herunter und wünschte, sie hätte etwas Würdevolleres angezogen.

„Ich habe dich nicht reinkommen gehört“, sagte sie und verfluchte sich still für die platte Floskel.

„Du hast telefoniert.“ Es war sein ruhiger, abschätzender Blick. Er stand da und betrachtete sie, ohne dass auch nur der Anflug eines Ausdrucks in seinen Augen zu erkennen gab, was er dachte. Ihr Magen begann zu flattern.

„Ja, ich … Kirk hat angerufen.“ Unfähig, die Hände stillzuhalten, fuhr sie sich mit den Fingern durchs Haar und verriet damit unwillentlich ihre Nervosität.

Schweigend studierte Lance nur ihr Gesicht. Er kam auch nicht weiter in den Raum hinein, als er wieder zu sprechen anhob. „Wie geht es ihm?“

„Gut. Um genau zu sein, er hörte sich großartig an. Er und Pam haben heute Morgen geheiratet.“ Während sie die Neuigkeit verkündete, begann sie, ziellos im Zimmer herumzuwandern. Sie fingerte an unschätzbar wertvollen Nippesstücken und ordnete Mrs Trilbys sorgfältig arrangierten Herbststrauß um.

„Und das freut dich?“, fragte Lance. Er verfolgte ihre rastlosen Gesten noch eine Weile, bevor er zum Barschrank ging und den Scotch herausnahm. Er setzte ihn wieder ab, ohne sich einen Drink eingeschenkt zu haben.

„Ja. Ja, sehr sogar.“ Mit einem tiefen Atemzug bereitete sie sich darauf vor, sich kopfüber in eine Entschuldigung zu stürzen, weil sie ihm vorgeworfen hatte, für Kirks Entscheidung, weiterhin Rennen zu fahren, verantwortlich zu sein. „Lance, ich … Oh." Als sie sich umdrehte, fand sie ihn direkt vor sich stehen. Überrascht wich sie einen Schritt zurück und sah, wie er die Augenbrauen über ihre Reaktion hochzog. Während sie noch damit fertig werden musste, wie verwirrt und nervös sie war, schob er die Hände in die Hosentaschen.

„Entschuldigungen waren noch nie meine Stärke", erklärte er, während sie noch nach den richtigen Worten suchte, um einen neuen Anfang zu starten. „Ich glaube jedoch, dass ich hier um eine Entschuldigung nicht herumkommen werde." Seine Miene war undurchdringlich, gab auch ihrem suchenden Blick nichts preis. Seine Augen blickten direkt in ihre, aber sie sprachen nicht. „Ich entschuldige mich, sowohl für das, was ich gesagt habe, als auch für das, was passiert ist. Meine Entschuldigung kann es nicht wiedergutmachen, aber du hast mein Wort, dass so etwas nie wieder vorkommen wird."

Seine steife Höflichkeit verschlimmerte ihre Anspannung nur noch. Sie wusste, nichts von dem, was sie hatte sagen wollen, konnte sie zu dem förmlichen Fremden sagen, der da vor ihr stand. Sie senkte den Blick auf den kostbaren Aubusson-Teppich und studierte das Muster. „Du vergibst mir nicht, Foxy?" Sie hob den Blick, als sie seine leise Stimme vernahm.

Sie war nicht die Einzige, die angespannt war, wie ihr erst jetzt auffiel. Sie erkannte die Zeichen einer schlaflosen Nacht in seinem Gesicht und wollte impulsiv Trost spenden. Sie legte eine Hand an seine Wange. „Bitte, Lance, lass es uns einfach vergessen. Wir beide haben in den letzten beiden Tagen Dinge gesagt, die nie hätten gesagt werden dürfen." Ihre Augen blickten ernst, und ihr Mund wirkte gepresst, als sie mit der Hand über seine Wange fuhr. „Ich bin auch nicht gut im Entschuldigen."

Lance steckte eine Fingerspitze durch eine ihrer Locken. „Du warst immer eine seltsame Mischung aus Tiger und Kätzchen. Ich habe wohl vergessen, wie entwaffnend süß du sein kannst." Als er sie jetzt anblickte, schwiegen seine Augen nicht mehr. „Ich liebe dich, Foxy."

„Lance." Sie schlang die Arme um seinen Nacken und barg ihr Gesicht an seinem Hals. Endlich ließ die Anspannung in ihr nach. „Ich habe dich vermisst", murmelte sie an seiner Haut. „Ich wusste nicht, wo du warst, und das Haus schien mir so leer."

„Ich bin ins Büro gegangen", sagte er und ließ die Hände unter ihr Sweatshirt gleiten, um die warme Haut ihres Rückens zu streicheln. „Du hättest anrufen sollen, wenn du einsam warst."

„Fast hätte ich das auch, aber dann dachte ich …" Sie seufzte und schloss wunderbar zufrieden die Augen. „Es sollte nicht so aussehen, als würde ich dich kontrollieren wollen."

„Närrin", murmelte er, bog ihren Kopf zurück und küsste sie. „Du bist meine Frau, weißt du noch?"

„Du wirst mich wahrscheinlich noch öfter daran erinnern müssen", bat sie lächelnd. „Noch fühle ich mich nicht als deine Frau, und außerdem kenne ich auch die Regeln nicht."

„Wir stellen unsere eigenen Regeln auf." Als er sie dieses Mal küsste, war es ein langer, ein tiefer Kuss, und prompt schmiegte Foxy sich willig an ihn. Ihre Lippen blieben an seinem Mund haften, süß und gierig, und sein leises zufriedenes Stöhnen rann wie ein warmer Schauer über ihre Haut.

„Heute Abend möchte ich Champagner trinken", flüsterte sie ihm ins Ohr. „Ich möchte feiern und anstoßen."

„Auf Pam und Kirk?", fragte Lance noch, bevor er wieder ihren Mund in Besitz nahm.

„Zuerst auf uns", antwortete Foxy und löste sich gerade weit genug von ihm, um ihn anlächeln zu können. „Und danach auf Pam und Kirk."

„Einverstanden. Aber morgen will ich mit dir ins Kino gehen und Popcorn essen."

„Oh ja!" Freude erhellte ihr Gesicht, ihre Augen strahlten. „Genau, entweder etwas schrecklich Trauriges oder etwas richtig Lustiges. Und danach will ich eine Pizza essen gehen. Mit viel Peperoni!"

„Eine äußerst anspruchsvolle Frau." Lachend nahm Lance ihre Hand und hob sie an seine Lippen. Plötzlich verstärkte sich der Druck seiner Finger an ihren. Foxy spürte den jähen Stimmungsumschwung und starrte auf ihre vereinten Hände. Behutsam drehte Lance ihre Handfläche nach oben und studierte die bläulichen Linien ihrer Adern an ihrem Handgelenk. „Ich glaube, ich schulde dir noch eine weitere Entschuldigung."

Erschüttert, dass die Steifheit wieder in sein Benehmen zurückgekehrt war, trat Foxy auf ihn zu. „Lance, nicht. Es ist nicht wichtig."

„Im Gegenteil." Die kühle Distanziertheit in seiner Stimme ließ sie innehalten. „Es ist sogar von großer Wichtigkeit."

„Nicht! Ich kann dich nicht ertragen, wenn du so bist!" Frustriert begann Foxy, im Raum auf und ab zu laufen. „Ich kann nicht damit umgehen, wenn du so steif und höflich bist." Sie wirbelte zu ihm herum, drehte sich wieder um und marschierte unruhig weiter hin und her. „Wenn du wütend bist, dann zeig es mir! Brüll rum, fluche, wirf irgendwas gegen die Wand", forderte sie ihn mit einer ausladenden Handbewegung auf. „Aber steh nicht da wie eine Salzsäule! Salzsäulen verstehe ich nicht."

„Foxy." Ein zögerliches Grinsen zuckte um seine Lippen, während er ihr zusah, wie sie durch den Raum stürmte. „Wenn du nur wüsstest, wie kompliziert du die Dinge machst."

„Ich habe ganz bestimmt nicht vor, die Dinge kompliziert zu machen." Sie nahm ein Kissen von der Couch und schleuderte es durchs Zimmer. „Im Gegenteil, ich versuche, die Dinge schlicht und einfach zu halten. *Ich* bin schlicht und einfach, verstehst du das nicht?"

„Du bist", widersprach er, „extrem komplex."

„Nein, nein, nein!" Foxy stampfte mit dem Fuß auf. Sie redeten hier wieder aneinander vorbei. „Du verstehst überhaupt nichts!" Verärgert strich sie ihr Haar zurück. „Ich gehe nach oben", verkündete sie und stapfte aus dem Zimmer.

Sie ging direkt zum Badezimmer durch und ließ die Wanne einlaufen. Ohne wirklich darauf zu achten, gab sie Schaumbad und Zusätze hinzu und zog sich dann aus. Er ist ein Idiot, entschied sie, als sie in die übergroße Wanne stieg. Und ich auch. Schaumberge bauten sich auf und trieben um sie herum.

Die Machtlosigkeit ließ sie innerlich kochen. Sie nahm einen Schwamm und begann, sich resolut damit zu schrubben.

*Wahrscheinlich kann ich aufhören, ihn zu lieben, wenn ich es mir ernsthaft vornehme.* Sie starrte den Schwamm böse an und wrang ihn dann erbarmungslos aus. *Ich werde aufhören, ihn zu lieben, und daran arbeiten, ihn zu hassen. Und wenn ich ihn dann erst hasse, bin ich kein Idiot mehr.* Als die Tür aufging, hob sie ruckartig den Kopf.

„Macht es dir etwas aus, wenn ich mich eben rasiere?", fragte Lance lässig, als er in den Raum kam. Er hatte sein Jackett abgelegt und trug nur noch Hemd und Hose. Ohne auf ihren wütend funkelnden Blick zu achten oder ihr die Gelegenheit zu einer Ablehnung zu geben, öffnete er den Spiegelschrank.

„Ich habe beschlossen, dich zu hassen", eröffnete Foxy ihm, als er den Rasierschaum herausgenommen hatte und sich damit das Gesicht einseifte.

„So?" Im Spiegel sah sie, wie seine Augen sich bewegten, bis sie auf ihren Blick trafen. Und es machte sie noch wütender, als sie das amüsierte Blitzen darin erkannte. „Wieder mal?"

„Ich war schon einmal gut darin", erinnerte sie ihn. „Dieses Mal werde ich noch besser sein."

„Zweifelsfrei." Geschickt zog er sich den Rasierer über die Wange. „Die meisten Dinge gelingen einem mit zunehmendem Alter besser."

„Ich werde perfekt darin sein, dich zu hassen."

„Umso besser", konterte er und rasierte sich ungerührt weiter. „Man sollte sich immer die höchsten Ziele setzen."

Außer sich vor Rage, warf Foxy den nassen Schwamm nach ihm. Er traf ihn mitten zwischen die Schulterblätter. Ein flammendes Triumphgefühl stieg in ihr auf, gleich darauf schlugen ihre Alarmsirenen los. Das wird er mir nicht durchgehen lassen, dachte sie grimmig. Trotzdem forderte sie ihn mit ihrem Blick heraus. Sorgfältig legte Lance den Rasierer ab und hob den Schwamm auf. Die ungute Ahnung in Foxy wuchs, als er sich umdrehte und auf die Wanne zukam. Er wird mich schon nicht ertränken, versuchte sie sich zu beruhigen. Doch noch während sie gegen ihre Zweifel ankämpfte, setzte er sich zu ihr auf den niedrigen Badewannenrand. Und angewidert erkannte sie, dass sie sich selbst in eine Ecke manövriert hatte.

Lance sagte kein Wort, ließ nur den Schwamm mit einem Plop ins Wasser zurückfallen. Verdattert blickte Foxy auf den Schwamm hinunter. Bevor sie erkannte, was Lance vorhatte, lag seine Hand auch schon auf ihrem Kopf, und sie wurde unter Wasser gedrückt. Prustend und keuchend tauchte sie wieder aus dem duftenden Schaum auf. Tropfen liefen ihr aus dem Haar, das ihr an Schultern und Gesicht klebte, während sie sich den Schaum aus den Augen wischte.

„Oh, wie ich dich hasse!“, stieß sie aus, während sie sich das pitschnasse Haar aus dem Gesicht strich. „Ich werde es genießen, dich zu hassen! Ich werde alle möglichen neuen Wege erfinden, um dich zu hassen!“

Lance nickte ihr nur gelassen zu. „Jeder sollte ein Hobby haben.“

„Oh!“ Außer sich vor Wut, spritzte Foxy so viel Wasser in sein Gesicht, wie ihr nur möglich war. Sie wappnete sich dafür, wieder unter Wasser getunkt zu werden, doch zu ihrer völligen Verblüffung drehte Lance sich mit einer geschmeidigen, unerwarteten Bewegung und ließ sich in die Wanne fallen. Schaum floss über den Rand. Foxys Schock wandelte sich in ein hysterisches Kichern. „Du bist verrückt“, schloss sie und versuchte, nicht in dem schwappenden Wasser zu versinken. „Wie soll ich dich anständig hassen können, wenn du verrückt bist?“ Ihre Körper fanden mühelos zueinander. Foxys Haut war nass und glitschig vom Badeöl, und Lance’ Hände glitten darüber, zogen sie näher zu sich heran. Seine nassen Sachen bildeten keine wirkliche Barriere zwischen ihnen. „Du ertränkst mich noch“, protestierte sie, als er sie drehte. Sie schluckte Schaum und kicherte erneut. „Ich wusste doch, dass du mich ertränken willst.“

„Ich will dich nicht ertränken“, stellte Lance richtig. „Ich will dich lieben.“ Er fasste sie um die Taille und hob sie hoch, bis ihr Kinn über dem Wasser lag. Seine Finger strichen über ihren Bauch, eine Hand wanderte zu ihrer Brust. In seinen Berührungen lag eine seltene Zärtlichkeit. „Da du deinen Schwamm und dein Wasser mit mir geteilt hast, hielt ich das für eine Einladung, mich zu dir zu gesellen.“ Er grinste, als Foxy ihm das nasse Haar aus der Stirn strich. „Ich wollte mir nicht nachsagen lassen, ich sei steif.“

„Du bist nicht steif“, sagte sie leise. Bedauern und Reue standen in ihren Augen, als sie auf seinen Blick traf. „Lance …“

„Heute Abend keine Entschuldigungen mehr.“ Er presste seinen Mund auf ihre Lippen und unterband so ihre Entschuldigung. Mit den Händen trat er eine sinnliche Reise über ihren Körper an, hielt inne, verharrte, um sie dann mit unendlich leichten Liebkosungen zu verführen.

„Wir sollten reden“, murmelte Foxy, doch die Worte klangen nur schwach und wenig überzeugend. Ihr Seufzer dagegen sagte viel mehr.

„Morgen. Morgen sind wir wieder vernünftig, dann reden wir und klären alles.“ Während er sprach, wanderte sein Mund über ihr Gesicht, seine Hände streichelten und liebkosten und lockten. „Ich will dich heute Nacht. Ich will mit meiner Frau schlafen.“ Seine Lippen glitten zu ihrem Hals, knabberten dort und schmeckten, bevor er sie leicht ins Ohrläppchen biss. Foxy erschauerte und zog ihn näher an sich. „Und dann will ich sie ausführen und sie ein wenig beschwipst machen, bevor ich sie wieder nach Hause zurückbringe und sie noch einmal liebe.“

Sein Mund fand den ihren, fordernd, besitzergreifend, leidenschaftlich. Und jeder klare Gedanke verflüchtigte sich aus Foxys Kopf.

## *15. KAPITEL*

Foxy begann ihren Arbeitstag sehr viel später als sonst. Es war schon fast elf, als sie mit dem Sortieren und Katalogisieren der Abzüge fertig wurde. Während sie die Fotos sorgfältig in einen wattierten Umschlag für die Postsendung schob, dachte sie an die letzten Monate zurück. Einen Moment lang rief sie sich alles wieder in Erinnerung. Fast konnte sie den beißenden Geruch von Benzin riechen, hörte das schrille Pfeifen der Reifen und das donnernde Röhren der Motoren. Kopfschüttelnd verschloss sie den Umschlag. *Damit habe ich abgeschlossen, das liegt alles hinter mir.*

Entschlossen begann sie an der Entwicklung der Fotos zu arbeiten, die sie von den Kindern im Park und in der Stadt aufgenommen hatte. Der Instinkt sagte ihr, dass ihr einige außergewöhnliche Fotos gelungen waren. Mehr Zeit, dachte sie, mehr Abwechslung. Ich muss wohl noch ein paar andere Spielplätze aufsuchen.

Beharrlich arbeitete sie den Vormittag durch bis hinein in den frühen Nachmittag. Ihre Gedanken wanderten immer wieder zu Lance.

Ihr war klar, dass das leidenschaftliche Liebesspiel der Nacht die eigentlichen Probleme zwischen ihnen nicht löste. Immer wieder kehrten ihre Gedanken zu der Möglichkeit zurück, Lance könnte vielleicht wieder Rennen fahren. Und immer wieder verbot sie sich, daran zu denken. Feigling! schalt sie sich, während sie hier im Dunkeln stand. Du musst daran denken, du musst damit umgehen. Aber ich weiß nicht, ob ich damit umgehen kann. Sie presste die Finger auf die Augen und atmete tief durch. *Ich muss mit ihm reden. Vernünftig. Hat er das nicht selbst gesagt? Heute sind wir wieder vernünftig und reden miteinander.* Ihr fiel auf, dass sie das eigentlich kaum getan hatten, seit er sie in ihrem Motelzimmer nahe Watkins Glen gebeten hatte, ihn zu heiraten. Es war höchste Zeit, beschloss sie, dass sie herausfanden, was sie sich voneinander wünschten und was sie bereit waren, dem anderen zu geben.

In der kleinen Dunkelkammer, in der nur eine rote Leuchte schwaches Licht abgab, fand Foxy eine der Antworten für sich selbst heraus. Während sie die Abzüge von einer Wanne in die nächste tauchte und die Bilder sich langsam auf dem Papier abzeichneten, begann Foxy mit erstaunlicher Klarheit zu verstehen, wonach sie gesucht hatte. Kindergesichter schauten ihr entgegen, manche lachend, andere verzerrt von einem Wutanfall, wieder andere weinend oder traurig. Da gab es Fotos von schlafenden Babys, von Kleinkindern mit runden Gesichtern, von Schulkindern mit neugierigen Augen. Foxy hängte die Abzüge mit zunehmender Ehrfurcht und Feierlichkeit auf. Sie wollte Kinder. Sie wollte eine Familie mit allem, was dazugehörte. Ein Heim, Normalität, der Zusammenhalt in der Struktur einer Familie … Das war es, was sie sich wünschte. Und vielleicht hatte sie sich immer davor gefürchtet, darum zu bitten. Ein solides Heim mit dem Mann, den sie liebte … Lance' Kinder … Familientraditionen … *Ihre* Traditionen.

Ob Lance ebenso fühlte? Foxy schob sich das Haar aus der Stirn und versuchte, sich seine Antwort auszumalen. Und musste feststellen, dass sie, so lange sie ihn auch schon kannte, so intim sie auch miteinander waren, es nicht zu sagen wusste. Wir werden darüber reden müssen, dachte sie, während sie die trocknenden Abzüge studierte. Wir werden über viele Dinge reden müssen.

Ein Blick auf ihre Armbanduhr sagte ihr, dass ihr noch einige Stunden am Nachmittag blieben. Zeit genug, um ihre Verpflichtung gegenüber Pam zu erfüllen und die Fotos von den Rennen fertigzustellen. Sie räumte ihre Ausrüstung zusammen und ging nach oben, um in Lance' Büro anzurufen. Die kompetent klingende Stimme seiner Sekretärin meldete sich am anderen Ende.

„Hallo, Linda, Mrs Matthews hier. Ist Lance gerade beschäftigt?"

„Tut mir leid, Mrs Matthews, er ist gar nicht im Haus. Möchten Sie eine Nachricht für ihn hinterlassen? Oder kann ich Ihnen irgendwie weiterhelfen?"

„Nein, ich … Oder doch“, entschied Foxy nach einem neuerlichen Blick auf ihre Uhr. Sie wollte das heute abschließen. „Lance arbeitet doch an dem neuen Wagen für die nächste Formel-1-Saison.“

„Ja, der Wagen, den Ihr Bruder fahren wird.“

„Richtig, genau der. Ich würde gerne ein paar Fotos davon machen, falls das möglich ist.“

„Das sollte kein Problem sein, Mrs Matthews, wenn es Ihnen nichts ausmacht, ein Stückchen zu fahren. Mr Matthews und die Crew sind draußen auf der Teststrecke für eine Probefahrt.“

„Perfekt!“ Foxy nahm Notizblock und Bleistift, die neben dem Telefon lagen. „Könnten Sie mir den Weg beschreiben? Ich war noch nicht da draußen.“

Eine halbe Stunde später parkte Foxy ihren Wagen neben dem wohlvertrauten Oval einer Rennbahn. Der Wind ließ ihr Haar flattern und blies ihre unverschlossene Jacke auf, als sie ausstieg. Das Röhren eines Hochleistungsmotors drang an ihre Ohren. Sie hielt die Hand über die Augen und sah dem niedrigen roten Blitz nach, der über die Bahn raste. Der Geruch von heißem Gummi und Benzin hing in der Luft. Das wird sich nie ändern, dachte sie und hängte sich ihre Kamera um den Hals. Sie erblickte Charlie, der mit einer Gruppe anderer Männer zusammenstand, und fragte sich kurz, wo Lance wohl sein mochte. Dann machte sie sich an die Arbeit.

Sie arbeitete schnell. Erst wählte sie die beste Stelle, von der sie ihre Bilder aufnehmen konnte, dann montierte sie die passende Linse und stellte die Kamera ein. Ihr Körper bewegte sich fließend und geschickt, als sie Foto um Foto schoss. Der Wagen war schnell, wie sie feststellte. Wie ein Feuerball schoss er um die Kurve und beschleunigte auf der geraden Strecke. Er passt zu Kirk, dachte sie. Es fiel ihr nicht schwer, sich Kirk in dem Cockpit vorzustellen. *Und Kirk passt zu dem Wagen.* Foxy richtete sich auf und strich sich das Haar hinter die Ohren.

„Kannst dem Ring einfach nicht fernbleiben, Kleine, was?“

Grinsend drehte Foxy sich um und strahlte einen grimmig dreinschauenden Charlie an. „Ich kann *dir* nicht fernbleiben“, korrigierte sie und nahm ihm die glühende Zigarre aus dem Mund, um ihm einen herzhaften Kuss aufzudrücken. Er scharrte mit den Füßen, als sie die Zigarre zwischen seine Lippen zurücksteckte.

„Kein Respekt", brummte er. Dann räusperte er sich und musterte sie mit zusammengekniffenen Augen. „Alles klar mit dir?"

„Alles bestens", versicherte sie ihm, und in alter Gewohnheit rieb sie ihm über den grauen Bart. „Und wie geht's dir?"

„Bin beschäftigt", knurrte er mit einem tiefen Stirnrunzeln. „Mit deinem Bruder und deinem Mann zusammen bleibt mir überhaupt keine Zeit mehr übrig."

„Das ist der Preis, den man zahlen muss, wenn man der Beste ist."

Schnaubend akzeptierte Charlie die Wahrheit. „Kirk wird bereit sein für den Wagen, wenn der Wagen für ihn fertig ist", prophezeite er. „Zu schade, dass wir nicht zwei davon haben", meinte er nachdenklich und richtete die zusammengekniffenen Augen wieder auf die Strecke. „Lance weiß, wie man eine solche Maschine zu behandeln hat."

Foxy wollte gerade eine Bemerkung machen, als der Sinn von Charlies Worten sie wie ein Schlag traf. Ihr Blick flog zur Strecke und blieb auf dem Rennwagen haften. Lance. Der metallene Geschmack von Angst stieg in ihrer Kehle auf. Sie schüttelte den Kopf, als könnte sie so die Wahrheit verneinen, die laut in ihrem Kopf dröhnte. „Lance fährt?", hörte sie sich fragen. Ihre Stimme klang dünn und hohl, so als käme sie aus einem langen Tunnel.

„Ja, unser Testfahrer ist krank", antwortete Charlie salopp, bevor er davonschlurfte und Foxy mit dem anhaltenden Donnern der Maschine allein zurückließ.

Während sie dem Wagen mit dem Blick folgte, sah sie, wie das Hinterteil in der Kurve leicht ausschlug, dann wieder ausgerichtet wurde, ohne dass die Geschwindigkeit sich verringert hätte. Foxys Stirn fühlte sich wie Eis an. Übelkeit zog ihren Magen zusammen, und für einen Moment schien sich das helle Sonnenlicht zu verdunkeln. Sie biss auf ihre Unterlippe, damit der Schmerz die Schwäche überkommen sollte. Hilflos stand sie da, während Bilder von Dutzenden von Unfällen auf sie einstürzten, die sich in ihre Erinnerung eingebrannt hatten. Nicht schon wieder! dachte sie verzweifelt. Oh Gott, nicht schon wieder! Lance fuhr, wie er immer gefahren war, mit völliger Kontrolle und Entschlossenheit, kein Komet, sondern ein eiskalt berechnender Herrscher. In der kühlen Herbstbrise begann Foxy unkontrolliert zu zittern. Im Cockpit ist es heiß, dachte sie, während ihre Finger am Kamerariemen taub wurden. Unerträglich heiß, und alles, was er sieht, ist der Asphalt vor ihm, alles, was er hört, ist das Dröhnen des Motors. Die Geschwindigkeit ist wie eine Droge, von der er nicht loskommt.

Die Angst ließ sie versteinert dastehen, auch als das Motorengeräusch verklang. Still und steif stand sie da, als Lance den Wagen zu der Gruppe Männer rollen ließ. Er kletterte aus dem Cockpit und nahm den Helm ab, zog sich den Kopfschutz ab und fuhr sich mit den Fingern durchs Haar. Foxy hatte die gleichen Bewegungsabläufe unzählige Male bei ihm gesehen, bei unzähligen Rennen auf unzähligen Strecken. Schmerz fraß sich durch die betäubende Angst. Ihr Atem wurde unregelmäßig und flach. Lance sagte lachend etwas zu Charlie, der Laut schwebte bis zu ihr. Er zog die Augenbrauen hoch, als Charlie etwas sagte, und mit den Augen folgte Lance dem ausgestreckten Arm des älteren Mannes, bis er Foxy erblickte.

Einen Moment lang sahen sie einander an, Mann und Frau. Zwei Menschen, die sich seit zehn Jahren kannten. Foxy sah, wie der Ausdruck auf seiner Miene sich änderte, aber sie nahm sich nicht die Zeit, zu entschlüsseln, was diese Veränderung bedeuten sollte. Die Tränen kamen zu schnell, um sie aufhalten zu können. Ich habe verloren, dachte sie und schlug die Hände ans Gesicht. Als Lance sich den Weg durch die Gruppe der Männer bahnte, schwang Foxy herum und rannte zu ihrem Wagen zurück. Er rief ihren Namen, doch sie riss die Wagentür auf und kletterte blindlings hinter das Steuer. Sie wurde nur noch von einem einzigen Gedanken beherrscht – Flucht. Sie drehte den Schlüssel im Anlasser, und Sekunden später raste sie über die Straße, nur weg von der Teststrecke.

Es war schon fast dunkel, als Foxy auf die Straße zu dem alten Ziegelsteinhaus einbog. Die Laternen flammten gerade auf. Lance' Wagen parkte am Straßenrand. Er war nicht in die Garage gefahren, und sie lenkte ihren MG dahinter. Foxy schaltete den Motor ab und legte die Stirn auf das Lenkrad. Die zwei Stunden, in denen sie ziellos durch die Gegend gefahren war, hatten sie ruhiger werden lassen, dennoch waren ihre Nerven angespannt. Sie brauchte diesen Augenblick, um sich zu sammeln und etwas von ihrer Kraft zurückzuerlangen. Langsam und mit bedachten Bewegungen stieg sie aus und ging über den schmalen Weg auf das Haus zu. Als sie die Hand nach dem Türgriff ausstreckte, wurde die Tür von innen aufgezogen. Lance stand auf der gegenüberliegenden Seite der Schwelle. Sie schauten einander an.

Lance betrachtete sie, als sähe er sie zum ersten Mal – durchdringend und gründlich, kein Lächeln störte seine Konzentration. Sein Blick war wachsam und forschend, Lance strahlte die vertraute Reglosigkeit aus. Foxy musste an ihr erstes Wiedersehen denken, an dem Abend von Kirks Party, als sie die Tür geöffnet hatte und ihn vor der Schwelle hatte stehen sehen. Jetzt sah er sie auf genau die gleiche Weise an. Werde ich je über ihn hinwegkommen? fragte sie sich nahezu leidenschaftslos und erwiderte seinen Blick. Nein, beantwortete sie sich ihre eigene Frage. *Niemals.*

„Fox." Lance streckte ihr die Hand hin, um sie ins Haus zu ziehen. Sie ignorierte seine Hand und schob sich an ihm vorbei. Vorsichtig stellte sie ihre Kameratasche ab, doch sie zog ihre Jacke nicht aus, sondern ging ins Wohnzimmer durch. Wortlos trat sie an die Bar und goss einen Cognac für sich in einen Schwenker. Ihre Entscheidung hatte sie in den zwei Stunden getroffen, in denen sie umhergefahren war, doch das machte es nicht leichter, sie umzusetzen. Foxy trank einen Schluck, schloss die Augen, als der Alkohol in ihrer Kehle brannte, und trank dann noch einen Schluck. Lance war im Türrahmen stehen geblieben und beobachtete sie.

„Ich war unten in deiner Dunkelkammer, weil ich nach dir gesucht habe.“ Ihre bleichen Wangen betrachtete er mit einem Stirnrunzeln und schob die Hände in die Hosentaschen. „Ich habe die Fotos gesehen, die du zum Trocknen aufgehängt hast. Sie sind einzigartig, Foxy. Du bist einzigartig. Jedes Mal, wenn ich denke, ich kenne dich, finde ich etwas Neues über dich heraus.“ Als sie sich zu ihm umdrehte und ihn anblickte, kam er in den Raum hinein. „Ich schulde dir eine Erklärung für heute Nachmittag.“

„Nein.“ Sie schüttelte den Kopf und stellte das Glas ab. „Du hast mir bereits gesagt, dass dein Beruf nichts mit mir zu tun hat.“ Sie richtete die Augen auf ihn und hielt seinem Blick stand. „Ich will keine Erklärung.“

Er machte einen Schritt auf sie zu. Die Schatten im Raum verlagerten sich. „Nun, Foxy, was willst du dann?“

„Die Scheidung“, sagte sie knapp. Weil Emotionen aufstiegen und ihr die Kehle zudrücken wollten, sprach sie hastig weiter. „Wir haben einen Fehler gemacht, Lance. Je eher wir ihn berichtigen, desto leichter sollte es für uns beide sein.“

„Meinst du?“, entgegnete er. Seine Augen waren jetzt auf einer Höhe mit ihren.

„Es sollte nicht allzu schwierig sein, das zu arrangieren“, wich sie der Frage aus. „Ich möchte, dass du das übernimmst, schließlich hast du Anwälte, die für dich arbeiten, ich nicht. Ich will keine Abfindung.“

„Noch einen Drink?“, fragte er und drehte sich zur Bar.

Bei seinem ungerührten Ton schaute sie argwöhnisch zu ihm hin. „Ja“, antwortete sie, weil sie so gefasst erscheinen wollte wie er. Stille senkte sich über den Raum, nur unterbrochen durch das Klingen von Glas gegen Glas. Die Karaffe in der Hand, kam Lance zu Foxy herüber und schenkte den Schwenker nach. Die letzten Sonnenstrahlen fielen durchs Fenster auf den Zimmerboden. Foxy nippte an dem Cognac und fragte sich in einem kurzfristigen Anfall von schwarzem Humor, ob sie jetzt wohl auf die Scheidung anstoßen würden.

„Nein. Auf keinen Fall“, sagte Lance und trank einen Schluck aus seinem Glas.

„Nein?“, wiederholte sie und fragte sich, ob er ihre Gedanken gelesen hatte.

„Nein, Foxy, du bekommst keine Scheidung. Kann ich dich vielleicht für etwas anderes interessieren?“

Erst riss sie die Augen verblüfft auf, dann kniff sie sie, wütend über seine Arroganz, zusammen. „Ich bekomme meine Scheidung. Dann nehme ich mir eben einen eigenen Anwalt.“ Viel zu heftig stellte sie ihr Glas ab. „Du kannst mich nicht aufhalten.“

„Ich werde gegen dich angehen, Foxy“, konterte er mit absoluter Selbstsicherheit und stellte sein Glas neben ihres. „Und ich werde gewinnen.“ Er streckte die Hand aus und fasste in ihr Haar. „Ich lasse dich nicht gehen! Nicht jetzt, niemals. Ich habe dir schon einmal gesagt, ich bin ein egoistischer Mann.“ Er zog an ihrem Haar, sodass sie in seine Arme fiel. „Ich liebe dich, und ich habe nicht vor, ohne dich auszukommen.“

„Wie kannst du es wagen?“ Wütend stieß Foxy sich von ihm ab. „Wie kannst du es wagen, nur an dich selbst zu denken, ohne auch nur einen einzigen Gedanken an meine Gefühle? Du weißt gar nicht, was Liebe ist!“ Frustriert trat sie aus, weil ihr Protest und ihr Wehren zu nichts führten.

„Foxy, du tust dir noch weh.“ Lance schlang die Arme um sie und hob sie vom Boden hoch. Einen Moment lang kämpfte sie noch gegen ihn an, dann gab sie auf. Sie schloss die Augen, maßlos wütend, weil sie in keiner Beziehung gegen ihn ankam.

„Lass mich los!“, stieß sie zwischen den Zähnen aus, auch wenn ihre Worte ruhig und überdeutlich klangen.

„Willst du mich endlich anhören?“

Ihr Kopf ruckte zurück, sie wollte ablehnen. Ihre Augen glitzerten hell vor Wut und Schmerz. „Ich habe ja wohl keine andere Wahl, oder?“

„Bitte.“

Das einzelne Wort nahm ihr den Wind aus den Segeln. Auch in seinen Augen war die Bitte zu lesen. Geschlagen nickte Foxy. Als Lance sie freigab, trat sie von ihm ab und stellte sich ans Fenster. Der Vollmond stieg an den Himmel, hell und strahlend und verheißungsvoll. Das silberne Licht fiel auf kahle Bäume und brach sich auf dem Herbstlaub. Foxy schien es, als hätte sie nie etwas Einsameres und Trostloseres gesehen.

„Ich wusste nicht, dass du heute zur Strecke herauskommen würdest."

Foxy lachte hart auf, lehnte dann die Stirn an die kühle Scheibe. „Hast du gedacht, was ich nicht weiß, macht mich nicht heiß?"

„Fox." Sein Ton brachte sie dazu, sich zu ihm umzudrehen und ihn anzusehen. „Der Punkt ist: Ich habe überhaupt nicht gedacht." Er fuhr sich frustriert durchs Haar. „Ab und zu teste ich die Wagen, das ist eine Angewohnheit von mir. Ich habe nicht daran gedacht, was das bei dir auslösen wird, bis ich mich umdrehte und dich dort stehen sah."

„Hätte es denn einen Unterschied gemacht?"

„Verdammt, Foxy!" Seine Stimme klang harsch und ungeduldig.

„Hältst du das etwa für eine unvernünftige Frage?", gab sie zurück. Sie begann, im Zimmer umherzulaufen, weil sie nicht länger stillstehen konnte. „Mir scheint sie durchaus vernünftig zu sein. Es ist ebenso eine berechtigte Frage. Ich habe nämlich im letzten Monat etwas über mich selbst herausgefunden. Ich kann bei dir nicht an zweiter Stelle stehen." Sie hielt inne, holte tief Luft. „Ich muss den ersten Rang einnehmen, Lance, ich kann nicht auf dem Rücksitz mitfahren, wie ich es immer bei Kirk gemacht habe. Weil es nicht dasselbe ist. Ich wünsche mir … ich brauche etwas Solides, etwas Beständiges. Darauf warte ich schon mein ganzes Leben. Dieses Haus …" Sie machte eine hilflose Geste, weil ihre Gedanken zu schnell für ihre Worte kamen, um mit dem Tempo mithalten zu können. „Ich wünsche mir das, wofür es steht. Es ist gleich, ob wir es ein Dutzend Mal im Jahr verlassen oder sogar noch öfter, solange es nur hier steht, damit wir hierher zurückkommen können. Ich wünsche mir Stabilität, ich wünsche mir Geborgenheit, ich will ein Heim und Kinder. Deine Kinder." Ihre Stimme bebte vor Emotionen, aber ihre Augen blieben trocken, als sie stehen blieb und zu ihm hinschaute. „Ich will alles, alles zusammen."

Sie wandte sich wieder ab und schluckte, holte tief Luft, in der Hoffnung, dass es sie beruhigen würde. „Als ich dich heute Nachmittag da in dem Wagen hab sitzen sehen …“ Jetzt überwältigten sie die Emotionen, sie schüttelte den Kopf, bevor sie weitersprechen konnte. „Ich kann nicht beschreiben, was es mit mir anstellt. Vielleicht ist es ja doch unvernünftig, aber ich kann es auch nicht kontrollieren.“ Sie presste den Handballen an ihre Stirn und versuchte, ruhig zu sprechen. „Ich kann so nicht mehr leben. Ich liebe dich, und manchmal kann ich noch immer nicht glauben, dass wir zusammen sind. Ich will nicht, dass du dich änderst, du sollst genau so bleiben, wie du bist. Ich weiß auch, dass du die Dinge, die mir wichtig sind, vielleicht gar nicht für dich willst. Aber wenn ich daran denke, dass du wieder Rennen fahren willst, dann …“

„Wieso sollte ich wieder Rennen fahren wollen?“, fragte er ruhig.

Foxy zuckte hilflos mit den Schultern. „An dem Tag, als ich von dem neuen Wagen für Kirk erfuhr, hast du gesagt, dass du eines Tages vielleicht wieder fahren wirst. Ich weiß, dass es wichtig für dich ist.“

„Du glaubst, ich würde dir das antun?“ Sein Ton reichte aus, damit sie den Blick auf seine Augen richtete. „Hast du das die ganze Zeit über gedacht?“ Er kam zu ihr, legte ihr die Hände auf die Schultern. „Ich habe kein Interesse, wieder Rennen zu fahren. Aber selbst wenn ich es hätte, würde ich mich irgendwie arrangieren, um ohne auszukommen. Ich bin viel mehr an meiner Frau interessiert, Fox.“ Er schüttelte sie leicht, die Geste viel eher Liebkosung als Strafe. „Wie könnte ich überhaupt daran denken, Rennen zu fahren, wenn ich weiß, was es dir antut? Siehst du denn nicht, dass du in meinem Leben an erster Stelle stehst?“

Sie öffnete den Mund, wollte etwas sagen, brachte jedoch nur ein stummes Kopfschütteln zustande, bevor er fortfuhr: „Nein, wahrscheinlich erkennst du es wirklich nicht. Ich glaube nämlich nicht, dass ich es sehr deutlich gemacht habe. Es wird Zeit, dass ich es tue.“ Er streichelte ihre Schultern, ließ dann seine Hände sinken. „Zum einen habe ich Kirks Unfall ausgenutzt und dich in diese Ehe gedrängt. Deswegen habe ich schon lange Gewissensbisse. Nein, lass mich ausreden!", hielt er sie auf, als sie protestieren wollte. „Ich wollte dich, und an jenem Abend sahst du so verloren aus. Ich habe dich zur Heirat gedrängt und dich sofort nach Boston geholt, ohne dir all das zu geben, was du verdient hast. Die Wahrheit ist, ich hatte Angst, du könntest mir wieder entgleiten. Ich habe mir eingeredet, dass ich es wiedergutmachen und alles nachholen würde, wenn wir erst verheiratet sind."

„Lance", unterbrach sie ihn und legte ihre Hand an seine Wange. „Ich brauche keinen Schnickschnack."

„Und das von der Frau, die eine Garage einmal mit Manderley verglichen hat?", hielt er dagegen. Er küsste ihre Fingerspitzen, ließ dann ihre Hand los. „Vielleicht ist es mir ja ein Bedürfnis, dir all die üblichen Verzierungen und das Beiwerk zu geben, Foxy. Vielleicht ist das der Grund, weshalb ich von Eifersucht zerfressen wurde, als du den Nachmittag mit Jonathan im Park verbracht hast. *Ich* hätte mit dir zusammen sein sollen. Ich habe dich dazu gedrängt, meine Frau zu werden, und mir nie die Mühe gemacht, zu besprechen, was eigentlich wichtig ist." Die Hände in den Hosentaschen, drehte er sich um und lief im Zimmer auf und ab. „Es ist schwer, geduldig zu sein, wenn man seit fast zehn Jahren verliebt ist."

„Was?" Foxy starrte ihn an, dann ließ sie sich langsam auf die Armlehne des Sofas sinken. „Was sagst du da von zehn Jahren?"

Als er sich wieder zu ihr drehte, stand das schiefe Lächeln auf seinen Lippen. „Vielleicht, wenn ich mich von Anfang an erklärt hätte, hätten sich einige dieser Probleme vermeiden lassen. Ich weiß nicht, wann ich angefangen habe, dich zu lieben. Ich kann mich kaum an die Zeit erinnern, da ich es nicht getan habe. Du warst eine Heranwachsende mit wunderschönen Augen und dem Lachen einer Frau. Du hast mich fast in den Wahnsinn getrieben."

„Warum … warum hast du es mir nicht gesagt?"

„Fox, du warst nur wenig älter als ein Kind, und ich war ein erwachsener Mann." Er lachte trocken auf, fuhr sich mit der Hand durchs Haar. „Kirk war mein bester Freund. Hätte ich dich angerührt, hätte er mich völlig zu Recht umgebracht. Nein, in jener Nacht in Le Mans konnte ich nicht schlafen, weil ein sechzehnjähriges Mädchen mich verrückt machte. In der Garage drehte ich mich um, und du bist mir praktisch in die Arme gefallen. Ich wollte dich so sehr, dass es schmerzte. So sehr, dass ich mich in Grobheit flüchtete. Dich von mir wegzutreiben war das einzig Anständige, was ich tun konnte. Großer Gott, welche Angst du mir eingejagt hast!"

Mit einem Kopfschütteln hob er Foxys vergessenen Drink an. „Ich wusste, ich musste dir Zeit geben, um erwachsen zu werden, um dir dein eigenes Leben aufzubauen. Die sechs Jahre, in denen ich dich nicht sah, waren endlos lang. In dieser Zeit fing ich damit an, Autos zu bauen, und zog in dieses Haus hier ein." Er drehte den Kopf und sah sie wieder an. „Ich habe mir dich immer hier vorgestellt, irgendwie schien es mir richtig zu sein. Du gehörtest hierher, zusammen mit mir, ich konnte es fühlen. Ich habe nie eine andere Frau in dieses Haus gebracht." Er setzte das Glas ab, sein Blick wurde dunkel und intensiv. „Es hat nie eine andere als dich gegeben. Schatten nur, höchstens Abbilder. Ich habe andere Frauen begehrt, aber ich habe nie eine andere geliebt. Ich habe nie eine andere gebraucht."

Foxy schluckte, sie war nicht sicher, ob sie ihrer Stimme trauen konnte. „Lance, du brauchst mich?"

„Jeden Tag." Er trat vor sie hin, strich mit der Hand über ihr Haar. „In den letzten Wochen habe ich ein paar Dinge gelernt. Du kannst mich verletzen." Mit einem Finger fuhr er ihren Hals entlang, ohne den Blick von ihr zu wenden. „An eine solche Möglichkeit hatte ich nie gedacht. Was du über mich denkst, ist mir wichtig. Und ich habe mich noch nie einen Deut darum geschert, was andere über mich denken. Du wirst mir mit jedem Tag wichtiger, in so vieler Hinsicht. Und dass ich dich brauche, schwächt sich nicht ab." Er lächelte. „Du jagst mir noch immer eine Heidenangst ein."

Foxy erwiderte sein Lächeln, spürte, wie wunderbar warme Zufriedenheit sie einhüllte. „Ich vermute, diese Ehe wird niemals wirklich ruhig und gelassen ablaufen."

„Das glaube ich auch nicht.“

„Sie wird immer stürmisch und anstrengend sein.“

„Und interessant“, ergänzte Lance.

„Wahrscheinlich können zwei Menschen, die einander schon so lange lieben, ziemlich stur sein.“ Foxy hob ihre Arme. „Ich habe dich immer geliebt, weißt du, selbst in all den Jahren, in denen ich versucht habe, es nicht zu tun. Zu dir zurückzukommen war, als wäre ich nach Hause gekommen. Ich will, dass du mich küsst, bis mit die Luft wegbleibt.“

Noch während sie sprach, nahm er ihren Mund in Besitz. „Foxy“, murmelte er, als er den Kopf wieder hob, und legte seine Wange an ihre.

„Nein, nein, ich bekomme noch Luft.“ Ungeduldig suchten ihre Lippen seinen Mund, bis er seine zärtliche Zurückhaltung aufgab. Wild und ungestüm und elektrisierend küssten sie sich wieder und wieder, und mit der Abenddämmerung schwand das Licht im Raum. „Oh Lance!“ Einen Moment lang drückte Foxy ihn fest an sich, dann hob sie den Kopf und kämmte sein Haar mit ihren Fingern zurück. „Wie konnten wir beide nur so dumm sein und einander nicht sagen, was wir fühlen?“

„Wir sind beide noch Frischlinge in der Ehe, Fox.“ Er rieb seine Nasenspitze an ihrer. „Wir müssen einfach mehr üben.“

„Ich fühle mich wie eine Ehefrau.“ Sie schlang die Arme um seinen Nacken und zog ihn zu sich heran. „Ich fühle mich sogar sehr wie eine Ehefrau. Es gefällt mir.“

„Ich denke, eine Ehefrau sollte auch Flitterwochen bekommen“, murmelte Lance, während er die Privilegien eines Ehemannes genoss. „Ich hätte dir sagen sollen, dass ich eine Menge Überstunden im Büro mache, damit ich es mir leisten kann, mir zwei Wochen freizunehmen. Und genau jetzt fange ich damit an. Wo würdest du gerne hinfahren?“

„Ich kann es mir aussuchen?“, fragte sie und schwebte schon von den berauschenden Liebkosungen seiner Hände.

„Ganz gleich, wohin.“

„Dann nirgendwohin“, beschloss sie und schob die Hände unter seinen Pullover. Sein Rücken fühlte sich fest und warm an ihren Handflächen an. „Ich habe gehört, der Service hier soll exzellent sein." Sie lächelte ihn an, als er den Kopf hob. „Und ich liebe die Aussicht." Foxy streckte den Arm aus und griff nach dem Telefon, zog es über ihren Kopf. „Hier. Ruf Mrs Trilby an, und sag ihr, wir wären für zwei Wochen nach … nach Fidschi geflogen. Gib ihr frei. Wir verschließen die Tür, stellen das Telefon ab und verschwinden einfach eine Weile vom Erdboden."

„Ich habe eine sehr kluge Frau geheiratet", lautete Lance' Kommentar. Er nahm das Telefon an und stellte es unbeachtet wieder weg. „Ich werde sie später anrufen … sehr viel später." Mit den Lippen fuhr er sacht über Foxys Mund. „Sagtest du nicht etwas von Kindern?"

Ihre Augen, die sich schon schließen wollten, öffneten sich wieder. „Ja, sagte ich."

„Wie viele hattest du im Sinn?", fragte er.

„Eine genaue Zahl hatte ich mir noch nicht überlegt", murmelte Foxy.

„Warum fangen wir nicht mit einem an und sehen, dass wir uns von da weiter vorarbeiten?", schlug Lance vor. „Ein so wichtiges Projekt sollte man am besten gleich in Angriff nehmen, meinst du nicht auch?"

„Auf jeden Fall", stimmte Foxy zu.

Und der Abend ging in die Nacht über, während ihre Lippen sich trafen.

– ENDE –

*Nora Roberts*

# In dein Lächeln verliebt

Roman

Aus dem Amerikanischen von
Chris Gatz

mtb

## 1. KAPITEL

Das Mädchen wirbelte herum und drehte sich im Licht der Scheinwerfer. Ihr glänzendes schwarzes Haar schwang um ihr eindrucksvolles Gesicht.

„So ist es gut, Harriet. Mach jetzt einen kleinen Schmollmund, und denk daran, dass wir hier Lippen verkaufen." Larry Newman beobachtete sie durch die Kamera und ließ den Verschluss eilig klicken.

„Fantastisch", rief er und erhob sich aus der Hocke. „Das ist genug für heute."

Harriet Baxter streckte die Arme zur Decke und entspannte sich. „Gut, einverstanden. Ich sehne mich nach meiner Wohnung und einem heißen Bad."

„Denk an die Dollarmillionen, die dein Gesicht für Lippenstifte einbringt, Liebling." Während Larry die Lampen ausschaltete, war er mit seinen Gedanken schon wieder ganz woanders.

„Soll mir das moralischen Auftrieb geben?"

„Genauso ist es", erwiderte er zerstreut. „Morgen kommt die Shampoowerbung an die Reihe. Dein Haar muss so prachtvoll aussehen wie immer. Ach, beinahe hätte ich es vergessen. Morgen früh habe ich eine geschäftliche Verabredung. Ich werde jemanden auftreiben, der mich vertritt."

Harriet lächelte ihn nachsichtig an. Seit drei Jahren arbeitete sie inzwischen als Fotomodell, und Larry war ihr Lieblingsfotograf. Sie ergänzten sich fabelhaft. Er fotografierte hervorragend. Überlegen beherrschte er Weitwinkel- und Nahaufnahmen, und es gelang ihm immer, die richtige Stimmung einzufangen. Allerdings fehlte ihm jeglicher organisatorischer Sinn, und er war hoffnungslos uninteressiert an allem, was nicht mit seiner kostbaren Kameraausrüstung zu tun hatte.

„Was ist das für eine Verabredung?", fragte Harriet ruhig und geduldig. Sie wusste sehr gut, wie leicht Larry so weltliche Angelegenheiten wie Uhrzeiten und Treffpunkte verwechselte, wenn sie nicht unmittelbar im Zusammenhang mit seiner Kamera standen.

„Ach, stimmt ja, das habe ich dir wohl noch nicht gesagt. Um zehn muss ich bei Burt Bardoff antreten."

„Bei jenem gewissen Burt Bardoff?" Harriet war überaus erstaunt. „Ich hatte keine Ahnung, dass der Eigentümer des Modemagazins sich mit gewöhnlichen Sterblichen trifft, ausgenommen Mitglieder von Königshäusern und Göttinnen."

„Mir hat er jedenfalls eine Audienz gewährt. Seine Sekretärin hat mich angerufen und die Sache ins Rollen gebracht. Er will seine Vorstellungen über irgendeinen Entwurf mit mir besprechen."

„Na, dann viel Vergnügen. Soweit ich weiß, ist Burt Bardoff ein ziemlich ausgekochter Bursche, zäh wie Leder. Jeder muss nach seiner Pfeife tanzen."

„Er wäre nicht dort, wo er sich heute befindet, wenn er sich übers Ohr hauen ließe. Sein Vater hat wahrscheinlich ein Vermögen verdient, als er das Modemagazin gründete, doch Burt Bardoff hat es verdoppelt, indem er weitere Zeitschriften aus der Taufe hob. Er ist ein überaus erfolgreicher Unternehmer und ein guter Fotograf, der keine Angst davor hat, sich die Hände zu beschmutzen."

„Du verehrst jeden, der eine Leica von einer Box unterscheiden kann", spottete Harriet und zupfte an Larrys unordentlichem Haarschopf. „Aber dieser Männertyp zieht mich nicht im Geringsten an." Sie zog mit gespieltem Schauder graziös die Schultern ein. „Ich glaube, ich würde mich vor ihm zu Tode fürchten."

„Du fürchtest dich vor niemandem, Harriet." Larry beobachtete, wie die große gertenschlanke Frau ihre Tasche nahm und sich zur Tür wandte. „Morgen früh um halb zehn wird jemand die Aufnahmen mit dir machen."

Harriet winkte ein Taxi heran. Taxi fahren war ihr während der drei Jahre, die sie nun in New York verbrachte, zur Gewohnheit geworden. Sie dachte kaum noch an die Harriet Baxter von der Farm in Kansas zurück, denn inzwischen war sie in der blühenden Metropole New York heimisch geworden.

Mit einundzwanzig Jahren hatte sie sich von ihrem Elternhaus gelöst und war nach New York gekommen, um eine Karriere als Fotomodell zu beginnen. Der Übergang vom einfachen

Landmädchen zum Großstadtmodell war schwierig und oft beängstigend gewesen, doch Harriet hatte sich von der schnelllebigen, überwältigenden Stadt nicht einschüchtern lassen und war unverdrossen mit ihrer Fotomappe von einer Agentur zur anderen gegangen.

Während des ersten Jahres bekam sie nur wenige Aufträge, und die auch nur in großen zeitlichen Abständen, aber sie gab nicht auf. Um keinen Preis wollte sie wieder zu ihrer Familie zurückkehren. Allmählich verschaffte sie sich den Ruf, sich völlig mit dem jeweiligen Produkt identifizieren zu können, und sie wurde immer begehrter. Als sie mit Larry zu arbeiten begann, war ihr Glück gemacht. Immer häufiger tauchte ihr Gesicht auf den Titelseiten der Modejournale auf. Inzwischen war sie ein Topmodell, und ihr Honorar war hoch genug, dass sie ihr dürftiges Zimmer im dritten Stock eines einfachen Mietshauses gegen eine komfortable Hochhauswohnung in der Nähe des Central Parks eintauschen konnte.

Harriet hing nicht etwa leidenschaftlich an ihrer Modellkarriere, sie sah diese Tätigkeit nur als einen Job an. Ruhm und Glanz hatten ihr nie viel bedeutet. Sie war nach New York gekommen, um auf eigenen Füßen zu stehen. Doch ihr beruflicher Aufstieg war unvermeidbar, denn Harriet war graziös, ausgeglichen und darüber hinaus blendend schön. Mit ihrem rabenschwarzen Haar und den hohen Wangenknochen sah sie ein wenig exotisch aus. Ihre großen mitternachtsblauen Augen wurden von langen schweren Wimpern umrahmt. Sie hatte einen vollen, schön geschwungenen Mund, der hingebungsvoll lächeln konnte. Sie war betörend schön und außerdem ungewöhnlich fotogen. Das war der Grund ihres Erfolges. Ungezwungen und völlig natürlich bewegte sie sich vor der Kamera. Wenn man ihr sagte, welche Art von Frau sie darstellen sollte, veränderte sie ihren Gesichtsausdruck: Sie war überlegen, praktisch, sinnlich – was immer man von ihr wollte.

In ihrem Apartment streifte Harriet die Schuhe ab, und ihre Füße versanken im weichen Flausch des elfenbeinweißen Teppichs. An diesem Abend hatte sie keine Verabredung, und sie freute sich auf einen leichten Imbiss und einige Stunden Muße in den eigenen vier Wänden. Sie machte sich ein wenig frisch, schlüpfte in einen warmen dunkelblauen Morgenmantel und ging in die Küche, um sich ein Festessen zuzubereiten, wie es für ein Fotomodell angemessen war: Suppe und ungesalzene Crackers. Doch die Vorbereitungen zu ihrem kargen Abendessen wurden unterbrochen, als es an der Wohnungstür klingelte. „Hallo, Lisa." Harriet begrüßte ihre Nachbarin, die auf demselben Flur ihr gegenüber wohnte, mit einem freundlichen Lächeln. „Willst du mit mir zu Abend essen?"

Lisa MacDonald rümpfte missbilligend die Nase. „Ich würde es lieber mit einigen Pfunden mehr aufnehmen, als zu verhungern, was du offenbar anstrebst."

„Wenn ich zu häufig beim Essen sündige, musst du mir eine Anstellung in eurer Anwaltsfirma besorgen." Harriet strich über ihren flachen Bauch. „Dabei fällt mir ein: Wie macht sich denn euer junger Rechtsanwalt?"

„Mark hat überhaupt noch nicht begriffen, dass ich lebe." Lisa warf sich auf die Couch. „Das bringt mich zur Verzweiflung, Harriet. Ich werde noch die Geduld verlieren und ihn auf dem Parkplatz überfallen."

„Viel zu aufwendig. Hast du schon mal an eine weniger dramatische Lösung gedacht? Du könntest ihm ein Bein stellen, wenn er an deinem Schreibtisch vorübersegelt. Diese Gelegenheit wird sich bald ergeben."

„Das werde ich mir merken. Ich muss dann nur schnell genug reagieren, ehe er vorbei ist."

Amüsiert ließ Harriet sich auf einem Sessel nieder und legte ihre nackten Beine auf einen niedrigen Schemel. „Sagt dir der Name Burt Bardoff etwas?"

Lisas Augen weiteten sich. „Den kennt doch jeder. Millionär, unglaublich gut aussehend, geheimnisvoll, ausgezeichneter Geschäftsmann und trotzdem ein fairer Partner." Lisa zählte diese Eigenschaften sorgfältig an den Fingern ab. „Was ist los mit ihm?", fragte sie interessiert.

Harriet hob bedeutungsvoll die schmalen Schultern. „Ich weiß es nicht genau. Larry hat morgen früh eine Verabredung mit ihm, wie er mir erzählte."

„Von Angesicht zu Angesicht?"

„Allerdings." Vergnügt und erwartungsvoll betrachtete Harriet ihre Freundin Lisa. „Natürlich haben wir beide schon früher für seine Zeitschriften gearbeitet, aber ich begreife nicht, wieso der unzugängliche Eigentümer des Magazins ‚Mode' einen simplen Fotografen zu sich bittet, obwohl er selber der Beste von allen ist. Man spricht in unseren Kreisen nur ehrfürchtig hinter vorgehaltener Hand von ihm, und wenn man den Klatschspalten trauen darf, ist er der Wunschtraum eines jeden unverheirateten Mädchens. Auch ich wüsste gern, wie er wirklich ist."

Harriet runzelte die Stirn, denn der Gedanke beschäftigte sie ernsthaft. „Es ist eigenartig, doch ich glaube, ich kenne niemanden, der mit ihm schon einmal persönlich zu tun hatte. Ich stelle ihn mir wie den ‚großen Unsichtbaren' vor, der vom Olymp seines Modemagazins einsame Entscheidungen von allergrößter Wichtigkeit trifft. Ich glaube nicht, dass ich mich darin irre."

„Vielleicht wird Larry morgen deine Neugierde befriedigen", meinte Lisa.

Harriet schüttelte den Kopf, und ihre Nachdenklichkeit wich einem Lächeln. „Larry hat nichts anderes im Sinn, als Mr Bardoff auf einem Negativstreifen festzuhalten."

Kurz vor halb zehn Uhr am nächsten Morgen öffnete Harriet mit einem Zweitschlüssel Larrys Studio. Sie hatte sich auf die Shampoowerbung vorbereitet. Das Haar fiel ihr in weich glänzenden vollen Wellen über die Schultern. In dem kleinen, nach hinten gelegenen Raum schminkte sie sich mit geübter Hand. Eine Viertelstunde später schaltete sie ungeduldig die Scheinwerfer für die Atelieraufnahmen an. Minuten später kam ihr der Verdacht, dass Larry versäumt hatte, sich um einen Ersatzfotografen zu kümmern. Es war fast zehn Uhr, als sich die Studiotür endlich öffnete. Harriet stürzte sich sofort auf den Ankömmling.

„Das wurde aber höchste Zeit." Sie unterdrückte ihren Ärger mit einem halben Lächeln. „Sie haben sich verspätet."

„Wirklich?", entgegnete er und quittierte ihre Ungeduld mit erhobenen Augenbrauen.

Harriet schwieg eine Weile. Dabei bemerkte sie, dass der Mann traumhaft gut aussah. Sein dichtes hellblondes Haar fiel auf den Kragen eines legeren Rollkragenpullovers, der die graue Farbe seiner großen ehrlichen Augen hatte. Sein Mund verzog sich zu einem leichten Lächeln, und sein tief gebräuntes Gesicht wirkte irgendwie vertrauenerweckend.

„Bisher habe ich noch nie mit Ihnen zusammengearbeitet, oder?", fragte Harriet. Sie bemühte sich, ihm in die Augen zu sehen, denn er war gut ein Meter neunzig groß.

„Warum fragen Sie?", wich er einer Antwort aus. Harriet fühlte sich unter seinem forschenden Blick plötzlich unbehaglich.

„Es ist nicht wichtig", murmelte sie, wandte sich um und bemühte sich, ihre Manschetten geradezuziehen. „Lassen Sie uns anfangen. Wo ist Ihre Kamera?" Erst jetzt stellte sie fest, dass er keine Ausrüstung bei sich trug. „Wollen Sie Larrys Apparat benutzen?"

„Allerdings." Er dachte überhaupt nicht daran, sie aus den Augen zu lassen und sich seiner Aufgabe zu widmen. Seine Sorglosigkeit verwirrte sie.

„Bitte, fangen Sie an. Lassen Sie mich nicht den ganzen Tag warten. Seit einer halben Stunde bin ich fertig."

„Tut mir leid." Er lächelte, und sie war überrascht von der Veränderung seines ohnehin unwiderstehlichen Gesichts. Es war nur ein nachlässiges charmantes Lächeln, aber Harriet durchzuckte der Gedanke, dass er es als gefährliche Waffe einsetzen könnte. Sie wandte sich brüsk ab und kämpfte gegen den Zauber an. Die Arbeit ging vor.

„Um was geht es bei den Aufnahmen?", fragte er, während er Larrys Kameras prüfte.

„Du liebe Zeit, hat er es Ihnen nicht gesagt?" Sie drehte sich wieder zu ihm um, schüttelte den Kopf und lächelte ihn zum ersten Mal voll an. „Larry ist ein blendender Fotograf, doch über die Maßen zerstreut. Mir ist völlig unklar, wie er sich daran erinnert, dass er morgens aufstehen muss.“ Harriet strich sich eine Locke aus der Stirn und legte dramatisch den Kopf in den Nacken. „Sauberes, glänzendes, verführerisches Haar“, antwortete sie in geschäftsmäßigem Tonfall. „Heute verkaufen wir Shampoo.“

„In Ordnung“, erwiderte er einfach und bediente die Anlage so geschickt und umsichtig, dass Harriet ein Stein vom Herzen fiel. Jedenfalls beherrscht er sein Handwerk, überlegte sie, denn sein Verhalten hatte sie etwas irritiert. „Übrigens, wo ist Larry eigentlich?“

Diese Frage riss Harriet aus ihren Gedanken. „Hat er Ihnen das auch nicht gesagt? Das sieht ihm ähnlich.“ Im Licht der Scheinwerfer drehte sie sich langsam, bewegte den Kopf hin und her, sodass die Haare ihr Gesicht wie eine tiefschwarze Wolke einrahmten. Der Fotograf schaute konzentriert in den Sucher, ging in die Hocke und umkreiste sie, um sie aus verschiedenen Blickwinkeln aufzunehmen. „Er hatte eine Verabredung mit Burt Bardoff“, fuhr sie fort, warf ihr Haar hoch und lächelte ihn an. „Wehe ihm, wenn er diesen Termin vergessen hat. Er würde garantiert bei lebendigem Leib verspeist werden.“

„Pflegt Burt Bardoff gewöhnlich Fotografen zu verzehren?“, fragte die trockene Stimme hinter der Kamera amüsiert.

„Das würde mich nicht wundern.“ Harriet schob die Haare hoch und wartete einen Augenblick, bis sie sie wieder wie einen Umhang auf die Schultern fallen ließ. „Ich glaube nämlich, dass ein rücksichtsloser Geschäftsmann wie Mr Bardoff nur wenig Geduld für geistesabwesende Fotografen oder andere Unzulänglichkeiten aufbringt.“

„Kennen Sie ihn?“

„Du liebe Güte, nein.“ Harriet lachte hell auf. „Wahrscheinlich werde ich ihn auch nie kennenlernen, denn das wäre unter seiner Würde. Sind Sie ihm jemals begegnet?“

„So kann man es nicht gerade nennen.“

„Ja, und trotzdem arbeiten wir alle gelegentlich für ihn. Ich weiß nicht mehr, wie oft mein Gesicht schon in einer seiner Zeitschriften aufgetaucht ist, aber trotzdem habe ich den Herrscher niemals persönlich kennengelernt."

„Herrscher?"

„Wie sonst soll man ein derart hochmütiges Individuum beschreiben? Dem Vernehmen nach regiert er seine Magazine wie ein Weltreich."

„Sie scheinen etwas gegen ihn zu haben."

„Nein. Herrscher machen mich nur nervös. Ich bin bloß ein einfaches Mädchen vom Land."

„So wirken Sie aber überhaupt nicht", meinte er. „So, hiermit könnte man ganze Tankzüge voller Shampoo verkaufen." Er ließ die Kamera sinken und blickte sie fest an. „Ich glaube, wir haben es geschafft, Harriet."

Sie entspannte sich, warf das Haar zurück und musterte ihn neugierig. „Sie kennen mich? Es tut mir leid, aber ich kann mich nicht an Sie erinnern."

„Harriet Baxters Gesicht ist überall zu finden. Es gehört zu meinen Aufgaben, schöne Gesichter zu entdecken." Das sagte er wie beiläufig, und seine grauen Augen funkelten amüsiert.

„Demnach scheinen Sie sich im Vorteil zu befinden, Mr ..."

„Bardoff, Burt Bardoff." Die Kamera klickte, um ihren überraschten Gesichtsausdruck festzuhalten. „Jetzt können Sie Ihren Mund wieder schließen, Harriet. Ich finde, wir sollten Schluss machen." Er lächelte breit, als sie ihm automatisch gehorchte. „Haben Sie Ihre Zunge wieder im Zaum?", scherzte er vergnügt, während Harriet immer noch fassungslos war.

Jetzt erkannte sie ihn wieder und erinnerte sich an die Bilder in den Zeitungen und in seinen eigenen Zeitschriften. Sie ärgerte sich über ihre Dummheit.

„Sie haben mich plappern lassen wie ein Kind", sprudelte sie hervor. Ihre Augen glänzten, und ihre Wangen röteten sich. „Sie haben Aufnahmen von mir gemacht, die Sie nicht das Geringste angehen, und zugelassen, dass ich mich wie eine Närrin benehme."

„Ich habe nur eine Weisung ausgeführt." Sein ernster, nüchterner Ton trieb sie zur Verzweiflung.

„Sie hatten kein Recht dazu. Und Sie hätten mir wenigstens sagen können, wer Sie sind." Ihre Stimme zitterte vor unterdrücktem Zorn, doch er hob nur die Schultern und lächelte sie erneut an.

„Sie haben mich ja nicht danach gefragt."

Ehe Harriet ihm antworten konnte, öffnete sich die Tür des Studios, und Larry trat ein. Er sah verstört aus und war völlig außer sich. Er näherte sich der Trittleiter unter den Scheinwerfern.

„Mr Bardoff, es tut mir sehr leid. Ich dachte, dass unsere Besprechung in Ihrem Büro stattfinden sollte." Larry fuhr sich durch die Haare. „Als ich dort eintraf, sagte man mir, dass Sie hierherkommen wollten. Ich weiß nicht, wie das passieren konnte. Entschuldigen Sie, dass Sie warten mussten."

„Machen Sie sich keine Gedanken darüber", versicherte Burt Bardoff mit einem Lächeln. „Die letzte Stunde war höchst unterhaltsam."

„Harriet." Erst jetzt bemerkte Larry, dass sie auch da war. „Du liebe Zeit. Ich wusste doch, dass ich etwas vergessen hatte. Wir werden die Aufnahmen später machen."

„Nicht nötig." Burt übergab Larry die Kamera. „Harriet und ich haben uns darum gekümmert."

„Sie haben die Aufnahmen gemacht?" Larry sah abwechselnd Burt und die Kamera an.

„Harriet wollte ihre Zeit nicht vergeuden." Er lächelte und fügte hinzu: „Ich bin sicher, dass Sie mit den Bildern einverstanden sein werden."

„Daran habe ich keinen Zweifel, Mr Bardoff." In Larrys Stimme schwang ein respektvoller Unterton. „Ich weiß, wie gut Sie mit der Kamera umgehen können."

Harriet wünschte sich sehnlichst, dass der Boden sich öffnete und sie verschlang. Nie zuvor hatte sie sich so töricht benommen. Das alles war Burt Bardoffs Schuld. Was für Nerven musste dieser Mann haben, um sie im Glauben zu lassen, dass er ein Fotograf sei. Sie erinnerte sich an die Art und Weise, wie sie ihm befohlen hatte, mit der Arbeit zu beginnen, und auch an das übrige Gespräch. Sie schloss die Augen und stöhnte innerlich. Jetzt wollte sie nur noch verschwinden. Mit etwas Glück würde sie Burt Bardoff nie wiedersehen.

Hastig packte sie ihre Tasche. „Ich überlasse Sie jetzt Ihrer geschäftlichen Besprechung, denn ich muss noch weitere Aufnahmen machen, am anderen Ende der Stadt." Sie schwang ihre Tasche über die Schulter und atmete tief ein. „Auf Wiedersehen, Larry. Es war nett, Ihre Bekanntschaft zu machen, Mr Bardoff." Sie wollte sich aus dem Staub machen, doch Burt streckte seine Hand nach ihrem Arm aus und verhinderte ihren Abgang.

„Auf Wiedersehen, Harriet." Sie zwang sich, ihn anzusehen, während sie den kräftigen Druck seiner Hand spürte. „Es war ein sehr aufschlussreicher Vormittag. Hoffentlich ist es nicht der letzte, den wir miteinander verbringen. Ich freue mich darauf, Sie wiederzusehen."

Erst, wenn die Hölle zufriert, besagte ihr Blick. Sie stieß noch einige unzusammenhängende Laute aus, und dann rannte sie zur Tür. Burt Bardoff lachte laut hinter ihr her.

Als Harriet sich am Abend umzog, um auszugehen, bemühte sie sich vergeblich, die Ereignisse des Vormittags aus ihren Gedanken zu verscheuchen. Sie hoffte inständig, dass sie Burt Bardoff nie mehr begegnen würde. Schließlich ist es nur ein dummer Zufall gewesen, der uns zusammengeführt hat, beruhigte sie sich. Sie vertraute auf das Sprichwort, dass ein Blitz nie ein zweites Mal in dieselbe Stelle einschlägt. Sein Name hatte sie wirklich wie ein Blitz aus heiterem Himmel getroffen.

Das Telefon klingelte und unterbrach ihre Gedankengänge. Es war Larry. „Harriet, wie schön, dass du zu Hause bist." Seine Stimme klang aufgeregt.

„Gerade wollte ich die Wohnung verlassen. Was ist denn los, Larry?"

„Erspar mir Einzelheiten. Burt wird dir morgen früh alles erklären."

„Worum dreht es sich, sag es doch endlich."

„Das wird Burt dir morgen erklären. Um neun Uhr."

„Wie bitte? Wovon sprichst du eigentlich, Larry?"

„Wir haben eine ungeheure Chance, Harriet. Das erfährst du morgen. Du weißt doch, wo sich sein Büro befindet?"

Das wusste jeder.

„Ich möchte ihn nicht sehen", widersprach Harriet, denn sie fürchtete sich vor seinen stahlgrauen Augen. „Ich habe keine Ahnung, was er dir über heute Morgen erzählt hat, aber ich habe mich ziemlich blamiert. Ich dachte, er sei ein Fotograf. Eigentlich müsste ich dich zur Rechenschaft ziehen."

„Mach dir jetzt deswegen keine Sorgen", unterbrach Larry sie friedlich. „Es spielt keine Rolle. Sei nur morgen um neun da. Wir treffen uns dann später."

„Aber Larry, bitte! Können wir nicht …" Mehr sagte sie nicht, denn es war sinnlos, in ein stummes Telefon zu sprechen. Larry hatte aufgehängt.

Das geht nun wirklich zu weit, dachte sie verzweifelt und ließ sich auf ihr Bett fallen. Wie konnte Larry ihr das nur antun? Wie konnte sie dem Mann wieder in die Augen sehen, dem sie so viele Unverschämtheiten an den Kopf geworfen hatte? Aber eine demütige Haltung passte nicht zu ihr.

Harriet erhob sich energisch von ihrem Bett und straffte die Schultern. Burt Bardoff sehnte sich vermutlich nur nach einer Gelegenheit, sich über ihre Dummheit lustig zu machen. Das wird ihm bestimmt nicht gelingen, schwor sie sich. Sie würde sich nicht vor ihm ducken. Sie war zwar nur eine einfache Farmerstochter, aber sie würde es dem „Herrscher" schon noch einmal zeigen.

Am nächsten Morgen widmete Harriet sich mit besonderer Sorgfalt ihrem Aussehen und ihrer Kleidung. Das weiße, leicht ausgeschnittene Wollkleid war ebenso schön wie schlicht und würde alle Blicke auf sich ziehen. Sie steckte ihre Haare zu einem losen Knoten zusammen, um sich ein geschäftsmäßiges Aussehen zu verleihen. Burt Bardoff sollte sie an diesem Morgen nicht stammelnd und errötend vorfinden, sondern kühl und selbstbewusst. Sie schlüpfte in weiche Lederschuhe mit hohen Absätzen, damit sie sich nicht auf die Zehenspitzen stellen musste, um seinen Blick in sich aufzunehmen.

Das Selbstvertrauen verließ Harriet weder im Taxi noch auf dem Weg zum obersten Stockwerk des Gebäudes, wo sich Burt Bardoffs Geschäftsräume befanden. Mit einem Blick auf die Armbanduhr stellte sie befriedigt fest, dass sie pünktlich eintraf.

Eine attraktive Brünette saß an einem riesigen Empfangstresen. Harriet nannte ihren Namen und den Zweck ihres Besuchs. Nach einer kurzen telefonischen Unterhaltung führte die Empfangsdame Harriet einen langen Korridor hinunter zu einer massiven Eichentür.

Harriet betrat ein großes, schön ausgestattetes Zimmer und wurde von einer sehr hübschen Frau begrüßt, die sich als Mr Bardoffs Sekretärin June Miles vorstellte. „Bitte, folgen Sie mir, Miss Baxter. Mr Bardoff erwartet Sie", lächelte sie Harriet an.

Harriet trat durch eine Doppeltür. Der Raum war beeindruckend eingerichtet, aber sie hatte keine Zeit, ihn zu bewundern. Burt Bardoff, der hinter einem riesigen Eichentisch saß, blickte sie erwartungsvoll an. Das Fenster hinter ihm gab einen herrlichen Rundblick auf die Stadt frei.

„Guten Morgen, Harriet." Er erhob sich und ging ihr entgegen. „Kommen Sie näher, oder wollen Sie den ganzen Tag mit dem Rücken zur Tür stehen bleiben?"

Harriet straffte die Schultern und antwortete kühl: „Guten Morgen, Mr Bardoff. Ich freue mich, Sie wiederzusehen."

„Heucheln Sie nicht", erwiderte er milde und bot ihr den Sessel neben dem Schreibtisch an. „Es wäre Ihnen bestimmt viel lieber, wenn Sie mir niemals begegnet wären."

Das entsprach der Wahrheit, doch Harriet wusste nicht, wie sie darauf reagieren sollte. Deshalb hüllte sie sich in ein freundliches Schweigen.

Burt Bardoff schien das als Zustimmung zu werten und fuhr fort: „Es kommt mir sehr gelegen, dass Sie heute hier sind, trotz Ihres Widerwillens."

„Und woran ist Ihnen gelegen, Mr Bardoff?“ In Harriets Stimme schwang ein scharfer Unterton, weil sie sich über seine Selbstgefälligkeit ärgerte.

Er lehnte sich in seinem Stuhl zurück und betrachtete Harriet prüfend mit seinen abschätzenden grauen Augen vom Scheitel bis zur Sohle.

Sie hatte sich vollkommen in der Gewalt. Das brachte ihr Beruf mit sich. Keinesfalls durfte er merken, dass ihr Puls nervös pochte.

„Im Augenblick habe ich ein rein geschäftliches Anliegen, Harriet, obwohl ich jederzeit auf ein mehr persönliches Thema übergehen könnte.“

Bei dieser Bemerkung errötete Harriet leicht. Sie verwünschte ihre Reaktion, während sie seinem Blick standzuhalten versuchte.

„Ach, du liebe Zeit.“ Belustigt hob er die Augenbrauen. „Sie werden ja rot. Ich wusste nicht, dass das heutzutage noch üblich ist.“ Er lächelte breit, als bereitete ihm diese Tatsache Vergnügen. Das hatte zur Folge, dass sie nur noch mehr errötete. „Sie sind wahrscheinlich die letzte Vertreterin einer aussterbenden Gattung.“

„Kommen wir zur Sache, Mr Bardoff. Weswegen haben Sie mich hergebeten? Ich bin überzeugt, dass Sie ein sehr beschäftigter Mann sind. Und ob Sie es nun glauben oder nicht: Auch ich habe viel zu tun.“

„Natürlich“, gab Burt zu und lächelte sie nachdenklich an. „Ich erinnere mich: Zeit ist Geld. Also: Ich plane eine ganz besondere neue Serie für das Modemagazin.“ Er hielt Harriet eine Packung Zigaretten entgegen, und als sie kopfschüttelnd ablehnte, zündete er sich selbst eine Zigarette an. „Schon seit einiger Zeit beschäftige ich mich mit dieser Idee, aber um sie auszuführen, brauche ich einen geeigneten Fotografen und ein geeignetes Modell.“ Seine Augen verengten sich, als er sie forschend anblickte. Harriet hatte den Eindruck, als befinde sie sich unter einem Mikroskop. „Mittlerweile habe ich beide gefunden.“

Sein durchdringender Blick machte sie befangen. „Würden Sie das bitte näher erläutern, Mr Bardoff? Gewöhnlich befragen Sie Fotomodelle doch bestimmt nicht nach ihrer Meinung. Dies muss also eine außergewöhnliche Angelegenheit sein."

„So ist es auch. Ich dachte an eine Bilderfolge über die verschiedenen Gesichter der Frau." Er stand auf und ließ sich auf der Schreibtischkante nieder.

Harriet war von seiner männlichen Ausstrahlung überwältigt, von der Kraft und Stärke seiner schlanken Gestalt. Er trug einen rehfarbenen maßgearbeiteten Anzug. „Ich möchte alle möglichen Varianten einer Frau fotografisch darstellen: Karrieretyp, Mutter, Sportlerin, Dame von Welt, Unschuldsengel, Verführerin – kurz, ein vollständiges Porträt des Urweibs Eva."

„Das klingt faszinierend. Meinen Sie, dass ich mich für einige dieser Aufnahmen eigne?"

„Ich bin davon überzeugt, dass Sie alle Fotos spielend bewältigen."

Neugierig hob sie die fein geschwungenen Augenbrauen. „Sie wollen ein einziges Modell für die vollständige Serie engagieren?"

„Ich will nur Sie allein für die Durchführung dieses Plans."

Einen Augenblick lang war es Harriet so, als werde ihr ein Sprung ins kalte Wasser zugemutet, doch dann erwiderte sie aufrichtig: „Ich wäre verrückt, wenn dieser Auftrag mich nicht interessieren würde. Wie sind Sie ausgerechnet auf mich gekommen?"

„Na, hören Sie mal, Harriet." Seine Stimme klang ungeduldig. Er beugte sich zu ihr hinüber und berührte zu ihrer Überraschung ihr Kinn. „Sie haben doch einen Spiegel und sind intelligent genug, um zu wissen, dass Sie eine sehr schöne und überaus fotogene Frau sind."

Er behandelte sie wie einen seelenlosen Gegenstand und nicht wie ein menschliches Wesen. Seine starken und schmalen Finger an ihrem Kinn beunruhigten Harriet. Trotzdem fuhr sie hartnäckig fort: „In New York gibt es massenhaft schöne und fotogene Modelle, Mr Bardoff. Das wissen Sie selbst am besten. Ich wüsste wirklich gern, warum Sie mich für Ihr Lieblingsprojekt auserkoren haben."

„Das spielt keine Rolle." Er erhob sich und vergrub die Hände in den Taschen. „Niemand außer Ihnen kommt in Betracht. Mir ist an Wandlungsfähigkeit ebenso gelegen wie an Schönheit. Ich habe einige Dutzend Bilder im Sinn, die absolut aufrichtig wirken müssen."

„Und Ihrer Ansicht nach bin ich dazu fähig?"

„Sonst wären Sie nicht hier. Ich neige nicht zu übereilten Entschlüssen."

Nein, überlegte Harriet, während sie ihm in die grauen Augen sah, du kalkulierst selbst die geringfügigste Einzelheit. „Soll Larry der Fotograf sein?"

Er nickte. „Sie haben eine sehr gute Beziehung zueinander, das geht deutlich aus den Bildern hervor, die Sie produzieren. Jeder von Ihnen ist für sich allein hervorragend, doch Sie beide zusammen stellen alle anderen in den Schatten."

Dieses Lob tat ihr wohl. „Ich danke Ihnen."

„Das war kein Kompliment, Harriet, sondern eine Tatsache. Ich habe Larry alle Einzelheiten erklärt. Sie können die Verträge unterschreiben."

„Verträge?", wiederholte Harriet vorsichtig.

„So ist es", erwiderte Burt Bardoff und überhörte ihren zögernden Tonfall. „Dieses Projekt braucht einige Zeit. Ich will es nicht mit aller Gewalt über die Bühne ziehen. Ich benötige Exklusivrechte an Ihrem wunderschönen Gesicht, bis der Plan fix und fertig durchgeführt ist."

„Ich verstehe." Sie dachte sorgfältig über diesen Vorschlag nach und nagte an ihrer Unterlippe.

„Sie brauchen nicht zu tun, als hätte ich Ihnen einen ehrenrührigen Antrag gemacht, Harriet", erklärte er trocken, als er ihren Zweifel bemerkte. „Dies ist ein geschäftliches Übereinkommen. Ich habe nicht die Absicht, Sie aus den Augen zu lassen. Verträge sind verbindlich, für Sie und Larry gleichermaßen. Während der nächsten sechs Monate dürfen Sie keine anderen Verpflichtungen eingehen. Finanziell werden Sie gut abschneiden in dieser Zeit. Falls Sie irgendwelche Einwände haben, werden wir uns einigen. Jedoch beanspruche ich während der nächsten sechs Monate Exklusivrechte an Ihrem Gesicht."

Darauf schwieg er und beobachtete Harriets ständig wechselnden Gesichtsausdruck. Das Angebot sagte ihr zu, obwohl ihr der Auftraggeber nicht gefiel. Die Arbeit war bestimmt hochinteressant, aber sie fürchtete sich davor, sich für eine derart lange Zeit an ein einziges Projekt zu binden. Ihre Unterschrift wäre gleichbedeutend mit der vorübergehenden Aufgabe ihrer Freiheit. Ein langfristiger Vertrag glich einer langfristigen Verpflichtung.

Schließlich jedoch schlug Harriet alle Bedenken in den Wind und bedachte Burt Bardoff mit dem Lächeln, das sie berühmt gemacht hatte.

„Sie tragen die Verantwortung für das Gesicht, das Sie ausgewählt haben."

## 2. KAPITEL

Burt Bardoff zögerte nicht. Innerhalb von zwei Wochen waren die Verträge unterzeichnet, und im Zeitplan war ein früher Oktobermorgen als Beginn für die Aufnahmen vorgesehen. Die ersten Bilder sollten jugendliche Unschuld und unverdorbene Schlichtheit festhalten.

Harriet und Larry trafen sich in einem kleinen Park, den Burt ausgesucht hatte. Obwohl der Morgen angenehm war und die Sonne warm durch die Bäume schien, war der Park einsam und verlassen. Harriet fragte sich, ob dieser selbstherrliche Mr Bardoff das so arrangiert hatte. Sie trug aufgekrempelte Bluejeans und einen langärmeligen scharlachroten Rollkragenpullover. Ihr schimmerndes Haar hatte sie mit roten Bändern zu Zöpfen zusammengeflochten und nur wenig Make-up benutzt, weil ihre Haut von Natur aus makellos war. Harriet war ein Abbild natürlicher jugendlicher Frische, und ihre dunkelblauen Augen leuchteten erwartungsfroh.

„Perfekt", rief Larry bewundernd, als sie ihm über den Rasen entgegenlief. „Jung und unschuldig. Wie bringst du das bloß immer wieder fertig?"

Sie kräuselte die Nase. „Ich bin nun mal jung und unschuldig, alter Knabe."

„Meinetwegen. Siehst du das?" Er deutete auf einen Kinderspielplatz mit Schaukel und Rutschbahn. „Los, spiel jetzt, meine Kleine, und lass deinen alten Knaben ein paar Aufnahmen machen."

Beschwingt lief sie zu der Schaukel hinüber, ließ sich zu Boden fallen und blickte zu dem glänzenden Himmel empor. Dann kletterte sie auf die Rutschbahn, breitete die Arme mit einem Freudenschrei aus und ließ sich hinuntergleiten. Sie landete auf dem weichen Boden. Larry betätigte eifrig den Auslöser seiner Kamera aus den unterschiedlichsten Richtungen. Er war mit ihrem Übermut einverstanden, denn er kam ihm für die Fotos gelegen.

„Du siehst aus, als seist du zwölf Jahre alt." Er lachte hinter seiner Kamera.

„Aber ich bin zwölf Jahre alt. Ich wette, dass du das nicht fertigbringst.“ Sie trippelte über den Querbalken der Schaukel und hängte sich mit den Knien in das Schaukelreck. Die Zöpfe schleiften auf dem Boden.

„Erstaunlich.“ Das war nicht etwa Larrys Antwort. Harriet wandte sich um und erblickte einen maßgeschneiderten grauen Anzug. Und dann sah sie den lächelnden Mund und die belustigten grauen Augen. „Hallo, mein Kind. Weiß Ihre Mutter eigentlich, wo Sie sich befinden?“

„Was haben Sie hier verloren?“ Harriet fühlte sich ziemlich unbehaglich, als sie Burt Bardoff im wahrsten Sinne des Wortes Hals über Kopf begegnete.

„Ich überwache mein Lieblingsprojekt. Wie lange wollen Sie eigentlich noch hin- und herschaukeln? Das Blut steigt Ihnen ja schon zu Kopf.“

Harriet griff nach dem Schaukelreck, landete mit einer beachtlichen Rückwärtsrolle vor ihm und sah ihn streng an. Er strich ihr über die Haare, sagte, dass sie unwiderstehlich sei, und wandte sich Larry zu.

„Wie war's? Ich glaube, Ihnen sind ein paar gute Schnappschüsse gelungen.“

Die beiden Männer unterhielten sich über den technischen Ablauf des Morgens, während Harriet sich wieder auf die Schaukel setzte und sich in gleichmäßigem Rhythmus vor und zurück bewegte. Innerhalb der letzten beiden Wochen war sie Burt des Öfteren begegnet, und jedes Mal hatte sie sich in seiner Gegenwart unbeschreiblich unsicher gefühlt. Seine vitale Männlichkeit zog sie magisch an, und sie war sich nicht darüber im Klaren, ob sie enger mit ihm zusammenarbeiten wollte. Ihr Leben verlief nunmehr in geordneten Bahnen, und sie sträubte sich gegen alle Komplikationen. Doch dieser Mann würde sie bestimmt in Bedrängnis führen.

„In Ordnung“, hörte sie Burt sagen. „Treffen wir uns um ein Uhr im Club. Alles ist vorbereitet.“ Harriet schwang sich gleich von der Schaukel und ging Larry schnell entgegen. „Sie brauchen jetzt wirklich noch nicht zu gehen, meine Kleine. Das hat noch ungefähr eine Stunde Zeit.“

„Ich habe keine Lust mehr zu schaukeln, Daddy", erwiderte Harriet kratzbürstig. Sie griff nach ihrer Schultertasche, kam aber nur zwei Schritte weit, denn Burt umfasste ihren Arm. Mit funkelnden Augen drehte sie sich zu ihm um.

„Sie benehmen sich wie ein verwöhntes kleines Gör", sagte er sanft, doch seine Augen verengten sich. „Am liebsten würde ich Sie übers Knie legen."

„Stellen Sie sich das nicht so einfach vor, Mr Bardoff", erwiderte Harriet unendlich würdig. „Ich bin schon vierundzwanzig und nicht etwa zwölf Jahre alt, und darüber hinaus ganz bestimmt außerordentlich kräftig."

„Tatsächlich?" Zweifelnd betrachtete er ihre schlanke Gestalt. „Vielleicht haben Sie recht", sagte er nüchtern, blickte sie jedoch belustigt an. „Kommen Sie mit. Ich brauche dringend einen Kaffee." Er ließ ihren Arm los und ergriff ihre Hand. Überrascht zuckte Harriet zusammen. Seine Hand war warm und fest. „Harriet, ich möchte Sie zu einem Kaffee einladen." Seine Worte glichen eher einem Befehl als einem Wunsch. Sie wagte es nicht, seine Einladung abzulehnen.

Mit langen leichten Schritten überquerte er den Rasen und zog Harriet hinter sich her, obwohl sie sich noch immer etwas sträubte. Larry sah ihnen belustigt nach und fotografierte sie automatisch. Eine interessante Studie, dachte er: der große blonde Mann im kostspieligen Maßanzug mit der schlanken dunklen Kindfrau im Schlepptau. Ziemlich ungewöhnlich, finde ich.

Als Harriet in der kleinen Cafeteria Burt gegenübersaß, war ihr Gesicht gerötet, weil sie sich über ihn ärgerte und Mühe gehabt hatte, seinen schnellen Schritten zu folgen. Er beobachtete ihre rosigen Wangen und die glühenden Augen und verzog lächelnd den Mund.

„Vermutlich brauchen Sie jetzt eine Eisbombe, damit Sie sich abkühlen." In diesem Augenblick trat die Kellnerin an den Tisch und enthob Harriet einer passenden Antwort. Burt bestellte zwei Tassen Kaffee.

„Tee“, unterbrach Harriet matt. Sie war froh, ihm wenigstens diesmal widersprechen zu können.

„Wie bitte?“, entgegnete er kühl.

„Ich trinke Tee, wenn Sie nichts dagegen haben. Kaffee macht mich ziemlich reizbar und nervös.“

„Also einen Kaffee und einen Tee“, berichtigte er, ehe er sich ihr wieder zuwandte. „Wie kommen Sie nur morgens auf die Beine ohne die unvermeidliche Tasse Kaffee?“

„Unverfälschte Lebensweise.“ Sie warf einen Zopf über die Schulter zurück und verschränkte die Hände.

„Tatsächlich wirken Sie jetzt so, wie eine Anzeige für unverfälschte Lebensweise.“ Er lehnte sich zurück und zündete sich eine Zigarette an. „Mit Ihren Zöpfen sehen Sie keineswegs wie vierundzwanzig aus. Nur selten sieht man solch rabenschwarzes Haar in Verbindung mit tiefblauen Augen. Sie sind bezaubernd, so dunkel, dass sie manchmal purpurfarben wirken. Und Ihre Wangenknochen sind fein und irgendwie fremdländisch. Sagen Sie mir, von welchen Vorfahren haben Sie Ihr hinreißendes Aussehen geerbt?“

Harriet glaubte, schon seit Langem über diese Art von Komplimenten erhaben zu sein, doch irgendwie brachten seine Worte sie aus der Fassung, und deshalb war sie froh, dass die Bedienung die Getränke brachte. So konnte sie sich innerlich auf die Antwort vorbereiten.

„Dem Vernehmen nach soll ich einer Urgroßmutter ähneln“, sagte sie uninteressiert, als sie scheinbar gleichmütig ihren Tee schlürfte. „Sie war eine recht ungewöhnlich aussehende Indianerin. Es scheint, als sehe ich ihr sehr ähnlich.“

„Das hätte ich eigentlich ahnen sollen.“ Er nickte und sah sie weiter aufmerksam an. „Die Wangenknochen, die klassische Gesichtsstruktur. Jetzt bemerke ich das indianische Erbe, doch die Augen sind irreführend. Die Kobaltfarbe stammt bestimmt nicht von Ihrer Urgroßmutter.“

„Nein. Die Augen sind mein Eigentum.“

„Die gehören zwar Ihnen“, gab Burt zu, „aber während der nächsten sechs Monate auch mir. Ich freue mich schon jetzt auf die Teilhaberschaft", ergänzte er spöttisch. Sein Blick glitt prüfend von ihren Augen auf ihren Mund, der sich missbilligend zusammenzog. „Woher stammen Sie eigentlich, Harriet Baxter? Doch sicherlich nicht aus New York."

„Ist das so offensichtlich? Ich glaubte, ich hätte mich inzwischen den hiesigen Gepflogenheiten angepasst." Sie zog die Schultern ein und war froh, dass das Examen vorüber zu sein schien. „Ich war in Kansas zu Hause, auf einer Farm, die einige Meilen von Abilene entfernt liegt."

„Der Übergang vom Weizen zum Stahlbeton scheint Ihnen nicht sonderlich schwergefallen zu sein. Gab es dabei keine Wunden?", fragte er verständnisvoll.

„Ein paar. Aber sie sind verheilt." Schnell fügte sie hinzu: „Ich brauche Ihnen wohl kaum zu erklären, dass New York viele Vorteile hat, besonders was meinen Beruf betrifft."

Er nickte zustimmend. „Es ist erstaunlich einfach, Sie als schlichtes Farmermädchen aus Kansas zu fotografieren oder als überlegenes New Yorker Modell. Sie passen sich bemerkenswert gut Ihrer Umgebung an."

Harriet schmollte. „Das hört sich an, als hätte ich keinerlei Persönlichkeit, so, als sei ich völlig unauffällig."

„Unauffällig?" Burt lachte laut auf. Einige Gäste drehten sich nach ihnen um, und Harriet blickte ihn stumm und erstaunt an. „Ausgerechnet unauffällig", wiederholte er und schüttelte den Kopf, als hätte sie sich lächerlich gemacht. „Was für eine absurde Idee. Im Gegenteil. Sie sind eine sehr komplizierte Frau mit einer bemerkenswerten Fähigkeit, sich auf Ihre Umgebung einzustellen. Das ist kein erworbenes Talent, sondern eine ursprüngliche Begabung."

Harriet freute sich maßlos über seine Worte, und sie rührte konzentriert in ihrer Teetasse. Warum wühlt mich ein einfaches, unpersönliches Kompliment so auf, fragte sie sich und bemühte sich, ihr Gesicht zu beherrschen. Ich sollte längst darüber erhaben sein, dass er immer wieder versucht, mich aus der Fassung zu bringen.

„Übrigens: Spielen Sie Tennis?"

Harriet wunderte sich erneut, wie schnell Burt die Gesprächsthemen wechselte, und erinnerte sich daran, dass sie am Nachmittag auf dem Tennisplatz eines exklusiven Clubhauses verabredet war.

„Ab und zu schaffe ich es tatsächlich, einen Ball über das Netz zu schlagen." Verärgert über seinen etwas herablassenden, gönnerhaften Tonfall antwortete sie ihm trotzdem höflich und mit ungewöhnlicher Bescheidenheit.

„Gut. Die Aufnahmen erfordern auch nur, dass Ihre Fußstellungen und Bewegungen korrekt sind." Er sah auf seine goldene Armbanduhr und zog die Brieftasche hervor. „Ich habe noch einige Dinge im Büro zu erledigen."

Nachdem Burt gezahlt hatte, stand er auf und führte Harriet aus der Cafeteria. Vertraulich nahm er sie wieder bei der Hand und ließ sie nicht los, obwohl sie sich von seinem Griff zu befreien versuchte, weil sie sich zunehmend unsicher fühlte. „Ich werde Sie in ein Taxi verfrachten. Es wird Sie einige Zeit kosten, bis Sie sich von einem kleinen Mädchen in eine Sportlerin verwandeln." Er sah auf sie hinunter, und sie kam sich mit ihren hundertsiebenundsechzig Zentimetern in Turnschuhen ungewöhnlich klein vor. „Ihr Tennisdress liegt schon im Club bereit, und ich nehme an, dass Sie alle zusätzlichen Schminkutensilien in Ihrem Minikoffer befördern." Er wies auf die riesige Tragetasche, die sie sich über die Schulter gehängt hatte.

„Keine Sorge. Mr Bardoff."

„Burt", unterbrach er und fuhr mit der Hand über ihren linken Zopf. „Ich habe auch nicht die Absicht, Sie mit Ihrem Nachnamen anzusprechen."

„Machen Sie sich keine Sorgen", sagte sie noch einmal und überging seine Aufforderung. „Es gehört zu meinem Beruf, mein Äußeres zu verändern."

„Das klingt vielversprechend", erwiderte er leise. „Im Übrigen ist der Tennisplatz für ein Uhr reserviert."

„Werden Sie auch anwesend sein?" Von dieser Aussicht war Harriet nicht gerade beglückt. Sie hatte gehofft, er würde nicht kommen.

„Natürlich. Das ist doch mein Lieblingsprojekt, erinnern Sie sich nicht? Ich lasse es nicht aus den Augen.“

Als das Taxi sich in den Verkehr einfädelte, befanden sich Harriets Nerven in Aufruhr. Burt Bardoff war ein unglaublich anziehender und aufreizender Mann, aber sein Wesen verwirrte sie. Sie wusste nicht, wie sie ihn einordnen sollte. Der fast tägliche Kontakt mit ihm war ihr daher ziemlich lästig.

Ich mag ihn nicht. Wie zur Bestätigung schüttelte sie den Kopf. Er ist zu selbstbewusst, zu arrogant, zu … Sie suchte nach einem passenden Vergleich. Zu körperlich. Ja, das ist er, gestand sie sich widerwillig ein. Seine ganze Ausstrahlung machte sie nervös. Sie musste sich ihm unbedingt entziehen. Immer, wenn sie Burt begegnete, musterte er sie durchdringend, und ihr Körper reagierte heftig darauf. Sie schaute aus dem Fenster und beobachtete die Autos, die das Taxi überholten. Sie durfte einfach nicht mehr an ihn denken. Das hieß, sie durfte Burt nur als ihren Arbeitgeber betrachten, den sie noch für eine begrenzte Zeit zu ertragen hatte, und nicht als Menschen aus Fleisch und Blut. Ihre Hände waren noch warm von seinem Druck. Harriet schaute sie sich an und seufzte. Es war vor allem wichtig für ihren Seelenfrieden, dass sie ihre Arbeit korrekt erledigte und ihm darüber hinaus möglichst aus dem Weg ging. Alles, was im Augenblick wirklich zählte, war ihre Geschäftsverbindung. Ja, bestätigte sie sich, unsere Beziehung darf nur rein geschäftlicher Natur sein.

Harriet hatte sich von einem Wildfang in eine sehr sportlich aussehende Tennisgröße verwandelt. Ein kurzes weißes Tenniskleid ließ ihre langen schlanken Beine besonders gut zur Geltung kommen. Als sie auf dem Platz wartete, zog sie sich fröstelnd eine leichte Jacke über, denn der Oktobernachmittag war kühl, wenn auch angenehm. Ihr glänzendes Haar hatte sie mit einem dunkelblauen Tuch zusammengebunden, sodass ihr schönes Gesicht noch mehr hervorgehoben wurde. Sie hatte Lidschatten aufgelegt, und ihre Lippen glänzten rosafarben. Sie trug makellos weiße Tennisschuhe und hielt einen leichten Schläger in der Hand. Die schneeweiße Bekleidung bildete einen harmonischen Gegensatz zu ihrer goldbraunen Hautfarbe, und sie wirkte durch und durch fraulich, trotz der sportlichen Note.

An der Grundlinie probte sie Fußstellungen, Aufschläge, Vor- und Rückhandschläge mit einem unsichtbaren Partner, während Larry um sie herumlief und Blickwinkel und Entfernung prüfte.

„Ich glaube, es wäre besser, wenn Sie einen Gegenspieler hätten", hörte sie plötzlich eine vertraute Stimme hinter sich.

Harriet drehte sich um und sah, wie Burt sie amüsiert beobachtete. Auch er war weiß gekleidet. Die Ärmel seines Pullovers hatte er über die Ellenbogen geschoben. Harriet, die nur an seine maßgeschneiderten Anzüge gewöhnt war, staunte über seinen athletischen Körper. Er war schlank, seine Schultern waren breit, die Arme kräftig und muskulös, und er wirkte überaus männlich. Sie sah ihn fasziniert an.

„Sind Sie mit meiner Aufmachung einverstanden?", lächelte er.

„Ich wundere mich darüber, denn ich kenne Sie nur als korrekt gekleideten Geschäftsmann." Sie wandte sich wieder von ihm ab, um ihm nicht zu zeigen, wie beeindruckt sie war.

„Aber diese Bekleidung passt doch besser zum Tennis, finden Sie nicht?"

„Wollen Sie etwa mit mir spielen?" Harriet drehte sich wieder zu ihm um und bemerkte den Tennisschläger in seiner Hand.

„Ich möchte Sie in Bewegung sehen, die Aufnahmen wirken dann natürlicher. Allzu sehr werde ich Sie nicht fordern, sondern sanfte, leichte Bälle servieren."

Mit einem ungeheuren Kraftaufwand gelang es Harriet, ihm nicht die Zunge herauszustrecken. Sie spielte häufig Tennis, und das ziemlich gut. Zufrieden sagte sie sich, dass Mr Burt Bardoff sich noch über sie wundern würde.

„Ich werde versuchen, ein paar Bälle zurückzuschlagen", versprach sie arglos wie ein Kind.

„Sehr gut." Er schlenderte zur anderen Seite des Platzes, und Harriet las einen Ball auf. „Können Sie aufschlagen?"

„Ich werde mich darum bemühen“, erwiderte sie honigsüß. Nachdem sie Larry einen Blick zugeworfen hatte, schleuderte sie nachlässig einen Ball in die Luft. Larry hatte schon die Kamera vor dem Gesicht, und Harriet begab sich hinter die Grundlinie, warf den Ball erneut hoch und servierte Burt einen perfekten Aufschlag, den er weich zurückgab. Ihre Rückhand beförderte den Ball in die entgegengesetzte Ecke, und Burt erreichte ihn nicht mehr.

„Ich weiß noch, wie man zählt“, rief sie. „Fünfzehn zu null, Mr Bardoff.“

„Gut pariert, Harriet. Spielen Sie oft?“

„Ach, nur hin und wieder“, entgegnete sie ausweichend und entfernte einen unsichtbaren Fussel von ihrem Rock. „Fertig? Können wir weiterspielen?“

Burt nickte, und sie wechselten einige einfache kraftlose Flugbälle. Sie bemerkte mit Genugtuung, dass er sich zurückhielt und ihr mit Rücksicht auf Larrys schnell klickende Kamera leichte Bälle vorsetzte. Aber auch sie verbarg ihr Können und spielte verhalten und ausdruckslos. Nach mehreren viel zu hoch geschlagenen Bällen setzte sie einen gut gezielten Schmetterball in die hinterste Ecke des Platzes.

„Sieh mal an“, heuchelte sie unschuldig. „Jetzt steht es dreißig zu null.“

„Ich habe das Gefühl, dass ich an der Nase herumgeführt werde.“

„An der Nase herumgeführt?“, wiederholte sie mit weit geöffneten Augen und zuckenden Wimpern. Er sah sie durchdringend an, und Harriet lachte laut auf. „Es tut mir leid, Mr Bardoff, aber ich konnte einfach nicht widerstehen.“ Sie warf schmunzelnd ihren Kopf zurück. „Sie benahmen sich wieder einmal so väterlich.“

„Also gut“, erwiderte er ihr Lachen, und Harriet war darüber sehr erleichtert. „Nun gibt es keine Schonung mehr. Jetzt habe ich Blut geleckt.“

„Wir fangen wieder bei null an“, schlug sie vor und ging zur Grundlinie zurück. „Ich möchte keinen unfairen Vorteil ausnutzen.“

Burt gab ihren Aufschlag scharf zurück, und sie jagten sich gegenseitig mit langen Flugbällen über den Platz. Sie kämpften um die Punkte, erreichten Einstand und wechselten mehrmals den Vorteil. Sie spielten dabei so konzentriert, dass sie vollkommen die Kamera vergaßen. Das Klicken des Auslösers wurde übertönt von den Schwüngen der Schläger und dem Aufprall der Bälle. Das Spiel verlief sehr temperamentvoll.

Einmal misslang es Harriet, den Ball über das Netz zurückzuschlagen. Sie bückte sich nach einem neuen Ball und stellte sich in Positur.

„Das war großartig", unterbrach Larry ihren Eifer. „Ich glaube, ich habe ein paar fantastische Aufnahmen gemacht. Jetzt können wir einpacken."

„Einpacken?" Harriet blickte ihn fassungslos an. „Hast du den Verstand verloren? Wie kannst du so etwas sagen! Wir haben Einstand!" Einen Augenblick lang sah sie ihn an, als sei er von allen guten Geistern verlassen, schüttelte verständnislos den Kopf und nahm das Spiel wieder auf.

In den nächsten Minuten kämpften sie um die Führung, bis Burt wieder im Vorteil war. Mit einem gelungenen Passierschlag entschied er das Spiel zu seinen Gunsten.

Harriet stützte die Hände auf die Hüften und holte tief Luft, als der Ball an ihr vorbeigesaust war. Sie ging zum Netz und reichte Burt lächelnd die Hand. „Ich gratuliere. Sie spielen ziemlich herausfordernd."

Er hielt ihre Hand fest und schüttelte sie nicht etwa. „Ich glaube, Sie haben mich gewinnen lassen, Harriet. Ich würde gern einmal im Doppel mit Ihnen spielen."

„Nichts lieber als das."

Eine Weile schaute er sie an und blickte dann auf ihre Hand, die er immer noch umschlossen hielt. „Was für eine kleine Hand." Er hob sie und betrachtete sie eingehend. „Ich wundere mich, dass sie so kraftvoll zuschlägt." Er zog sie an die Lippen und küsste sie zärtlich.

Harriet lief bei diesem Kuss ein Schauer über den Rücken. Wie hypnotisiert bewegte sie sich nicht von der Stelle.

„Kommen Sie mit. Ich lade Sie zum Mittagessen ein.“ Mit einem Blick über ihre Schulter fügte er hinzu: „Und Sie auch, Larry.“

„Vielen Dank, Burt.“ Larry packte bereits seine Ausrüstung zusammen. „Ich muss ins Atelier zurück und den Film entwickeln. Ein Sandwich genügt vollauf.“

„In dem Fall müssen wir beide miteinander vorliebnehmen, Harriet.“

„Wirklich, Mr Bardoff“, wandte sie ein, „Sie brauchen mich nicht zum Essen einzuladen.“ Sie fürchtete sich davor, mit ihm allein zu sein, und wünschte sehnlichst, dass er ihre Hand wieder losließ.

„Aber Harriet“, seufzte er. „Nehmen Sie grundsätzlich keine Einladungen an, oder erteilen Sie nur mir diese Abfuhr?“

„Seien Sie nicht albern.“ Harriet bemühte sich um einen gleichgültigen Tonfall, obwohl seine Hand sie irritierte.

„Mr Bardoff, könnten Sie mich jetzt bitte loslassen?“ Ihre Stimme versagte beinah, und sie biss sich ärgerlich auf die Lippen.

„Nennen Sie mich endlich Burt, Harriet“, befahl er unbekümmert. „Das ist doch ganz einfach. Nur eine einzige Silbe. Geben Sie Ihrem Herzen einen Stoß.“

Er blickte sie ruhig, herausfordernd und selbstbewusst an. Je länger ihre Hand in seiner lag, desto verwirrter wurde sie. Je eher sie einwilligte, desto eher würde er auch ihre Hand loslassen. Deshalb ergab Harriet sich in ihr Schicksal.

„Burt, bitte, geben Sie meine Hand frei.“

„Jetzt haben wir endlich die erste Hürde genommen. Das war doch nur halb so schlimm, oder?“ Bardoff lächelte, als er ihren Wunsch erfüllte, und danach fühlte sie sich wieder viel sicherer.

„Ja, es war ganz einfach.“

„Wie steht es nun mit dem Mittagessen?“ Er hob die Hand, damit sie gar nicht erst protestieren konnte. „Sie essen doch, oder irre ich mich?“

„Natürlich, aber …“

„Kein Wenn und Aber.“

Burt forderte Harriet auf, an einem kleinen Tisch im Clubhaus Platz zu nehmen. Er hatte ihre Pläne durchkreuzt. Es war überaus schwierig, eine geschäftsmäßige und unpersönliche Beziehung zu ihm aufrechtzuerhalten, weil sie einander zu häufig begegneten.

Sie fand ihn interessant, anregend und attraktiv. Doch er war nicht ihr Typ. Außerdem wollte sie sich nicht binden. Dazu war die Zeit noch nicht reif. Aber sie war sich darüber im Klaren, dass dieser Mann ihre wohlüberlegten Pläne über den Haufen werfen konnte.

„Hat Ihnen irgendjemand schon einmal gesagt, was für eine unterhaltsame Gesprächspartnerin Sie sind, Harriet?"

„Tut mir leid." Sie errötete. „Ich war nur etwas zerstreut."

„Das ist mir nicht entgangen. Wissen Sie schon, was Sie trinken möchten?"

„Tee."

„Ist das Ihr Ernst?", lächelte er sie zögernd an.

„Mein voller Ernst sogar. Ich trinke nicht viel. Mehr als zwei Gläser, und ich verwandele mich in ein Schreckgespenst, so ähnlich wie Mr Hyde."

Burt warf den Kopf zurück und lachte schallend. „Diese Verwandlung möchte ich miterleben. Die Gelegenheit wird sich schon eines Tages ergeben."

Das Mittagessen schmeckte Harriet vorzüglich, obwohl Burt missfiel, dass sie nur einen Salat gewählt hatte. Sie versicherte ihm, dass sie nichts anderes essen durfte, um ihre Figur und die Modellkarriere nicht zu gefährden.

Völlig entspannt genoss Harriet die Unterhaltung. Ihren Entschluss, eine berufsmäßige Distanz zwischen sich und Burt zu wahren, hatte sie ganz vergessen. Während des Essens unterhielt er sich mit ihr über die Aufnahmen am nächsten Tag. Sie sollten im Central Park stattfinden.

„Ich werde morgen den ganzen Tag über beschäftigt sein und kann mich nicht darum kümmern. Wie bringen Sie es nur fertig, von diesem Zeug zu existieren?" Er zeigte auf ihren Salat. „Wollen Sie nicht etwas Vernünftiges essen? Sonst fallen Sie ja vom Fleisch."

Harriet schüttelte lächelnd den Kopf und trank einen Schluck Tee. Er murmelte etwas von halb verhungerten Modellen, ehe er die Unterhaltung wieder aufnahm. „Wenn alles plangemäß verläuft, werden wir am Montag mit einem neuen Thema beginnen. Allerdings will Larry morgen früh noch weitere Außenaufnahmen mit Ihnen machen."

„Einverstanden", seufzte sie. „Hoffentlich hält sich das Wetter."

„Die Sonne wird scheinen", erwiderte Burt zuversichtlich. „Das habe ich arrangiert."

„Wahrscheinlich. Das traue ich Ihnen zu. Regen kommt für Sie wohl überhaupt nicht infrage."

Sie lächelten sich an, und bei seinem Blick spürte Harriet ein fremdes, unbekanntes Gefühl in ihren Adern: schnell, lebendig und namenlos.

„Mögen Sie vielleicht einen Nachtisch?"

„Wollen Sie unbedingt, dass ich dick werde? Sie üben einen schlechten Einfluss auf mich aus, doch ich habe einen eisernen Willen."

„Käsekuchen, Apfeltorte, Schokoladencreme?" Burt lächelte verführerisch, aber Harriet hob unbeeindruckt das Kinn.

„Tun Sie, was Sie nicht lassen können. Ich gebe nicht nach."

„Aber irgendeine Schwäche müssen Sie doch haben. Die werde ich sehr bald herausfinden."

„Mein lieber Burt, wie schön, dass ich dich hier treffe."

Harriet drehte sich um und sah eine elegant gekleidete Frau am Tisch stehen.

„Hallo, Sandra." Burt lächelte den Rotschopf charmant an. „Sandra Mason, Harriet Baxter."

„Miss Baxter." Sandra nickte ihr kurz zu, und ihre Augen verengten sich. „Sind wir uns vorher schon einmal begegnet?"

„Ich glaube nicht", erwiderte Harriet, und irgendwie war sie froh darüber.

„Man kann Harriets Gesicht überall auf den Titelseiten der Illustrierten sehen", erklärte Burt. „Sie ist eines der bekanntesten Fotomodelle in New York."

„Ach, natürlich." Sandra musterte Harriet abschätzend und schien dann entschieden zu haben, dass sie unbedeutend sei. „Burt, du hättest mir sagen sollen, dass du heute hier bist. Dann hätten wir uns eine Weile unterhalten können."

„Tut mir leid." Nachlässig hob er die Schultern. „Ich habe nicht viel Zeit, wir haben hier eine geschäftliche Unterredung."

Harriet fühlte sich durch diese Bemerkung herabgesetzt und bemühte sich um eine aufrechte Haltung. Hatte sie sich nicht gleich gesagt, dass dies weder Zeit noch Ort für private Gefühle war? Burt hatte vollkommen recht. Dies war ein Arbeitsessen. Sie nahm ihre Tasche und stand auf.

„Bitte, Miss Mason, setzen Sie sich doch auf meinen Platz. Ich wollte gerade gehen." Sie wandte sich Burt zu und stellte befriedigt fest, dass er sich über den hastigen Aufbruch ärgerte. „Vielen Dank für Ihre Einladung, Mr Bardoff", fügte sie höflich hinzu.

Absichtlich nannte sie ihn beim Nachnamen, was er stirnrunzelnd zur Kenntnis nahm. „Ich freue mich, dass ich Ihre Bekanntschaft gemacht habe, Miss Mason." Mit einem Lächeln verließ sie den Club.

„Ich wusste nicht, dass du deine Angestellten zum Essen ausführst, Burt", hörte Harriet noch, als sie den Raum verließ. Am liebsten hätte sie sich auf dem Absatz umgedreht und Sandra darauf hingewiesen, dass sie sich gefälligst um ihre eigenen Angelegenheiten kümmern sollte. Doch sie nahm sich zusammen, stieß die Tür auf und hörte Burts Antwort nicht mehr.

Der folgende Tag war für Harriet ziemlich anstrengend. Larry hatte den Central Park als Kulisse gewählt und hielt die tollsten Ideen mit der Kamera fest. Der Himmel glänzte wolkenlos, wie Burt es vorausgesagt hatte. Es war einer der letzten goldenen Herbsttage. Harriet posierte, jagte im Trimmtrab über das Gelände, lächelte, kletterte auf Bäume, fütterte Tauben, schleuderte Wurfscheiben und zog sich dreimal um. Während der Proben dachte sie gelegentlich an Burt, obwohl sie wusste, dass er verhindert war. Es beunruhigte sie, dass sie über seine Abwesenheit derart enttäuscht war. Ihr Leben verliefe viel einfacher, wenn dieser große attraktive Mann ihren Weg nicht gekreuzt hätte.

„Lass den Kopf nicht so hängen", ermahnte Larry sie. Mit aller Willenskraft verscheuchte sie ihre Gedanken an Burt Bardoff und konzentrierte sich auf die Arbeit.

Am Abend nahm Harriet erschöpft ein heißes Bad. Das duftende Wasser tat ihren schmerzenden Muskeln gut. Den ganzen Tag lang hatte Larry sie durch die Gegend gehetzt. Mit der Kamera in der Hand benimmt er sich wie ein Tyrann, dachte sie müde. Kein Blickwinkel war ihm gut genug, kein Gesichtsausdruck, keine Pose. Glücklicherweise hatte sie nun bis Montag vor seinem Objektiv Ruhe.

Diese groß angelegte Bildgeschichte über die verschiedenen Gesichter einer Frau war sehr vorteilhaft für ihr Weiterkommen. Eine solche Serie im weltweit bekannten Magazin „Mode" würde sie international bekannt machen. Burt würde dafür sorgen, dass sie eines der berühmtesten Topmodelle Amerikas werden würde, aber dieser Gedanke befriedigte Harriet keineswegs, obwohl sie immer eine berufliche Karriere angestrebt hatte.

Die häufige Anwesenheit Burts bei den Aufnahmen machte sie auf eine beunruhigende Weise nervös und unsicher. Dagegen musste sie sich wehren. Ihre Gedanken beschäftigten sich schon viel zu sehr mit ihm. Er durfte ihre Zukunftspläne nicht durchkreuzen. Belassen wir es dabei, dass du der große Boss bist und ich für dich arbeite, sagte sie sich entschieden.

Harriet saß mit Chuck Carlyle in einer der beliebtesten Diskotheken von New York. Musik vibrierte durch den Raum, und Lichteffekte überfluteten die Gesichter der Tänzer mit ständig wechselnden Farben. Während Harriet sich im Takt der Beats leicht wiegte, dachte sie über ihre freundschaftlichen Beziehungen zu Chuck und anderen Männern nach.

Sie gestand sich ein, dass sie sich in männlicher Begleitung außerordentlich wohlfühlte. Natürlich genoss sie es, wenn ein Mann sie umarmte und küsste. Sie schloss für einen Moment die Augen. In Gedanken sah sie Burts belustigten Blick vor sich.

Vor intimeren Beziehungen scheute sie zurück. Bisher hatte es sie noch nie gereizt, eine Verbindung mit einem Mann einzugehen, nicht einmal für kurze Zeit. Liebe würde Verpflichtungen nach sich ziehen, die sie sich wegen ihrer Zukunftspläne nicht gestattete und denen sie zugunsten ihres wohlgeordneten Lebens bewusst aus dem Weg ging.

„Es ist mir immer ein Vergnügen, mit dir auszugehen, Harriet." Lächelnd unterbrach Chuck ihre Gedankengänge und sah bedeutungsvoll auf das Glas, das sie seit ihrer Ankunft noch nicht angerührt hatte. „Du liegst mir nicht gerade auf der Tasche."

Sie erwiderte sein Lächeln. „Wohin du auch blickst: Du würdest niemals eine andere Frau finden, die so sehr um dein finanzielles Wohlergehen besorgt ist."

„Wie wahr." Er seufzte und sah sie traurig an. „Entweder wollen sie ein schnelles Abenteuer, oder sie sind hinter meinem Geld her. Aber beides trifft nicht auf dich zu, Harriet." Er ergriff ihre Hände und küsste sie. „Wenn du mich doch nur heiraten würdest, meine einzig Geliebte. Ich möchte dich vor dieser halbseidenen Welt bewahren." Chuck wies mit einer Hand über die Tanzfläche. „Wir werden uns ein weinumranktes Häuschen kaufen, Kinder großziehen und uns zur Ruhe setzen."

„Es würde dich ziemlich belasten, wenn ich Ja sagte", entgegnete Harriet lächelnd und dennoch ernst.

„Vielleicht hast du recht." Er seufzte erneut. „Also, wenn es schon keine Weinranken sein sollen, werden wir uns jetzt ins Gewühl stürzen."

Chuck sah Harriet bewundernd an, als sie vor ihm auf die Tanzfläche ging. Sie trug ein Kleid, das so tiefblau war wie ihre Augen. Der Rock war seitlich geschlitzt und entblößte die langen wohlgeformten Beine bis über die Knie. Ihr Haar glänzte im Discolicht.

Einige Zeit tanzten sie, wobei Harriet sich so anmutig bewegte, dass sie aller Augen auf sich zog. Chuck ließ Harriet mit einer tiefen dramatischen Verbeugung los. Sie lachte. Ihre Wangen hatten sich während des Tanzes gerötet. Chuck führte

Harriet wieder zu ihrem Tisch zurück, wobei er den Arm um ihre Schultern gelegt hatte.

Plötzlich verschlug es Harriet den Atem, als sie direkt in die grauen Augen blickte, die ihre Gedanken vor Kurzem noch so sehr verstört hatten.

„Hallo, Harriet", grüßte Burt lässig. Sie war erleichtert, dass die ständig wechselnde Discobeleuchtung verbarg, wie sie errötete.

„Guten Abend, Mr Bardoff." Sie verspürte bei seinem Anblick ein beklemmendes Gefühl.

„Ich habe Sie doch schon mit Sandra bekannt gemacht."

Harriet sah die rothaarige Frau an seiner Seite an. „Ja, natürlich. Ich freue mich, Sie wiederzusehen." Harriet stellte ihnen ihren Begleiter vor. Chuck schüttelte begeistert Burts Hand.

„Burt Bardoff? Der berühmte Burt Bardoff?"

„Der Einzige, den ich kenne", lächelte Burt.

„Bitte, nehmen Sie doch einen Drink mit uns an unserem Tisch."

Burt neigte sich Harriet zu und lächelte sie herausfordernd an, während sie Mühe hatte, ihr Unbehagen zu verbergen.

„Bitte, setzen Sie sich zu uns." Sie sah Burt fest an, und ihre Stimme klang überaus höflich. Sie wollte unbedingt den schweigenden Kampf gewinnen, den sie innerlich ausfocht. Sie bedachte die Frau an seiner Seite mit einem kurzen Blick, und ihre Laune hob sich, als sie bemerkte, dass Sandra Mason über das Zusammentreffen ebenso wenig begeistert war wie sie. Wahrscheinlich wollte sie Burt mit niemandem teilen, nicht einmal für kurze Zeit.

„Fabelhaft, wie Sie miteinander getanzt haben", wandte sich Burt an Chuck und blickte zur Tanzfläche hinüber. Dann sah er Harriet an. „Sie tanzen vermutlich häufig miteinander, denn sonst würden Sie sich nicht so wunderbar aneinander anpassen."

„Es gibt keine bessere Partnerin als Harriet", erwiderte Chuck großmütig und streichelte zärtlich ihre Hand. „Sie passt sich jedem Partner an."

„Tatsächlich?“ Burt hob die Augenbrauen. „Gestatten Sie, dass ich das einmal selbst ausprobiere? Harriet, darf ich Sie zum Tanz bitten?“

Harriet schaute ihn beklommen an. Unwillig und hilflos erhob sie sich, als Burt hinter sie trat und die Lehne ihres Stuhles ergriff, ohne Harriets Zustimmung abzuwarten.

„Hören Sie auf, sich in meiner Gegenwart wie eine Märtyrerin zu benehmen“, flüsterte er ihr ins Ohr, als sie zu den anderen Tänzern hinübergingen.

„Das ist ja absurd“, widersprach sie mit bemerkenswerter Würde und ärgerte sich darüber, dass er ihre Gedanken so genau lesen konnte.

Die Musik war langsamer geworden. Burt zog Harriet an sich und nahm sie in die Arme. Bei der Berührung wäre sie am liebsten davongelaufen. Sie versuchte, ihre Spannung zu verbergen. Sein Arm umschloss ihre Taille mit festem Griff. Ihre Körper schienen miteinander zu verschmelzen, während sie über die Tanzfläche glitten. Unbewusst bewegte Harriet sich auf Zehenspitzen, sie tanzten Wange an Wange, und der männliche Duft seiner Haut nahm ihr die Sinne. Sie überlegte, ob sie vielleicht ihren Drink zu schnell zu sich genommen hatte. Ihr Herz klopfte stürmisch an seiner Brust, und sie kämpfte gegen ihren jagenden Puls, als sie sich seinen Schritten anpasste.

„Sie tanzen hervorragend“, meinte er leise, und ihr Herz machte einen Sprung.

„Wirklich?“, entgegnete sie. Sein Mund an ihrem Ohr erregte sie, obwohl sie sich dagegen wehrte.

„Es liegt an Ihren graziösen Bewegungen. Sie tanzen so völlig mühelos.“

Am liebsten hätte sie dieses Kompliment mit einem Lachen abgetan. Stattdessen sah sie Burt wortlos in die Augen und vergaß ihre Absicht. Ihre Lippen waren nur einen Atemzug voneinander entfernt.

„Ich dachte immer, dass graue Augen stahlhart seien“, flüsterte sie und enthüllte ungewollt ihre Gedanken. „Aber Ihr Blick ist wie von Wolken umgeben.“

„Dunkel und drohend?“ Er sah sie durchdringend an.

„Manchmal“, erwiderte sie. „Und dann wieder wirken sie warm und weich wie an einem nebligen frühen Sommertag. Niemals weiß ich, ob ein Sturm über mich hinwegfegt oder ob ein sanfter Regenschauer mich einhüllt. Nie weiß ich, woran ich bin.“

„Tatsächlich? Jetzt sollten Sie es aber allmählich wissen.“

„Mr Bardoff, versuchen Sie etwa, mich mitten auf einer überfüllten Tanzfläche zu verführen?“

„Man muss die Gelegenheiten beim Schopf ergreifen.“ Er lächelte sie vielsagend an: „Oder würden Sie einen anderen Ort vorschlagen?“

„Keineswegs.“ Sie wandte ihr Gesicht ab. „Wir befinden uns beide in Begleitung, und der Tanz ist vorüber.“

Er zog sie noch dichter an sich heran. „Ich lasse Sie nicht los, ehe Sie sich dazu entschließen, mich beim Vornamen zu nennen.“ Als sie ihm nicht antwortete, wurde seine Stimme schärfer. „Ich habe nichts dagegen, noch länger so zu stehen und zu warten. Sie sind eine Frau, die für die Arme eines Mannes wie geschaffen ist. Ich finde, Sie passen sehr gut zu mir.“

„Einverstanden“, erwiderte Harriet zähneknirschend. „Burt, würden Sie mich jetzt bitte loslassen, ehe Sie mich bis zur Unkenntlichkeit zerquetschen?“

„Selbstverständlich.“ Sein Griff lockerte sich, aber sein Arm hielt sie noch umschlungen. „Sagen Sie mir bloß nicht, dass ich Ihnen wirklich wehgetan habe.“

„Ich werde Ihnen einen medizinischen Befund zukommen lassen, sobald ich geröntgt worden bin.“

„Einen so zerbrechlichen Eindruck machen Sie allerdings nicht.“ Er führte sie zu ihrem Platz zurück.

Eine Weile lang unterhielten sie sich noch mit ihren jeweiligen Begleitern. Harriet spürte die Feindseligkeit der anderen Frau, doch Burt schien sich nicht darum zu kümmern. Zu ihrer Erleichterung brachen Burt und Sandra auf, obwohl Chuck sie bat, noch ein bisschen länger zu bleiben. Sandra machte keinen Hehl aus ihrer grenzenlosen Langeweile.

„Tut mir leid, aber Sandra kann Diskotheken nicht ausstehen“, erklärte Burt und umfasste ungerührt die Schultern der rothaarigen Frau, während sie ihn geschmeichelt anblickte. Harriet wehrte sich gegen ihre aufkeimende Eifersucht. „Sie hat mich heute Abend nur begleitet, um mir einen Gefallen zu tun. Ich glaube nämlich, dass ich für meine Bildreportage auch den Hintergrund einer Diskothek brauche.“ Burt lächelte Harriet geheimnisvoll an. „Glücklicherweise habe ich Sie hier heute Abend angetroffen. Jetzt habe ich eine klarere Vorstellung von meiner Idee. Also dann bis Montag, Harriet.“

„Montag?“, wiederholte Chuck, als sie wieder allein waren. „Hast du den berühmten Mr Bardoff um den Finger gewickelt?“

„Kaum. Wir haben streng geschäftlich miteinander zu tun. Ich arbeite für sein Magazin, und er ist nur mein Auftraggeber.“

„Ist ja in Ordnung. Deshalb brauchst du mir nicht gleich den Kopf abzureißen. Da habe ich mich eben geirrt. Aber nicht mir allein ist etwas aufgefallen.“

„Was willst du damit sagen?“, fragte sie scharf.

„Liebe Harriet“, erwiderte er geduldig, „nach drei Jahren in New York bist du noch immer unglaublich naiv.“ Brüderlich legte er eine Hand auf ihre Schulter. „Die rothaarige Füchsin hat dich buchstäblich mit ihren grünen Augen durchbohrt, als du mit deinem Geschäftspartner tanztest.“

„Das ist ja lächerlich.“ Stirnrunzelnd schwenkte Harriet ihr Glas. „Miss Mason wusste bestimmt ganz genau, dass Burt mich lediglich aus geschäftlichen Gründen sehen wollte und einen geeigneten Hintergrund für sein Projekt suchte.“

Chuck betrachtete sie eindringlich und schüttelte den Kopf. „Wie ich schon sagte, Harriet, du bist unglaublich naiv.“

## 3. KAPITEL

Der Montag zog kühl und grau herauf. Die Redaktion des Modemagazins aber war über alle Wetterfragen erhaben. Harriet hatte den Eindruck, dass Burt dem Wetter die üble Laune verzieh, weil jetzt mit den Innenaufnahmen begonnen werden sollte.

Er veranlasste, dass ein Friseur sie in eine überlegene, tüchtige Geschäftsfrau verwandelte. Ihr tiefschwarzes Haar wurde zu einem großzügigen Knoten aufgesteckt, der ihren klassischen Gesichtsschnitt hervorhob, und das streng geschneiderte dreiteilige Kostüm wirkte keineswegs männlich, sondern unterstrich nur noch Harriets weibliche Ausstrahlung.

Larry war vollauf mit seiner Kameraausrüstung beschäftigt und kümmerte sich um Beleuchtung und Perspektiven, als Harriet Burts Arbeitszimmer betrat. Ein schneller Blick überzeugte sie davon, dass es einen eleganten und passenden Hintergrund für die beabsichtigten Aufnahmen hergab. Amüsiert beobachtete sie Larry, der ihre Anwesenheit überhaupt nicht zur Kenntnis nahm, sondern das Objektiv einstellte und die Entfernung maß. Dabei hielt er Selbstgespräche.

„Das Genie bei der Arbeit“, flüsterte eine Stimme ihr ins Ohr. Harriet wandte sich um und schaute in die Augen, die sie inzwischen verfolgten.

„So ist es“, erwiderte sie und ärgerte sich über ihr Herzklopfen.

„Sie sind heute Morgen ziemlich gereizt, scheint mir. Haben Sie vom vergangenen Wochenende noch einen Kater?“

„Keineswegs“, erwiderte sie kühl. „Dazu trinke ich viel zu wenig.“

„Ach ja, jetzt erinnere ich mich wieder.“

„Harriet, da bist du ja endlich. Warum hast du mich so lange warten lassen?“

„Tut mir leid, Larry, aber der Friseur hatte mich in die Mangel genommen.“

Burt sah sie belustigt an. Ihre Blicke trafen sich, Harriet fühlte ihre Beine schwach werden, so sanft und streichelnd war der Ausdruck seiner Augen. Erschrocken senkte sie die Lider.

„Sind Sie immer so leicht aus der Fassung zu bringen?“ Burts Stimme klang ruhig und etwas zynisch. Abwehrend hob sie das Kinn und sah ihn hilflos und wütend an, weil er ihr offenbar die Gedanken von der Stirn ablas. „Oh, so gefällt es mir schon sehr viel besser“, sagte Burt. „Es steht Ihnen gut, wenn Sie aufgebracht sind. Dann werden Ihre Augen noch dunkler, und Ihre Wangen bekommen mehr Farbe. Temperament ist ein wesentliches Merkmal von Frauen – und von Rassepferden.“

Der Vergleich missfiel Harriet sehr, doch sie nahm sich zusammen, denn sie wusste, dass sie bei einem Wortgefecht unterliegen würde. „Wahrscheinlich haben Sie recht“, antwortete sie unbeteiligt und schluckte die Worte hinunter, die ihr auf der Zunge lagen. „Meiner Ansicht nach fühlen sich die Männer körperlich von den Frauen angezogen und geistig von den Pferden.“

Larry musterte Harriet kritisch. Es war ihm entgangen, worüber sie und Burt sich unterhalten hatten. „Deine Frisur passt genau zu den Aufnahmen, die ich von dir machen will.“

„Ja“, stimmte Burt ernsthaft zu. „Eine Geschäftsfrau, leistungsfähig und außerordentlich beschlagen.“

„Selbstherrlich, aggressiv und rücksichtslos“, unterbrach Harriet und sah ihn frostig an. „Sie sind mein Vorbild, Mr Bardoff.“

Er verzog leicht die Augenbrauen. „Das wäre faszinierend. Ich werde mich jetzt auf den Weg machen, damit Sie ungestört Ihrer Arbeit nachgehen können. Und ich meiner.“

Er schloss die Tür hinter sich, und auf einmal wirkte das Zimmer größer und merkwürdig leer. Harriet schüttelte sich und machte sich an die Arbeit, um die Gedanken an Burt Bardoff zu verscheuchen.

Während der nächsten Stunde wirbelte Larry durch den Raum, machte eine Aufnahme nach der anderen, richtete die Beleuchtung ein und erteilte Harriet Anweisungen zu ihrer Rolle als erfolgreiche Geschäftsfrau.

„Lass uns jetzt mal eine kleine Pause einlegen." Er riet ihr, sich ein wenig zu entspannen, und sie ließ sich ungezwungen in einen weichen Ledersessel sinken.

„Du bist süchtig", rief sie, als er erneut die Kamera auf sie richtete und sie einfing, als sie die Beine weit von sich streckte.

„Das ist ein gelungenes Foto", lächelte er abwesend. „Eine müde Frau, die von ihrer Arbeit total ausgelaugt ist."

„Ich kann deinen Sinn für Humor einfach nicht teilen, Larry", erwiderte Harriet und dachte gar nicht daran, ihre bequeme Lage zu ändern. „Wahrscheinlich liegt es an der Kamera, die du ständig vor der Nase hast."

„Deswegen brauchen wir noch lange nicht persönlich zu werden, Harriet. Erheb dich aus deinem Sessel. Wir gehen jetzt ins Konferenzzimmer, mein Liebling, und du kannst den Aufsichtsratsvorsitzenden spielen."

„Die Aufsichtsratsvorsitzende", korrigierte sie, aber er war schon längst wieder mit seinen Apparaten beschäftigt. Murrend erhob sie sich und überließ Larry sich selbst.

Der Rest des Tages zog sich in die Länge. Larry brauchte über eine halbe Stunde, um die Beleuchtung nach seinem Geschmack einzurichten. Nach einer weiteren Stunde unter den heißen Lampen fühlte Harriet sich müde und abgespannt. Deshalb war sie auch heilfroh, als Larry das Ende des Tagewerks ankündigte.

Harriet hielt Ausschau nach Burts hoher Gestalt, als sie das Gebäude verließ, und war tief enttäuscht, keine Spur von ihm zu sehen. Sie ging einige Häuserblocks entlang, atmete die frische Herbstluft ein und beschloss, die Gefühle zu verdrängen, die der große Burt Bardoff mit den scharfen grauen Augen in ihr auslöste. Er zieht mich nur körperlich an, überlegte sie, vergrub die Hände in den Taschen und lief weiter die belebte Straße entlang.

Sie brauchte dringend eine Abwechslung, um sich von den Gedanken an diesen Mann abzulenken. Im Übrigen hatte sie sich für ihren beruflichen Erfolg entschieden. Unabhängigkeit und Sicherheit gingen vor. Es gab keinen Platz für romantische

Verwicklungen. Wenn sie später einmal eine Familie gründen wollte, dann bestimmt nicht mit einem Mann wie Burt Bardoff, sondern mit einem zuverlässigen Menschen, der sie nervlich nicht so beanspruchte und sie ständig in Verlegenheit brachte. Außerdem, erinnerte sie sich düster, war ihm an einer romantischen Verbindung mit ihr ohnehin nicht gelegen. Er schien eine Schwäche für wohlproportionierte rothaarige Frauen zu haben.

Die Aufnahmen gingen am nächsten Morgen weiter. Wieder musste Harriet in den Büroräumen des Modemagazins arbeiten. An diesem Tag trug sie eine dunkelblaue Bluse und einen etwas helleren Rock, der bis über die Waden reichte. Sie musste eine Sekretärin darstellen. Die Fotos sollten in Burts Sekretariat gemacht werden, und die Sekretärin war überaus entzückt.

„Sie können sich überhaupt nicht vorstellen, wie begeistert ich bin, Miss Baxter. Ich fühle mich wie ein Kind, das zum ersten Mal in den Zirkus geht."

Harriet lächelte das junge Mädchen verständnisvoll an. „Manchmal komme ich mir wie ein dressierter Elefant vor. Nennen Sie mich doch bitte Harriet."

„Mein Name ist June. Dies alles ist für Sie vermutlich nur Routine." Sie schüttelte die kastanienbraunen Locken. „Aber mir kommt alles so furchtbar aufregend vor."

June sah sich nach Larry um, der sich mit seiner üblichen Intensität auf die Arbeit vorbereitete. „Mr Newman ist ein echter Profi, nicht? Wie der mit den Objektiven, Lampen und all dem Zubehör umgeht … Ich finde ihn sehr attraktiv. Ist er verheiratet?"

Harriet lachte. „Nur mit seiner Kamera."

„Das hätte ich nicht gedacht." June lächelte, und dann fügte sie hinzu: „Ich meine, haben Sie eine engere Beziehung zueinander?"

„Er ist der Meister, und ich bin seine Sklavin", erwiderte Harriet, und zum ersten Mal stellte sie sich Larry als einen anziehenden, begehrenswerten Mann vor. Nachdenklich lächelte sie June an. „Sie kennen doch das alte Sprichwort: Liebe geht durch den Magen. Merken Sie sich meinen Rat: Die Liebe dieses Mannes geht durch den Sucher. Nichts interessiert ihn mehr als Belichtungszeiten."

Burt trat aus seinem Büro. Er lächelte verständnisvoll, als er Harriet sah. „Die beste Kameradin eines Mannes ist eine tüchtige Mitarbeiterin."

„Ziehen Sie bitte keine übereilten Schlüsse." Harriets Herz klopfte stürmisch, doch sie bemühte sich um einen gelassenen Tonfall. „Ich bin von der Erfolgsleiter eine Stufe hinabgefallen."

„Das ist nun mal so in der Geschäftswelt. An einem Tag ein aufschlussreiches Geschäftsessen und am nächsten die aufreibende Tätigkeit in einem Schreibbüro. Damit muss man sich abfinden."

„Ich habe alles vorbereitet", verkündete Larry auf der anderen Seite des Raums. „Wo ist Harriet?" Er drehte sich um und sah, wie das Dreiergespann ihn beobachtete. „Hallo, Burt, hallo, Harriet. Ist alles in Ordnung?"

„Dein Wunsch ist mir Befehl, lieber Meister des Kleinbildfilms." Harriet ging auf ihn zu.

„Können Sie Maschine schreiben, Harriet?", fragte Burt freundlich.

„Ich werde Ihnen einige Briefe zum Schreiben geben. Damit schlagen wir zwei Fliegen mit einer Klappe."

„Leider nein, Mr Bardoff. Schreibmaschinen und ich stehen auf dem Kriegsfuß miteinander."

„Wäre es Ihnen recht, wenn ich Ihnen etwas zusehe, Mr Newman?", schaltete June sich ein. „Ich werde Ihnen nicht im Weg stehen. Aber Fotografie fasziniert mich nun einmal."

Larry nickte ihr zerstreut zu, und Burt bedachte seine Sekretärin mit einem überraschten Blick, ehe er wieder in sein Zimmer ging. „In einer halben Stunde brauche ich Sie wieder wegen des Brookline-Vertrages, June."

Die Aufnahmen waren schnell gemacht. Harriet folgte Larrys Anweisungen mit gewohnter Schnelligkeit. Nach einer Weile zog June sich lautlos in Burts Büro hinter der schweren Eichentür zurück. Harriet und Larry bemerkten es nicht einmal.

Etwas später senkte Larry die Kamera und schaute an die Decke. Harriet schwieg weiter, denn sie wusste ganz genau, dass dies keineswegs das Ende der Aufnahmen bedeutete, sondern lediglich eine Pause, während der er eine neue Idee ausbrütete.

„Ich brauche noch ein interessantes Bild zum Abschluss. Lass mich mal ...“ Entrückt sah er durch Harriet hindurch, als wäre sie aus Glas.

„Jetzt habe ich's. Wechsle das Farbband der Schreibmaschine aus.“

„Das kann doch nur ein Scherz sein.“ Harriet betrachtete intensiv ihre Fingernägel.

„Nein, das wäre fabelhaft. Stell dich nicht so an.“

„Larry“, protestierte sie geduldig, „ich habe nicht die leiseste Ahnung, wie man ein Farbband auswechselt.“

„Dann tu so, als ob“, schlug Larry vor.

Seufzend setzte Harriet sich an den Schreibtisch und betrachtete die Maschine. „Hast du schon mal Weizen geerntet, Larry?“, fragte sie auf gut Glück, um ihn von seinem Vorschlag abzubringen. „Es ist atemberaubend.“

„Harriet, ich bitte dich“, unterbrach er sie mit zusammengezogenen Augenbrauen.

„Ich habe nicht den blassesten Schimmer, wie man eine Schreibmaschine öffnet“, stöhnte sie.

„Es muss da irgendeinen Knopf oder einen Hebel geben“, erwiderte Larry geduldig. „Gibt es in Kansas etwa keine Schreibmaschinen? Los, Harriet.“

„Es wird vermutlich welche geben. Oh, ich hab's.“ Sie freute sich wie ein Kind, als sie den Knopf entdeckt hatte. Sie hob den Deckel hoch und schaute sorgenvoll auf das Innenleben der Maschine. „Skalpell“, verlangte sie und fuhr mit dem Finger über die Typen.

„Weiter, Harriet, tu so, als verstündest du etwas davon.“

Sie machte sich über die Maschine her und zog das schwarze Band aus der Rolle. Es wurde immer länger. Unabsichtlich fuhr sie sich mit der Hand über die Wange und beschmierte sie mit schwarzer Farbe.

Ihre Finger verwickelten sich hoffnungslos in dem Farbband, das einfach nicht enden wollte. Es war ein aussichtsloser Kampf. Dabei schoss Larry seine letzte Aufnahme.

„Großartig. Eine klassische Studie für Ungeschicklichkeit."

„Vielen Dank, lieber Freund. Wenn du diese Aufnahmen verwertest, werde ich dich verklagen. Ich überlasse es dir, June klarzumachen, wie es zu dieser Katastrophe kam. Für heute habe ich genug."

„Verständlich." Das war Burts Stimme. Harriet drehte sich um und sah, wie er und June das chaotische Durcheinander auf dem Schreibtisch betrachteten. „Sollten Sie jemals Ihre Karriere als Fotomodell aufgeben, dann denken Sie ja nicht daran, sich auf eine Büroarbeit zu stürzen. Es ist grauenhaft, was Sie angerichtet haben."

Harriet lachte hilflos. „Gut, Larry, verlassen wir dieses Schreckenskabinett. Wir sind am Ort des Verbrechens auf frischer Tat ertappt worden."

Burt umfasste behutsam ihre Hand. „Sie ist ja völlig schwarz." Mit der anderen Hand strich er ihr über das Kinn. „Auch Ihr bemerkenswertes Gesicht hat etwas abbekommen."

Harriet musterte ihre Hände. „Du liebe Zeit, wie konnte das nur passieren? Wie bekomme ich die Farbe wieder ab?" June versicherte ihr, dass Seife und Wasser den Schaden beheben würden.

Harriet blickte Larry an. „Ich werde mich jetzt erst einmal einer gründlichen Reinigung unterziehen, ehe ich mich aus dem Staub mache. Unterhalte dich inzwischen mit June." Sie lächelte hinreißend, wie gewöhnlich.

Burt öffnete ihr die Tür und begleitete sie durch die Halle. „Wollen Sie meiner Sekretärin romantische Flausen in den Kopf setzen, Harriet?"

„Möglich", erwiderte sie verschmitzt. „Ich möchte wissen, ob Larry auch noch etwas anderes im Sinn hat als seine Kamera."

„Und was haben Sie im Sinn, Harriet?", fragte Burt sanft, legte seine Hand auf ihren Arm und zog sie etwas an sich.

„Ich habe alles, was ich brauche“, sagte sie viel zu schnell und fühlte sich von seinem eindringlichen Blick gefangen wie eine Maus in der Falle.

„Alles?“, wiederholte er. „Schade, dass ich jetzt noch eine Verabredung habe. Sonst könnten wir uns näher darüber unterhalten.“ Er berührte ihren Mund sanft mit den Lippen und lächelte sie dann bekümmert an. „Bitte, reinigen Sie jetzt Ihr Gesicht, es sieht fürchterlich aus.“ Mit diesen Worten wandte er sich ab und schlenderte durch die weite Halle. Harriet blickte ihm enttäuscht und sehnsüchtig hinterher.

Harriet verbrachte den freien Nachmittag mit Einkäufen, um ihre Nerven zu beruhigen. Doch sie dachte ständig an Burts flüchtigen Kuss und an das Lächeln seiner Augen. Ein kalter Windstoß führte sie in die Gegenwart zurück, und sie hielt ein Taxi an. Sie musste sich beeilen, denn sie hatte sich zum Abendessen mit Lisa verabredet.

Es war schon fünf Uhr vorbei, als Harriet ihre Einkaufstüten auf dem Tisch in der Küche ihres Apartments absetzte. Sie klinkte das Sicherheitsschloss an der Eingangstür aus, damit Lisa ungehindert eintreten konnte. Dann nahm sie ein heißes, aromatisch duftendes Bad. Gerade als sie sich in ein Badetuch gewickelt hatte, klingelte die Glocke an der Wohnungstür.

„Komm herein, Lisa. Entweder bist du zu früh dran, oder ich habe mich verspätet.“ Harriet verließ das Badezimmer. „In einer Minute bin ich fertig, ich habe wohl zu lange in der Wanne herumgetrödelt. Meine Füße …“ Sie blieb wie angewurzelt stehen, denn anstelle der kleinen blonden Lisa erblickte sie Burt Bardoff, der lässig am Türrahmen lehnte. „Wo kommen Sie denn her?“

„Meinen Sie ursprünglich oder jetzt eben gerade?“ Er amüsierte sich über ihre Bestürzung.

„Ich dachte, Sie seien Lisa.“

„Das habe ich vermutet.“

„Was wollen Sie hier?“

„Ich wollte Ihnen nur Ihren goldenen Füllfederhalter zurückbringen. Er trägt die Initialen H. B.“

„Ja, er gehört mir. Wahrscheinlich ist er mir aus der Tasche gefallen. Sie hätten sich nicht darum zu kümmern brauchen. Morgen hätte ich ihn sowieso zurückbekommen.“

„Ich dachte, dass Sie ihn vielleicht vermissen würden.“ Sein Blick glitt über ihre Gestalt, über die schön geschwungenen Beine und schließlich über ihren wohlgeformten Busen, der sich unter dem Badetuch abhob. „Nebenbei, der Besuch hat sich gelohnt.“

Harriets Augen weiteten sich vor Entsetzen über ihre spärliche Bekleidung. Röte stieg ihr ins Gesicht, als Burt sie anlachte, und sie lief aus dem Zimmer. „Ich bin gleich wieder da.“

Sie zog sich hastig kaffeebraune Cordhosen und einen beigefarbenen Mohairpullover über, fuhr schnell mit der Bürste durchs Haar und legte geschickt ein wenig Make-up auf. Mit einem tiefen Atemzug kehrte sie ins Wohnzimmer zurück und versuchte, ihre Gefühle zu beherrschen. Burt hatte es sich auf dem Sofa gemütlich gemacht, rauchte eine Zigarette und schien sich wie zu Hause zu fühlen.

„So, da bin ich wieder. Darf ich Ihnen einen Drink anbieten, oder sind Sie in Eile?“

„Keineswegs. Ich würde gern einen Scotch trinken. Pur, falls Sie einen im Haus haben.“

„Schon möglich. Ich werde mal nachsehen.“ Sie ging in die Küche und prüfte ihre Alkoholbestände. Burt war ihr gefolgt, und sie empfand seine Anwesenheit als zugleich aufregend und lästig. „Hier“, sie schwenkte eine Flasche, „das ist Scotch.“

„Fabelhaft.“

„Ich hole Ihnen ein Glas. Pur, sagten Sie?“ Sie strich sich über die Haare. „Das heißt also ohne Eis, nicht wahr?“

„Sie wären eine großartige Bardame.“ Er griff nach der Flasche und dem Glas und goss sich das Getränk selbst ein.

„Ich trinke nicht viel“, sagte sie entschuldigend.

„Ja, ich erinnere mich. Sie trinken nur zwei Tassen Tee am Tag. Wollen wir uns nicht setzen?“ Mit ungezwungener Vertraulichkeit ergriff Burt ihre Hand, und sie protestierte nicht einmal. „Das ist eine sehr hübsche Wohnung, Harriet“, stellte er fest, als sie sich auf dem Sofa niederließen. „Weiträumig, freundlich und farblich harmonisch abgestimmt. Doch Sie sollten immer die Tür verschließen. Sie leben in New York und nicht auf einer Farm in Kansas.“

„Ich erwartete Besuch.“

„Aber mit mir haben Sie sicherlich nicht gerechnet. Ein fremder Mann hätte Sie bestimmt nicht ungeschoren gelassen.“

„Ja, allmächtiger Herrscher.“

Als Antwort packte er sie bei den Armen, doch in diesem Augenblick läutete zum Glück das Telefon.

Harriet sprang auf. „Hallo, Lisa. Wo steckst du denn?“

„Tut mir Leid, Harriet“, antwortete sie atemlos. „Etwas Wundervolles ist passiert. Hoffentlich macht es dir nichts aus, dass ich heute Abend nicht kommen kann.“

„Natürlich nicht. Aber was ist denn geschehen? Du bist ja ganz aufgeregt.“

„Mark hat mich eben zum Abendessen eingeladen.“

„Demnach hast du meinen Rat befolgt und ihm ein Bein gestellt.“

„Mehr oder weniger.“

„Ach, Lisa“, rief Harriet amüsiert und ungläubig. „Das hast du doch nicht wirklich getan.“

„Allerdings nicht. Wir haben alle diese Gesetzbücher mit uns herumgeschleppt und uns dabei buchstäblich über den Haufen gerannt. Es war ein heilloses Durcheinander.“

„Das kann ich mir lebhaft vorstellen.“ Harriets Gelächter hallte durch den Raum. „Aber es war jedenfalls geschickter als ein Überfall.“

„Macht es dir wirklich nichts aus, dass ich heute Abend nicht zu dir komme?“

„Ich kann dir ja sowieso nur eine Pizza anbieten, anstelle von aufrichtiger Liebe“, antwortete Harriet. „Ich wünsche dir jedenfalls viel Vergnügen. Dann bis später.“

Sie legte den Hörer auf. Burt betrachtete sie mit unverhohlenem Interesse. „Das war das aufschlussreichste Telefongespräch, das ich je mitbekommen habe."

Harriet berichtete ihm von Lisas großer unerfüllter Liebe.

„Sie haben eine Pizza erwähnt."

„Damit habe ich also mein Geheimnis verraten." Sie setzte sich ihm gegenüber auf einen Stuhl. „Lassen Sie ja nichts darüber verlauten: Ich bin pizzasüchtig. Wenn ich sie nicht in regelmäßigen Abständen zu mir nehme, drehe ich durch. Und das ist kein besonders komischer Anblick."

„Nun, ich habe keine Entziehungskur mit Ihnen vor." Er stellte das leere Glas auf den Tisch und erhob sich. „Ziehen Sie sich Ihren Mantel über, und ich werde Sie verwöhnen."

„Dazu besteht kein Anlass." Sie war völlig überrumpelt.

„Lassen Sie das. Kommen Sie mit, denn ich habe auch Hunger."

Sie fügte sich und zog sich eine Wildlederweste über.

„Haben Sie Ihre Schlüssel?"

Harriet nickte und folgte Burt zu seinem Wagen.

Harriet hatte ein kleines italienisches Restaurant vorgeschlagen. „Was möchten Sie essen, Harriet?", fragte Burt.

„Pizza natürlich, wie Sie wissen sollten."

„Ich weiß. Aber womit soll sie belegt sein?"

„Mit wenig Kalorien."

„Ist das alles?"

„Ich darf mich nicht gehen lassen, sonst habe ich es zu büßen."

„Ein Glas Wein dazu?"

„Hoffentlich vertrage ich es. Aber warum eigentlich nicht? Man lebt nur einmal."

„Wie wahr." Burt rief den Ober herbei und gab die Bestellung auf. Als sie wieder allein waren, setzte er das Gespräch fort. „Sie wirken auf mich, als hätten Sie schon einmal gelebt: als eine indianische Prinzessin. Ich wette, dass man Sie nach der Häuptlingstochter Pocahontas benannte, als Sie noch ein kleines Kind waren."

„Keineswegs. Nur einmal habe ich einen jungen Burschen skalpiert, weil er mich so nannte."

„Erzählen Sie weiter." Burt beugte sich neugierig vor. Er stützte seine Ellenbogen auf den Tisch und legte das Kinn auf die Hände. „Versuchen Sie, sich zu erinnern."

„In Ordnung, wenn Sie eine derart blutrünstige Geschichte beim Abendessen ertragen können." Mit beiden Händen schob Harriet das Haar zurück und stellte sich ganz auf seine nachlässige Haltung ein. „Dieser Bengel hieß Martin Collins. Ich war wild verliebt in ihn, doch er begeisterte sich für Jessie Winfield, ein süßes, kleines blondes Geschöpf mit seelenvollen braunen Augen. Ich war verrückt vor Eifersucht. Außerdem war ich zu groß und zu schmächtig. Ich bestand nur aus Augen und Ellenbogen und war damals elf Jahre alt. Eines Tages begegnete ich ihnen und war völlig verzweifelt, weil er ihre Bücher schleppte. Er rief: Schnell fort zu den Hügeln, das ist Pocahontas. Das genügte, er hatte mich lächerlich gemacht. Ich sann über eine geeignete Rache nach, ging nach Hause, nahm die kleine Schere meiner Mutter an mich, malte mein Gesicht mit ihrem schönsten Lippenstift an und pirschte mich zu meinem Opfer zurück. Hinterrücks schlich ich mich an Martin Collins heran und wartete geduldig den richtigen Zeitpunkt ab. Dann sprang ich ihn wie ein Panther an, stieß ihn zu Boden, warf mich auf ihn und schnitt ihm die Haare kurz. Er schrie, doch ich zeigte keinerlei Mitleid. Dann kamen meine Brüder, zogen mich hoch, und dieser Feigling lief nach Hause zu seiner Mutter."

Burt lachte laut und warf den Kopf zurück. „Was müssen Sie für ein Scheusal gewesen sein."

Die Pizza wurde serviert, und während des Essens unterhielten sie sich freundschaftlicher und entspannter, als Harriet es jemals für möglich gehalten hätte. Nach dem Essen lehnte Burt sich bequem zurück und sah sie ernst an.

„Ich hatte keine Ahnung, dass Sie so viel essen können."

Harriet lächelte erleichtert, genoss das gute Essen, den Wein und die unkomplizierte Unterhaltung. „Das geschieht nicht oft, aber wenn ich einmal esse, dann tue ich es ausgiebig."

„Ich wundere mich immer mehr über Sie. Nie weiß ich, was bei Ihnen als Nächstes kommt. Sie fallen von einem Extrem ins andere."

„Aber deswegen haben Sie mich doch engagiert, Burt." Zum ersten Mal sprach Harriet ihn freiwillig mit seinem Vornamen an.

Harriet war ziemlich nervös, als sie und Burt auf ihr Apartment zusteuerten. Mit erzwungener Ruhe zog sie die Wohnungsschlüssel aus der Tasche. „Möchten Sie noch eine Tasse Kaffee bei mir trinken?"

Burt nahm ihr die Schlüssel aus der Hand, schloss die Tür auf und lächelte Harriet an. „Seit wann trinken Sie Kaffee?"

„Bisher habe ich mich noch nicht daran gewöhnen können, aber jeder tut es, und deswegen habe ich immer einen löslichen Kaffee für Gäste parat."

„Ebenso wie den Scotch, nehme ich an."

„Ja. Treten Sie ein." Harriet legte ihre Weste ab und spielte die Rolle der Gastgeberin. „Machen Sie es sich bequem. Der Kaffee ist in wenigen Minuten fertig."

Burt warf seine Jacke nachlässig über eine Stuhllehne. Verstohlen betrachtete Harriet seine kräftige Gestalt. Burt trug einen dunkelblauen gerippten Pullover und eng anliegende Hosen. Schnell drehte sie sich um und ging in die Küche.

Dort schaltete sie den Schnellkocher ein und stellte Tassen, eine kleine Zuckerdose und ein Kännchen mit Milch auf ein hübsches Korbtablett. Sie goss Tee für sich und Kaffee für Burt auf und brachte das Tablett in das Wohnzimmer, wo sie es auf dem niedrigen Couchtisch abstellte. Burt, der sich ihre Schallplattenalben ansah, hob den Kopf und lächelte.

„Eine wunderschöne Auswahl. Chopin, wenn Sie in romantischer Stimmung sind, Denver, wenn Sie Sehnsucht nach zu Hause haben, und B. B. King, wenn Sie sich niedergeschlagen fühlen. McCartney, wenn Sie wieder obenauf sind."

„Sie scheinen mich schon ziemlich gut zu kennen."

„Noch nicht", berichtigte er. „Aber ich bemühe mich darum."

Burt stand auf und kam auf sie zu. Harriet wünschte sehnlichst, sich in Luft auflösen zu können. „Ihr Kaffee wird kalt", sagte sie hastig, stellte die Tassen auf den Tisch und ließ verwirrt einen Löffel fallen. Sie beugten sich gleichzeitig hinab, um ihn aufzuheben, und Burts Finger schlossen sich über ihrer feingliedrigen Hand. Diese Berührung wirkte wie ein elektrischer Stromstoß auf Harriet. Feuer schoss durch ihren Körper. Sie wandte Burt ihr Gesicht zu.

Beide sprachen kein Wort, als ihre Blicke sich begegneten. Es gab kein Entkommen. Harriet wusste, dass dieser Augenblick unvermeidlich war, seitdem sie sich in Larrys Studio begegnet waren. Sie fühlten sich zueinander hingezogen. Ein starkes Verlangen erfüllte Harriet, als Burt sie an sich zog. Sehnsüchtig gab sie sich seiner Umarmung hin.

Er küsste sie. Seine Lippen waren warm und zärtlich. Sie schlang die Arme um seinen Nacken und gab ihm nach wie nie einem Mann zuvor. Ihre Leidenschaft schaltete alle Gedanken aus.

Seine Hände berührten ihren flachen Bauch, seine Finger versuchten den Reißverschluss ihrer Jeans hinunterzuziehen, doch sie wehrte sich dagegen.

„Burt, bitte nicht. Hören Sie auf."

„Harriet", murmelte er und beugte sich wieder über ihre Lippen, aber sie drehte den Kopf zur Seite und stieß Burt von sich.

„Nein! Lassen Sie mich bitte los."

Er atmete heftig, stand auf und nahm sich eine Zigarette aus dem goldenen Etui auf dem Tisch. Harriet richtete sich auf, faltete die Hände auf ihrem Schoß und senkte den Blick, um ihn nicht ansehen zu müssen. Sie fühlte sich vollkommen hilflos und wusste nicht, was sie sagen sollte.

„Ich wusste immer, dass Sie über viele bemerkenswerte Eigenschaften verfügen, Harriet." Er blies den Rauch schnell und heftig aus. „Aber ich hatte nicht damit gerechnet, dass Sie mich zum Narren machen würden."

„Das tue ich gar nicht", protestierte sie und fühlte sich von seinem barschen Tonfall getroffen. „Sie sind unfair, und das nur, weil ich Ihnen nicht nachgab.“ Sie unterbrach sich, denn sie war verwirrt und verlegen und wünschte nichts sehnlicher, als dass er sie wieder in die Arme nahm.

„Sie sind doch kein Kind mehr“, fuhr er sie an. Ihre Lippen zitterten bei seinem Wutausbruch. „Was ist denn die natürliche Folge, wenn zwei Menschen sich so küssen, wie wir es eben getan haben, wenn ein Mann eine Frau auf diese Weise berührt?“ Seine Augen waren dunkel vor kaum unterdrücktem Zorn. Sprachlos ließ Harriet seine Vorwürfe über sich ergehen.

„Sie begehren mich ebenso wie ich Sie. Wir wussten beide, dass es eines Tages so kommen würde. Sie sind eine erwachsene Frau. Hören Sie auf, sich wie ein unschuldiges junges Mädchen zu benehmen.“

Diese Bemerkung traf ins Schwarze, und sie errötete verräterisch, noch ehe sie die Wimpern senken konnte, um ihre Verlegenheit zu verbergen. Burt hielt den Atem an im Widerstreit zwischen Ärger und verdutzter Fassungslosigkeit. „Du liebe Zeit, sind Sie etwa noch nie mit einem Mann zusammen gewesen?“

Harriet schloss gedemütigt die Augen und schwieg beharrlich.

„Wie ist das nur möglich?“, fragte er in einem leicht amüsierten Tonfall. „Wie kann eine Frau im reifen Alter von vierundzwanzig Jahren mit Ihrem Aussehen noch so unschuldig sein wie frisch gefallener Schnee?“

„Das war überhaupt kein Problem.“ Sie blickte sich im Raum um und vermied, ihm in die Augen zu sehen. „Normalerweise kontrolliere ich meine Gefühle.“ Etwas hilflos hob sie die Schultern.

„Sie sollten kein Geheimnis daraus machen, dass Sie noch unschuldig sind, falls Sie Angst haben, die Kontrolle über die Situation zu verlieren.“

„Vielleicht sollte ich mir ein rotes J auf die Stirn malen, wie Jungfrau. Dann gibt es wenigstens keine Verwicklungen“, brauste Harriet auf und hob trotzig das Kinn.

„Sie sind großartig, wenn Sie wütend sind.“ Sein Ton war kühl. „Passen Sie auf sich auf, sonst werde ich andere Mittel anwenden, um Sie für mich zu gewinnen.“

„Ich glaube, Sie würden sich niemals dazu hinreißen lassen, eine Frau gegen ihren Willen zu überwältigen", erwiderte sie, als er nach seiner Jacke griff.

Burt drehte sich zu ihr um, und seine Augen verengten sich. Er zog sie an sich und küsste sie heftig, bis sie sich nicht mehr wehrte und sich in seine Arme schmiegte.

„Verlassen Sie sich lieber nicht darauf", sagte er sanft, als er sie wieder auf die Couch gleiten ließ. „Ich bekomme immer, was ich haben will. Noch in diesem Augenblick könnte ich Sie besitzen, ohne Sie dazu zu zwingen. Doch ich kann warten."

## 4. KAPITEL

Während der folgenden Wochen gab es bei den Aufnahmen nur wenige Schwierigkeiten. Larry war von der Entwicklung der Arbeit begeistert und übergab Harriet einen Ordner mit den Probeabzügen, damit sie sich einen Überblick über den Verlauf ihres gemeinsamen Unternehmens verschaffen konnte.

Sie betrachtete die Bilder mit berufsmäßig bedingtem Abstand und fand sie hervorragend. Es war wohl die beste Arbeit, die sie beide zusammen oder auch getrennt voneinander jemals bewerkstelligt hatten. Meisterhaft beherrschte Larry Blickwinkel und Beleuchtung, Schatten und Filter. Hinzu kam Harriets Fähigkeit, sich in die unterschiedlichsten Rollen zu versetzen. Die Bilder waren bereits ein Abglanz des umfassenden Themas der Fraulichkeit. Sie hatten fast die Hälfte der geplanten Aufnahmen hinter sich. Wenn weiterhin alles so verlief wie bisher, würden sie ihre Arbeit noch vor Ablauf des vereinbarten Termins beendet haben. Burt plante inzwischen, die erste Magazinausgabe früher als zunächst vorgesehen herauszugeben. Sie sollte schon Anfang des Frühjahrs in den Kiosken angeboten werden.

Nach dem Erntedankfest sollten die Sitzungen wieder aufgenommen werden. Inzwischen würden der Chefgrafiker und sein Stab die Fotos auswählen, die in den endgültigen Ausgaben erscheinen sollten. Harriet war froh über das bevorstehende freie Wochenende. Nicht nur, weil sie sich dann ausruhen konnte, sondern auch, weil sie dann dem Mann entfliehen konnte, an den sie ständig dachte und von dem sie inzwischen träumte.

Burt ließ sich nichts anmerken, als sie nach dem vergangenen Abend wieder in seinem Büro auftauchte. Er hatte sie wie immer begrüßt, so zwanglos, dass sie tatsächlich einen Moment lang glaubte, sie hätte sich seine Lippen auf ihrem Mund nur eingebildet. Mit keinem Wort spielte er auf das gemeinsame Abendessen oder auf die darauf folgende Szene an, sondern behandelte Harriet gelassen wie immer: teils berufsmäßig, teils belustigt.

Für Harriet war es nicht einfach, seine unbekümmerte Art hinzunehmen. Er hatte in ihr Gefühle geweckt, die sie bis dahin nicht gekannt hatte. Doch nach außen hin gab auch sie sich völlig ruhig.

Harriet schaute aus dem Fenster ihres Apartments. Ihre Stimmung war so düster wie der bleierne Novemberhimmel, der die Stadt in trübe Finsternis tauchte. Die Wohnhäuser und Wolkenkratzer sahen trostlos aus. Schon seit Langem waren die Blätter von den Bäumen gefallen, und das Gras war nicht mehr grün, sondern hatte eine traurige, hoffnungslose Farbe angenommen.

Plötzlich verspürte Harriet Heimweh nach den goldenen Weizenfeldern von Kansas. Sie legte eine Platte von Denver auf. Dann erinnerte sie sich daran, dass Burt noch vor Kurzem in diesem Zimmer gewesen war. Der Gedanke an seine kurze Umarmung erfüllte sie mit Sehnsucht. Einsichtig gestand sie sich, dass ihr Verlangen nach Burt nicht ausschließlich körperlich bedingt war. Sie stellte den Plattenspieler an, und dann schwebte sanfte Musik durch den Raum.

Es würde alle ihre Pläne zunichtemachen, wenn sie sich verliebte. Und Burt kam dafür schon gar nicht infrage. Mit ihm war es aus und vorbei. Alles andere würde nur zu einer Katastrophe und zu ihrer Demütigung führen. Aber eine innere Stimme sagte ihr, dass es zu spät war, sich von Burt zu lösen. Verwirrt und niedergeschlagen ließ sie sich auf einen Stuhl sinken.

Es war spät, als Harriet wieder in ihr Apartment zurückkam. Sie hatte mit Lisa und Mark an einem Erntedankessen teilgenommen. Obwohl das Dinner ausgezeichnet gewesen war, hatte sie keinen Appetit gehabt. Sie hatte sich damit entschuldigt, dass sie auf ihre Figur zu achten habe. Es war ihr gelungen, ihre schlechte Stimmung zu verbergen, und sie hatte auf ihre Freunde völlig normal und zufrieden gewirkt.

Als sie jetzt die Tür hinter sich schloss, atmete sie erleichtert auf. Ihr aufgesetztes Lächeln schwand und sie entspannte sich. Noch ehe sie ihren Mantel in den Kleiderschrank hängen konnte, läutete das Telefon.

„Hallo, Harriet, waren Sie unterwegs?"

Es war klar, wer am Apparat war. Harriet erkannte Burts Stimme sofort. Sie war froh, dass er ihr Herzklopfen über den Draht nicht hören konnte.

„Hallo, Mr Bardoff", erwiderte sie kühl. „Rufen Sie Ihre Angestellten immer so spät an?"

„Schlecht gelaunt, wie?", fragte er völlig unbeirrt. „Haben Sie einen unerfreulichen Tag hinter sich?"

„Im Gegenteil", log sie. „Ich habe mit Freunden zu Abend gegessen und bin eben erst zurückgekehrt. Wie ist es Ihnen ergangen?"

„Fabelhaft. Ich schätze Truthahn über alles."

„Soll das ein Gedankenaustausch über Festtagsmenüs sein, oder haben Sie etwas anderes im Sinn?", fragte Harriet scharf, weil sie sich Burt und Sandra in der eleganten Umgebung eines Feinschmeckerlokals vorstellte.

„Sie haben es erraten. Steht eigentlich immer noch die Flasche Scotch im Schrank? Ich möchte mir unbedingt mit Ihnen einen Festtagsdrink genehmigen."

„Ach, so ist das." Harriets Stimme zitterte. „Nein, ich meine, ja, ich habe die Flasche noch, aber es ist schon spät, und ich …"

„Haben Sie etwa Angst?", unterbrach Burt sie.

„Bestimmt nicht", fuhr sie ihn an. „Ich bin nur müde und möchte jetzt zu Bett gehen."

„Wirklich?" Sie hörte seinen amüsierten Unterton.

„Ja, wirklich!"

Widerwillig spürte Harriet, dass sie errötete. „Warum machen Sie sich eigentlich immer über mich lustig?"

„Tut mir leid." Seine Entschuldigung klang nicht gerade überzeugend. „Aber Sie nehmen sich immer so ernst. Einverstanden, ich werde mich nicht an Ihrem Scotch vergreifen. Jedenfalls nicht heute Abend. Am Montag werde ich Sie wiedersehen, Harriet. Schlafen Sie gut."

„Gute Nacht“, erwiderte Harriet. Sie empfand ein Bedauern, als sie den Hörer auflegte. Sie schaute sich in ihrem Zimmer um und wünschte sehnlichst, dass Burt da wäre. Sie seufzte, strich sich über die Haare und hätte ihn am liebsten angerufen. Doch sie wusste nicht, wo er zu erreichen war.

Es ist richtiger, wenn ich ihm aus dem Weg gehe, überlegte sie. Distanz ist meine beste Medizin. Sandra passt besser zu ihm. Ihrer überlegenen Art bin ich einfach nicht gewachsen. Wahrscheinlich spricht sie perfekt Französisch, kennt sämtliche Weinsorten und verträgt mehrere Gläser Champagner, ehe sie zu lallen beginnt.

Am Sonnabend traf Harriet sich mit Lisa zum Mittagessen. Sie hoffte, dass ihre schlechte Laune schnell wieder verfliegen würde. Das elegante Restaurant war überfüllt, aber trotzdem war noch ein kleiner Tisch frei.

„Tut mir leid, dass ich mich verspätet habe.“ Harriet studierte die Speisekarte. „Es war ein fürchterlicher Verkehr, und ich habe nur mit Mühe und Not ein Taxi erwischt. Man merkt, dass es Winter ist.“

„Tatsächlich?“, lächelte Lisa. „Mir kommt es vor, als sei der Frühling ausgebrochen.“

„Offenbar hat dich die Liebe aus dem Gleichgewicht gebracht“, entgegnete Harriet. „Aber selbst wenn sie deinen Verstand verwirrt hat: Im Übrigen hat sie geradezu Wunder bewirkt. Du bist total verändert. Ich glaube, dass du selbst noch in der Finsternis glühen könntest.“

Lisa strahlte glücklich. Es war ein herzerfrischender Anblick, und Harriets Stimmung hob sich zusehends.

„Es kommt mir so vor, als stände ich schon seit Wochen nicht mehr mit den Füßen auf der Erde. Wahrscheinlich geht dir mein Schwebezustand auf die Nerven.“

„Sei nicht kindisch. Ich freue mich, dass du so aufgeblüht bist.“

Die beiden Frauen bestellten das Essen und unterhielten sich freundschaftlich miteinander.

„Warum habe ich eigentlich keine Freundin mit Warzen und einer schiefen Nase?", sagte Lisa plötzlich.

Harriet ließ die Gabel fallen. „Wie bitte?"

„Gerade ist der faszinierendste Mann hereingekommen, den ich je gesehen habe. Ich bin Luft für ihn, er hat nur Augen für dich."

„Vielleicht sucht er irgendjemanden aus seiner Bekanntschaft."

„Aber er befindet sich ja in Begleitung, die wie eine Klette an ihm hängt." Lisa schaute das Paar mit unverhohlener Neugier an. „Trotzdem interessiert er sich nur für dich."

Harriet wollte sich schon umdrehen, doch Lisa untersagte es ihr. „Du meine Güte, jetzt kommt er tatsächlich zu uns an den Tisch. Das kann doch nicht wahr sein! Los, Harriet", flüsterte sie aufgeregt, „sieh so natürlich wie möglich aus."

„Du bist ja ganz aus dem Häuschen, Lisa", erwiderte Harriet gelassen und amüsierte sich über die schnelle Kapitulation ihrer völlig aufgeregt sprechenden Freundin.

„Hallo, Harriet, New York ist offenbar zu klein für uns beide."

Harriet vernahm die tiefe Stimme und schaute in Lisas verwunderte Augen, ehe sie Burts Lächeln begegnete. „Hallo." Harriet blickte atemlos die attraktive rothaarige Frau an seiner Seite an. „Guten Tag, Miss Mason. Es ist nett, dass wir uns wieder einmal sehen", sagte sie ruhig.

Sandra nickte nur. Ihre frostigen grünen Augen besagten, dass sie das Vergnügen nicht teilte. Eine kurze Pause trat ein. Burt hob fragend die Brauen.

„Darf ich bekannt machen? Lisa MacDonald, Sandra Mason und Burt Bardoff", warf Harriet schnell ein.

„Ach, dann sind Sie die ‚Mode'", rief Lisa aufgeregt.

Harriet schaute sich vergeblich nach einem Mauseloch um, in dem sie sich verkriechen konnte.

„Mehr oder weniger."

„Ich schätze Ihr Magazin außerordentlich, Mr Bardoff." Lisa schien nicht zu bemerken, dass Sandra sie missbilligend ansah.

„Ich kann die Serie mit Harriet kaum noch abwarten. Das muss alles sehr aufregend gewesen sein.“

„Nun, mindestens war es eine neue Erfahrung. Finden Sie nicht auch, Harriet?“

Sie ärgerte sich über sein herausforderndes Lächeln. „Allerdings“, räumte sie scheinbar unbeteiligt ein und schaute an ihm vorbei.

„Burt“, mischte Sandra sich ein, „jetzt müssen wir wirklich zu unserem Tisch, damit diese beiden Mädchen in Ruhe weiteressen können.“ Harriet und Lisa waren zweifellos unter ihrer Würde.

„Es war nett, Sie kennengelernt zu haben, Lisa. Und wir werden uns dann ja am Montag wiedersehen, Harriet.“

Erneut klopfte Harriets Herz wie wild, trotzdem gelang es ihr, sich höflich zu verabschieden. Nervös trank sie ihren Tee aus und wünschte inständig, dass Lisa über diese Begegnung kein Wort verlieren würde.

Lisa sah Burt eine Weile lang nach. Dann blickte sie Harriet mit ihren riesigen braunen Augen an. „Warum hast du mir verschwiegen, dass er so fantastisch aussieht? Ich bin fast zerschmolzen, als er mich anlächelte.“

Du liebe Zeit, dachte Harriet bedrückt, wirkt er auf alle Frauen so anziehend? „Schäm dich, Lisa“, tadelte sie ihre Freundin. „Du hast dein Herz doch an einen anderen Mann verloren.“

„Das stimmt“, gab Lisa zu. „Aber ich bin eine Frau. Und sag mir bloß nicht, dass er dich kühl lässt. Dafür kennen wir uns viel zu gut.“

Harriet seufzte tief. „Ich bin auch nicht gegen Mr Bardoffs verheerenden Charme gefeit, aber während der nächsten Monate brauche ich ein Gegengift.“

„Beruht das Interesse nicht auf Gegenseitigkeit? Charme kann man dir schließlich ja auch nicht absprechen.“

„Hast du den Rotschopf gesehen, der ihn nicht aus den Augen lässt?“

„Aber natürlich.“ Lisa zog eine Grimasse. „Ich hatte den Eindruck, als erwarte sie, dass ich ihr den Rocksaum küsse. Wer ist sie eigentlich? Die Königin von Saba?“

„Jedenfalls passt sie vorzüglich zu dem Herrscher", murmelte Harriet.

„Wie bitte?"

„Ach, nichts. Bist du fertig? Dann lass uns dieses Lokal so schnell wie möglich verlassen." Harriet wartete die Antwort gar nicht erst ab und bestellte die Rechnung. Dann verließen die beiden Frauen mit eiligen Schritten das Restaurant.

Am folgenden Montag ging Harriet zu Fuß zur Arbeit. Schneeflocken tanzten vor ihrem Gesicht, und sie dachte an ihr Zuhause, an Schlittenfahrten und Schneeballschlachten. Ihre Stimmung war ausgezeichnet, als sie Larrys Studio betrat.

„Hallo, alter Knabe. Wie hast du das Wochenende verbracht?"

Harriet trug einen wadenlangen Mantel und eine dazu passende Pelzkappe, die sie tief ins Gesicht gezogen hatte. Ihre Wangen und Augen glühten vor Kälte und Aufregung über den beginnenden Tag. Sie sah wunderschön aus.

Larry unterbrach seine Arbeit mit der Beleuchtung und begrüßte sie herzlich. „Sieh mal an, was der erste Schnee mir hereinweht. Du bist die reinste Reklame für einen Winterurlaub. Das würde die Saison beleben."

„Du bist unverbesserlich." Harriet entledigte sich ihrer warmen Hüllen und zog die Nase kraus. „Alles, was du siehst, ist auf deine Bedürfnisse zusammengestutzt."

„Berufsbedingt. June meinte, dass mein Auge für ein faszinierendes Bild unvergleichlich sei."

„Habe ich richtig verstanden? June?"

„Völlig richtig. Ich habe sie übers Wochenende ein bisschen in die hohe Kunst des Fotografierens eingeweiht."

„Ach so", erwiderte Harriet ironisch.

„Sie interessiert sich tatsächlich für Kameras."

„Verschlussgeschwindigkeiten und Weitwinkelobjektive, meinst du also?" Harriet nickte weise.

„Los, Harriet, stell dich nicht so an." Larry drehte an seinem Belichtungsmesser. „Warum bist du eigentlich so früh hier? Du hast noch eine halbe Stunde Zeit."

„Seltsam, dass du dich an die Zeit erinnerst. Ich wollte mir nur mal die Andrucke ansehen."

„Dort drüben liegen sie." Er wies auf den überladenen Schreibtisch im Hintergrund des Raums. „Sieh sie dir an und lass mich jetzt in Frieden."

„Einverstanden, Meister."

Harriet suchte den entsprechenden Ordner heraus, und nach einer Weile fiel ihr Blick auf eine Aufnahme von sich auf dem Tennisplatz. „Davon möchte ich einen Abzug haben", rief sie Larry zu. „Darauf sehe ich aus wie ein ausgemachter Profi."

Er kümmerte sich nicht um sie, und deshalb hielt sie Selbstgespräche über das wundervolle Foto.

„Selbstverständlich, meine liebe Harriet", antwortete sie an Larrys Stelle. „Alles, was du willst. Achte auf deinen Stand", fuhr sie voller Bewunderung fort. „Perfekte Körperbeherrschung und volle Konzentration. Achtung, Wimbledon, jetzt kommt ein neuer Champion. Du wirst sie alle in der Luft zerreißen, Harriet."

„Vielen Dank, Larry. Talent und Schönheit. Larry, du versetzt mich in Erstaunen."

„Es ist gefährlich, wenn man Selbstgespräche führt", flüsterte eine Stimme an ihrem Ohr.

Harriet sprang auf. Sie ließ das Foto auf den unordentlichen Haufen auf dem Schreibtisch fallen.

„Außerdem sind Sie nervös. Das ist ein schlechtes Zeichen."

Sie wirbelte herum. Burt stand vor ihr, so nahe, dass sie instinktiv einen Schritt rückwärts machte. Burt quittierte ihre abrupte Bewegung mit einem entwaffnenden Lächeln.

„Schleichen Sie sich künftig nicht mehr so an mich heran."

„Tut mir leid. Aber Sie waren so sehr mit sich selbst beschäftigt, dass mir nichts anderes übrig blieb." Beredt hob Burt die Schultern, und seine Stimme klang sanft.

Harriet lächelte ihm widerstrebend zu. „Manchmal kümmert Larry sich überhaupt nicht um die Unterhaltung, sondern überlässt es mir. Schauen Sie sich das einmal an. Er weiß gar nicht, dass Sie hier sind."

„Hm, vielleicht sollte ich das ausnutzen." Er schob eine seidenweiche Haarsträhne hinter ihr Ohr. Bei der Berührung seiner warmen zärtlichen Finger lief Harriet ein Schauer über den Rücken, und ihr Puls beschleunigte sich.

„Ach, Sie sind es, Burt. Wann sind Sie denn gekommen?" Bei Larrys Worten seufzte Harriet tief auf und wusste selbst nicht, ob sie erleichtert oder enttäuscht war.

Der Dezember verging langsam. Die Arbeit war weiter gediehen als zunächst geplant, und ein Großteil der Aufnahmen würde wahrscheinlich noch vor Weihnachten vorliegen. Harriets Vertrag mit Burt lief erst im März aus, und sie überlegte, was sie tun sollte, wenn sie im Atelier nicht mehr gebraucht wurde. Vielleicht würde Burt sie entlassen, doch das war höchst unwahrscheinlich, denn er wollte sein Lieblingsprojekt erst unter Dach und Fach haben, ehe er ihr gestattete, für die Konkurrenz zu arbeiten.

Möglicherweise wird er mich für eine andere Tätigkeit einsetzen, überlegte sie während einer kurzen Arbeitspause. Aber vielleicht würde sie sich auch erst einmal erholen.

Dieser Gedanke überraschte sie, denn sie liebte ihre Arbeit. Es war ein harter Beruf, aber er war nie langweilig. Noch einige Jahre lang würde er für sie an erster Stelle stehen. Anschließend konnte sie sich dann zurückziehen, einen langen Urlaub machen oder aber reisen. Danach wäre immer noch Zeit für eine ernsthafte Bindung. Sie würde einen netten Mann finden, auf den sie sich verlassen konnte. Sie würde ihn heiraten und eine Familie gründen. Dieser Plan kam Harriet durchaus sinnvoll vor, auch wenn der Gedanke daran im Augenblick allzu vernünftig und berechnend wirken mochte.

Während der zweiten Dezemberwoche herrschte in Larrys Studio ein noch größerer Wirrwarr als gewöhnlich. Stimmen und Personen stürzten den Raum an diesem Morgen in ein wildes Chaos. Harriet sollte eine junge Mutter darstellen. Der Scheinwerfer strahlte sie zusammen mit einem acht Monate alten Jungen an.

Ein kleiner Teil des Ateliers war zu einem Wohnraum umgestaltet worden. Als der Friseur Harriets Haar gerichtet hatte, war Larry immer noch mit seiner Kameraausrüstung beschäftigt. Burt half ihm dabei und erläuterte seine Ideen für die Aufnahmen. Sein kräftiger Rücken zog Harriets Blick magisch an.

Sie ließ die Männer allein und widmete sich der jungen Mutter und dem Kind, das einige Minuten lang vor der Kamera ihr eigenes sein würde. Überrascht und mit einem gewissen Vergnügen stellte sie fest, wie ähnlich der kleine Andy ihr sah. Sein Schopf glänzte ebenso dunkel wie ihr Haar, und er hatte lebhafte blaue Augen. Jeder Außenstehende würde sie für seine Mutter halten.

„Wissen Sie eigentlich, wie schwierig es war, ein Kind zu finden, das Ihnen ähnlich sieht?“ Burt näherte sich dem Platz, an dem Harriet mit Andy auf dem Schoß saß. Er blieb vor ihr stehen, während sie lachend das Baby auf den Knien schaukelte. Harriet und das Kind strahlten ihn aus dunkelblauen Augen an. „Ihre leuchtenden Blicke könnten jeden Menschen mit Blindheit schlagen. Sie beide zusammen würden bestimmt den Stromverbrauch senken.“

„Ist er nicht bezaubernd?“ Harriets Stimme klang warm, als ihre Wangen das weiche Haar berührten.

„Hinreißend. Sie könnten seine Mutter sein.“

Harriet senkte die Lider. Seine Worte erfüllten sie mit plötzlicher Sehnsucht. „Ja, diese Ähnlichkeit ist einzigartig. Können wir beginnen, Larry?“

„Sofort.“

„Gut, Partner.“ Harriet stand auf und drückte Andy an sich. „Wir müssen jetzt arbeiten.“

„Spiel mit ihm“, schlug Larry vor. „Tu dir keinen Zwang an. Alles muss ganz natürlich wirken.“ Er blickte zu dem kindlichen Gesicht hinunter, und Andy sah ihn offen an. „Ich glaube, er versteht mich.“

„Natürlich“, stimmte Harriet zu und hob den Kopf. „Er ist ein sehr kluges Kind.“

„Wir werden die Aufnahmen ganz unauffällig machen und können nur hoffen, dass der kleine Bursche auf dich eingeht.

Mehr als einige Minuten auf einmal darf es bei Kindern nicht dauern."

Harriet baute Holzklötze vor Andy auf, der begeistert ihr Werk zunichtemachte. Sie waren so sehr in das Spiel vertieft, dass ihnen Larrys Bewegungen und das weiche Klicken der Kamera entgingen. Harriet lag auf dem Bauch, die Füße in die Luft gestreckt, und stellte noch einen Turm auf, den Andy in Windeseile demolierte.

Harriet drehte sich auf den Rücken und hob den Jungen über ihren Kopf. Er war von dem neuen Spiel begeistert. Sie setzte ihn auf ihren Bauch, und sofort begann er, mit den Perlenknöpfen ihrer hellgrünen Bluse zu spielen. Das tat er so konzentriert, dass sie vor Rührung sein Gesicht mit den Fingerspitzen streichelte. Erneut verspürte sie eine plötzliche Sehnsucht. Dann ahmte sie die Motorengeräusche eines Flugzeugs nach. Andy quietschte vor Vergnügen. Harriet stellte ihn auf ihren Bauch und ließ es zu, dass er nach seiner eigenen Musik auf und ab sprang.

Dann stand sie auf und wirbelte mit ihm herum, ehe sie ihn noch einmal umarmte. So ein Kind wünsche ich mir, gestand sie sich ein, und hielt es noch fester in den Armen. Ein Kind, das mir gehört, das seine Ärmchen um meinen Hals schlingt. Ein Kind von dem Mann, den ich liebe. Sie schloss die Augen drückte ihre Wange gegen Andys rundes Gesicht. Als sie sie wieder öffnete, stand Burt vor ihr.

Jetzt wusste sie genau, dass sie diesen Mann liebte und von ihm ein Kind haben wollte. Eigentlich hatte sie es schon vorher geahnt, doch nun war es zwecklos, sich weiterhin Sand in die Augen zu streuen. Andy zerzauste ihre Haare und unterbrach den Zauber. Harriet wandte sich ab, erschrocken über ihre plötzliche Erkenntnis. So hatte sie es nicht geplant. Wie konnte das nur geschehen? Sie musste es sich zu einem späteren Zeitpunkt genau überlegen. Im Augenblick war sie viel zu verwirrt.

Harriet war überaus erleichtert, als Larry das Schlusssignal gab: „Fabelhaft. Ihr beide arbeitet miteinander wie alte Freunde."

Das war keine Arbeit für Harriet gewesen. Es war lediglich ein Spiel mit der Fantasie. Vielleicht waren ihre Karriere und ihr ganzes Leben nur Fantasiegebilde. Am liebsten hätte sie laut aufgelacht. Aber das wäre zu töricht gewesen. Sie konnte es sich nicht leisten, sich ihren Gefühlen hinzugeben.

„Ich brauche noch einige Zeit, um hier bis zu deinem nächsten Auftritt alles in Ordnung zu bringen, Harriet." Larry sah auf seine Uhr. „Geh noch essen, ehe du dich wieder umziehst. Ich gebe dir eine Stunde frei."

Harriet freute sich darüber, endlich wieder einmal etwas Zeit für sich zu haben.

„Ich werde Sie begleiten", schaltete sich Burt ein.

„O nein", protestierte sie, nahm ihren Mantel und eilte aus dem Atelier. „Ich meine, geben Sie sich keine Mühe. Wahrscheinlich haben Sie noch viel im Büro zu tun."

„Das habe ich immer. Aber manchmal muss auch ich essen." Er nahm ihr den Mantel ab und half ihr hinein. „Ich hatte nicht die geringste Absicht, Sie zu verspeisen, Harriet. Wann hören Sie endlich auf, mir zu misstrauen?"

Die Fahrbahn war trocken, aber auf den Fußwegen und den parkenden Autos lag eine dünne Schneedecke. Harriet fühlte sich eingesperrt in dem engen Wagen, so dicht neben dem Fahrer, dessen schmale Hände das Lenkrad umschlossen. Er fuhr am Central Park entlang, und sie versuchte, sich zu entspannen.

„Hübsch, nicht?" Sie deutete auf die schneebedeckten Zweige. „Ich mag den Schnee. Alles sieht so frisch und freundlich aus. Es erinnert mich an …"

„… zu Hause?", ergänzte er.

„Ja." Zu Hause, dachte sie. Mit diesem Mann könnte sie überall zu Hause sein. Aber sie musste ihre Schwäche verbergen. Er durfte nie erfahren, dass sie sich in ihn verliebt hatte. In dem kleinen Restaurant plapperte sie unermüdlich, um sich ihr Geheimnis nicht anmerken zu lassen.

„Fühlen Sie sich eigentlich wohl in Ihrer Haut, Harriet? In letzter Zeit kamen Sie mir ziemlich nervös vor." Burt sah sie forschend an, und einen schrecklichen Augenblick lang glaubte Harriet, dass er ihr Geheimnis erraten hätte.

„Machen Sie sich keine Sorgen“, erwiderte sie ruhig. „Ich mache mir bloß Gedanken über den endgültigen Entwurf. Die eigentliche Arbeit werden wir sehr bald geschafft haben. Und dann erscheint das Werk in den Kiosken. Ich bin gespannt auf die Reaktion des Publikums.“

„Wenn Sie nur auf das Geschäftsergebnis lauern, kann ich Ihnen jetzt schon voraussagen, dass es überwältigend sein wird.“ Er sah sie fest an. „Sie sind eine Sensation, Harriet. Man wird Sie mit Angeboten überschütten. Illustrierte, Fernsehen und Werbeaufnahmen für Produkte, die mithilfe Ihrer Schönheit verkauft werden sollen. Sie können sich aussuchen, für wen Sie arbeiten wollen.“

„Wirklich?“ Mehr brachte sie nicht heraus.

Er hob die Brauen und fragte fast schroff: „Ist das etwa nicht aufregend für Sie? Haben Sie so etwas nicht schon immer gewollt?“

„Doch, natürlich“, erwiderte Harriet mit mehr Begeisterung in der Stimme, als sie tatsächlich empfand. „Es war sehr aufregend, und ich bin Ihnen dankbar für die Chance, die Sie mir eingeräumt haben.“

„Ihre Dankbarkeit in allen Ehren.“ Burt unterbrach sie. „Dieses Projekt ist das Ergebnis einer fabelhaften Zusammenarbeit. Was immer es Ihnen einbringen wird, Sie haben es sich wirklich verdient.“ Er zog seine Brieftasche hervor. „Wenn Sie fertig sind, werde ich Sie zurückbringen, bevor ich zu meinem Büro fahre.“

Harriet nickte schwach und verstand überhaupt nicht, weswegen er sich plötzlich so sehr über sie ärgerte.

Der letzte Tag der Aufnahmeserie war in vollem Gang. Harriet zog sich in dem kleinen Raum neben Larrys Atelier um. Als sie ihr Spiegelbild betrachtete, stockte ihr der Atem. Das Negligé war bezaubernd schön. Weiß und durchschimmernd umschmeichelte es ihre schlanke Gestalt, die sanften Falten bauschten sich über ihren Knöcheln. Es war tief, aber nicht übermäßig ausgeschnitten und deutete die weiche Linie ihres Busens an. Harriet drehte sich langsam vor dem Ankleidespiegel, und der fliegende Stoff folgte harmonisch ihren Bewegungen. Es war einfach berauschend.

Vorher hatte sie fast eine halbe Stunde lang in einem erlesenen Zobelmantel posiert. Sie erinnerte sich seufzend an das delikate Gefühl des Pelzes an ihrem Kinn. Larry hatte ihr erstes Entzücken und den Ausdruck ihres Verlangens festgehalten, als sie das Gesicht an den Kragen schmiegte. Doch jetzt wusste Harriet, dass sie diesen Morgenmantel mehr begehrte als zehn Zobelmäntel. Ihr schien, als sei er ihr auf den Leib geschneidert.

Sie verließ das Ankleidezimmer und beobachtete, wie Larry die Beleuchtung installierte. Diesmal hat er sich selbst übertroffen, dachte sie bewundernd. Das Licht war weich und angenehm wie Kerzenschein, und die Hintergrundbeleuchtung vermittelte den Eindruck, als strahle der Mond. Die Wirkung war zugleich romantisch und raffiniert.

„Wie schön, dass du fertig bist.“ Larry drehte sich um, musterte sie eingehend und stieß dann einen Pfiff aus. „Du siehst ja überwältigend aus. Jeder Mann, der dich in diesem Gewand sieht, wird sich unsterblich in dich verlieben, und jede Frau möchte an deiner Stelle sein. Manchmal versetzt du sogar mich noch in Erstaunen.“

Harriet lachte. Doch in diesem Moment öffnete sich die Studiotür, und Burt trat zusammen mit Sandra ein.

„Sie sehen ja hinreißend aus, Harriet“, begrüßte Burt sie, während Sandra sie nur eisig anstarrte.

„Wir wollten gerade anfangen“, warf Larry ein.

„Und wir wollten auch nicht weiter stören“, erwiderte Burt ungezwungen. „Sandra wollte nur das Projekt begutachten, das mich dermaßen in Atem hält.“

Dass Sandra eine derart bedeutende Rolle in seinem Leben spielte, lastete schwer auf Harriets Seele. Sie wehrte sich jedoch gegen die aufkeimende Niedergeschlagenheit, indem sie sich daran erinnerte, dass ihre Gefühle für Burt völlig einseitig waren.

„Stell dich hierher", kommandierte Larry, und sie gehorchte ihm stillschweigend.

Gedämpftes Licht überzog ihre Wangen wie die Liebkosung eines Liebhabers. Der sanft beleuchtete Hintergrund schimmerte durch den feinen durchsichtigen Stoff und deutete ihre verführerische Form an.

„Perfekt", stellte Larry befriedigt fest und setzte das Gebläse der Windmaschine in Gang.

Der zarte Lufthauch wehte über ihr Haar und das Gewand. Larry begann mit den Aufnahmen.

„Ausgezeichnet. Du wirst sie alle verrückt machen. Jetzt schau in die Kamera und stell dir den Mann vor, den du liebst. Er will dich in die Arme reißen."

Harriet sah zu Burt hinüber, der ihnen Arm in Arm mit Sandra vom Hintergrund des Studios aus zusah. Sie zitterte vor Erregung.

„Los, Harriet, ich brauche Leidenschaft und nicht etwa Panik. Schau in die Kamera."

Sie gehorchte widerstandslos, versenkte sich langsam in ihre Träume und stellte sich Burt vor. Er hielt sie liebevoll fest, wie schon so oft zuvor. Seine Hände berührten sie zärtlich, und er küsste sie, nachdem er die Worte geflüstert hatte, nach denen sie sich sehnte.

„Das reicht, Harriet."

Sie war so in ihre Gedanken versunken, dass sie Larry verständnislos ansah.

„Das war großartig. Jetzt habe ich mich auch noch in dich verliebt."

Sie stöhnte. „Wenn wir heiraten, werden wir vermutlich lauter kleine Objektive ausbrüten, Larry", murmelte sie und ging ins Ankleidezimmer.

„Burt, das Negligé ist traumhaft schön", hörte sie noch Sandras Stimme. „Ich muss es haben, Liebling."

„Wenn es unbedingt sein muss, bin ich einverstanden, Sandra."

Wie konnte er das nur zulassen, fragte sich Harriet, als sie sich in der Garderobe umzog. Erschöpft lehnte sie sich an die

Wand. Sie wollte dieses Negligé haben. Harriet schluchzte auf. Schließlich hatte sie sich vorgestellt, dass sie es trug, während er sie als ihr Liebhaber umarmte. Und nun gehörte das Negligé Sandra. Burt würde ihr in dieser Aufmachung nicht widerstehen können. Doch plötzlich wurde Harriet wütend. Wenn er das tatsächlich so wollte, dann sollte er doch seinen Willen haben.

Als sie das Ankleidezimmer verließ, saß Burt allein, völlig entspannt, an Larrys überladenem Schreibtisch. Harriet nahm allen Mut zusammen und ließ den großen Karton mit dem Negligé auf das Sammelsurium fallen.

„Für Ihre Freundin. Aber Sie müssen es vorher noch reinigen lassen."

So würdevoll wie möglich machte sie auf dem Absatz kehrt, doch Burt umfasste ihr Handgelenk.

„Warum sind Sie denn so garstig, Harriet?"

„Garstig? Was meinen Sie damit?"

„Irgendetwas hat Sie aus der Fassung gebracht, und ich glaube auch zu wissen, was es ist."

„Ich höre wohl nicht richtig." Harriet versuchte vergeblich, ihn abzuwehren, und wurde immer wütender. „Mischen Sie sich bitte nicht in meine Angelegenheiten. Mein Vertrag mit Ihnen verpflichtet mich keineswegs, Ihnen Rechenschaft über meine Gefühle zu geben." Sie versuchte, sich mit der anderen Hand von ihm loszumachen, aber er packte sie bei den Schultern und schüttelte sie erbarmungslos.

„Hören Sie endlich auf, und sagen Sie mir, was in Sie gefahren ist."

„Ganz einfach. Sie platzen hier mit Ihrer rothaarigen Freundin herein und schenken ihr das Negligé. Sie wickelt Sie mit einem simplen Augenaufschlag um den Finger."

„Ist das alles? Harriet, wenn Sie dieses verdammte Ding haben wollen, werde ich es Ihnen besorgen."

„Zu gütig", fuhr sie ihn wütend an. „Mit Ihrem Flitterkram können Sie meine gute Laune nicht erkaufen. Heben Sie sich Ihre Großzügigkeit für eine andere Person auf, und lassen Sie mich jetzt gehen."

„Nicht, ehe Sie sich wieder beruhigt haben und ehe wir die Wurzel des Übels angepackt haben."

Plötzlich weinte Harriet. „Sie verstehen mich nicht. Sie verstehen überhaupt nichts."

„Hören Sie auf." Er wischte ihr die Tränen von den Wangen. „Tränen sind mein Verhängnis. Ich weiß nicht, wie man damit umgeht. Bitte, weinen Sie nicht, Harriet. Ich weiß überhaupt nicht mehr ein noch aus. Warum dieser Aufwand für ein simples Nachthemd? Nehmen Sie es, denn es scheint Ihnen ja viel zu bedeuten."

Er überreichte ihr den Karton. „Sandra besitzt solche Kleidungsstücke haufenweise." Diese Worte sollten ermutigend klingen, doch sie bewirkten das genaue Gegenteil.

„Ich will dieses Ding nicht haben und es nie mehr wiedersehen", rief sie mit tränenerstickter Stimme. „Ich hoffe nur, dass Sie und Ihre Geliebte es zu würdigen wissen."

Sie machte einen Bogen um Burt, griff nach ihrem Mantel und verließ schleunigst das Studio.

Draußen auf dem Bürgersteig stampfte Harriet mit den Füßen gegen die Kälte an. Wie dumm von mir, mein Herz an ein Stück Stoff zu hängen, beschimpfte sie sich. Und dazu noch an einen arroganten, gefühllosen Mann, der sein Herz an eine andere Frau verloren hat. Sie stoppte ein Taxi, aber da umfingen sie kräftige Arme und sie erkannte Burts Ledermantel.

„Jetzt habe ich aber genug von Ihrer schlechten Laune, Harriet, und ich möchte auch nicht, dass das so weitergeht." Seine Stimme klang tief und gefährlich, doch Harriet warf den Kopf zurück und sah Burt fest an.

„Wir haben uns nichts mehr zu sagen."

„O doch. Wir haben uns sehr viel zu sagen."

„Ich glaube, Sie verstehen mich nicht." Harriet sprach mit der übertriebenen Geduld, die ein erwachsener Mensch einem unterentwickelten Kind zukommen lässt. „Sie sind eben ein Mann."

„Da haben Sie durchaus recht. Ich bin ein Mann." Er zog sie an sich, küsste sie zornig und zwang sie, ihre Lippen zu öffnen.

Alles war Harriet gleichgültig außer seiner Berührung, und sie beide vergaßen völlig ihre Umgebung.

Als er sie nach scheinbar endloser Zeit endlich losließ, wandte sie sich schwer atmend von ihm ab.

„Nachdem Sie Ihre Männlichkeit unter Beweis gestellt haben, muss ich jetzt aber wirklich gehen."

„Vergessen Sie das Taxi. Wir werden unsere Unterhaltung oben im Studio beenden."

„Wir haben uns nichts mehr zu sagen." Ich darf jetzt nicht mit ihm allein sein, dachte sie aufgebracht. Er würde mir meine Empfindlichkeit sofort anmerken. „Wenn Sie sich weiter so gewalttätig benehmen, werde ich Ihnen eine Szene machen und losschreien."

„Glauben Sie mir doch, Harriet. Wir haben noch einige Dinge zu klären." Er hielt sie am Ärmel fest.

„Burt, die Dinge sind uns über den Kopf gewachsen", sagte sie weich und spürte, dass ihre Beine nachgaben. „Es war albern, dass wir beide die Nerven verloren haben."

„Gut. Lassen wir das Thema einstweilen fallen."

Harriet seufzte zitternd. Sie wusste, dass sie das Gespräch beenden musste, um ihm nicht doch wieder nachzugeben. Deshalb winkte sie ein Taxi herbei.

Burt lächelte sie unsagbar amüsiert an. „Immer wieder gelingt es Ihnen, mich zu überraschen."

Anstelle einer Antwort schlug sie die Tür des Fahrzeugs hinter sich zu.

## 5. KAPITEL

Weihnachten rückte näher, und die Stadt erstrahlte im feierlichen Festtagsglanz. Harriet beobachtete aus ihrem Fenster, wie die Menschen durch die hell erleuchteten Straßen eilten. Schnee fiel auf die Gehsteige, und die weißen Verwehungen versetzten Harriet in Urlaubsstimmung. Die riesigen Flocken fielen unaufhörlich zu Boden, als würden sie aus einem unermesslichen Kissen geschüttelt.

Die Aufnahmen waren inzwischen beendet, und Harriet hatte Burt während der letzten Tage nur selten gesehen. Ich werde ihm nicht mehr allzu häufig begegnen, überlegte sie, und dieser Gedanke lastete düster auf ihrer erwartungsfrohen Stimmung. Ihre Arbeit war abgeschlossen, es würde keinen täglichen Kontakt mehr geben und keine zufälligen Begegnungen. Sie seufzte und schüttelte den Kopf. Morgen werde ich nach Hause fahren, um dort mit der ganzen Familie Weihnachten zu feiern, tröstete sie sich.

Das brauchte sie jetzt unbedingt. Sie schloss die Augen und dachte an Burt. Einen durchgreifenden Szenenwechsel, eine andere Umgebung. Zehn Tage, die ihre Wunden heilen würden. Eine Zeit, um all ihre Zukunftspläne neu zu überdenken, Pläne, die ihr jetzt so hoffnungslos langweilig und unbefriedigend vorkamen.

Plötzlich klopfte es an der Tür. Harriet ging auf den Flur. „Wer ist da?", rief sie, als sie die Hand auf den Türknauf legte.

„Der Weihnachtsmann."

„Burt?", stammelte sie fassungslos. „Sind Sie es?"

„Offenbar kann ich Sie nicht an der Nase herumführen. Lassen Sie mich rein, oder müssen wir uns durch die geschlossene Tür unterhalten?"

„Ach, Verzeihung." Harriet machte sich am Sicherheitsschloss zu schaffen und öffnete. Burts hochgewachsene Gestalt lehnte lässig und sportlich am Türrahmen.

„Inzwischen schließen Sie also ab." Sein Blick glitt über ihren perlfarbenen Hausmantel. „Darf ich eintreten?"

„Aber natürlich.“ Sie wich einen Schritt zurück und versuchte, ihre Fassung wiederzugewinnen. „Ich dachte immer, der Weihnachtsmann käme durch den Kamin.“

„Nicht dieser hier“, erwiderte Burt trocken und zog seinen Mantel aus. „Ich könnte jetzt einen großen Schluck von Ihrem ausgezeichneten Whisky vertragen. Draußen friert es nämlich erbärmlich.“

„Das ernüchtert mich. Nach allem, was ich weiß, ernährt der Weihnachtsmann sich von Keksen und Milch.“

„Wenn er ein ganzer Kerl ist, verstaut er einen Flachmann in seinem roten Kittel.“

„Sehr witzig.“ Sie ging in die Küche, fand auch gleich den Scotch und füllte ein Glas.

„Gekonnt ist gekonnt.“ Burt stand auf der Türschwelle. „Wollen Sie nicht mithalten und mit mir auf die Feiertage anstoßen?“

„Lieber nicht.“ Harriet rümpfte die Nase. „Dieses Zeug schmeckt wie die Seife, mit der man mir als Kind den Mund ausgewaschen hat.“

„Sie haben Format, Harriet“, bemerkte er trocken und nahm ihr das Glas aus der Hand. „Deshalb frage ich lieber nicht, warum Ihnen der Mund ausgewaschen worden ist.“

„Ich würde es Ihnen auch nicht erzählen.“

„Gut, dann trinken Sie eben etwas anderes. Ich trinke nicht gern allein.“

Sie öffnete den Kühlschrank und griff nach einem Krug mit Orangensaft.

„Sie leben sehr gefährlich“, scherzte er, als sie sich ein Glas eingoss. Gemeinsam gingen sie wieder ins Wohnzimmer.

„Mir kam zu Ohren, dass Sie morgen früh nach Kansas fahren wollen.“ Burt ließ sich auf dem Sofa nieder, während Harriet sich auf einen Stuhl ihm gegenüber setzte.

„Das stimmt. Erst am Tag nach Neujahr werde ich wieder in New York zurück sein.“

„Dann wünsche ich Ihnen ein frohes Weihnachtsfest und schon jetzt ein glückliches neues Jahr.“ Er prostete ihr zu. „Wenn es zwölf schlägt, werde ich an Sie denken.“

„Schlag zwölf werden Sie viel zu beschäftigt sein, um an mich zu denken“, gab sie zurück.

Er lächelte und trank einen Schluck. „Ich werde schon eine Minute Zeit finden, um Ihnen aus der Ferne zuzuprosten.“

Harriet schaute in ihr Glas und antwortete nicht.

„Im Übrigen habe ich Ihnen etwas mitgebracht, Harriet.“ Er zog ein Päckchen aus seiner Jackentasche.

Sie sah es stumm an. Dann sagte sie verlegen: „Aber ich habe überhaupt nichts für Sie.“

„Wirklich nicht?“, fragte er gelassen, und sie errötete.

„Burt, ich kann es nicht annehmen. Es wäre mir peinlich. Ich würde mich verpflichtet fühlen.“

„Betrachten Sie es als das Geschenk eines Herrschers an einen seiner Untertanen.“ Er nahm ihr das Glas aus der Hand und schob ihr stattdessen das Päckchen zu.

„Sie haben ein erstaunliches Gedächtnis.“ Wider ihren Willen musste sie lächeln.

„Wie ein Elefant.“ Ungeduldig fügte er hinzu: „Öffnen Sie es. Sie können ja doch nicht widerstehen.“

„Allerdings“, gab sie zu. „Alles, was mit Weihnachtspapier umwickelt ist, fasziniert mich.“

Sie entfernte das elegante Glanzpapier, und dann stockte ihr der Atem, als sie den Inhalt der Schachtel betrachtete. Nachtblaue Saphirohrringe glänzten ihr aus dem samtgefütterten Etui entgegen.

„Sie haben mich an Ihre Augen erinnert, leuchtend blau und erlesen. Es wäre ein Verbrechen gewesen, wenn sie eine andere Frau schmücken würden.“

„Sie sind wunderschön“, murmelte Harriet, als sie sich wieder gefasst hatte. „Aber Sie hätten sie nicht ausgerechnet für mich kaufen sollen.“

„Möglich. Und doch sind Sie froh, dass ich es getan habe.“

Harriet lächelte ihn an. „Zugegeben, die Überraschung ist Ihnen gelungen. Ich weiß nur nicht, wie ich Ihnen danken soll.“

„Aber ich.“ Burt zog sie vom Stuhl hoch und umarmte sie. „Das ist der schönste Dank, den ich mir vorstellen kann.“ Er berührte ihre Lippen, und nachdem sie einen Augenblick gezögert hatte, erwiderte sie seinen Kuss und vergaß all ihre Dankbarkeit. Dann befreite sie sich sanft aus seinen Armen.

„Es sind zwei Ohrringe, mein Liebes." Wieder küsste er sie, diesmal fordernder, und ihre Lippen öffneten sich. Ihr Körper drängte sich ihm entgegen, sie legte die Arme um seinen Nacken und streichelte sein Haar. Sie überließ sich ganz ihren Gefühlen, und sie spürte nur noch seinen Mund und seinen muskulösen Körper, der mit ihrer biegsamen Gestalt verschmolz.

Als ihre Lippen sich endlich voneinander lösten, sah er sie mit vor Erregung schwarzen Augen an. „Schade, dass Sie nur zwei Ohren haben." Seine Stimme klang heiser, und er beugte den Kopf zu ihr hinunter.

Harriet lehnte die Stirn an seine Brust und holte tief Atem. „Bitte, Burt", flüsterte sie und ließ die Hände auf seine Schultern sinken, „ich kann keinen klaren Gedanken mehr fassen, wenn Sie mich küssen."

„Auch jetzt noch nicht?" Einen Augenblick lang vergrub er den Mund in ihrem Haar. „Das klingt ja hochinteressant." Er schob seine Hand unter ihr Kinn und musterte ihre Gesichtszüge. „Das ist ein sehr gefährliches Eingeständnis, Harriet. Ich könnte es ausnutzen."

Er unterbrach sich und betrachtete weiter das zerbrechliche, verletzliche Gesicht. „Aber diesmal werde ich es nicht tun." Er gab sie frei.

Am liebsten wäre sie ihm wieder um den Hals gefallen. Doch er ging zum Tisch, leerte sein Glas und griff nach seinem Mantel. An der Tür drehte er sich noch einmal um und lächelte sie charmant an.

„Frohe Weihnachten, Harriet."

„Frohe Weihnachten, Burt", flüsterte sie, als er die Tür mit einem raschen Griff hinter sich schloss.

Die Luft war eiskalt, so rein und klar wie immer. Der Himmel glänzte blau und wolkenlos. Harriet betrat das lang gestreckte

Farmhaus und erinnerte sich einen Augenblick lang an ihre Kindheit.

„Tom, warum kommst du durch die Vordertür?“ Sarah Baxter eilte aus der Küche und wischte die Hände an einer blendend weißen Schürze ab. „Harriet.“ Sie rührte sich nicht mehr vom Fleck, als sie ihre schlanke schöne Tochter mitten im Zimmer stehen sah. „Die Zeit ist wie im Flug vergangen, ich hatte dich noch gar nicht erwartet.“

Harriet umarmte ungestüm ihre Mutter. „Wie schön, wieder zu Hause zu sein, Mom.“

Falls Harriets Mutter den verzweifelten Unterton in Harriets Stimme wahrgenommen haben sollte, ließ sie es sich jedenfalls nicht anmerken. Stattdessen umarmte sie ihre Tochter gleichermaßen herzlich. Dann trat sie einen Schritt zurück und betrachtete Harriet mit dem geübten Blick einer Mutter. „Du könntest ruhig ein paar Pfund zunehmen.“

„Ach, sieh mal einer an, wen der Wind von New York uns hereingeblasen hat.“ Tom Baxter kam durch die Schwingtür der Küche und schloss Harriet kräftig in die Arme. Sie genoss seinen Geruch nach frischem Heu und Pferden. „Lass mich dich ansehen.“ Er schob sie von sich und wiederholte, was seine Frau kurz zuvor gesagt hatte. „Trotz deines Untergewichts siehst du fantastisch aus.“ Er lächelte über Harriets Kopf hinweg seine Frau an. „Wir haben das große Los mit ihr gezogen, nicht wahr, Sarah?“

Harriet half ihrer Mutter in der großen Küche, in der auch die Angestellten ihre Mahlzeiten einnahmen. Köstlichkeiten verbreiteten ihren Wohlgeruch vom Herd her. Harriet erlaubte ihrer Mutter schweigend, sich über ihre Brüder und deren Familien auszulassen, und wehrte sich gegen ihre Sehnsucht nach Burt. Unbewusst griff sie nach den blauen Edelsteinen an ihren Ohren. Sie wandte ihr Gesicht ab in der Hoffnung, dass die scharfen Augen ihrer Mutter nicht mitbekommen würden, dass sie weinte.

Am Weihnachtsmorgen erwachte Harriet mit der Sonne und kuschelte sich noch einmal in die Laken des Betts, das ihr von Jugend an gehört hatte. Am Abend zuvor war es spät geworden, doch trotzdem hatte sie nicht einschlafen können. Bis in die frühen Morgenstunden hatte sie wach gelegen und dabei einzig und allein an Burt gedacht. Dagegen war kein Kraut gewachsen. Sie sehnte sich nach ihm.

Ich kann nichts dafür, sagte sie sich trostlos. Ich liebe ihn. Und gleichzeitig hasse ich ihn, weil er mich nicht auch liebt. Zwar will er mich besitzen, daraus hat er keinen Hehl gemacht, aber das hat nichts mit Liebe zu tun. Wie konnte das nur passieren? Er ist arrogant, unbeherrscht, aggressiv und viel zu sehr von sich eingenommen. Warum macht mir das auf einmal nichts mehr aus? Was ist nur mit mir los? Warum muss ich fast ununterbrochen an ihn denken?

Es ist Weihnachten, erinnerte sie sich. Burt Bardoff darf mir diesen Tag nicht verderben.

Harriet schob energisch die Steppdecke zurück, stand auf, hüllte sich in einen weichen Morgenmantel und eilte aus dem Zimmer.

Das Haus befand sich bereits in hellem Aufruhr. Um den Weihnachtsbaum waren alle Leute versammelt, die zum Haushalt gehörten, und feierten Weihnachten. Sie freuten sich über die Geschenke, umarmten einander und tauschten Küsse aus.

Später ging Harriet nach draußen. Die dünne Eisschicht über dem Schnee krachte unter ihren Stiefeln, und sie zog die abgetragene Arbeitsjacke ihres Vaters etwas fester um ihre schmalen Schultern. Sie gesellte sich zu ihrem Vater in der Scheune und maß automatisch das Korn für die Pferde ab, so natürlich und routinemäßig, als hätte sie es jeden Tag getan.

„Du bist trotz allem immer noch eine erfahrene Landarbeiterin, nicht wahr?“ Obwohl diese Bemerkung spaßhaft gemeint war, unterbrach Harriet die Arbeit und sah ihren Vater ernst an.

„Ja, ich glaube, du hast recht.“

„Harriet“, sagte er behutsam, als er ihre trüben Augen betrachtete, „was ist los mit dir?“

„Ich weiß nicht.“ Sie seufzte tief. „Manchmal kommt mir New York so vollgestopft mit Menschen vor. Ich fühle mich dann richtig eingeschlossen.“

„Wir dachten, dass du dort sehr glücklich seist."

„Das stimmt auch. Es ist eine aufregende Stadt. Man sieht so viele Menschen unterschiedlichster Herkunft." Sie unterdrückte den Gedanken an klare graue Augen und ein markantes Gesicht. „Aber dann wieder sehne ich mich nach Ruhe, Freiheit und Frieden. In letzter Zeit hatte ich etwas Heimweh. Das ist alles. Diese Bildgeschichte, an der ich arbeitete, war faszinierend, hat mich aber völlig ausgelaugt." Nicht die Arbeit an dem Projekt, ergänzte sie für sich, sondern der Mann, der dahintersteckt.

„Harriet, wenn du unglücklich bist und Sorgen hast, würde ich dir gern helfen."

Einen Augenblick lang hatte sie das Bedürfnis, sich an die Schulter ihres Vaters zu lehnen und ihm über ihre Zweifel und Enttäuschungen zu berichten. Doch warum sollte sie ihn belasten? Was konnte er dagegen tun, dass sie einen Mann liebte, der sie nur als Zeitvertreib und als Absatzförderung für seine Magazine betrachtete? Wie konnte sie erklären, dass sie unglücklich war, weil sie einen Mann getroffen hatte, der unwissentlich und mühelos ihr Herz erobert hatte? Bei diesen Gedanken schüttelte sie den Kopf und lächelte ihren Vater an.

„Es ist wirklich nichts weiter. Vielleicht handelt es sich nur um eine augenblickliche Niedergeschlagenheit, weil meine Arbeit zu Ende ist." Nach einer kurzen Pause sagte sie: „Ich werde jetzt die Hühner füttern."

Am Nachmittag strömten zahlreiche Menschen ins Haus, das von Stimmengewirr, Gelächter und dem Lärmen der Kinder widerhallte. Familiengespräche und aufrichtige Zuneigung halfen Harriet über ihren Schmerz hinweg.

Am späten Abend befand Harriet sich allein im Wohnzimmer und sträubte sich dagegen, ins Bett zu gehen.

Zusammengekauert saß sie in einem Sessel und betrachtete die festliche Beleuchtung des Raums. Dabei fragte sie sich, wie Burt diesen Weihnachtstag gefeiert haben mochte. Vielleicht hatte er ihn ruhig mit Sandra verbracht oder auf einer Party in irgendeinem Landclub. Genau jetzt saßen sie vermutlich vor einem flackernden Feuer, und Sandra schmiegte sich in dem verführerischen Negligé in seine Arme.

Harriet spürte einen stechenden Schmerz, wie von einer Pfeilspitze, und sie war wütend, eifersüchtig und zugleich hoffnungslos verzweifelt. Ihr Vorstellungsvermögen war stärker als sie und ließ sie nicht zur Ruhe kommen.

Die Tage zu Hause verstrichen schnell, und Harriet überließ sich dankbar der wohltuenden Routine. Der Wind von Kansas fegte einen Großteil ihrer Niedergeschlagenheit hinweg. Oft unternahm sie weite, einsame Spaziergänge, betrachtete die Hügelketten und die Ackerflächen mit dem Winterweizen.

Großstadtmenschen würden mich nie verstehen, überlegte sie. In ihren eleganten Apartments mit Ausblick auf Stahl- und Betonklötze würden sie niemals nachvollziehen können, wie sehr man das Landleben genießen kann. Sie war ein Teil dieses Landes und fühlte sich mit seiner Weite verwoben.

Das Land ist unbezähmbar, hier waren Indianer gewesen, Präriebewohner, Pioniere und Farmer. Sie kamen und gingen wieder, lebten und starben, doch das Land überlebte sie alle. Und wenn nach ihr eine neue Generation aufwuchs, würde der Weizen weiter gedeihen in der glühenden Sommerhitze. Das Land verschenkte großzügig alles, was zum Leben gebraucht wurde. Reich und fruchtbar gedieh der Weizen Jahr für Jahr. Aber man musste hart dafür arbeiten.

Ja, ich bin immer noch ein Mädchen vom Land geblieben, gestand sie sich ein. Ich liebe seinen Geruch und möchte es unter meinen nackten Füßen spüren. Und trotzdem gehöre ich nach New York.

Dort erwartet mich eine Karriere. Ich kann jetzt nicht einfach das Handtuch werfen, mit meinen vierundzwanzig Jahren, und wieder auf der Farm leben. Ich muss zurückkehren und tun, was von mir erwartet wird. Sie missachtete die flüsternde Stimme, dass ihre Entscheidung allein von einem Mann abhing, der ebenso wie sie in New York lebte.

Das Telefon läutete in dem Moment, als sie nach einem ihrer

Ausflüge wieder ins Haus zurückkehrte. Sie zog die Jacke aus und hob den Hörer ab.

„Ja, bitte?"

„Hallo, Harriet."

„Burt?" Sie wusste nicht, dass Schmerz sich so schnell bei dem Klang einer vertrauten Stimme einstellen konnte. Ihr Herz fing unvermittelt an, laut zu pochen.

„Richtig." Sein Ton klang spöttisch wie immer. „Wie geht es Ihnen?"

„Ausgezeichnet." Sie riss sich zusammen. „Ich bin erstaunt, dass Sie anrufen. Gibt es irgendein Problem?"

„Problem?", erwiderte er, und sie konnte sein Lächeln ahnen. „Jedenfalls nichts Außergewöhnliches. Ich dachte nur, dass ich Sie an New York erinnern müsste. Vergessen Sie ja nicht, wieder zurückzukommen."

„Nein, ich denke laufend daran. Haben Sie etwas Besonderes für mich im Sinn?"

„Ein oder zwei Dinge hätte ich schon im Sinn. Wollen Sie unbedingt gleich wieder arbeiten?"

„Ja, ich möchte noch nicht zum alten Eisen gehören."

„Kommen Sie erst einmal zurück. Dann werden wir weitersehen. Es wäre wirklich dumm, wenn wir Ihre Talente nicht zweckmäßig einsetzen würden."

Seine Stimme klang wie abwesend, als beschäftigte er sich schon wieder mit einem geeigneten Projekt.

„Ich bin sicher, dass Sie nach einer Idee Ausschau halten, die für Sie ebenso Erfolg versprechend ist wie für mich", fiel sie in seinen geschäftsmäßigen Tonfall ein.

„Hm. Sie werden am Wochenende wieder zurückkommen?"

„Ja, am zweiten Januar."

„Dann bin ich auch erreichbar. Nehmen Sie inzwischen keine Angebote an. Wir werden Sie wieder vor die Kamera holen. Das ist es doch, was Sie wollen, oder irre ich mich?"

„In Ordnung. Gut. Danke für Ihren Anruf."

„Es war mir ein Vergnügen. Wir werden uns sofort treffen, wenn Sie wieder zurück sind."

„Ja, Burt.“ Sie wollte noch irgendetwas sagen, den Kontakt nicht unterbrechen. Vielleicht wollte sie auch nur, dass er sie noch einmal mit ihrem Namen ansprach.

„Ja, bitte?“

„Es ist nichts weiter.“ Sie schloss die Augen und verwünschte ihre mangelnde Schlagfertigkeit. „Ich möchte nur bald wieder von Ihnen hören.“

„Fabelhaft.“ Eine Weile lang sagte er gar nichts. Und dann wurde seine Stimme sanfter: „Ich wünsche Ihnen einen angenehmen Aufenthalt zu Hause, Harriet.“

## 6. KAPITEL

Als Harriet nach New York zurückkam, rief sie als Erstes von ihrem Apartment aus Larry in seiner Wohnung an.

Eine weibliche Stimme begrüßte sie. Harriet zögerte und entschuldigte sich.

„Es tut mir leid. Wahrscheinlich habe ich eine falsche Nummer gewählt."

„Harriet?", unterbrach die Stimme. „June am Apparat."

„June?", wiederholte sie verwirrt. „Wie geht es dir, und wie hast du das Fest verbracht?"

„Fabelhaft, um auf deine beiden Fragen zu antworten. Larry sagte mir, dass du nach Hause gefahren bist. War es nett?"

„Schön wie immer, wenn ich zu Hause bin."

„Warte einen Moment, Harriet, ich hole Larry."

Harriet sagte, das sei nicht nötig, aber da schaltete Larry sich schon ein.

„Stell dich doch nicht stumm, Harriet. June hilft mir nur eben bei meiner Arbeit mit den verstaubten Fotomagazinen, die müssen schließlich hin und wieder auf Vordermann gebracht werden."

Es war schon seltsam, dass er sich dabei von June helfen ließ. Seine Beziehung zu ihr musste ziemlich weit gediehen sein, denn nichts war ihm heiliger als seine kostbaren Magazine.

„Ich wollte dir nur sagen, dass ich wieder zurück bin. Für alle Fälle."

„Hm, gut, aber darüber solltest du dich besser mit Burt unterhalten. Du bist noch immer vertragsmäßig an ihn gebunden. Warum rufst du ihn also nicht an?"

„Das ist nicht der Mühe wert", antwortete sie nachlässig. „Ich sagte ihm genau, wann ich hier wieder zu erreichen bin. Und er kennt meine Telefonnummer."

Einige Tage verstrichen, ehe Burt wieder von sich hören ließ. Die meiste Zeit verbrachte Harriet zu Hause wegen der heftigen Schneefälle, die unaufhaltsam über der Stadt niedergingen. Die unfreiwillige Gefangenschaft empfand sie als nervenaufreibend nach der Freiheit, die sie in Kansas genossen hatte. Mit wachsender Hoffnungslosigkeit sah sie aus dem Fenster auf die Straßen.

Eines Abends hatte Lisa sich Zeit genommen, ein paar Stunden bei Harriet zu verbringen und mit ihr zu Abend zu essen. Beide hatten sich eine ganze Weile nicht gesehen. Harriet bereitete gerade einen Kopfsalat zu, als das Telefon läutete. Sie bat Lisa, den Anruf anzunehmen.

Lisa nahm den Hörer ab und sagte formvollendet: „Hier ist das Apartment von Miss Harriet Baxter, mein Name ist Lisa McDonald. Miss Baxter wird sofort an den Apparat kommen, sobald sie ihre Hände vom Salat befreit hat."

„Lisa", lachte Harriet und eilte ans Telefon. „Dir kann man nicht über den Weg trauen."

„Kein Grund zur Beunruhigung", verkündete Lisa laut und hielt Harriet den Hörer hin. „Es ist nur eine unglaublich sinnliche Männerstimme."

„Danke, geh wieder in die Küche", sagte Harriet und nahm den Hörer. „Ich muss mich vermutlich für meine übermütige Freundin entschuldigen. Sie hat sich bei Ihnen als meine Haushälterin vorgestellt. Das stimmt nicht. Sie macht nur sehr viel Wirbel."

„Keine Sorge. Ich habe mich sehr über sie amüsiert."

„Burt?"

„Wer denn sonst? Schön, dass Sie wieder in Ihrem Betondschungel sind, Harriet. Wie war es in Kansas? Haben Sie die Zeit mit Ihrer Familie genossen?"

„Ich kann nicht klagen", sagte sie schnell. „Es war wundervoll."

„Hm, das klingt ja verlockend. Haben Sie auch schön Weihnachten gefeiert?"

„Allerdings. Und haben Sie die Feiertage genossen?"

„Sehr. Aber wahrscheinlich war es bei mir viel ruhiger als bei Ihnen."

„Bestimmt ganz anders“, erwiderte Harriet gereizt.

„Nun ja, das liegt jetzt hinter uns. Ich rufe wegen des kommenden Wochenendes an.“

„Wegen des kommenden Wochenendes?“

„Ja, ich plane einen Ausflug in die Berge.“

„Berge?“

„Sie sprechen ja wie ein Papagei. Sind Sie am Freitag, Sonnabend und Sonntag frei?“

„Nun … also ja, ich habe nichts Besonderes vor.“

„Sehr schön. Sind Sie jemals Ski gelaufen?“

„In Kansas? Ich habe gehört, dass man zum Skilaufen Berge braucht.“

„Stimmt. Aber das macht nichts. Ich möchte ein paar Aufnahmen von einer jungen Dame haben, die fröhlich im Schnee herumtollt. Ich besitze eine gemütliche Hütte in den Adirondacks am Lake George. Das wäre genau die richtige Umgebung, wo wir Geschäft und Vergnügen miteinander verbinden können.“

„Wir?“ Harriet war entsetzt.

„Kein Grund zur Panik“, spöttelte er. „Ich habe nicht die geringste Absicht, Sie in der Wildnis zu verführen, obgleich der Gedanke daran einige reizvolle Aspekte hat.“ Er machte eine Pause und lachte dann laut auf. „Sie erröten ja. Das merke ich selbst durchs Telefon.“

„Sehr komisch.“ Harriet war wütend, dass er in ihr lesen konnte wie in einem Buch. „Jetzt erinnere ich mich aber doch, dass ich am Wochenende eine dringende Verabredung habe. Deshalb …“

„Nun aber langsam, Harriet. Sie stehen bei mir immer noch unter Vertrag. Deshalb mache ich meine Rechte auf Sie bis zum vereinbarten Termin im März geltend. Sie wollten wieder arbeiten, also beschäftige ich Sie erneut.“

„Ja, aber …“

„Lesen Sie das Kleingedruckte in Ihrem Vertrag, und halten Sie sich am Wochenende frei. In der Zwischenzeit sollten Sie sich beruhigen. Ich werde Sie mit meinen unehrenhaften Absichten verschonen. Larry und June werden mit von der Partie sein. Später wird dann noch mein stellvertretender Atelierleiter Bud Lewis dazukommen."

„Aha." Harriet wusste nicht, ob sie erleichtert oder enttäuscht war.

„Ich werde für die passende Winterausrüstung sorgen. Freitag früh um sieben Uhr dreißig werde ich Sie abholen. Also packen Sie bis dahin und halten Sie sich bereit." Ohne ein weiteres Wort legte er auf.

„Was war denn das? Du siehst ja ganz niedergeschmettert aus." Lisa stand im Kücheneingang und beobachtete ihre Freundin.

„Ich werde am Wochenende in die Berge fahren", sagte sie in Gedanken versunken, wie zu sich selbst.

„In die Berge?", wiederholte Lisa. „Etwa mit dem Mann, der so eine aufregende Stimme hat?"

„Das war eine Arbeitsanweisung von Burt Bardoff, die auch noch einige andere Mitarbeiter betrifft."

Der Freitag brach klar, wolkenlos und bitterkalt an. Harriet hatte gepackt und war zum Aufbruch bereit. Sie genoss gerade ihre zweite Tasse Tee, als die Türglocke läutete.

„Guten Morgen, Harriet", sagte Burt, als sie öffnete. „Sind Sie bereit, sich der abgelegenen Wildnis auszuliefern?"

Er trug eine hüftlange Schaffelljacke, solide Cordjeans und derbe Stiefel. Er wirkte irgendwie rau und glich in keiner Weise mehr dem kühlen, berechnenden Geschäftsmann, an den sie sich gewöhnt hatte. Sie umfasste fest den Türknauf, bewahrte ihre Fassung und bat ihn einzutreten.

Sie versicherte ihm, dass sie fast fertig sei, stellte ihre leere Tasse in den Ausguss, zog ihren Mantel über den Pullover und die Jeans und stülpte eine braune Skimütze über das Haar. Burt beobachtete sie schweigend.

„Ich bin bereit." Plötzlich sah sie, dass er sie eindringlich musterte. Nervös fuhr sie sich mit der Zunge über die Lippen. „Können wir jetzt gehen?"

Er nickte und griff nach der Tasche neben dem Sofa. Sie wollte das Gleiche tun, und dabei berührten sie sich. Sie errötete. Lächelnd hob er die Brauen, nahm Harriet bei der Hand und geleitete sie aus der Tür.

Burt verließ die Stadt mit seinem Mercedes in nördlicher Richtung. Er fuhr schnell und wendig am Hudson entlang und unterhielt sich gleichzeitig mit Harriet. Sie genoss die Wärme im Inneren des Autos und vergaß völlig, dass sie sich sonst in der Nähe dieses Mannes immer unbehaglich fühlte. Als sie kleine Städte und Dörfer passierten, konnte sie kaum fassen, dass sie sich immer noch im Staat New York befanden. Sie kannte nur Manhattan und die nähere Umgebung dieses Stadtteils. Während sie ihre Mütze absetzte und ihr volles Haar schüttelte, gab sie ihren Gedanken Ausdruck.

„In New York gibt es nicht nur Wolkenkratzer", belehrte Burt sie mit einem leisen Lächeln. „Berge, Täler, Wälder – von allem etwas. Höchste Zeit, dass Sie Ihren Eindruck korrigieren."

„Ich dachte immer, dass man in diesem Ort nur arbeiten könne", gab sie zu und drehte sich zur Seite, um Burt anzusehen. „Laut, geschäftig und unleugbar aufregend, doch trotzdem manchmal zermürbend, weil man nie zur Ruhe kommt. Die Stille zu Hause ist umso kostbarer."

„Und Kansas ist immer noch Ihre Heimat, nicht wahr?", entgegnete Burt, schien dabei aber an etwas ganz anderes zu denken. Er schaute grübelnd auf die Straße vor ihnen. Harriet ärgerte sich über seinen Stimmungsumschwung und konzentrierte sich wortlos auf die Umgebung.

Sie fuhren weiter nordwärts, und Harriet vergaß die Zeit, so sehr war sie vom Anblick der Landschaft überwältigt. Als sie die Catskills sah, stieß sie einen kleinen Freudenschrei aus und umfasste Burts Arm. „Schauen Sie mal – die Berge."

Sie lächelte ihm zu, und er erwiderte ihren Blick. Darüber freute sie sich wie ein Kind. „Vielleicht komme ich Ihnen närrisch vor. Aber wenn man nur Weizenäcker und welliges Hügelland kennt, ist dies wie ein Traum."

„Sie sind nicht närrisch, Harriet. Ich finde Sie überaus charmant.“ Er küsste ihre Hand, und ein Blitz durchzuckte ihren Körper. Wie konnte sie sich nur gegen ihre widerstreitenden Gefühle wehren?

„Ich brauche jetzt unbedingt einen Kaffee.“ Burt wandte sich Harriet zu. „Wie ist es mit Ihnen? Trinken Sie einen Tee?“

„Gern“, antwortete sie ungezwungen.

Burt parkte den Mercedes vor einem Café in dem Städtchen Catskill. Er stieg aus, und sie tat es ihm gleich, ehe er auf ihre Seite kommen und die Tür öffnen konnte. Die Aussicht auf die Berge überwältigte sie.

„Sie sind nicht so hoch, wie sie aussehen“, bemerkte Burt, „höchstens ein paar Hundert Meter über dem Meeresspiegel. Ihr wunderschöner Gesichtsausdruck würde sich noch mehr verändern, wenn Sie erst einmal die Rocky Mountains oder die Alpen sähen.“

Er nahm ihre Hand und führte sie aus der Kälte in das gut geheizte Café. Dort setzten sie sich an einen kleinen Tisch am Fenster. Harriet schälte sich aus ihrem Mantel und schaute konzentriert auf die winterliche Landschaft.

„Kaffee für mich und Tee für die Dame. Sind Sie hungrig, Harriet?“

„Wie bitte? Nein. Ach, doch, etwas.“ Sie lächelte, denn am Morgen hatte sie nicht gefrühstückt. Das Knurren ihres Magens hatte sie dennoch kaum wahrgenommen.

„Hier gibt es einen wunderbaren Teekuchen.“ Er bestellte zwei Scheiben, ehe Harriet protestieren konnte.

„So etwas esse ich im Allgemeinen nicht.“ Harriet dachte eher an eine halbe Grapefruit.

„Liebe Harriet, ein Stück Kuchen schadet Ihnen bestimmt nicht. Denken Sie nicht zu viel an Ihre Figur. Ein paar Pfund mehr werden Sie nicht gleich ruinieren.“

„So?“ Empört hob sie das Kinn. „Bisher hat sich noch keiner über meine Figur beschwert.“

„Das glaube ich gern, und auch ich werde es nicht tun. Inzwischen bin ich ganz hingerissen von großen schlanken Frauen, obwohl der zerbrechliche Eindruck manchmal beunruhigend wirkt.“ Er strich eine lockere Strähne aus ihrem Gesicht.

Harriet hielt es für angebracht, weder auf seine Bemerkung noch auf seine Bewegung zu reagieren. „Nie zuvor habe ich eine Fahrt derart genossen“, sagte sie wie beiläufig. „Wie weit ist es noch bis zum Ziel?“

„Wir befinden uns auf halber Strecke.“ Burt goss sich Sahne in den Kaffee. „Gegen Mittag werden wir dort sein.“

„Und wann kommen die anderen? Ich meine, fahren sie alle zusammen?“

„June begleitet Larry.“ Er aß ein Stück von dem Kuchen. „Sie bringen Larrys Ausrüstung mit. Es grenzt an ein Wunder, dass er June zusammen mit seinen kostbaren Kameras und Objektiven in ein und demselben Wagen hierherfährt.“

„Tatsächlich?“ Harriet amüsierte sich über seinen Spott und trank einen Schluck Tee.

„Allerdings. In letzter Zeit scheint unser Lieblingsfotograf sich außerordentlich für meine Sekretärin zu interessieren. Offenbar macht es ihm Spaß, dass sie ihm auf der Reise Gesellschaft leistet.“

Harriet nahm ebenfalls einen Bissen. „Als ich neulich mit ihm telefonierte, erlaubte er ihr sogar, seine Fotozeitschriften zu sortieren. Das grenzt fast an einen Heiratsantrag. Ich kann es kaum glauben. Wer hätte gedacht, dass Larry sich für eine Frau aus Fleisch und Blut begeistert?“

„Das kann jedem von uns passieren, meine Liebe.“

Auch Burt? Harriet konnte ihm nicht in die Augen sehen.

Auf der Weiterfahrt schaute Harriet sich die Umgebung an und unterhielt sich mit Burt über belanglose Dinge. Sie genoss die wohltuende Wärme und das sanfte Dahingleiten des Autos. Sie überließ sich ganz ihrem Wohlgefühl. Die Augenlider wurden ihr plötzlich schwer, und sie schloss die Augen, als sie den Mohawk-Fluss überquerten. Burts tiefe Stimme trug zu ihrem inneren Frieden bei, und sie antwortete ihm nur noch abwesend, bis sie nichts mehr hörte.

Eine scharfe Kurve störte ihren Schlummer. Sie musste sich einen Augenblick lang besinnen, ehe sie wieder in die Wirklichkeit zurückfand. Ihr Kopf ruhte an Burts Schulter. Schnell wandte Harriet sich ab und sah ihn verschlafen an.

„Habe ich etwa geschlafen? Das tut mir leid."

„Allerdings." Burt blickte sie an, als sie sich über die Haare strich. „Eine Stunde lang befanden Sie sich im Land der Träume."

„Eine Stunde, sagten Sie? Wo sind wir denn jetzt? Was ist mir entgangen?"

„Alles von Schenectady an. Inzwischen befinden wir uns auf der Straße zu meiner Hütte."

„Die Umgebung ist herrlich." Schnell kam sie wieder zur Besinnung.

Der schmale Weg, den sie entlangfuhren, wurde von schneebedeckten Bäumen und zerklüfteten Felsspitzen überragt.

„Sind das aber viele Bäume." Sie drehte sich auf ihrem Sitz herum und warf einen Blick aus Burts Fenster. Dabei berührte sie ihn mit den Knien.

„Ja, der Wald ist voll von ihnen."

„Machen Sie sich nicht über mich lustig." Sie gab ihm einen freundschaftlichen Stoß. „Das ist alles so neu für mich."

„Ich freue mich über Ihre Begeisterung."

Das Auto hielt an, und Harriet blickte durch die Windschutzscheibe. Entzückt betrachtete sie das Haus auf einer kleinen Lichtung, dessen Dach bis zum Boden reichte und das wie ein Teil dieser Landschaft wirkte. Breite Fenster leuchteten und schimmerten im gedämpften Sonnenlicht.

„Kommen Sie näher." Burt sprang aus dem Wagen. Er streckte ihr die Hand hin, und sie ergriff sie, als sie sich den Weg durch den frischen Schnee bahnten.

„Was für ein herrlicher Ort, wild und mächtig, unberührt und primitiv zugleich." Harriet bewunderte einen kleinen Fluss, auf dem Eisschollen trieben. Sein Wasser sprudelte über die Felsen, das einzige Geräusch in dieser friedlichen Landschaft.

„Manchmal komme ich hierher, wenn das Büro mir auf die Nerven fällt. Ich genieße die Stille: keine dringenden Verabredungen, keine Termine, keine Verantwortung." Als er ihren ungläubigen Blick sah, fügte er hinzu: „Außerdem schätze ich die Einsamkeit."

Harriets Augen wurden dunkler. Ich bin hier im Niemandsland, sagte sie sich und biss sich unbewusst auf die Lippen. Burt hatte ihr erzählt, dass June und Larry unterwegs waren, aber stimmte das auch? Oder war es nur ein leeres Versprechen gewesen? Dann säße sie hier mit ihm in der Falle.

„Beruhigen Sie sich, Harriet", lachte Burt trocken. „Ich habe Sie nicht entführt. Die anderen werden bald kommen und Sie beschützen. Hoffentlich haben sie sich nicht verfahren, denn es ist nicht leicht, den Weg hierher zu finden." Er nahm wieder Harriets Hand. Sie fühlte sich verwirrt und unbehaglich, aber er merkte wohl nichts und führte sie zu der Hütte.

Das Innere des Hauses war geräumig. Die weiten breiten Fenster gaben den Blick auf die Berge frei. Die hohe Balkendecke unterstrich noch die Weiträumigkeit. Rohe Holzstufen führten zu einer Galerie, die das Wohnzimmer umgab. Ein gemauerter Kamin nahm die Breitseite einer Wand ein. Die rustikalen Möbel passten ausgezeichnet dazu. Oval geflochtene Teppiche in leuchtenden Farben schmückten den dunklen Kiefernboden und harmonierten perfekt mit dem holzverkleideten Raum.

„Es ist bezaubernd." Nachdem Harriet sich umgesehen hatte, ging sie zu den riesigen Fenstern. „Man kann hier stehen, und trotzdem ist man gleich draußen."

„Das habe ich auch oft gedacht." Burt nahm ihr den Mantel ab. „Benutzen Sie übrigens immer dasselbe Parfüm? Es duftet sehr aufregend."

„Apfelblüte." Sie schluckte tief und schaute aus dem Fenster.

„Es passt außerordentlich gut zu Ihnen. Wählen Sie ja keinen anderen Duft." Er wechselte das Thema. „Hm, jetzt sterbe ich aber vor Hunger. Können Sie nicht irgendeine Büchse aufmachen, während ich mich um das Kaminfeuer kümmere? Sie finden alles in der Küche."

„Gern, wo ist denn die Küche?" Er zeigte ihr den Weg und wandte sich selbst dem Kamin zu.

Großmutters Kochkabinett: ein altmodischer Kohleherd und Kupfertöpfe an einer langen Wand. Zweifelnd sah Harriet den Herd an, bis sie bemerkte, dass er modernisiert und funktionstüchtig war. Der große Vorratsschrank enthielt Konserven aller Art, und sie wählte verschiedene Büchsen aus, um ein Mittagsmahl zuzubereiten. Das ist nicht gerade der Speisezettel eines Luxusrestaurants, überlegte sie, aber fürs Erste genügte es. Sie rührte gerade eine Suppe um, als sie Burts Schritte hinter sich hörte.

„Das ging aber schnell", rief sie. „Sie müssen ein fabelhafter Pfadfinder gewesen sein."

„Ehe ich dieses Haus verlasse, pflege ich das Holz im Kamin aufzuschichten. Dann brauche ich nur noch die Abzugsklappe zu öffnen und ein Streichholz anzuzünden."

„Wie schrecklich, bei Ihnen ist alles so durchorganisiert." Harriet nahm den Suppentopf vom Feuer.

„Das duftet ja herrlich." Burt umfasste Harriets Taille. „Sind Sie eine gute Köchin?"

Harriet bemühte sich um Fassung. „Jeder kann eine Konservendose öffnen."

Er küsste ihren Hals.

„Burt, die Suppe ist fertig. Ich dachte, Sie seien völlig ausgehungert."

„Das bin ich auch." Er biss sanft in ihr Ohrläppchen. „Und wie." Erneut küsste er ihren Hals, seine Hände glitten unter ihren Pullover und strichen zärtlich über ihre Brust.

„Lassen Sie das, Burt." Harriet spürte ein sinnliches Verlangen in sich aufkeimen, gegen das sie sich verzweifelt wehrte.

Burt drehte sie zu sich herum. Noch nie hatte er sie so heftig geküsst. Seine Leidenschaft ergriff sie, und sie schmiegte sich sehnsüchtig in seine Arme.

Ein Auto bremste vor der Haustür, und Burt fluchte leise. Er löste seine Lippen von Harriets Mund, ließ sein Kinn auf ihren Kopf sinken und seufzte tief.

„Sie haben uns tatsächlich gefunden, Harriet. Jetzt müssen Sie noch eine weitere Dose aufmachen."

## 7. KAPITEL

Stimmen erschallten im Haus, und June lachte über irgendeinen Scherz von Larry. Burt begrüßte sie, und Harriet bemühte sich, ihre Fassung wiederzugewinnen. Burts heftige Umarmung hatte sie zutiefst aufgewühlt. Wären sie nicht gestört worden, hätte sie ihm nicht widerstehen können, so stark waren seine Begierde und ihr eigenes Verlangen gewesen. Zitternd presste sie die Hände gegen ihre erhitzten Wangen und ging wieder zum Herd, um sich um die Suppe und den Kaffee zu kümmern. Sie hoffte, dass diese einfache mechanische Arbeit ihr Gleichgewicht wiederherstellen würde.

„Also versklavt er dich bereits." June betrat mit einer großen Papiertüte die Küche. „Ist das nicht typisch für einen Mann?"

„Hallo, June." Harriet drehte sich um. Sie sah wieder einigermaßen normal aus. „Offenbar haben wir uns beide einspannen lassen. Was ist denn in der Tüte?"

„Vorräte für das lange Winterwochenende." June packte Milch, Käse und andere appetitliche Nahrungsmittel aus.

„Praktisch wie immer", stellte Harriet fest. Ihre Spannung ließ nach, und sie lächelte June an.

„Ach, das ist ein ganz unverdientes Talent. Ich bin wohl zur Perfektion erzogen worden."

Nachdem das Essen zubereitet war, trugen sie die Teller und Tassen in das angrenzende Zimmer und nahmen auf den langen Bänken Platz, die den rechteckigen Holztisch einrahmten. Sie genossen das einfache Mahl, als seien Monate vergangen, seitdem sie den letzten Bissen Brot gegessen hatten. Zunächst fiel es Harriet schwer, Burt ins Gesicht zu sehen, doch dann nahm sie all ihren Stolz zusammen, beteiligte sich an der Tischunterhaltung und quittierte seine Bemerkungen mit einem gelösten Lächeln.

Als die Männer sich über technische Einzelheiten der geplanten Aufnahmen unterhielten, ging sie mit June nach oben. Sie würden zusammen in einem Zimmer übernachten, das Harriet ebenso anheimelnd rustikal fand wie den übrigen Teil des Hauses. In dem hellen luftigen Raum befanden sich zwei Doppelbetten mit Flickendecken. Man hatte einen atemberaubenden Ausblick auf Wälder und Berge. Auch hier überwog die Holzverkleidung, und die hohe Decke schien das Zimmer noch zu vergrößern. Messinglampen würden sanftes Licht spenden, sobald die Sonne hinter den Bergspitzen untergegangen war.

Harriet beschäftigte sich mit dem Koffer, der die Garderobe für die Fotoserie enthielt, und June ließ sich auf eines der Betten fallen.

„Ist es hier nicht fantastisch?“, seufzte June zufrieden. „Weit entfernt von den Menschenmassen, Schreibmaschinen und Telefonapparaten. Falls wir einschneien, können wir hier bis zum Frühling bleiben.“

„Das wäre nur möglich, wenn Larry genügend Filmmaterial mitgebracht hat, um den Winter zu überstehen. Sonst würde er sich aus dem Staub machen.“ Harriet packte einen roten Parka und Latz-Skihosen aus und betrachtete prüfend die Kleidungsstücke. „So, das reicht für den Schnee.“

„Wenn wir dazu noch deine Nase gelb anmalen, wirst du wie ein riesiger Kardinalsvogel aussehen.“ June verschränkte die Hände hinter dem Kopf. „Die Farbe wird dir ausgezeichnet stehen. Mit deinem Haar und deiner Hautfarbe und dem Schnee als Hintergrund wirst du umwerfend wirken. Der allmächtige Boss macht nie einen Fehler.“

Plötzlich hörten Harriet und June, wie ein Wagen vorfuhr. Sie gingen zum Fenster und sahen, wie Bud Lewis Sandra aus dem Auto half.

„Oder vielleicht doch“, knüpfte June an ihren letzten Satz an, „diesen zum Beispiel.“ Sie seufzte und warf Harriet einen vielsagenden Blick zu.

Entgeistert starrte Harriet auf Sandras glänzendes rotes Haar hinunter. „Burt hat mir nicht gesagt, dass Sandra auch kommt.“ Wütend über das verdorbene Wochenende wandte sie sich wieder ihrem Gepäck zu.

„Wenn mich nicht alles täuscht, wusste er das selbst nicht“, sagte June finster und lehnte sich gegen die Fensterbank. „Vielleicht schubst er sie in den Schnee hinaus.“

„Ich glaube eher, dass er sich über ihre Anwesenheit freut." Harriet schloss ihre Tasche wieder.

„Solange wir hier herumstehen, werden wir auch nicht klüger." June ging zur Tür und zog Harriet hinter sich her. „Los, lass uns nachsehen, was geschehen ist."

Als Harriet die Treppe hinunterging, hörte sie Sandras Stimme: „Es macht dir doch wirklich nichts aus, dass ich hierhergekommen bin, um dir Gesellschaft zu leisten, nicht wahr, Burt? Ich dachte, es wäre eine hübsche Überraschung."

Harriet betrat das Zimmer und sah noch, wie Burt die Schultern zuckte. Er saß auf einem kleinen zweisitzigen Sofa vor dem flackernden Feuer. Besitzergreifend hatte Sandra sich bei ihm eingehängt. „Ich dachte nicht, dass die Berge nach deinem Geschmack sind, Sandra", lächelte er sie nachsichtig an. „Wenn du unbedingt kommen wolltest, hättest du mich fragen sollen, anstatt Bud den Bären aufzubinden, dass ich darauf bestanden habe, dich herzubringen."

„Ach, Liebling, das war doch nur ein Schabernack." Sie neigte den Kopf und bewegte die dunkel gefärbten Wimpern. „Eine kleine Intrige ist doch so amüsant."

„Dann lass uns nur hoffen, dass deine kleine Intrige sich nicht ins Gegenteil verkehrt und du dich zu Tode langweilst. Manhattan ist weit entfernt."

„Mit dir langweile ich mich nie."

Da erst bemerkte Burt Harriet und June an der Tür. Sandra folgte seinem Blick, biss sich auf die Lippen, lächelte aber gleich darauf schwach.

Sie begrüßten sich ohne Begeisterung. In angemessenem Abstand setzten Harriet und June sich auf der gegenüberliegenden Seite des Raums zu Bud, und Sandra wandte sich wieder Burt zu.

„Ich glaubte schon, wir würden nie hier ankommen", beklagte sie sich schmollend. „Warum du ausgerechnet in dieser gottverlassenen Abgeschiedenheit ein Haus besitzt, ist mir vollkommen unverständlich, Liebling. All dieser Schnee und nichts als Bäume, Felsen und Kälte." Schaudernd kuschelte sie sich an ihn. „Was machst du denn hier immer so ganz allein?"

„Ich vertreibe mir sehr gut die Zeit." Burt zündete sich eine Zigarette an. „Und ich bin nie allein. Die Berge strotzen von Leben. Darüber hinaus wimmelt es von Eichhörnchen, Murmeltieren, Kaninchen, Füchsen und vielen anderen kleinen Tieren." Er deutete zum Fenster.

„Unter Gesellschaft verstehe ich aber etwas ganz anderes." Sandra legte alle Verführungskunst in ihre Stimme.

Burt lächelte sie schwach an. „Das kann ich mir denken. Aber ich finde diese Lebewesen unterhaltsam und anspruchslos. Vom Fenster aus habe ich auch schon häufig Rotwild und Bären gesehen."

„Bären?" Erschrocken hielt Sandra Burts Arm noch fester. „Wie grauenhaft."

„Echte Bären?" Harriets Augen glänzten begeistert. „Waren das etwa die riesigen Grizzlybären?"

„Nein, schwarze Bären, Harriet." Er amüsierte sich über ihre Reaktion. „Aber trotzdem waren sie ziemlich groß. Jetzt halten sie ihren Winterschlaf." Er sah Sandra spöttisch an.

„Zum Glück", seufzte sie erleichtert auf.

„Harriet ist ganz hingerissen von den Bergen, stimmt's?"

„Sie sind großartig", schwärmte sie. „So wild und unberührt. Hier sieht es wahrscheinlich noch ebenso aus wie vor hundert Jahren. Unbelastet von Bürogebäuden und Wohnblocks. So weit das Auge reicht, nur Natur."

„Sie sind ja wirklich ganz vernarrt", bemerkte Sandra.

Harriet bedachte sie mit einem vernichtenden Blick, der Burt nicht entging. Deshalb schaltete er sich ein. „Harriet ist auf einer Farm in Kansas aufgewachsen. Sie hat noch nie zuvor die Berge gesehen."

„Wie altmodisch", murmelte Sandra und verzog lächelnd die Lippen. „Dort wird Weizen oder dergleichen angebaut, nicht wahr? Dann sind Sie also an die primitiven Verhältnisse einer kleinen Farm gewöhnt."

Harriet ärgerte sich über den herablassenden Tonfall. „Die Farm ist weder primitiv noch klein, Miss Mason. Wahrscheinlich können Sie sich bei Ihren Lebensgewohnheiten nicht vorstellen, wie groß die Weizenfelder sind und wie weit die sanften Hügelketten reichen. Das Leben dort ist sicher nicht so kultiviert wie in New York, aber vorsintflutlich ist es dennoch nicht. Wir haben sogar fließend heißes und kaltes Wasser im Haus. Es gibt viele Menschen, die die Vorzüge des Landlebens zu schätzen wissen."

„Dann zählen Sie also dazu", antwortete Sandra tief gelangweilt. „Ich hingegen ziehe die Bequemlichkeit und das kulturelle Leben in der Stadt vor."

„Ich glaube, ich gehe noch ein Stück spazieren, ehe es dunkel wird." Harriet erhob sich eilig. Sie brauchte unbedingt etwas Abstand zwischen sich und der anderen Frau, bevor sie vollends die Beherrschung verlor.

„Ich werde Sie begleiten." Bud stand auf, als sie sich den Mantel überzog. „Den ganzen Tag war ich mit dieser Frau eingesperrt", flüsterte er lächelnd wie ein Verschwörer. „Ich brauche unbedingt etwas frische Luft."

Harriets Lachen hallte durch den Raum, als sie Arm in Arm mit Bud die Haustür öffnete. Sie bemerkte nicht, dass Burt ihr verstimmt hinterhersah.

Draußen atmeten Harriet und Bud tief ein, und dann lachten sie wie Kinder über ihren kleinen Scherz. In gegenseitigem Einverständnis schlugen sie die Richtung zum Fluss ein und folgten seinem Lauf bis zum Wald hin. Sonnenlicht schimmerte gelegentlich durch die Bäume und warf violette Schatten auf den Schnee. Die ungezwungene Unterhaltung mit Bud besänftigte Harriets Gemüt.

Einen Moment lang machten sie auf einem Felshügel halt.

„Wie hübsch", sagte Bud schlicht. Harriet nickte zustimmend. „Jetzt fühle ich mich wieder wie ein anderer Mensch", fügte er hinzu. „Diese Frau ist eine harte Nuss. Ich weiß nicht, was der Boss an ihr findet."

Harriet lächelte. „Da sind wir beide gleicher Ansicht."

Feine Lichtstreifen kündeten den Einbruch der Abenddämmerung an, und sie gingen auf demselben Weg, den sie gekommen waren, wieder nach Hause. Dort sahen sie noch ihre Fußspuren in dem reinen weißen Schnee. Sie lachten gemeinsam, als sie durch die Haustür traten.

„Haben Sie beide nichts anderes im Sinn, als während der Dunkelheit in den Bergen herumzuklettern?“ Burt sah sie finster an.

„Dunkelheit nennen Sie das? Seien Sie nicht albern.“ Harriet hüpfte von einem Fuß auf den anderen, als sie sich einen Stiefel auszog. „Wir sind nur etwas am Fluss entlanggegangen, und es dämmert ja eben erst.“ Sie verlor das Gleichgewicht, Bud fing sie auf und umfasste ihre Taille, während sie sich den anderen Stiefel auszog.

„Wir haben Spuren im Schnee hinterlassen“, bemerkte Bud fröhlich. „Die sind eindeutiger als Brotkrumen.“

„Gleich nach der Dämmerung wird es stockfinstere Nacht“, beharrte Burt, „und heute Abend scheint der Mond nicht. Da kann man sich sehr schnell verirren.“

„Nun sind wir ja wieder da“, antwortete Harriet. „Wir beanspruchen weder eine Suchaktion noch eine Flasche Kognak. Wo steckt eigentlich June?“

„Sie bereitet in der Küche das Abendessen vor.“

„Dann werde ich ihr zur Hand gehen.“ Sie lächelte ihn strahlend an und eilte an ihm vorbei. Mochte Bud sich doch um die schlechte Laune seines Chefs kümmern.

„Eine Frau wird nie mit der Hausarbeit fertig“, seufzte Harriet, als sie die Küche betrat.

„Sag das mal unserer Prinzessin.“ June wickelte die Steaks aus. „Sie war von der anstrengenden Fahrt so mitgenommen, dass sie sich vor dem Abendessen noch ausruhen wollte.“ June tippte sich leicht an die Stirn.

„Was für ein Segen.“ Harriet half June bei den Vorbereitungen. „Aber warum müssen wir uns eigentlich um die Küchenarbeit kümmern? Davon steht nichts in meinem Vertrag.“

„Ich halte es für angebracht“, erklärte June. „Larry ist auf diesem Gebiet völlig untalentiert, und der Kaffee, den der Chef kocht, schmeckt abscheulich. Was Bud betrifft, ist er zwar der künstlerische Leiter des Ateliers, doch ich wollte kein Risiko eingehen.“

„Ich verstehe."

Gemeinsam bereiteten sie das Abendessen zu. Dabei ging es ziemlich geräuschvoll her: Das Geschirr klapperte, und das Fleisch brutzelte in der Pfanne. Larry erschien an der Tür und schnupperte sehnsüchtig.

„Das duftet ja aufreizend. Ich sterbe vor Hunger", verkündete er. „Dauert es noch lange?"

„Hier." June drückte ihm einen Stapel Teller in die Hand. „Deck den Tisch. Das lenkt dich von deinem Magen ab."

„Ich ahnte schon, dass ich unerwünscht bin", brummte er und verschwand im angrenzenden Zimmer.

„Ich glaube, es liegt an der Bergluft", stellte Harriet zwischen zwei Bissen fest, als sie alle um den langen Tisch geschart saßen. „Ich bin völlig ausgehungert."

Burt blickte sie leise lächelnd an, und sie erinnerte sich wieder an ihre Umarmung in der Küche, wobei ihr das Blut ins Gesicht schoss. Sie setzte ihr Glas an die Lippen, das mit einem Rotwein gefüllt war, den Burt aus irgendeinem geheimnisvollen Versteck hervorgezaubert hatte, nahm einen tiefen Schluck und konzentrierte sich weiter auf das Essen.

Beim Abräumen standen die Männer ihnen nur im Weg. June schlug die Hände über dem Kopf zusammen und befahl ihnen, die Küche nicht zu betreten.

„Ich bin der Boss", erinnerte Burt sie, „und jeder sollte sich nach meinen Anweisungen richten."

„Erst wieder ab Montag", erwiderte June.

Sandra wich nicht von Burts Seite. Sie verließ mit ihm die Küche.

„Umso besser", fuhr June fort, als sie wieder mit Harriet allein war. „Wahrscheinlich hätte ich der Versuchung nicht widerstehen können, diese Person im Ausguss zu ertränken."

Später trafen sie sich alle im Wohnzimmer wieder. Es tat gut, nichts zu tun. Harriet lehnte es ab, einen Schluck Brandy mitzutrinken, und machte es sich auf einem niedrigen Stuhl beim Feuer bequem.

Von dort aus beobachtete sie die tanzenden Flammen und

ließ ihre Gedanken schweifen. Sie hatte die Ellenbogen auf die Knie und den Kopf in die Hände gestützt. Sie wusste nicht, dass ihre Wangen und Haare in der lodernden Glut leuchteten. Ihre Augen schimmerten weich und verträumt. Sie beteiligte sich nicht an der gemütlichen Unterhaltung. Manchmal drang nur das sanfte Klirren der Gläser an ihr Ohr.

„Die Flammen scheinen Sie zu hypnotisieren, Harriet." Burt streckte sich neben ihr auf dem Teppich aus.

Sie erinnerte sich wieder an die Wirklichkeit, lächelte und fuhr sich durchs Haar. „Das stimmt. Bei näherer Betrachtung sieht man viele Bilder." Sie neigte sich noch etwas mehr vor. „Ich sehe ein Schloss mit Wachtürmen und ein Pferd, dessen Mähne sich im Wind hebt."

„Und es gibt einen alten Mann, der in einem Schaukelstuhl sitzt", antwortete Burt sanft. Sie sah ihn erstaunt an, weil er dieses Bild ebenfalls gesehen hatte. Er erwiderte ihren Blick mit der Intensität einer Umarmung, und sie erhob sich schnell, weil seine Nähe sie nervös machte.

„Es war heute ein langer Tag", verkündete sie und vermied es, ihn anzusehen. „Ich glaube, ich sollte jetzt zu Bett gehen, damit ich Larry morgen guten Gewissens vor das Objektiv treten kann."

Sie wünschte allen Anwesenden eine gute Nacht und verließ eilig das Zimmer, ohne dass Burt Einspruch erheben konnte.

Harriet erwachte bei Tagesanbruch. Das Zimmer lag noch im Halbdunkel. Sie streckte die Arme aus und setzte sich auf, denn sie wusste, dass sie nicht mehr einschlafen würde. Als sie am Abend zuvor unter die Decke geschlüpft war, hatte sie geglaubt, vor Erregung nicht zur Ruhe kommen zu können. Umso erstaunter war sie, dass sie sofort eingeschlafen war. Sie begrüßte den neuen Tag in freudiger Stimmung.

June schlief noch fest. Außer ihren Atemzügen war kein Geräusch zu hören. Harriet stand auf und vermied jeglichen Lärm, während sie sich wusch und anzog. Sie trug einen dicken grünen Pullover, der gut zu der waldgrünen Cordhose passte.

Nachdem sie mit dem Make-up fertig war, zog sie den Anorak an, den Burt für sie ausgewählt hatte, und setzte sich die dazu passende Skimütze auf.

Sie schlich die Treppe hinunter, nichts rührte sich im Haus. Lautlos zog Harriet ihre Stiefel und Handschuhe an und ging hinaus ins kalte klare Sonnenlicht.

Tief verschneit lagen die Wälder vor ihr. Harriet kam es so vor, als sei die Zeit stehen geblieben. Die Berge ragten majestätisch in den Himmel, und die riesigen Kiefern schienen einen weißen Hermelinpelz zu tragen. Ein würziger Duft lag in der Luft.

„Ich bin allein", rief Harriet übermütig und streckte die Arme aus. „Außer mir gibt es keinen Menschen auf der Welt." Sie wirbelte fröhlich durch den Schnee, drehte sich im Kreis und warf sich in den Schnee. Sie war in die Berge ebenso verliebt wie in die Weizenfelder ihrer Heimat. Lachend sprang sie wieder auf die Füße und warf mit Schnee um sich. Plötzlich entdeckte sie Burt, der sie amüsiert betrachtete.

„Ich sah von meinem Fenster aus, wie Sie im Schnee herumgetollt sind. Was war das für ein Spiel?"

„Ich stellte mir vor, dass ich in dieser Wildnis ganz allein auf der Welt sei."

„Hier oben sind Sie nie allein. Sehen Sie einmal."

Harriet folgte seinem Blick und sah einen gewaltigen Hirsch, der sie vom Waldrand her aufmerksam beäugte.

„Was für ein großartiger Anblick!"

Das Tier schien ihre Bewunderung zu bemerken, hob das Geweih und verschwand wieder zwischen den Bäumen. „Ich bin ganz bezaubert von diesem Ort. Wer braucht denn schon Menschen um sich, wenn er dies alles hier sein Eigen nennt?"

„Meinen Sie das ernst?" Ein leichter Schneeball streifte ihren Kopf. Harriet drehte sich nach Burt um und sah ihn gespielt grimmig an.

„Das war ja die reinste Kriegserklärung."

Harriet folgte seinem Beispiel und bewarf Burt mit Schnee. Er erwiderte das Feuer. Abwechselnd trafen die Schneebälle oder verfehlten ihr Ziel, bis Harriet sich strategisch zurückzog.

Burt holte sie ein, zog sie in den Schnee und warf sich über sie. Ihre Wangen glühten vor Kälte, und ihre Augen leuchteten, als sie nach Atem rang.

„In Ordnung. Sie haben gewonnen."

„Sehr richtig. Und dem Sieger gebührt der Preis."

Er berührte ihren Mund mit seinen Lippen, und ihr Lachen erstarb. „Früher oder später gewinne ich immer." Er küsste ihre geschlossenen Lider. „Das sollten wir öfter tun", murmelte er, und sie taumelte und fühlte ihre Sinne schwinden. „Ihr Gesicht ist voller Schnee." Seine Zunge strich über ihre Wange, und sie ließ es verwirrt geschehen.

„Ach, Harriet, Sie sind ein hinreißendes Geschöpf." Burt hob den Kopf und blickte ihr in die großen, hingebungsvollen Augen. Er atmete heftig und wischte ihr mit der Hand zärtlich den restlichen Schnee aus ihrem Gesicht. „Die anderen werden inzwischen aufgestanden sein. Lassen Sie uns frühstücken gehen."

„Stell dich dorthin, Harriet." Erneut befand Harriet sich draußen im Schnee, doch diesmal in Begleitung von Larry und seiner unbestechlichen Kamera.

Er hatte sie bereits stundenlang fotografiert. So jedenfalls kam es Harriet vor. Sie wünschte sehnlichst das Ende der Aufnahmen herbei. Die Aussicht auf eine Tasse heißer Schokolade vor dem Kaminfeuer war allzu verlockend.

„Also los, Harriet, komm auf die Erde zurück. Du sollst so wirken, als ob du Spaß im Schnee hast und nicht wie ein gedankenverlorenes Mädchen."

„Hoffentlich friert dein Belichtungsmesser ein." Sie sah ihn strahlend an.

„Ach, lass doch den Unsinn." Leicht verstimmt, aber unbeirrt kroch er im Schnee um sie herum.

„Das war's für heute", stellte er schließlich fest, und sie ließ sich in gespielter Ohnmacht auf den Rücken fallen. Larry beugte sich über sie und machte noch ein weiteres Foto. Amüsiert schloss sie die Augen und verzog lachend den Mund.

„Dauern die Aufnahmen immer länger, Larry, oder kommt mir das nur so vor?“

„Das bildest du dir nur ein.“ Er schüttelte den Kopf, und die Kamera baumelte am Riemen um seinen Hals. „Du bist über den Gipfel hinausgeschossen, und deine Blütezeit ist vorbei. Von jetzt an geht es nur noch bergab.“

„Ich werde dir zeigen, wer über den Gipfel hinausgeschossen ist.“ Harriet raffte sich wieder auf und presste eine Handvoll Schnee zusammen.

„Bitte nicht, Harriet.“ Larry wich einige Schritte zurück und legte eine Hand schützend auf die Kamera. „Denk an das kostbare Stück und verlier jetzt nicht die Nerven.“ Er drehte sich um und stapfte zum Haus hinüber.

„Meine Glanzzeit ist vorüber, meinst du?“ Der Schneeball traf Larrys Schulter, und Harriet stürmte hinter ihm her. Sie holte ihn ein, sprang ihm auf den Rücken und schlug ihm spielerisch auf den Kopf.

„Jetzt reicht's aber.“ Er trug sie mühelos. „Erwürg mich, verpass mir eine Gehirnerschütterung, aber rühr meine Kamera nicht an.“

„Hallo, Larry.“ Burt schlenderte ihnen entgegen, als sie sich dem Haus näherten. „Genug für heute?“

Harriet stellte befriedigt fest, dass sie sich auf dem Rücken von Larry in Augenhöhe mit Burt befand.

„Mr Bardoff, ich muss mich mit Ihnen über einen neuen Fotografen unterhalten. Dieser hier beschuldigte mich gerade, dass ich den Gipfel des Erfolges überschritten hätte.“

„Ich kann nichts daran ändern, dass deine Karriere beendet ist. Monatelang warst du mir, bildlich gesprochen, eine Last. Aber jetzt, wo ich dich buchstäblich trage, habe ich den Eindruck, dass du tatsächlich zugenommen hast.“

„Nun ist alles aus“, entschied Harriet. „Mir bleibt nur noch die Möglichkeit, mich grausam zu rächen.“

„Hat das nicht Zeit bis später?“, fragte June, als sie bei der Haustür angekommen waren. „Er weiß es noch nicht, aber ich möchte ihn zu einem Spaziergang in den Wäldern überreden.“

„Gut“, antwortete Harriet. „Dann habe ich wenigstens die Möglichkeit, darüber nachzudenken. Setz mich jetzt ab, Larry. Ich räume dir eine Gnadenfrist ein.“

„Frieren Sie?“, fragte Burt, als Harriet sich aus ihrer Winterbekleidung schälte.

„Wie ein Eiszapfen. Aber es gibt Menschen, die statt Blut nur Entwickler und Fixierbad in den Adern haben.“

„Modellstehen bedeutet nicht nur Schönheit und Glanz, nicht wahr?“, bemerkte er, als sie den Schnee aus den Haaren schüttelte. „Genügt Ihnen das eigentlich?“, fragte er plötzlich. Er umfasste ihr Kinn und sah sie ernst an. „Wünschen Sie sich nicht noch irgendetwas anderes?“

„Mehr kann ich nicht.“

„Ist es aber auch das, was Sie tun wollen?“, beharrte er. „Und ist es alles?“

„Alles?“ Sie versuchte, ihre Verlegenheit zu verbergen. „Ist es nicht genug?“

Wortlos blickte er sie an und ging ins Wohnzimmer. Selbst in ausgebeulten Jeans wirkte er sehr männlich und attraktiv.

Der Nachmittag verstrich geruhsam. Harriet schlürfte die erträumte heiße Schokolade und ruhte sich in einem Sessel am Kamin aus. Burt und Bud spielten Schach. Sandra saß neben Burt und machte aus ihrer Langeweile keinen Hehl. Nachdem die Partie beendet war, bat sie ihn, ihr den Wald zu zeigen. Doch Harriet wusste, dass ihr keineswegs an Bäumen und Eichhörnchen gelegen war.

Als es dunkel wurde, kam Sandra missmutig von ihrem Spaziergang zurück. Sie beklagte sich über die Kälte und verkündete allen, dass sie während der nächsten Stunde ein heißes Bad zu nehmen gedachte.

Zum Abendessen gab es Rindfleischeintopf. Sandra stocherte nur angewidert auf ihrem Teller herum. Als Ausgleich sprach sie dem Wein umso heftiger zu. Niemand kümmerte sich um sie und ihre schlechte Laune, und das Essen verlief so behaglich, wie es bei Menschen üblich ist, die freundschaftlich miteinander verbunden sind.

Harriet und June räumten in der kleinen Küche auf. Als sie fast fertig waren, schlenderte Sandra herein. Wieder hatte sie ein volles Glas in der Hand.

„Sind Sie fertig mit Ihren hausfraulichen Aufgaben?“ Ihr Ton war sehr spöttisch.

„Ja. Sie waren uns eine große Hilfe dabei“, antwortete June und stellte die Teller in den Wandschrank zurück.

„Ich möchte mich einen Augenblick mit Harriet unterhalten, wenn Sie nichts dagegen haben.“

„Absolut nichts“, entgegnete June und klapperte weiter mit dem Geschirr.

Sandra wandte sich Harriet zu, die gerade die Herdoberfläche säuberte. „Ich kann Ihr Benehmen nicht länger dulden.“

„Gut, wenn Sie wollen, überlasse ich Ihnen diese Arbeit gern.“ Harriet reichte ihr lächelnd das Wischtuch.

„Heute Morgen habe ich beobachtet, wie Sie sich Burt an den Hals geworfen haben“, rief Sandra erbost.

„Tatsächlich?“ Harriet hob die Schultern und widmete sich erneut dem Herd. „In Wirklichkeit habe ich mit Schneebällen um mich geworfen. Ich dachte, Sie schliefen noch.“

„Burt hat mich geweckt, nachdem er aufgestanden war“, erwiderte Sandra mit einem bedeutungsvollen Unterton.

Harriet spürte einen stechenden Schmerz. Wie war es nur möglich, dass er aus den Armen der einen Frau gleich in die der anderen stürzte? Wie konnte er sie derart demütigen? Sie schloss die Augen und fühlte, dass sie blass wurde.

Das einfache Vergnügen und die köstliche Vertraulichkeit am Morgen kamen Harriet plötzlich billig vor. Verzweifelt bewahrte sie ihren Stolz und sah mit einem eisigen Blick in Sandras triumphierende Augen. „Jeder sollte nach seinem Geschmack selig werden“, erwiderte sie schließlich ungerührt und machte sich wieder am Herd zu schaffen.

Sandra war wütend. Mit einer wilden Verwünschung schüttete sie den Rotwein über Harriets Pullover und ging.

„Das geht zu weit“, explodierte June. „Wenn der Boss das wüsste …“

„Beruhige dich, June. Solche Szenen werden nicht mehr vorkommen." Harriet hätte sich am liebsten verkrochen und sich ihrem Schmerz hingegeben. „Lassen wir Burt aus dem Spiel."

„In Ordnung, Harriet", antwortete June und warf Sandra einen empörten Blick zu. „Wie du willst."

Harriet verließ eilig die Küche, um sich in ihrem Schlafzimmer von dem Schock zu erholen. Doch am Treppenabsatz begegnete sie Burt.

„Sie scheinen eine Schlacht verloren zu haben", bemerkte er mit einem Blick auf Harriets fleckigen Pullover.

„Ich hatte nie etwas zu verlieren", murmelte sie und wollte an ihm vorbeigehen.

Er hielt sie zurück. „Was ist geschehen?"

„Nichts von Bedeutung", entgegnete sie eisig. „Lassen Sie mich los. Ich habe es satt, mich ständig betätscheln zu lassen."

Seine Augen wurden dunkel vor Wut, seine Finger gruben sich schmerzhaft in ihren Arm.

„Sie haben Glück, dass noch andere Menschen im Haus sind. Sonst würde ich Ihnen eine Lektion darüber erteilen, was ich unter Tätschelei verstehe. Es ist jammerschade, dass ich so viel Respekt vor einem Unschuldslamm wie Ihnen hatte. Künftig werde ich Sie nicht mehr berühren."

Burt ließ sie los.

Harriets Arm brannte von dem heftigen Druck. Sie ließ ihn stehen und stieg ruhig die Treppe hinauf.

## 8. KAPITEL

Es war Anfang März. Das Wetter war so kalt und trübe gewesen wie Harriets Stimmung. Nach dem ereignisreichen Wochenende in den Bergen hatte sie nichts mehr von Burt gehört. Sie wartete auch nicht darauf.

Die erste Ausgabe des Modemagazins mit Harriet als Fotomodell war erschienen, doch sie hatte keine Freude an der großen schlanken Frau, die auf jeder Seite abgebildet war. Das lächelnde Gesicht auf dem glänzenden Titelblatt schien einer fremden Frau zu gehören, zu der sie keine Beziehung hatte. Aber das Magazin war ein Riesenerfolg. Die Käufer rissen es sich an den Verkaufsständen aus den Händen. Im Laufe der Wochen wurde Harriet mit Angeboten überschüttet, doch das alles interessierte sie nicht. Ihre Karriere war ihr vollkommen gleichgültig geworden.

Als June sie anrief, schwand ihre Teilnahmslosigkeit. Der Herrscher lud sie zu einem Gespräch vor. Sie dachte daran, den Gehorsam zu verweigern. Aber dann fügte sie sich, weil es ihr immer noch lieber war, Burt in seinem Büro aufzusuchen, als ihn in den eigenen vier Wänden zu empfangen.

Für die Verabredung kleidete sie sich sehr sorgfältig. Sie wählte ein dezentes blassgelbes Kostüm, steckte die Haare auf und entschied sich für einen breitrandigen Hut. Dann betrachtete sie sich eingehend im Spiegel und war mit ihrem gelassenen, hübschen Aussehen höchst zufrieden.

Während Harriet mit dem Aufzug zu Burts Büroräumen fuhr, prägte sie sich ein, dass sie reserviert und zurückhaltend wirken musste, und setzte eine höflich kühle Miene auf. Er soll nichts von meinem Schmerz merken, dachte sie entschlossen. Ihre Verletzlichkeit würde ihm verborgen bleiben. Ihre Fähigkeit, auf die Anforderungen der Kamera zu reagieren, würde sich als sehr nützlich erweisen. Ihre jahrelange Erfahrung würde sie nicht im Stich lassen.

June begrüßte sie mit einem liebenswürdigen Lächeln. „Geh gleich rein." Sie drückte auf einen Knopf der Gegensprechanlage. „Er erwartet dich."

Harriet bezwang ihre Nervosität, lächelte entspannt und betrat die Höhle des Löwen.

„Guten Tag, Harriet.“ Burt lehnte sich in seinem Sessel zurück, erhob sich jedoch nicht. „Kommen Sie näher, und nehmen Sie Platz.“

„Hallo, Burt.“ Ihre Stimme klang ebenso höflich wie seine. Das Lächeln blieb auf ihrem Gesicht haften, obwohl ihr Magen sich zusammenschnürte, als sie seinen Blick auffing.

„Sie sehen gut aus“, bemerkte er.

„Danke, Sie ebenfalls.“ Was für ein blödsinniges Geschwätz, dachte sie ungehalten.

„Ich habe mir noch einmal das Modemagazin angeschaut. Es ist tatsächlich ein so großer Erfolg, wie wir alle es gehofft hatten.“

„Ja, ich bin froh darüber, dass alle, die daran gearbeitet haben, zufrieden sind.“

„Wer von diesen Frauen sind Sie nun wirklich, Harriet?“, murmelte er abwesend und überflog die Bilder. „Ein ausgelassener Wildfang, eine elegante Prominente, eine strebsame Karrierefrau, eine liebende Ehegefährtin, eine zärtliche Mutter oder eine exotische Verführerin?“ Er sah sie plötzlich so durchdringend an, dass ihr Widerstand zu erlahmen drohte.

Gleichgültig hob sie die Schultern. „Ich bestehe nur aus einem Gesicht und einem Körper, tue, was mir gesagt wird, und versetze mich in die Stimmung, die das Bild verlangt. Deswegen haben Sie doch den Vertrag mit mir abgeschlossen, nicht wahr?“

„Also wechseln Sie auf Kommando die Farbe wie ein Chamäleon, wenn man es in eine andere Umgebung setzt.“

„Dafür werde ich schließlich bezahlt“, antwortete sie leicht benommen.

„Ich habe gehört, dass Sie inzwischen viele Angebote erhalten haben.“ Erneut lehnte Burt sich in seinem Stuhl zurück, verschränkte die Finger ineinander und musterte sie mit halb geschlossenen Augen. „Dann sind Sie wohl in den letzten Wochen immer sehr viel unterwegs und beschäftigt gewesen."

„Allerdings." Ihre Begeisterung war nur geheuchelt. „Das alles war ziemlich aufregend. Bisher habe ich mich noch nicht entscheiden können. Mir wurde gesagt, dass ich einen Manager brauche, der die geeigneten Angebote für mich auswählt. Den weitaus interessantesten Vorschlag hat mir ein bekannter Parfümhersteller gemacht. Er umfasst einen Dreijahresvertrag, Fernsehwerbung und Anzeigen eingeschlossen." An weitere Auftraggeber konnte Harriet sich in diesem Augenblick beim besten Willen nicht erinnern.

„Mir ist zu Ohren gekommen, dass sich auch das Fernsehen für Sie interessiert."

„Das stimmt." Sie hob abwehrend die Hände und versuchte, sich an die Einzelheiten zu erinnern. „Aber dann müsste ich schauspielern, und das muss ich mir ernsthaft überlegen."

Mit diesem Auftritt allein hätte ich schon einen Oscar verdient, dachte sie im Stillen. „Ich bezweifle allerdings, dass mein Talent dafür ausreicht."

Burt stand auf und blickte auf die Stahl- und Betonsilhouette von New York hinaus. Schweigend beobachtete sie ihn und fragte sich, woran er wohl denken mochte. Völlig zusammenhanglos bemerkte sie, dass Sonnenstrahlen auf sein kräftiges blondes Haar fielen.

„Ihr Vertrag mit mir läuft jetzt aus, Harriet. Ich möchte Ihnen gern ein neues Angebot machen, aber es wäre sicher nicht so einträglich wie ein Fernsehvertrag."

Ein Angebot, dachte Harriet verwirrt. Sie war froh, dass er ihr den Rücken zukehrte, damit er ihr Gesicht nicht sah. Jetzt wusste sie endlich, warum er sie in sein Büro zitiert hatte: Er wollte ihr einen neuen Vertrag anbieten, ein neues Stück Papier. Sie würde ihm eine Absage erteilen müssen, selbst wenn sie nicht die Absicht hatte, sich vertraglich an eine andere Firma zu binden. Sie fühlte sich dem ständigen Kontakt mit diesem Mann nicht mehr gewachsen. Selbst nach dieser kurzen Begegnung waren ihre Gefühle vollkommen durcheinander.

Sie erhob sich, bevor sie antwortete. „Ich weiß Ihr Angebot zu schätzen, Burt, aber ich muss an meine Karriere denken. Ich bin Ihnen wirklich sehr zu Dank verpflichtet, aber …“ Ihre Stimme klang beherrscht, fast geschäftsmäßig.

Burt unterbrach sie. „Ich habe Ihnen schon einmal gesagt, dass ich nichts von Dankbarkeit hören will.“ Er wandte sich zu ihr um, und sein allzu vertrauter Temperamentsausbruch verdunkelte seinen Blick. „Ich halte nichts von Bezeugungen dieser Art.“ Er wies auf das Modemagazin mit der Titelseite von Harriet. „Was auch immer Ihnen hierdurch in den Schoß fällt, haben Sie sich selbst verdient. Setzen Sie endlich den Hut ab, damit ich Sie besser sehen kann.“ Er zog ihr den Hut herunter und drückte ihn ihr in die Hand.

Harriet atmete schwer, wich jedoch seinem ärgerlichen, forschenden Blick nicht aus.

„Ihren Erfolg, Harriet, können Sie für sich selbst verbuchen. Ich bin nicht dafür verantwortlich, möchte es auch gar nicht sein.“ Er versuchte, sich zu beruhigen, und fuhr beherrscht fort: „Ich erwarte nicht, dass Sie ein Angebot von mir annehmen. Sollten Sie aber Ihre Meinung ändern, wäre ich bereit, mit Ihnen zu verhandeln. Wie auch immer Ihre Entscheidung ausfallen mag: Ich wünsche Ihnen Erfolg und hoffe, dass Sie glücklich sind.“

„Ich danke Ihnen.“ Lächelnd drehte sie sich um und ging auf die schwere Eichentür zu.

„Harriet.“

Sie hielt schon die Klinke in der Hand, schloss einen Moment die Augen und zwang sich, ihn erneut anzusehen. „Ja?“

Er starrte sie an, und es schien, als wollte er sich jeden ihrer Gesichtszüge einzeln einprägen. „Auf Wiedersehen.“

„Auf Wiedersehen“, erwiderte sie, drückte die Klinke nieder und verließ das Zimmer.

Bebend lehnte sie sich an die andere weich gepolsterte Seite der Tür. June sah von ihrer Arbeit auf.

„Fühlst du dich nicht wohl, Harriet? Was ist geschehen?“

Harriet blickte sie verständnislos an, dann schüttelte sie den

Kopf. „Nichts“, flüsterte sie. „Ich meine, alles.“ Sie schluchzte unterdrückt und ging an June vorbei hinaus über den langen Flur zum Fahrstuhl.

An einem der folgenden Abende nahm Harriet ein Taxi. Sie hatte sich von Larry und June überreden lassen, an einer Party teilzunehmen, die in Bud Lewis' Penthouse im Zentrum der Stadt stattfand. Begeistert war sie davon nicht, aber sie durfte sich nicht dem Selbstmitleid hingeben und sich von Freunden und gesellschaftlichen Verpflichtungen fernhalten. Sie zog ihren Schal fester, denn es wehte eine kühle Brise. Es war an der Zeit, über die Zukunft nachzudenken. Es kam nichts dabei heraus, wenn sie allein in ihrer Wohnung hockte und grübelte.

Die Party war schon in vollem Gange, als sie eintraf, und Harriet war fest entschlossen, sich nach Herzenslust zu amüsieren. Bud legte den Arm freundschaftlich auf ihre Schulter, führte sie zu der reichhaltigen Bar und fragte sie, was sie trinken wollte. Sie hielt Ausschau nach einem alkoholfreien Getränk, als ihr Blick auf eine Punschbowle fiel, die mit einer leuchtend roten Flüssigkeit gefüllt war.

„Das sieht aber verlockend aus“, sagte sie. „Was ist das?“

„Plantagenpunsch“, klärte er sie auf und goss ihr ein Glas voll.

Das hört sich ziemlich unverfänglich an, dachte sie, als Bud sich einem anderen Gast zuwandte. Sie nippte zögernd an dem Glas und fand, dass das Getränk ausgezeichnet schmeckte. Darauf mischte sie sich unter die übrigen Besucher.

Sie begrüßte alte und neue Kollegen, unterhielt sich und lachte mit ihnen. Sie schlenderte von einer Gruppe zur anderen und wunderte sich etwas über ihre unbeschwerte heitere Stimmung. Ihre Niedergeschlagenheit und Verzweiflung waren plötzlich verflogen. Dies hatte sie die ganze Zeit über gebraucht: amüsante Leute, fröhliche Musik und eine positive Einstellung zu allem, was rings um sie herum vor sich ging.

Harriet trank schon das dritte Glas und unterhielt sich prächtig, während sie mit einem großen dunkelhaarigen Mann flirtete, der sich ihr als Paul vorgestellt hatte, als sie hinter sich eine wohlbekannte Stimme hörte.

„Hallo, Harriet. Wie schön, dass ich Sie hier treffe."

Harriet drehte sich um und war überrascht, Burt zu sehen. June hatte ihr versichert, dass er an diesem Abend andere Pläne hätte, und nur unter dieser Bedingung war sie der Einladung gefolgt. Sie lächelte ihn zaghaft an und fragte sich, warum seine Gestalt einen Moment lang vor ihren Augen verschwamm.

„Guten Abend, Burt. Mischen Sie sich heute Abend unter das gemeine Volk?"

Er nahm ihre geröteten Wangen und ihr schwaches Lächeln zur Kenntnis, und seine Blicke glitten dann über ihre schlanke Figur. Ehe er antwortete, blickte er ihr wieder ins Gesicht und hob eine Augenbraue. „Das tue ich hin und wieder. Es ist gut für den Ruf, müssen Sie wissen."

„Allerdings." Sie nickte, leerte ihr Glas und schob sich eine Haarlocke aus dem Gesicht. „Wir müssen beide auf unseren Ruf bedacht sein, nicht wahr?" Mit einem strahlenden Lächeln wandte sie sich wieder dem Mann an ihrer Seite zu, der leicht verwirrt zu sein schien. „Paul, seien Sie so gut und holen Sie mir noch ein Glas von dem Punsch da drüben an der Bar."

„Wie viel haben Sie schon getrunken, Harriet?", fragte Burt und berührte ihr Kinn mit einem Finger, als Paul in der Menge untertauchte. „Wenn ich mich recht erinnere, trinken Sie doch nie mehr als zwei Gläser."

„Heute Abend mache ich eine Ausnahme." Sie warf den Kopf zurück, und die rabenschwarzen Locken umwirbelten ihre Schultern. „Ich feiere meine Wiedergeburt. Übrigens ist es nur Fruchtpunsch mit einem winzigen Schuss Alkohol."

„Das muss aber eine bemerkenswert kräftige Frucht sein, Ihrem Aussehen nach zu urteilen." Er konnte sich ein Lächeln nicht verbeißen. „Vielleicht sollten Sie doch besser die wohltuende Wirkung von Kaffee in Betracht ziehen."

„Seien Sie nicht so langweilig", antwortete sie und strich mit einem Finger über die Knopfleiste seines Hemdes. „Seide", rief sie und lächelte ihn erneut an. „Ich habe von jeher eine Schwäche für Seide gehabt." Sie sah ihn dramatisch an. „Übrigens ist Larry auch hier, diesmal ohne Kamera. Ich hätte ihn beinahe nicht wiedererkannt."

„Wenn Sie so weitermachen, werden Sie bald Ihre eigene Mutter nicht wiedererkennen", meinte er.

„Ach was. Meine Mutter macht nur Schnappschüsse mit einer Polaroidkamera, und das bei den irrwitzigsten Gelegenheiten", erklärte sie ihm, als Paul mit ihrem Drink wiederkam.

Sie nahm einen tiefen Schluck, und dann ergriff sie Pauls Ärmel. „Kommen Sie, tanzen Sie mit mir. Ich tanze für mein Leben gern." Sie gab Burt ihr Glas. „Sie können sich ja in der Zwischenzeit damit beschäftigen."

Harriet fühlte sich beschwingt und locker, als sie sich dem Rhythmus der Musik hingab, und wunderte sich im Stillen darüber, dass sie sich je von Burt hatte aus der Fassung bringen lassen. Der Raum verschwamm zu den Klängen der Musik und drehte sich mit ihrem neu entdeckten Wohlbehagen im Kreis. Paul flüsterte ihr irgendetwas ins Ohr. Sie verstand es nicht, und anstelle einer Antwort seufzte sie undeutlich.

Als die Musik kurz unterbrochen wurde, berührte eine Hand ihren Arm. Sie drehte sich um. Burt stand neben ihr.

„Wollen Sie Paul ablösen?", fragte sie und schob ihr Haar zurecht.

„Ich will Sie auslösen", berichtigte er und zog sie hinter sich her, „ehe Sie völlig über die Stränge schlagen."

„Aber ich möchte noch nicht gehen." Sie zerrte an seinem Arm. „Es ist noch früh, und ich amüsiere mich köstlich."

„Das merke ich Ihnen an." Er zog sie weiter mit sich und sah sie fest an. „Trotzdem gehen wir jetzt."

„Sie brauchen mich nicht nach Hause zu bringen. Ich kann ein Taxi rufen, oder vielleicht nimmt Paul mich mit. Er tut das bestimmt gerne."

„Zur Hölle mit ihm", brummte Burt ärgerlich und dachte überhaupt nicht daran, seinen Griff zu lockern.

„Ich will aber noch tanzen." Sie wirbelte herum. „Wollen Sie nicht doch mit mir tanzen?"

„Nicht heute Abend, Harriet. Dies ist nicht die passende Gelegenheit." Er seufzte, blieb aber unnachgiebig.

Mit einer schnellen Bewegung hob er sie auf seine Schultern und bahnte sich den Weg durch das belustigte Publikum. Anstatt sich zu ärgern, kicherte Harriet laut los.

„Wie komisch. Das hat mein Vater früher auch immer mit mir gemacht."

„Wirklich komisch."

„Hier, Chef." June stand an der Tür und reichte Burt Harriets Schal, Mantel und ihre Tasche. „Alles in Ordnung?"

„Und ob." Er rückte seine Last zurecht und verließ mit raschen Schritten die Wohnung.

Auf der Straße setzte Burt Harriet ohne weitere Umstände in seinen Wagen. „Hier." Er warf ihr den Schal zu. „Wickeln Sie sich das Ding um."

„Mir ist nicht kalt." Sie stieß das Kleidungsstück achtlos auf den Rücksitz. „Ich fühle mich fabelhaft."

„Davon bin ich überzeugt." Burt setzte sich neben sie ans Steuer und warf ihr einen genervten Blick zu, ehe er den Wagen anließ. „Sie haben so viel Alkohol im Blut, dass Sie damit ein doppelstöckiges Gebäude heizen könnten."

„Fruchtpunsch", korrigierte Harriet und kuschelte sich gegen die Rückenlehne. „Oh, sehen Sie sich einmal den Mond an." Sie richtete sich auf, lehnte sich gegen das Armaturenbrett und starrte die geisterhaft weiße Scheibe an.

„Ich schwärme für Vollmondnächte. Lassen Sie uns ein Stück spazieren gehen."

Er stoppte den Wagen vor einer roten Ampel, wandte ihr den Kopf zu und sagte entschieden: „Nein."

Harriet beugte sich vor und kniff die Augen zusammen, als suche sie nach einer neuen Perspektive. „Ich wusste gar nicht, dass Sie so ein Spielverderber sind."

„Spieler", berichtigte er und fuhr bei Grün weiter.

„Aber ich sagte Ihnen doch, dass mir nicht kalt ist." Sie

lehnte sich wieder zurück und trällerte ein Lied vor sich hin.

Burt parkte den Wagen in der Tiefgarage von Harriets Apartmenthaus und wandte sich ihr leicht amüsiert zu. „Das hätten wir geschafft, Harriet. Können Sie sich auf den Beinen halten, oder soll ich Sie tragen?"

„Natürlich kann ich gehen. Das tue ich seit Jahrzehnten." Sie machte sich am Türgriff zu schaffen und stieg aus, um ihre Fähigkeit unter Beweis zu stellen.

Seltsam, dachte sie, ich kann mich nicht erinnern, dass dieser Fußboden so gewölbt ist. „Sehen Sie selbst: die perfekte Balance." Sie schwankte bedenklich.

„Gewiss doch, Harriet, an Ihnen ist eine Seiltänzerin verloren gegangen." Er hielt sie am Arm fest, damit sie nicht hinfiel. Dann hob er sie an seine Brust. Zufrieden lehnte sie sich an ihn, als er sie zum Lift trug, und schlang die Arme um seinen Hals.

„So gefällt es mir", verkündete sie, als der Fahrstuhl sich langsam in Bewegung setzte. „Wissen Sie eigentlich, was ich immer schon tun wollte?"

„Was?", fragte er abwesend und blickte sie nicht einmal an.

Sie drückte ihre Lippen auf sein Ohr. „Harriet", sagte er, doch sie schnitt ihm das Wort ab.

„Sie haben einen faszinierenden Mund."

Mit der Fingerspitze zeichnete sie aufs Äußerste konzentriert die Linie nach.

„Harriet, hören Sie damit auf."

Sie ließ sich von seinen Worten keineswegs beirren. „Und ein attraktives Gesicht haben Sie auch." Ihr Finger ging langsam darauf spazieren. „Am meisten bin ich jedoch von Ihren Augen beeindruckt." Ihr Mund wanderte über seinen Hals, und Burt holte tief Luft, als sich die Lifttür öffnete. „Hm, und Sie riechen so gut."

Er zerrte die Türschlüssel aus ihrer Handtasche, was ihm wegen des Bündels in seinen Armen, das sich erneut mit seinem Ohrläppchen befasste, nur mit Mühe gelang.

„Lassen Sie das endlich, Harriet", befahl er. „Sonst vergesse ich die Spielregeln."

Als es ihm mit ungeheurer Anstrengung schließlich gelungen

war, die Tür zu öffnen, lehnte er sich einen Augenblick dagegen und holte tief Luft.

„Ich dachte immer, dass Männer sich gern verführen ließen", murmelte sie und drückte ihre Wange an sein Gesicht.

„Jetzt hören Sie mir mal gut zu, Harriet …" Weiter kam er nicht, denn sie küsste ihn.

„Ich finde es wundervoll, Sie zu küssen." Sie gähnte und schmiegte den Kopf an seinen Hals.

„Harriet, lassen Sie den Unsinn."

Er stolperte ins Schlafzimmer, während Harriet ihm weiter sanfte, unzusammenhängende Worte ins Ohr flüsterte.

Burt versuchte, sie auf das Bett zu legen, aber sie hielt ihn immer noch umschlungen. Er verlor das Gleichgewicht und fiel mit ihr auf das Bett. Sie gab nicht nach und presste wieder ihre Lippen auf seinen Mund.

Er stieß leise Verwünschungen aus, während er sich zu befreien versuchte.

„Sie wissen nicht, was Sie tun." Sie stöhnte schlaftrunken und schloss die Augen.

„Was tragen Sie unter dem Kleid?", fragte er, als er ihr die Schuhe auszog.

„Einen Unterrock."

„Nur einen Rock?"

Harriet lächelte ihn verschwommen an und murmelte etwas, das er nicht verstand. Er atmete schwer, als er sie auf den Bauch drehte. Dann öffnete er den Reißverschluss am Rücken und zog ihr das Kleid aus.

„Das werden Sie mir büßen", warnte er sie.

Er schimpfte immer mehr, denn er musste sich zwingen, seinen Blick von der honigfarbenen Haut abzuwenden, die nur in ein Stück Seidenstoff gehüllt war. Er zog die Decke über die regungslose Gestalt auf dem Bett. Harriet seufzte und kuschelte sich in das Kopfkissen.

Burt ging zur Tür, lehnte sich aber noch einen Moment lang müde an den Rahmen und betrachtete Harriet, die friedlich eingeschlummert war.

„Das ist nicht zu fassen“, sagte er leise. „Ich muss den Verstand verloren haben.“ Seine Augen wurden schmal, als er ihre tiefen Atemzüge hörte. „Morgen früh werde ich mich deswegen verachten.“ Mit einem Seufzer schloss er behutsam die Tür und begab sich auf die Suche nach Harriets Whisky.

## *9. KAPITEL*

Das Zimmer war sonnendurchflutet, als Harriet aufwachte. Sie blinzelte verwundert und versuchte, die vertraute Umgebung zu ergründen. Als sie sich aufsetzte, stöhnte sie laut auf. Sie hatte Kopfschmerzen und einen pelzigen Geschmack auf der Zunge. Vorsichtig setzte sie die Füße auf den Boden, um aufzustehen, doch sie sank gleich wieder zurück und ächzte, denn das Zimmer drehte sich wie ein Karussell um sie. Mit beiden Händen umfasste sie ihren Kopf.

Was habe ich letzte Nacht getrunken, fragte sie sich und kniff die Augen zusammen, um sich zu erinnern. Was war das für ein Punsch gewesen? Sie stolperte schwankend zum Kleiderschrank, um nach ihrem Morgenmantel zu suchen.

Ihr Kleid lag zusammengeknüllt am Fußende des Betts, und sie betrachtete es verwirrt. Sie konnte sich nicht daran erinnern, es ausgezogen zu haben. Sie schüttelte benebelt den Kopf und presste eine Hand gegen ihre pochende Schläfe. Als Erstes würde sie ein Aspirin schlucken, dann Fruchtsaft trinken und eine kalte Dusche nehmen. Langsam und vorsichtig ging sie in die Küche. Plötzlich blieb sie stehen und lehnte sich kraftlos an die Wand, denn sie erblickte ein Paar Männerschuhe und ein Jackett neben dem Sofa im Wohnzimmer.

„Du liebe Zeit", flüsterte sie, denn ihre Erinnerung kehrte allmählich zurück. Burt hatte sie nach Hause gebracht, und sie … Erschauernd dachte sie an ihr Benehmen im Lift. Aber was war geschehen? Sie strengte ihr Gedächtnis an, erinnerte sich jedoch nur an zusammenhanglose Einzelheiten. Ihr schien, als sei ein Puzzlespiel zu Boden gefallen. Die Einzelteile wieder zusammenzufügen wäre wahrscheinlich höchst unangenehm.

„Guten Morgen, meine Liebe. War es eine erholsame Nacht?"

Langsam drehte sie sich um, und ihr ohnehin schon blasses Gesicht wurde noch fahler, als Burt sie anlächelte. Er trug nur seine Hose. Das Hemd hing über seiner Schulter. Er hatte es noch nicht zugeknöpft. Das feuchte Haar deutete darauf hin, dass er gerade aus dem Bad kam. Harriet starrte ihn entgeistert an.

„Ich könnte einen Kaffee gebrauchen, meine Liebe.“ Er küsste sie leicht in nachlässig vertrauter Art auf die Wange, und ihr Magen zog sich zusammen. Während er in die Küche schlenderte, folgte sie ihm ängstlich. Als er den Kessel auf den Herd gestellt hatte, drehte er sich um und umfasste ihre Taille. „Sie waren einmalig.“ Seine Lippen berührten ihre Augenbrauen. Am liebsten wäre sie tot umgefallen. „Haben Sie sich ebenso amüsiert wie ich?“

„Ich nehme an … Ich weiß nicht … Ich erinnere mich nicht genau.“

„Sie erinnern sich nicht?“, fragte er ungläubig. „Wie ist das möglich? Sie waren hinreißend.“

„Ich war … Oh.“ Sie bedeckte ihr Gesicht mit den Händen. „Mein Kopf.“

„Haben Sie einen Kater?“ Seine Stimme klang besorgt. „Ich werde Sie wieder auf die Beine bringen.“ Er ging zum Kühlschrank und machte sich darin zu schaffen.

„Kater?“, wiederholte sie und hielt sich am Türrahmen fest. „Ich habe nur ein bisschen Punsch getrunken.“

„Und drei Rumsorten.“

„Rum?“ Sie verdrehte die Augen und versuchte, nachzudenken. „Ich habe wirklich nichts anderes getrunken als …“

„Plantagenpunsch“, ergänzte er und durchsuchte immer noch den Kühlschrank nach einem geeigneten Hausmittel. „Und der besteht größtenteils aus Rum: bernsteinfarbenem, weißem und dunklem Rum.“

„Ich wusste nicht, was es war.“ Sie stützte sich noch fester an der Tür ab. „Offenbar habe ich zu viel getrunken. Ich bin nichts gewöhnt. Sie haben meine Lage ausgenutzt.“

„Wie bitte?“ Er nahm ein Glas zur Hand. „Ich soll Sie ausgenutzt haben? Meine Liebe, Sie waren nicht zu bremsen.“ Er hob die Augenbrauen und lachte sie an. „Sie gleichen einem Tiger, wenn Sie in Fahrt sind.“

„Sie sind abscheulich“, explodierte Harriet. Dann stöhnte sie auf, weil es in ihrem Kopf unbarmherzig hämmerte.

„Hier, trinken Sie das.“ Burt drückte ihr ein Glas in die Hand, dessen Inhalt sie zweifelnd und misstrauisch betrachtete.

„Was ist das denn?"

„Fragen Sie nicht, sondern trinken Sie es."

Harriet schluckte es mit einem Zug hinunter und schüttelte sich, als das Gebräu die Kehle hinabfloss. „Widerlich."

„Das ist der Preis dafür, dass Sie zu viel getrunken haben", bemerkte er scheinheilig.

„Ich war nicht wirklich betrunken", protestierte sie. „Ich war nur ein bisschen benebelt. Und Sie haben das ausgenutzt."

„Ich könnte beschwören, dass es umgekehrt war."

„Ich wusste nicht, was ich tat."

„Sie schienen sehr gut zu wissen, was Sie taten." Sein Lächeln hatte zur Folge, dass Harriet aufstöhnte.

„Ich kann mich einfach nicht erinnern."

„Beruhigen Sie sich, Harriet", sagte er, als sie zu schluchzen anfing. „Sie brauchen sich an nichts zu erinnern."

„Was meinen Sie damit?" Sie schluchzte wieder auf und wischte ihre Augen mit dem Handrücken ab.

„Ich meine damit, dass ich Sie nicht angerührt habe. Ich habe Sie rein und makellos in Ihr jungfräuliches Bett gepackt und auf der bemerkenswert unbequemen Couch übernachtet."

„Sie haben nicht … Wir haben nicht …"

„Weder das eine noch das andere." Er wandte sich dem pfeifenden Kessel zu und goss das kochende Wasser in eine Kanne.

Zunächst war Harriet erleichtert, doch gleich darauf verärgert. „Warum nicht? Stimmt irgendetwas nicht mit mir?"

Burt schaute sie erstaunt an, dann lachte er vor Vergnügen. „Ach, Harriet, was sind Sie doch für ein Widerspruchsgeist. Erst sind Sie verzweifelt, weil Sie meinen, dass ich Ihre Ehre geschändet haben könnte, und dann wieder tadeln Sie mich, weil ich es nicht getan habe."

„Ich finde das gar nicht so komisch", erwiderte sie. „Sie haben mich absichtlich in dem Glauben gelassen, dass wir …"

„ …miteinander geschlafen haben, wollten Sie doch sagen, nicht wahr?" Burt schlürfte gelassen seinen Kaffee. „Das haben Sie sich selbst zuzuschreiben. Auf dem Weg vom Fahrstuhl bis in Ihr Schlafzimmer haben Sie mich zur Verzweiflung gebracht." Er lächelte noch breiter, als er sah, dass ihr das Blut in die Wangen schoss. „Daran werden Sie sich bestimmt noch erinnern. Und nun merken Sie sich ein für alle Mal, dass kein normaler Mann einen so appetitlichen Leckerbissen wie Sie allein gelassen und auf der ungemütlichen Couch geschlafen hätte. Deshalb sollten Sie sich künftig vor Fruchtpunsch in Acht nehmen."

„Solange ich lebe, werde ich nie mehr einen Drink anrühren", schwor Harriet und rieb sich die Augen. „Was ich brauche, ist Tee oder meinetwegen etwas von Ihrem grässlichen Kaffee. Und zwar dringend."

Das Klingeln der Türglocke fuhr Harriet durch Mark und Bein, und sie stieß ungewohnte Verwünschungen aus.

„Ich werde Ihnen Tee aufbrühen", erbot sich Burt und schmunzelte über ihren Wortschatz. „Schauen Sie nach, wer vor der Tür steht."

Erschöpft kam Harriet der Aufforderung nach und öffnete die Tür. Auf der Schwelle stand Sandra. Sie registrierte Harriets aufgelösten Zustand mit einem eiskalten Blick.

„Treten Sie ruhig näher", sagte Harriet und schlug die Tür hinter Sandra mit solcher Gewalt ins Schloss, dass ihr Kopf noch heftiger pochte als zuvor.

„Ich hörte, dass Sie gestern eine beachtliche Show geliefert haben."

„Gute Nachrichten verbreiten sich schnell, Miss Mason. Ich fühle mich geschmeichelt, dass Sie an meinem Wohlergehen Anteil nehmen."

„Ihr Wohlergehen kümmert mich nicht im Geringsten." Sie zupfte einen unsichtbaren Fussel von ihrer lindgrünen Kostümjacke. „Aber ich mache mir Sorgen um Burt. Offenbar können Sie es nicht lassen, sich ihm an den Hals zu werfen, und das dulde ich künftig nicht mehr."

Das ist zu viel für einen Menschen in meiner Lage, entschied Harriet, und ihr Ärger wuchs. Sie täuschte ein Gähnen vor und schaute Sandra unsagbar gelangweilt an. „Ist das alles?"

„Ich lasse mir nicht gefallen, dass ein hergelaufenes Geschöpf wie Sie den Ruf des Mannes ruiniert, den ich heiraten werde.“

Einen Augenblick lang verrauchte Harriets Zorn, und sie fühlte nur noch eine schmerzhafte Kälte. Es strengte sie maßlos an, sich äußerlich zu beherrschen. Ihr Kopf schmerzte. „Herzlichen Glückwunsch für Sie und aufrichtiges Beileid für den bedauernswerten Burt.“

„Ich werde Sie zugrunde richten“, entgegnete Sandra. „Ich werde veranlassen, dass Sie niemals mehr fotografiert werden.“

„Hallo, Sandra“, sagte Burt gleichmütig, als er das Zimmer betrat. Inzwischen hatte er sein Hemd fast zugeknöpft.

Sie wirbelte herum und starrte erst ihn an und dann das Jackett, das er achtlos auf den Rand des Sofas geschleudert hatte. „Was … was … tust du denn hier?“

„Ist das nicht eindeutig?“, antwortete er, ließ sich auf das Sofa fallen und zog sich die Schuhe an. „Wenn du es nicht wissen wolltest, hättest du mir nicht nachspionieren sollen.“

Er nutzt mich wieder aus, dachte Harriet verletzt und ärgerlich. Er nutzt mich aus, um sie eifersüchtig zu machen.

Sandra drehte sich wieder zu ihr um. Sie zitterte vor Erregung. „Sie werden ihn nicht halten. Sie sind nur eine billige Eintagsfliege. Innerhalb einer Woche wird er genug von Ihnen haben. Und dann wird er wieder zu mir zurückkehren.“ Sie schäumte vor Wut.

„Fabelhaft“, erwiderte Harriet. Sie konnte ihr Temperament nicht mehr zügeln. „Sie werden ihn mit offenen Armen empfangen, davon bin ich überzeugt. Ich habe von Ihnen beiden genug. Warum gehen Sie nicht gleich? Jetzt, auf der Stelle?“ Mit einer wilden Gebärde zeigte sie auf die Tür. „Hinaus mit Ihnen beiden!“

„Einen Augenblick mal“, unterbrach Burt und beschäftigte sich mit dem letzten Knopf seines Hemdes.

„Halten Sie sich da raus“, fuhr Harriet ihn an. Sie wandte sich wieder Sandra zu: „Sie gehen mir auf die Nerven, aber ich bin nicht in der Stimmung, mich mit Ihnen zu streiten. Wenn Sie später wiederkommen wollen, können wir das ja immer noch tun."

„Es gibt keinen Grund, mich noch einmal mit Ihnen zu unterhalten." Sandra warf den Kopf in den Nacken. „Sie sind kein Problem für mich. Denn was könnte Burt mit einem billigen kleinen Flittchen wie Ihnen anfangen?"

„Flittchen?", wiederholte Harriet mit einem drohenden Unterton. „Flittchen haben Sie gesagt?" Sie machte ein paar Schritte vorwärts.

„Beruhigen Sie sich, Harriet." Burt sprang auf und umfasste ihre Taille. „Seien Sie friedlich."

„Sie sind eine kleine Furie. Habe ich nicht recht?", tobte Sandra.

„Furie? Ich werde Ihnen zeigen, wer hier die Furie ist." Harriet versuchte wütend, sich aus Burts Umklammerung zu befreien.

„Beruhige dich, Sandra", warnte Burt gelassen, „oder ich lasse sie los."

Er hielt Harriet so lange fest, bis ihre Kampfkraft nachließ.

„Lassen Sie mich los. Ich werde ihr nichts antun", gab sie schließlich nach. „Schmeißen Sie sie raus." Sie sah ihn fest an. „Und Sie gehen ebenfalls. Ich habe von Ihnen beiden genug. Ich lasse mich nicht auf diese Weise ausnutzen. Wenn Sie sie unbedingt eifersüchtig machen möchten, dann suchen Sie sich eine andere Frau aus, die Ihnen vor ihren Augen hinterherläuft. Ich möchte, dass Sie verschwinden: aus meinem Leben und aus meinen Gedanken." Harriet hob ihr Kinn und merkte gar nicht, dass ihre Wangen feucht waren. „Ich möchte Sie beide nie mehr wiedersehen."

„Jetzt hören Sie mir mal gut zu." Burt packte sie bei den Schultern und schüttelte sie.

„Das werde ich nicht." Sie entwand sich seinem Griff. „Ich habe keine Lust mehr, Ihnen zuzuhören. Ich habe es satt, es ist vorbei, verstehen Sie mich? Gehen Sie jetzt, nehmen Sie Ihre Freundin mit, und lassen Sie mich beide künftig in Frieden."

Burt zog sich sein Jackett über und musterte einen Augenblick lang ihre geröteten Wangen und ihre vor Tränen schimmernden Augen. „Einverstanden, Harriet. Ich bringe Sandra nach Hause. Inzwischen gebe ich Ihnen Gelegenheit, sich zu sammeln. Dann werde ich zurückkommen. Unsere Unterhaltung ist für mich noch nicht beendet."

Harriet starrte auf die Tür, die Burt leise hinter sich geschlossen hatte. Ihre Augen waren tränenverschleiert. Meinetwegen kann er zurückkommen. Sie wischte sich die Tränen ab. Aber ich werde nicht da sein, beschloss sie.

Sie lief in ihr Schlafzimmer, holte ihre Koffer hervor und stopfte wahllos Kleider hinein. Ich habe genug, dachte sie wütend, genug von New York, genug von Sandra Mason, und mehr als genug von Burt Bardoff. Ich fahre nach Hause.

Kurz entschlossen klopfte sie an Lisas Tür. Lisa öffnete, freundlich wie immer, doch ihr Lächeln verflog, als sie bemerkte, wie verstört Harriet war.

„Was in aller Welt …", sagte sie, doch Harriet schnitt ihr gleich das Wort ab.

„Ich habe keine Zeit, dir zu erklären, was geschehen ist. Aber ich reise ab. Hier ist mein Schlüssel." Sie ließ ihn in Lisas Hand fallen. „Im Kühlschrank und in den Regalen stehen Lebensmittel. Nimm sie und auch alles andere, was du möchtest. Ich komme nicht mehr wieder."

„Aber, Harriet, so erkläre mir doch …"

„Ich werde später entscheiden, was mit der Wohnung und den Möbeln geschehen soll. Sobald wie möglich werde ich dir schreiben und alles erklären."

„Aber Harriet", rief Lisa ihr hinterher, „wohin fährst du denn?"

„Nach Hause", antwortete sie, ohne sich noch einmal umzublicken. „Nach Hause, wo ich hingehöre."

Harriets Eltern schienen nicht weiter überrascht zu sein, als sie so unvermutet eintraf. Jedenfalls stellten sie keine Fragen und machten auch keine Andeutungen. Sehr bald schon passte Harriet sich an das häusliche Leben auf der Farm an. Eine ruhige sorglose Woche verstrich.

Während dieser Zeit verbrachte Harriet erholsame Stunden auf der offenen Veranda des Farmhauses. Die Spanne zwischen der Abenddämmerung und dem Zubettgehen war die angenehmste des Tages. Es war die Zeit, die die geschäftigen Stunden des Tages von den grüblerischen der Nacht trennte.

Die Verandatür quietschte leise und unterbrach die Stille des Abends. Harriet beobachtete den Mond und genoss den Tabakgeruch der Pfeife ihres Vaters, der neben ihr saß.

„Es ist an der Zeit, dass wir miteinander reden, Harriet", sagte er und legte seine Hand auf ihre Schulter. „Warum bist du so plötzlich zurückgekommen?"

Sie seufzte tief auf und lehnte den Kopf an seine Wange. „Dafür gibt es viele Gründe. Hauptsächlich war ich jedoch müde und erschöpft."

„Müde?"

„Ja, müde von den ewigen Aufnahmen und Posen. Müde, Gefühle aus dem Hut zu ziehen wie ein zweitklassiger Magier, müde von dem Lärm, müde von den Menschenmassen." Sie zuckte hilflos die Schultern. „Ich bin eben durch und durch müde."

„Wir dachten immer, du hättest genau das gefunden, was du dir ersehnt hast."

„Ich habe mich geirrt. Das war es nicht, was ich mir wünschte, jedenfalls nicht alles." Sie stand auf, lehnte sich über die Verandabrüstung und blickte in die Nacht hinaus. „Nun weiß ich nicht mehr, ob ich überhaupt etwas zustande gebracht habe."

„Du hast viel erreicht. Du hast hart gearbeitet und dir aus eigener Kraft eine Karriere aufgebaut, auf die du stolz sein kannst. Wir alle sind stolz auf dich."

„Ich weiß, dass ich hart für mein Geld gearbeitet habe. Und ich weiß auch, dass ich in meinem Beruf gut war." Mit einem Schwung setzte sie sich auf die Verandabrüstung. „Als ich euch verließ, wollte ich unbedingt wissen, was ich aus eigener Kraft leisten konnte. Ich wusste genau, was ich wollte, ich kannte meine Ziele. Meine Pläne standen fest. Zuerst kam A, dann B und schließlich das ganze Alphabet. Nun habe ich erreicht, wovon die meisten Frauen träumen, und ich will es nicht mehr. Ich dachte nie, dass es so kommen würde. Ich brauche nur den kleinen Finger auszustrecken und mir zu nehmen, was mir zusteht, aber ich will es wirklich nicht mehr. Ich habe es satt, Gesichter zu schneiden."

„Wenn es so ist, musst du wirklich damit aufhören. Doch ich habe den Eindruck, dass es für deine überstürzte Rückkehr noch einen anderen Beweggrund gibt, den du verbirgst. Ist da vielleicht ein Mann mit im Spiel?"

„Das ist vorbei", erwiderte Harriet. „Für diese Beziehung hatte ich nicht genügend Verstand und Format."

„Harriet, wie kommst du dazu, so etwas zu sagen? Es ist beschämend."

„Und doch ist es wahr." Sie zwang sich zu einem Lächeln. „Ich passe nicht richtig in diese Welt. Er ist reich und kultiviert, ich hingegen vergesse immer wieder, mich von meiner strahlendsten Seite zu zeigen. Ich kann einfach nicht aus meiner Haut heraus. Zwar kann ich von einer Figur in die andere schlüpfen, doch vom Wesen her ändere ich mich nicht." Sie zuckte mit den Schultern und blickte in die Ferne. „Es war niemals etwas Ernsthaftes zwischen uns. Jedenfalls nicht von seiner Seite."

„Dann kann es mit ihm nicht allzu weit her sein", bemerkte ihr Vater und zog an seiner Pfeife.

„Vielleicht bist du ein bisschen voreingenommen." Harriet umarmte ihn zärtlich. „Ich brauche einfach mein Zuhause. Aber jetzt gehe ich schlafen. Morgen haben wir viel zu tun, wenn die ganze Familie kommt."

Die Luft war rein und mild, als Harriet am frühen Morgen ihren rehbraunen Wallach bestieg, um auszureiten. Sie fühlte sich beschwingt und gelöst. Der Wind zauste wild an ihrem Haar und wehte es wie einen dichten schwarzen Vorhang aus ihrem Gesicht. Sie kostete den Wind und die Geschwindigkeit aus, vergaß

Zeit und Kummer und den nagenden Zweifel an sich selbst. Sie ließ dem Pferd die Zügel schießen und gab sich ganz dem Anblick der riesigen Weizenfelder hin.

Sie schienen sich bis ans Ende der Welt zu erstrecken: ein grüner Ozean, der sich unter dem unbeschreiblich blauen Himmel kräuselte. Irgendwo zwitscherte vergnügt eine Feldlerche. Harriet seufzte tief zufrieden auf. Sie hob den Kopf und genoss die liebkosenden Strahlen der Sonne auf ihrer Haut, den herben Duft des Landes, das nach dem Winterschlaf zu neuem Leben erwacht war.

Das war Kansas im Frühling. Harriet freute sich über die natürlichen, lebendigen Farben und die frische Luft. Warum bin ich jemals fortgegangen, dachte sie. Wonach habe ich Ausschau gehalten? Sie schloss die Augen und atmete tief. Ich habe nach Harriet Baxter Ausschau gehalten. Jetzt habe ich sie gefunden und weiß nicht mehr, was ich mit ihr anfangen soll.

„Was ich am meisten brauche, ist Zeit, Cochise“, erklärte sie ihrem vierbeinigen Kameraden und beugte sich nach vorn, um den kräftigen Hals zu streicheln. „Nur ein bisschen Zeit, um die verstreuten Teile wieder zusammenzufügen.“

Sie machte kehrt, um nach Hause zu reiten, und spornte das Pferd zu einem leichten, sanften Trab an. Sie war glücklich, über den lockeren Rhythmus und über die frühlingszarte Landschaft. Als die Farm und die Nebengebäude in Sicht waren, bekam Cochise jedoch Stalltrieb und versuchte, gegen die Zügel anzugehen.

„Einverstanden, du Teufel.“ Harriet warf den Kopf zurück und lachte. Mit ihren Absätzen berührte sie die Flanken des Tieres und spornte es zum Galopp an. Das Echo der Hufe auf dem harten Boden hallte in der Luft wider. Harriet stellte sich ganz auf den eifrigen Wallach ein und ließ ihm seinen Willen. Sie setzten schwungvoll über einen alten Holzzaun, berührten wieder den Boden, galoppierten weiter und störten dabei einen friedlichen Vogelschwarm auf.

Als sie sich dem Haus näherten, kniff Harriet die Augen zusammen, denn sie bemerkte einen Mann, der sich an den Koppelzaun lehnte. Sie zog heftig die Zügel an, und Cochise bäumte sich beleidigt auf.

„Sei brav." Sie besänftigte das Pferd, streichelte seinen Hals und murmelte beruhigende Worte, als er empört schnaubte. Sie erkannte den Mann. Selbst ein halber Kontinent hätte nicht ausgereicht, um ihm zu entkommen.

## 10. KAPITEL

Eine Glanzleistung." Burt reckte sich und schlenderte Harriet und Cochise entgegen.

„Was tun Sie denn hier?", fragte Harriet.

„Ich war gerade auf der Durchreise, und da dachte ich, dass ich Sie einmal besuchen sollte." Er streichelte die Nüstern des Pferdes.

Harriet biss die Zähne zusammen und saß ab.

„Wer hat Ihnen gesagt, wo ich zu finden bin?" Sie blickte zu ihm hoch und wünschte sehnlichst, sie hätte ihre überlegene Position auf dem Rücken des Pferdes beibehalten.

„Lisa hörte, wie ich an Ihre Tür klopfte. Sie sagte mir, dass Sie heimgefahren seien." Seine Worte klangen abwesend. Offensichtlich war ihm mehr an der Bekanntschaft mit dem Wallach gelegen als daran, sie aufzuklären. „Ein fabelhaftes Pferd, Harriet." Er drehte sich zu ihr um und musterte ihr windzerzaustes Haar und die geröteten Wangen. „Sie können gut mit ihm umgehen, scheint mir."

„Jetzt muss er sich abkühlen und trocken gerieben werden." Irgendwie ärgerte es Harriet, dass ihr Pferd die Liebkosung von Burt zu genießen schien. Sie nahm es am Halfter, um es in den Stall zu führen.

„Hat Ihr Freund einen Namen?" Burt hielt Schritt mit ihr und sah sie von der Seite an.

„Cochise." Die Antwort war knapp. Am liebsten hätte sie ihm die Stalltür vor der Nase zugeschlagen, doch er blieb an ihrer Seite.

„Wissen Sie eigentlich, wie gut seine rehbraune Farbe zu Ihnen passt?" Er lehnte sich lässig an die Stalltür, Harriet kümmerte sich mit wildem Eifer um das Tier.

„Ein Pferd suche ich mir nicht nach solchen unpraktischen Gesichtspunkten aus." Sie striegelte weiter das Fell des Tieres und kehrte Burt absichtlich den Rücken zu.

„Wie lange haben Sie dieses wunderbare Tier schon als Ihr eigenes Reitpferd?"

Was für eine lächerliche Frage, dachte sie erzürnt. „Ich hatte ihn schon als Fohlen."

„Wahrscheinlich passen Sie deswegen so gut zueinander."

Burt sah sich im Stall um, während sie sich weiter mit dem Pferd beschäftigte. Dabei gingen ihr Dutzende von Fragen durch den Kopf. Nur fand sie nicht den Mut dazu, sie in Worte zu fassen. Trotzdem ging ihr das Schweigen auf die Nerven. Als sie schließlich das Pferd auf Hochglanz gestriegelt hatte und ihr nichts anderes zu tun übrig blieb, drehte sie sich um und verließ den Stall.

Burt war sofort an ihrer Seite. „Warum sind Sie auf und davongerannt?", fragte er draußen. Die Sonne schien ihnen hell ins Gesicht.

Ihr Gedanken wirbelten durcheinander. „Ich bin nicht weggelaufen." Schnell dachte sie sich eine Ausrede aus. „Ich benötigte einige Zeit, um über die Angebote nachzudenken, die mir inzwischen zugegangen sind. An diesem Punkt meiner Karriere darf ich keine falsche Entscheidung treffen."

„Das sehe ich ein."

Weil Harriet nicht wusste, ob Burt sich tatsächlich über sie lustig machte oder ob sie seinen Unterton nur falsch auslegte, verhielt sie sich abweisend. „Jetzt muss ich arbeiten. Meine Mutter braucht mich in der Küche."

Das Schicksal schien sich jedoch gegen sie verschworen zu haben, denn ihre Mutter öffnete die Hintertür und kam ihnen entgegen.

„Warum zeigst du Burt nicht die Farm, Harriet? Ich werde mit meiner Arbeit schon allein fertig."

„Aber die Pasteten müssen doch zubereitet werden." Harriets Stimme klang flehend.

Sarah Baxter überhörte den Einwand und tätschelte leicht die Wange ihrer Tochter. „Wir haben noch viel Zeit. Sicher will Burt sich etwas mit der Gegend vertraut machen, ehe wir essen."

„Ihre Mutter hat mich freundlicherweise eingeladen, Harriet." Burt lächelte über ihren erstaunten Gesichtsausdruck, ehe er sich wieder ihrer Mutter zuwandte. „Ich freue mich darauf, Sarah.“

Harriet war entgeistert, dass sie sich so freundlich beim Vornamen anredeten. Unwirsch drehte sie sich um und murmelte missvergnügt: „Also gut, kommen Sie mit.“ Nach einer Weile blieb sie stehen. „Was wollen Sie zuerst sehen?“, fragte sie süßsäuerlich. „Den Hühnerhof oder den Schweinestall?“

„Das überlasse ich ganz Ihnen“, antwortete Burt großzügig und fiel ebenfalls in ihren sarkastischen Tonfall mit ein.

Stirnrunzelnd machte sie mit ihm die Runde.

Sie glaubte, er würde sich langweilen, aber das Gegenteil war der Fall. Burt interessierte sich außerordentlich für die Farmarbeit, den Gemüsegarten ihrer Mutter und den gewaltigen Maschinenpark ihres Vaters.

Plötzlich blieb er stehen, legte eine Hand auf ihre Schulter und blickte auf die Weizenfelder. „Jetzt verstehe ich, was Sie meinten, Harriet“, sagte er schließlich leise. „Sie sind überwältigend. Ein grüner Ozean.“

Harriet antwortete nicht.

Sie wollte ihn abschütteln, doch er ergriff ihre Hand, ehe sie protestieren konnte.

„Haben Sie jemals einen Wirbelsturm miterlebt?“

„Aber natürlich. Schließlich habe ich zwanzig Jahre lang in Kansas verbracht“, entgegnete Harriet kurz angebunden.

„Das muss ein Naturereignis sein, das man nicht so schnell vergisst.“

„Allerdings“, stimmte sie zu. „Ich war sieben Jahre alt, als so ein Sturm angekündigt wurde. Daran erinnere ich mich noch wie heute. Alle Menschen waren sehr aufgeregt. Sie brachten die Tiere in Sicherheit und bereiteten sich auf die Katastrophe vor. Ich stand etwa an dieser Stelle.“

Sie blieb stehen und blickte gedankenverloren in die Ferne. „Ich beobachtete, wie dieser gewaltige schwarze Trichter immer näher kam. Alles war unglaublich still. Die Luft senkte sich wie ein Bleigewicht herab. Ich war fasziniert. Mein Vater hob mich auf seine Schulter und schleppte mich in den Sturmkeller. Es war ruhig, als wäre die Welt untergegangen, doch dann plötzlich donnerte der Sturm wie hundert Flugzeuge über unsere Köpfe."

Burt lächelte sie an, und ihr Herz zog sich, wie so oft schon, zusammen. „Harriet." Er hob, ehe sie es sich versah, ihre Hand an seine Lippen. „Sie sind einfach hinreißend."

Sie ging weiter und steckte ihre Hände absichtlich in die Taschen. Schweigend umrundeten sie das Farmhaus, während sie all ihren Mut zusammennahm, um ihn zu fragen, warum er eigentlich gekommen war.

„Haben Sie geschäftlich in Kansas zu tun?"

„So könnte man es auch ausdrücken." Seine Antwort war wenig aufschlussreich, und sie versuchte, auf seinen gleichmütigen Tonfall einzugehen.

„Warum haben Sie nicht einen Ihrer Untergebenen mit dieser Mission betraut?"

„Es gibt bestimmte Angelegenheiten, die ich lieber selbst erledige", spöttelte er. Offensichtlich wollte er sie ärgern. Harriet zuckte die Schultern, als wäre ihr die Unterhaltung gleichgültig.

Harriets Eltern schien Burt sehr zu gefallen. Harriet fand es erstaunlich, wie mühelos Burt sich der für ihn neuen Umgebung anpasste. Er saß neben ihrem Vater, sprach ihn mit dem Vornamen an und plauderte mit ihm wie mit einem lange vermissten Freund. Die zahlreichen Familienmitglieder hätten jeden anderen Menschen an seiner Stelle eingeschüchtert. Aber Burt beherrschte die Situation meisterhaft. Im Verlauf einer halben Stunde hatte er Harriets Schwägerinnen den Kopf verdreht. Ihre beiden Brüder erwiesen ihm allen Respekt, und ihre jüngere Schwester himmelte ihn an. Harriet zog sich in die Küche zurück, um nach den Pasteten zu sehen.

Wenige Minuten später hörte sie seine Stimme: „Die häusliche Tugendhaftigkeit in Person."

Sie wirbelte herum. Burt stand an der Tür.

„Sie haben Mehl auf Ihrer Nase." Er wischte es mit dem Finger weg. Sie zuckte zusammen und nahm wieder ihre Arbeit mit dem Nudelholz auf. „Pasteten, wie ich sehe. Was für eine Sorte?"

Er lehnte sich an den Küchentisch, als richtete er sich auf eine gemütliche Unterhaltung ein.

„Zitronenpasteten“, erwiderte sie knapp, um ihn möglichst zu entmutigen.

„Fantastisch. Ich bin ganz verrückt nach Zitronenpasteten, weil sie herb und trotzdem süß sind.“ Er machte eine Pause und sah sie herausfordernd an. „So wie Sie.“ Harriet warf ihm einen vernichtenden Blick zu, der ihn völlig unbeeindruckt ließ. „Sie scheinen eine Menge davon zu verstehen“, bemerkte er, als sie einen zweiten Teigboden ausrollte.

„Ich bin lieber allein, wenn ich arbeite.“

„Und was ist mit der berühmten ländlichen Gastfreundschaft, von der ich so viel gehört habe?“

„Sie haben sich selbst zum Essen eingeladen, stimmt das etwa nicht?“ Sie bearbeitete den Teig mit dem Nudelholz so heftig, als sei er an allem schuld. „Warum sind Sie überhaupt hierhergekommen? Wollen Sie sich davon überzeugen, wie es auf einer schäbigen kleinen Farm zugeht? Wollen Sie sich über meine Familie lustig machen und Sandra einen Grund geben, sich zu amüsieren, wenn Sie wieder zu Hause sind? Ist es das, was Sie vorhaben?“

„Reden Sie keinen Unsinn.“ Burt ging um den Küchentisch und packte sie bei den Schultern. „Halten Sie selbst von Ihrer Familie so wenig, dass Sie in diesem Ton von ihr sprechen?“ Ihr ärgerlicher Gesichtsausdruck verschwand, so erstaunt war sie. Er ließ sie wieder los. „Diese Farm beeindruckt mich sehr, und Ihre Familie ist so herzlich und aufrichtig. Ich habe mich schon halb in Ihre Mutter verliebt.“

„Es tut mir leid“, sagte Harriet beschämt und begab sich wieder an die Arbeit. „Es war dumm von mir, das zu sagen.“

Er steckte die Hände in die Taschen seiner eng anliegenden Jeans und schlenderte zur Tür, die in den Hof führte. „Ich glaube, draußen spielen sie Baseball.“

Die Tür fiel hinter ihm zu. Harriet schaute aus dem Fenster. Jemand warf Burt einen Handschuh zu, und die Familienmitglieder begrüßten ihn begeistert. Der Wind wehte ihr Geschrei und Gelächter bis in die Küche. Harriet wandte sich wieder vom Fenster ab und ihrer Arbeit zu.

Ihre Mutter kam ihr zu Hilfe und schwatzte fröhlich. Harriet hörte kaum hin. Der Lärm der Baseballspieler störte sie.

„Ruf sie herein, damit sie dir beim Abwaschen helfen", unterbrach Sarah ihren Gedankenflug. Automatisch ging Harriet zur Tür, öffnete sie und pfiff durchdringend. Erschrocken ließ sie die Finger sinken und verwünschte sich, weil sie sich wieder einmal vor Burt lächerlich gemacht hatte. Sie warf die Tür zu und lief unwillig in die Küche zurück.

Beim Essen saß Harriet neben Burt. Sie achtete nicht auf die Sturmwarnung ihres Magens, sondern widmete sich voll und ganz der turbulenten Tafelrunde. Er und ihre Familie durften nicht merken, wie unbehaglich ihr zumute war.

Als die Familie es sich anschließend im Wohnzimmer bequem machte, sah Harriet, dass Burt sich ausgiebig mit ihrem Vater unterhielt. Sie selbst spielte mit ihrem Neffen auf dem Fußboden mit kleinen Lastwagen. Sein kleiner Bruder krabbelte zu Burt hinüber und kletterte auf seinen Schoß. Harriet beobachtete unter gesenkten Augenlidern, dass er ihn gutwillig auf seinem Knie hopsen ließ.

„Lebst du zusammen mit Tante Harriet in New York?", fragte das Kind plötzlich. Harriet fiel vor Schreck ein Spielzeugauto aus der Hand.

„Nicht ganz." Burt lächelte, weil er sah, dass Harriet errötete. „Aber ich lebe in New York."

„Tante Harriet wird mit mir auf die Spitze des Empire State Buildings fahren", verkündete er stolz. „Ich werde aus tausend Meter Höhe hinunterspucken. Du kannst ja mit uns kommen", lud er ihn mit kindlicher Großmut ein.

„Ich wüsste nicht, was ich lieber täte." Burts schmale Finger strichen über das dunkle Haar des Jungen. „Du musst mir nur Bescheid sagen, wann es losgehen soll."

„Wenn es windig ist, können wir nicht rauf", erklärte der Knirps und blickte mit der Weisheit seiner sechs Jahre in Burts graue Augen. „Tante Harriet sagt immer, dass man sich das Gesicht nass macht, wenn man gegen den Wind spuckt."

Alle lachten. Harriet stand auf, nahm sich den Jungen unter den Arm und marschierte mit ihm in die Küche. „Ich glaube, es ist noch ein Stück Pastete übrig. Das wird dir den Mund stopfen."

Es war schon dämmrig, als Harriets Brüder und ihre Familien Abschied nahmen. Die Sonne schickte noch einige rosige Strahlen über den Horizont. Eine Zeit lang blieb Harriet allein auf der Veranda und beobachtete das Zwielicht, das allmählich in Dunkelheit überging. Die ersten Sterne funkelten, Grillen zirpten in der Stille.

Als sie ins Haus zurückging, wirkte es wie ausgestorben. Nur das stetige Ticken einer alten Standuhr unterbrach die Stille. Harriet kauerte sich in einen Sessel und sah Burt und ihrem Vater beim Schachspiel zu. Gegen ihren Willen blickte sie fasziniert auf die schlanken Finger, die elegant die geschnitzten Figuren verschoben.

„Schachmatt", rief Burt, und Harriet fuhr auf, so sehr war sie in das Spiel versunken gewesen.

Tom Baxter sah das Schachbrett einen Augenblick lang stirnrunzelnd an, dann strich er sich über das Kinn. „Traurig, aber wahr." Er lachte Burt zu und zündete seine Pfeife an. „Sie spielen hervorragend, mein Junge. Das weiß ich zu schätzen."

„Ganz meinerseits." Burt lehnte sich in seinem Stuhl zurück und griff nach einer Zigarette. „Ich hoffe, dass wir öfter mal Gelegenheit haben, miteinander zu spielen. Das müsste sich eigentlich einrichten lassen, weil ich beabsichtige, Ihre Tochter zu heiraten."

Das war offenbar eine feststehende Tatsache. Als Burts Worte in ihr Bewusstsein drangen, öffnete sie den Mund, konnte aber nichts sagen.

„Sie sind das Oberhaupt der Familie", fuhr Burt fort, ohne Harriet auch nur anzublicken. „Ich kann Ihnen versichern, dass Harriet keine finanziellen Sorgen zu befürchten hat. Ob sie ihre

Karriere weiterverfolgen wird, ist natürlich ihre persönliche Angelegenheit. Aber sie braucht nur zu arbeiten, wenn es ihr Spaß macht."

Tom paffte Rauchwölkchen aus seiner Pfeife und nickte.

„Ich habe mir das sehr gut überlegt", fuhr Burt fort und stieß langsam den Rauch aus. „Jeder Mann erreicht einmal ein Alter, wo er sich nach einer Ehefrau und Kindern sehnt." Seine Stimme klang tief und ernst, und Tom erwiderte den freundlichen Blick der grauen Augen. „Harriet ist die geeignete Frau für meine Pläne. Sie ist zweifellos sehr begehrenswert, und welcher Mann fühlt sich nicht von einer so schönen Frau angezogen? Sie ist bemerkenswert intelligent und widerstandsfähig und mag offensichtlich Kinder sehr gern. Allerdings ist sie ein bisschen zu mager", fügte Burt bedauernd hinzu.

Tom hatte bei der Aufzählung der Tugenden seiner Tochter zustimmend genickt und sah Burt jetzt wie um Entschuldigung bittend an.

„Es ist uns nie gelungen, sie richtig aufzupäppeln. Sie müsste wirklich mehr essen."

„Außerdem hat sie ein überschäumendes Temperament", stellte Burt fest und wägte das Für und Wider ab. „Aber", schloss er mit einer nachlässigen Handbewegung, „ich schätze lebhafte Frauen."

Harriet sprang auf und versuchte vergebens, einen zusammenhängenden Satz zu formulieren. „Was fällt Ihnen ein?", brachte sie schließlich über die Lippen. „Wie kommen Sie dazu, über mich zu verhandeln, als sei ich eine Zuchtstute? Und du", rügte sie ihren Vater, „du scheinst dein leibliches Fleisch und Blut verpfänden zu wollen. Mein eigener Vater."

„Das ist einer ihrer typischen Temperamentausbrüche", stellte Burt fest, und Tom nickte weise.

„Sie sind ein anmaßender, eingebildeter …"

„Seien Sie vorsichtig, Harriet", beschwichtigte Burt sie, drückte seine Zigarette aus und hob die Augenbrauen. „Verbrennen Sie sich nicht wieder den Mund."

„Wenn Sie auch nur eine Sekunde glauben, dass ich Sie heiraten werde, haben Sie sich geirrt. Ich möchte Sie nicht einmal auf einem Präsentierteller serviert bekommen. Lassen Sie mich in Ruhe und fahren Sie zurück nach New York und veröffentlichen Sie Ihre Zeitschriften", fauchte sie und stürzte vollkommen kopflos aus dem Haus.

Als die draußen war, wandte Burt sich an Sarah. „Ich nehme an, dass Harriet hier zu Hause ihre Hochzeit feiern will. Alle ihre engeren Freunde aus New York könnten mit dem Flugzeug kommen. Aber da Harriets Angehörige hier leben, sollte ich vielleicht besser Ihnen die Vorbereitungen überlassen."

„In Ordnung, Burt. Haben Sie schon einen bestimmten Termin im Auge?"

„Nächstes Wochenende."

Sarah war etwas erschrocken, als sie an die bevorstehende Arbeit dachte, doch dann beugte sie sich wieder ruhig über ihr Strickzeug. „Überlassen Sie alles mir."

Burt stand auf und sah Tom vergnügt an. „Jetzt hat sie sich wohl ein bisschen abgekühlt. Ich werde sie suchen gehen."

„Sehen Sie im Pferdestall nach", riet Tom und stopfte seine Pfeife. „Dorthin verzieht sie sich immer, wenn ihr eine Laus über die Leber läuft." Burt nickte und schlenderte aus dem Haus.

„Sieh einmal an, Sarah." Schmunzelnd zog Tom an seiner Pfeife. „Es scheint, als hätte Harriet den Richtigen gefunden."

Der Stall war matt erleuchtet, und Harriet lief erregt von einer dämmrigen Ecke zur anderen. Sie war erzürnt über Burt und ihren Vater. Die beiden steckten unter einer Decke, ausgerechnet. Es hätte nur noch gefehlt, dass sie ihre Zähne auf Form, Farbe und Schönheit untersucht wurden.

Knarrend öffnete sich die Stalltür, und Harriet drehte sich hastig um. Es war Burt.

„Hallo, Harriet. Sind Sie in der Verfassung, meine Heiratspläne mit mir durchzusprechen?"

„Ich werde niemals in der Verfassung sein, mich mit Ihnen zu unterhalten." Ihre ärgerliche Stimme hallte von den Wänden des ausgedehnten Gebäudes wider.

Unbeirrt lächelte Burt ihr ins rebellische Gesicht. Seine Gelassenheit reizte sie noch mehr, und sie lief empört hin und her. „Ich werde Sie nie heiraten, nie im Leben. Eher würde ich einen dreiköpfigen Zwerg mit Warzen zum Mann nehmen."

„Trotzdem werden Sie mich heiraten, Harriet", entgegnete er mit lässigem Selbstvertrauen. „Selbst wenn ich Sie stampfend und schreiend zum Traualtar zerren muss, werden Sie mich heiraten."

„Ich sagte bereits, dass ich es nicht tun werde." Sie blieb vor ihm stehen. „Sie können mich nicht zwingen."

Er packte ihre Arme und sah sie herausfordernd an. „Ach, wirklich nicht?"

Er zog sie an sich und küsste sie.

„Lassen Sie mich los", zischte sie und wich zurück. „Lassen Sie sofort meine Arme los."

„Wie Sie wollen." Zuvorkommend gab er sie frei und versetzte ihr einen leichten Stoß. Sie fiel rückwärts in einen Heuhaufen.

„Sie sind ein Tyrann", fauchte sie ihn an und versuchte, wieder auf die Beine zu kommen, doch Burt drückte sie in das süß duftende Heu zurück.

„Ich habe nur getan, was Sie mir gesagt haben", spöttelte er. „Im Übrigen haben Sie mir in liegender Pose immer am besten gefallen." Sie stieß nach ihm und drehte ihr Gesicht weg, als sein Mund näher kam. Er begnügte sich mit der zarten Haut ihres Halses.

„Das können Sie mir nicht antun." Ihre Widerstandskraft ließ nach, als seine Lippen immer neue Gefilde entdeckten.

„Doch, das kann ich", murmelte er, und fand endlich ihren Mund. Sein inbrünstiger Kuss betäubte ihre Sinne, ihre Lippen wurden nachgiebiger und öffneten sich, und sie legte die Arme um seinen Hals. Er ließ sie wieder frei und küsste sie auf die Nasenspitze.

„Sie Schuft", flüsterte Harriet und zog ihn fest an sich, bis ihre Lippen sich wieder vereinigten.

„Sind Sie jetzt bereit, mich zu heiraten?" Burt lächelte auf sie hinunter und strich ihr eine Locke aus der Stirn.

„Ich kann nicht denken“, murmelte sie und schloss die Augen. „Ich kann nie denken, wenn Sie mich küssen.“

„Sie sollen ja auch gar nicht denken.“ Er öffnete langsam die Knöpfe ihrer Bluse. „Ich möchte nur, dass Sie es mir sagen.“ Seine Hand streichelte zärtlich ihre Brust. „Sagen Sie es endlich, Harriet“, befahl er. Sein Mund streifte ihren Hals und berührte ihre empfindsame Haut. „Los, Harriet. Dann werde ich Ihnen Zeit lassen, darüber nachzudenken.“

„Meinetwegen“, seufzte sie. „Sie haben gewonnen, ich werde Sie heiraten.“

„Gut“, sagte er einfach und küsste sie noch einmal sanft.

Harriet kämpfte gegen den Nebel an, der ihre Sinne einhüllte, und versuchte, sich von Burt zu befreien. „Ihre Methoden sind unfair.“

„In der Liebe wie im Krieg ist alles erlaubt, mein Liebling.“ Burts Augen wurden ernst, als er auf sie niederblickte. „Ich liebe dich, Harriet. Du hast mich völlig gefangen genommen. Ich komme nicht mehr los von dir. Ich liebe jeden verrückten, bezaubernden Zentimeter an dir.“ Er küsste sie leidenschaftlich, und sie verlor fast die Besinnung.

„O Burt.“ Ungestüm küsste sie sein Gesicht. „Ich liebe dich so sehr. Ich liebe dich so sehr, dass ich es kaum ertragen kann. Die ganze Zeit dachte ich … Als Sandra mir sagte, dass du damals in den Bergen die Nacht mit ihr verbracht hättest, da …“

„Einen Augenblick mal.“ Burt entzog sich ihren sehnsüchtigen Küssen und umfasste ihr Gesicht mit den Händen. „Ich möchte, dass du mir zuhörst. Zunächst einmal war meine Beziehung zu Sandra längst beendet, ehe ich dir begegnete. Aber sie fand sich nicht damit ab.“ Er lächelte und küsste sie sanft. „Und dann habe ich an keine andere Frau mehr denken können, nachdem ich dich kennengelernt hatte. Im Übrigen war ich schon vorher halb in dich verliebt.“

„Wieso denn das?“

„Ich sah Bilder von dir, und dein Gesicht verfolgte mich.“

„Niemals habe ich geglaubt, dass du es ernst meinen könntest mit mir.“ Ihre Finger zerzausten sein Haar.

„Zuerst dachte ich auch, dass ich dich nur körperlich begehre. Ich wollte dich unbedingt besitzen, wie nie eine Frau zuvor. Erinnerst du dich an die Nacht in deinem Apartment, als ich herausfand, dass du noch unschuldig bist? Diese Tatsache hat mich ziemlich mitgenommen." Er schüttelte den Kopf, als wunderte er sich immer noch darüber, und vergrub sein Gesicht in ihrem vollen Haar. „Es hat nicht lange gedauert, bis ich feststellte, dass ich viel mehr für dich empfand als nur körperliches Verlangen."

„Aber das hast du streng geheim gehalten."

„Du schienst dich vor jeder Beziehung zu fürchten. Jedes Mal, wenn ich dir zu nahe trat, schrecktest du zurück. Und ich wollte dir keine Angst einjagen. Du brauchtest Zeit. Ich versuchte, sie dir zu gewähren. Das Leben ohne dich in New York war verteufelt schwierig." Er zeichnete ihre Wangen mit dem Finger nach. „Aber an jenem Tag in meiner Hütte hätte ich beinahe die Selbstbeherrschung verloren. Wären Larry und June nicht dazwischengekommen, hätten die Dinge eine andere Wendung genommen. Als du mich beschimpftest, dass du es satthättest, getätschelt zu werden, hätte ich dich fast …"

„Burt, es tut mir leid. So hatte ich es nicht gemeint. Ich dachte …"

„Jetzt weiß ich, was du dachtest", unterbrach er. „Nur damals wusste ich es eben nicht. Ich wusste ja nicht einmal, was Sandra dir gesagt hatte. Schließlich nahm ich an, dass du nur deine Karriere im Auge hättest, dass in deinem Leben kein Platz sei für einen anderen Menschen. Als wir uns zum letzten Mal in meinem Büro trafen, hast du mir so kühl und abweisend von deinen Angeboten berichtet, dass ich beinahe die Beherrschung verloren hätte."

„Das waren doch alles nur Märchen", flüsterte sie. „Ich wollte diese Angebote nicht, ich wollte nur dich."

„Als June mir schließlich von der Szene erzählte, die sich zwischen dir und Sandra in der Hütte abgespielt hat, und ich mir deine Reaktion vor Augen hielt, begann ich, mir die Einzelheiten zusammenzureimen. Deshalb bin ich auch zu Buds

Party gekommen, um mich nach deinem Wohlbefinden zu erkundigen." Er warf den Kopf in den Nacken und lächelte breit. „Ich beabsichtigte, mich ernsthaft mit dir zu unterhalten, aber du warst nicht in der Verfassung, dir eine Liebeserklärung anzuhören, als ich dich dort aufspürte. Ich weiß jetzt nicht mehr, wie ich es überhaupt fertigbrachte, mich in jener Nacht nicht zu dir ins Bett zu legen, denn du warst so weich und wunderschön ... Du hast mich fast um den Verstand gebracht."

Burt senkte den Kopf und küsste sie. Bei der Berührung ihrer Lippen geriet seine Selbstkontrolle wieder in Gefahr. Er streichelte sie sehnsüchtig, und sie drängte sich an ihn und ließ sich von seiner Begierde hinreißen.

„Um alles in der Welt, Harriet, wir können es nicht mehr viel länger aushalten." Er ließ sie los und legte sich auf den Rücken. Doch Harriet gab ihn nicht frei und küsste ihn wieder. Er schob sie entschlossen zur Seite und holte tief Luft. „Ich glaube nicht, dass es dein Vater gut fände, wenn ich dich im Heu verführen würde."

Er legte sie sanft auf den Rücken, umarmte sie und lehnte ihren Kopf an seine Schulter. „Kansas kann ich dir nicht bieten, Harriet", sagte er ruhig. Sie wandte den Kopf und sah ihn an. „Wir können hier nicht gemeinsam leben, jedenfalls jetzt noch nicht. Ich habe Verpflichtungen in New York, die ich von hier aus nicht wahrnehmen kann."

„O Burt." Weiter kam sie nicht, denn er zog sie näher an sich heran.

„Außerhalb von New York City, am Hudson River oder in Connecticut, gibt es viele Orte, von wo aus man leicht in die Stadt pendeln kann. Du bekommst ein Haus auf dem Land, wenn dir der Sinn danach steht. Einen Garten, Pferde, Hühner und ein halbes Dutzend Kinder. Wir fahren nach Kansas, so oft wir können, und außerdem gibt es ja auch noch die Hütte in den Bergen, wo wir lange Wochenenden ganz allein verbringen werden."

Er sah sie besorgt an, weil ihr Tränen über die Wangen liefen. „Harriet, du brauchst doch nicht zu weinen. Ich möchte nicht, dass du unglücklich bist. Ich weiß doch ganz genau, dass dies hier deine Heimat ist." Er wischte ihr die Tränen ab.

„O Burt, ich liebe dich." Sie streichelte sein Gesicht. „Ich bin nicht unglücklich. Ich bin überglücklich, dass du dich so sehr um mich sorgst. Weißt du nicht, dass es mir völlig gleichgültig ist, wo wir miteinander leben werden? An jedem Ort der Welt würde ich mich mit dir zu Hause fühlen."

Burt richtete sich auf und sah sie fragend an. „Bist du davon überzeugt, mein Liebling?"

Harriet lächelte und gab ihm die Antwort mit einem langen Kuss.

– ENDE –

*Lesen Sie auch von Nora Roberts:*

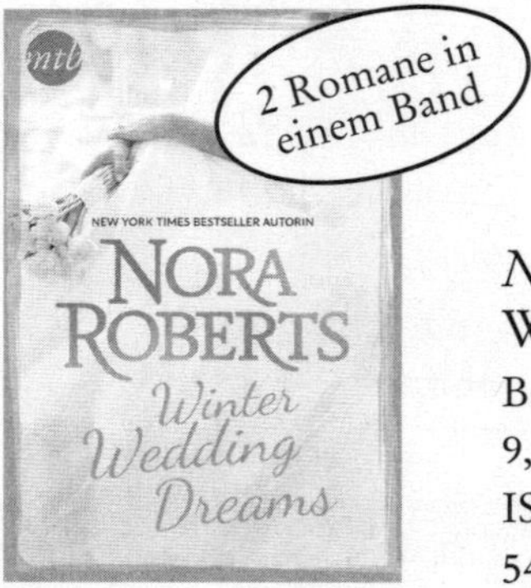


*Nora Roberts*
Winter Wedding Dreams
Band-Nr. 25885
9,99 € (D)
ISBN: 978-3-95649-247-1
544 Seiten

*Nora Roberts*
Sweet Rains
Band-Nr. 25863
9,99 € (D)
ISBN: 978-3-95649-213-6
464 Seiten

*Nora Roberts*
City Affairs
Band-Nr. 25792
9,99 € (D)
ISBN: 978-3-95649-077-4
400 Seiten

Band-Nr. 25901
9,99 € (D)
ISBN: 978-3-95649-270-9
eBook: 978-3-95649-520-5
304 Seiten

*Petra Pfänder*
Unter dem Vanille-mond

Nach dem Tod ihres Vaters steht Annabel Hansen vor einer schweren Entscheidung: Was soll mit der Vanilleplantage geschehen, die ihr Vater auf Madagaskar betrieben hat? Nur widerwillig macht die junge Hamburgerin sich auf den Weg ins ferne Afrika und wird sofort gefangen genommen von der exotischen Schönheit der Insel: Von der tropischen Landschaft, den fremden Gerüchen, der Farbe des Indischen Ozeans. Plötzlich versteht sie, was ihren Vater immer wieder hierher gezogen hat. Doch als sie in seinen Unterlagen einen zärtlichen Liebesbrief und das Foto einer schönen Fremden findet, ahnt sie, dass die Insel noch mehr Geheimnisse birgt. Geheimnisse, die ihr bisheriges Leben in einem völlig anderen Licht erscheinen lassen …